सुपर सक्सेस
@
NLP

सुपर सक्सेस @ NLP

असंभव से संभव की प्राप्ति का मार्ग

मनोज केशव

प्रभात प्रकाशन

प्रकाशक

प्रभात प्रकाशन प्रा. लि.

4/19 आसफ अली रोड, नई दिल्ली–110002

फोन : 011–23289777 • हेल्पलाइन नं. : 7827007777

इ–मेल : prabhatbooks@gmail.com ❖ वेब ठिकाना : www.prabhatbooks.com

संस्करण

2025

अनुवाद

राहुल त्रिपाठी

पेपरबैक मूल्य

चार सौ पचास रुपए

मुद्रक

आर–टेक ऑफसेट प्रिंटर्स, दिल्ली

———— ★ ————

SUPER SUCCESS @ NLP

by Shri Manoj Keshav

(Hindi translation of THE LIFE TRANSFORMING POWER OF NLP)

Published by **PRABHAT PRAKASHAN PVT. LTD.**

4/19 Asaf Ali Road, New Delhi-110002

ISBN 978-93-5322-859-0

₹ 450.00 (PB)

मैं इस पुस्तक को समर्पित करता हूँ—

1. **अपोरेश आचार्य**—संस्थापक, मैक्ग्रॉ इंस्टीट्यूट ऑफ लीडरशिप ट्रेनिंग (MILT), जिन्होंने मुझे मेरे आवरण से बाहर निकाला और मुझे आत्मविश्वास हासिल करने में मदद की।
2. **डॉ. राजन मुथुकृष्णन**—संस्थापक, इंडियन एकेडमी ऑफ ट्रेनिंग एंड डेवलपमेंट (IATD), जिन्होंने मुझे एक प्रशिक्षक बनने के लिए प्रेरित किया और जिनकी सलाह के बगैर मैं नहीं समझता कि मैं कभी वहाँ पहुँच सकता था, जहाँ मैं हूँ।
3. **रिचर्ड मैक्ह्यूज**—एक शानदार व्यक्ति, मेरे एन.एल.पी. गुरु और मेरी प्रेरणा, जिन्होंने मुझे एन.एल.पी. से प्रेम करना सिखाया और मेरे अंत:करण को पूरी तरह से बदल देने में मदद की।

अनुक्रम

1

एन.एल.पी.
(न्यूरो लिंग्विस्टिक प्रोग्रामिंग) क्या है?

क्या हम आजाद प्राणी हैं या हमारी प्रोग्रामिंग पहले से हुई है?

एन.एल.पी. : न्यूरो

न्यूरो का क्या मतलब है?

न्यूरो से आशय है—नर्व्स या नर्वस सिस्टम। नर्वस सिस्टम में दो चीजें समाहित होती हैं—केंद्रीय नर्वस सिस्टम और बाहरी या पेरिफेरल नर्वस सिस्टम। केंद्रीय नर्वस सिस्टम दिमाग और रीढ़ के जरिए बना होता है, जबकि बाहरी या पेरिफेरल नर्वस सिस्टम मुख्यत: नर्व्स से बना होता है, जो शरीर के अलग-अलग हिस्सों को केंद्रीय नर्वस सिस्टम से जोड़ता है।

पूर्व में, विज्ञान का यह मानना था कि दिमाग में बदलाव नहीं लाया जा सकता है। वैज्ञानिक यह मानते थे कि चोट लगने या अगर कोई व्यक्ति मानसिक विकृति के साथ पैदा हुआ है तो उसे ठीक नहीं किया जा सकता है। पूर्व के सिद्धांतों के अनुसार, दिमाग एक मशीन की तरह है। जैसे एक मशीन का एक निश्चित ढाँचा होता है और वह खुद किसी तरह का बदलाव नहीं कर सकती, उसी प्रकार दिमाग में भी कोई बदलाव लाना संभव नहीं है। सेल्युलर ढाँचे के स्थायी होने के चलते उसमें बदलाव या खुद सुधार ला पाना संभव नहीं है।

क्या दिमाग खुद बदलाव ला सकता है?

आज वैज्ञानिक शोध इस तथ्य की ओर इशारा करते हैं कि इनसान के रहन-सहन के आधार पर दिमाग अपने ढाँचे में बदलाव ला सकता है। रोजाना की गतिविधियों और

जीवन-शैली के आधार पर दिमाग निरंतर सामंजस्य बिठाने और नई आदतें सीखने का प्रयास करता है। न्यूरोप्लास्टिसिटी के कारण दिमाग में यह क्षमता होती है कि वह हमेशा कुछ-न-कुछ आत्मसात् करता रहता है। अगर एक व्यक्ति यह तय कर ले कि उसे जीवन में कुछ अलग करना है तो उसका दिमाग अपने आपको उस व्यक्ति के अनुसार ढाल लेता है और उस व्यक्ति को बाह्य एवं आंतरिक माहौल से सामंजस्य बिठाने में मदद करता है।

यह तथ्य कि दिमाग खुद को पुनर्व्यवस्थित कर सकता है, 20वीं सदी की सबसे बड़ी खोज है।

"यह विचार कि हमारा दिमाग 'सोच' और 'गतिविधि' के मार्फत स्वयं अपने ढाँचे और कार्य-प्रणाली में बदलाव ला सकता है, मेरा मानना है कि शुरुआती एनॉटमी और इसके मूल तत्त्व न्यूरॉन की कार्य-प्रणाली के आधार पर दिमाग को लेकर हमारा जो नजरिया बना हुआ था, उसमें सबसे महत्त्वपूर्ण बदलाव आएगा।"

–डॉ. नॉर्मन डॉइजलेखक–'द ब्रेन दैट चेंजेज इटसेल्फ'

'आपकी जीवन-शैली के अनुसार केवल आपका शरीर ही नहीं, बल्कि आपका दिमाग भी बदलता रहता है।'

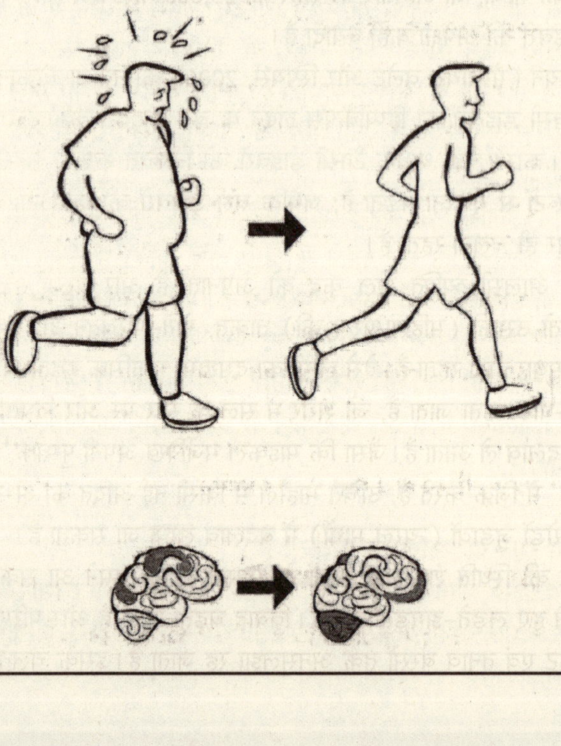

इनसानी दिमाग में आश्चर्यजनक रूप से यह क्षमता होती है कि वह ब्रेन न्यूरॉन सेल्स के जरिए स्वयं को पुनर्व्यवस्थित कर सकता है। जब हम एक खास तरह के कला-कौशल में महारत हासिल करते हैं तो दिमाग का वह हिस्सा, जो उन चीजों से जुड़ा होता है, वाकई विकास करता जाता है।

कोई उदाहरण, जो इस बात को साबित करे कि वाकई दिमाग का विकास होता है?

लंदन विश्वविद्यालय के न्यूरोविज्ञानी एलिनॉर मैग्वायर को यह जानकर बड़ी हैरानी हुई कि उन जानवरों (खासकर गिलहरी) और चिड़ियों के दिमाग का हिप्पोकैंपस (दिमाग का वह हिस्सा, जो दीर्घकालीन याददाश्त और स्थानिक नेविगेशन के लिए अहम होता है) काफी बड़ा पाया गया, जो अपना खाना गुप्त जगहों पर छिपाकर रखती हैं, ताकि बाद में उनको निकाल सकें। इन जीवों को अपनी सभी छिपानेवाली जगहों को याद रखने की जरूरत होती है। इस दिलचस्प पहलू ने मैग्वायर को यह जानने के लिए प्रेरित किया कि जिन जीवों को ढेर सारी जगहों को याद रखने की जरूरत होती है तो क्या उनका हिप्पोकैंपस बड़ा होता है? इसके बाद उन्होंने लंदन के कैब ड्राइवरों के एक समूह पर शोध करने की सोची, जो आमतौर पर शहर की 25,000 गलियों के बारे में जानते हैं, जो कि बस ड्राइवरों की अपेक्षा कहीं ज्यादा है।

इस अध्ययन (मैग्वायर, वूलेट और स्पियर्स, 2006) का नतीजा चौंकानेवाला रहा है। लंदन के टैक्सी ड्राइवरों का हिप्पोकैंपस लंदन के बस ड्राइवरों की तुलना में काफी बड़ा पाया गया। कारण यही था कि टैक्सी ड्राइवरों को निश्चित रूप से शहर के तमाम अलग-अलग रूटों से गुजरना पड़ता है, जबकि बस ड्राइवरों को एक निश्चित व पूर्व निर्धारित रूटों पर ही चलना रहता है।

जब एक आलसी व्यक्ति खेल-कूद को अपनाता है और बरसों तक उस पर टिका रहता है तो उसकी (महिला/पुरुष की) ताकत, गति-परिवर्तन और संतुलन की काबिलीयत में सुधार होता रहता है। ऐसे लोगों का दमखम, मानसिक दृढ़ता और आत्म-अनुशासन धीरे-धीरे बढ़ता जाता है, जो शरीर में सेल के स्तर पर और दिमाग में न्यूरल स्तर पर बड़ा बदलाव ले आता है। जैसा कि माइकल मर्जेनिख अपनी पुस्तक 'द ब्रेन दैट चेंजेज इटसेल्फ' में जिक्र करते हैं, उचित माहौल में किसी नई आदत का अभ्यास करने से दिमाग में करोड़ों जुड़ावों (न्यूरल मार्गों) में बदलाव लाया जा सकता है।

इसी तरह की स्थिति शादीशुदा लोगों के मामले में भी सामने आ सकती है, जो बरसों साथ रहते हुए लड़ते-झगड़ते रहते हैं। विवाद बढ़ता जाता है और परिणामस्वरूप गुस्सा, कड़वाहट एवं तनाव बरसों तक अनसुलझा रह जाता है। इसके चलते लोगों के

न्यूरल स्तर में बदलाव आ जाता है। शरीर व मन के अंदर सेल और न्यूरल—दोनों स्तर पर निश्चित बदलाव आ जाते हैं। मनोस्थिति के स्तर पर जिस तरह का उबाल आकार ले रहा होता है, वह जीवन के प्रति निराशा, उत्पादकता ह्रास और/या साइकोसोमैटिक अथवा मनोदैहिक बीमारी के रूप में सामने आ सकता है। हमारे विचार, मान्यताएँ एवं हमारी जीवन-शैली निश्चित रूप से बदलती है और वे लगातार हमारे मस्तिष्क को नया आकार प्रदान करती हैं।

बादशाह और अंदरूनी संघर्ष

मलेश राज्य के लोग सो रहे थे और राज्य में पूरी तरह से शांति कायम थी, खामोशी थी; लेकिन राजा स्वयं जाग रहे थे। वह न केवल जाग रहे थे, बल्कि उन्होंने एक शोर भी सुना। यह शोर बाहर से नहीं, बल्कि उनके अंदर से उभर रहा था। आज तक कोई भी शत्रु उन्हें परास्त नहीं कर सका था। राज्य की सीमाओं के बाहर की गई किलेबंदी अभेद्य थी, लेकिन राजा को महसूस हो रहा था कि कुछ ऐसा है, जो उन पर हावी हो रहा है। हाँ, यह चिंता थी, जो लहर-दर-लहर उन पर हावी होती जा रही थी। वह दो दिनों से सोए नहीं थे और जानते थे कि आज की रात भी वह सो नहीं पाएँगे।

सुबह सूरज की किरणें जब उनके आलीशान कक्ष में पहुँचीं तो उन्होंने तत्काल अपने आध्यात्मिक गुरु से मिलकर इस विषय पर चर्चा करने का फैसला किया। एक दशक से भी ज्यादा समय से उन्होंने अपने गुरु से मुलाकात नहीं की थी, न कोई राय-मशविरा ही किया था। राजा ने याद किया कि पिछली बार भी उन्होंने तभी अपने गुरु से मुलाकात की थी, जब उनके लिए दौर अच्छा नहीं चल रहा था। राजा ने अपने आध्यात्मिक गुरु से महल में ही एक जगह ठहरने के लिए आग्रह किया था, लेकिन गुरु ने उस प्रस्ताव को वापस करते हुए अपनी छोटी सी कुटिया में ही रहने का फैसला किया था। राजा जब अपने गुरु को मनाने व समझाने में सफल नहीं हुए तो उनसे नाराज होकर लौट आए और दोबारा कभी उनके पास वापस नहीं गए, लेकिन अब, जब दिन का उजाला उनके घर में भर गया तो वह समझ रहे थे कि अब उनको अपने गुरु से मिलने जरूर जाना चाहिए।

दोपहर तक राजा का रथ गुरु की कुटिया के बाहर पहुँच गया। राजा ने अपने सिपाहियों से बाहर ही रुकने को कहा। वह कुटिया के अंदर पहुँचे तो देखा कि छोटे-छोटे शिष्य पूजा-पाठ कर रहे थे। राजा ने एक शिष्य की ओर देखा और पूछा, "गुरुजी कहाँ हैं? जाओ, उनसे कहो कि राजा उनसे मिलने आए हैं।"

सभी शिष्य खड़े होकर आश्चर्य भरी नजरों से राजा को देखने लगे। राजा को अजीब-सा लगा। कुटिया में छाई खामोशी से वह कुछ निष्कर्ष नहीं निकाल सका, इसलिए उन्होंने दोबारा पूछा, "गुरुजी कहाँ हैं?"

एक शिष्य बाहर निकलकर आया और शीश झुकाकर बोला, "महाराज की जय हो!" उसने धीमी आवाज में कहा। राजा बेचैन हो उठे और कुटिया में चहलकदमी करने लगे। शिष्य अब भी अपनी जगह पर खड़े थे। राजा ने चहलकदमी बंद कर दी और जो शिष्य बाहर की तरफ निकलकर आया था, उसे एकटक देखने लगे।

शिष्य ने जमीन की तरफ देखते हुए दु:खी आवाज में कहा, "महाराज, गुरुजी को दिवंगत हुए एक वर्ष होने जा रहा है। नींद में ही उनका निधन हो गया। कुछ समय पहले उन्होंने कहा भी था कि अब समय आ गया है कि वह अपना शरीर त्याग दें और वह जल्दी ही ऐसा करेंगे।"

राजा घोर निराशा और दु:ख के भँवर में डूब गए। उन्होंने सोचा, 'गुरुजी संभवत: 108 साल के रहे होंगे। हो सकता है कि उनका अंत समय आ गया हो।' राजा खुद को कमजोर महसूस करने लगे और पास ही बाँस के खंभे के सहारे खड़े रहे। खुद को सँभालते हुए उन्होंने कड़क आवाज में पूछा, "मुझे क्यों नहीं सूचित किया गया?" इस पर शिष्य ने कहा, "निधन से पहले गुरुजी ने कहा था कि जब उचित समय आएगा तो आप जरूर आएँगे।" दु:खी मन से राजा वापस जाने के लिए मुड़े तो एक अन्य शिष्य ने आगे आकर लकड़ी का एक पत्र उन्हें देते हुए कहा, "गुरुजी ने यह आपको देने के लिए कहा था और यह भी कहा था कि आपको इसकी जरूरत पड़ेगी।" उस पत्र में लिखा था—'जिस चीज को आप जितना करेंगे, आपको उतना ही उसे करने का मन करेगा; और जितना कम करोगे, उतना ही कम उसे करने का मन चाहेगा।'

उस रात राजा बुरी तरह से सोना चाहते थे। उन्होंने आँखें बंद कर लीं और बिस्तर पर लेट गए, लेकिन सो नहीं सके। चिंता की लहर उन पर अब भी हावी थी। हालाँकि उनके राज्य पर किसी तरह का खतरा नहीं था, लेकिन उन्हें यह डर सता रहा था कि वह सबकुछ गँवा बैठेंगे—अपना राज्य, परिवार और जनता। राजा ने खुद को हजार बार समझाने का प्रयास किया कि ऐसा कुछ भी नहीं है, जिससे यह लगे कि मैं सबकुछ गँवा बैठूँगा; लेकिन यह भाव और अहसास जाने का नाम ही नहीं ले रहा था। डर उनके आसपास ही बना हुआ था। राजा ने सोचा, 'हे ईश्वर! मैं इस डर से कैसे छुटकारा पाऊँ? चिंता की लहरों से कैसे मुक्ति मिलेगी? इन सारी चीजों का कोई मतलब नहीं है। राज्य के भीतर कोई ऐसा दुश्मन नहीं है, जो मुझे चुनौती दे सके।

मेरी सेना, मेरे लोग और उन सबसे ऊपर—मेरा परिवार पूरी तरह मेरे प्रति निष्ठावान् है।' राजा हर पहलू पर विचार कर चुके थे, लेकिन सबकुछ गँवा बैठने का खौफ वास्तविक व मजबूत था और दिन-प्रतिदिन बढ़ता जा रहा था।

चिंता और फिक्र ने नींद उड़ा दी थी। राजा को एक चीज तो समझ में आ रही थी कि यह समस्या बाहर की नहीं, बल्कि अपने अंदर की है; यह समस्या उनके मन की थी।

राजा की आँखें एक बार फिर लकड़ी के पत्र पर लिखी इबारत पर गड़ गईं—'जिस चीज को जितना ज्यादा अभ्यास करोगे, उसे उतना ही और करने का मन करेगा; जितना कम-से-कम अभ्यास करोगे, उसे उतना ही कम करने का मन करेगा।' तो इसका अर्थ क्या हुआ? जितना मैं ज्यादा चिंता करूँगा कि मैं हर चीज गँवा बैठूँगा, उस पर मुझे और ज्यादा चिंता करनी पड़ेगी? क्या यही है इसका अर्थ? मैं ऐसा क्यों करना चाहूँगा, जो मुझे परेशान कर दे? डर तो अच्छी चीज नहीं है, न तो सो नहीं पाना ही अच्छी बात है। मेरे अंदर बनी चिंता और तनाव की गाँठ भी बेहतर चीज नहीं है। तो फिर मैं क्यों यह सब करना चाहता हूँ? मैं जितना ज्यादा इन सबके बारे में सोचता हूँ, उतना ही मुझे और सोचने की इच्छा होती है। क्या मेरे अंदर ही ऐसा कुछ है, जो मुझे चिंतित रहने को बाध्य कर रहा है? मैं जितनी ज्यादा चिंता करता जाता हूँ, उतना ही मुझे और चिंतित रहने का मन करता है।

'हे ईश्वर! क्या केवल गुरुजी ही मेरे साथ हैं? वही मुझे इस अंधकार से बाहर निकाल सकते हैं। क्या यह सच है? जिस चीज का अभ्यास हम ज्यादा करते हैं, हम उसे ज्यादा-से-ज्यादा करना चाहते हैं? हो सकता है कि इसका अर्थ यही निकलता हो। शायद मैंने समाधान पा लिया है।'

राजा ने सोने की कोशिश की, लेकिन चिंता की लहरें एक बार फिर उन पर हावी हो गईं। 'ओह, मैं जितना ज्यादा चिंता करता हूँ, उतना ही मुझे और करने का मन करता है। गुरुजी ने जो लिखा था, उसका अर्थ तो यही है। तो मैं अब इससे छुटकारा कैसे पाऊँ? ऐसा क्या करूँ कि मुझे चिंता कम-से-कम करने की जरूरत पड़े?' वह फिर से बिस्तर पर लेट गए, गहरी सोच में डूब गए और खुद से पूछने लगे, 'मैं वाकई क्या चाहता हूँ?' धीरे-धीरे धुँधली-सी तसवीर उनके दिमाग में बनने लगी और एक अनुभूति का उनके मन में उदय हुआ कि वह वास्तव में अपनी तलवारबाजी कौशल को और सुधारना चाहते हैं। उन्होंने यह काम बरसों से छोड़ रखा था और इसके अभ्यास के लिए समय नहीं निकाल पा रहे थे। उन्होंने सोचा, 'मुझे वह करना चाहिए, जो वाकई मैं करना चाहता हूँ; और मैं इसे जितना ज्यादा करूँगा,

उतना ही मुझे और मन करेगा।' राजा ने तत्काल एक सिपाही को बुलाया और आदेश दिया कि तलवारबाजी के अभ्यास की तत्काल व्यवस्था की जाए, ताकि वह जल्द-से-जल्द इस काम में जुट सकें।

राजा कुछ ही क्षणों में तैयार हो गए और खुले मैदान में पहुँच गए। वह जगह द्वंद्व युद्ध के अभ्यास के लिए तैयार की गई थी। वह यह देखकर खुश हुए कि उनके भरोसेमंद सेनापति रात के उस पहर भी उनके स्वागत में खड़े थे। राजा ने अगले छह घंटे तक तलवारबाजी का जमकर अभ्यास किया और पसीना बहाया। उन्हें यह भी अहसास नहीं हुआ कि सूरज आकाश में जा पहुँचा है और उसकी किरणों से सारा आकाश नारंगी हो उठा है।

राजा ने एक बार फिर अपने अंदर ताजगी और खुशनुमा अहसास पाया। वह पसीने से तर-बतर थे और शारीरिक रूप से थक गए थे, लेकिन वह बेहतर महसूस कर रहे थे। राजा ने सोचा, 'कितनी ही रातों के बाद यह पहली रात थी, जब मैंने बेहतर महसूस किया। अब समझ में आया कि अगर चिंता हावी होने लगे तो कुछ अलग करने की कोशिश करनी चाहिए।' राजा ने अपने सिपाहियों को आदेश दिया कि तलवारबाजी के अभ्यास के लिए मैदान हर समय तैयार रहना चाहिए।

किसी भी क्षण राजा जरा-सी भी चिंता या परेशानी महसूस करते, वह तत्काल मैदान में पहुँच जाते और अपने सैनिकों के साथ जमकर तलवारबाजी का अभ्यास करते, पसीना बहाते, थककर चूर हो जाते और खुशनुमा अहसास लेकर लौट आते। हफ्ते-दर-हफ्ते उन्होंने अपनी तलवारबाजी का अभ्यास जारी रखा। चाहे दिन का समय हो या रात, जिस समय वह चिंतित होते, उसी समय अपनी तलवार उठाते और थकान होने तक घंटों अभ्यास में जुटे रहते।

महीनों के अभ्यास के बाद वह चिंतित रहने की आदत भूल गए। कुछ समय बाद तो उन्हें यह भी नहीं याद रहा कि वह कभी चिंता और बेचैनी के दौर से गुजरे थे। भले ही वह उस दौर से बाहर आ गए रहे हों और तलवारबाजी के अभ्यास की अब उन्हें जरूरत न रही हो, लेकिन उन्होंने इस अभ्यास को जारी रखने का फैसला किया, क्योंकि वह ऐसा ही कुछ अपने जीवन में करना चाहते थे। राजा को अब अपने गुरु की लिखी बातें अच्छी तरह समझ में आ गई थीं, 'जितना ज्यादा आप कोई काम करेंगे, उतना ही और करने का आपका मन करेगा। और इस बार, मैं बिल्कुल सही चीज कर रहा हूँ, और अगर मैं इसे ज्यादा करना चाहता हूँ तो अच्छी बात है।' यह सोचते-सोचते राजा गहरी और शांत नींद के आगोश में खो गए।

–मनोज केशव

निरंतर बदलता मस्तिष्क

सोचने के नए तरीकों का अभ्यास करते हुए हम अपने मस्तिष्क को नए आकार दे सकते हैं और अपने मस्तिष्क के काम करने के तरीके में बदलाव ला सकते हैं। इस मोड़ पर यह ध्यान देना जरूरी है कि मस्तिष्क एक पैटर्न में काम करता है और इसमें उद्देश्य या नीयत से कोई मतलब नहीं होता। एक व्यक्ति, जो हमेशा कुछ अलग करने की सोचता है, क्योंकि उसके काम या नौकरी की प्रकृति ही कुछ ऐसी है तो वह समय के साथ और बेहतर होता चला जाएगा। रचनात्मक विचारों को लेकर उसकी क्षमता बढ़ती जाएगी और वह आसानी से तथा स्वाभाविक रूप से नए-नए विचारों को सामने रख सकेगा। जीवन के इस तरीके से मस्तिष्क सामंजस्य बैठा लेगा और एक औसत सोच रखनेवाला भी जबरदस्त रचनात्मक विचारोंवाले व्यक्ति के रूप में बदलाव महसूस कर पाएगा।

इसी तरह, एक चिंतित व्यक्ति चिंता करने में दिन-प्रतिदिन बेहतर होता जाएगा और वह आसानी से और तेज रफ्तार से अवसाद की स्थिति में जाने के तरीके खोज लेगा। जितना ज्यादा अभ्यास, उतनी तीव्र इच्छा। और जितना ज्यादा आप अभ्यास करेंगे, उसे कर पाने की आपकी क्षमता और बेहतर होती जाएगी। अगर किसी की रोजाना दूसरों से उलझने या झगड़ने की आदत हो तो वह आसानी से ऐसे मुद्दे तलाश लेता है, जिससे कि वह दूसरों से विवाद कर सके। कोई व्यक्ति अगर छोटी-छोटी बातों को लेकर हताश या निराश हो जाता है तो एक समय के बाद वह उस काम में माहिर हो जाता है और वह बेहद आसानी से निराशा के भँवर में पहुँचकर सुकून पाता है।

एन.एल.पी. : न्यूरल स्तर पर बदलाव लाने का एक जरिया

किसी व्यक्ति के मनोविज्ञान में भले ही हानिकारक पैटर्न और आदतें शुमार हो चुकी हों और वे काफी गहराई में बैठ चुकी हों, लेकिन चाहे जितनी भी मजबूती से अपनी छाप किसी पर छोड़ चुकी हों, किसी का भी दिमाग स्वयं को पुनर्व्यवस्थित कर सकता है। न्यूरल स्तर पर बदलाव लाने के लिए ही एन.एल.पी. को जाना जाता है, ताकि आप वह व्यक्ति बन सकें, जो आप बनना चाहते हैं। आपके अंदर वह ताकत आ सकती है, जिसके जरिए आप अपने विचारों या व्यवहार के पैटर्न को बदलकर रख दें और एन.एल.पी. आपको दिखाती है कि यह काम आप कैसे कर सकते हैं?

एन.एल.पी. : लिंग्विस्टिक्स

"बोलने का उपहार और एक सुव्यवस्थित भाषा प्रत्येक मानव समूह को प्राप्त विशेष गुण हैं। कोई भी जनजाति ऐसी नहीं पाई गई है, जो बिना भाषा के रह रही हो।"

—एडवर्ड सैपिर (एंथ्रोपोलॉजिस्ट-लिंग्विस्ट)

आपने देखा होगा कि विश्व-प्रसिद्ध कंपनी एप्पल को हम मात्र उसके सिंबल, काटकर खाए हुए सेब की तसवीर, से पहचान लेते हैं। इसी तरह रेड क्रॉस का निशान, शेल कंपनी का लाल व पीला प्रतीक और नाइके का स्वूश ऐसे कुछ उदाहरण हैं, जो पूरे विश्व में अपनी पहचान रखते हैं। इनके प्रतीक चिह्न के अलावा कुछ लिखने की जरूरत नहीं पड़ती।

जिस तरह एक लोगो या एक प्रतीक चिह्न किसी संगठन का प्रतिनिधित्व करता है, ठीक उसी तरह शब्द किसी वस्तु या किसी अवधारणा का प्रतिनिधित्व करते हैं।

हम भाषा का इस्तेमाल अपने लिए किसी चीज को लेकर या दूसरों को पहचान या प्रतिनिधित्व देने के लिए करते हैं। जब हम खुद के बारे में बताने के लिए भाषा का प्रयोग करते हैं, जो हम इसे कहते हैं—वजह बताना, सोचना, कल्पना करना, पुनरभ्यास करना आदि। जब हम भाषा का प्रयोग अपने अनुभव या विचार दूसरों को बताने के लिए करते हैं तो हम इसे नाम देते हैं—बात करना, चर्चा करना, लिखना, व्याख्यान या भाषण देना, गाना आदि।

क्या पौधे और पशु भी एक-दूसरे से संवाद करते हैं?

मधुमक्खी अन्य मधुमक्खियों के इर्द-गिर्द नृत्य करती है और इस तरह अपनी वर्तमान मौजूदगी वाले स्थान के बारे में उन्हें बताती है और साथ ही कि वे किस दिशा में बढ़ रहे हैं। पक्षी और बंदर एक विशेष प्रकार की ध्वनि निकालकर अपने साथियों को आसपास के खतरों से आगाह करते हैं। उनकी आवाज की तीव्रता और गंभीरता खतरे के संभावित आकार, प्रकार और दूरी के अनुपात में होती है, जिससे उनके साथी अंदाजा लगाकर सतर्क हो जाते हैं। भाषा, दरअसल, प्रकृति में हर तरफ फैली हुई है। सभी पशु संवाद करते हैं, यहाँ तक कि पौधों में भी थोड़ा-बहुत आपसी संवाद होता है और इसके लिए वे गंध-युक्त रसायन, जिन्हें 'वोलाटाइल ऑर्गेनिक कंपाउंड्स' (V.O.C.) कहा जाता है, घुलनशील रसायन आदि भी छोड़ते हैं।

क्या भाषाएँ अमूमन एक जैसी मिलती-जुलती-सी होती हैं या एक-दूसरे से पूर्णतया भिन्न होती हैं?

भाषाएँ सभी मनुष्यों के लिए समान होती हैं; हम इसके लिए बहुत कठोरता से जुड़े हुए हैं। पशुओं के पास इनसानों की तरह बोलनेवाली भाषा नहीं होती। तमाम सामाजिक विज्ञानी कहते हैं कि भाषा को सांकेतिक रूप में इस्तेमाल कर पाने की काबिलीयत ही हमें इनसान बनाती है। भले ही यह एक वैश्विक मानवीय गुण हो, लेकिन भाषा को आसान या सरल कहना बेहद कठिन है।

समस्त मानवीय भाषाओं में ऐसी कौन सी चीजें होती हैं, जो समान लक्षणों के रूप में नजर आती हैं? हम अपने अनुभवों को खुद से और दूसरों से भाषा के जरिए ही अभिव्यक्त करते हैं। दुनिया की भाषाओं के ऊपर एथनोलॉग (एस.आई.एल. इंटरनेशनल द्वारा प्रकाशित) में हुए काम को सबसे ज्यादा प्रभावशाली स्रोत माना जाता है। इसमें वर्ष 2009 में सबसे ज्यादा विस्तार से सूची प्रकाशित की गई है, जिसमें बताया गया कि दुनिया भर में 6,909 भिन्न भाषाएँ हैं। भाषा-विज्ञानियों ने पाया कि ये सभी भाषाएँ एक-दूसरे से बहुत हद तक मिलती-जुलती हुई हैं।

भले ही समस्त भाषाओं में अंतर हो, लेकिन इन भाषाओं में कुछ गुण और भाव ऐसे हैं, जो समान रूप से पाए जाते हैं। ये साझा गुण वैश्विक व्याकरण में समाहित हैं, जो सभी इनसानी भाषाओं को समान ढाँचा प्रदान करते हैं। जिस भाषा में हम बात करते हैं, उससे अलग हम जिस तरीके से शब्द और वाक्य बनाते हैं, उसमें एक वैश्विक ढाँचा समाहित होता है।

क्या जीवन की गुणवत्ता उन शब्दों पर निर्भर करती है, जिनका हम रोजाना प्रयोग करते हैं?

"आप अपने मन और अपने विचारों को तब तक उन्नत नहीं कर सकते, जब तक कि आप अपनी भाषा को उन्नत नहीं कर लेते।"

—नोआम चॉम्स्की

जीवन की गुणवत्ता = शब्दों की पसंद

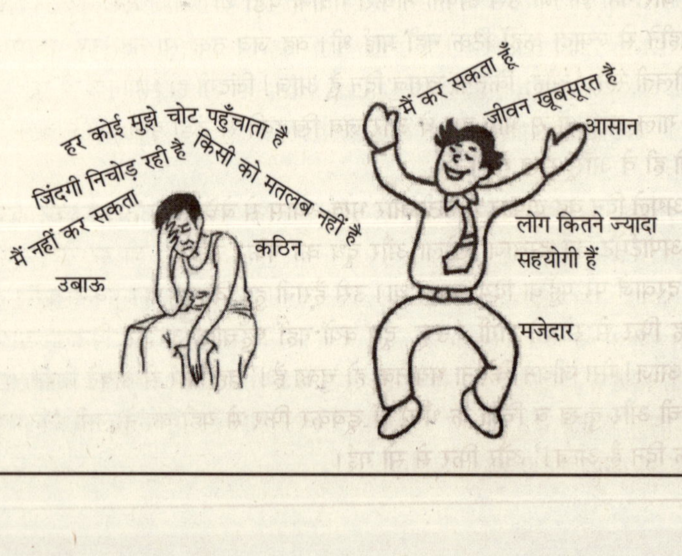

हमारे संबंधों की गुणवत्ता स्वयं के साथ और हमारे आसपास रहनेवाले लोगों के साथ इस बात पर निर्भर करती है कि हमारे शब्दों का चयन कैसा है और हम किस तरह की भाषा का इस्तेमाल करते हैं? एन.एल.पी. हमें भाषा के ढाँचे और हमारे जीवन में बदलाव लाने में इसकी भूमिका को लेकर हमारी समझ बढ़ाने में मार्गदर्शन करती है।

शब्द आपका जीवन बदल सकते हैं

सुजैन बस में बैठी। वह कुछ चिंतित लग रही थी। बस से अपने कार्यस्थल पर पहुँचने में उसे 40 मिनट लगते हैं। उसने अपनी घड़ी में समय देखा। अगर सड़क पर भीड़ ज्यादा न हुई, तभी वह समय से पहुँच सकती थी। किस्मत से उस समय सड़क पर भीड़ भी कम थी, इसलिए वह समय पर आसानी से पहुँच गई। जैसे ही वह परिसर के अंदर प्रवेश करने वाली थी, उसे महसूस हुआ कि उसने कुत्ते की पॉटी (मल) पर अपने पैर रख दिए हैं। बदबू भयानक थी। सुजैन घोर निराशा व गुस्से में भर गई और सोचने लगी, 'उफ्, मेरा दिन खराब हो गया। आज कितना बुरा दिन है! एक भयानक दिन।' जब तक उसने साफ-सफाई की और दुर्गंध से मुक्ति पाई, उसे 30 मिनट की देरी हो गई।

'आज खराब दिन है, बड़ा खराब दिन है।' सुजैन अपने आप को कोसती और भुनभुनाती हुई अपनी सीट पर जा बैठी। वाकई वह दिन उसके लिए बेहद खराब साबित हुआ। उसी दिन उसे नौकरी से निकाल दिया गया।

जिस पल सुजैन अपने अपार्टमेंट में पहुँची, वह जोर-जोर से रोने लगी। यह पहली बार नहीं था कि उसे अपनी नौकरी गँवानी पड़ी थी। आज तक कभी भी वह छह महीने से ज्यादा कहीं टिक नहीं पाई थी। वह जब तक सो नहीं गई, तब तक यही बोलती रही, 'ओह, कितना खराब दिन है आज! जिंदगी ही भयानक हो गई है।' उसके गाल आँसुओं से भीगे हुए थे और जब खिड़की से ठंडी हवा उसके कमरे में आई तो ही वे आँसू सूख गए।

अगले दिन वह दोपहर में उठी और भूख-प्यास से बेचैन हो उठी। उठकर उसने अपने अपार्टमेंट का दरवाजा खोला और दूध का पैकेट उठाया, जो हर रोज सुबह उसके दरवाजे पर पहुँचा दिया जाता था। उसे हैरानी हुई कि दूध का पैकेट वहाँ नहीं था। वह फिर से सोचने लगी, 'उफ्, दूध क्यों नहीं पहुँचाया आज? कितना खराब दिन है आज! मेरा जीवन कितना भयानक हो चुका है!' वह फिर से अपने बिस्तर पर जा पहुँची और दुःख व चिंता के भँवर में डूबकर फिर से यही कहने लगी, 'कितना भयानक दिन है आज!' और फिर से सो गई।

शाम को उसने एक बार फिर खुद को बिस्तर से जबरन उठाया। उसने बाजार जाकर दूध का पैकेट और कुछ खाने-पीने का सामान लाने का फैसला किया। जब वह लिफ्ट से निकल रही थी, तभी बिना दाँतवाले एक छोटे बच्चे ने मुसकराकर उसकी तरफ देखा और बोला, 'हैलो, कितना खराब दिन है न आज, आंटी!' उसने हाथ हिलाया और खेल के मैदान की तरफ दौड़ता हुआ निकल गया। उसकी बात सुनकर वह स्तब्ध रह गई और कुछ देर वहीं खड़ी रह गई। उस बच्चे के बोलने के अंदाज से वह इस कदर सन्न रह गई कि उसे वापस अपनी दुनिया में आने में एक मिनट लग गया। फिर वह खेल के मैदान की तरफ टहलते हुए गई और उस बच्चे से दोबारा मिली और उससे पूछा, "तुमने ऐसा क्यों कहा मुझसे—कितना खराब दिन है न आज, आंटी?" बच्चे ने फिर से चौड़ी मुसकान बिखेरते हुए कहा, "आप ही तो टहलते हुए लगातार कहती जा रही थीं यह बात। ऐसा लग रहा था, मानो आप किसी मंत्र का जाप कर रही हों। मेरे दादाजी हमेशा भगवान् का नाम ऐसे ही जपते रहते हैं।"

चिढ़कर उसने फिर से भुनभुनाया, "उफ्, कितना भयानक दिन है आज!" बच्चे ने फिर कहा, "ओह, देखा, आपने फिर से कहा—कितना भयानक दिन है आज! भयानक का क्या मतलब होता है, आंटी? क्या इसमें कोई जादुई ताकत होती है?" बच्चे ने बड़ी मासूमियत से पूछा। सुजैन केवल वहाँ खड़ी रही और मानो उसके होंठ जकड़ गए हों। लेकिन उसके दिमाग में केवल यही चीज चल रही थी—कितना भयानक दिन है आज! उस पल ही तब उसे समझ में आया कि यह बात बोलने की उसकी आदत पड़ गई है। सुजैन से कोई जवाब न मिलने पर वह छोटा बच्चा एक बार फिर अपने दोस्तों के साथ खेलने चला गया।

वह पार्क की बेंच पर बैठ गई और अपने जीवन पर गौर करने लगी। वह बच्चा ठीक कह रहा था। जब भी कुछ गड़बड़ होती थी, भले ही वह मामूली-सी ही बात क्यों न हो, वह एक ही बात की रट लगाने लगती थी—कितना भयानक दिन है आज! और हुआ भी कुछ ऐसा कि हर दिन भयानक अंदाज में ही खत्म होने लगा। और हाल में, हर दिन कमोबेश किसी-न-किसी खराब तरीके से ही बीतता जा रहा था। पार्क की बेंच पर बैठी सुजैन भ्रमित, हैरान और सदमे में आकर यही सोचने लगी कि क्या इस छोटे से वाक्य में इतनी ताकत है, जो एक सामान्य से दिन को भी खराब कर दे और वह भी हर बार? क्या भाषा में इतनी ताकत है? एक वाक्य 'कितना खराब दिन है आज' ने मेरे जीवन को उलट-पुलटकर रख दिया है। ईश्वर ही जानता है कि कितने ही दिनों से मेरे जीवन में सबकुछ गड़बड़ चल रहा है? मैं अकेली हूँ और अब तो मेरे पास कोई नौकरी भी नहीं है। हे ईश्वर! कितना खराब दिन⋯' अचानक उसने

फिर वही बात कहते हुए खुद को पकड़ लिया और झल्लाकर बोली, "ओह, सुजैन, यह बोलना बंद करो।"

इसके बाद एक विचार उसके दिमाग में कौंधा। उसने सोचा कि क्यों न इस वाक्य का विपरीत वाक्य बोलकर देखा जाए और बजाय 'खराब' के मैं बोलूँ—'वाह, कितना अच्छा दिन है आज! क्या इससे मेरा जीवन बदलेगा?' उसने तय किया कि हर बार जब भी कुछ गड़बड़ होगी, तब वह बोलेगी—'वाह, कितना अच्छा दिन है आज!' इसके बाद वह एक बार फिर ऊर्जा से लबरेज हो गई और उसने अपने अंदर सकारात्मक बदलाव होता महसूस किया। उसे लगा कि उसका जीवन अचानक बदलकर पटरी पर आ गया। वह सुबह उठी और उसने कहा, 'वाह, कितना शानदार दिन है आज!' और उसने इसे साबित करने के लिए कुछ सकारात्मक चीजों पर गौर किया और वाकई उस दिन को शानदार पाया। उसने यही बात हर बार दोहराने का फैसला कर लिया था, चाहे भले ही कुछ गड़बड़ क्यों न हुई हो। अब वह हर दिन कुछ-न-कुछ सकारात्मक तलाश ही लेती थी, अपने कहे उस वाक्य को साबित करने के लिए—वाह, आज कितना शानदार दिन है!

कुछ हफ्तों बाद वह एक बड़े संगठन में नौकरी के इंटरव्यू के लिए पहुँची। वह वाकई उस बड़ी कंपनी के लिए काम करना चाहती थी। वह लगातार बोले जा रही थी—वाह, कितना शानदार दिन है आज! अंततः उसकी बारी आई और उसे अंदर कॉन्फ्रेंस रूम में इंटरव्यू के लिए बुलाया गया। इंटरव्यू लगभग एक घंटे तक चला। आखिरकार मुख्य साक्षात्कारकर्ता ने सीधे उसकी आँखों में देखा और कहा, "मैं आपसे बिना लाग-लपेट सीधी बात करना चाहता हूँ। हमारे यहाँ जो जगह खाली है, आप उस पद के अनुरूप नहीं पाई गईं। इसलिए आपको चुना नहीं जा सका है।" सुजैन का चेहरा अनायास ही चमक उठा। आँखों में चमक लिये हुए उत्साहित होकर उसने कहा, "वाह, कितना शानदार दिन है आज!" वह अधिकारी उसकी बात सुनकर हैरान रह गया। उनमें से एक ने पूछा, "आज का दिन क्यों शानदार है? क्या आप व्यंग्यात्मक लहजे में यह बात कह रही हैं?" लेकिन सुजैन की आँखों में चमक लगातार बरकरार रही और उसने कहा, "मैं यह बात इसलिए कह रही हूँ, क्योंकि मैं वाकई यह नौकरी करना चाहती थी और मैं इसमें सफल नहीं हो पाई। मेरा चयन न हो पाना मेरे लिए बड़ा अवसर है कि मैं खुद को और बेहतर ढंग से ऊँचे मानकों के अनुरूप काम करने के लायक तैयार कर सकूँ। क्या आगे की ओर देखने के मेरे इस नजरिए में कुछ गड़बड़ी है? यही कारण है कि आज का दिन मेरे लिए शानदार दिन है। आप जल्दी ही और बेहतर व बुद्धिमान सुजैन से मिलेंगे। आपका शुक्रिया,

जो आपने मुझे यह अवसर दिया कि मैं अपने अंदर और सुधार लाने पर मेहनत कर सकूँ। वाह, कितना शानदार दिन है आज! आप सभी का शुक्रिया।" वह वहाँ से जाने के लिए उठने लगी। इंटरव्यू लेनेवालों ने एक बार फिर अगले 20 मिनट तक उसका इंटरव्यू लिया और अंत में उन्होंने अपना निर्णय बदला तथा सुजैन को यह सुनिश्चित किया कि वे उसे अपने यहाँ जॉब दे रहे हैं।

वह इंटरव्यू रूम से उठी और सीधे बाथरूम में गई। वहाँ उसके गाल पर आँसू लुढ़क रहे थे। वह नहीं चाहती थी कि कोई उसे सुबकता हुआ देखे। वाकई, ये खुशी के आँसू थे। उसने खुद से फिर कहा, "वाह, कितना शानदार दिन है आज!"

—मनोज केशव

एन.एल.पी. : प्रोग्रामिंग

तकनीकविदों, वैज्ञानिकों और सॉफ्टवेयर प्रोग्रामर लगभग हर दिन ही नई-नई तकनीकी खोज सामने ला रहे हैं। सिमंस ने हाल में एक ड्राइवर-रहित फोर्कलिफ्ट ट्रक दुनिया के सामने पेश किया है, जो लेजर के जरिए फैक्टरियों में अपनी राह तलाश लेता है। यू.के. में पुलिस ऑटोमैटिक नंबर प्लेट रिकग्निशन (A.N.P.R.) तकनीक का इस्तेमाल करती है। यह कैसे काम करता है? जब कोई वाहन A.N.P.R. कैमरे के सामने से गुजरता है तो उसका रजिस्ट्रेशन नंबर वह कैमरा पढ़ लेता है और तुरंत चोरी हुई कारों या अपराधियों द्वारा इस्तेमाल की जानेवाली कारों के डेटाबेस के रिकॉर्ड से मिलान करने लगता है। यह सिस्टम रजिस्ट्रेशन नंबरों की पहचान और डेटाबेस से उनकी जाँच कुछ सेकंडों में कर लेता है। इसके बाद पुलिस अधिकारी उस वाहन को आसानी से पहचान लेते हैं और उसे रुकवाकर सबूतों की तलाशी लेते हैं और अगर जरूरी हुआ तो गिरफ्तारी भी करते हैं।

नीदरलैंड्स के लेली ग्रुप ने बगैर मानव हस्तक्षेप के गायों का दूध निकालने वाली मशीन की खोज की है। इस दूध निकालनेवाली रोबोट मशीन के लिए गायें खुद को उचित जगह पर रखने की कला सीखती हैं और जब वे अपना थन भरा हुआ महसूस करती हैं तो वहाँ पहुँचकर अपना दूध निकलवाकर वापस अपनी जगह पर आ जाती हैं। जब से इनसान ने जानवरों को पालना सीखा होगा, तब से लेकर अब तक के मानव इतिहास में पहली बार किसानों को तड़के उठकर दूध निकालने के लिए गायों के बीच नहीं जाना पड़ता है।

सेल्फ-ड्राइविंग कारें, रोबोट्स और ड्रोन ये आभास देते हैं कि मशीनें खुद जागरूक और बुद्धिमान हैं; लेकिन वे वही कर सकती हैं, जो उनके प्रोग्रामर उनसे कराना चाहते हैं। जब एक मशीन इनसान के द्वारा तैयार प्रोग्राम के आधार पर काम करती है तो वह यह

आभास देती है कि वह खुद सोचनेवाली मशीन है; लेकिन वे महज धातु और प्लास्टिक के टुकड़ों से बनाई हुई चीजें हैं, जिनको एक साथ जोड़कर इस तरह बनाया गया है कि जो निर्देश उन्हें दिए जाएँ, वे उसके अनुसार काम करें। वास्तव में, आनेवाले वर्षों में मशीनों से यह अपेक्षा की जाएगी कि वे खुद जागरूक रहें, लेकिन आज उनका व्यवहार उनमें डाले गए निर्देशों और प्रोग्रामों का प्रतिबिंब पेश करता है।

यह सच है कि तकनीक ने हमारे जीवन को बेहतर बनाया है, लेकिन तकनीक भी खुद से उभरी हुई नहीं है। यह प्रोग्रामिंग के हिसाब से ही काम करती है। इन तकनीकों को बनानेवाले इनसान ही तारीफ के वास्तविक हकदार हैं।

इनसान और मशीनें : क्या ये दोनों ही अपनी-अपनी प्रोग्रामिंग के अनुसार काम करते हैं ?

मशीनों और इनसानों के बीच खास अंतर यह है कि मशीनें स्वयं जागरूक नहीं होतीं और केवल तभी काम करती हैं, जब उनको प्रोग्रामिंग के जरिए निर्देश मिलते हैं। इनसानों के बारे में क्या कहें ? क्या कोई अंतर है ? क्या हम मशीनों की ही तरह हैं ? क्या हम केवल उन्हीं कामों को अंजाम नहीं देते, जो हमारे अभिभावक, समाज, संस्कृति, परंपरा और जीवन के अनुभवों के जरिए हमारे भीतर बैठा दिए जाते हैं ? क्या हम स्वयं जागरूक हैं या क्या हम खुद कोई काम करते हैं अथवा केवल वही काम करते हैं, जो दूसरे लोगों या हालात ने प्रोग्राम कर रखा है, जैसे कि रोबोट करते हैं ?

लड़की की तरह रहो

रेवती 6 साल की एक शैतान बच्ची थी, जो एक धनाढ्य परिवार में पैदा हुई थी। उसे खेलना-कूदना, डांस करना और बिना रुके घंटों बकबक करना पसंद था। उसने शायद ही कभी अपने पिता को देखा हो, क्योंकि वह अकसर कारोबार के सिलसिले में दौरे पर रहते थे। लेकिन आज वह खुश थी, क्योंकि उसके पिता घर आए हुए थे। वह सोफे पर चढ़ गई और चहकते हुए वहाँ से कूद-फाँद करने लगी। वह यही राग अलापे जा रही थी, "पापा घर आ रहे हैं! हुर्रे! पापा, पापा!" शाम तक उसके पापा घर पहुँच पाए। शाम को उन्होंने जैसे ही घर में प्रवेश किया, वह दौड़ते हुए उनके पास खूब चौड़ी मुसकान लेकर जोर-जोर से 'पापा!' बोलते हुए पहुँची। उसके पिता ने अपनी पत्नी से कहा कि वह काफी थके हुए हैं और कुछ पीना चाहते हैं।

रेवती अपने पिता की गोद में चढ़ गई और उनकी मूँछें खींचकर खेलने लगी। उसने ऐसा किया तो उसके पिता एक चुलबुले बंदर की तरह दिखने लगे और वह यह देखकर जोर-जोर से हँसने लगी। अचानक उसके पिता ने उसे जमीन पर खड़ा कर दिया और कड़क आवाज में बोले, "अदब से पेश आओ। हमारे समाज में लड़कियाँ इतनी जोर-जोर से नहीं हँसती हैं।" नन्ही रेवती अपने पिता का यह रूप देखकर सहम गई। वह डरकर थोड़ा पीछे हट गई, लेकिन वह फिर से अपने पिता की गोद में वापस जाना चाहती थी। लेकिन इस बार जब उसने दोबारा कोशिश की तो उसके पिता ने उसे धक्का देकर दूर कर दिया। उन्होंने कहा, "मैं तुमको दोबारा इतनी जोर-जोर से हँसते हुए नहीं देखना चाहता। समझ में आई बात? लड़की की तरह रहना सीखो। समझ में आया?" रेवती ने आँखों में आँसू लिये सिर हिलाया। उसके बाद कभी वह खुलकर नहीं हँस पाई।

समय बीतता गया। रेवती बड़ी हुई, कॉलेज की पढ़ाई पूरी की और एक जानी-मानी कंपनी में नौकरी करने लगी। उसके शानदार काम के बावजूद उसे यही सुनने को मिलता कि उसका बरताव बेहद गंभीर है और वह कभी हँसती नहीं, सामाजिक नहीं होती या अपने साथियों के बीच हँसी-मजाक नहीं करती। रेवती ने फीडबैक फॉर्म को दुरुस्त रखने के लिए ऐसा करने का प्रयास भी किया और हँसने-बोलने की कोशिश की; लेकिन कोई चीज थी, जो उसे वापस उसके दायरे में खींच लेती।

फिर उसकी शादी हो गई, बच्चे हुए और वह बूढ़ी हो गई। एक रात सोते समय वह दुनिया छोड़ गई। उसके पोते-पोतियों के हाथ उसकी डायरी लगी, जो वह तकिए के नीचे रखती थी। उसने उस डायरी में अपने विचार लिख रखे थे और जब उन लोगों ने उसे पढ़ा तो एक ही विचार बार-बार सामने आता जाता। वह विचार था—"भले ही

देखनेवालों के लिए मैं पढ़ी-लिखी महिला थी, जो एक अच्छे परिवार से संबंध रखी थी, लेकिन मैं जिंदा लाश थी। काश, मैं और खुशमिजाज होती, थोड़ा नटखट होती और दिल खोलकर हँस पाती!"

—मनोज केशव

मैं कहना चाहता हूँ कि रेवती भले ही एक इनसानी शरीर थी, लेकिन उसके प्रोग्रामर ने उसकी जैसी कोडिंग की थी, वह उसी के अनुरूप व्यवहार करती थी। देखनेवालों के लिए वह शिक्षित और बुद्धिमान महिला नजर आती थी, लेकिन वह खुद के प्रति कोई सोच नहीं रखती थी। वह यह भी नहीं समझती थी कि हँसने-बोलने की उसकी नैसर्गिक क्षमता को उसके भीतर किसी बाहरी के जरिए भरा गया प्रोग्राम दबा रहा है और यह उसके पिता की सख्त फटकार थी, जो उसके अंतर्मन में बैठ गई थी।

आइए, एक और किस्सा देखें—

तुम कभी नहीं गा सकते

एक स्कूल में एक छोटे बच्चे को संगीत की कक्षा में गाना गाने के लिए कहा गया। जिस पल संगीत शिक्षिका ने घूरते हुए उस बच्चे को देखा, उस बच्चे के अंदर डर के चलते सिहरन-सी पैदा हो गई। उसके होंठ सूख गए, गला जकड़ गया और उसे यह महसूस होने लगा कि उसके पेट को किसी ने कसकर बाँध दिया हो। संगीत शिक्षिका ने अधीर होते हुए फिर कहा, "चलो रवि, गाओ अब।" वह बच्चा गाना चाहता था, लेकिन डर के मारे उसका मुँह ही नहीं खुला। उसने अपनी शिक्षिका का रूखा व तमतमाता चेहरा देखा और दोबारा प्रयास के बावजूद जरा-सा ही मुँह खोल पाया और गाने की पहली लाइन गाने लगा। उसकी आवाज सुनकर पूरी कक्षा के छात्र हँस पड़े। उसकी आवाज उसे खुद भी भद्दी-सी और अजीब-सी लगी। शिक्षिका ने उसे एक कोने में बैठ जाने को कहा और बोली कि अगली बार जब कक्षा में आना तो कोई कॉमिक बुक लेकर आना। उसकी शिक्षिका ने कहा कि वह कभी गा नहीं पाएगा और जब वह छोटा बच्चा बड़ा हुआ तो उसे अपने बारे में एक चीज अच्छी तरह से पता थी कि वह कभी गा नहीं पाएगा।

अगर आप उसे कहें कि उसके दिमाग में चल रही उस आवाज पर ध्यान दे कि वह कभी गा नहीं सकता और उससे पूछा जाए कि वह किसकी आवाज सुन

> रहा है, जिस आधार पर वह यह मानता है कि वह गा नहीं सकता तो वह एक झटके में बोल उठेगा कि यह उसकी संगीत शिक्षिका की ही आवाज है। क्या इसे जागरूक होना कहेंगे?
>
> **–मनोज केशव**

मशीनें पहले से प्रोग्राम किए हुए प्रोग्रामों के आधार पर चलती हैं। इनसान के लिए क्या कहेंगे? क्या हम भी मशीनों की तरह पूर्व निर्धारित प्रोग्रामों के आधार पर व्यवहार करते हैं?

इनसानी व्यवहार के मामले में प्रोग्रामिंग क्या है? सोच के पैटर्न के संदर्भ में क्या प्रोग्रामिंग होती है? मैं एक व्यक्ति के तौर पर कौन हूँ? इस संदर्भ में प्रोग्रामिंग क्या है?

मानव व्यवहार, विचार और भावनात्मक प्रोग्रामों को कौन लिखता है?

एक कंप्यूटर प्रोग्राम तो इनसानों के द्वारा लिखा जाता है। वह कौन है, जो इनसानी व्यवहार, विचार और भावनात्मक प्रोग्राम तैयार करता है? जिंदगी ऐसा करती है। अनुभव यह काम करता है। चेतन या अवचेतन तौर पर हम अपना प्रोग्राम खुद तैयार करते हैं। मशीन अपना प्रोग्राम दोबारा खुद नहीं लिख सकती, लेकिन इनसान ऐसा कर सकता है।

ज्यादातर लोगों को अपने अंदर निहित प्रोग्राम का पता नहीं होता, जिसके आधार पर वे जीते चले जाते हैं। वे यह महसूस नहीं कर पाते कि उनके अंदर वह शक्ति है कि वे अगर अपने मौजूदा व्यवहार या जीवन की स्थिति से नाखुश हैं तो अपना प्रोग्राम खुद लिख सकते हैं। आप कह सकते हैं, 'मैं जरूर प्रयास करूँगा अपना प्रोग्राम बदलने का, लेकिन वे फिर से पुराने पैटर्न पर आ जाएँगे।' ऐसे में आपको न्यूरो लिंग्विस्टिक स्तर पर अपने प्रोग्राम में फेर-बदल की जरूरत है, ताकि यह बदलाव के केवल सतही स्तर पर ही न रह जाए, जिसे नए साल के संकल्प का स्तर माना जाता है। एन.एल.पी. की शानदार दुनिया में आपका स्वागत है।

□

2

उत्कृष्टता की एन.एल.पी. मान्यताएँ

क्या मान्यताओं को वास्तविकता में बदला जा सकता है ?

एन.एल.पी. की उत्कृष्टता की मान्यताओं को पूर्व अनुमान भी कहा जाता है। पूर्वानुमान का अर्थ है—'साबित होने से पहले आकलन करना'। एन.एल.पी. के परिप्रेक्ष्य में, पूर्वानुमान वे नियम या सिद्धांत या मान्यताएँ हैं, जो बदलाव और स्व-सशक्तीकरण की प्रक्रिया को आगे बढ़ाते हैं। उदाहरण के लिए, जब एक एथलीट यह पूर्वानुमान करता है या मान लेता है कि वह नहीं जीत सकता तो वह अपना श्रेष्ठतम प्रदर्शन नहीं करता और नतीजतन दौड़ हार जाता है। इसके ठीक उलट, अगर वही एथलीट यह पहले से मानकर चले या भरोसा करके चले कि वह जीतने ही जा रहा है तो उसे अपने अंदर ज्यादा ऊर्जा महसूस होगी और वह खुद-ब-खुद अपना श्रेष्ठतम प्रदर्शन करेगी, जो उसके जीतने की संभावना को बढ़ा देगा।

ऐसी मान्यताएँ या पूर्वानुमान होते हैं, जो हमारे दिमाग में बसे होते हैं और वे हमें ताकत देते हैं और ऐसे भी पूर्वानुमान हमारे भीतर भरे होते हैं, जो हमारी ताकत छीन लेते हैं। उदाहरण के लिए, अगर एक व्यक्ति यह मान ले कि उसे कोई पसंद नहीं करता तो उसका रक्षात्मक अंदाज इसे वास्तविकता में बदल देता है।

एन.एल.पी. में यहाँ उत्कृष्टता से जुड़ी चुनिंदा मान्यताओं या पूर्व धारणाओं की एक सूची दी जा रही है, जो बदलाव और आत्म-सशक्तीकरण को आगे बढ़ाएगी—

1. नक्शे को आप पूरा इलाका नहीं मान सकते

इस कथन के जनक अल्फ्रेड कोर्जिब्स्की (Alfred Korzybski) थे, जो एक इंजीनियर, गणितज्ञ और एक शानदार विचारक थे। एक नक्शा कभी भी पूर्णतया

सटीक नहीं हो सकता, अन्यथा उसका आकार भी उतना ही बड़ा होता, जितना कि उस पर अंकित इलाके का। लंदन का नक्शा खुद लंदन नहीं हो सकता। भले ही एक नक्शा सटीक तरीके से सच न हो और भले ही वह उस इलाके की समस्त जानकारियाँ खुद में न समेट सकता हो, फिर भी वह काफी कारगर होता है। एक नक्शा प्रासंगिक भी होता है। रेलवे का नक्शा सभी महत्त्वपूर्ण रेलवे स्टेशनों और मार्गों को दरशा सकता है, लेकिन रास्ते में पड़नेवाले हर ठहराव को नहीं दिखा सकता; और यह भी तय है कि तमाम अन्य बिंदु, जैसे कि बस ठहराव स्थल, उसमें दर्ज नहीं किए जा सकते। फिर भी, रेलवे के नक्शे का अपना अलग महत्त्व तो है ही।

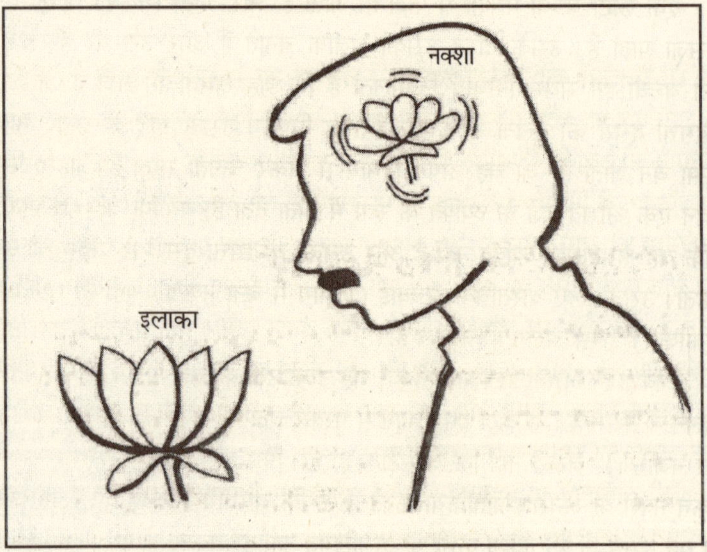

इसी प्रकार, जिस शहर में हम रहते हैं, हमारे दिमाग में उस शहर का नक्शा खिंचा होता है। हमने हर गली, मोहल्ले या बिल्डिंग या शहर की सारी विस्तृत चीजों की तसवीर नहीं खींची होती, लेकिन शहर की मोटी-मोटी चीजों का एक खाका हमारे दिमाग में बना रहता है।

जितनी चीजों में हम भरोसा करते हैं—क्या वे सच होती हैं?

हमारे दिमाग में केवल शहर का ही नक्शा सुरक्षित नहीं होता, बल्कि हम दिमाग में अपने जीवन का भी नक्शा साथ लेकर चल रहे होते हैं। हर चीज, जो हम अपने जीवन में महसूस करते हैं, हम उसे अपने दिमागी नक्शे में दर्ज कर लेते हैं और अपने

अनुभवों के आधार पर उसमें सुधार करते रहते हैं। हालाँकि कुछ लकीरें हम बहुत जल्दी खींचने लगते हैं। उदाहरण के लिए, एक व्यक्ति हांगकांग में सफर कर रहा था और स्थानीय लोगों ने उसे ठग लिया था। अपने साथ पेश आए इस घटनाक्रम के बाद उसने निष्कर्ष निकाला कि इस देश के सभी लोग धोखेबाज हैं और हांगकांग सफर के लिहाज से सुरक्षित नहीं है। वहीं हांगकांग जानेवाले एक अन्य व्यक्ति को वहाँ के स्थानीय लोग काफी मददगार और भरोसेमंद महसूस हुए। उसने निष्कर्ष निकाला कि इस देश के सभी लोग शानदार हैं और यात्रा के लिए हांगकांग एक बेहतरीन जगह है। दोनों ही जनों ने एक ही इलाके का बिल्कुल अलहदा नक्शा या 'प्रस्तुतीकरण' बना रखा था।

एक छोटा बच्चा परीक्षा में फेल हो जाता है और अपने शिक्षकों व अभिभावकों से सजा पाता है। उसके दोस्त उसका मजाक बनाते हैं और उस पर हँसते हैं। वह छोटा बच्चा इन सबसे निष्कर्ष निकालता है कि वह क्षमतावान् नहीं है और उसकी बुद्धिमत्ता दूसरों की तुलना में कमतर है। यह निष्कर्ष उसके खुद के बनाए नक्शे का हिस्सा बन जाता है, जो वह अपने दिमाग में लेकर चलता रहता है। वह अपना पूरा जीवन एक औसत दर्जे के व्यक्ति के रूप में बिता देता है, क्योंकि वह यह मान बैठता है कि वह क्षमतावान् व्यक्ति नहीं है और उसकी बुद्धिमत्ता दूसरों से प्रतिस्पर्धा नहीं कर सकती। उसके लिए वास्तविक सच्चाई (दिमाग में बना नक्शा) यही है, भले ही तथ्य (हकीकत) इससे अलग ही क्यों न हो।

'नक्शा ही असल इलाका नहीं है', यह उत्कृष्टता की वह मान्यता है, जो जीवन को बदलने में सक्षम है। जो चीजें हम दिमाग में भरकर चलते हैं (जैसे कि विचार, धारणा, राय और नजरिया), जरूरी नहीं कि वे सटीक ही हों। फिर भी, हम अपने दिमाग में भरे इस विकृत नक्शे के अनुसार प्रतिक्रिया करते हैं, न कि वास्तविक दायरे के मुताबिक। अगर हम यह समझ लें कि नक्शा कभी भी असलियत नहीं हो सकता तो हम अपने विचारों पर सवाल उठाकर अपनी मदद कर पाएँगे। इससे हमें अपने विचारों को तार्किक आधार पर चुनने में बढ़ावा मिलेगा। इससे हमें अपने नक्शे को दैनिक आधार पर लगातार अपडेट करने का अवसर प्राप्त होगा, जिसमें यह भी शामिल होगा कि हम अपने पुराने और चलन से बाहर हो चुके विचारों एवं धारणा को त्याग दें और उसकी जगह नए विचारों व धारणाओं को जगह दें, जो मौजूदा समय और वास्तविकता के ज्यादा करीब हों।

2. लोग सर्वश्रेष्ठ काम करते हैं

उस कार के इंजन के बारे में सोचिए, जिसका एक हिस्सा अपनी जगह से गायब हो गया हो या समय के साथ घिसकर खराब हो चुका हो। इसकी वजह से जब भी कार चलाई जाती है तो इंजन ज्यादा शोर करता है। इसे देखने का एक नजरिया तो यह है

कि इंजन अच्छी तरह से काम नहीं कर रहा है और उसकी मरम्मत कराने की जरूरत है। वहीं सोच का एक अन्य तरीका यह भी हो सकता है कि मौजूदा हालात में इंजन तो बढ़िया काम कर रहा है, केवल उसका एक हिस्सा खराब हो गया है, जिसे बदलने की जरूरत है। वर्तमान दिक्कत के बावजूद वह अपनी पूरी क्षमता से काम कर रहा है।

जब एक व्यक्ति चोट लगने के बाद लँगड़ाकर चलता है तो एक नजरिया यह कहता है कि वह ठीक से चल नहीं पा रहा है। वहीं दूसरा नजरिया यह होता है कि जिस तरह के हालात हैं, उसमें वह बहुत अच्छा चल ले रहा है। अगर मौजूदा परिस्थिति पहले की ही तरह होती तो वह निश्चित रूप से इससे कुछ अलग अंदाज में चल रहा होता।

दुनिया का हर व्यक्ति अपने अनुभवों, हालात, शिक्षा, संस्कृति और सामाजिक प्रभाव आदि से तैयार एक उत्पाद होता है। जब एक व्यक्ति फैसला लेता है या काम करता है तो वह अपना श्रेष्ठतम प्रदर्शन कर रहा होता है। उसके काम की गंभीरता उसकी पृष्ठभूमि, समझ और उस दौरान उसे हासिल संसाधनों के आधार पर तय होती है। वे कुछ भी अलग नहीं करते हैं।

कागज के टुकड़े जितना वजन

सतीश हमेशा यह सोचता था कि उसने डिग्री हासिल करने से पहले कॉलेज छोड़ दिया, इस वजह से उसका जीवन बरबाद हो गया। उसने जीवन भर अजीब तरह की नौकरियाँ कीं और अब वह 55 साल का हो चुका था, लेकिन वह केवल अपनी डिग्री पूरी करने के बारे में ही सोचता रहता था। सतीश ने सोचा, 'मैं कितना बेवकूफ था, जो इतने बेहतरीन कॉलेज से भाग आया।' डिग्री हासिल न कर पाने का मलाल उसे अंदर से खाए जा रहा था। सतीश अकसर यह सोचता, 'अगर मैं इंजीनियर होता तो बहुत अच्छी पोजिशन पर होता और किसी शानदार कंपनी में काम कर रहा होता।'

जैसे-जैसे वह बूढ़ा और बूढ़ा होता जा रहा था, वह जीवन के प्रति कुछ ज्यादा ही नकारात्मक होता जा रहा था। वह अपनी अधूरी डिग्री को लेकर सोचता व दुःखी रह जाता और केवल उसी दुःख में बराबर डूबा रहता। एक रात जब सतीश सो रहा था, मृत्यु के देवता उसके सपने में आए, क्योंकि उसके पास समय कम बचा था। उन्होंने उसे बिस्तर से उठाया और पाया कि सतीश तो वजन में बहुत ही हलका है। मृत्यु के देवता ने सोचा, 'ऐसा कैसे है कि इस व्यक्ति का वजन कागज के एक टुकड़े के बराबर है ?' फिर मृत्यु के देवता ने सतीश को अपनी उँगली से छुआ तो अंदर उसे कुछ मिला ही नहीं। उसके शरीर के अंदर की चीजों को चिंता खा चुकी थी।

–मनोज केशव

जब हम 15 साल पुराने लैपटॉप को देखते हैं तो पाते हैं कि वह तो बहुत धीमा और भारी-भरकम है। इनकी तुलना में आज के लैपटॉप काफी तेज, दुबले-पतले और ज्यादा प्रभावशाली हैं; लेकिन जो लैपटॉप हम 15 साल पहले इस्तेमाल करते थे, वे उस समय के सॉफ्टवेयर और हार्डवेयर के आधार पर बेहतरीन तरीके से काम करते थे।

इसी प्रकार, जब हम जीवन में पीछे मुड़कर देखते हैं तो हम तमाम अफसोसों, शर्मिंदगी और पछतावों से भर उठते हैं; लेकिन उस दौर में हमारे पास जिस तरह का अनुभव, परिपक्वता और जीवन के प्रति समझ थी, उस दौरान हमने जो भी किया, उससे बेहतर हम कुछ भी नहीं कर सकते थे।

अपने समय में हर इनसान अपना सर्वश्रेष्ठ योगदान देने का प्रयास करता है। यह सर्वश्रेष्ठ उसके सॉफ्टवेयर यानी मन और हार्डवेयर यानी शरीर की क्षमता पर निर्भर करता है। इसका मतलब यह नहीं कि हमारे अंदर कमियाँ नहीं होतीं और ऐसा भी नहीं है कि हम अपने अंदर सुधार नहीं ला सकते, लेकिन हमने बीते हुए कल में अगर गलत फैसले लिये हैं तो हमें अफसोस या खुद को दोषी महसूस नहीं करना चाहिए; क्योंकि तब हम जिन हालात में थे, हमारे पास जैसा ज्ञान, कौशल और जितनी जागरूकता थी, हमने अपनी तरफ से बेहतर-से-बेहतर काम करने का प्रयास किया।

अपनी उत्कृष्टता की यह सोच हमारी अपने प्रति और दूसरों के प्रति समझ को पूरी तरह से बदल सकती है। इससे हमें लोगों को उनके अनुरूप समझने में आसानी होगी और उसी दौरान हमें हमारे अंदर मौजूद कमियों की मूल वजह पहचानने में भी सहजता होगी और उसके अनुरूप अपने जीवन में बदलाव लाकर सुधार करने का तरीका भी पता चलेगा।

3. हर व्यवहार का एक सकारात्मक इरादा होता है

सकारात्मक इरादा वह जाग्रत् या सुषुप्त लाभ के तौर पर होता है, जो हम एक व्यवहार से हासिल करते हैं। हम सभी जो भी काम करते हैं, उसके पीछे कुछ वजह होने के चलते करते हैं। कभी-कभी हम कारणों को लेकर चेतना के स्तर पर जागरूक रहते हैं। कभी-कभी हो सकता है कि हम अनजाने में ही वह काम कर जाएँ। हम जो भी करते हैं, उसे अपने किसी-न-किसी फायदे के लिए करते हैं। बगैर किसी उद्देश्य, वजह या अपनी दिलचस्पी के कार्य को करने में किसी तरह की प्रेरणा नहीं होती या एक निश्चित तरीके से व्यवहार नहीं हो सकता।

कुछ उदाहरण—

क्रम संख्या	व्यवहार	सकारात्मक इरादा
1. व्यक्ति 'अ'	शराब पीना	अ के लिए, पहला उद्देश्य तनाव को दूर करना और मानसिक सुकून महसूस करना, जो कि शराब के जरिए हासिल हो सकता है।

तनाव घटाना और मानसिक बेहतरी वापस पाना एक इनसानी जरूरत है। यह किसी के लिए भी स्वाभाविक है कि किसी काम को करने को लेकर अत्यधिक तनाव होने के चलते कोई भी ऐसा तरीका तलाशना चाहता है, जिससे उसे सुकून और ताजगी महसूस हो। भले ही यहाँ इरादा सकारात्मक हो, लेकिन इस उद्देश्य को हासिल करने का तरीका (शराब पीना) नशे की लत और स्वास्थ्य समस्याएँ पैदा कर सकता है।

टहलने जाना, संगीत सुनना, अपने तनाव के बारे में किसी मित्र या थेरैपिस्ट से बात करना, योग-ध्यान करना आदि कुछ ऐसे स्वास्थ्यकर तरीके हैं, जिनसे किसी खराब प्रभाव के बगैर भी तनाव को दूर किया जा सकता है। इससे यह भी निष्कर्ष निकलता है कि भले ही हम इस बात से इत्तेफाक नहीं रखते कि किसी व्यक्ति का व्यवहार कैसा है, जो कि परेशान करनेवाला या यहाँ तक कि अस्वास्थ्यकर भी हो सकता है, फिर भी हम उससे जुड़कर व्यवहार के पीछे के सकारात्मक इरादे की प्रशंसा कर सकते हैं।

क्रम संख्या	व्यवहार	सकारात्मक इरादा
1. व्यक्ति 'ब'	अस्थमा अटैक : मनोवैज्ञानिक बीमारी	बी के लिए सकारात्मक इरादा का मतलब उसकी जरूरतों को पूरा करना, यानी उसका करीबी बने रहना और परिवार के लिए प्रेम प्रदर्शित करना है। बी के लिए उसका दिमाग उसके लिए स्वास्थ्य समस्याएँ पैदा करता है।

बच्चे के तौर पर (व्यक्ति बी) जब भी वह बीमार पड़ती थी और उसे अस्थमा का अटैक पड़ता था, उसका परिवार उस पर प्रेम और स्नेह बरसा देता था। बड़े होने पर जब भी वह गहरे प्रेम की जरूरत महसूस करती, उसे अपने पति से वह हासिल नहीं होता था और अपने बच्चों से भी उसे खराब व्यवहार ही मिलता था। ऐसे में

उसका दिमाग अनजाने में ही हमले का ट्रिगर दबा रहा होता था। उसकी सोच सही साबित हुई और उसके परिवार ने उसे समय और स्नेह देना शुरू किया। जब भी वह स्वस्थ और खुश महसूस करती तो वे अपने व्यस्त जीवन के दौरान उसे दरकिनार करने लगते थे। इस तरह उसके अवचेतन मन ने अपनेपन और स्नेह की जरूरत पूरी कराने के लिए यह तरीका सीख लिया और हर बार एक हमला कर देता था।

हालाँकि हम इस बात को साबित नहीं कर सकते कि उसका दिमाग प्रेम की कमी को शारीरिक मुद्दे के जरिए कैसे सामंजस्य बैठाता था? हम स्नेहमयी होकर इस पर सहमत तो हो ही सकते हैं कि उसकी प्रेम व संबंधों की जरूरत वास्तविक है और उनको हासिल करने का उसका तरीका सकारात्मक है।

हमारे सारे क्रिया-कलापों और गतिविधियों के पीछे कुछ-न-कुछ उद्देश्य होता है, जिसकी हम कद्र करते हैं। उनके पीछे के इरादे को पहचानकर, उसके साथ एक दिलचस्प छवि बनाकर और कुछ स्वस्थ विकल्पों को तलाश कर हम अपने सकारात्मक इरादों को संतुष्ट कर सकते हैं, साथ ही इससे हमारे पास अपने अवांछित व्यवहार पर काम करने और उसमें सुधार लाने के बेहतर अवसर हमें मुहैया हो जाते हैं।

4. समय पड़ने पर लोग अपने पास मौजूद विकल्पों में से सर्वश्रेष्ठ को ही चुनते हैं

एक महिला खान-पान को लेकर दृढ़ रहती है और स्वास्थ्यकर भोजन ही करती है, ताकि अपना वजन घटा सके। वह पूरे दिन अपनी डाइट को सही रखने में जुटी रहती है। उसे शाम को एक समारोह में जाना होता है, इसलिए वह यह फैसला करती है कि वह केक या मीठा बिल्कुल नहीं खाएगी और वह बिल्कुल संतुलित खाना ही खाने के लिए जा रही है। समारोह के दौरान उसकी दोस्त उसके लिए रेड वेलवेट केक का एक टुकड़ा लेकर आती है। वह महिला उस केक को देखती है, जो देखने से ही लजीज प्रतीत होता है। वह उसका एक टुकड़ा खाने से खुद को रोक नहीं पाती। वह खुद से कहती है, 'केवल एक टुकड़ा।' लेकिन वह इतना स्वादिष्ट लगता है कि वह खुद को दूसरी बार खाने से नहीं रोक पाती और इस तरह करते-करते वह पूरा केक खा जाती है।

किसी बाहरी को यह लग सकता है कि उसने गलत फैसला किया। वह नहीं जानती कि किसी परिस्थिति में कैसे सर्वश्रेष्ठ विकल्प चुने और अमल करे। इस बात पर गौर करते हुए कि उसका अवचेतन मन रेड वेलवेट केक के लिए लालायित था, उसकी कमजोर इच्छा-शक्ति, जो कि खाने की बात सामने आने की शुरुआती अवस्था

में ही, में रणनीति का अभाव था कि जब किसी समूह में हों तो कैसे अस्वास्थ्यकर खाने से दूरी बनाएँ और स्वास्थ्यकर विकल्पों पर आगे बढ़ें। इसमें हमें उसके बीते अनुभवों को भी देखना चाहिए कि क्या उसने दूसरों को पहले भी 'न' कहा है और उसके दिमाग में किस तरह से आदतें गहराई तक बैठी हुई हैं, जिसके चलते वह चाहकर भी कोई दूसरा निर्णय नहीं ले पाती है।

एक व्यक्ति एक विशेष कंपनी के शेयर खरीदने का फैसला करता है। बाजार धराशायी होता है और वह अपने फैसले पर अफसोस करने लगता है; लेकिन तथ्य यह है कि शेयर खरीदते समय जो भी जानकारी उस दौरान मौजूद थी, जिसमें उस व्यक्ति के पूर्व अनुभव और उस समय उसकी मानसिक व भावनात्मक परिपक्वता को ध्यान में रखते हुए यह तय है कि वह इससे अलग कोई अन्य निर्णय ले ही नहीं सकता था।

हर निर्णय, जो हम लेते हैं और हर विकल्प, जिस पर हम अमल करते हैं, उससे इतर हम किसी अन्य तरीके से काम कर ही नहीं सकते हैं। हाँ, हम अपने निर्णय लेने की क्षमता और तरीकों में अपने रवैए में बदलाव लाकर सुधार कर सकते हैं; लेकिन यह हमेशा याद रखना जरूरी है कि 'देश, काल और परिस्थिति के अनुसार लोग सर्वश्रेष्ठ निर्णय ही लेते हैं।'

एन.एल.पी. का उत्कृष्टता का यही भरोसा हमें अपने बीते हुए कल को स्वीकार करने में मदद करता है और हमारे मानसिक सॉफ्टवेयर पर काम करके फैसले लेनेवाले कौशल में सुधार करता है, बजाय कि कुछ फैसलों पर अफसोस जताते रहने के।

5. विफलता जैसा कुछ भी नहीं होता, केवल फीडबैक है—समस्त नतीजे और व्यवहार हमारी उपलब्धियाँ हैं, भले ही वे एक दिए गए टास्क/परिप्रेक्ष्य के अपेक्षित परिणाम हों या नहीं

राइट बंधुओं को शायद ही सफलता का पता चलता, अगर उन्होंने लगातार विफलताएँ न झेली होतीं। यहाँ तक कि वे ताकतवर उड़ान के बेहद करीब पहुँच गए थे, फिर भी अनजाने झटकों के चलते वे एक बार फिर विफलता के मोड़ पर जा पहुँचे थे।

राइट बंधुओं ने कभी भी उड़ान की विफलता को अपने ऊपर हावी नहीं होने दिया। बजाय इसके उन्होंने अपने प्रोटोटाइप में लगातार सुधार करते हुए उसे और भी ज्यादा प्रभावशाली बनाने का तरीखा सीखा। राइट बंधुओं की सफलता ने अरबों-खरबों के विमानन उद्योग की नींव रखी।

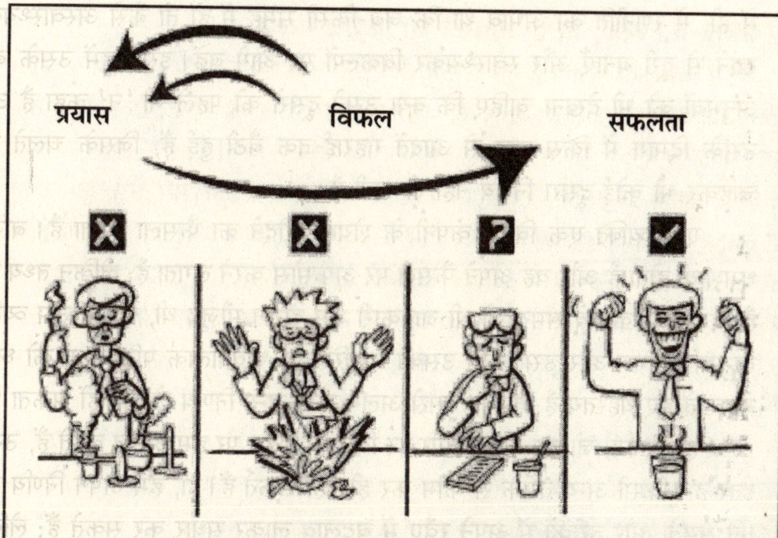

विफलता जैसा कुछ नहीं, केवल फीडबैक है

राइट ब्रदर्स का बनाया विमान का हर ढाँचा एक उपलब्धि है। हर विफलता एक उपलब्धि है। ये सारी उपलब्धियाँ मिलकर एक अंतिम परिणाम पर ले जाती हैं—एक सफल ताकतवर उड़ान की। इसलिए सभी नतीजों और व्यवहारों को उपलब्धियों के तौर पर ही गिना जाना चाहिए।

सिगमंड फ्रॉयड ने जब अपने विचार को पहली बार यूरोप के वैज्ञानिक समुदाय के समक्ष पेश किया तो मंच से उनका जबरदस्त विरोध हुआ। वह अपने कार्यालय लौट आए और अपना लेखन जारी रखा।

एक अन्य वैज्ञानिक थॉमस अल्वा एडिसन ने बिजली के बल्ब की खोज करने से पहले 1,000 बार असफल प्रयास किए थे। जब एक पत्रकार ने उनसे पूछा, "1,000 बार विफल होने पर कैसा महसूस होता है?" तो उन्होंने जवाब दिया, "1,000 कदमों के साथ ही बिजली के बल्ब की खोज पूरी हुई है।"

हेनरी फोर्ड भी पाँच बार अपने मिशन में विफल हुए, तब कहीं जाकर सफलता उनके हाथ लगी। विफलता में स्वयं सफलता के अमूल्य सबक निहित होते हैं। इन सबकों को सीखना सफलता हासिल करने के लिए जरूरी है। इसलिए यह कहना सर्वथा उचित होगा कि विफलता के भीतर ही सफलता छिपी होती है। दूसरे शब्दों में, विफलता से मिले सबक याद करते हुए हमें मिली चाबी से हम सफलता के खजाने से भरे बक्से को खोलते हैं।

6. संवाद का अर्थ, यानी आपको जो जवाब मिला

हमें कैसे पता चलता है कि अमुक सेल्समैन अच्छा है या खराब? आप कहेंगे—नतीजों को देखने के उपरांत। अगर वह बेचने में सक्षम है तो वह अच्छा सेल्समैन है और अगर वह बेच पाने में सक्षम नहीं है तो वह अच्छा सेल्समैन नहीं है। एक सेल्समैन कभी भी अपने ग्राहक पर अपनी विफलता का ठीकरा नहीं फोड़ सकता। हमें कैसे पता चलेगा कि अमुक व्यक्ति अच्छा वक्ता है या नहीं? उसे कैसी प्रतिक्रिया मिलती है, इस पर निर्भर करेगा। अगर उसके संवाद से उलझन पैदा होती है और उससे सकारात्मक परिणाम नहीं मिलते हैं तो माना जाएगा कि संवाद प्रभावी नहीं रहा। कोई भी वक्ता संवाद में विफलता के लिए किसी श्रोता या प्राप्तकर्ता पर दोष नहीं मढ़ सकता, जैसे कि एक सेल्समैन किसी संभावित ग्राहक को सामान बेच पाने में विफल रहने पर दोष नहीं दे सकता।

उदाहरण के लिए, एक पिता अपने बच्चे को पढ़ाई के लिए प्रेरित करने के क्रम में उससे बात करता है। लेकिन अंत में बच्चा अपने पिता की बातों से और ज्यादा निराश महसूस करने लगता है और चिड़चिड़ा हो जाता है। इस मामले में पिता के संवाद का मतलब उसे मिलनेवाली प्रतिक्रिया पर निर्भर करता है। दूसरे शब्दों में, उसके पिता ने उससे बात करते हुए अपनी जो बात उस तक पहुँचाई, वह यह थी, "मेरे बच्चे, मैं चाहता हूँ कि तुम निराश और चिड़चिड़े हो जाओ।" हम कैसे यह तय कर सकते हैं कि पिता ने बच्चे से क्या बात कही? जवाब है—बच्चे से उसे जो प्रतिक्रिया मिली, उसी से समझा जा सकता है। इस तरह, संवाद का अर्थ आपको बदले में मिली प्रतिक्रिया से ही निर्धारित होता है।

जो लोग संवाद करने में माहिर होते हैं, वे पैदा नहीं होते, बल्कि बनाए जाते हैं। आपकी संवाद-कुशलता को सुधारने का सबसे अच्छा तरीका यही है कि संवाद करते हुए हम कहाँ विफल रहे और उस विफलता की जिम्मेदारी लेते हुए हमें जो प्रतिक्रिया मिले, उसका आकलन करते हुए हम यह काम कर सकते हैं। विफलताओं से सीखना और लचीला होकर हम खुद को संवाद करने का माहिर बना सकते हैं और शानदार परिणाम हासिल कर सकते हैं।

7. खुद में बदलाव लाने के लिए जरूरी संसाधन हर किसी के भीतर ही मौजूद हैं

आपके शरीर में असंख्य सेल्स बनने की प्रक्रिया मात्र पहले सेल के निर्माण से शुरू हुई थी। पहले सेल से दो सेल तैयार हुए। दूसरी प्रतिकृति से 4 सेल बने और इस तरह यह प्रक्रिया आगे बढ़ती गई। 50वीं प्रतिकृति तक आते-आते आपके शरीर में 1,00,000 अरब सेल तैयार हो गए और इस स्थान पर प्रतिकृति की प्रक्रिया थम गई।

वैज्ञानिक अब तक यह पहेली नहीं सुलझा पाए हैं कि कैसे एक अकेला सेल इस कदर भाँति-भाँति के सेल्स में विभाजित हो जाता है, जो अपने आप को पेट में, मस्तिष्क में, त्वचा में, दाँतों में और शरीर के अन्य बेहद खास अंगों में खुद को संगठित रख पाते हैं।

इनसानी दिमाग की अद्‌भुत क्षमताएँ होती हैं। इनसानी दिमाग स्वयं सीखनेवाली प्रणाली है, जो निरंतर अपने आसपास के बदलते माहौल और हालात के अनुसार बदलने और उसमें ढलने की प्रक्रिया में रहता है। आमतौर पर लोग बेशकीमती हीरे या एक रॉलेक्स घड़ी के प्रति झुकाव ज्यादा रखते हैं; लेकिन जिस शानदार उपहार (शानदार मस्तिष्क) के साथ वे जन्म लेते हैं, उसे ज्यादा महत्त्व नहीं देते। ज्यादातर लोग इसका कम इस्तेमाल करते हैं। कुछ इसका दुरुपयोग करते हैं, जबकि कुछ इसकी ताकत को कमतर आँकते हैं और इसकी क्षमताओं को हलके में लेने की गलती करते हैं।

आप जब किसी से हाथ मिलाते हैं तो आपको अपने और सामनेवाले व्यक्ति के बीच दूरी नापने की जरूरत नहीं पड़ती। टी.वी. देखने के लिए आपको कभी भी दूरी नापकर नहीं बैठना पड़ता; लेकिन आप अपनी नजर उसके अनुरूप सेट कर लेते हैं। आप जब कार चला रहे होते हैं तो आपको सामनेवाली कार को लेकर दूरी नहीं नापनी पड़ती और न ही कार की गति बनाए रखने या बढ़ाने के लिए ही अतिरिक्त कुछ करना होता है। अंतत: आप सामनेवाली कार को ओवरटेक कर जाते हैं। ये सारे काम आप करते जाते हैं और आपको सोचने की भी जरूरत नहीं पड़ती, क्योंकि यह आपके दिमाग की जबरदस्त क्षमता होती है, जो अकल्पनीय गति से आँकड़ों को समाहित करता जाता है। आपका दिमाग खरबों गणनाएँ पलक झपकते कर लेता है। प्रकृति ने हर मानव प्राणी को सुपर ब्रेन से नवाजा हुआ है। हम सभी सुपर इंटेलिजेंट हैं। हम में से कुछ अपनी बुद्धिमत्ता का समुचित प्रयोग नहीं करते; लेकिन महज इनसान होने के चलते ही हम सब सुपर इंटेलिजेंट हैं। हमें समस्याओं का समाधान खोजने में अपनी जबरदस्त क्षमता और बुद्धिमत्ता पर भरोसा करना सीखना होता है, जिससे हम खुद को बदल सकें और एक संपूर्ण जीवन का आनंद उठा सकें।

जिन संसाधनों की खुद के अंदर बदलाव लाने की जरूरत होती है, वे हम सबके भीतर पहले से ही मौजूद होते हैं। अगर हमने अपने अंदर मौजूद उत्कृष्टता के भरोसे को स्वीकार कर लिया तो हम हर तरह के आरोप-प्रत्यारोप वाले खेल को खत्म कर सकते हैं। हम अपनी विफलता के लिए अपनी बुद्धिमत्ता की कमी या अपने अंदर करिश्माई सोच की नामौजूदगी को कोसते रहते हैं। हम खुद को बताते हैं, 'मैं प्रतिभाशाली नहीं हूँ' या 'मैं प्रेम के योग्य नहीं हूँ' या 'मैं रचनात्मक नहीं हूँ।' हम कमजोर आत्म-विश्वास ढोते हैं और स्मार्ट न होने को लेकर खुद को कोसते रहते हैं; लेकिन सच्चाई यह है कि हर इनसान जबरदस्त रूप से क्षमतावान् और प्रतिभा से

परिपूर्ण होता है। हमारे अंदर ही बदलाव लानेवाले और हम जो चाहें, वह बनानेवाले समस्त संसाधन मौजूद होते हैं। एकमात्र सवाल यह है, 'क्या हम अपने अंदर मौजूद अतुलनीय शक्ति को पहचानने के इच्छुक हैं और क्या हम बुद्धिमत्ता व प्रतिभा के अक्षुण्ण भंडार को खोलने के इच्छुक हैं?'

8. हमारे आसपास के वातावरण और व्यवहार में जो सर्वाधिक अंतर पाया जाता है, उसे आसानी से दृष्टि संबंधी (Visual), श्रव्य संबंधी (Auditory), गति संवेदी (Kinesthetic), घ्राण संवेदी (Olfactory) और स्वाद या रस संवेदी (Gustatory) आधार पर आसानी से चिह्नित किया जा सकता है।

हमारे पास पाँच इंद्रियाँ हैं, जो हमारे पाँच मुख्य औजार हैं, जिससे हम दुनिया को समझते हैं। ये इंद्रियाँ हैं—देखना (दृष्टि संबंधी), सुनना (श्रव्य संबंधी), सूँघना (घ्राण संवेदी), छूना (स्पर्श संवेदी) और स्वाद (रस संवेदी)।

आज विज्ञान ने हमारे पास की पाँच इंद्रियों के अलावा भी तमाम इंद्रियों के बारे में पता लगा लिया है, जो कि नौ से लेकर 21 तक हो सकती हैं। इनमें तमाम अन्य के साथ ऊष्मा का आकलन, दबाव, दर्द और संतुलन शामिल हैं; लेकिन पाँच आधारभूत अंग ही मूल बुनियादी औजार हैं, जिनसे हम अपने आसपास के माहौल को समझ पाते हैं। भले ही ये पाँच अंग स्वतंत्र रूप से काम करते हैं, लेकिन वास्तविकता में वे एक-दूसरे से बहुत नजदीकी स्तर पर जुड़े होते हैं और हमारे दिमाग को हमारे आसपास की बेहतर समझ के लिए सक्षम बनाने में सहयोग करते जाते हैं।

अगर एक मस्तिष्क को किसी मर्तबान में रख दिया जाए तो वह कुछ भी महसूस नहीं कर पाएगा। जहाँ चेतनता नहीं होती, वहाँ कोई अनुभव भी नहीं होता। जीवन को पाँच अंगों के जरिए ही अनुभव किया जाता है—बसंत के समय फूलों की खूबसूरती निहारना, ताजा पके हुए आम का स्वाद लेना, समुद्र के किनारे खड़े होकर लहरों की आवाज सुनना या आपको प्रेम करनेवाले व्यक्ति का नरम स्पर्श।

हम इन पाँचों अंगों को हलके में ले लेते हैं, जबकि ये खुद में जबरदस्त होते हैं। हमारी आँखों में 20 लाख से ज्यादा हिस्से होते हैं। एक इनसान, जिसके पास सामान्य दृष्टि हो, वह 14 मील की दूरी से मोमबत्ती की रोशनी को पहचान सकता है। भले ही हमारी सूँघने की शक्ति पशुओं के मुकाबले कमजोर हो, फिर भी हम 10,000 गंधों में अंतर पकड़ सकते हैं। जब आप किसी व्यस्त सड़क पर बाइक चला रहे होते हैं तो आपके सुनने की शक्ति आपको अपने करीब आते वाहन से सतर्क करती है, भले ही

आप उस वाहन को न देख रहे हों। पाँच अंगों के बगैर हमारा जीवन संभव नहीं है।

जब हम सोचते हैं, सपने देखते हैं, याद करते हैं तो हम इन अंगों का अंदरखाने ही इस्तेमाल कर रहे होते हैं। एक पल के लिए ही, अगर आप ध्यान दें कि आपके दिमाग में क्या चल रहा है तो आप अचानक किसी छवि को देखेंगे, जो कि उतनी ही भव्य और रंग-बिरंगी होगी, जैसे कि जीवन की वास्तविक छवि होती है या आप अपने बीते हुए कल से कोई तसवीर याद कर सकते हैं, जो कि धुँधली और अस्पष्ट हो सकती है, न कि उस बीते हुए पल में आपने जैसा देखा था, उस तरह से चटख होगी। देखी जा सकनेवाली तसवीरों की गुणवत्ता आती है और चली जाती है, जो कि आपके सोचने का हिस्सा है। यह आपके दिमाग में जीवन की समझ को आकार देने में खास भूमिका अदा करती है।

कभी-कभी जब हम अपने बीते हुए अनुभव के बारे में सोचते हैं तो हम उन सभी तसवीरों, आवाजों और गंधों को अपने अंदर ही एकत्र करते हैं, जो उस दौरान हमने सुनी, देखी या महसूस की होती हैं। अपनी यादों में आप देखते हैं, आप छूते हैं, आप सूँघते हैं, आप सुनते हैं, आप स्वाद भी चखते हैं—इनमें से कुछ भी अब वास्तविक नहीं होता, वे केवल यादें ही होती हैं। उन यादों से अपनी पाँच इंद्रियों को हटा लें तो वहाँ कुछ भी नहीं बचेगा।

चाहे हमारा ध्यान बाहरी दुनिया की ओर हो या अपनी भीतरी दुनिया में, पाँच इंद्रियों के जरिए ही हम जीवन को अनुभव कर पाते हैं। इन पाँच अंगों को कैसे हम बेहतरीन तरीके से इस्तेमाल कर सकते हैं, इसकी समझ ही हमारे व्यक्तित्व और हमारे व्यवहार की समझ बढ़ाने में सहायक हो सकती है।

9. सोच और व्यवहार में सबसे ज्यादा लचीला इनसान ही सबसे ज्यादा प्रभावशाली होता है

ऐसे भी लोग होते हैं, जो काम करने, संवाद करने, समस्याओं का निराकरण करने आदि के अपने तरीके को लेकर बहुत ज्यादा जिद्दी होते हैं। कल्पना करें कि एक सेल्समैन की, जो मिलनेवाले हर ग्राहक को बिल्कुल एक ही तरह की प्रस्तुति दिखाए और वह इस चीज को लेकर अड़ियल हो। अगर एक संभावित ग्राहक जल्दी में हो तो भी वह प्रस्तुति को लेकर उसी तरह अटका रहेगा और संक्षिप्त बातचीत के आधार पर वह मौके को भुना नहीं पाएगा।

अब इसके ठीक उलट स्थिति की कल्पना करें, जिसमें एक सेल्समैन अपनी प्रस्तुति को ग्राहक की जरूरत के अनुसार छोटा-बड़ा कर लेता है। जब वह देखता है कि ग्राहक की दिलचस्पी तकनीक के प्रति ज्यादा है तो वह तकनीक के टिकाऊपन पर ज्यादा बातें करता है और अगर ग्राहक की प्राथमिकता में पैसा हो तो पैसा वसूल मुद्दों

पर अपनी बात को ले जाता है। अगर एक ग्राहक ज्यादा-से-ज्यादा जानकारियाँ चाहता है, तब वह विस्तृत प्रस्तुति तैयार करता है। अगर एक ग्राहक संक्षिप्त प्रस्तुति चाहता है तो वह प्रस्तुति को प्रमुख बिंदुओं तक सीमित रखता है।

दूसरा सेल्समैन पहलेवाले सेल्समैन की तुलना में निश्चित तौर पर ज्यादा प्रभावशाली साबित होगा, जिसने अड़ियल रुख अपना रखा था। बदलते हालात और अपेक्षाओं से तालमेल बनाए रखने के लिए हमारा रवैया कुछ इस तरह का होना चाहिए कि हम जरूरत के अनुसार बदलाव ला सकें और यही सफलता एवं प्रभाव डालने की असल कुंजी है। सोच और व्यवहार में लचीलापन हर इनसान को लगातार बदलते हालात में अप्रत्याशित घटनाक्रमों से निपटने में मददगार होता है। हालात की वास्तविकता से सामंजस्य बिठाने के लिए रणनीति बदलते रहना, ऐसे रवैए को छोड़ देना, जो ज्यादा कारगर न रह गए हों, नए विचारों को अपनाने के लिए हमेशा तैयार रहना और लोगों की बड़ी अपेक्षाओं के अनुसार काम करने की क्षमता विकसित करना ही आपकी ताकत और प्रभाव में बढ़ोतरी कर सकता है।

जीवन में एक कथन—यही है, जिस तरीके से मैं हमेशा करता रहा हूँ और आगे भी करता रहूँगा, यह दरशाता है कि आप किस तरह से अतीत में ही जीना चाहते हैं और बीत चुके अच्छे पुराने दिनों से ही चिपक गए हैं। जो चीज अब कारगर न रह गई हो, उसे पकड़कर बैठने से निश्चित रूप से आप जीवन में अटककर रह जाएँगे। सफलता की तरफ जानेवाली सड़क कभी भी सीधी-सपाट नहीं होती। इसमें तमाम उतार-चढ़ाव और मोड़ आते हैं, अप्रत्याशित गड्ढे और बाधाएँ आती हैं। गलतियों से सीखना, अपने रवैए में निरंतर सुधार करते रहना और बार-बार प्रयास करना, लचीलापन बरकरार रखना और विचारों में परिवर्तन की इच्छा रखना तथा समस्याओं को हमेशा नए परिवेश व नजरिए से देखना ही सफलता की कुंजी है।

10. दूसरों में हम जो चीजें पहचान लेते हैं, वे हमारे संदर्भ में भी सच होती हैं

एक व्यक्ति ने अपने सहयोगी से अपना दुखड़ा सुनाते हुए कहा, "मेरी पत्नी मुझे पसंद नहीं करती। वह बहुत ज्यादा आलोचना करती है। वह हमेशा मेरी ही गलतियाँ निकालती रहती है।" इस पर उसके दोस्त ने उससे पूछा, "क्या तुम भी इस समय वही काम नहीं कर रहे हो? तुम अपनी पत्नी की आलोचना कर रहे हो।" दुखड़ा सुना रहा व्यक्ति स्तब्ध रह गया। उसने पूछा, "क्या मतलब है तुम्हारा? क्या तुम यह कहना चाह रहे हो कि मैं ही हूँ, जो उसे पसंद नहीं करता? क्या मैं ही वह व्यक्ति हूँ, जो हमेशा उसकी आलोचना करता रहता है?"

उसके दोस्त ने कहा, "अगर तुम उनकी गलतियों को खोजने की जरूरत समझते

हो तो वे भी तुम्हारे अंदर कमियाँ खोजती रहेंगी? तुम्हें तब कैसा लगता है, जब तुम खुद से बात करते हो? क्या तुम अपनी आलोचना करते हो? क्या तुम अपने अंदर गलतियाँ तलाशते हो और उन चीजों पर गौर करते हो, जिन्हें तुम ठीक से नहीं करते, जबकि तुम्हें उन्हें उचित तरीके से पूरा करना चाहिए था? पिछले हफ्ते तुमने खुद को कितनी बार सराहा? अगर तुमने पिछले हफ्ते एक बार भी अपनी तारीफ नहीं की तो तुम्हारा साथी या कोई और तुम्हारे अंदर अच्छी चीज कैसे तलाशेगा और तुम्हारी प्रशंसा कैसे करेगा?"

हर वह व्यक्ति, जिससे आप मिलते हैं, एक आईने के समान होता है। हम दूसरों में केवल वही चीजें देख सकते हैं, जो हम अपने अंदर देख पाते हैं। किसी को यह कहना 'अमुक व्यक्ति बहुत जल्दी किसी के भी बारे में धारणा बना लेता है', यह दरशाता है कि हम खुद धारणा बना लेनेवाले लोग हैं। आप दूसरों के बारे में जो कहना चाहते हैं, वह अपने बारे में कहें। दूसरों के संबंध में आपका नजरिया आपके अपने व्यक्तित्व के बारे में ज्यादा उजागर करता है। हम दूसरों के अंदर जिन कमियों से नफरत करते हैं, उन्हीं चीजों से हम अपने अंदर भी घृणा करते हैं। जिन लक्षणों को हम दूसरों में नापसंद करते हैं, उन्हें अपने अंदर भी पसंद नहीं करते। 'हम जो चीजें दूसरों में चिह्नित करते हैं, वे हमारे बारे में भी उतनी ही सच साबित होती हैं।' उत्कृष्टता का यह एन.एल.पी. भरोसा हमें अपने बारे में वास्तव में समझने में हमारी मदद करता है और हमारे अंदर दूरगामी बदलाव ले आता है।

11. समझने का आसाना तरीका है—काम को कर डालो

सीखने में बच्चे सबसे आगे होते हैं। एक बच्चा किसी भाषा को किसी युवक की अपेक्षा ज्यादा जल्दी सीख लेता है। एक बच्चा किसी नए शहर की संस्कृति और वहाँ के रहन-सहन में जल्दी घुल-मिल जाता है। वह शहर की सांस्कृतिक बारीकियों को किसी युवा की अपेक्षा तेजी से सीखता है। बच्चों में ऐसा क्या होता है कि वे सीखने का काम तेजी से कर लेते हैं? क्योंकि बच्चे किसी चीज को समझने के लिए उसकी संपूर्णता में नहीं जाते, इंतजार नहीं करते कि पूरी समझ बढ़ाएँ। वे सीधे-सीधे सामने जो मिलता है, उसे ग्रहण करते जाते हैं। उदाहरण के लिए, एक बच्चा किसी नई भाषा की थोड़ी-बहुत जानकारी ही पाता है और किसी झिझक या व्याकरण या गलतियों की चिंता किए बगैर टूटी-फूटी भाषा में बोलना शुरू कर देता है। वह बच्चा जितना ज्यादा नई भाषा को बोलेगा, उतना ज्यादा वह सीखता चला जाएगा।

इसके विपरीत, एक युवा जब कोई नई भाषा सीखना शुरू करता है तो वह उस भाषा को बोलने (या कोशिश) से पहले उसके बारे में हर चीज समझ लेना चाहता है। इस प्रक्रिया में वह कभी भी नई भाषा सीख नहीं पाता। किसी नई चीज में हाथ डालने से पहले उसके बारे में समझ लेना अच्छी बात है और यह तार्किक भी लगता है; लेकिन

सीखने का क्षेत्र ऐसा है, जहाँ यही गुण सीखने की राह में बाधा बन जाता है।

पहले करो, समझना बाद में—सीखने का रहस्य यही है। चाहे वह जनता के बीच भाषण देना हो, गणित हो, ध्यान हो, गाना सीखना हो, नृत्य सीखना हो, जब हम प्रयास करते हैं, गलतियाँ करते हैं, बार-बार दोहराते हैं, गलतियों को दुरुस्त करते जाते हैं, तब कहीं जाकर हमारी समझ बढ़ती है और हम ठीक से उसे कर पाते हैं। अगर आप ध्यान करने से पहले उसके बारे में समझना चाहते हैं तो आप कभी भी ध्यान नहीं कर सकते हैं। पहले करें, फिर समझें।

यहाँ तक कि एन.एल.पी. का मास्टर बनने के लिए भी गलतियाँ करके सीखना ही एकमात्र तरीका है। भले ही आप शुरुआत में पूरी तरह न समझें, अगर आप बढ़ते जाएँगे तो समझ अपने आप गहरी होती जाएगी। गलतियाँ करना, विफलताओं से सीखना, बारंबार प्रयास करना और गलतियों को ठीक करते जाना और फिर से सब करना, ये सभी प्रक्रिया के हिस्से हैं। समझने का जरिया है किसी काम को करना। एन.एल.पी. की उत्कृष्टता का यही भरोसा सफलता का राज है।

12. वास्तविकता को अनुभव करने की प्रक्रिया में बदलाव लाने की क्षमता ज्यादा मायने रखती है, बजाय कि हकीकत के हमारे अनुभव की सामग्री में बदलाव लाने के

एक महिला का उदाहरण लें, जिसकी यादों में हर सकारात्मक अनुभव धुँधला हो चुका हो। वह इन घटनाक्रमों को विस्तृत तरीके से नहीं याद कर पा रही है। यह अनुभव उसके स्कूल के दिनों का हो सकता है या पिछले हफ्ते का कोई अनुभव हो सकता है। खुशनुमा अनुभवों को याद करने में समय लगता है और जब वह इनको याद कर लेती है तो जो तसवीर उभरती है, वह धुँधली होती है। इसके विपरीत, हर खराब अनुभव की तसवीर बेहद चटख व चमकदार होती है और उसकी एक-एक चीज साफ नजर आती है। वह किसी खराब अनुभव को काफी जल्दी याद कर लेती है, चाहे वह बरसों पहले का घटनाक्रम हो या हाल के दिनों का। उसके लिए अपने खराब अनुभवों पर बोलना आसान होता है, क्योंकि उसके पास उन यादों से जुड़े बहुत अच्छे अनुभव होते हैं साझा करने के लिए।

वह जिस तरह से अनजाने में अपने अनुभवों को अपने दिमाग में भरती जा रही है, उसके पीछे एक ढाँचा काम करता है। सभी खुशनुमा यादें धुँधली व अस्पष्ट होती हैं, जबकि सभी बेरंग यादें रंगीन, चटख और आसानी से याद आनेवाली होती हैं।

मान लें कि हम उनके अनुभवों को सहेजने के तरीके में बदलाव लाएँ। मान लें कि हम उनके दिमाग को इस तरह प्रशिक्षित करें कि वे समस्त खुशनुमा यादों को रंगीन

रूप में सहेज सकें और खराब यादों को श्वेत-श्याम में। तब क्या होगा ? उनके व्यक्तित्व और व्यवहार में कल्पना से परे बदलाव नजर आएगा। एक महिला, जो मुसकराती नहीं, ज्यादातर समय खुश भी नजर नहीं आती और आनंदित रहने में परेशानी महसूस करती हो तो जब वह वास्तविकता को बदलने की प्रक्रिया शुरू करेगी तो बहुत बड़े बदलाव के दौर से गुजरेगी। यह जीवन को परिवर्तित करनेवाली चीज है, क्योंकि बदलाव प्रक्रियागत स्तर पर होता है, न कि अनुभव की सामग्री के स्तर पर।

इस तरह, प्रक्रिया को बदलने की क्षमता, जिसके जरिए हम वास्तविकता का अनुभव करते हैं, वह ज्यादा मायने रखती है और बेशकीमती भी होती है, बजाय कि हमारे हकीकत के अनुभव की सामग्री को बदलने के।

13. हर व्यवहार कुछ हद तक उचित होता है

अगर एक व्यवहार काम नहीं कर पा रहा है तो बेहतर होगा कि उसे पुनःपरिभाषित करें, बजाय कि उससे बेवजह संघर्ष करते फिरें। आप जिस व्यवहार के प्रति ज्यादा अड़ियल रुख अपनाएँगे, वह उतना ही ज्यादा देर तक अस्तित्व में रहेगा। आप उस व्यवहार को जितना ज्यादा इस्तेमाल करेंगे, वह उतना ही ज्यादा फायदेमंद साबित होता जाएगा।

उदाहरण के लिए, आइए, टाल-मटोल की आदत को लेते हैं। एक छात्र चाहता है कि वह स्कूल से मिला हुआ काम खत्म कर ले, लेकिन वह आलस कर जाता है। वह सुबह उठकर दौड़ने के लिए जाना चाहता है, लेकिन वह अनावश्यक देर करता है। वह बाहर का खाना खाना बंद कर स्वस्थ खाना खाना चाहता है, लेकिन वह एक बार फिर टाल-मटोल करता है। और इस तरह एक समय के बाद टाल-मटोल करना उसकी सबसे मजबूत आदत बन जाती है, जिसे वह छोड़ना चाहता है, लेकिन छोड़ नहीं सकता।

एक और उदाहरण देखते हैं। एक कठोर परिश्रम करनेवाला व्यक्ति खुद से यह अपेक्षा करता है कि उसे इस कदर इच्छा हो कि वह उधार पर एक फैंसी कार खरीद ले, लेकिन वह टाल-मटोल करने लगता है। वह सोचता है कि कसीनो और जुआघर जाए, अपनी जॉब से मिले अतिरिक्त बोनस को जुए में दाँव पर लगा दे; लेकिन वह टाल-मटोल कर जाता है। जब भी वह गुस्सा होता है तो उसकी इच्छा होती है कि वह अपने कॉलेज के ऊपर चीखे और उसे श्राप दे; लेकिन वह इसमें भी देरी कर जाता है। किसी प्रोजेक्ट पर देर तक काम करते हुए वह सोना चाहता है, लेकिन सोने को लेकर टाल-मटोल करता है और उसका प्रोजेक्ट पूरा हो जाता है।

टाल-मटोल को बुद्धिमानीपूर्वक और स्वस्थ तरीके से या स्वत: विध्वंसक तरीके से परिप्रेक्ष्य के आधार पर बखूबी इस्तेमाल किया जा सकता है। कठोर परिश्रम करनेवाले उस युवा ने अनावश्यक इच्छा होने पर भी हार नहीं मानी, जिसका नतीजा यह हुआ कि

उसने जरूरत से ज्यादा खर्च नहीं किया और गौरवमयी तरीके से अपने काम में जुटा रहा, जिसके लिए सिर्फ और सिर्फ टाल-मटोल ही काम आया। शेयर बाजार के कुछ बहुत ही सफल कारोबारियों की सफलता का राज इसी फॉर्मूले में है—जब आप देखें कि बाजार में ऐसा माहौल बना हुआ है कि हर कोई अपने हिस्से का शेयर बेच रहा है तो उस समय आपकी भावना टाल-मटोल वाली होनी चाहिए। लंबे समय के लिए टिके रहें और आप बाजार में बड़ा पैसा कमाएँगे।

हर गतिविधि फायदेमंद या अस्वास्थ्यकर मानी जा सकती है, जो कि परिप्रेक्ष्य या संदर्भ पर निर्भर करती है। विलक्षण मामलों में, किसी को चोट पहुँचाना एक ऐसी गतिविधि के रूप में सामने आ सकती है, जो किसी ने अपनी जान बचाने के लिए अपनाई हो या किसी खतरे से दूसरों को बचाने के लिए ऐसा किया हो। बजाय कि किसी व्यवहार से छुटकारा पाने का प्रयास करने के यह ज्यादा उचित होगा कि उचित संदर्भ में एक तय व्यवहार ही किया जाए। यहाँ तक कि अगर सोचें कि मुसकराना कितनी अच्छी बात है, लेकिन यह हर स्थिति या परिस्थिति के अनुकूल नहीं है। उदाहरण के लिए, अंतिम संस्कार के दौरान मुसकराने पर उचित प्रतिक्रिया नहीं मिलेगी, भले ही इसके पीछे कितनी ही भलाई की सोच निहित हो।

जब भी कभी हम अपने अंतर्मन में बात करते हैं तो वह कुछ इस तरह से होती है, 'मैं अपने इस व्यवहार से छुटकारा पाना चाहता हूँ।' तो यह वार्त्तालाप कुछ इस तरह से बदलकर देखें, 'मेरा यह व्यवहार कब मायने रखेगा?' और 'कब यह व्यवहार अनुचित कहा जाएगा?'

हर व्यवहार किसी-न-किसी संदर्भ में लाभकारी होता है। यह उत्कृष्टता का एन.एल.पी. विश्वास हमें उन हालात और संदर्भों पर गौर करने में मदद करता है, जिसमें हम फैसले करते हैं, बजाय कि हर समय आँख मूँदकर नियमों का पालन करने या पूर्व निर्धारित कोड ऑफ कंडक्ट पर चलने के, वह भी हर संदर्भ में बिना किसी चेतनावस्था वाली सोच के।

लचीलेपन और माहौल के अनुसार ढलने की क्षमता के चलते ही हम जीवित रहते हैं। अड़ियल रुख हमें ठहराव के अतिरिक्त कुछ नहीं देता। लचीला होने के लिए हमें अपने व्यवहार में परिप्रेक्ष्य के अनुसार उचित तरीके से बदलाव लाना होता है।

14. आप संवादहीन नहीं रह सकते

कुछ लोग सुरक्षित रहने के लिए कुछ नहीं बोलते, लेकिन कुछ न बोलना भी एक तरह का संवाद ही है। चाहे हम इसे पसंद करें या न करें, हम हमेशा संवाद करते रहते हैं, चाहे बोलकर या बिना बोले, यहाँ तक कि हमारे न चाहते हुए भी यह क्रिया

चलती रहती है। शांत रहने के बावजूद संदेश तो चला ही जाता है। हमारा भौतिक रंग-ढंग, बोलने का अंदाज या तरीका, चेहरे के हाव-भाव, साँस लेना, हाथों का बरताव, मांसपेशियों का तनाव, एक कदम आगे बढ़ाना या पीछे ले जाना, हमारे पहनावे, खड़े होने व चलने का तरीका—हर चीज हमारे आसपास के लोगों से हमारे बारे में कुछ-न-कुछ कह रही होती है।

अगर आपने कभी अपने साथी ड्राइवर की गुस्से में मुट्ठियाँ भिंची हुई देखी हों, किसी सहयोगी की तिरस्कारपूर्ण मुसकान से आपका साबका पड़ा हो, एक दोस्त की त्योरियाँ देखी हों या एक बच्चे का उदास चेहरा देखा हो तो आप जानते ही हैं कि बगैर एक भी शब्द का आदान-प्रदान हुए आप समझ सकते हैं कि कितना कुछ जाहिर हो जाता है?

उपचार के दौरान एक ग्राहक बगैर बोले जो बातें बता जाता है, वह उन बातों से कहीं ज्यादा मायने रखती हैं, जो वह महिला या पुरुष बोलकर जाहिर करते हैं। बगैर बोले जो संवाद होता है, उसे समझना आना चाहिए। कभी-कभी असली संदेश उसी में छिपा होता है। उदाहरण के लिए, अगर एक ग्राहक अपनी माँ के बारे में बता रहा हो और अचानक उसकी श्वसन-प्रक्रिया बदलती हुई महसूस हो, उसकी मांसपेशियाँ सख्त होती नजर आएँ और उसकी आवाज कुछ दबाव में दिखे तो यह जाहिर है कि थेरैपिस्ट को अपने ग्राहक की अनकही बातों से भी अंदाजा लगाना चाहिए कि वह व्यक्ति अपनी माँ के बारे में बेहतरीन बातें बताने की कोशिश कर रहा है, लेकिन उसकी अनकही बातें एक अलग ही तसवीर बना रही होती हैं।

यह भी जानना जरूरी है कि हर समय चाहे हम सक्रिय रूप से बात कर रहे हों और वार्त्तालाप में हिस्सा ले रहे हों या नहीं, हम सभी संवाद कर रहे होते हैं। यह पूछना उचित होगा, 'न बोलकर भी मैं इस समय क्या संदेश दे रहा हूँ? क्या यह उचित है? क्या मैं अपने अनकहे और कहे संवाद पर काम कर सकता हूँ?'

अगर समझने में किसी तरह का भ्रम है, अगर आप अपने संवाद के परिणाम से संतुष्ट नहीं हैं तो यही समय है कि आप अपने अनकहे संवाद को लेकर सतर्क हो जाएँ, जिसमें आपके चेहरे के भाव, बोलने का अंदाज, खड़े होने का तरीका, कितना तेज या कितने धीमे आप बोलते हैं और सबसे ज्यादा जरूरी यह कि आपका शारीरिक हाव-भाव क्या संदेश दे रहा होता है, जब आप कुछ बोल नहीं रहे होते हैं।

जब आप कुछ बोल नहीं रहे होते हैं और तब जो संदेश आपके जरिए जाता है, उसे भाँपकर और किस तरह आपकी अनकही बातों को महत्त्व मिलता है या इस वजह से आपके संवाद पर किसी तरह की बंदिश लगती है या दायरा बन जाता है, आप दूसरों के साथ अपने संवाद को सुधार सकते हैं।

□

3

संवेदी तीक्ष्णता (Sensory Acuity) के जरिए नए स्तर की जागरूकता

"ध्यान देने में असीम आनंद की अनुभूति होती है।"

–एनी लैमॉट

शब्द 'Acuity' का अर्थ होता है—संवेदी अंगों की इनपुट ग्रहण करने की भौतिक क्षमता। हर प्रजाति के संवेदी अंगों की भौतिक क्षमता भिन्न होती है। एक कुत्ता जो सूँघ सकता है, उसे इनसान सूँघकर नहीं पकड़ पाएगा। एक मधुमक्खी अल्ट्रावॉयलेट रोशनी भी देख सकती है, लेकिन इनसान ऐसा नहीं कर सकते। इनसान इंद्रधनुष के सभी रंगों को देख सकता है, लेकिन बिल्लियाँ ऐसा नहीं कर सकतीं। बिल्लियाँ अल्ट्रासॉनिक तरंगों को भी सुन सकती हैं, लेकिन इनसान यह काम हरगिज नहीं कर सकता।

एक व्यक्ति की देखने की तीक्ष्णता का मतलब होता है—उस व्यक्ति की देखने की क्षमता। हम किसी की देखने की तीक्ष्णता को 20/20 के पैमाने पर आँकते हैं और आँखों की दूर व पास की वस्तुओं को देख पाने की क्षमता की सटीकता को अंकों के माध्यम से व्यक्त करते या दरशाते हैं। सुनने की तीक्ष्णता का तात्पर्य किसी व्यक्ति की सुनने की क्षमता दरशाना है और इसे अंकों की भाषा में हम डेसिबल में आँकते हैं और तय करते हैं कि वह व्यक्ति कितना सटीक सुन पा रहा है!

संवेदी तीक्ष्णता और समझ में कितना अंतर है?

यह बहुत जरूरी है कि 'तीक्ष्णता' और 'समझ' के बीच के अंतर को समझा जाए।

समझ

संवेदी तीक्ष्णता वह प्रक्रिया है, जिससे संवेदी संकेत सटीक तरीके से प्राप्त हो सकें। उदाहरण के लिए, आँख देखनेवाली सूचनाएँ ग्रहण करती है, कान सुननेवाली जानकारियाँ एकत्र करता है आदि। तीक्ष्णता केवल भौतिक सूचनाओं को ग्रहण करने तक ही सीमित है और उसका ग्रहण किए हुए डेटा से कोई लेना-देना नहीं होता।

समझ का मतलब होता है—किसी व्यक्ति की समझने की क्षमता या आँख या कान जैसे संवेदी अंगों के जरिए प्राप्त इनपुट का अर्थ निकालना। समझ की प्रक्रिया मस्तिष्क की प्रणाली के जरिए आगे बढ़ती है, जिसमें मौजूदा संवेदी सूचना का पहले से सुरक्षित पुराने अनुभवों की यादों और ज्ञान से समानता हो।

मेरे गुरु—हीरो या विलेन ?

रिया और लीला एयर टाइट सिक्योरिटी सर्विसेज के लिए काम करते थे। वे संगठन के लघु प्रेक्षागृह में तैनात थे। वे दोनों ही सॉफ्टवेयर इंजीनियर थे और कंपनी में काम करते हुए उनको तीन साल हो चुके थे। साथ ही, वे अब करीबी मित्र बन गए थे और एक-दूसरे के बगल में ही बैठते थे। एयरटाइट सिक्योरिटी सर्विसेज के

लगभग 150 कर्मचारी प्रेक्षागृह में एक कार्यक्रम शुरू होने का इंतजार कर रहे थे। वे सभी जानते थे कि यह दो घंटे का प्रेरणात्मक संगोष्ठी का कार्यक्रम है, लेकिन कोई नहीं जानता था कि वक्ता कौन है?

अचानक मंच पर कुछ गतिविधियाँ तेज हो गईं। रिया और लीला ने मंच पर देखा और दोनों समझ गईं कि किसी भी क्षण मंच पर वक्ता पहुँच सकते हैं। फिर उन्होंने देखा कि मंच पर वक्ता बीच में चले आ रहे हैं। वह एक बुजुर्ग थे, जो ऊपर से नीचे तक भगवा वस्त्रों में ही थे और देखने से हिंदू आध्यात्मिक गुरु लग रहे थे। प्रेक्षागृह में मौजूद सभी लोग उनको सम्मान देने के लिए खड़े हो गए, लेकिन लीला नहीं खड़ी हुई। रिया ने इस बात पर गौर किया और उसकी तरफ झुककर बोली, "क्या हुआ, लीला? तुम ठीक तो हो?" लीला कुछ जवाब न दे सकी। तब तक उस आध्यात्मिक गुरु ने सभी को बैठने के लिए बोल दिया। रिया ने देखा कि लीला लंबी-लंबी साँसें ले रही है और उसके माथे पर पसीने की बूँदें छलक उठी हैं। लीला ने रिया की तरफ देखा और बोली, "मैं बिल्कुल ठीक हूँ। तुम सुनो कि गुरुजी क्या कह रहे हैं?" रिया बोली, "ठीक है, लीला। मैं तो डर ही गई थी। मैंने सोचा कि तुमको अचानक कुछ हो गया। ठीक है, गुरुजी को सुनते हैं।"

रिया गुरुजी को सम्मान और प्रशंसा के नजरिए से देख रही थी। वह उनके हर शब्द को पूरी तन्मयता से सुन रही थी। वहीं लीला नीचे की तरफ देख रही थी और उसकी मुट्ठियाँ भिंची हुई थीं। वह भीषण आक्रोश में थी, डरी हुई और उसके अंदर उस भगवाधारी को लेकर घृणा व तिरस्कार के भाव थे, हालाँकि वह पहली बार उस व्यक्ति को देख रही थी।

लीला की इस अवस्था की वजह यह थी कि जब वह 14 साल की थी, तब उसके माता-पिता एक भगवाधारी बूढ़े व्यक्ति को लेकर घर आए, ताकि घर में पूजा-पाठ हो सके और घर से बुरी आत्माओं का साया दूर हो जाए। उन्होंने उसे बताया कि वह बूढ़ा आदमी आध्यात्मिक गुरु है और उसे उनके चरण छूकर आशीर्वाद लेना चाहिए। उस आध्यात्मिक गुरु ने पूजा-पाठ के लिए भारी-भरकम रकम माँगी और कारण बताया कि घर पर बहुत बुरी आत्मा का साया है। उसने कहा कि उसे घर में दो हफ्ते तक रुककर नियमित पूजा-पाठ करनी होगी, तभी घर को शांति मिलेगी। वे दो हफ्ते लीला के लिए नरक के समान साबित हुए।

हर रात भगवा वस्त्र पहने वह बूढ़ा आदमी उसके कमरे में आता और उसका शारीरिक शोषण करता। वह उसे धमकाता कि अगर उसने इस बारे में किसी को बताया तो बुरी आत्माएँ उसे अपने साथ घने जंगल में उठा ले जाएँगी और फिर वह

कभी भी अपने घर नहीं लौट पाएगी। हालाँकि वह बुरी आत्माओं में विश्वास नहीं करती थी, लेकिन उस बूढ़े की निकृष्ट व भयानक आँखों ने उसके भीतर एक डर बैठा दिया और उसने उन दो हफ्तों के दौरान जो उस पर गुजरी, उसके बारे में किसी को नहीं बताया। उस भयानक अनुभव के बाद वह किसी भी आध्यात्मिक या धार्मिक गुरु पर भरोसा नहीं कर पाई। जो व्यक्ति मंच पर प्रवचन दे रहा था, वह कोई और था, लेकिन लीला धर्म से जुड़े सभी लोगों से नफरत करती थी। उसके लिए वे सभी बुरी आत्माएँ थीं, जो घने जंगल से आती हैं।

वहीं लीला से इतर रिया जब किशोरावस्था में थी तो बहुत बुरी तरह बीमार पड़ गई थी। एक रात हालात इस कदर बदतर हो गए कि वह बुरी तरह काँपने लगी। उसे अस्पताल ले जाया गया, लेकिन उसकी हालत और खराब होने लगी। रिया ऐसी अवस्था में पहुँचती दिख रही थी कि उसे लगने लगा कि अब वह बच नहीं पाएगी। मौत के बारे में सोचकर ही वह डर के मारे सिकुड़ गई। आँसू उसके गालों पर लुढ़कने लगे। वह मरना नहीं चाहती थी। तभी उसने देखा कि उसकी माँ किसी आध्यात्मिक गुरु को लेकर आ रही हैं, जो भगवा वस्त्रों में ऊपर से नीचे तक लिपटे हुए हैं। उन गुरुजी ने उसके माथे पर चंदन का लेप लगाया और कुछ मंत्रों का जाप करने लगे। उसे याद नहीं कि कौन-कौन से धार्मिक क्रियाकलाप किए गए, लेकिन उसे उन गुरुजी की आँखें अब तक नहीं भूली थीं। उन आँखों में दैवी चमक, करुणा और शुद्धता के भाव थे। अगली सुबह वह स्वयं को कुछ बेहतर महसूस करते हुए उठी और कुछ ही दिनों में भली-चंगी हो गई। तब से वह जब भी कहीं किसी आध्यात्मिक गुरु को देखती है तो सम्मान से भर उठती है और उन्हें नमन करके उस व्यक्ति को याद करती है, जिसने उसकी जिंदगी बचाई थी।

—मनोज केशव

मस्तिष्क समझ-बूझ वाला अंग है। आँखें कुछ देखती हैं, लेकिन दिमाग ही सेंसरी स्टिमुली के जरिए उनको अर्थ प्रदान करता है। दो लोगों का एक समान उत्प्रेरक से सामना कराया गया, लेकिन उनके भिन्न व्यक्तित्व और जीवन-अनुभवों ने उनके सेंसरी स्टिमुलस से निकला हुआ उनका अपना नजरिया प्रस्तुत किया। रिया और लीला दोनों ने भगवा वस्त्र धारण किए हिंदू आध्यात्मिक गुरु को देखा। दोनों ने इससे पहले उस व्यक्ति विशेष को कभी नहीं देखा था। लेकिन रिया ने गुरु को जहाँ पूजनीय मानते हुए प्रशंसा की नजरों से देखा, वहीं लीला की नजरों में उसी व्यक्ति के लिए तिरस्कार और आक्रोश के भाव थे। सामने नजर आ रही छवि या उत्प्रेरक दोनों के लिए समान था, लेकिन उस दृश्य

छवि को लेकर उनकी समझ दोनों के ही मामले में सर्वथा भिन्न थी।

ऐसे दो क्षेत्र हैं, जिन पर मेहनत करके या उनको सुधारकर हम अपनी क्षमताएँ और बढ़ा सकते हैं। पहली है हमारी वह क्षमता, जिसके जरिए हम अपने पाँचों इंद्रियों के जरिए जानकारी प्राप्त करते हैं—देखकर (दृष्टि), सुनकर (आवाज), स्पर्श (छूकर), सूँघकर (गंध) और रस संवेदी (स्वाद)। इस क्षमता को 'सेंसरी एक्युइटी' कहते हैं। दूसरा क्षेत्र है, जीवन के प्रति अपनी समझ के पुनरावलोकन और उस पर पुनः काम करने को लेकर। हम वास्तविकता को उस तरह नहीं देखते जैसी वह है। हम उसे अपनी मान्यताओं, अनुमानों, फैसलों, पूर्व धारणाओं, क्षणिक अहसासों, मिजाज आदि की छननी के मार्फत देखते हैं। वास्तविकता जैसी है, वैसी देखने के लिए हमें उस पर काम करना पड़े कि हम जीवन को किस नजरिए से देखते हैं? इस अध्याय में हम अपनी संवेदी तीक्ष्णता (Sensory Acuity) को कैसे सुधार सकते हैं, इस पर ध्यान केंद्रित करेंगे।

संवेदी तीक्ष्णता के जरिए कैसे नए स्तर की जागरूकता विकसित करें?

कुछ लोगों के अंदर सभी पाँचों इंद्रियों के जरिए सूचना प्राप्त करने की क्षमता काफी अच्छी तरह विकसित पाई जाती है। दूसरी ओर, कुछ लोगों के लिए उन्हीं सूचनाओं को प्राप्त करने की क्षमता बहुत खराब स्तर पर होती है। उदाहरण के लिए, कुछ लोगों को बासी या हलका-सा खराब खाना दें तो वे उसमें दुर्गंध या खराब स्वाद को जल्दी भाँप नहीं पाते। वे खराब खाना भी खा जाएँगे और उन्हें अंतर पता नहीं चलेगा।

खाने में दुर्गंध या स्वाद का पता न लगा पाने की कमी विलक्षण नहीं है और आजकल तो यह सामान्य सी बात होती जा रही है। ज्यादातर लोगों के लिए पाँचों इंद्रियाँ धीरे-धीरे पुरानी पड़ने लगती हैं। वे धुँधली और सुस्त होने लगती हैं। स्पष्ट देखने, सुनने और छूने की क्षमता में अंतर धीरे-धीरे असामान्य-सी बात होती जा रही है। इसका कारण यह है कि हम अपनी भौतिक वस्तुस्थिति से संपर्क खोते जा रहे हैं और ज्यादातर यह हो रहा है कि उन्हें हम अपने मस्तिष्क में खो रहे हैं।

हर चीज की अति सोच (Overthinking Everything)

आजकल लोग ज्यादातर क्या करते हैं? वे किसी चीज के बारे में सोचते हुए उठते हैं और उसे लगातार अपने दिमाग में बनाए रखते हैं, अपने विचारों में खोए रहते हैं और यह प्रक्रिया पूरे दिन चलती है। वे हर समय, हर जगह और किसी भी परिस्थिति में पूरे दिन अपने विचारों में ही खोए रहते हैं। अगर वे अपने ग्राहक को सुन रहे हैं, छुट्टी बिताने गए हुए हैं या अपने प्रियजन का हाथ थामे हुए कहीं बैठे हैं तो भी वे किन्हीं विचारों में

खोए हुए रहते हैं और इन सबके अंत में लोग अपनी ज्यादातर ऊर्जा जरूरत से ज्यादा सोचने और खयाली पुलाव पकाने में खर्च कर देते हैं। इस प्रक्रिया को '**हर चीज की अति सोच**' कहते हैं।

लोग अकसर अपने साथियों को सलाह देते हैं कि ज्यादा नहीं खाना चाहिए, न ज्यादा सोना चाहिए और ज्यादा बात भी नहीं करनी चाहिए; लेकिन वे शायद ही कभी किसी को सलाह देते हों कि जरूरत से ज्यादा सोच-विचार नहीं करना चाहिए। राई का पहाड़ बनाने की लोकोक्ति इसी की ओर इशारा करती है कि छोटे-छोटे मुद्दों पर अति प्रतिक्रियावादी या झल्लाहट भरा व्यवहार करता है और इससे यही दिखता है कि मानवता फिलहाल 'स्वचालित, अति प्रतिक्रियात्मक, जरूरत से ज्यादा सोच' वाले चलन में फँसी हुई है।

बालकनी में खड़े होकर ठंडी हवा का आनंद उठाना, रसदार फलों का स्वाद लेना, घास पर नंगे पाँव चलने में कुछ नया अहसास करना, बगीचे में लगे फूलों की खुशबू लेने की क्षमता—ये सभी स्वाभाविक क्रियाएँ अब इतिहास की बातें लगती हैं। आधुनिक मनुष्य के लिए ये प्राकृतिक चीजें दूसरे ग्रह की चीजें लगती हैं। भविष्य की चिंता, बीते कल पर अफसोस, अकारण सनकीपन, चिंता में नींद गँवाना या बेवजह किसी बात पर विचार करना अब लोगों को अस्तित्व के लिए जरूरी लगने लगा है।

एल्कोहलिक बनाम माइंडोहलिक : क्या अंतर है?

एल्कोहलिक यानी शराबी स्त्री या पुरुष वे होते हैं, जिनके अंदर शराब पीने की कोई सीमा नहीं होती। उनके अंदर भिन्न शारीरिक क्षमता होती है, जिसके चलते वे शराब पीने की आदत पर काबू नहीं रख पाते और अपनी क्षमता से कहीं ज्यादा शराब पी जाते हैं।

यू.के. की संस्था 'एल्कोहलिक्स एनॉनिमस' के अनुसार, जिसके पास खुद ही एल्कोहलिज्म की कोई विशेष परिभाषा नहीं है, 'इसे शारीरिक दबाव और मानसिक जुनून का मिला-जुला रूप कह सकते हैं। शराब की भयानक तलब के अलावा एक शराबी को अकसर खराब-से-खराब समय में भी शराब के लिए तड़पते देखा जा सकता है। शराबी न तो यह जानता है कि कब और कैसे शराब पीना बंद करना है।'

इसी तरह, 'माइंडोहलिक' एक विशिष्ट मानसिक जुनून की स्थिति है, जिसमें व्यक्ति सामान्य समझ होने के बावजूद अपनी नियंत्रित करने की क्षमता से कहीं ज्यादा विचारों में डूबा होता है। माइंडोहलिक एक ऐसे मनोवैज्ञानिक अनिवार्यता के तौर पर बताया जा सकता है, जिसमें व्यक्ति दिन भर लगातार सोचता रहता है और यह सोच-विचार दोहराव के स्तर पर भी पहुँच जाता है और व्यक्ति का पूरा दिन अनुत्पादक ही

गुजर जाता है। इससे अलग एक माइंडोहलिक व्यक्ति नियमित अंतराल पर सोचने के प्रति लालायित नजर आता है और खराब-से-खराब समय में भी सोचता ही रह सकता है। वह व्यक्ति नहीं समझ सकता कि उसे कम और कैसे सोचना बंद करना है?

एल्कोहलिक बनाम माइंडोहलिक

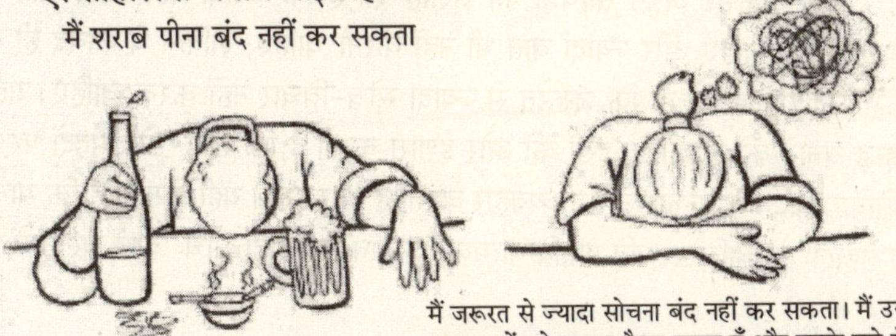

यह आपके लिए नहीं है कि आप अपने दिमाग का सही इस्तेमाल कर रहे हैं। वास्तव में, दिमाग हमारा इस्तेमाल करने लगता है। यह बिल्कुल उसी तरह होता है, जैसे शराब उस एल्कोहलिक को अपने काबू में ले लेती है। उसके पास कोई और तरीका नहीं होता व्यक्ति को अपने कब्जे में करने का। एक शराबी यह मानकर चलता है कि उसके पास शराब पीने का उचित कारण मौजूद है, जबकि दूसरे की नजर में वैसा नहीं होता। इसी तरह माइंडोहलिक यह मानकर चलता है कि वह तो अपने दिमाग को सही जगह लगा रहा है, लेकिन यह बिल्कुल उलटा होता है।

अपने दिमाग में बसी ख्वाबों की दुनिया में जीना।

जय एक मीटिंग के सिलसिले में कॉरपोरेट मुख्यालय में पहुँचा। शारीरिक रूप से तो वह मीटिंग में ही था, लेकिन मानसिक तौर पर उसके अंदर कुछ और ही चल रहा था। वह लगातार बोलता जा रहा था या खुद से ही बातें कर रहा था, लेकिन अगल-बगल बैठे लोगों के लिए वह सामान्य दिख रहा था। अगल-बगल बैठे लोग नहीं जानते थे कि उसके दिमाग में क्या चल रहा है? जय को देखने से लग रहा था कि वह मीटिंग में बहुत गंभीरता से जुड़ा हुआ है; लेकिन उसके दिमाग के अंदर अलग ही तरह के विश्लेषणों का दौर चल रहा था। समय-समय पर यह विश्लेषण अनुमान के रूप में या निर्णय के रूप में उभरता था। दूसरे ही समय, वही विश्लेषण

तुलनात्मक रूप में उभरता या शिकायत के रूप में। दूसरे ही पल, वह सपने, जुनून या पागलपन के तौर पर नजर आने लगता। लेकिन अगर मानसिक विश्लेषण की निरंतर जरूरत एक बिंदु से आगे बढ़ जाए तो इससे ग्रसित व्यक्ति लकवे का भी शिकार हो सकता है। यही वह समय है, जबकि जय के कंधे जकड़ जाते हैं, जबड़े की मांसपेशियाँ ऊपर की ओर अकड़ जाती हैं और श्वसन-प्रक्रिया भी अजीबोगरीब हो जाती है।

जय चाहता है कि मीटिंग जल्दी से खत्म हो जाए। वह इससे बाहर निकलना चाहता है; लेकिन मीटिंग जारी रहती है। जय को घुटन महसूस होती है और उसे बिल्कुल पता नहीं है कि मीटिंग में किस चीज पर चर्चा हो रही है? उसका दिमाग हर तरफ जा रहा है, लेकिन उसे खुद पता नहीं है कि वह क्या सोच रहा है और दिमागी सुन्नपन उसे जड़वत् बनाए हुए है। अन्य मौजूद लोगों को भी नहीं पता कि जय के दिमाग में क्या चल रहा है? वे केवल जय को मुसकराते और सिर हिलाते देखकर यह निष्कर्ष निकाल रहे हैं कि जय बहुत ही एकाग्र और निष्ठावान् कर्मचारी है। इसी तरह, जय को भी कुछ पता नहीं है कि बाकी लोगों के दिमाग में क्या चल रहा है। वह भी उन लोगों को मुसकराते और 'हाँ' में सिर हिलाते हुए देख रहा है। जय ने सोचा, 'सभी लोग एकाग्र और निष्ठावान् ही नजर आ रहे हैं।'

खिड़की से मीटिंग रूम में झाँकते हुए बाहर मौजूद चौकीदार भी सबको मुसकराते और सिर हिलाते देखकर यही सोच रहा है, 'सभी लोग खुश नजर आ रहे हैं।' जल्दी ही उसके विचारों ने उसे घेर लिया और चौकीदार खुद भी फंतासी व खयाली पुलावों वाली दुनिया में खो गया। देखनेवालों को यही लगा कि चौकीदार कितना सतर्क और निष्ठावान् है!

—मनोज केशव

चिंतन हमारी ताकत है या कमजोरी?

हमारी सबसे बड़ी ताकत यही है कि हम सोच सकते हैं, लेकिन अत्यधिक और जबरन चिंतन करना हमें वास्तविकता से अलग कर देता है—यहाँ और अब। उदाहरण के लिए, अगर आप बेहतरीन आइसक्रीम या पकवान मँगाते हैं, लेकिन उसे परोसते नहीं, क्योंकि आपका दिमाग कहीं और है तो उस आइसक्रीम या पकवान को मँगाने से क्या फायदा? छुट्टी बिताने के लिए कहीं बाहर जाने से क्या फायदा, जब आप पूरा-पूरा दिन काम और ऑफिस की चीजों में ही उलझे रहें? अपने ग्राहक से बात करने से क्या फायदा, अगर आप उस दौरान अपने बच्चों की फिक्र में डूबे हों और जब घर पर हों तो

बच्चों के साथ रात के खाने पर ग्राहकों के बारे में चिंता करने लगें?

नदियाँ लगातार प्रदूषित होती जा रही हैं। हमारा आकाश भी प्रदूषित हो रहा है, हमारी मिट्टी प्रदूषित हो गई है और यहाँ तक कि अंतरिक्ष भी प्रदूषित होता जा रहा है। इन सभी पर्यावरणीय प्रदूषणों के पीछे मुख्य वजह यही है कि हमारा दिमाग अत्यधिक और अनावश्यक चिंतन के चलते प्रदूषित हो गया है। किसी भी पशु या पौधे ने धरती को प्रदूषित नहीं किया, जिस तरीके से हमने प्रदूषण फैलाया है; क्योंकि जितना ज्यादा और बेवजह हम सोचते हैं, उतना कोई नहीं सोचता। नाराजगी, लालच, डर, ईर्ष्या, शक, कमी, पागलपन आदि से भरे विचार ही हर तरह की परेशानी की वजह हैं, जो हम अपने आसपास देख पाते हैं। इनसानी दिमाग में लगातार बेवजह और हानिकर विचारों को भरा व दोहराया जाता है। लगातार चिंता करने और हर समय चिंतित रहना ज्यादातर लोगों की सामान्य दिनचर्या बन चुका है। दूसरे शब्दों में, जरूरत से ज्यादा हर चीज के बारे में सोचना ही इस धरती पर समस्त मानव परेशानियों की मूल वजह है।

हम ऐसा नहीं कर सकते कि अपनी सोचने की क्षमता को छोड़ दें और एक पशु या पौधे की तरह बन जाएँ। सोचने की क्षमता हमारी सबसे बड़ी ताकत है। केवल हम ही अपने सोचने के कौशल का अपनी और अपनी धरती की बेहतरी में इस्तेमाल कर सकते हैं। इसके बजाय, हम अपनी वैचारिक क्षमता का दुरुपयोग करते हैं। एक शराबी की तरह हम भी चिंतन के व्यसनी हो जाते हैं कि खोपड़ी के अंदर हमारा दिमाग हमारा उत्पीड़न करने लगता है और लगातार चिंता करता जाता है और हमें आनंद व शांति से दूर कर देता है। अत्यधिक चिंतन को कैसे रोकें? दरअसल, अगर हम सोचने की अधिकता को घटा सकें तो हमारे विचारों की गुणवत्ता खुद-ब-खुद सुधर जाएगी। विचारों की अधिकता को कैसे घटाएँ? जीवन के संपर्क में अभी-के-अभी कैसे आएँ? एन.एल.पी. सेंसरी एक्युइटी अभ्यास हमारी सभी पाँच इंद्रियों की मरम्मत करता है, जिसके बाद हम जीवन के संपर्क में आ जाते हैं और अपने वर्तमान का आनंद उठा पाते हैं।

अपनी सभी पाँचों इंद्रियों को कैसे दुरुस्त करें?

फ्रेंच वैज्ञानिक जीन-बैप्टिस्ट डी लामार्क (1744-1829) को 'लॉ ऑफ यूज एंड डिस्यूज' के लिए जाना जाता है। वह कहते हैं, "प्राणी के शरीर के जिस अंग का ज्यादा इस्तेमाल किया जाएगा, उसका विकास ज्यादा होगा। वहीं जिन अंगों का इस्तेमाल नहीं होगा, वे छोटे होते जाएँगे और हो सकता है कि वे गायब भी हो जाएँ।"

अगर हम अपनी पाँचों इंद्रियों का पूरी क्षमता से इस्तेमाल नहीं करेंगे तो ऐसा तो नहीं है कि वे गायब हो जाएँ, लेकिन समय बीतने के साथ उनकी क्षमता जरूर घट जाएगी। गंध, स्वाद, दृष्टि, श्रवण और स्पर्श की सटीक मौजूदगी जीवन के हर अनुभव

को उभार देती है। ज्यादातर लोगों के लिए इन सभी पाँचों इंद्रियों में गिरावट तब दर्ज की जाती है, जब इनका इस्तेमाल बंद (डिस्यूज) कर दिया जाता है; लेकिन ऐसे तरीके हैं, जिनसे आप इन्हें तीक्ष्ण बना सकते हैं।

जब एक संवेदी प्रणाली सक्रिय की जाती है तो अन्य इंद्रियाँ किसी असंबद्ध दर्शक की भूमिका में नहीं रह जाती हैं। तमाम इंद्रियाँ मिलकर एक टीम की तरह काम करती हैं और एक नजरिया तैयार करती हैं। एक अत्यधिक गंभीर पल की कल्पना करें, जब आप किसी व्यस्ततम सड़क को पार कर रहे होते हैं। अगर उस समय हमारी सारी इंद्रियाँ स्वतंत्र रूप से काम करें और दिमाग को एक-एक कर टुकड़ों में सूचनाएँ पहुँचाएँ तो भयावह परिणाम सामने आएगा, जबकि दिमाग के अलग-अलग हिस्सों में तमाम इनपुट एक साथ काम करते हैं और एक सर्वग्राह्य अनुभव तैयार करते हैं।

सेंसरी एक्युइटी के उन्नयन में शामिल है वातावरण में उन चीजों पर गौर करना, जिन पर हमने पहले कभी गौर नहीं किया। यह बिल्कुल उस तरह है कि अपने मौजूदा पल के प्रति पूरी तरह जागरूक रहें और गौर करने की अपनी क्षमताओं को ज्यादा-से-ज्यादा बढ़ाकर बारीक पहलुओं को जानने की कोशिश करें और उनमें बारीक अंतर का पता लगाएँ।

यहाँ हम बता रहे हैं कि सेंसरी एक्युइटी को बढ़ानेवाले अभ्यास के जरिए आप कैसे नए स्तर की जागरूकता हासिल कर सकते हैं?

1. ओलफैक्टरी (Olfactory)/गंध का आभास

ओलफैक्टरी प्रणाली के जरिए लोगों को उनकी घ्राणेंद्रिय से वातावरण से एकत्र की गई तमाम खुशबुओं को न्यूरल सिग्नलों में बदलकर प्रवेश कराया जाता है। सेंसरी प्रणाली तत्त्वों में मौजूद मॉलिक्यूलर केमिकल कंपाउंड या ऑडोरेंट (कोई भी तत्त्व, जिसकी खुशबू अलग हो) के जरिए वातावरण के बारे में पता लगाती है।

मूल संवेदी अंग, जो इनसान में सूँघने की क्षमता प्रदान करने के लिए जाना जाता है, वह होता है नासिका छिद्र या nasal cavity, जिसमें ओलफैक्टरी रिसेप्टर्स होते हैं, जो विभिन्न गंधों को न्यूरल इंपल्स में बदलने का काम करते हैं।

➢ **20 मिनट के अभ्यास की तकनीक**—जिस भी चीज के संपर्क में आप आएँ, उसे सूँघने में कम-से-कम 20 मिनट लगातार बिताएँ। उदाहरण के लिए, जब आप अखबार उठाते हैं तो आपको उसमें से कुछ गंध महसूस होती होगी। आपको अखबार अपनी नाक के करीब लाने की जरूरत नहीं पड़ती होगी। जैसे आप रोज अखबार पढ़ते हैं, वैसे ही पढ़ें, लेकिन उसकी खुशबू लेते रहें। अखबारों की गंध भी अलग-अलग होती है। इसके बाद जब आप कॉफी से भरा कप उठाएँ तो उसकी खुशबू ग्रहण करें। क्या अलग-अलग ब्रांड की कॉफी अलग-अलग महकती हैं या सभी की खुशबू एक समान होती है?

जब आप अपने बेडरूम से किचन की तरफ जाते हैं तो क्या गंध में अंतर पाते हैं? क्या आप किचन में फैली गंध से यह अंदाजा लगा सकते हैं कि वहाँ कुछ देर पहले क्या पका होगा?

क्या आप केवल गंध से यह पता लगा सकते हैं कि कोई पकवान अच्छी तरह पका है या नहीं? क्या आप आँखें बंद करके बता सकते हैं कि किस फ्लेवर का केक रखा है—चॉकलेट, स्ट्रॉबेरी, वनीला या ब्लैक फॉरेस्ट?

जब आप खुशबुओं को पहचानने में निपुण होते जाएँ तो ऐसी खुशबुओं में अंतर पता लगाने का अभ्यास करें, जिनमें ज्यादा अंतर न पाया जाता हो, जैसे कि स्ट्रॉबेरी, चेरी और रैस्पबेरी या नीबू, चकोतरा एवं अंगूर। अगर आप सड़क पर टहल रहे हों तो केवल खुशबू के आधार पर क्या बता सकते हैं कि आप किन दुकानों से अभी गुजरे हैं? क्या आप किसी बेकरी की बगल से गुजरे हैं या किसी सब्जी की दुकान से? या किसी रेस्टोरेंट की बगल से? यह मजेदार अभ्यास है और आप इस तरह से अपनी सूँघने की क्षमता भी बढ़ा सकते हैं, बशर्ते आप नियमित रूप से 20 मिनट अभ्यास करें।

➢ **गंध के बारे में ऊँची आवाज में बताएँ**—जब आप किसी गंध को पहचानें और उसके बारे में विस्तार से बताएँ तो ऊँची आवाज में बताएँ, ताकि आपकी ग्रहण करने की क्षमता तेज हो जाए। अपनी एक

आदत बनाएँ कि जब भी खुशबुओं को महसूस करें तो उनके बारे में बातें जरूर करें। उनके बारे में ऊँची आवाज में बताने के लिए कुछ खास भाषा का इस्तेमाल करें। उदाहरण के लिए, शराब के शौकीन किसी व्यक्ति को विभिन्न शराबों के गुणों के बारे में बताते हुए देखें और उसी अंदाज में अपनी बात भी रखें।

यह रोजाना का एक नियम बना लें कि जब भी आप किसी गंध से दो-चार हों तो उस पर बात जरूर करें। उदाहरण के लिए, रात के खाने के दौरान आप खुशबू की विशेषताओं पर चर्चा करें, जैसे—'मुझे तो इन टॉर्टिलाज में भुने हुए मक्के की खुशबू मिल रही है, मीठी और चटपटी चिकन फिलिंग, सिलांट्रो की फ्रेश सोपी महक है और फ्लोरल साइट्रस बर्स्ट ऑफ द लाइम।'

मस्तिष्क की न्यूरोएनाटॉमिकल रिसर्च में यह पाया गया है कि खुशबू का पता होना स्वस्थ इनसानी गतिविधियों के लिए ज्यादा मायने रखता है, जैसा कि पहले नहीं था। गंध का पता लगानेवाले रिसेप्टर्स का सेरेब्रल कॉर्टेक्स से सीधा जुड़ाव होता है, जिसके बगैर शुरुआत में विभिन्न सबकॉर्टिकल रिले स्टेशनों से चीजें पास होती हैं। ऐसा अन्य इंद्रियों के मामले में पाया गया है।

इसके बाद दिमाग के बीस अलग-अलग हिस्सों में गंध से जुड़ा डेटा भेजा जाता है, जिसमें याददाश्त, इमोशनल रिएक्टिविटी और मॉटिवेशन के अलग-अलग क्षेत्र शामिल हैं। हमारे आसपास ऐसे उदाहरण मौजूद हैं, जिनमें केवल गंध वाली इंद्रिय के मजबूत होने के चलते पशुओं को कई मामलों में बढ़त हासिल हो जाती है।

अगर हम अपनी श्वसन इंद्रिय पर अच्छे से काम करें और तमाम खुशबुओं को पहचानने की क्षमता विकसित कर लें तो हमारे पास भी गंध को लेकर एक बेहतर समझ बन जाएगी। नेत्रहीन लोग अपने परिवार और दोस्तों को उनकी खुशबुओं से ही पहचान लेते हैं। ऐसा नहीं है कि उनके दोस्त-मित्र अच्छी खुशबू छोड़ते हैं, बल्कि इसलिए, क्योंकि नेत्रहीन लोग अपनी इस इंद्रिय को विकसित करने पर ज्यादा मेहनत करते हैं।

अभ्यास के बल पर हम विभिन्न संस्कृतियों के लोगों को उनकी खुशबू के आधार पर ही पहचान सकते हैं, क्योंकि हमारे खान-पान से हमारे शरीर से निकलनेवाली गंध का जुड़ाव रहता है और अलग-अलग संस्कृतियों के लोगों का खान-पान भी अलग-अलग ही होता है। शोध बताते हैं कि गंध फिंगरप्रिंट की तरह है। हर व्यक्ति की अपनी विशिष्ट गंध होती है। यही नहीं, वैज्ञानिक शोध यह भी बताते हैं कि इनसान के बीजाणु में भी कुछ गंध को पकड़नेवाले रिसेप्टर्स होते हैं। इनके जरिए बीजाणु कुछ चुनिंदा रसायनों की तरफ तैर जाते हैं, जो उनको अंडाणु की तरफ आगे बढ़ा देते हैं।

शोध में यह भी पाया गया है कि हम अपनी ही टी-शर्ट को अपनी गंध से पहचान

सकते हैं। शोध में यह भी सामने आया है कि महिलाओं की सूँघने की शक्ति पुरुषों की तुलना में बेहतर होती है।

शोध में दरशाया गया है कि यौन व्यवहार का खुशबू से करीबी संबंध होता है। यह विशेषता कीड़ों से लेकर गैर-इनसानी प्राइमेट्स तक की लंबी श्रृंखला के पशुओं में पाई गई है। संसर्ग काल में तमाम मादा प्रजातियाँ रासायनिक गंध, जिसे 'फेरोमोन्स' कहते हैं, छोड़ती हैं, ताकि नर उनकी तरफ आकर्षित हो सकें। प्रयोगशाला में चूहों में ओलफैक्टरी ग्रंथियों को हटाकर देखा गया तो उनका यौन व्यवहार बिल्कुल खत्म पाया गया। इनसानों का यौन व्यवहार पशुओं की तुलना में कहीं ज्यादा जटिल है; लेकिन ऐसा पाया गया है कि 25 फीसदी लोगों की सूँघने की शक्ति घट जाती (anosmic) है, जिसके चलते उनमें यौन उत्साह भी नहीं रह जाता। गंध और इनसानी याददाश्त में भी संबंधों का जिक्र दर्ज है। कुछ लोगों में घ्राण शक्ति सक्रिय करनेवाले तत्त्व ज्यादा ताकतवर होते हैं। खास तरह की खुशबू उनको बीते हुए समय में हुई घटना के बारे में छोटी-से-छोटी जानकारी भी याद दिला देती है। हालिया सबूत यह बताते हैं कि अल्जाइमर्स की बीमारी से ग्रसित लोगों में गंध के प्रति घटती संवेदनशीलता की तुलना उनकी याददाश्त में गिरावट से करके यह पता लगाया जाता है कि वे इस बीमारी की चपेट में हैं।

सूँघने की क्षमता में ह्रास से निजी स्वास्थ्य देखभाल में लापरवाही सामने आ सकती है, क्योंकि व्यक्ति को अपने शरीर की गंध पहचानने में ही परेशानी होगी, खाने में भी आनंद की अनुभूति नहीं होगी, दैनिक जीवन में भी आनंद घटता हुआ महसूस होगा; क्योंकि व्यक्ति फूलों की खुशबू, ताजा ब्रेड और अन्य सुखद खुशबुओं को भी पहचान नहीं सकेगा। इसी तरह व्यक्ति की सूँघने की क्षमता में गिरावट के चलते उसके बीमार पड़ने या चोटिल होने की भी आशंका बढ़ जाएगी, क्योंकि वह जहरीली गैस, धुएँ और खतरनाक रसायनों या बासी खाने की महक का पता नहीं लगा पाएगा।

स्वाद और गंध (ओलफैक्टरी) मिलकर मनुष्य में रासायनिक संवेदना का प्रतिनिधित्व करते हैं। अन्य इंद्रियों से इतर घ्राण ग्रंथि के विशेष नाम नहीं होते, जैसा कि रंगों या स्वाद के साथ होता है, लेकिन वे कुछ अन्य चीजों से समानता रखते हैं (उदाहरण के लिए फूल व फल आदि) या अन्य अनुभवों की तरह (उदाहरण के लिए, जलने का अनुभव) हमारे अंदर यह गुण है कि हम 10,000 अलग-अलग गंध पहचान सकते हैं।

मानव के गंध ग्रहण करनेवाले रिसेप्टर्स (smell receptors) उतने ही संवेदनशील होते हैं, जितने कि कुत्तों के। हालाँकि कुत्तों में हमारी अपेक्षा 1,000 रिसेप्टर अधिक पाए जाते हैं।

समग्र थेरैपी के एक रूप एरोमाथेरैपी में यह माना जाता है कि कई शारीरिक समस्याओं का निदान गंध के जरिए किया जा सकता है। हालाँकि एरोमाथेरैपी के तमाम

दावों का अभी परीक्षण होना बाकी है, लेकिन कुछ प्रयोगशालाओं के सुबूत यह बताते हैं कि भिन्न-भिन्न गंधों के आधार पर भी प्रेरणा व भावनाओं को उभारा जा सकता है। उदाहरण के लिए, हरे सेब की गंधों से रक्तचाप घटाने और सुकून बढ़ाने में मदद मिली है। लैवेंडर की महक से मूलभूत मेटाबॉलिक रेट बढ़ाने में मदद मिली है, जिसके चलते एकाग्रता और सतर्कता बढ़ जाती है।

इनसान के अंदर हवा में घुली बेहद हलकी रासायनिक गंध का पता लगा लेने की भी जबरदस्त क्षमता है, जिसे आमतौर पर 'पाट्‌र्स पर बिलियन' की इकाई में पहचाना जाता है। उदाहरण के लिए, रसायन टी-ब्यूटाइल मरकैप्टेन (t-butyl mercaptan), जिसे कंपनियाँ गंधहीन मीथेन में मिलाती हैं, ताकि अगर गैस लीक हो तो उसका पता चल सके। इसका मिश्रण महज 0.3 पाट्‌र्स प्रति अरब मात्रा का ही किया जाता है।

स्वाद और गंध एक-दूसरे से काफी निकट हैं। आप चाहें तो इसका भी प्रयोग कर सकते हैं। एक बार खाने का स्वाद नाक बंद करके लें और दोबारा उसी खाने का स्वाद नाक खोलकर लें। दूसरी बार गंध का अनुभव नहीं बदलेगा, लेकिन किसी तरह आप यह महसूस जरूर करेंगे कि आपकी जबान पर ज्यादा बेहतर चीज परोसी गई है।

2. स्वाद

इनसान कुछ चुनिंदा स्वाद पसंद के साथ जन्म लेता है। एक नवजात के चेहरे पर भी मुसकान बिखर सकती है, अगर उसकी जीभ पर चीनी के घोल की एक बूँद डाल दी जाए। वहीं अगर एक बूँद नीबू उसकी जबान पर रख दिया जाए तो वह सिहर उठेगा। कुछ अन्य प्रजातियों, जैसे कि घोड़े या बंदर की ही तरह इनसान भी मीठे स्वाद को पहचानने को लेकर पैदा होता है। हम इनसान पैदाइशी नमक का स्वाद पहचानते हैं। कड़वा और खट्टा स्वाद भी हासिल किया जाता है।

स्वाद भी काफी हद तक गंध की तरह ही काम करता है, जिसमें कुछ रिसेप्टर्स नहीं होते; जैसे—कड़वापन, खट्टा, नमकीन, मीठा और उमामी (पुदीने सी महक)। ज्यादातर लोग 'स्वाद' शब्द का इस्तेमाल करते हैं, जबकि वे वास्तव में स्वादिष्ट या मसालेदार बता रहे होते हैं। स्वाद से आशय मीठा, खट्टा, नमकीन, कड़वा या उमामी से होता है। स्वादिष्ट में खाने की खुशबू, मिश्रण, तापमान और रंग शामिल होता है।

तमाम व्यंजनों में तीन से चार आधारभूत स्वादों का मिश्रण होता है। उदाहरण के लिए, केचप आश्चर्यजनक रूप से जटिल होता है, जिसमें उमामी (टमाटर), खट्टापन (सिरका), मीठा (चीनी) और नमकीन (नमक) का स्वाद पाया जाता है।

कड़वा—एक जहर की चेतावनी कड़वापन एक अलग खराब स्वाद होता है, जिसके चखने के साथ ही चेहरे पर सिहरन के भाव उभर आते हैं। सैकड़ों तत्त्वों में, जिनमें ज्यादातर पौधे शामिल होते हैं, कड़वा स्वाद पाया जाता है; लेकिन जरा सा कड़वापन खाने के स्वाद को निखारने का काम करता है और खाने को सेहतमंद भी बनाता है। मेटाबॉलिज्म को दुरुस्त रखनेवाले और शरीर को कैंसर जैसी बीमारियों से दूर करनेवाले एंटीऑक्सीडेंट कड़वे स्वाद वाली चीजों, जैसे—गोभी, डार्क चॉकलेट और कॉफी में पाए जाते हैं।

नमकीन—हमारा दिमाग कुछ इस तरह से बनाया गया है कि हमें थोड़ी मात्रा में तो नमक ठीक लगता है, लेकिन अगर वही ज्यादा हो जाए तो हमें बहुत खराब लगने लगेगा। इससे यह सुनिश्चित होता है कि हमें नमक की उतनी ही मात्रा चाहिए, जितनी शरीर के संचालन के लिए जरूरी हो, लेकिन सावधान रहें, अगर आप अमेरिकी व्यंजन चख रहे हैं तो निश्चित रूप से ज्यादा नमक खाने के आदी हो जाएँगे। अच्छी खबर—अगर आप अपने खाने में नमक कम कर देते हैं तो आपकी स्वाद ग्रंथियाँ कम नमक से भी संतुष्ट होना सीख जाती हैं।

खट्टा—नीबू, दही, खट्टे आटे की ब्रेड या अचार का नाम लेते ही मुँह में पानी आने का भाव उस एसिड की वजह से होता है, जो इनमें पाया जाता है। वैज्ञानिक हालाँकि अब तक इस निष्कर्ष पर नहीं पहुँच पाए हैं कि ऐसा क्यों होता है या इसके पीछे सटीक बायोलॉजिकल उद्देश्य क्या है, लेकिन ज्यादातर लोग यह मानते हैं कि खट्टेपन का मूल संकेत यही है कि खाना सड़ने लगा है और इसे खाना सेहतमंद नहीं है।

मीठा—यह सबसे आधारभूत स्वाद सुखानुभूति है। मिठास के संकेत का मतलब होता है कि व्यंजन में चीनी की मौजूदगी है। यह फूड चेन का आधार है और ऊर्जा का स्रोत भी। आज हालाँकि हमारा मीठा दाँत हमारे खान-पान में चीनी की अधिकता से अति सक्रिय हो गया है।

उमामी—स्वादिष्ट स्वाद का जापानी अर्थ। उमामी किन्हीं अमीनो एसिड से बनते हैं। इसकी बेहतर तरीके से पुदीने के स्वाद से तुलना की जा सकती है। यह स्वाद अधिकता में पाया जाता है। उमामी के स्वाद के उदाहरण में सूखा और सुधारा हुआ मीट, पुराना पनीर, मछली का सॉस, हरी चाय, सोया सॉस और पके हुए टमाटर को शामिल किया जा सकता है।

उमामी की कहानी

किकुना इकेदा नाम का एक जापानी केमिस्ट एक कटोरा भरकर सीवीड से बने जापानी सूप का आनंद ले रहा था। उसने महसूस किया कि उस सूप का स्वाद मीठा, खट्टा, नमकीन और कड़वेपन से कुछ अलग हटकर है। वह उस स्वाद से बड़ा अभिभूत हुआ और उसने उसका पता करने का फैसला किया। उसने लिखा—'यह कुछ-कुछ शतावर, टमाटर, पनीर और गोश्त के स्वाद जैसा है; लेकिन'' इन चारों के जाने-माने स्वाद से मिलता-जुलता बिल्कुल भी नहीं है।' इकेदा अपनी प्रयोगशाला में गया और उस अनजानी चीज का पता लगाने में जुट गया। उसने केमिकल सोसाइटी ऑफ तोक्यो के जर्नल में लिखा कि यह ग्लूटामिक एसिड है; लेकिन उसने इसे कुछ और नाम देने का सोचा, ताकि यह लोगों की जबान पर चढ़ जाए। तब उसने इसे 'यूमामी' नाम दिया, जिसका जापानी में अर्थ होता है—स्वादिष्ट या यम्मी।

ग्लूटामेट ज्यादातर जीवित वस्तुओं में पाया जाता है; लेकिन जब वे चीजें मृत हो जाती हैं तो उनके अंदर समाहित ऑर्गेनिक चीजें टूटने लगती हैं। इस पर ग्लूटामेट के मॉलीक्यूल्स भी टूटकर अलग हो जाते हैं। अगर आप आग पर गोश्त पकाते हैं या पामेजान चीज को कुछ समय के लिए फर्मेंटेशन के लिए सोया सॉस में छोड़ देते हैं या टमाटर को सूरज की रोशनी में पकने के लिए छोड़ देते हैं, तब उनके अंदर का ग्लूटामेट रासायनिक प्रक्रिया के जरिए एल-ग्लूटामेट हो जाता है और वे चीजें और भी ज्यादा स्वाद से भर जाती हैं। इकेदा ने कहा कि एल-ग्लूटामेट पाँचवाँ स्वाद है। इकेदा के लेख के सौ साल बाद नई पीढ़ी के वैज्ञानिकों ने इनसानी जीभ पर नजदीकी नजर डाली और इकेदा ने जैसा बताया था, वैसा ही खोजकर बताया कि हाँ, पाँचवाँ स्वाद होता है। इनसान के भीतर एल-ग्लूटामेट की पहचान करनेवाले रिसेप्टर्स होते हैं और जब कुछ मीठे, खट्टे, कड़वे और नमकीन से इतर बेहद स्वादिष्ट व्यंजन जबान पर आता है तो वह एल-ग्लूटामेट ही होता है। वर्ष 2002 में यह नया नजरिया बनकर उभरा। अब इसे पाठ्य पुस्तकों में शामिल कर लिया गया है और वैज्ञानिकों ने इकेदा के सम्मान में इस नए स्वाद को 'उमामी' कहकर पुकारना शुरू किया है।

स्वाद-विमुखता

किसी स्वाद विशेष के प्रति आपकी प्रतिक्रिया कुछ हद तक आपके उस स्वाद को लेकर पहले के अनुभव पर आधारित होती है। आपका पहले का अनुभव कैसा रहा था—सुखद या विरोधी? स्वाद के प्रति तिरस्कार, यानी खाने के प्रति गहन अरुचि; लेकिन यह जन्मजात जैविक प्राथमिकता पर आधारित नहीं होता, बल्कि पूर्व में खाने के खराब अनुभव पर ज्यादा निर्भर करता है। कभी-कभी एकमात्र संपर्क, जिसके चलते खाने से होनेवाली बीमारी का अनुभव हुआ हो (और बाथरूम के इर्द-गिर्द ही अमूमन रात गुजरी हो), दिमाग में उस खाने के प्रति नकारात्मक भाव जोड़ने के लिए इतना ही काफी है।

खाने की वजह से जो बीमारी उभरी, वह ठीक-ठीक केवल समय के एक हिस्से के बारे में बताती है। आमतौर पर खाने की सबसे अनजानी चीज पर इसका दारोमदार जाता है (जिसे 'सॉस बर्नीज सिंड्रोम' के रूप में जाना जाता है)। कभी-कभी यह बीमारी खाने से बिल्कुल संबंध नहीं रखती, लेकिन इससे जुड़ा नकारात्मक भाव फिर भी माना जाता है और इसे ही संदिग्ध अपराधी के तौर पर जोड़ दिया जाता है। इस प्रकार की परिस्थिति-आधारित स्वाद-विमुखता को 'गार्सिया प्रभाव' के तौर पर जाना जाता है। इसके अलावा, एक और सबूत कि हम अपने अवचेतन की दया पर निर्भर हैं, इस पर भी गौर करें—यह जानते हुए भी कि हमने गलतफहमी के चलते अपनी बीमारी की वजह किसी और चीज को माना था, फिर भी हम उसमें सुधार नहीं करना चाहते और खाने के प्रति विमुखता हमसे आगे भी चिपकी रहती है। आगे चलकर भी हम उस खाने को दोबारा चखने से अमूमन परहेज ही करते हैं।

बुद्धिमत्तापूर्ण खान-पान

ज्यादातर लोग तब खाते हैं, जब वे भूख महसूस नहीं करते और तब पानी पीते हैं, जब उन्हें प्यास नहीं लगी होती और जब वे खाते हैं, उस दौरान उनका दिमाग किसी दिवास्वप्न में डूबा होता है, तनावपूर्ण विचारों पर मंथन कर रहा होता है, टी.वी. देख रहा होता है या बातचीत में व्यस्त रहता है। यही है कि शरीर तो खाने की क्रिया में डूबा रहता है, जबकि दिमाग कहीं और उलझा होता है। बुद्धिमत्तापूर्ण खान-पान का मतलब होता है कि हम तभी खाएँ, जब हम वाकई भूख महसूस करें और पौष्टिक खाने पर ज्यादा ध्यान केंद्रित करें। बुद्धिमत्तापूर्ण खान-पान का मतलब है कि हम खाने के एक-एक कौर को अपनी सभी इंद्रियों के जरिए महसूस करें, खासतौर पर सुगंध और स्वाद इंद्रियों के जरिए।

बुद्धिमत्तापूर्ण खान-पान में हमारी भावनाओं को भी शामिल करना शामिल है और उन्हें जाग्रत् रखने पर जोर दिया जाता है। क्या शरीर किसी तरह के दबाव या तनाव से

गुजर रहा है? क्या आप दु:खी या अकेलापन महसूस कर रहे हैं? क्या आप कल की चिंता में डूबे हुए हैं? भय, क्रोध, उदासी, चिंता, तनाव या नकारात्मक भावनाएँ हमें ज्यादा-से-ज्यादा खाने के प्रति धकेलेंगी या उन स्नैक्स को चखने के लिए प्रेरित करेंगी, जो हमारे दिमाग को आनंद की अनुभूति प्रदान करें और दर्द से छुटकारा दिलाकर सुकून महसूस करने में मदद करें। खाकर दर्द और असहजता से राहत—और ज्यादातर मामलों में अधिक खाना—ढेर सारे लोगों के दैनिक जीवन में अमूमन देखा जाता है।

भावनाओं के प्रति अपने अंदर जागरूकता लाने और दिमाग के खुशनुमा अहसासवाले हिस्सों को सक्रिय करके स्वस्थ तरीके सीखने (जैसे कि अपना पसंदीदा खेल खेलना या टी.वी. पर कोई कॉमेडी शो देखना) से हमें सुकून पाने में मदद मिल सकती है और जरूरत से ज्यादा खाने या अनावश्यक खाने से मना करने में आसानी होगी।

कोशिश करें कि अपना एक लेखा-जोखा बनाएँ और दर्ज करें कि आपकी भावनात्मक स्थितियाँ एवं विचार आपके शरीर को किस तरह प्रभावित करते हैं और खाने को लेकर आपके चुनाव यानी कब, कहाँ और क्या खाएँ, इसे किस तरह प्रभावित करते हैं?

शुरू में बुद्धिमत्तापूर्ण तरीके से तैयार मेन्यू या पूर्ण जागरूकता से तैयार खान-पान को एकदम से खाने की कोशिश न करें, क्योंकि ऐसा करना कठिन हो सकता है। धीरे-धीरे शुरू करें। खाना शुरू करने से पहले कुछ पल के लिए एकदम शांत हो जाएँ और पहले तीन कौर खाने पर ध्यान दें। धीरे-धीरे चबाकर खाएँ और अपने अनुभव को शब्दों में बयाँ करें। नियमित अभ्यास करके आप पाएँगे कि आपने पूरा खाना खाने के दौरान अपनी एकाग्रता या अपना ध्यान खाने पर ही लगाए रखा।

3. दृष्टि (दृश्य)

मनुष्य का विजुअल सिस्टम इलेक्ट्रोमैग्नेटिक एनर्जी स्पेक्ट्रम के उस हिस्से पर प्रतिक्रिया कर सकता है, जो 400 नैनोमीटर (एन.एम.) से लेकर 700 एन.एम. तक के विजुअल स्पेक्ट्रम के दायरे में आता है।

यह हिस्सा इलेक्ट्रोमैग्नेटिक रेडिएशन के संपूर्ण दायरे का बहुत छोटा सा हिस्सा होता है। संपूर्ण दायरा 1 एन.एम. (एक्स-रे) से 100 एम (रेडियो ब्रॉडकास्ट तरंगें) तक होता है।

सेंस ऑफ साइट (दृष्टि का बोध)

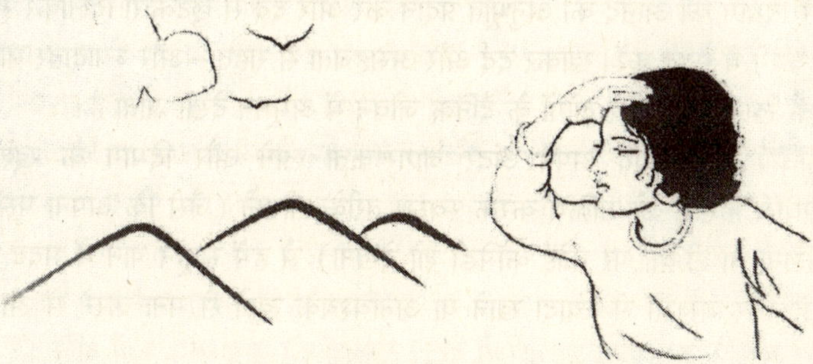

मनुष्य और आदि मानव सामान्य तौर पर अत्यधिक देखनेवाले जीव हैं। कुछ अनुमान ये दरशाते हैं कि मनुष्य के कॉर्टेक्स में मौजूद 80 फीसदी न्यूरॉन्स नजर के जरिए होनेवाली सक्रियता प्रदर्शित करते हैं।

ब्राउन यूनिवर्सिटी के प्रोफेसर ताकियो वातानाबे कहते हैं, "एकाग्रता दृष्टि आधारित नजरिए का एक अनिवार्य तत्त्व होती है।" देखने की क्षमता को बढ़ाने के कुछ सर्वश्रेष्ठ तरीकों में यह भी शामिल है कि हमें अपनी एकाग्रतावाले क्रिया-कलापों में सुधार लाना चाहिए।

भले ही 20/20 की दृश्यता को कभी-कभी 'सटीक दृश्यता' कहते हैं, फिर भी लोग वास्तव में इससे भी कहीं बेहतर प्रदर्शन कर पाते हैं। बेसबॉल खिलाड़ियों के पास जबरदस्त नजर मानी जाती है। दरअसल, महान् बेसबॉल खिलाड़ियों में शुमार बेब रुथ के बारे में यह माना जाता था कि उनके पास 20/8 के स्तर की नजर मौजूद थी। इस तरह की जबरदस्त नजर खिलाड़ियों के लिए खास भूमिका अदा करती है और वे बहुत तेजी से पता कर पाते हैं कि गेंद कहाँ जा रही है और खेल के दौरान अतिरिक्त फायदा मिलने की गुंजाइश रहती है।

निम्नलिखित अभ्यास करके जागरूकता को बढ़ाने में मदद मिल सकती है और इसी के चलते जीवन में प्रशंसा पाने के पल भी हासिल होते हैं। इन अभ्यासों को दैनिक और नियमित रूप से करने से आपकी विजुअल एक्युइटी में जबरदस्त तरीके से सुधार दिखेगा।

20 मिनट तक नजर आनेवाली चीज पर गौर करने का अभ्यास

इस अभ्यास के लिए 20 मिनट का समय निकालें। मान लें कि आप ब्रश करने जा रहे हों तो ध्यान से अपने ब्रश को देखें। टूथब्रश का रंग कौन सा है? अगर आपका टूथब्रश लाल रंग का है तो गौर करें कि यह लाल रंग का कौन सा शेड है? क्या यह स्कारलेट रेड है या रेड वाइन रंग है? शायद यह ईंट वाले रंग का है या टमाटर जैसा लाल है अथवा सेब के रंग का है? नजदीक से देखें और अब बताएँ कि आपका टूथब्रश किस रंग का है? किस आकार का है ब्रश? क्या ब्रश देखने में नया लग रहा है या पुराना है? अगर यह नया लग रहा है तो क्यों लग रहा है? अगर यह पुराना दिख रहा है तो इसके पीछे क्या आधार है? ब्रश के तार कैसे दिख रहे हैं? क्या ये तार नरम लग रहे हैं या अतिरिक्त नरम हैं या क्या वे सख्त व मजबूत दिख रहे हैं? क्या सभी तार एक जैसे लग रहे हैं? ब्रश के हर पहलू पर गौर से देखें। टूथब्रश का ब्रांड नाम कहाँ अंकित है? क्या आप उस फॉन्ट को बता सकते हैं, जिसमें ब्रश का ब्रांड नाम लिखा गया है? उदाहरण के लिए, अगर यह पेप्सोडेंट है तो यह बड़े अक्षरों में लिखा गया है या छोटे अक्षरों में? क्या यह इटैलिक्स में लिखा गया है या बोल्ड में? ब्रश करने के दौरान अपने आसपास भी गौर करें कि आप क्या देख पा रहे हैं? बाथरूम में लगा आईना कैसा दिख रहा है? क्या यह फ्रेम में जड़ा हुआ है? अगर हाँ तो फ्रेम किस चीज का बना हुआ है—प्लास्टिक का या धातु का? अगले 20 मिनट तक दिमाग लगाकर अपने आसपास की सारी चीजों पर गौर करें। यह एक जबरदस्त अभ्यास है। अगर आपने रोजाना अभ्यास करना शुरू कर दिया तो यकीन मानिए, आपकी सूक्ष्म अंतर करने की क्षमता में जबरदस्त सुधार आने वाला है।

जूम इन-जूम आउट तकनीक

एक वस्तु को देखें। यह कुछ भी हो सकता है, वह चाहे आपका पर्स हो, घड़ी, पेन या मोबाइल हो। सामने मौजूद किसी भी एक चीज को चुन लें। अब उस चीज को दस बार जूम-इन करके उस वस्तु का बड़ा आकार देखने का प्रयास करें। अगर यह एक कलम है तो अपने दिमाग की नजर में इसे एक बहुत बड़े पेन के रूप में देखें। एक ऐसा पेन बना लें, जो पेरिस के आइफल टॉवर से भी बड़ा नजर आए। इसके बाद कलम पर अंकित विस्तृत चीजें पढ़ें और वास्तविक कलम से उसका मिलान कराएँ।

फिर उस वस्तु को जूम-आउट करें और उसे इतना छोटा बना दें कि वह माइक्रोस्कोप से ही नजर आए। अब यह कैसा दिख रहा है? इस तकनीक से भी आप अपनी देखने की क्षमता में सुधार ला सकते हैं।

ऑब्जेक्ट तकनीक आजमाएँ

किसी वस्तु को देखें और अपनी आँखें बंद कर लें। अब उस वस्तु को अपने मन में देखने का प्रयास करें और देखें कि क्या आप उस वस्तु को अपने मन में देख पा रहे हैं। उदाहरण के लिए, अपने पर्स को ही लें। उसे एक बार गौर से देखें और आँखें बंद करके अपने मन में उसको देखें तथा गौर करें कि पर्स की क्या खूबियाँ आपको नजर आ रही हैं? अगर मन में देखते समय आप उसकी खूबियों को नहीं देख पा रहे हैं तो एक बार फिर गौर से अपने पर्स को देखें और प्रक्रिया को दोबारा अपनाएँ। यह अभ्यास आपकी विजुअल याददाश्त और एक्युइटी को जबरदस्त तरीके से बढ़ा देगा।

एलियन तकनीक

शरलॉक होम्स में वस्तुओं की ज्यादा-से-ज्यादा बारीकियों को गौर करने की जबरदस्त क्षमता थी।

जब होम्स पहली बार डॉ. वॉटसन से मिले, जो कि जल्दी ही अपराध की घटनाओं को हल करने में उनके साथी बन गए तो जासूस ने एक सटीक और अंदाजे के आधार पर उनके बारे में कहा था, "मुझे लगता है कि आप कभी अफगानिस्तान में रहे हैं।"

इस पर वॉटसन ने जवाब दिया, "आपने यह सटीक अंदाजा कैसे लगाया?"

होम्स ने सहजतापूर्वक इसका खुलासा किया, "मैं जानता था कि आप अफगानिस्तान से आए हैं⋯"

कारण कुछ इस प्रकार है—"वह चिकित्सा क्षेत्र से संबंध रखनेवाले सज्जन हैं। इसके साथ ही वह सेना से जुड़े हुए भी हैं। स्पष्ट है कि उस दौरान वह सेना में डॉक्टर थे। वह भूमध्यसागर क्षेत्र से हाल में ही आए थे, इसलिए उनका चेहरा धूप से साँवला हो गया था और वह उनकी त्वचा का प्राकृतिक रंग नहीं था। वहीं उनकी कलाई के रंग पर ज्यादा असर नहीं पड़ा था। वह गोरी ही थी। उन्होंने कठिन दौर देखा था और बीमारी से भी परेशान रहे थे, जैसा कि उनका मुरझाया चेहरा बयाँ कर रहा था। उनका बायाँ बाजू चोटिल था। इस वजह से वह सहज तरीके से नहीं रह पा रहे थे और उनका बायाँ बाजू भी स्वाभाविक तरीके से नहीं था। भूमध्य सागरीय क्षेत्र में अंग्रेज सेना का एक डॉक्टर और कहाँ इतनी कठिनाई झेल सकता है और अपना बाजू भी घायल करा सकता है? निश्चित तौर पर अफगानिस्तान में ही ऐसा संभव है।"

खुद को दूसरे ग्रह का प्राणी मानते हुए कल्पना करें कि आपकी अवलोकन करने की क्षमता शरलॉक होम्स से ज्यादा है। अब आप गौर करें कि छोटी-से-छोटी चीज को गौर करने की आपकी काबिलीयत कैसी है और आप पाएँगे कि आपकी विस्तृत जानकारी इकट्ठी करने की क्षमता सामान्य लोगों से ज्यादा है। इस मन:स्थिति में अगले

20 मिनट तक रहें। खुद को बताएँ, 'मेरे पास गौर करने की काबिलीयत बेहतरीन है।' अपने आसपास की चीजों को उच्चतम जागरूकता के स्तर पर गौर करें। नियमित अभ्यास से आपकी अवलोकन क्षमता बढ़ जाएगी और आपकी विजुअल एक्युइटी भी सुधरती जाएगी।

4. ऑडिटरी/श्रवण

हमारे आसपास की दुनिया ध्वनि के चलते और बेहतरीन हो जाती है, चाहे वह रेडियो पर मधुर गीत-संगीत हो, एक बाइक की शानदार आवाज हो, चिड़ियों की आवाज हो, एक बच्चे की हँसी या लहरों की आवाज, जब आप किसी समंदर के किनारे बैठे हों। ध्वनियों की वजह से हर चीज जीवंत हो उठती है। कल्पना करें, अगर कोई कुत्ता भौंके और उसकी कोई आवाज न हो। बारिश की कल्पना करें, जिसमें कोई ध्वनि न हो।

आवाज हमें संभावित खतरे से भी सावधान करती है। बच्चे के रोने की आवाज हो,

फोन के बजने की आवाज हो या आग लगने पर अलार्म का बजना कुछ ऐसे मौके हैं, जो आवाज की महत्ता को रेखांकित करते हैं।

हमारे कान आवाज से प्रमुखतया तीन तरह की चीजें पता लगाते हैं—आवाज की तीव्रता (फ्रीक्वेंसी), उसकी तेजी (गूँज) और स्पेस में आवाज की दिशा। तीव्रता तय होती है हमारे कान के परदे में उठनेवाली तरंगों से। इनसान के कान 20 से 20,000 आवर्त प्रति सेकंड तरंगों को ग्रहण कर सकते हैं। तीव्रता को मापने की इकाई हट्र्ज (Hz) है।

आवाज की गूँज को एंप्लीट्यूड में मापा जाता है, यानी हमारे कान के परदों में आवाज पहुँचने और वहाँ से बाहर निकलने की गहनता को दरशाता है। आवाज की गूँज को डेसिबल (dB) में मापा जाता है। सरसराहट की आवाज की गूँज 20 डेसिबल की होती है। दो लोगों के बीच अमूमन 60 डेसिबल के स्तर पर बातचीत होती है। 120 डेसिबल से ज्यादा की आवाज को शोर माना जाता है।

हम आसानी से पता लगा लेते हैं कि आवाज किस दिशा से आ रही है, क्योंकि हमारे पास दो कान होते हैं। दो कारकों के मिलान करने से हमें आवाज के स्रोत का पता लगाने में भी आसानी होती है। पहला कारक, आवाज की गूँज एक कान में ज्यादा होगी, जबकि दूसरे में कम। दूसरा कारक, जो कि ज्यादा खास है, हमारे एक कान में आवाज पहले पहुँचती है और दूसरे में कुछ देर बाद। दिमाग में स्थित नर्व सेल्स आवाज के पहुँचने की अवधि की तुलना करते हैं कि वह किस कान से ज्यादा तेजी से आई है और उसी आधार पर दिशा व स्रोत का आकलन करती हैं। शरीर की मिडलाइन धुरी के आसपास मौजूद ध्वनि स्रोतों की दिशा का पता लगाना कठिन होता है।

मोजार्ट किसी धुन को एक बार सुन लेते हैं और अपनी याददाश्त के आधार पर बिल्कुल उसी तरह हू-ब-हू पेश कर देते हैं। नेत्रहीन आसानी से रोजाना सुननेवाली आवाजों को बहुत स्पष्ट तौर पर पहचान लेते हैं। कुछ चिकित्सक दिल की धड़कनों को आसानी से सुनकर पता लगा लेते हैं कि मरीज किस परेशानी से गुजर रहा है। कुछ मेकैनिक आपकी कार के इंजन की आवाज से पता लगा लेते हैं कि उसमें क्या समस्या है ? जंगल में रहनेवाले आदिवासी प्रकृति की आवाज सुन सकते हैं और पता लगा सकते हैं कि कब बारिश हो सकती है या तूफान की क्या संभावना है अथवा आसपास साँप या शेर है, इसका भी पता लगा लेते हैं।

सुनना किसी अन्य तरह की इंद्रिय की तरह नहीं है, जैसे कि रोशनी ज्यादा तेज होने पर हम अपनी आँखें बंद कर लेते हैं या चेहरा दूसरी तरफ कर लेते हैं; लेकिन सुनने की प्रक्रिया हमेशा चलती रहती है, भले ही हम सो ही क्यों न रहे हों।

बुद्धिमत्तापूर्ण श्रवण को और बढ़ाना

जागरूकतापूर्वक सुनने और सुनने के दौरान लगातार सूक्ष्म अंतर पहचानने की कोशिश करने से आप अपनी ऑडिटरी एक्युइटी को भी सुधार सकते हैं। दिमाग के केंद्र, जो कि श्रवण को नियंत्रित करते हैं, निरंतर सुनने के बुद्धिमत्तापूर्ण अभ्यास से बेहतर बनाए जा सकते हैं। चूँकि आपके पास कान हैं और आप लगातार कुछ-न-कुछ सुनते भी रहते हैं, बुद्धिमत्तापूर्ण श्रवण आपको मजाक भी लग सकता है। महज इसलिए कि हमारे पास मांसपेशियाँ हैं तो इसका यह मतलब नहीं है कि हम ताकतवर हैं। मांसपेशियों को विकसित करने के लिए कसरत की जरूरत होती है। इसी प्रकार, केवल कान होने से यह निष्कर्ष नहीं निकाल सकते कि हमारी ऑडिटरी एक्युइटी भी बेहतरीन है। ऑडिटरी एक्युइटी को विकसित करने के लिए कसरत और व्यायाम की जरूरत पड़ती है।

ध्यान से सुनने में सबसे बड़ी बाधा दिवास्वप्न की आदत और हमारे दिमाग के अतीत और भविष्य काल के बीच में भटकते रहने को माना जाता है। जब हम किसी ग्राहक के साथ होते हैं तो अपने अधिकारी के बारे में सोचते हैं। जब हम अपने अधिकारी के साथ होते हैं तो अपनी पत्नी/पति या परिवार के बारे में सोचते हैं। जब हम अपने पति/पत्नी या परिवार के साथ रहते हैं तो याद करते हैं उस सूची की, जिसमें तमाम कामों का जिक्र किया गया होता है। वर्तमान में मौजूद रहना (पूरी तरह से वर्तमान समय में मौजूद रहना और फिलहाल वहाँ की हर चीज के बारे में जानना) आज एक ऐसी विलक्षण स्थिति हो चली है, जिसका अनुभव ज्यादा-से-ज्यादा लोगों को है। हमारा दिमाग बकबक करनेवाला एक चैटर बॉक्स हो गया है, जिसमें ढेर सारा शोर भरा हुआ है। आप अगर अभी-के-अभी कुछ सुनना चाहते हैं तो आपको भौतिक व मानसिक तौर पर वर्तमान में मौजूद रहना होगा। खुद को रोकें और अपने आसपास हो रही आवाजों को सुनें। शायद यह ए.सी. या पंखे के चलने की आवाज हो, चिड़ियाँ की चहचहाहट हो, कार बगल से गुजरी हो, फ्रिज की आवाज हो या आपकी साँसों की आवाज—पूरी तरह से वर्तमान में मौजूद रहें और इन आवाजों को केवल सुनें।

रोजाना लगभग 20 मिनट तक इस तरह दिमाग लगाकर सुनने का अभ्यास करें। आप जो आवाज अपने दरवाजे पर सुनें, उसके चलते खुद को पूरी तरह वर्तमान में बनाए रखें। ध्यान से सुनें, लेकिन खुद पर दबाव या जोर न डालें। जब आप अखबार उठाते हैं और उसे खोलते हैं तो जो आवाज होती है, उस पर ध्यान दें। जब आप टूथपेस्ट का ढक्कन हटाते हैं तो उस दौरान होनेवाली आवाज को सुनें। जब आप नल खोलते हैं तो नल से जो आवाज निकलती है, उसे सुनें और उसके बाद उसमें से निकलनेवाले पानी की आवाज सुनें। इस तरह से मौजूदा पल में अपना ध्यान लाएँ। आप जो भी कर रहे हों, उसे बेशक करें, लेकिन अपना ध्यान आवाज पर ही केंद्रित रखें। जब आप शर्ट पहनते

हैं तो उसमें से कैसी आवाज निकलती है ? जब आप दराज खोलते हैं तो उसकी आवाज सुनें। जब आप अपने लैपटॉप पर टाइप कर रहे होते हैं तो वह आवाज सुनें। जब आप दरवाजा खोलते हैं तो वह आवाज सुनें। क्या आप वर्तमान में खुद को पाते हैं ? क्या आप अपने दिल की धड़कनें खुद सुन सकते हैं ? एक पल ठहरकर केवल वही आवाज सुनें।

1. **बगैर निर्णयात्मक हुए सुनें**—जब आप दूसरों को सुनते हैं तो यह भी जरूरी होता है कि बगैर निर्णयात्मक हुए आप उनकी बातें सुनें। इसमें आपका कोई एजेंडा और कोई योजना भी नहीं होनी चाहिए कि आप इसके बाद क्या कहेंगे ? जो कमजोर श्रोता होते हैं, वे तेजी से अपनी जरूरत की बातों और दूसरों की दिलचस्पी वाली बातों में अंतर नहीं कर पाते। हर चीज जो वे सुनते हैं, उसकी वे खुद से तुलना करने लगते हैं। अगर कोई व्यक्ति अपनी कार के बारे में बात करता है तो वे खुद-ब-खुद उस सूचना की तुलना अपनी कार से करने लगते हैं। मान लीजिए, अगर किसी ने कहा कि वे छुट्टी बिताने अमुक जगह पर गए थे तो वे उस जानकारी को अपने जीवन से तुलना करने में खर्च करते हैं।

   बुद्धिमत्तापूर्ण श्रवण का अर्थ यह है कि दूसरा व्यक्ति क्या कह रहा है, उसे समझने के लिए पूरी तरह से तैयार रहें, न कि उसके कहे शब्दों का ही केवल मतलब निकालने लगें। न केवल उसके कहने के अंदाज, आवाज की लय और उसकी गूँज आदि पर ही टिके रहें, बल्कि उनकी भावनाओं, जरूरतों और उद्देश्य को भी परखें। दूसरे व्यक्ति को ध्यान से सुनने का मतलब यह नहीं कि आप उससे सहमत ही हों या उसकी कही बातों की पुष्टि कर रहे हों, बल्कि इसका केवल इतना मतलब है कि आप उनके लिए वहाँ मौजूद होकर उन लोगों को अपनी राय जाहिर करने का अवसर प्रदान कर रहे हैं। ध्यानपूर्वक सुनने से दूसरों का भी उत्साह बढ़ता है और वे खुद को समझा पाने में सफल समझते हैं और इस प्रकार ज्यादा खुलकर तथा ईमानदारी से अपनी बात को रखते हैं।

2. **आवाज के स्रोत को पहचानने का अभ्यास करें**—आँखें बंद कर लें और अपने मित्र से कहें कि बड़े से कमरे में वह आपसे कुछ दूर या खुली जगह में चला जाए। उससे कहें कि वह आपसे कम-से-कम 20 से 30 फीट की दूरी पर रहे। अपने मित्र या साथी से कहें कि घंटी या हॉर्न से आवाज करे और अब आप सोचें कि यह आवाज किस ओर से आ रही है ? क्या आपके मित्र ने हर बार आवाज करने से पहले दिशा और जगह बदली है ?

3. **अपनी सुनने की क्षमता को और बढ़ाएँ**—इस अभ्यास के लिए एक कमरे में आँखें बंद करके खड़े हो जाएँ। अपने साथी से कहें कि अलग-अलग तरह

की आवाजें करे, जैसे—लाइट का स्विच ऑन करे, पेपर क्लिप नीचे गिराए, अलग-अलग तरह के जूते पहनकर चले। आपका साथी जैसे-जैसे यह काम करता जाए, आपका काम यह होना चाहिए कि आप उस पल में अपने ध्यान को पूरी तरह से एकाग्र करके आवाजों को सुनें और अंदाजा लगाएँ कि वहाँ क्या हो रहा होगा? फिर अपने मित्र से उसे और ज्यादा चुनौतीपूर्ण बनाने को कहें, जैसे कि किसी किताब के पन्नों को पलटने को कहें, कॉफी पीने के दौरान आवाज निकालने को कहें, कागज के टुकड़े पर लिखने को कहें, नंगे पाँव चलने को कहें आदि।

4. **सिक्का परीक्षण**—अपने साथी से एक सिक्के को जमीन पर गिराने को कहें। अपनी आँखें बंद करके खुद से पूछें कि क्या आप बता सकते हैं कि यह कितने रुपए का सिक्का है, जो जमीन पर गिरा है? साथी से कहें कि अलग-अलग मूल्यों के सिक्के गिराए। पूरी एकाग्रता से यह आकलन करें कि क्या आप पता लगा पा रहे हैं कि किस-किस मूल्य के सिक्के गिराए गए हैं?
5. **मधुर वाद्य यंत्र अभ्यास**—किसी मधुर संगीत की रिकॉर्डिंग सुनें और कौन-कौन से वाद्य यंत्र बजाए जा रहे हैं, उन्हें पहचानें। फिर उसे संपूर्णता में सुनें। दोबारा उसे सुनें और हर वाद्य यंत्र पर गौर करें।
6. **फ्लोर टेस्ट**—जब आप लिफ्ट में हों तो केवल आवाज से क्या यह पता कर सकते हैं कि आप कौन सी मंजिल पर हैं?
7. **सड़क पर वाहन परीक्षण**—अगर आप सड़क के किनारे पर किसी बेंच पर बैठे हों तो क्या आप वाहनों की आवाज से पता कर सकते हैं कि कौन सा वाहन आपकी बगल से अभी गुजरा है? बाद में, क्या आप उस वाहन के मॉडल या ब्रांड का पता लगा सकते हैं? क्या वह एक होंडा कार थी या एक ऑडी क्यू 7?
8. **पकाने की आवाज की जाँच**—रसोई में जब आप कुछ पका रहे होते हैं तो क्या आप महज आवाज से पता लगा सकते हैं कि खाना पूरी तरह पका है या नहीं?
9. **साँसों की आवाज से जाँच**—क्या आप अपनी ही साँसों की आवाज सुन पाते हैं या दूसरे की साँस लेने की आवाज पकड़ रहे हैं?

ध्यानपूर्वक सुनने का अभ्यास रोज कम-से-कम 20 मिनट तक करें। नियमित अभ्यास से आपकी ऑडिटरी एक्युइटी यानी सुनने की क्षमता में व्यापक सुधार देखने को मिलेगा।

5. काइनेस्थेटिक (स्पर्श)

ऐसा माना जाता है कि देखने से ही भरोसा होता है; लेकिन इसमें आप चाहें तो यह भी जोड़ सकते हैं कि छूकर निश्चित रूप से आश्वस्त हुआ जा सकता है। छूकर समझने के पीछे निश्चित रूप से कुछ तो मूलभूत और सीधा संबंध है।

'डिक्शनरी डॉटकॉम' के अनुसार, 'काइनेस्थेटिक' शब्द ब्रिटिश न्यूरोलॉजिस्ट हेनरी चार्लटन बैस्टियन का दिया हुआ है। यह शब्द ग्रीक शब्द 'काइनेइन' (kinein, अर्थात् आगे बढ़ाना) और 'एइस्थेसिस' (aesthesis, अर्थात् संवेदना) से मिलकर बना है।

चिकित्सा क्षेत्र में काइनेस्थेसिया—इसमें किसी वस्तु की स्थिति, वजन या मांसपेशियों, टेंडन्स और जोड़ों की सक्रियता, वातावरण में हिलने-डुलने के आभास को शामिल करते हैं। काइनेस्थेसिया तब लागू होता है, जब दिमाग को मांसपेशियों और लिगामेंट्स के जरिए संदेश मिलता है कि शरीर किस तरह से चलायमान है (vocabulary.com)।

एन.एल.पी. में बाह्य काइनेस्थेटिक एक्युइटी और आंतरिक काइनेस्थेटिक एक्युइटी होती है।

बाह्य काइनेस्थेटिक एक्युइटी

यदि आप समंदर के किनारे बैठे हैं तो आपके हाथों में मौजूद रेत, बालकनी में आपको छूकर गुजरनेवाली हवा, नहाते समय आपके ऊपर गिरनेवाले पानी का अहसास, टहलने के लिए बाहर निकलने पर धूप में आपको महसूस होनेवाली गरमी या शीतलता—ये सभी बाह्य काइनेस्थेटिक अनुभवों के कुछ उदाहरण हैं।

यह त्वचा-बोध या त्वचा संबंधी प्रणाली है, जो हमें शरीर की सतह पर होनेवाली घटनाओं की जानकारी प्रदान करती है और यह इसलिए महत्त्वपूर्ण है, क्योंकि शरीर पर ही उस घटना का असर होता है। इसलिए तत्काल इसकी सूचना मस्तिष्क को मिलना भी जरूरी होता है, ताकि उसी के अनुरूप शरीर प्रतिक्रिया कर सके। उदाहरण के लिए, यदि शरीर आग के संपर्क में आया या काँटे का स्पर्श हुआ तो दिमाग को तत्काल सूचना पहुँचनी जरूरी है, अन्यथा शरीर को नुकसान ज्यादा पहुँच सकता है। इसी प्रकार गरमाहट, ठंड, नमी, दबाव और तरंगों का भी एहसास त्वचा के जरिए ही हमें होता है।

क्या हमारे शरीर के लिए सबसे बेहतर सिला हुआ सूट हमारी त्वचा ही है?

हमारी त्वचा शरीर का सबसे बड़ा संवेदी अंग है, जिसमें लाखों रिसेप्टर्स यानी संकेत ग्रहण करनेवाले तत्त्व हैं। हमारे शरीर का 12-15 फीसदी वजन हमारी त्वचा का होता है, जिसके अंदर समस्त अंग सुरक्षित होते हैं। हमारी त्वचा बिल्कुल टाइट-फिटिंग स्पेससूट है, जिसमें फैलने व सिकुड़ने की क्षमता विद्यमान है और यह 24/7 एक भरोसेमंद सुरक्षा चक्र के तौर पर हमारी सेवा करती है और साथ ही हमारे मस्तिष्क के डेटा रिकॉर्डर में सर्वाधिक संवेदनशील सूचनाओं का डेटा भी दोगुना करती जाती है।

हमारे शरीर को सटीक तरीके से सँभालने के अलावा यह त्वचा हमारी मांसपेशियों, शरीर के ऊतकों, शरीर में बहनेवाले तरल पदार्थों और अंदरूनी अंगों को न केवल सुरक्षित रखती है, बल्कि उन्हें चोटिल होने एवं खतरनाक जीवाणुओं, कीटों व कीड़ों के हमलों से भी बचाती है।

बाहरी वस्तुएँ, जहरीले पदार्थ, हवा, तरल और जीवाणु इनसानी शरीर के अंदर आसानी से प्रवेश कर सकते हैं; जबकि शरीर में पानी तक नहीं जा सकता है। यहाँ तक कि एक छोटा-सा हमला, जैसे कि किसी मच्छर के काटने पर, यह भी तत्काल हमें सूचित की जाती है, जिसके बारे में पता चलते ही हम सख्त कदम उठाते हुए सुरक्षा में सेंध लगानेवाले को ठिकाने लगाने में जुट जाते हैं।

लोगों को न छुआ जाए तो क्या इससे मौत हो सकती है?

सह-संबंधों में छूने का अपना खास महत्त्व है। हाथ मिलाना, चूमना, हाथ पकड़ना

और एक-दूसरे से लिपटना आदि ऐसी सामान्य गतिविधियाँ हैं, जो जीवन में अलग-अलग अवसरों पर पेश आती ही हैं।

सन् 1960 में मनोविज्ञानी हैरी हार्लो ने एक प्रयोग किया था कि अगर बंदर के बच्चे को उसके माँ-बाप से अलग कर दिया जाए और उसके साथ कुछ ऐसा हो कि न तो उसे कोई छुए और न ही वह किसी को छूने पाए तो उसके अंदर विकृति पैदा होने लगती है। कुछ गंभीर मामलों में इस तरह की व्यावहारिक विद्रूपता ठीक नहीं की जा सकती है।

अनाथालयों में पलनेवाले बच्चों को लेकर भी अलग-अलग देशों के यही नतीजे देखने में आए हैं कि उनका खयाल रखनेवालों को उनसे मेल-मिलाप रखना जरूरी होता है। तभी यह माना जाता है कि उनका प्राकृतिक रूप से विकास हो पाता है। अगर उसे उचित मात्रा में स्नेह और भौतिक संपर्क न मिले तो बच्चे का स्वस्थ सामाजिक व मानसिक विकास रुक जाएगा। वैज्ञानिक तथ्य यह साबित करते हैं कि जो नवजात अपने जीवनकाल के पहले वर्ष में माँ-बाप या अभिभावक से स्नेहमयी संपर्क नहीं पाते हैं, वे आगे चलकर किसी पर भी भरोसा कायम नहीं कर पाते। ऐसे अध्ययन भी सामने आए हैं, जिसमें पाया गया है कि शुरू के कुछ महीनों के दौरान अगर नवजातों को प्यार और स्नेह न मिले तो उनके अंदर लंबे समय तक चलनेवाली बीमारियाँ पनप जाती हैं, जिसमें कमजोर प्रतिरोधी क्षमता, कमजोर सहन-शक्ति और बड़े स्तर पर मानसिक बीमारी का खतरा पैदा हो जाता है।

स्पर्श तो इनसानी प्रकृति का आधारभूत पहलू है। यहाँ तक कि एक हलकी-सी छुअन में भी जबरदस्त असर होता है और यह हमारी भावनात्मक व सामाजिक गतिविधियों पर गहरा असर छोड़ती है। हमारे जीव-विज्ञान में स्पर्श का भावनात्मक प्रभाव निहित होता है। स्पर्श से शरीर में एक हॉर्मोन 'ऑक्सिटोसिन' का स्राव होता है, जो तनाव घटाने में मददगार होता है। एक प्रयोग में यह पाया गया कि एक दंपती आपस में एक-दूसरे को गले, कंधे और हाथों पर गरमाहट भरे स्पर्श का अभ्यास कर रहे थे। उनके शरीर में ऑक्सिटोसिन की मात्रा उन दंपतियों की अपेक्षा ज्यादा पाई गई, जो अलग-अलग रहकर व्यायाम कर रहे थे। (होल्ट-लंस्टैड, बर्मिंघम, एंड लाइट, 2008)। इसी प्रकार वे महिलाएँ, जिनके पार्टनर उन्हें जब-तब स्पर्श कर रहे थे, उनके रक्त में ऑक्सिटोसिन की उच्च मात्रा पाई गई, बजाय उन महिलाओं के, जिनके पार्टनर उन्हें शायद ही कभी छू रहे थे। (लाइट, ग्रेवेन, एंड एमिको, 2005)। शोध में यह भी पाया गया कि ऐसे मरीज, जो गहन कोमा की अवस्था में थे, उनका हाथ पकड़ने पर उनके दिल की धड़कन की गति में थोड़ी रफ्तार आँकी गई। लोग स्पर्श के अभाव में मर तो नहीं जाते, लेकिन हमारी बेहतरी के लिए स्पर्श मूलभूत जरूरत तो है ही।

बुद्धिमत्तापरक स्पर्श की खोज

20 मिनट के लिए अपना ध्यान स्पर्श से होनेवाले अहसास पर केंद्रित करें। उदाहरण के लिए, जब आप अखबार उठाते हैं तो उस पल क्या आप आँखें बंद करके यह महसूस कर सकते हैं कि अखबार आपके किस हाथ में है? क्या यह खुरदुरा है? क्या यह नरम है? क्या यह हलका है? बेहद पतला? क्या यह गरम/नम/सूखा है? क्या आप केवल छूकर बता सकते हैं कि 'टाइम्स ऑफ इंडिया' है या 'इकोनॉमिक टाइम्स' या कोई अन्य अखबार है? जब आप जमीन पर नंगे पाँव चलते हैं तो कैसा महसूस होता है? क्या जमीन गरम/ठंडी/नरम है? जब आप हाथ धोते हैं तो पानी के स्पर्श को महसूस करें। क्या आप पानी के स्पर्श से आनंदित होते हैं या असहज महसूस करते हैं, क्योंकि पानी ज्यादा ठंडा है या ज्यादा गरम है?

अपने आसपास की हर चीज को स्पर्श से महसूस करने का अनुभव लें। क्या आप अलग-अलग प्रकार की मुद्राओं को छूकर पहचान सकते हैं? देखें कि क्या आप केवल हाथ मिलाकर सामनेवाले का व्यक्तित्व परख सकते हैं? क्या उस व्यक्ति का हाथ पसीने से गीला था, सख्त था, रूखा था, ठंडा था, गरम था? भले ही हाथ मिलाने का क्रम केवल कुछ सेकंड का हो, लेकिन उस एक पल में ही सामनेवाले व्यक्ति के बारे में बहुत कुछ जाना व समझा जा सकता है। अपने आसपास की चीजों को अपने हाथों से महसूस करें। अपने आसपास की चीजें पैरों से अनुभव करें। जब आप स्विमिंग पूल में होते हैं, तब कैसा लगता है? किसी पार्क में घास के मैदान पर लेटने पर आपको कैसा महसूस होता है? जब आप मैराथन में दौड़ रहे होते हैं और आपकी टी-शर्ट पसीने से तर-ब-तर होती है तो कैसा महसूस कर रहे होते हैं? तब कैसा लगता है, जब आप स्नेह से किसी को गले लगाते हैं? इस माइंडफुल टच एक्सप्लोरेशन का रोजाना 20 मिनट अभ्यास करें।

क्या हमारी इंद्रियाँ तब भी हमारा खयाल रखती हैं, जब हम नींद में होते हैं?

आप गहरी नींद में हैं। एक छोटा-सा कीड़ा, जिसका वजन मिली ग्राम में ही नापा जा सकता है, वह आपके ऊपर रेंगने लगता है। हालाँकि उस नन्हे से कीड़े का आपके शरीर पर किसी तरह का दबाव आपको महसूस नहीं होता, लेकिन उसके आपके ऊपर रेंगने मात्र से आपको पता चल जाता है, क्योंकि आपको आपकी त्वचा के जरिए अलार्म सिग्नल मिल जाता है और आप अचानक हरकत में आकर संभावित खतरे को झटक देने के लिए या दूर करने के लिए जाग जाते हैं। इससे पता चलता है कि गहरी नींद में होने के दौरान भी हमारी इंद्रियाँ पहरेदारी कर रही होती हैं।

हमारे बाल भी स्पर्श को महसूस करनेवाले रिसेप्टर्स से जुड़े होते हैं और सूचना एकत्रित करने में केंद्रीय भूमिका निभाते हैं। एक बाल भी मुड़ता या खिंचता है तो हमें हमारे संवेदनात्मक रिसेप्टर्स के जरिए तत्काल सावधान किया जाता है। ये रिसेप्टर्स हर

बाल के निचले स्तर पर मौजूद होते हैं। कोई भी बाहरी तत्त्व हम पर हमले की फिराक में हमारी तरफ आ सकता है। ऐसे में, बालों के जरिए हमें सतर्क किया जाना महज अतिशयोक्ति या लक्षणा-व्यंजना नहीं है, बल्कि यह एक शारीरिक संकेत है, जिसे हमारी सुरक्षा और अस्तित्व के लिए बनाया गया है।

माइंडफुल टच एक्सप्लोरेशन स्पर्श के प्रति संपूर्ण जागरूकता से जुड़ा हुआ है। इससे स्पर्श के जरिए सूक्ष्म अंतर करने की क्षमता को भी विस्तार दिया जा सकता है।

काइनेस्थेटिक आंतरिक जागरूकता

वेस्टिब्यूलर पर्सेप्शन

वेस्टिब्यूलर पर्सेप्शन का अर्थ होता है—आपके अपने शरीर की वर्तमान स्थिति, नजरिया और गतिशीलता।

प्रोप्रिओसेप्शन

प्रोप्रिओसेप्शन यानी स्पर्श रिसेप्टर्स के जरिए शरीर के विभिन्न हिस्सों की स्थिति को समझना। यह आधारित होता है। मोटर सिस्टम के क्रिया-कलाप पर। वेस्टिब्यूलर सिस्टम के जरिए आपको पता चलता है कि आप कैसे घूम रहे हैं और कब घूम रहे हैं? यह आपको गिरने से बचाता है और सुनिश्चित करता है कि आप आगे बढ़ने के लिए कब और कितना झुक रहे हैं, कितना पीछे आ रहे हैं या दाएँ व बाएँ जा रहे हैं।

प्रोप्रिओसेप्शन का आशय है कि आपके शरीर के अलग-अलग हिस्से मूलतः कहाँ स्थित हैं? इनमें से ज्यादातर जानकारियाँ आपको अपनी आँखों से मिल जाती हैं। प्रोप्रिओसेप्शन प्रक्रिया में ढेर सारे अलग प्रकार के रिसेप्टर्स शामिल होते हैं। हमारी मांसपेशियों और टेंडन्स में विशेष न्यूरॉन्स मौजूद होते हैं, जिनके जरिए हमें हर भौतिक तनाव और हर जोड़ के कोणों के बारे में पता चलता रहता है। हमारी त्वचा में भी स्पर्श रिसेप्टर्स मौजूद होते हैं, जिसका इस्तेमाल यह पता लगाने में किया जा सकता है कि हमारे शरीर का कौन सा अंग, जैसे कि भुजाएँ या पाँव, कितना फैलाना या बढ़ाना है?

प्रोप्रिओसेप्शन इंद्रिय दिमाग को निरंतर स्पर्शात्मक संदेश भेजती रहती है, जिसके लिए वह मांसपेशियों में ही मौजूद रिसेप्टर्स का सहारा नहीं लेती, बल्कि टेंडन्स, लिगामेंट्स और जोड़ों के जरिए भी जानकारियाँ प्राप्त करती रहती है। यह इंद्रिय हमारे दैनिक क्रिया-कलापों, जैसे बैठने, टहलने और सीढ़ियों पर चढ़ने आदि कामों में संतुलन बनाने में काम आती है। इससे ही सुनिश्चित होता है कि मांसपेशियों के समूह में कितने समन्वय की जरूरत है और गतिशीलता बरकरार रखने में शरीर के किन हिस्सों के सहयोग की जरूरत है?

सोमैटिक सेंस यानी शारीरिक अनुभूति

सोमैटिक सेंस में हमारे शरीर, मांसपेशियों (सख्त या नरम—दोनों अवस्थाओं में) में होनेवाली अनुभूति के अनुभव को शामिल किया जाता है और साथ ही यह भी कि हम अंदर से कैसा महसूस करते हैं? इस तरह की अनुभूति में विसरल (visceral) अनुभूति, जिसे शाब्दिक तौर पर गट फीलिंग (gut feeling) भी कहते हैं, होती है। (विसरा हमारे आंतरिक अंगों, जैसे कि पेट व आँतों को कहते हैं)। विसरल अनुभूति हमारे आंतरिक अंगों द्वारा महसूस की जानेवाली अनुभूति की व्यापक समझ को दरशाता है। सोमैटिक अनुभूति हमारी भावनाओं के विभिन्न हिस्सों के जरिए पैदा होती है। ज्यादातर भावों का आधार शारीरिक अंग या हिस्से होते हैं। उदाहरण के लिए, जब हम घबराते हैं तो हम अपने पेट में एक गाँठ-सी बनती महसूस करते हैं। जब हम गुस्से में होते हैं, हम अपने दिल की धड़कनें बढ़ती हुई महसूस करते हैं। जब हम शर्मिंदा होते हैं तो हम अपने चेहरे पर लालिमा-सी महसूस करते हैं। सोमैटिक भावों में भूख, संपूर्णता और पेट में उथल-पुथल की अनुभूति भी शामिल होती है।

शरीर की जागरूकता एक ऐसी अनुभूति है, जो हमारे शरीर के अंदर ही होती है। यह किसी के लिए भी शरीर के हिस्सों को समझनेवाली बात है कि वे अंग कहाँ पर स्थित हैं और वे कैसा महसूस करते हैं और यहाँ तक कि वे क्या कर सकने में सक्षम हैं?

आंतरिक शारीरिक माइंडफुलनेस का अभ्यास

शारीरिक तकनीक में कहाँ—किसी भी वक्त अगर आप तनाव महसूस करें या निराशा, क्रोध या दुःख जैसा कुछ महसूस करें तो खुद से पूछें—शरीर में यह नकारात्मक भाव कहाँ पैदा हो रहा है?

उदाहरण के लिए, अगर आप निराश महसूस कर रहे हैं तो खुद से पूछें—मेरे शरीर में यह निराशा कहाँ पल रही है? क्या यह निराशा मेरी आँखों में है या यह मेरे पेट में या मेरे सीने में महसूस हो रही है? क्या मैं निराशा अपने हाथों में महसूस कर सकता हूँ या अपने गले में? मेरा शरीर कैसा है? क्या इस निराशा से मेरी मांसपेशियाँ अकड़ जाती हैं? क्या इससे मेरे साँस लेने पर कोई फर्क पड़ता है? क्या मैं तेजी से साँस ले रहा हूँ? क्या मैंने साँस लेनी बंद कर दी है?

यह एक जबरदस्त अभ्यास है। किसी भी समय अगर आप नकारात्मक भाव महसूस करें तो पहली चीज आपको यह करनी है कि उसे अपने शरीर के किसी हिस्से में महसूस कीजिए। इस पर ध्यान दीजिए कि आपका शरीर उस निराशा के भाव को कहाँ महसूस कर रहा है और खुद से भी इसके तथ्य की पुष्टि कीजिए।

यही नहीं, सकारात्मक भावों के लिए भी आप इसी तरह का अभ्यास कर सकते

हैं। जब आप खुश हों तो पूछें—शरीर में यह खुशी कहाँ महसूस हो रही है ? क्या यह मेरी आँखों में दिख रही है या मेरे गालों पर ? क्या मैं अपनी खुशी अपने पैरों में महसूस कर सकता हूँ या अपने पेट या सीने में ? मेरा शरीर कैसा है ? क्या यह हलका है ? या भारी है ? मेरी साँस कैसी है ? तेज ? धीमी ?

आप अपना पूरा ध्यान शरीर पर केंद्रित करें, ताकि आप अपनी खुशी अपने शरीर के भीतर महसूस कर पाएँ। शारीरिक जागरूकता अपने साथ इलाज भी लेकर आती है। इससे आपको हकीकत के संपर्क में रहने में मदद मिलती है। आपका शरीर कभी झूठ नहीं बोलता। यह आपकी भावनाओं को नियंत्रित रखने में मदद करता है। शारीरिक जागरूकता से मन के अंदर भरी पुरानी नकारात्मक भावनाओं को मुक्त होने में मदद मिलती है। जब आप नियमित तौर पर इस तकनीक के जरिए बॉडी माइंडफुलनेस का अभ्यास करते हैं तो साइकोसोमैटिक परेशानियाँ और संकेत घटने लगते हैं। बॉडी माइंडफुलनेस की शक्ति कुछ इस तरह की है।

आंतरिक और बाह्य काइनेस्थेटिक जागरूकता के जरिए कोई भी अपने नजरिए और जीवन की गुणवत्ता को निखार सकता है। सेंसरी एक्युइटी में और सुधार लाकर आपको अनावश्यक विचारों को दरकिनार करना आसान हो जाएगा और आप ज्यादा-से-ज्यादा वर्तमान में और जीवंत रहने लगेंगे। इससे आपकी सोचने की गुणवत्ता भी बढ़ जाती है, आपके स्वास्थ्य में सुधार आता है और आपको खुद वास्तविकता की पुष्टि में मदद मिलती है। इसके लिए नियमित और निश्चित तौर पर अभ्यास किया जाना जरूरी है, तभी सफलता मिल सकती है।

□

4

एंकरिंग

आराम करने के लिए जॉन की पत्नी की पसंदीदा जगह समुद्र के किनारे पुरानी खुरदुरी लकड़ी की बनी बेंच पर बैठकर दूर समुद्र में निहारना थी। वहीं जॉन अपनी पत्नी के बगल में बैठा यह सोचकर ही हैरान रहता कि इस तरह से उसे कैसे सुकून मिलता है, जबकि मुझे तो कुछ लगता ही नहीं। उसके ऑफिस में तमाम समस्याएँ रहती थीं। उसका दिमाग हमेशा ऑफिस की ही उलझनों में डूबा रहता था। वह अपनी पत्नी की बातों पर बमुश्किल अपना ध्यान एकाग्र कर पा रहा था। विशाल समंदर, ठंडी सुहानी हवा और खूबसूरत आकाश का मानो जॉन के लिए कोई अस्तित्व ही न हो। जैसे किसी मानसिक रोगी को बिजली का झटका दिए जाने पर वह दर्द से छटपटा उठता है, ठीक उसी तरह जॉन का भी दिमाग ऑफिस के झंझावातों को याद कर सिहर उठता था। जॉन ने हैरानी में खुद से पूछा, "मैं कैसे सुकून पाऊँ?" उसकी पत्नी ने अपनी आँखें बंद कर ली थीं। उसने अपनी रीढ़ किसी पेड़ की तरह बिल्कुल सीधी कर ली, पैरों को मोड़ लिया और बिल्कुल बुद्ध की तरह बैठ गई। वह अब 10 मिनट के लिए ध्यान करेगी। जॉन अब भी अपने ऑफिस की समस्याओं के बारे में ही सोच रहा था; लेकिन आज उसने अपने रोजाना के काम में कुछ बदलाव करने का सोचा। उसने सोचा कि क्यों न ध्यान किया जाए। उसने भी आँखें बंद कर लीं और जल्दी ही महसूस किया कि उसका दिमाग तो किसी तूफान की तरह हो चुका है। उसके लिए ध्यान करना असहनीय होने लगा था। वह अपने ऑफिस के बारे में नहीं सोचना चाहता था, क्योंकि इससे उसके मन में और अशांति छा जाती तथा उसका दिमाग और भी ज्यादा उलझ जाता। इसलिए उसने एक देवी के बारे में सोचा।

एक देवी की छवि उसके दिमाग में उभरने लगी। वह देवी उसके करीब आई और उसे कोई उपहार दिया। इसके बाद वह अंतर्ध्यान हो गई और जॉन का दिमाग

पूरी तरह खाली हो गया। उसने अपनी आँखें खोलीं और अपने हाथों में देखा तो कागज का एक टुकड़ा पाया। फिर उसने अपनी पत्नी की तरफ देखा। वह अब भी ध्यानमग्न ही थी। उसने वह कागज का टुकड़ा खोलकर देखा। उसमें लिखा था—'NLP एंकर का प्रयोग करें, शांति पाएँ।' क्या उस देवी ने वाकई वह कागज का टुकड़ा उसे हाथ में पकड़ाया था? कहीं उसकी पत्नी ने यह काम तो नहीं किया? अचानक उसे इस बात से मतलब ही नहीं रह गया कि उसके हाथ में यह कागज का टुकड़ा आया कैसे? वह केवल यह जानता था कि उसका जीवन अब बदलने वाला है।

ऑक्सफोर्ड अंग्रेजी डिक्शनरी के अनुसार 'Anchor' शब्द का अर्थ है—

1. एक भारी वस्तु, जिसे किसी तार या चेन से बाँध दिया गया हो और उसे पानीवाले जहाज को एक जगह रोके रखने के लिए नीचे समंदर में डाला गया हो। अमूमन यह धातु का बना होता है, जिसके चारों तरफ काँटेदार लोहा निकला होता है, ताकि वह समंदर के नीचे जमीन में धँस सके।

   उदाहरण के लिए—नाव को अगर एंकर से न बाँधा गया हो तो वह बहुत तेजी से हिलती है।
2. एक व्यक्ति या वस्तु, जो किन्हीं अनिश्चित स्थितियों में स्थिरता या आत्मविश्वास की कमी न होने दे।

   उदाहरण के लिए—यूरोपियन समुदाय पूरे यूरोप के लिए आर्थिक एंकर की भूमिका अदा करता है।
3. रेडियो या टेलीविजन में प्रस्तोता एंकर महिला या पुरुष।

   उदाहरण के लिए—उसने 19 साल तक सी.बी.एस. न्यूज एंकर रहने के बाद पद छोड़ा।
4. किसी स्थिति में बेहद मजबूती से सुरक्षा प्रदान करना।

   उदाहरण के लिए—मछली अपनी पूँछ को एंकर की तरह इस्तेमाल करके खुद को एक जगह टिकाए रख सकती है।
5. पुख्ता आधार या नींव तैयार करना।

   उदाहरण के लिए—यह बहुत जरूरी है कि जो नीति बनाई जाए, वह सिद्धांतत: कुछ स्वीकार्यता भी जरूर रखती हो।

जैसे एक जहाज को तट के किनारे स्थिर और सुरक्षित रखने में एंकर की

भूमिका होती है, उसी प्रकार अंतर्मन को जीवन के कठिन दौर और मुश्किल हालात में आत्मविश्वास से भरपूर बनाए रखने में एन.एल.पी. की भूमिका होती है, जिसमें एन.एल. पी. एंकर खासा मददगार साबित होता है। उदाहरण के लिए, सभी वैधानिक दस्तावेज और ड्राइविंग लाइसेंस होने के बावजूद ज्यों ही कोई ट्रैफिक पुलिस को देखता है तो उसके मन में तरह-तरह की आशंकाएँ उमड़ने लगती हैं और यह हर बार होता है। ऐसे वक्त में हम एन.एल.पी. एंकर के जरिए खुद को शांत बनाए रखने की अंदरूनी प्रक्रिया को ऑन कर लें तो पुलिस को देखते ही हमें घबराहट नहीं होगी। इसी तरह, अगर किसी छात्र को परीक्षा कक्ष में पसीने छूटते हैं या वह परीक्षा से पहले बेहद घबराया हुआ होता है तो वह भी आत्मविश्वास के एंकर की मदद लेकर परीक्षा की चिंताओं और आत्मविश्वास की कमी को दूर कर सकता है। काम से तनाव और थकान लेकर घर लौटने पर अपने मन को शांत करने के लिए एन.एल.पी. एंकर ऑन करके राहत पाई जा सकती है।

हम आत्मविश्वास, आनंद, शांति, स्नेह एवं प्रेम की स्थिति में जा सकते हैं और इसमें हमें अपने बाहरी हालात को बदलने की भी जरूरत नहीं होगी और उकसावे व भिड़ंत की भी नौबत नहीं आएगी, जो कि केवल और केवल एन.एल.पी. एंकर की मदद से ऐसा होगा। एन.एल.पी. एंकर की मदद से हम जो चाहें, वह हासिल कर सकते हैं। तूफान और हवाएँ उस नाव को उछाल देती हैं, जिनमें एंकर नहीं लगे होते। इसके चलते उनमें काफी नुकसान और यहाँ तक कि वे टुकड़े-टुकड़े भी हो सकती हैं। वहीं, अगर वह नाव एंकर के जरिए सुरक्षित रखी जाती है तो तूफान उसका कुछ नहीं बिगाड़ सकते।

एन.एल.पी. एंकर छाते की तरह काम करता है। जब बारिश होती है तो यह हमें गरम और सूखा रखते हैं। जब भी कोई हालात या कोई व्यक्ति ऐसा माहौल बनाता है, जिसमें अप्रत्याशित हालात (बारिश) होने की आशंका होती है तो हमें केवल उचित एन.एल.पी. एंकर को सक्रिय कर देना चाहिए।

एन.एल.पी. एंकरिंग एक प्रक्रिया है, जिसमें हमें अपनी अंदरूनी स्थिति से आंतरिक और बाह्य ट्रिगर को जोड़ना होता है।

संत और जादुई अँगूठी

उस दौर में, जब मंदी अपने चरम पर थी, संजय ने हार मान ली थी और उसके पास विकल्प भी नहीं बचे थे। उसकी कंपनी ने भी उसे इस्तीफा देने के लिए बोल दिया था। उन लोगों के पास अपने कर्मचारियों की तनख्वाह देने भर के भी पैसे नहीं

थे। उसकी महिला मित्र ने भी एक ऐसे व्यक्ति के लिए उसे ठुकरा दिया था, जिसके पास सुरक्षित सरकारी नौकरी थी। जिस बैंक ने उसे कार खरीदने के लिए ऋण दिया था, किस्त न दे पाने के चलते बैंक ने उसकी कार भी जब्त कर ली थी। गहरे अवसाद, क्रोध और अकेलेपन में डूबे संजय ने हर चीज छोड़ने का फैसला किया। उसने सोचा कि वह जंगल चला जाएगा और एक प्राकृतिक जीवन जिएगा, जैसे पशु जीते हैं। उन्हीं की तरह शिकार करेगा या शिकार हो जाएगा। कुछ भी हो, शहर के चिड़ियाघर से जंगल में जीवन बेहतर होगा।

जंगल में रहते हुए कुछ महीने बीत भी गए, लेकिन उसके अंदर की निराशा, क्रोध और अकेलापन घटने की बजाय बढ़ गया। वह पत्तियाँ खाता और कभी-कभी मांस भी आग पर पकाता। उसे साँप, शेरों और लोमड़ियों से डर रहता। कभी-कभी वह डर और निराशा के चलते लगातार चीखता रहता था।

एक दिन झमाझम बारिश शुरू हो गई और अगले कुछ दिनों तक लगातार बादल बरसते ही रहे। संजय को किसी गुफा या किसी प्रकार की प्राकृतिक छाँव की जरूरत महसूस हुई। कुछ दिन पागलों की तरह खोजते हुए उसे एक गहरी गुफा मिल ही गई। दबे पाँव जब वह अंदर जा रहा था, तभी सामने उसे एक मद्धिम रोशनी नजर आई। हैरानी में और पड़ताल करने पर उसने देखा कि एक आदमी अंदर बैठा हुआ है। वह एक बुजुर्ग संत थे, जो कोई धुन गुनगुना रहे थे। उनके पास ही एक लैंप रखा था। यही नहीं, एक लैपटॉप और एक आईफोन एक्स भी वहाँ रखा हुआ था।

संजय की आँखें फटी-की-फटी रह गईं। उसने संत से कहा, "हाय, संत।" संत ने मुसकराहट से उसका स्वागत किया। उन्होंने कहा, "हाय, मैं संत नहीं हूँ। मैं एक रिटायर आई.टी. सलाहकार हूँ। मैं यहाँ अपने आखिरी दिन ध्यान करने और प्रकृति की गोद में बिताने के लिए आया हूँ।"

संजय ने जवाब दिया, "अगर कोई जंगल में पूर्णकालिक तौर पर ध्यान कर रहा है तो वह मेरे लिए संत ही है।"

उस व्यक्ति ने जवाब दिया, "ठीक है, तब तुम मुझे संत कह सकते हो। अब यहाँ आओ। इस अँगूठी को लो। यह एक जादुई अँगूठी है। इसे एन.एल.पी. एंकर रिंग भी कहते हैं। इसमें एक तरफ छोटा सा बटन भी है। हर बार जब भी तुम निराश महसूस करो, तुम्हें केवल इस बटन को दबा देना है। और तुम पाओगे कि कुछ भी कर गुजरने का तुम्हारा आत्मविश्वास वापस आ गया है। यह अँगूठी कभी विफल नहीं होती। यह हमेशा काम करती है। अब इसे पहन लो।"

संजय को कुछ समझ में नहीं आया कि उस समय वह क्या कहे? वह उस

आई.टी. सलाहकार के पास किसी समाधान की तलाश में नहीं आया था। उसे तो अपनी शरण के लिए केवल एक गुफा की तलाश थी। जो भी हो, उसने अँगूठी पहन ली। संत ने कहा, "बहुत अच्छा। अब जब तुमने अँगूठी पहन ली है तो उस समय के बारे में सोचो, जब तुम्हारा आत्मविश्वास सातवें आसमान पर था, जब तुम आत्मविश्वास से लबरेज रहते थे और कुछ भी कर गुजरने का माद्दा तुम्हारे अंदर हिलोरें मार रहा था।"

संजय ने कॉलेज में हुई वाद-विवाद प्रतियोगिता में हिस्सा लिया था। वह वाकई उस प्रतियोगिता में आत्मविश्वास से लबरेज था। उसे याद था कि बेहतरीन प्रदर्शन के लिए उसे किस तरह गर्मजोशी भरी प्रतिक्रियाएँ मिली थीं।

संत ने आगे कहा, "अब उसी आत्मविश्वास को अपने अंदर दोबारा महसूस करो। अपनी आँखों को उस अडिग आत्मविश्वास से चमकने दो और जैसे-जैसे तुम्हारा चेहरा चमकना शुरू हो, वैसे-वैसे अपने अंदर की ऊर्जा को अपनी मांसपेशियों और हर कोशिश के अंदर महसूस करो। जैसे ही तुम आत्मविश्वास के चरम पर पहुँचने जैसा महसूस करो, वैसे ही इस अँगूठी का बटन दबा देना।"

संजय ने ऐसा ही किया और अँगूठी का बटन उसी समय पर दबाया, जब उससे कहा गया था। जैसे ही उसने बटन दबाया, अँगूठी ने उसकी उँगली को बहुत हलके से कस दिया।

संत ने आगे कहा, "जैसा कि तुम अँगूठी का दबाव महसूस कर रहे होगे तो इस अँगूठी के जादू से अपना आत्मविश्वास अपने अंदर कहीं गहराई में सहेज लो। वह इस कदर गहरी जगह हो कि कोई भी चीज वहाँ तक पहुँचकर उसे हिला न सके।"

संजय को इस समय अच्छा महसूस हो रहा था। वह इस कदर आत्मविश्वास से लबरेज था कि उसे लगने लगा कि दिव्य प्रकाश उसके अंदर से निकल रहा हो। वह सुरक्षित, संपूर्ण और सच्चे अर्थों में सकारात्मक महसूस करने लगा।

"अब इस अँगूठी को अपने हाथ से निकाल लो और अपनी आँखें खोल लो।"

संत ने पूछा, "अब कैसा महसूस कर रहे हो?"

संजय ने कहा, "मैं तो खुद को दुनिया से ऊपर पा रहा हूँ। मुझे जबरदस्त अहसास हो रहा है।"

संत ने कहा, "बारिश रुकने का इंतजार करो और जंगल छोड़कर अपनी पुरानी जगह लौट जाओ। किसी भी पल जब तुम स्वयं को निराश महसूस करो, इस अँगूठी का बटन दबा देना और तुम पाओगे कि तुम्हारा जादू दोबारा तुम्हारे पास लौट आया है।"

संजय ने पूछा, "यह जादुई अँगूठी कैसे काम करती है?"

संत ने कहा, "अगर तुम इसके पीछे के विज्ञान को समझना चाहते हो तो एक अच्छी एन.एल.पी. पर आधारित पुस्तक खरीदो और उसमें एन.एल.पी. एंकरिंग प्रक्रिया को गंभीरता से समझो या कोई एन.एल.पी. वर्कशॉप में भाग लो। याद रखो, यह अँगूठी नहीं है, बल्कि एन.एल.पी. एंकरिंग प्रक्रिया है, जो जादू करती है।"

संजय ने सोचा, "एन.एल.पी. क्या होता है? और ये एन.एल.पी. एंकरिंग प्रक्रिया क्या है? छोड़ो। अंदरूनी बदलाव जो मैंने महसूस किया है, वह ज्यादा मायने रखता है।"

संजय उस आधुनिक संत के प्रति श्रद्धा भाव से भर उठा। उसने वादा किया कि हर साल वह उनसे मिलने आएगा। वह वापस शहर चला गया और इस बार वह जानता था कि उसे जीवन में आत्मविश्वास के सहारे आगे बढ़ना है। अगर वह फिसलता भी है तो उसके पास एन.एल.पी. एंकर रिंग मौजूद है।

—मनोज केशव

विचार, व्यवहार और भाव हमारे पास मौजूद तीन तरह के संसाधन होते हैं। जब ये तीन संसाधन एक साथ मिलते हैं तो हमारे अंदर जबरदस्त क्षमता पैदा हो जाती है, लेकिन जब इनमें से कोई एक या दो संसाधन अलग हो जाते हैं तो अपने अंदर ऊर्जा की कमी महसूस होती है। यह तिपहिया के पहियों की तरह ही है, जिसमें एक भी पहिया कम होने या किसी हानि की स्थिति में तिपहिया वाहन आगे नहीं बढ़ सकता। इसी प्रकार, अगर हमारे अंदर कोई भी एक संसाधन कम पाया गया तो हम विपरीत दिशा में जाने लगेंगे या अटक जाएँगे। हम अपनी आंतरिक ताकत खो बैठेंगे। इसका नतीजा यह होगा कि पूरा-का-पूरा इनसान अटक जाएगा। भावनाओं के बगैर व्यवहार अस्तित्व में नहीं रह सकता। मजबूती से हाथ मिलाने से पता चलता है कि आप अंदर से आत्मविश्वास से भरे हुए हैं। घबराहट में मिलाया गया हाथ घबराहट दरशा देता है। भावनाओं का असर व्यवहार पर पड़ता ही है। और यही नहीं, विचार व भावनाएँ भी एक-दूसरे को भलीभाँति प्रभावित करती हैं। खुशनुमा विचार आपके अंदर खुशनुमा भाव भी लाते हैं और निराशा से भरे विचार मन में दुःखद या झुँझलाहट भरी भावनाएँ पैदा करते हैं।

राज छह साल का एक बच्चा है, जिसे छह साल के एक अन्य बच्चे ने पीट दिया। राज उससे लड़ नहीं सका, क्योंकि सामनेवाला बच्चा उससे लंबा व तगड़ा था और वह आक्रामक तरीके से उसे घूर भी रहा था। राज उस बदमाश के आगे बौना साबित हो रहा

था। हालाँकि वह एक बार ही पिटा था, लेकिन उसके मन में अपने प्रतिद्वंद्वी को लेकर डर बैठ गया। अब बड़ा होने पर वह जब भी अपने से लंबे और भारी-भरकम व्यक्ति से मिलता है तो खुद को कमजोर आँकने लगता है और उसकी आँखों में खौफ साफ नजर आता है। राज ने सोचा कि लंबे-तगड़े लोगों के साथ जुड़ी भावनाओं के लिए कुछ करना चाहिए, क्योंकि यह उसका ही नुकसान कर रही है।

उसे लगा कि इस तरह से वह अपने जीवन में अटककर रह जाएगा। एंकरिंग के जरिए राज अपनी अनुत्पादक और गैर-संसाधन-युक्त अवस्था से बाहर आ सका। कुल मिलाकर उसे केवल इतना ही करना था कि अपने अंदर आत्मविश्वास वाले एन.एल.पी. ट्रिगर को दबाना था और लंबे-तगड़े लोगों के सामने खुद को मजबूत दिखाना था।

कौन से जरूरी गुण-कौशल हैं, जिन्हें हर किसी को सीखने की जरूरत है?

हमारे भावनात्मक हालात हमें बना भी सकते हैं और तोड़ भी सकते हैं। उत्कृष्टता को कभी भी अफसोस, डर, शर्म, तनाव, खौफ और नकारात्मकता के जरिए हासिल नहीं किया जा सकता। हमें जिस चीज की जरूरत है, वह है—आत्मविश्वास, प्रेरणा, जुनून। हम जो कुछ भी करें, उसमें खुशी महसूस करें और साहस से करें। किसी उकसावे, व्यवधान और धमकी मिलने की अवस्था में खुद को शांत और अडिग रहने की कला हर किसी को सीखने की जरूरत है।

नेतृत्व कार्यक्रम आपके दृष्टिकोण पर जोर देते हैं। अगर कोई नजरिया मन में गरमाहट न पैदा करे, प्रेरणादायक न बन सके तो वह दृष्टिकोण बगैर आत्मा की ही मानें। संगठनों के ज्यादातर दृष्टि-पत्र कंप्यूटर प्रोग्राम कोड की तरह नजर आते हैं। उनमें कहीं भी जीवन नजर नहीं आता। भावनाओं के जरिए ही एक नजरिया जीवंत दिखने लगता है।

नेतृत्व कार्यक्रम अमूमन कार्यान्वयन पर जोर देते हैं। बगैर लगन के कार्यान्वयन का अर्थ होगा कि किसी काम को पूरा करने के लिए किसी मृत व्यक्ति को लगा दिया गया। सोमवार की सुबह अगर आप अपने आसपास देखें तो पाएँगे कि अमूमन ऑफिस जानेवाले लोग अंदर से मरे हुए होते हैं। उनका शरीर तो जिंदा रहता है, लेकिन उनकी आत्मा अंदर से मर चुकी होती है। जाहिर सी बात है, ऐसे में ज्यादातर संस्थानों में आत्मविश्वास और उत्पादकता इतनी नीचे होती है और बजाय कि लोगों के दिलों तक पहुँचने के, अंतर्मन को बदलने के ज्यादातर संस्थानों को लगता है कि जो वर्तमान प्रक्रिया है, उसमें बदलाव लाने की जरूरत है।

भिन्न हालात में अलग-अलग भावनात्मक अवस्था की जरूरत होती है। छुट्टी के दिन सुकून की अवस्था ज्यादा सहायक होगी। सूई में धागा डालने के लिए एकाग्रतावाली अवस्था ज्यादा उचित मानी जाएगी। किसी जॉब इंटरव्यू के लिए जाते समय अपने अंदर

आत्मविश्वास वाली भावना प्रधान होनी चाहिए और युद्ध में लड़ते समय साहस का भाव आगे आना चाहिए।

क्या हम भावनात्मक अवस्था को चुन सकते हैं ?

ज्यादातर लोगों को यही लगता है कि वे अपनी भावनात्मक अवस्था को खुद नहीं चुन सकते। उनको लगता है कि यह अपने आप घटित हो जाता है। 'मैं बहुत जल्दी अपना आपा खो देता हूँ। मैं बहुत संवेदनशील व्यक्ति हूँ। मैं सो नहीं सकता, अगर कोई मेरी बुराई कर दे। मैं अपनी सासू माँ के सामने खड़ी नहीं हो सकती, अगर वह मुझ पर चीख रही हों। जब भी ऐसा कुछ होता है तो मैं फूट-फूटकर रोने लगती हूँ।'

हालाँकि लोगों में यह क्षमता भी होती है कि वे अपनी भावनात्मक अवस्था को चुन सकते हैं और बाहरी हालात या दूसरे लोगों के व्यवहार के अनुरूप प्रतिक्रिया देने से खुद को रोक लेते हैं। एन.एल.पी. एंकरिंग हमारी इस मामले में मदद कर सकती है कि हम कैसे काम लायक भावनात्मक अवस्था चुन सकते हैं या खुद को प्रतिक्रियात्मक न बनाते हुए रोके रख सकते हैं।

एंकर क्या है ? एंकर और एन.एल.पी. एंकर के बीच अंतर क्या है ?

एंकर एक प्रेरक या सक्रिय करनेवाला तत्त्व है। यह ध्वनि हो सकता है, तसवीर, एक स्पर्श, एक खुशबू या एक ऐसा स्वाद, जो कि लगातार एक समान प्रतिक्रिया दे। हम उस अवस्था को चुन सकते हैं, जिसे हम अपेक्षाकृत अधिक उत्पादक मानते हों और उस अवस्था में टिके रह सकते हैं और किसी बाह्य कारक, जैसे भय, आलस्य, पश्चात्ताप, लज्जा या क्रोध से अप्रभावित होकर खुद को रोके रख सकते हैं।

एंकर्स क्या हैं ?

- **यादगार तसवीर**

राधेश के लिए साहस, शक्ति और निष्ठा के प्रतीक हिंदू देवता हनुमान की तसवीर हमेशा एक उत्पादक अवस्था में बनाए रखती है। जब भी वह भयभीत होता है, जैसे कि सड़क पर अकेले चलते समय तो वह हनुमानजी की तसवीर को मन-ही-मन याद कर लेता है और उसके अंदर दोबारा साहस, शक्ति और निष्ठा लौट आती है। उसका सीना चौड़ा हो जाता है, साँसें गहरी हो जाती हैं और उसकी मांसपेशियाँ ऊर्जा से सराबोर हो उठती हैं। तसवीर वाला एंकर एक नजर है और उससे संबंधित नियमित प्रतिक्रिया पैदा करता है। उदाहरण के लिए, सेना के जवान को देखना, राष्ट्रीय ध्वज, लिपस्टिक, गांधीजी की प्रतिमा या एक जन्मदिन का केक—ये सभी किसी-न-किसी प्रतिक्रिया से भरे होते

हैं, जो अलग–अलग व्यक्तियों में अलग–अलग स्तर पर पाए जाते हैं। दृश्यात्मक तसवीरें बाहरी हो सकती हैं या ये तसवीरें हमारे अंतर्मन या दिमाग में छपी हुई हो सकती हैं। अंतर्मन में छपी तसवीरें भी जब–जब हम याद करें, एक जैसी प्रतिक्रिया देती हैं।

• स्पर्श

जेन को किताबें पढ़ना पसंद है, खासतौर पर प्रेरणादायक किताबें, जैसे कि हेलन केलर, मार्टिन लूथर किंग, स्टीव जॉब्स आदि की आत्मकथाएँ। हर बार जब भी वह कोई ऐसा कुछ पढ़ती है, जो उसे प्रेरित करे और उसके दिल में जोश भर दे तो वह अपने दिल पर अपने बाएँ हाथ की उँगली से क्रॉस बना लेती है। अब जब भी उसे प्रेरणा की जरूरत होती है तो वह अपने दिल पर बाएँ हाथ की उँगली से क्रॉस बना लेती है।

काइनेस्थेटिक एंकर्स को स्पर्श के जरिए सक्रिय किया या जगाया जा सकता है। स्पर्श बाहरी हो सकता है, जैसे कि कोई व्यक्ति या कोई चीज हमारे शरीर को स्पर्श करती है या हम खुद को ही कुछ स्नेहपूर्ण अथवा प्रेरक तरीके से छुएँ। उदाहरण के लिए, जब आप जूते उतारकर नंगे पाँव समुद्र के किनारे टहलते हैं तो इससे आपको खुशी व सुकून मिलता है और आप वहाँ मौजूद रेत से एक गरमाहट भरी भावना से जुड़ जाते हैं। किसी उपलब्धि के लिए आपको प्रदान स्टेनलेस स्टील की घड़ी की ठंडक आपको गर्व की अनुभूति कराती है। हर बार जब भी आप अपनी कलाई की तरफ देखते हैं तो आपके मन में गर्व के भाव खुद–ब–खुद सक्रिय हो जाते हैं।

• आवाज

स्टीफन, जो कभी एक चर्च के पास मौजूद छोटे से फ्लैट में रहता था, चर्च के घंटे की आवाज उसके लिए संकेत होता था कि वह अपनी आँखें बंद कर ले और कुछ पलों के लिए प्रभु यीशु को याद करे। यहाँ तक कि अब स्टीफन कहीं और रहने लगा, इसके बावजूद वह जब भी चर्च के घंटे की आवाज सुनता है, उसके पूरे शरीर और आंतरिक अवस्था गहन प्रार्थनावाली आध्यात्मिक अवस्था में चले जाते हैं।

ऑडिटरी एंकर्स ध्वनि के जरिए सक्रिय होते हैं। उदाहरण के तौर पर, मोबाइल की रिंगटोन, दरवाजे की घंटी, दरवाजा खोलने पर आनेवाली करकराहट या एंबुलेंस का सायरन।

• स्वाद

रणबीर एक पेशेवर मुक्केबाज है। उसकी आदत है कि हर बार मुकाबले में उतरने से पहले वह चॉकलेट खाता है। जैसे–जैसे रणबीर बॉक्सिंग रिंग की तरफ बढ़ता है और इधर चॉकलेट उसके मुँह में घुलती जाती है, उसकी आक्रामकता भी उसी तुलना में बढ़ती जाती है। वह चीखने लगता है और आक्रामकता में कूदता है। वह खुद को उस स्थिति में

लेकर आता है, जिसमें वह खुद को लड़ने के लिए तैयार कर सके।

आज रणबीर घर पर ही था और उसका बॉक्सिंग का कोई मुकाबला भी नहीं था। फिर भी एक टुकड़ा चॉकलेट खाते ही उसके अंदर की आक्रामकता जाग उठी और उसकी मांसपेशियाँ व हड्डियाँ एक अच्छे मुकाबले के लिए तैयार हो गईं।

गस्टेटरी एंकर्स तब सक्रिय हो जाते हैं, जब एक खास स्वाद हमारी स्वाद ग्रंथि के संपर्क में आता है। उदाहरण के लिए, आपकी माँ के हाथों का बना खास तरह का अचार, एक कफ सिरप आपकी बचपन की यादों को ताजा कर देता है या एक खास तरह की आइसक्रीम का स्वाद रोमांटिक प्रतिक्रिया को जगा देता है आदि।

• गंध

उस युवती को नहीं पता था कि सामने खड़ा खूबसूरत युवक उसे उड़ा ले जाएगा। वह उसके प्यार में बुरी तरह पागल थी। जब भी वह उसके साथ बाहर जाती, जब भी वह उसका हाथ पकड़ती और उसकी आँखों में देखती, उसके दिल की धड़कनें खुशी से और तेज हो जातीं। उस युवक की तरफ जो चीज उसे खींचती थी, वह थी उसके पास से आनेवाली परफ्यूम की खुशबू। वह उसकी बाँहों में पड़ी रहकर उसकी खुशबू लेती रहती और केवल इसी से उसके शरीर में गरमाहट, सुरक्षा का भाव और आनंद की अनुभूति जाग जाती।

बाद में, जब वह पढ़ाई के लिए बाहर चला गया, युवती ने उस युवक के लगाए खास परफ्यूम की तलाश की और एक दुकान में वह परफ्यूम पाया। केवल उस खुशबू से ही उसके साथ होने का अहसास उसमें जाग जाता और उसके शरीर में फिर से वही प्रेम और गरमाहट की अनुभूति जाग उठती।

ओलफैक्टरी एंकर्स तब सक्रिय होते हैं, जब किसी व्यक्ति या वस्तु की खास गंध उसकी नाक के आसपास से गुजरती है। ताजा तैयार ब्रेड, प्याज, परफ्यूम, फल का एक टुकड़ा, कपूर की गंध आदि ऐसे कुछ उदाहरण हैं।

हम सभी के अंदर हमारे एंकर्स मौजूद हैं। बहुसंख्यक आबादी के लिए ये एंकर्स हमारे अवचेतन में अपने आप बनते चले जाते हैं। यही वजह है कि राष्ट्रीय ध्वज को देखते ही हमारे दिलों में देशभक्ति के भाव जगाने नहीं पड़ते। वे खुद-ब-खुद उभर आते हैं। भीड़ भरे रेलवे स्टेशनों के नजदीक बदबूदार माहौल हमें नाक बंद करने पर विवश कर देता है। वहीं हमारा गला भी इस कारण जाम हो जाता है और हमें एक बुरे अनुभव से गुजरना पड़ता है।

क्या हम चेतनावस्था में रिसोर्सफुल एंकर्स तैयार कर सकते हैं?

हमारे काम आनेवाले एंकर्स को अपनी चेतनावस्था में तैयार करने का विषय ही इस अध्याय के केंद्र में है।

सिंगल रोबस्ट बनाम रिपिटीशन रोबस्ट

सिंगल रोबस्ट

जीवन में घटी एक घटना भी बेहद मजबूत जुड़ाव पैदा कर सकती है। जिम तैराकी सीखने के दौरान अनजाने में पूल के गहराई वाले हिस्से में चला गया। जब उसने पूल में खड़े होने का फैसला किया तो उसके पैर जमीन तक पहुँच ही नहीं पा रहे थे। वह घबरा गया और खुद को पानी की सतह के ऊपर बनाए रखने के लिए हाथ-पाँव मारने लगा। इसका नतीजा यह हुआ कि वह पानी में नीचे चला गया और पानी की वजह से उसका दम भी घुटने लगा था। वह बमुश्किल साँसें ले पा रहा था और डूबने लगा। उसके कोच ने उसे ढूँढ़कर सुरक्षित बाहर निकाला।

इस एक घटना ने जिम पर बहुत गहरा असर डाला और वह जीवन भर के लिए तैराकी से दूर हो गया।

इससे साबित होता है कि एक घटना के जरिए भी ताउम्र रहनेवाले एंकर्स बनाए जा सकते हैं।

रिपिटीशन रोबस्ट

ऐसा भी समय होता है, जब एक घटना उतना गहरा असर नहीं छोड़ पाती। लेकिन जब घटनाएँ बार-बार दोहराई जाती हैं तो उनके साथ गहरा संबंध बनता जाता है। मीरा को अंततः अपना ड्राइविंग लाइसेंस मिल ही गया और उसने पहली बार ऑफिस तक कार चलाकर ले जाने का फैसला किया। उस दिन जब वह घर लौट रही थी तो सामने स्पीड ब्रेकर देखने में उससे थोड़ी देर हो गई। ब्रेक लगाने के बावजूद वह उस पर काफी रफ्तार में चढ़ गई। इससे उसका नियंत्रण कार पर से हट गया और बगल में खड़ी एक टैक्सी में उसने रगड़ मार दी। इसका नतीजा यह हुआ कि टैक्सी ड्राइवर और उसके बीच काफी तकरार हुई। भीड़ भी जमा हो गई। किस्मत से टैक्सी पर बहुत हलकी-सी खरोंच आई थी। मीरा ने कुछ पैसे देकर टैक्सी ड्राइवर से मामला रफा-दफा किया।

किंतु मीरा इस घटना से डरी या हताश नहीं हुई। एक हफ्ते बाद उसने एक पेड़ से अपनी गाड़ी भिड़ा दी। उसे चोट नहीं आई, लेकिन कार को काफी मरम्मत की जरूरत पड़ी। उसके अगले ही हफ्ते उसकी कार एक लैंप पोस्ट से जा टकराई। उसे तो चोट नहीं आई, लेकिन कार को फिर से मरम्मत की जरूरत पड़ गई। छठे हादसे के बाद उसने जीवन भर के लिए गाड़ी चलाने से तौबा कर ली।

हालाँकि ये सभी मामूली हादसे थे, लेकिन जिस तरह से हफ्ते-दर-हफ्ते निरंतर हादसे हो रहे थे, उससे मीरा के अंदर एक मजबूत जुड़ाव बनता चला गया।

ये एंकर्स या जुड़ाव केवल दोहराव के चलते बनते हैं और एक समय व अंतराल के दौरान लगातार होनेवाले अनुभव इसमें स्टिमुलस पैदा करते हैं।

एन.एल.पी. एंकरिंग क्या है?

एन.एल.पी. एंकरिंग परिभाषित

एन.एल.पी. एंकरिंग में एक स्टिमुलस (विजुअल, ऑडिटरी, काइनेस्थेटिक, ओलफैक्टरी या गस्टेटरी) को जान-बूझकर शामिल किया जाता है, जब एक व्यक्ति उस विशिष्ट अनुभव से पूरी तरह जुड़ा होता है।

उदाहरण—

- उस मनोरंजक घटना या घटनाओं के बारे में सोचिए, जब आपका हँसते-हँसते पेट फूल गया हो। उन पलों को याद करें, जब कुछ मनोरंजक घटित हुआ हो और उस घटना के बारे में बार-बार सोचकर आप लोट-पोट हो जाते हों और आगे भी उन पलों के बारे में सोचकर खुश और हलका महसूस करते हों। जब आप इस खुशनुमा पल को याद करेंगे और एक पल उसे दोबारा अनुभव करें तो अपने हाथ के किसी विशिष्ट हिस्से पर अपनी सबसे छोटी उँगली से स्पर्श करें। (यहाँ हम जान-बूझकर काइनेस्थेटिक टच स्टिमुलस का प्रवेश करा रहे हैं। एक स्टिमुलस को जान-बूझकर किसी के मन में प्रवेश कराने को एन.एल. पी. एंकरिंग प्रक्रिया कहते हैं।)
- एक बार फिर मजेदार/खुशनुमा पल के बारे में सोचें और जब आप उसी भावनात्मक अवस्था में खुद को महसूस करें तो अपने हाथ के उस हिस्से को दोबारा अपनी तर्जनी उँगली से छुएँ।
- इस एंकरिंग प्रक्रिया को कुछ समय तक दोहराने के बाद कुछ समय के लिए छोड़ दें और कुछ समय बाद बिना किसी खास घटना का विचार किए हुए अपने हाथ के उस हिस्से पर अपनी तर्जनी उँगली से एक बार छुएँ। अगर एन.एल.पी. एंकरिंग ने अपना असर जमा लिया होगा तो अपने हाथ के उस हिस्से को तर्जनी उँगली से छूने पर आपको वैसा ही खुशनुमा अहसास होगा, जैसा कि मूल घटना के दौरान आपने महसूस किया था।

नोट—अब तक आप खुशनुमा/मजेदार घटनाओं के बारे में सोचते हैं और उसके बाद अपने हाथ के एक विशेष हिस्से को अपनी तर्जनी उँगली से छूते हैं। एन.एल.पी. एंकरिंग प्रक्रिया के प्रभाव में आने के बाद हाथ के हिस्से को आगे किसी समय तर्जनी उँगली से छूने पर वे खुशनुमा या मनोरंजक अहसास आपसे तुरंत जुड़ जाते हैं। यह कितना फायदेमंद है? किसी भी पल, जब आप खुश महसूस करना चाहें, आपको केवल

अपने हाथ के विशेष हिस्से को अपनी तर्जनी उँगली से छू देना है और उसके बाद आप आनंद के सागर में गोते लगाने लगते हैं!

हमारे भीतर प्रविष्ट कराए गए स्टिमुलस को एन.एल.पी. एंकर के तौर पर जाना जाता है। एंकर को बार-बार सक्रिय करके अनुभव का आनंद लिया जा सकता है।

हमें एन.एल.पी. एंकर्स की जरूरत पड़ती है?

एंकरिंग की प्रक्रिया इसलिए डिजाइन की गई है, ताकि उसे एक स्टिमुलस के तौर पर जोड़कर किसी खास उद्देश्य के तहत एक विशेष प्रतिक्रिया के तौर पर उभारा जा सके। आत्मविश्वास की स्थिति, शांति की स्थिति, समन्वय की दशा आदि को कुछ सेकंडों में महसूस किया जा सकता है, अगर हम इनसे जुड़े एंकर को सक्रिय कर सकें।

उदाहरण के लिए, जिम एक समर्पित ईसाई हैं। जब भी वह अपने घर के पास स्थित चर्च में प्रवेश करते हैं तो उनके अंदर असीम शांति की भावना उभर आती है। अगर जिम अपनी कुहनी के किसी हिस्से को छू लें और अपने अँगूठे से वहाँ हलका-सा दबाव डालें और उस प्रक्रिया को हर बार चर्च जाने के क्रम में दोहराएँ तो वह अपने अंदर शांति महसूस करेंगे। समय गुजरने के साथ वह खास स्पर्श और दबाव उनको केवल चर्च ही नहीं, बल्कि वह जहाँ चाहेंगे, वहाँ उनके अंदर सुकून का संचार करेगा।

केवल एक बार इसके अच्छी तरह से अंतर्मन में बैठने की बात है, उसके बाद जिम चाहे घर पर हों या सड़क पर, जहाँ भी वह सुकून का अहसास करना चाहेंगे, उन्हें केवल इतना करना होगा कि अपनी कुहनी के खास हिस्से को अपने अँगूठे से छू लेना होगा और उस पर हलका-सा दबाव डाल देना होगा।

ऐसा भी समय होता है, जब केवल एक ही बार में एंकरिंग का नतीजा मिलने लगता है, जबकि कभी-कभी एंकरिंग प्रक्रिया को लगातार बार-बार दोहराते रहना होता है, ताकि नियमित परिणाम हासिल हो सके।

सेल्फ एंकरिंग

I. पहला कदम उस परेशानी वाली अवस्था को पहचानने की जरूरत है, जिसमें अकसर आप खुद को फँसा हुआ पाते हैं।

उदाहरण—

1. जब कोई आपकी आलोचना करता है तो आप नाराज हो जाते हैं या अत्यधिक सुरक्षात्मक हो जाते हैं या आप रोने लगते हैं।
2. जब कोई ऊँची आवाज में बात करता है और आपसे जोर-जोर से बात करता है या कठोरता से बात करता है तो आप पलटकर उस पर चीखकर अपनी

प्रतिक्रिया देते हैं या शायद आप सहम जाते हैं।

3. जब आपको किसी कतार में खड़ा होना होता है और वह बहुत धीमी गति से आगे बढ़ रही हो तो आपको ऊब होने लगती है और आप चिड़चिड़े, तनावग्रस्त या आक्रामक हो उठते हैं।
4. किसी जॉब के लिए इंटरव्यू देते समय या जब आप बॉस के केबिन की तरफ बढ़ रहे हों तो आप घबराहट महसूस करते हैं और आपकी आवाज से ओज एवं स्पष्टता हलकी पड़ जाती है।
5. जब आपका बच्चा आपसे सहयोग नहीं कर रहा होता तो आप अपना आपा खो बैठते हैं और उस पर चीखते हैं या अपने बच्चे को पीट देते हैं।

II. एक बार जो आपने तय कर लिया कि आप जिस अनुत्पादक स्थिति में हैं, उसे बदलकर सच्चाई के ज्यादा करीब वाले हालात में रहना है तो अब आप यह तय करें कि कौन से वे अनुत्पादक हालात हैं, जिनमें बदलाव लाने की जरूरत है।

लोग श्वसन तकनीक और ध्यान करना सीखते हैं, जिसका वे अपने घर पर अपनी सुविधानुसार अभ्यास करते हैं; लेकिन जब वे किसी कठिन या जटिल हालात में फँसते हैं तो घर पर जो तकनीक काम कर रही होती है, वह बाहर उतनी सहायक नहीं होती। एंकरिंग इसमें लोगों की मदद करती है कि वे कठिन हालात में कैसे अपने संसाधन-युक्त स्थिति तक पहुँचें?

उदाहरण—

1. आलोचना के दौरान आप खुली मानसिकता वाली स्थिति में रहना चाहेंगे, ताकि आप आलोचनाओं को सुन सकें और उनका आकलन मेरिट पर कर सकें। अगर यह सकारात्मक आलोचना है तो आप इससे सीखेंगे और जीवन में आगे बढ़ेंगे। ऐसा नहीं होगा कि आप आलोचनाओं से अत्यधिक सुरक्षात्मक हो जाएँगे और अपनी नींद गँवा बैठेंगे। यह कहना एक बात है कि 'मुझे खुली मानसिकता वाला होना है' और आलोचना सुनने के दौरान खुली मानसिकता प्रदर्शित करना दूसरी बात है। एंकरिंग से आपको खुली मानसिकता वाली स्थिति को सक्रिय करने में मदद मिलती है।
2. जब कोई आप पर चीखता है तो आप सहानुभूति वाली स्थिति में रहना चाहते हैं, जहाँ कि आप उस व्यक्ति को समझ सकें कि आखिर वह क्यों चीख रहा है और उससे जुड़कर महसूस कर सकें कि वह क्या महसूस कर रहा है? उदाहरण के लिए, काम से लौटने के बाद घर पहुँचकर अगर कोई अपने साथी

पर चीख रहा हो तो साथी खुले दिल से उसकी बात सुन सकता है, बजाय कि साथी के रवैए पर सुरक्षात्मक हो जाने के। साथी पर पलटकर चीखने से स्थितियाँ और ज्यादा बिगड़ जाएँगी।

3. अगर आप कतार में अपनी बारी का इंतजार कर रहे हैं तो चिड़चिड़ापन या खिन्नता दिखाकर आप ज्यादा कुछ हासिल नहीं कर पाएँगे, सिवाय इसके कि आप तनावग्रस्त या उच्च रक्तचाप से ग्रस्त होकर अपनी ही सेहत को नुकसान पहुँचा लें। इसके बजाय आप समय का सदुपयोग करके शांत और सुस्थिर महसूस करने के लिए इससे संबंधित एंकर को सक्रिय कर सकते हैं।
4. जब आप जॉब के लिए इंटरव्यू देने जा रहे हों या अपने बॉस के केबिन में जा रहे हों, बजाय घबराने के, आत्मविश्वास से ओत-प्रोत महसूस करते हुए जाएँ। एन.एल.पी. एंकरिंग इसमें आपकी मदद करेगी।
5. जब आप अपने नन्हे बच्चे को पढ़ा रहे हों तो बजाय अधीर होकर उस पर नाराजगी जताने के, आप अपने मन की रचनात्मक स्थिति का सदुपयोग करना चाहेंगे। आप बच्चे की दिलचस्पी बनाए रखने के लिए तमाम नए-नए तरीकों के बारे में सोचेंगे और बच्चे को कुछ इस अंदाज में पढ़ाएँ, जिसमें बच्चे का दिल लग जाए। एन.एल.पी. एंकर आपको अपनी रचनात्मक स्थिति को सक्रिय करने में मदद करता है।

III. सेल्फ-एंकरिंग प्रोसेस

एंकर्स तैयार करने के दो तरीके हैं। पहला है, बारंबार दोहराने का—अंतर्मन के साथ एक तसवीर, ध्वनि या स्पर्श से जुड़ाव का बारंबार दोहराव करके। दूसरा तरीका है—एक ही बार प्रक्रिया की जाए, लेकिन वह इस कदर गहन हो कि दूसरी प्रक्रिया की जरूरत ही न पड़े, यानी कि जब एक व्यक्ति खुद को गहनता से एक ऐसी विशेष स्थिति में महसूस (वाकई ताकतवर या आत्मविश्वास या सुकून की बहुत गहरी अवस्था में महसूस करे) करे तो समझें कि एन.एल.पी. एंकर ने उसके भीतर शुरुआत कर दी है। एन.एल.पी. एंकर या स्टिमुलस के तौर पर एक विशेष स्पर्श, ध्वनि या तसवीर हो सकती है।

तरीके—

1. **तैयार हों**—अपना मोबाइल स्विचऑफ कर लें और यह सुनिश्चित कर लें कि आप ऐसी जगह पर हों, जहाँ कोई आपको डिस्टर्ब न करे। आराम से एक कुरसी पर बैठ जाएँ और खुद को सुकून में महसूस करें।
2. **एक संसाधन-युक्त अवस्था का चयन करें**—एक ऐसी अवस्था, जिसे

आप अनुभव करना चाहें। यह कोई भी स्थिति हो सकती है, चाहे आत्मविश्वास की स्थिति, शांति और स्थिरता की स्थिति, खुशनुमा एकाग्रता की स्थिति या रचनात्मक अवस्था।

3. **एंकर चुनें**—यह एंकर विजुअल साइट हो सकती है या एक खास ध्वनि या एक स्पर्श से जुड़ा हुआ हो सकता है।

 विजुअल साइट या छवि—यह छवि एक खूबसूरत झील की हो सकती है। खूबसूरत फूल, हीरा, शेर, फाख्ता, इंद्रधनुष, सूर्योदय आदि अंतहीन उदाहरण हैं, जिसमें से आप चुन सकते हैं। आप अपनी कोई विशेष छवि, जिसमें कि कोई निजी मायने निकलते हों और जिसे आप मन में विजुअलाइज कर सकें। साथ ही कुछ ऐसी वस्तुएँ, जैसे कि एक अँगूठी या एक कीमती नग को भी बाह्य विजुअल एंकर बनाया जा सकता है।

ध्वनि—चिड़ियों की चहचहाहट, झरने और लहरों की आवाज, छोटे बच्चे की हँसी, ओ३म जैसी ध्वनि का जाप आदि ऐसे कुछ उदाहरण हैं। इन ध्वनियों को याद करके या किसी डिवाइस से चलाकर इनसे जुड़ी बातों को याद किया जा सकता है।

स्पर्श—छूना और अपने अँगूठे व तर्जनी उँगली से कान के निचले हिस्से या बाएँ हाथ की कलाई के किसी विशेष हिस्से को दबाना इसके कुछ उदाहरण हैं। स्पर्श हमेशा कुछ अलग होना चाहिए, न कि सामान्य प्रकार का (जैसे कि सोचते समय हम अपनी ठोढ़ी को छूते हैं)।

4. **एन.एल.पी. एंकर को किसी संसाधन-युक्त अवस्था के साथ जोड़ें**—अपने जीवन की किसी घटना को याद करने के लिए आप जिन चीजों का सहारा लेते हैं, उस संसाधन-युक्त अवस्था (जैसे—आत्मविश्वास या शांतचित्तता) को गौर करें और उससे जुड़ी चीजों पर बार-बार फोकस करें। विजुअलाइजेशन के जरिए उस संसाधन-युक्त अवस्था को अपने भीतर महसूस करें। जब आप उस संसाधन-युक्त अवस्था को पूरी तरह अपने अंदर महसूस करते हैं और अंदर-ही-अंदर आप तब एन.एल.पी. एंकर बेहतर महसूस करते हैं (जैसे कि एक खास स्पर्श या ध्वनि)।

 उदाहरण के लिए—मान लें कि किसी जॉब इंटरव्यू के लिए आप जाने वाले हैं और खुद को आत्मविश्वास से ओत-प्रोत महसूस करना चाहते हैं, बजाय कि घबराए हुए होने के। अपेक्षित अवस्था आत्मविश्वास वाली है। मान लें कि इसके लिए स्टिमुलस या एंकर जो चुना गया है, वह शारीरिक स्पर्श से संबंधित है—बाएँ हाथ की अनामिका के ऊपरी हिस्से को अपने दाएँ हाथ के अँगूठे से छुएँ।

प्रक्रिया शुरू करने के लिए आपको पहले आत्मविश्वास से ओत-प्रोत अवस्था में खुद को लाना होगा। कल्पना करें उस दौर की, जब आप ऊर्जा और आत्मविश्वास से ओत-प्रोत रहा करते थे। उस हालत में दोबारा कदम रखें और ऐसा महसूस करें, मानो वह सब अब घटित हो रहा हो।

आत्मविश्वास को अपने अंदर दमकने दें। आत्मविश्वास को अपनी आँखों में चमकने दें, अपनी नसों में आगे बढ़ने दें और उसे पूरी तरह खुद पर छा जाने दें। जब आप आत्मविश्वास से भरे-पूरे महसूस करें और यह पाएँ कि आत्मविश्वास आपकी रगों में दौड़ने लगा है और इससे आपका रोम-रोम रोमांचित हो उठा है तो उसी समय अपने बाएँ हाथ की अनामिका उँगली को अपने दाएँ हाथ के अँगूठे से दबाएँ। कुछ देर तक दबाए रखने के बाद जब आप संतुष्ट हो जाएँ कि यह काम अच्छे से हुआ है और आत्मविश्वास से ओत-प्रोत की गहन अवस्था में रहने के दौरान जो आपने अनुभव किया, उसे दोबारा अनुभव करने के लिए अपने हाथ में उस स्पर्श को दोबारा जगाएँ।

बाएँ हाथ की अनामिका उँगली को दाएँ हाथ के अँगूठे से छूना।

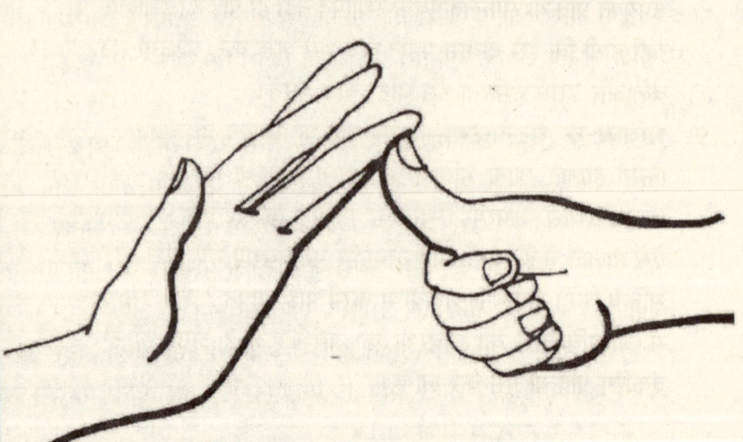

5. **ब्रेक स्टेट**—अब मौजूदा समय में लौट आएँ। सोचें कि आपके घर में कितनी खिड़कियाँ हैं या अपने मोबाइल नंबर को पीछे से याद करना शुरू करें, शुरुआती नंबर से नहीं। इससे एक खास फेज, जिसे 'ब्रेक स्टेट' कहते हैं, को तैयार करने में मदद मिलेगी।

6. **एंकरिंग प्रक्रिया को दोहराएँ**—विजुअलाइजेशन के जरिए उस संसाधन-युक्त अवस्था को स्मरण करें, जब आप उसे गहराई से महसूस करते थे। एन.एल.पी. एंकर (बाएँ हाथ की अनामिका को अपने दाएँ अँगूठे से छुएँ) को आगे बढ़ाएँ।
7. **एंकरिंग की प्रक्रिया को थोड़े और समय के लिए दोहराएँ**—एंकरिंग—ब्रेक स्टेट—एंकरिंग—ब्रेक स्टेट—एंकरिंग—ब्रेक स्टेट।
8. **एंकर को परखें**—किसी सामान्य से विषय के बारे में सोचें, जैसे मौसम या राजनीति और ऐसा करते समय बाएँ हाथ की अनामिका को दाएँ अँगूठे से स्पर्श करें, बिल्कुल उस तरह जैसे कि आपने एंकरिंग के दौरान किया था। इसे कहते हैं एंकर को सक्रिय करना।

   एक ऐसी अवस्था में, जबकि आपके अंदर आत्मविश्वास सक्रिय हो चुका हो, तब इस प्रक्रिया को सफल माना जाता है और यह भी पता चलता है कि एंकर्स ने अपनी जगह बना ली है और ये अच्छी तरह काम कर रहे हैं। अगर आप आत्मविश्वास की अवस्था का अनुभव नहीं कर पा रहे हैं तो यह साफ है कि उपर्युक्त प्रक्रिया सफलतापूर्वक स्थापित नहीं हो पाई है। इसलिए, ऐसे में सलाह यही होगी कि इसे दोबारा पहले कदम से शुरू करें, प्रक्रिया-दर-प्रक्रिया आगे बढ़ें और इसमें गंभीरता इस बार ज्यादा बरतें।
9. **भविष्य के घटनाक्रम**—अगर प्रक्रिया सफल हो चुकी है, तब आगे के किसी हालात, यानी भविष्य की किसी अवस्था के बारे में सोचें, जहाँ आप आत्मविश्वास से भरपूर स्थिति को महसूस कर रहे होंगे। कल्पना करें कि आप ऐसे हालात में हैं, जहाँ आप आमतौर पर घबराए हुए होंगे और वहाँ एंकर को सक्रिय करें। अंदरूनी प्रतिक्रिया कैसी पाई आपने? क्या इस एंकर से अंतर्मन में आत्मविश्वास की अवस्था का प्रारंभ हुआ? अगर हाँ तो आपने सेल्फ एंकरिंग प्रक्रिया पूरी कर ली है।

सफल एंकरिंग की पूर्व शर्तें

एंकरिंग तभी सफल मानी जा सकती है, जबकि यह कुछ निर्धारित शर्तों के तहत आजमाई जाए। वे खास कारक, जो एंकरिंग के परिणाम पर असर डाल सकते हैं, वे हैं—

1. संसाधन-युक्त अवस्था को शुद्ध और तीक्ष्ण होना चाहिए

जिस संसाधन-युक्त अवस्था को अंतर्मन में अनुभव करने की जरूरत है, उसे गहन अवस्था में अनुभव किया जाना चाहिए। उदाहरण के लिए, अगर संसाधन-युक्त अवस्था,

जिसकी तलाश है, वह आत्मविश्वास हो तो औसत से नीचे दर्जे का आत्मविश्वास एंकरिंग प्रक्रिया को विफल कर देगा। वहीं दूसरी ओर, एक गहन आत्मविश्वास की अवस्था सफल एंकरिंग की ओर ले जाती है।

अगर कोई व्यक्ति अपेक्षित अवस्था (आत्मविश्वास) को अनमने ढंग से पाना चाहता है तो वह व्यक्ति कभी भी इसकी जरूरत गहनता या बेचैनी से नहीं महसूस करेगा। इससे एंकरिंग प्रक्रिया विफल हो जाएगी। यह आदर्श स्थिति होगी, अगर एक व्यक्ति उस समय को याद कर सके, जब उसने संसाधन के लिए व्यग्रता दिखाई हो। गहनता या गंभीरता से जुड़ी यह पूर्व शर्त ही एंकरिंग प्रक्रिया की सफलता को सिद्ध करती है।

गहनता या गंभीरता को मिश्रित अवस्था के लिए भी जरूरी माना जाता है (उदाहरण के लिए, आप भय के साथ-साथ आत्मविश्वास भी महसूस करते होंगे)। यह गौर करने की जरूरत है कि शुद्ध संसाधन-युक्त अवस्था (शुद्ध आत्मविश्वास या शांति आदि) की गहनता की एंकरिंग प्रक्रिया में सख्त जरूरत होती है।

2. एंकर की खासियत एंकरिंग प्रक्रिया की सफलता के लिए अहम है

हम निरंतर वातावरण से संपर्क में रहते हैं और अनजाने में ही उससे एक जुड़ाव स्थापित करते जाते हैं।

उदाहरण के लिए—बचपन में अल्बर्ट जब भी भयभीत महसूस करते तो अपने दोनों हाथ बाँध लेते। कभी-कभी वह अपने बेडरूम में अचानक रात में उठ जाते और वहाँ वह पूरी तरह से अकेले होते। वह इस कदर डरे हुए होते थे कि अपने माता-पिता के बेडरूम का दरवाजा भी खटखटाने के लिए बाहर नहीं निकलते थे। तब भी अल्बर्ट अपने दोनों हाथों को कसकर पकड़े हुए अपने कमरे में तब तक पड़े रहते, जब तक कि उन्हें फिर से नींद नहीं आ जाती। जब वह 12 साल के थे तो उनका बेस्ट फ्रेंड दूसरे स्कूल में पढ़ने चला गया। हर बार जब भी उन्हें अपने दोस्त का खयाल आता, तब वह अपने दोनों हाथों को जकड़ लेते।

जब वह 13 साल के हुए तो उन्हें स्कूल में हो रहे एक नाटक में एक भूमिका अदा करनी थी। उसकी भूमिका के अनुसार उन्हें एक शरमीले व्यक्ति के रूप में पेश होना था, जो हर बार कुछ भी बोलने से पहले अपने दोनों हाथों को जकड़ लेता था। 14 वर्ष की उम्र में एक नए शिक्षक ने जिस अंदाज में कक्षा में पढ़ाना शुरू किया, उससे वह बहुत प्रभावित हुआ। हर बार जब भी वह शिक्षक किसी विषय पर जोर देता तो वह अपने हाथों को जकड़ लेता था। जल्दी ही अल्बर्ट ने भी ऐसा ही करना शुरू किया और जब भी वह अपने दोस्तों या अभिभावकों से कुछ कहता या किसी बात पर जोर देता तो अपने हाथों

को जकड़ लेता। जैसा कि आपने देखा, अल्बर्ट के लिए तमाम ऐसे मौके थे, जबकि वह अपने हाथों को जकड़ लेता था। इसलिए हाथों को जकड़ लेने को एंकर के रूप में इस्तेमाल करना उचित नहीं कहा जा सकता।

एंकर जब भी खास या सबसे अलग होंगे तो वे ताकतवर होंगे। हाथ मिलाना, अपनी ठोढ़ी को छूना, हर बार गलती करने पर अपने सिर पर पीछे की तरफ मारना—ये सभी सामान्य हाव-भाव हैं, जो ढेर सारी गतिविधियों से जुड़े होते हैं।

एंकरों को बहुत ही अलग, विशेष और दोबारा पैदा किया जा सकनेवाला होना चाहिए। उदाहरण के लिए, अनामिका उँगली को दूसरे हाथ के अँगूठे और तर्जनी उँगली से दबाना, दबाव लगभग समान रहेगा। अगर यह एक ऑडिटरी एंकर है तो ध्वनि की ऊँचाई और उसका अंदाज सटीक तरीके से पुनः पैदा किए जा सकनेवाला होना चाहिए।

3. स्टिमुलस से जोड़ने का समय और प्रतिक्रिया

लॉ ऑफ एसोसिएशंस कहता है कि घटनाओं, वस्तुओं, लोगों, विचारों और ऐसी ही तमाम चीजों की यादें इस जरिए से जुड़ी होती हैं—

1. स्पेस में निरंतरता
2. समय में निकटता।

इसलिए एक ही जगह या एक ही समय में घटनेवाली घटनाएँ एक-दूसरे से जुड़ जाती हैं। एक ही समय में महज संपर्क के जरिए हम एक आपसी संबंध बना लेते हैं (हम याद कर लेते हैं कि दो चीजें आपस में इसलिए जुड़ी हुई हैं, क्योंकि वे एक ही समय में साथ-साथ घटित हुई हैं)। उदाहरण के लिए, हम जानते हैं कि जब हम जन्मदिन पर केक काटेंगे तो लोग जन्मदिन का गीत गाएँगे ही।

इसलिए इस एंकरिंग प्रक्रिया में समय का खास महत्त्व है। यहाँ दो घटनाओं का एक ही समय में घटित होना आवश्यक है और इस तरह वे गहन संसाधन-युक्त अवस्था एवं स्टिमुलस (स्पर्श, ध्वनि, छवि आदि) के रूप में हमारे दिमाग में ठहर जाती हैं। एंकर को सामने लाने का सर्वश्रेष्ठ समय वह होगा, जबकि आंतरिक संसाधन-युक्त अवस्था (उदाहरण के लिए, आत्मविश्वास) अपने चरम पर पहुँच रहा हो और अब भी देदीप्यमान हो। एक बार जब संसाधन-युक्त अवस्था चरमोत्कर्ष पर हो या चरम से ढलान की तरफ हो, तब स्टिमुलस को सक्रिय करने का उचित समय नहीं माना जाता। इसलिए सटीकता की पहचान करना जरूरी है कि कब उक्त संसाधन-युक्त अवस्था चरम के नजदीक पहुँचने वाली है?

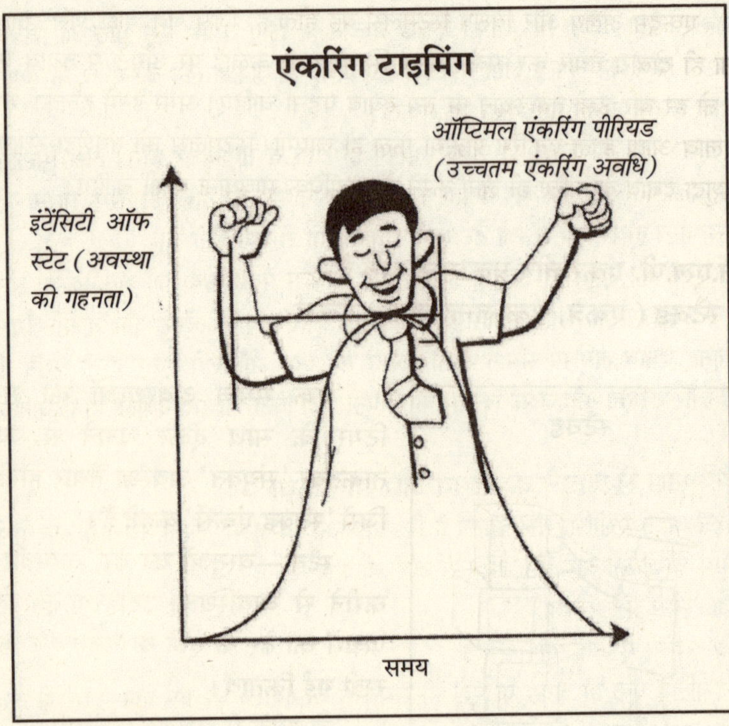

4. सहायक वातावरण

एक वातावरण, जो कि बाह्य शोर और व्यवधान से मुक्त हो, वह एंकरिंग प्रक्रिया की सफलता के लिए आवश्यक है। अगर एंकरिंग की प्रक्रिया के दौरान एंबुलेंस सायरन बजाते हुए गुजर रही हो तो इससे एंकरिंग की प्रक्रिया में दिक्कत होगी। एंबुलेंस के तेज सायरन की वजह से या तो आंतरिक अवस्था बाधित होगी या एंबुलेंस के सायरन की आवाज स्टिमुलस के तौर पर दिमाग में छप जाएगी।

इसलिए एंकरिंग की प्रक्रिया पूरी करने के लिए एक सुरक्षित, शांत व सुकूनदेह वातावरण जरूरी होता है। यहाँ तक कि एक कुरसी, जो कि आरामदायक नहीं हो और उसमें से आवाजें आती हों तो वह भी प्रक्रिया में बाधक मानी जाएगी। गहने या अन्य सामग्रियाँ, जो आवाज करती हों, वे भी एंकरिंग की प्रक्रिया में भटकाव की वजह बन जाती हैं। यहाँ तक कि प्रक्रिया के दौरान बिस्कुट या चॉकलेट खाने से हुई आवाज भी नतीजे गड़बड़ा देती है। सहायक वातावरण बनाने में हर संभव ध्यान रखने की जरूरत होती है।

5. आसानी से दोहराए जाने या पुनः उत्पादन में सक्षम हो

एकदम अलग और विशेष स्टिमुलस वह होता है, जिसे जब चाहें, जस-का-तस वैसा ही दोबारा तैयार कर सकें। अगर स्टिमुलस है कलाई पर अँगूठे से दबाव बनाने का तो हर बार उसी तय स्थान पर तय दबाव पड़ना चाहिए। अगर इनमें हलका-सा भी बदलाव आता है तो एंकरिंग प्रक्रिया फेल हो जाएगी। स्टिमुलस को तयशुदा स्थान पर तयशुदा दबाव के जरिए ही लागू करने में अत्यधिक सावधानी बरती चाहिए।

एन.एल.पी. एंकर तीन प्रकार के होते हैं—

1. स्टैक्ड (एकत्र, एक जगह जमा) एंकर्स

स्टैक्ड

एक समान अवस्थाओं को समान ट्रिगर के साथ एंकर बनाने से ज्यादा ताकतवर 'संयुक्त' अवस्था तैयार होती है, जिसे 'स्टैक्ड एंकर्स' कहते हैं।

स्टैक—वस्तुओं का ढेर, आमतौर पर करीने से व्यवस्थित। उदाहरण के लिए, पत्थरों का ढेर या एक के ऊपर एक करके रखी गईं किताबें।

दो तरीके से आप इस पर काम कर सकते हैं—

एंकरिंग में स्टैकिंग के लिए कई आंतरिक संसाधन-युक्त अवस्था के जरिए समान स्टिमुलस तैयार करना होता है।

यहाँ इंटरनल रिसोर्सफुल स्टेट्स, जो एक समान होती हैं (जैसे कि शांति, सुकून और रचनात्मक), उन्हें समान स्टिमुल के तौर पर एंकर किया जाता है।

मान लें कि भारी ट्रैफिक में गाड़ी चलाते समय आप काफी तनाव में होंगे, अतः तनाव की बजाय आप सुकून को महत्त्व देंगे। आप मूल एंकरिंग प्रक्रिया के जरिए सुकून के लिए एक एंकर तैयार कर सकते हैं। इसलिए जब आप घर पर हों तो खुद को सुकून की अवस्था में ले जाएँ और हर बार जब भी आप बेहद गहराई से इसे महसूस कर रहे हों तो उसी समय अपनी कलाई पर किसी खास जगह (मान लेते हैं, यह खास जगह 'स्पॉट एक्स' है) पर तर्जनी उँगली से स्पर्श करें। स्टैकिंग में आप आगे बढ़ेंगे। सुकून

से अलग आप आराम भी चाहते होंगे। आप उसी समय रचनात्मक अवस्था में भी रहना चाहते होंगे, क्योंकि आप गाड़ी चलाने के दौरान कुछ-न-कुछ खोजने में लगे रहते होंगे और काम व जीवन में संतुलन लाने के रचनात्मक तरीके निकालते होंगे।

इसलिए, जब आप सुकून का एंकर तैयार कर लें तो आप खुद को आराम की गहरी अवस्था में ले जाएँ और 'स्पॉट एक्स' को अपनी तर्जनी उँगली से समान दबाव देते हुए छुएँ। एक बार जब यह सेट हो जाएगा तो आप खुद को रचनात्मक अवस्था में ले जाएँ और फिर से 'स्पॉट एक्स' को अपनी तर्जनी उँगली से उसी अंदाज में छुएँ।

इस तरह आपने समान स्टिमुलस से सुकून, आराम और रचनात्मक अवस्था को एकत्र कर लिया। अब जब भी आप कार चलाएँ, एक बार जब आप एंकर को सक्रिय कर देंगे, यानी कि अपने स्पॉट एक्स को अपनी तर्जनी उँगली से स्पर्श करेंगे तो आप खुद को सुकून, आराम और रचनात्मक अवस्था में एक साथ पाएँगे। तब कार चलाना आपके लिए न केवल आनंददायक हो जाएगा, बल्कि यह उत्पादक भी रहेगा।

स्टैकिंग—मल्टिपल स्टिमुली—समान आंतरिक संसाधन-युक्त अवस्था।

यहाँ समान आंतरिक अवस्था (जैसे कि शांति की अवस्था) मल्टिपल स्टिमुली (जैसे—स्पर्श, शब्द, छवि आदि) के साथ एंकर की गई होती है।

मान लेते हैं कि एयरपोर्ट पर इंतजार करना आपको काफी खलता है। इसके उलट, आप एयरपोर्ट पर शांति व सुकून से रहना पसंद करते हैं। इसलिए आप अपनी कलाई के विशेष हिस्से को छूकर शांतिवाली अवस्था के एंकर को सक्रिय करते हैं और जब आप शांति की गहरी अवस्था में चले जाएँ तो फिर से कलाई को छू दें। इसके बाद आप 'ठंडी हवा' जैसे शब्दों का उच्चारण करें और बुद्ध की ध्यानस्थ प्रतिमा की मन में कल्पना करें। ये सभी एंकर आपको शांति की गहरी अवस्था में ले जाएँगे। इसके बाद एयरपोर्ट पर इंतजार करना वैसा ही हो जाएगा, जैसे कि आप कहीं शांतिपूर्ण जगह पर ध्यान की अवस्था में हों।

2. चेनिंग एंकर्स

'चेनिंग' शब्द का प्रयोग मशहूर मनोवैज्ञानिक बी.एफ. स्किनर ने पहली बार किया था। उन्होंने कहा था कि चेनिंग एक ऐसी व्यवहार तकनीक है, जिसमें किसी काम को छोटे-छोटे हिस्सों में बाँट दिया जाता है। इस प्रक्रिया में सरलतम या कहें कि पहला काम होता है—सीखने का। एक बार जब काम को सीख लिया जाता है तो अगला काम सिखाने का होता है। यह प्रक्रिया तब तक चलती रहती है, जब तक कि समूचा तारतम्य सफलतापूर्वक आपस में चेन की तरह जोड़ नहीं लिया जाता।

एंकर्स को चेन में जोड़ने की तकनीक तब सफल है, जबकि आप एक अनरिसोर्सफुल स्टेट से रिसोर्सफुल स्टेट की तरफ एक श्रृंखलाबद्ध तरीके से बढ़ना चाहते हैं, न कि एक झटके में वहाँ पहुँचने के। प्रयासों की एक पूरी श्रृंखला चुनने के पीछे बुनियादी वजह जटिलता होती है या एक अवस्था से बिल्कुल उलट स्थिति में एक झटके में जाने में परेशानी महसूस होना होती है। साथ ही, लॉजिकल चेन की वजह से आपका दिमाग बदलावों को ज्यादा आसानी से स्वीकार कर लेता है, इसलिए भी।

उदाहरण—

राजेश एक सॉफ्टवेयर डेवलपमेंट कंपनी में काम करता है। वह बिल्कुल नया कर्मचारी है और उसे कंपनी में शामिल हुए केवल 12 दिन ही हुए हैं। उसे कंपनी की एक नियमित मीटिंग में शामिल होने के लिए बुलावा मिला। कॉन्फ्रेंस हॉल में लगभग 20 लोग थे और वहाँ मौजूद हर व्यक्ति उससे ज्यादा अनुभवी था। जैसे-जैसे मीटिंग आगे बढ़ी, राजेश के भीतर का मन आलोकित होने लगा। उसे सहसा एक विचार सूझा था। उसका चेहरा चमक उठा। तत्काल ही स्वत: वह अपनी जगह से उठा और अपना विचार वहाँ मौजूद हर किसी से जोशीले अंदाज में साझा किया। जैसे ही उसने बोलना खत्म किया, वहाँ सन्नाटा पसर गया। वहाँ सन्नाटा ही नहीं था, बल्कि नाराजगी भी फैली हुई थी। वहाँ मौजूद हर व्यक्ति उसे ठंडी, लेकिन नाराजगी भरी नजर से घूर रहा था।

राजेश असहज महसूस करने लगा और बैठ गया। सन्नाटा कुछ देर तक और पसरा रहा और तभी मीटिंग एक बार फिर उसी तरह चलने लगी, जैसे कि राजेश ने कुछ कहा ही न हो।

बाद में राजेश के बॉस ने उसे अपने केबिन में बुलाया और उसके इस अनुचित व्यवहार पर उसे कड़ी फटकार लगाई। उसे कहा गया कि वह आगे इस तरीके से व्यवहार न करे, वरना उसे इस कंपनी से बाहर कर दिया जाएगा।

यह 14 साल पहले की बात है। राजेश ने इस दौरान ढेरों कंपनियाँ बदलीं। उसका मौजूदा बॉस काफी खुले दिमाग का है और वह उस संस्थान के लिए काम करता है, जो सख्त पद अनुक्रम में भरोसा नहीं करते थे। कनिष्ठों से लेकर वरिष्ठों तक के विचारों का वहाँ स्वागत किया जाता था, लेकिन राजेश हर मीटिंग से पहले गले में कुछ अटका हुआ महसूस करता था। जब भी वह कोई विचार साझा करना चाहता तो घबराया और हारा हुआ महसूस करता था। इसलिए वह मीटिंग के दौरान ज्यादातर शांत ही रहता था। उसका यह तरीका पिछले 14 साल से यूँ ही चल रहा

था। उसके इस व्यवहार की वजह से उसे काफी नुकसान भी उठाना पड़ा और तमाम प्रोन्नतियाँ एवं वेतन में बढ़ोतरी भी इसी कारण नहीं हो पाई थी। अब राजेश के लिए एक चिंतित अवस्था से एक झटके में रचनात्मक और जुनूनी अवस्था में खुद को बदल पाना बहुत मुश्किल काम हो चला था। इसके लिए चरणबद्ध तरीके से आगे बढ़ने की जरूरत है, ताकि मौजूदा हालात से अपेक्षित अवस्था में पहुँचा जा सके।

राजेश अब एक परेशानी वाली स्थिति से सुकूनदेह वाली अवस्था में आ सकता है। इसके बाद सुकूनदेह अवस्था से एक ऊर्जा से भरपूर अवस्था में, फिर ऊर्जा से भरपूर अवस्था से रचनात्मक अवस्था और रचनात्मक अवस्था से संवाद वाली अवस्था (एक ऐसी स्थिति, जहाँ वह खुद को स्वाभाविक तरीके से अभिव्यक्त कर सके) में जा सकता है।

चेनिंग एंकर्स : प्रक्रिया

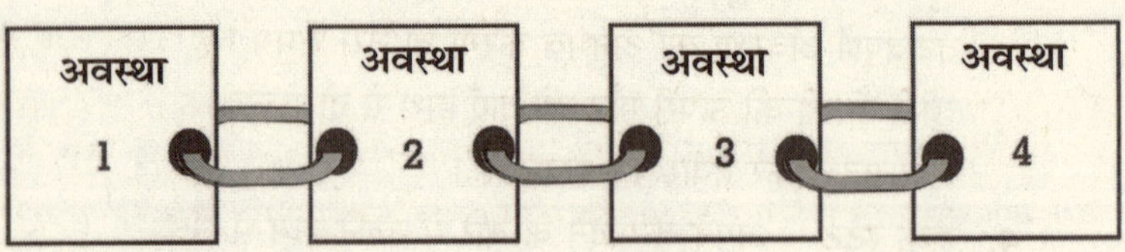

अवस्था 1 + अवस्था 2 + अवस्था 3 + अवस्था 4 = अपेक्षित परिणाम

1. **अनरिसोर्सफुल स्टेट की पहचान**—जिस पर आप काम करना चाहते हैं। ऐसा अनरिसोर्सफुल स्टेट चुनें, जो काफी जटिल हो और इस कदर गहन हो कि एक रिसोर्सफुल स्टेट तक पहुँचने के लिए एंकरिंग की एक श्रृंखला की जरूरत हो।
2. उठाए जानेवाले चरणों की योजना तैयार करें (यानी स्टेट्स या अवधि की संख्या)।

   उपर्युक्त उदाहरण में 5 चरणों को आपस में जोड़ने की जरूरत थी।

   तनाव⇨सुकून अवस्था⇨ऊर्जात्मक अवस्था⇨रचनात्मक अवस्था⇨ संवादात्मक अवस्था।

इस पर विचार करने के लिए उचित समय दें कि कितने चरणों में काम करना है और उसका एक नक्शा खींच लें, जो आपको अपेक्षित अवस्था की ओर ले जाए।

3. **पहली अवस्था को उसमें से ही निकाल दें और एंकर बना लें—** अनरिसोर्सफुल स्टेट को निकाल लें। यहाँ आपको अनरिसोर्सफुल स्टेट के बारे में पूरी तरह समझने की जरूरत है। इस पर विचार करके आसानी से पता लगाया जा सकता है कि वे कौन से हालात होते हैं, जिनसे संबंधित ट्रिगर खुद-ब-खुद अनरिसोर्सफुल स्टेट में पहुँचा देते हैं? उन हालात पर गौर करें और जब वह गहन हो जाए तो उसे एंकर बना लें (विजुअल, काइनेस्थेटिक या ऑडिटरी)।

उदाहरण—

तनाव⇨रिलैक्स्ड स्टेट⇨एनर्जेटिक स्टेट⇨क्रिएटिव स्टेट⇨कम्युनिकेटिव स्टेट।

राजेश के मामले में, वह यह कल्पना कर सकता है कि वह एक कॉरपोरेट मीटिंग में अपनी बात रख रहा है। इस विचार से उसके मन में तनाव से जुड़े अनरिसोर्सफुल स्टेट को लेकर ट्रिगर ऑन हो जाएगा। जब राजेश उस तनावपूर्ण अवस्था का अनुभव करेगा तो उस समय वह अपने बाएँ हाथ की छोटी उँगली की ऊपरी गाँठ को दाएँ हाथ से दो सेकंड के लिए दबाकर अपने लिए एक एंकर तैयार कर सकता है।

4. **ब्रेक स्टेट—**अपने जन्मदिन के बारे में उलटे क्रम में सोचें।
5. दूसरे दौर की अवस्था को उसमें से बाहर करें और एंकर बनाएँ।

उदाहरण—

तनाव⇨सुकून अवस्था⇨ऊर्जात्मक अवस्था⇨रचनात्मक अवस्था⇨ संवादात्मक अवस्था।

राजेश के मामले में दूसरे दौर की अवस्था है—सुकून की अवस्था। राजेश उस समय के बारे में सोचता है, जब वह सुकून महसूस करता है। उसे लगता है कि जब वह पहाड़ी पर बने रिजॉर्ट के पास मौजूद खूबसूरत झील के किनारे बैठता है तो उसे सुकून मिलता है। इससे उसका शरीर आराम पाता है। उसने इसे अपना एंकर बनाने के लिए अपने बाएँ हाथ की अनामिका उँगली की ऊपरी गाँठ को अपने बाएँ हाथ से दो सकंड के लिए दबाया।

6. **ब्रेक स्टेट—**अपने ए.टी.एम. पिन के बारे में उलटे क्रम में सोचें।

7. तीसरे दौर की अवस्था को उसमें से निकालें और एंकर बनाएँ।

   उदाहरण—

   तनाव⇨सुकून अवस्था⇨ऊर्जात्मक अवस्था⇨रचनात्मक अवस्था⇨ संवादात्मक अवस्था।

   राजेश उस समय के बारे में सोच सकता है, जब वह ऊर्जा से ओत-प्रोत रहता हो। वह अपने दोस्तों के साथ पिकनिक पर गया था तो उस दौरान वह इस कदर ऊर्जावान् महसूस कर रहा था कि उसे खुद हैरानी हो रही थी। जब भी वह उस अनुभव के बारे में सोचता, तब-तब वह अपने अंदर ऊर्जा का संचार महसूस करता। जब यह ऊर्जा अपने चरम पर होती, उसने इसे अपनी एंकर वाली अवस्था बना लिया और इसके लिए उसने अपने बाएँ हाथ की बीच वाली उँगली की ऊपरी गाँठ को दाएँ हाथ से दो सेकंड के लिए दबाया।
8. **ब्रेक स्टेट**—अपने घर में मौजूद तमाम खिड़कियों के बारे में सोचें और पहचान करें कि उनमें सबसे छोटी खिड़की कौन सी है?
9. चौथी अवस्था को उसमें से बाहर करें और एंकर बनाएँ।

   उदाहरण—

   तनाव⇨सुकून अवस्था⇨ऊर्जात्मक अवस्था⇨रचनात्मक अवस्था⇨ संवादात्मक अवस्था।

   अब राजेश से कहा गया कि वह उस समय के बारे में सोचे, जब वह अत्यधिक रचनात्मक महसूस करता है। उसने अपने कॉलेज के प्रोजेक्ट के दौरान के समय को चुना, जब वह रचनात्मकता के शिखर पर था। उसके दिमाग में चुटकी बजाते ही विचारों का ढेर लग जाता और वह उन विचारों को अभिव्यक्त करने को लेकर अपनी क्षमता में आश्वस्त और बेहद सशक्त महसूस करता। जब राजेश ने रचनात्मक अवस्था के इस अनुभव को महसूस किया, उसी दौरान उसने अपने बाएँ हाथ की तर्जनी उँगली की ऊपरी गाँठ को दाएँ हाथ से दो सेकंड के लिए दबाया और एंकर बना लिया।
10. **ब्रेक स्टेट**—जोड़ें 22 + 31 + 67= ?
11. पाँचवीं अवस्था को बाहर करें और एंकर बनाएँ।

   उदाहरण—

   तनाव⇨सुकून अवस्था⇨ऊर्जात्मक अवस्था⇨रचनात्मक अवस्था⇨ संवादात्मक अवस्था।

अब राजेश उस समय के बारे में सोचता है, जब वह संवाद या बोलने के लिए उद्वेलित रहता था। उसे याद है, स्कूल में भाषण प्रतियोगिता में उसने पहला पुरस्कार जीता था। उसे याद आता है कि कैसे वह किसी भी विषय पर कभी भी विचार व्यक्त कर सकता था। अब उसने अपने बाएँ हाथ के अँगूठे की ऊपरी गाँठ को दाएँ हाथ से दो सेकंड के लिए छुआ और एंकर बना लिया।

12. **ब्रेक स्टेट**—घटाएँ 17-32= ?
13. **परीक्षण**—एंकरों की जाँच कर आश्वस्त हो लें कि ये सभी काम कर रहे हैं। साथ ही दो एंकरों के बीच में ब्रेक स्टेट भी सुनिश्चित करें। अगर किसी एक अवस्था को ठीक से एंकर नहीं बनाया गया है तो एंकरिंग की प्रक्रिया को एक बार फिर से करने की जरूरत है।

चेनिंग—हर अवस्था को एक-दूसरे से जोड़ें—

- एंकर-1 को फायर करें और जब यह अपने चरम पर हो, तब एंकर-2 को फायर करें और एंकर-1 को मुक्त करें।
- जब एंकर-2 अपने चरम पर हो तो एंकर-3 को फायर करें और एंकर-2 को मुक्त करें।
- जब एंकर-3 अपने चरम पर हो तो एंकर-4 को फायर करें और एंकर-3 को मुक्त करें।
- जब एंकर-4 अपने चरम पर हो तो एंकर-5 को फायर करें और एंकर-4 को मुक्त करें और आखिरी एंकर-5 को 5 सेकंड तक पकड़े रहें।

उदाहरण—

- पहला एंकर फायर करें। यहाँ राजेश अपनी तर्जनी उँगली की ऊपरी गाँठ को दबाएगा। चूँकि राजेश इसके जरिए तनावपूर्ण अवस्था का अनुभव करेगा, उसी दौरान दूसरे एंकर को फायर करेगा। इसके लिए वह अपनी अनामिका की ऊपरी गाँठ को दबाएगा। अब राजेश दोनों उँगलियों की ऊपरी गाँठों को बारी-बारी से दबाएगा।
- अब राजेश दूसरे एंकर के अनुभव से गुजर रहा होगा तो पहला एंकर दूर हो चुका है। यहाँ वह तनावपूर्ण अवस्था से सुकूनवाली अवस्था की ओर जा चुका है। अब राजेश दूसरी अवस्था को काफी गहनता से महसूस कर रहा है तो वह अपनी मध्यमा की ऊपरी गाँठ को दबाएगा और ऊर्जावान् अवस्था के एंकर को सक्रिय कर देगा।
- और जब वह ऊर्जावान् अवस्था को अनुभव कर रहा होगा, वह

अनामिका को छोड़ देगा। जब ऊर्जावान् अवस्था और गहन हो जाएगी, तब वह तर्जनी उँगली के एंकर को सक्रिय करेगा। इससे वह रचनात्मक अवस्था में पहुँच जाएगा।

- और चूँकि वह रचनात्मक अवस्था का अनुभव कर रहा होगा, उस दौरान वह मध्यमा उँगली को मुक्त कर देगा। जब रचनात्मक अवस्था अपने चरम पर होगी, तभी वह अँगूठे के एंकर को सक्रिय कर देगा। इससे वह संवादात्मक अवस्था का अनुभव करने लगेगा।
- अब, जबकि वह संवादात्मक अवस्था का अनुभव कर रहा होगा तो वह अपनी तर्जनी उँगली को मुक्त कर देगा। अपने अँगूठे को मुक्त करने से पहले वह इस अवस्था में कुछ लंबे समय तक ठहरेगा (लगभग 5 सेकंड)।

14. **परीक्षण**—खुद से पूछें कि आप कैसा महसूस कर रहे हैं? अगर आपको रिसोर्सफुल अहसास हो रहा है और आखिरी अवस्था को गहनता से महसूस कर रहे हैं तो इसका मतलब है कि आपने चेनिंग प्रक्रिया को सफलतापूर्वक पूरा कर लिया है, अन्यथा आपको सभी अभ्यास दोबारा करने होंगे।

    उदाहरण : राजेश ने जब खुद को जाँचा और उसने अपने अंदर आत्मविश्वास भरा पाया और एक बार फिर संवाद करनेवाली अवस्था में पहुँच गया।

15. **भविष्य की रफ्तार**—कल्पना करें कि आप भविष्य में किसी ऐसे समय में हैं, जहाँ आपको बिल्कुल ऐसे ही हालात मिले, लेकिन तब आप सशक्त अंदाज में उन हालात से कुछ अलग ही अंदाज में निपटे? तब आपका व्यवहार कैसा है और तब आप अपने बारे में कैसा महसूस करेंगे?

    उदाहरण : *राजेश ने कल्पना की कि वह एक मीटिंग में है और वह अपने विचारों को पूरी तन्मयता व जोशो-खरोश के साथ अभिव्यक्त कर रहा है।*

3. कोलैप्सिंग एंकर्स (एंकर्स का ढहना)

अनचाही आंतरिक अवस्था को बदलने या उसका प्रभाव कम करने का प्रभावी तरीका है कोलैप्सिंग एंकर्स। इसे हासिल किया जाता है एक अनरिसोर्सफुल स्टेट और एक रिसोर्सफुल स्टेट को आपस में जोड़कर या एक-दूसरे से टकराव कराकर। ऐसा भी दौर होता है, जब हम और कुछ नहीं चाहते, बल्कि किसी दर्द भरे अहसास को कम करना चाहते हैं और उसे एक ऐसे स्तर पर लाना चाहते हैं, जहाँ वह सहनीय हो।

उदाहरण के लिए, हम नहीं चाहते कि ऊँचाई से लगनेवाले डर को आत्मविश्वास से बदल दें। शायद हम लोगों के बीच बोलने के अपने डर को आत्मविश्वास की अवस्था

से बदलना नहीं चाहेंगे; लेकिन ऊँचाई पर छोटा सा भी डर हमें सतर्क करेगा कि हम किसी बिल्डिंग के किनारे पर खड़े हैं और हमें नुकसान से बचाएगा। इसलिए यह ठीक है कि हम इस डर को पूरी तरह दूर न करें, लेकिन अगर यह डर इतना ज्यादा हो कि हम बालकनी या छज्जे की तरफ कदम ही न ले जाएँ, तब हमें इसे घटाने की जरूरत पड़ेगी। ऐसे में कोलैप्सिंग एंकर्स की तकनीक इसे दूर करने का उचित माध्यम होगा

मिश्रित धातुओं को दो या ज्यादा तत्त्वों को मिलाकर बनाया जाता है। लोहे में एक छोटी मात्रा में गैर-धातु यानी कार्बन मिलाने से स्टील बनता है। एंकर्स को मिलाने से एक नई आंतरिक अवस्था बनती है। इसमें एक अनरिसोर्सफुल अवस्था को एक रिसोर्सफुल अवस्था से मिलाते हैं। नतीजे के तौर पर हासिल नई अवस्था मूल अनरिसोर्सफुल अवस्था और मूल रिसोर्सफुल अवस्था से बिल्कुल अलग होगी। यह एक खास अवस्था होगी, जिसकी अपनी खुशबू होगी। चूँकि अनरिसोर्सफुल अवस्था को एक रिसोर्सफुल अवस्था से फ्यूज करते हैं, अत: नतीजे के दौर पर मिली नई अवस्था निश्चित रूप से कम तीक्ष्णता वाली होगी या अनरिसोर्सफुल अवस्था से दूर वाली स्थिति में होगी।

कोलैप्सिंग एंकर्स : प्रक्रिया

1. एक गैर-लाभकारी अवस्था चुनें, जिसे आप बदलना या उसका प्रभाव कम करना चाहते हों।

उदाहरण के लिए, हर बार जब भी आप पर्यावरण में गिरावट की खबर पढ़ते हैं या सुनते हैं तो आप अंदर-ही-अंदर तमतमा देनेवाला क्रोध महसूस करते हैं और अगले एक या दो दिनों तक आप खुद को शांत नहीं कर पाते। इससे आपका काम प्रभावित होता है और इस नाराजगी के समय आप लोगों से जुड़ नहीं पाते। आप पर्यावरण का क्षरण रोकने में कुछ नहीं करते हैं, सिवाय नाराज हो जाने के।

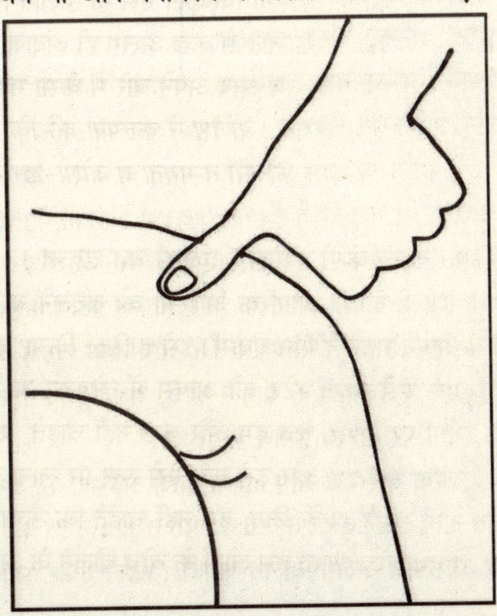

आप चाहते होंगे कि इस नाराजगी के स्तर को कम किया जाए, ताकि आप अपनी स्पष्टता

और निर्णयात्मक क्षमता न खोने पाएँ।

2. इस गैर-लाभकारी अवस्था से जुड़ाव महसूस करें और अपने अंदर असहज अवस्था को महसूस होने दें। जब आप इस असहज अवस्था को महसूस करें तो इसे एंकर बना लें।

उदाहरण : पर्यावरण क्षरण को लेकर अगर आप अलाभकारी अवस्था का अनुभव कर रहे हैं तो अपने बाएँ अँगूठे से बाएँ पैर के घुटने के पास दबाएँ। (चित्र देखें)

इस प्रक्रिया को एक-दो बार दोहराएँ। एंकर का परीक्षण करें और देखें कि क्या यह काम कर रहा है? देखें कि क्या आप घुटने के पास टैक्टाइल स्टिमुलस को महसूस कर पाते हैं या खुद को इससे जोड़ पाते हैं।

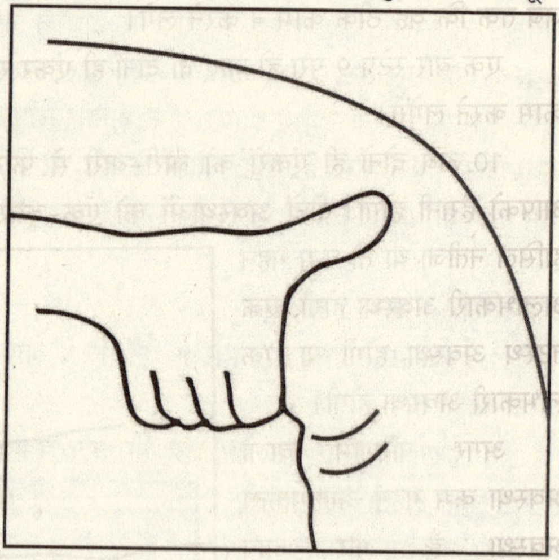

3. **ब्रेक स्टेट**—कुछ अलग और छोटा सोचें, जैसे कि अनुमान लगाएँ कि आपके घर या ऑफिस में कितनी खिड़कियाँ हैं या तरबूज में कितने बीज हैं?

4. **अब एक लाभकारी अवस्था चुनें**—आंतरिक दृष्टि, शक्ति, प्रेरित अवस्था, प्रभाव, रचनात्मक अवस्था, ज्ञान-प्राप्ति की अवस्था, शांतिपूर्ण अवस्था आदि।

पर्यावरण क्षरण को लेकर गहन क्रोध के संदर्भ में दिए गए उदाहरण में शक्ति की अवस्था पर गौर करते हैं। यह अवस्था आपको नेतृत्व की शक्ति से लैस करती है, आगे बढ़कर नेतृत्व करने की क्षमता प्रदान करती है और पर्यावरण की बेहतरी में योगदान एवं प्रभावशाली कदम उठाने के लिए ताकत प्रदान करती है। ऐसे समय के बारे में सोचें, जब आपने महसूस किया था कि आप ताकतवर हैं और नेतृत्व अपने हाथ में ले लिया था। एक ऐसे समय के बारे में सोचें, जब आपने नेतृत्व किया था और अपने आसपास के लोगों पर अच्छा प्रभाव छोड़ा था।

एक बार जब आप ताकत वाली अवस्था का अनुभव करते हैं तो उससे जुड़ जाएँ। जब आप अपने अंदर ताकत का पूरी तरह अनुभव करें तो अपने दाएँ अँगूठे से बाएँ घुटने के आसपास अलग-अलग जगहों (पहले एंकर स्पॉट से ज्यादा दूर नहीं) पर दबाव

बनाएँ। इसके बाद एंकर का परीक्षण करें।

5. **ब्रेक स्टेट**—कुछ अलग सोचें, जैसे कि 20+1864= ?
6. **पहले एंकर को परखें**—अलाभकारी अवस्था।
7. ब्रेक स्टेट।
8. **दूसरे एंकर को परखें**—लाभकारी अवस्था।
9. ब्रेक स्टेट।

नोट : अगर एंकर काम नहीं करते तो आपको दोबारा प्रक्रिया अपनानी होगी और एंकरिंग प्रक्रिया को एक बार फिर से नए सिरे से करना होगा और तब तक करना होगा, जब तक कि वह ठीक काम न करने लगे।

एक बार स्टेप 9 पूरा हो जाए तो दोनों ही एंकर स्थापित हो जाएँगे और अच्छे से काम करने लगेंगे।

10. अब दोनों ही एंकरों को बारी-बारी से फायर करें। इसके नतीजे देखकर आपको हैरानी होगी। दोनों अवस्थाओं को एक-दूसरे से जुड़ने दें। परिणामस्वरूप, हासिल नतीजा या तो कम गहन अलाभकारी अवस्था होगी, एक तटस्थ अवस्था होगी या एक लाभकारी अवस्था होगी।

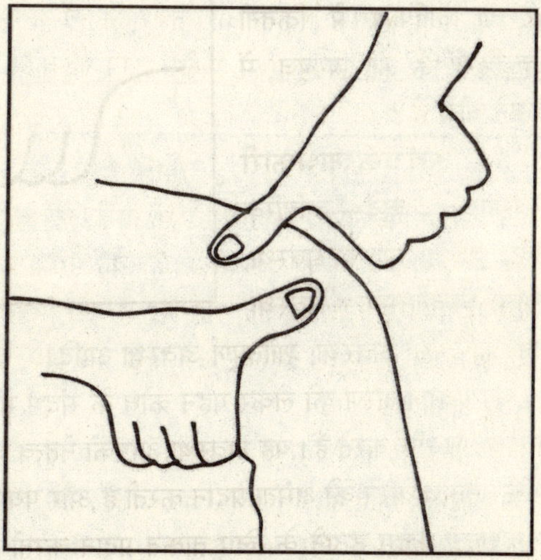

अगर परिणाम वाली अवस्था कम गहन अलाभकारी अवस्था है और आप अलाभकारी अवस्था की गहनता को और घटाना चाहते हैं, तब इसके लिए लाभकारी अवस्था को ज्यादा ताकतवर बनाएँ और दसवें चरण को एक बार पुनः दोहराएँ।

पर्यावरण क्षरण से संबंधित हमारे उदाहरण में जब आपने अनरिसोर्सफुल स्टेट (गुस्सा) और रिसोर्सफुल एंकर (ताकत) दोनों को सक्रिय कर दिया तो नतीजे के तौर पर मिली स्थिति कम आक्रोश वाली हो सकती है या एक सामान्य स्थिति या एक ताकत से संबंधित अवस्था हो सकती है।

अगर आप कम आक्रोश वाली अवस्था से संतुष्ट हैं तो आप ग्यारहवें कदम की

ओर बढ़ सकते हैं। अगर आप अपना आक्रोश और घटाना चाहते हैं या आक्रोश को ताकत वाली अवस्था से बदलना चाहते हैं तो रिसोर्सफुल स्टेट की ताकत को मजबूत करें और दसवें कदम को दोहराएँ।

11. **भविष्य की रफ्तार**—एक ऐसी समान स्थिति के बारे में सोचें, जो भविष्य में आपके समक्ष आ सकती है, जहाँ आप पहले अनरिसोर्सफुल स्टेट का अनुभव कर चुके हों। अपनी एकाग्रता को अंत:करण में ले जाएँ और भविष्य के हालात के बारे में सोचते हुए अपने आंतरिक हालात पर गौर करें। अगर कोलैप्सिंग एंकर टेक्निक आपके लिए काम कर जाए तो आप नई एकीकृत अवस्था का अनुभव कर पाएँगे, बजाय कि पुरानी अनरिसोर्सफुल अवस्था के।

हमारे उदाहरण में, जब आप एक भविष्य की स्थिति के बारे में सोचते हैं (उदाहरण के लिए, पर्यावरण क्षरण से संबंधित एक लेख पढ़ते हुए) तो आप क्या महसूस करते हैं कि आपके अंदर क्या होता है उस दौरान? क्या इससे आपके अंदर का पुराना विरोध और नाराजगी फिर से सक्रिय हो उठते हैं या यह आपको नई एकीकृत अवस्था में ले आती है? अगर आप नई एकीकृत अवस्था का अनुभव करते हैं तो इसका मतलब है कि कोलैप्सिंग एंकर प्रोसेस आप पर काम कर गई।

शांति ईश्वर है

रश्मि पिछले 10 साल से विवाहिता है। वह बहुत धार्मिक है और प्रार्थना करना उसकी जीवन-शैली का एक हिस्सा है। वह भगवान् श्रीकृष्ण की अनन्य उपासक है। वह श्रीकृष्ण को वंशी बजाते, मोरपंख से बना मुकुट पहने अपने मन में देख सकती है। श्रीकृष्ण के सुंदर चेहरे से उसे शुद्ध प्रेम और दैवी प्रसन्नता प्रस्फुटित होते हुए नजर आती है।

जब भी वह श्रीकृष्ण के बारे में सोचती है तो उसे शांति, स्पष्टता और आनंद की अनुभूति होती है। रश्मि के लिए श्रीकृष्ण ही समस्त ज्ञान का स्रोत हैं, दैवी गुणों से संपन्न ईश्वर हैं और अनंत शांति का प्रतीक हैं।

उसके पति राजेश एक नास्तिक हैं। वह किसी ईश्वर में भरोसा नहीं करते, बल्कि वह श्रीकृष्ण में अगाध श्रद्धा को लेकर अकसर रश्मि का मजाक उड़ाते हैं। राजेश एक बड़ी सॉफ्टवेयर कंपनी के लिए काम करते हैं और वह काम में इस कदर

व्यस्त रहते हैं कि उनके पास किसी धर्म, ईश्वर या धार्मिक विश्वास आदि के बारे में सोचने का समय भी नहीं मिलता। वह कठिन परिश्रम में विश्वास रखते हैं। वह अपने कॅरियर की व्यापक सफलता से खुश हैं। अपनी मेहनत के बल पर ही वह तरक्की की सीढ़ियाँ चढ़ते हुए सी.ई.ओ. के पद तक जा पहुँचे हैं और इंडस्ट्री में उनका काफी सम्मान भी है।

राजेश को लंदन में एक आई.टी. कॉन्फ्रेंस में बतौर मुख्य वक्ता आमंत्रित किया गया। जब वह कॉन्फ्रेंस हॉल में पहुँचे तो उन्हें पता चला कि इसी कार्यक्रम में एक मुख्य वक्ता के तौर पर एक धार्मिक गुरु को भी बुलाया गया है। उन्हें यह पसंद नहीं आया। उन्होंने सोचा, 'इस टेक कॉन्फ्रेंस में इस बेवकूफ संत को बुलाने की क्या जरूरत थी?' बहरहाल, कॉन्फ्रेंस आगे बढ़ी। धर्मगुरु के इर्द-गिर्द काफी भीड़ थी और लोग उनसे आशीर्वाद लेने के लिए उनके पाँव छू रहे थे। राजेश को यह सब बड़ा अजीब लगा।

दोपहर में खाने के बाद राजेश को यह देखकर हैरानी हुई कि वह धर्मगुरु उनके बगल में ही आकर बैठे। गुरु ने राजेश से पूछा, "आपकी शक्ति क्या है?" राजेश को कोई जवाब नहीं सूझा और वह चुप रहा। इस पर गुरु ने उससे दोबारा पूछा, "क्या है आपकी शक्ति? आप अपने अंदर किस गुण को सबसे ज्यादा पसंद करते हैं?" राजेश ने जवाब दिया, "मैं एक शांतचित्त व्यक्ति हूँ, खासतौर पर जब कोई परेशानी की घड़ी हो। दरअसल जितनी बड़ी परेशानी होती है, मैं उतनी ही गहरी शांति का अनुभव करता हूँ। और जब मैं इस शांति की गहराई से कोई निर्णय लेता हूँ तो ज्यादातर समय वह सर्वश्रेष्ठ निर्णय साबित होता है।"

गुरु ने उसे कुछ देर तक देखा। राजेश ने खामोशी महसूस की और गुरु ने बोलना शुरू किया, "आप पर ईश्वर की कृपा है, आप मानो या न मानो। शांति ही ईश्वर है। जब आप किसी परेशानी का मुकाबला करते हो तो आप सबसे पहले क्या करते हो?" उनके उत्तर की प्रतीक्षा किए बगैर गुरु वहाँ से चले गए।

राजेश बैठकर इसके बारे में सोचते रहे, "मैं सबसे पहले क्या करता हूँ?" काफी देर तक बैठकर वह इसका जवाब तलाशते रहे—'मैं सबसे पहले क्या करता हूँ?' अचानक उनके मन में कौंधा कि जब भी वह कमजोर महसूस करते हैं या किसी परेशानी के समय में आत्मविश्वास में कमी महसूस करते हैं तो वह सबसे पहले अपनी पत्नी रश्मि के बारे में सोचते हैं। जिस पल उनकी पत्नी का चेहरा उनके सामने आ जाता है, उनकी पूरी चाल-ढाल ही बदल जाती है। उनकी पत्नी का शांति, चमक और सौम्यता से भरपूर चेहरा उन्हें गहन शांति की अवस्था में पहुँचाने में कभी विफल नहीं होता।

राजेश अपने विचारों की दुनिया से वापस यथार्थ की दुनिया में आ गए। उन्होंने सोचा, 'क्या ? तो जरूरत के समय मेरे अंदर जो असीम शांति भर उठती है, वह मेरी पत्नी की वजह से है ? ओह ! यह तो मैं कभी समझ ही नहीं पाया। शांति ही ईश्वर है। उस व्यक्ति का इससे क्या मतलब था ? धर्मगुरु आखिर क्या कहना चाहते थे, जब उन्होंने कहा कि मेरे ऊपर ईश्वर की कृपा है ? अपनी पत्नी को याद करते हुए मुझे शांति का अनुभव होता है। शांति ही ईश्वर है।' राजेश गुरुजी के कहे शब्दों को लगातार दोहराते रहे।

—मनोज केशव

□

5

उत्कृष्टता का वृत्त

उत्कृष्टता का वृत्त एक एंकरिंग प्रक्रिया है, जो हमें अपने आसपास और अपने अंदर उत्कृष्टता के भाव को महसूस करने में मदद करती है। वृत्त से आशय दायरे से है। वहीं उत्कृष्टता का आशय है कि हम सामान्य अवस्था से ऊपर उठें। उत्कृष्टता का आशय है कि हम सामान्य रहने के बारे में सोचें ही नहीं या पहले से ही खुद को ऊपर मानें। अगर अपने को बेहतर भी मानें तो वह विलक्षण रूप से बेहतर मानें।

माइकल जॉर्डन को सार्वकालिक महान् एथलीट माना जाता है। माइकल जॉर्डन ने यह विलक्षण रिकॉर्ड हासिल न किया होता, अगर उन्होंने बास्केट बॉल के खेल में अपने आपको उत्कृष्टता के स्तर पर पहुँचाने के लिए मेहनत न की होती और अपने आसपास वैसा ही माहौल न बनाया होता। मैदान पर उनका शरीर, मन और आत्मा हमेशा उच्च स्तर का प्रदर्शन करने की भावना से लैस रहते थे। कह सकते हैं कि उनके चारों तरफ एक वृत्त का आवरण था, जिसे 'उत्कृष्टता का वृत्त' भी कहते हैं।

कर्ण की कहानी

लगभग दो हजार साल पूर्व लिखे गए भारत के महान् ग्रंथ 'महाभारत' में कर्ण को सबसे ज्यादा पहेलीनुमा चरित्र के तौर पर देखा जाता है। कर्ण कुंती और सूर्य देव का पुत्र था। सूर्य देव का पुत्र होने के साथ ही वह कवच एवं कुंडल के साथ पैदा हुआ था और माना जाता है कि इसके चलते वह अजेय था।

कर्ण चाहता था कि वह गुरु परशुराम से शस्त्र विद्या सीखे। इस विद्या में ऐसे पवित्र शब्दों से गुँथे मंत्र और ध्वनियाँ होती हैं, जिनके उच्चारण से अनंत शांति और शक्ति का अहसास होने लगता है। ब्रह्मास्त्र को विनाशक हथियार माना जाता है। ऐसा माना जाता है कि इसकी टक्कर में न तो कोई हथियार काम आता है और न ही कोई विशेष रणनीति इसके विनाश से किसी को बचा सकती है। ब्रह्मास्त्र का निशाना भी कभी नहीं चूकता और इसका

प्रयोग किसी व्यक्ति या पूरी-की-पूरी सेना के समूल नाश के उद्देश्य से किया जाता है।

हालाँकि कर्ण ब्रह्मास्त्र के संधान का मंत्र गुरु परशुराम से ही सीखना चाहता था, किंतु परशुराम की एक शर्त थी। परशुराम इस मंत्र को केवल ब्राह्मण जाति के युवाओं को ही सिखा सकते थे, जबकि कर्ण क्षत्रिय था। इसलिए कर्ण ने छद्म वेश धारण किया और परशुराम से झूठ बोला कि वह ब्राह्मण कुल से संबंध रखता है और उनसे अपना शिष्य बनाने की गुहार की।

बाद में चलकर परशुराम को सच्चाई का पता चला और उन्होंने कर्ण को श्राप दिया कि जब उसे इस विद्या की सबसे ज्यादा आवश्यकता होगी, उस समय वह अपना सारा ज्ञान भूल जाएगा। परशुराम के श्राप का ही नतीजा था कि कर्ण को कुरुक्षेत्र की लड़ाई में हार का सामना करना पड़ा।

युद्ध के निर्णायक मोड़ पर कर्ण परशुराम से सीखी सारी विद्या भूल गया। क्या ऐसा आमतौर पर ज्यादातर लोगों के साथ नहीं होता? क्या ऐसा नहीं कि ये लोग भी कर्ण की तरह ही श्राप से ग्रस्त होते हैं, लेकिन तथ्य अब भी यही है कि जीवन के महत्त्वपूर्ण अवसरों पर ज्यादातर लोग अपनी आंतरिक स्थिरता और रचनात्मक शक्ति खो बैठते हैं, जिसके चलते वे अपनी काबिलीयत से कहीं नीचे की क्षमता का प्रदर्शन करते हैं।

जीवन के खास मौकों पर हम अपने श्रेष्ठतम स्तर पर होते हैं या निचले स्तर पर?

उदाहरण के लिए, एक जबरदस्त प्रतिभावान् और कौशल-युक्त पेशेवर को जॉब इंटरव्यू में सफलता नहीं मिलती, क्योंकि वह उस मौके पर भयभीत हो जाता है और घबराहट के चलते निराशा प्रकट कर देता है। ऐसे मौके पर जरूरी जानकारियाँ उसे याद नहीं आतीं, उचित शब्द उसे याद नहीं आते, उसकी जुबान लड़खड़ाने लगती है, उसका चेहरा तनाव के चलते एकदम जाम हो जाता है और चेहरे से मुसकान ऐसे गायब हो जाती है, मानो वह चेहरे पर कभी थी ही नहीं। ऐसे मौकों पर हम चाहते हैं कि अपना सर्वश्रेष्ठ प्रदर्शन करें, लेकिन हम कर्ण की तरह सबसे खराब प्रदर्शन कर बैठते हैं।

उत्कृष्टता का वृत्त एन.एल.पी. एंकरिंग प्रक्रिया का शानदार हिस्सा है, जो आपको उत्कृष्टता के दायरे में ले जाने में मदद करेगा।

उत्कृष्टता का वृत्त—प्रक्रिया (देखें तसवीर)

1. ऐसी जगह खड़े हो जाएँ, जहाँ आपके इर्द-गिर्द काफी जगह खाली हो। यह जगह काफी बड़ी होनी चाहिए, ताकि अगर आप एक काल्पनिक वृत्त अपने इर्द-गिर्द खींचें तो उसमें कहीं कोई बाधा न पैदा हो।
2. गहरी साँसें लें और अपने शरीर को ढीला छोड़ दें।
3. अब अपने सामने एक काल्पनिक वृत्त खींचें। उसके किनारों को अपने पसंदीदा रंग से भर दें। अब वृत्त के अंदर कुछ रंग छिड़क दें या गिरा दें। जो रंग आप

चाहते हैं, वही लें। पूरे वृत्ताकार हिस्से को मन-ही-मन रंग से भर दें। आप चाहें तो कई रंग डाल सकते हैं या कोई एक रंग भी काफी होगा। अंतत: वह एक ऐसा वृत्त होना चाहिए, जो आपकी पसंद के रंग से रँगा हुआ हो। आखिर में, आपका वृत्त रंग-बिरंगा, खूबसूरत और आपका उत्साह बढ़ानेवाला होना चाहिए।

4. वृत्त में अपनी इच्छा अनुसार कुछ संगीत भी शामिल कर लें। वृत्त के अंदर अगर बाँसुरी की मधुर आवाज गूँजे तो कितना सुखद अहसास होगा, यह आप महसूस कर सकते हैं। वृत्त के केंद्र से अगर ओम की ध्वनि प्रस्फुटित हो तो असीम शांति का अहसास खुद-ब-खुद होगा। इसके अलावा, चिड़ियों की मधुर चहचहाहट या पानी की बूँदों की सुखद आवाज भी आप शामिल कर सकते हैं या आपको जिस संगीत से शांति व प्रेरणा मिलती हो, आप उसे भी उस वृत्त में शामिल कर सकते हैं।

5. अब इसमें तमाम संसाधनों को शामिल करें, जैसे—रचनात्मकता, जुनून, हास्य, आनंद, शांति, स्वास्थ्य की एक अवस्था, एकाकार अवस्था से सामंजस्य, हलकापन, शांति, प्रेम, एक साथ होने का अहसास आदि। उस संसाधन का चयन अपने लिए करें, जिसे आप अपने भीतर रखना चाहते हैं और यह भी कि आपके जरिए एक कड़ी स्थापित हो सके। इन सभी संसाधनों को वृत्त से जोड़ें और यह काम तब तक हो, जब तक कि संसाधन, रंग और ध्वनियाँ मिलकर माहौल को जीवंत न बना दें।

6. जब आप तैयार हों तो वृत्त में कदम रखें। अपनी आँखें बंद कर लें। महसूस करें कि सभी संसाधन आपके चारों तरफ घूम रहे हों। वे आपके पैरों के नीचे से बह रहे हों; आपकी मांसपेशियों में, शरीर के फाइबर्स और सेल में, हर तरफ से बहते हुए ऊपर की ओर आपके सिर तक पहुँच रहे हों। महसूस करें कि आपके अंदर वे सभी शानदार संसाधन, जैसे प्रेम, आनंद, शांति आदि पूरी तरह से भर चुके हों। रंगों को महसूस करें और जो ध्वनि आपने वृत्त के अंदर संरक्षित की है, उस मधुर धुन को सुनें। जितने ज्यादा-से-ज्यादा संसाधन हो सकें, कोशिश करें कि वे सभी आप में समाहित हो जाएँ और जब आप संतुष्ट

महसूस करें, वृत्त से बाहर आ जाएँ।

7. ब्रेक स्टेट—कुछ छिटपुट और यूँ ही किसी चीज के बारे में सोचें, जैसे कि पिछले साल आपने कितने किलोमीटर का सफर तय किया?
8. अपने सामने उत्कृष्टता के वृत्त को देखें—इतना खूबसूरत, रंग-बिरंगा, सघन और प्रेरक है यह। देखें कि कैसे यह चमक रहा है उन सभी संसाधनों से, जिनकी आपको जरूरत है। एक बार फिर इसमें कदम रखें और समस्त संसाधनों को अपने अंदर फिर बहने दें। चूँकि ये सभी संसाधन आपके भीतर बह रहे होते हैं, ऐसे में अपने अंदर आ रहे बदलाव को महसूस करें। जब तक आप संतुष्ट न हो जाएँ, तब तक वृत्त के भीतर ही बने रहें। जब आप संतुष्ट हो जाएँ, तब वृत्त से बाहर आ जाएँ।

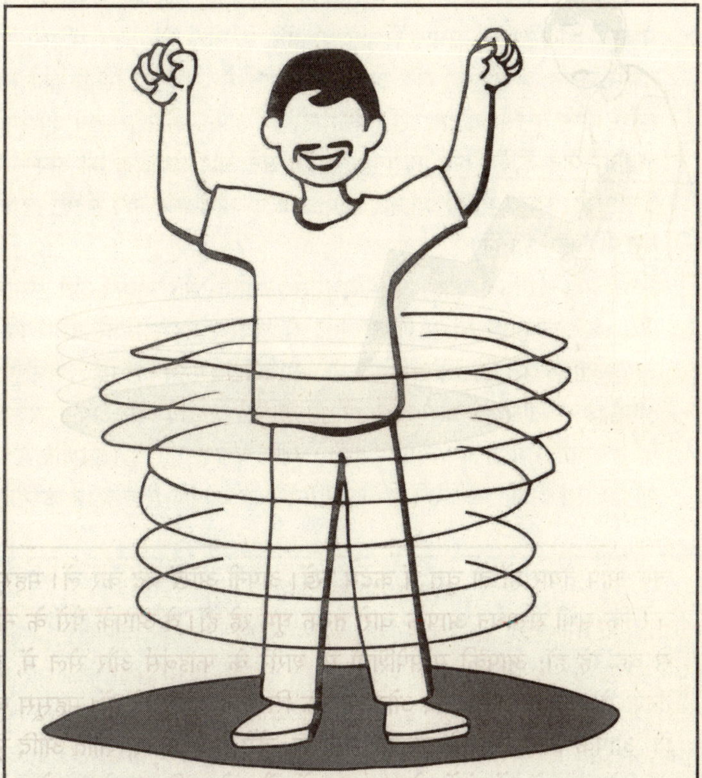

9. ब्रेक स्टेट—मन में गणना करें कि 3×44 का उत्तर क्या होगा?
10. 8वाँ और 9वाँ कदम कुछ समय तक दोहराएँ। तब तक महसूस करें कि एंकर

इस कदर मजबूत है कि जिस पल आप वृत्त में कदम रखते हैं, उसी पल आप उच्च स्तर के संसाधन वाले आप पहुँच जाते हैं।

11. ऐसी परिस्थिति के बारे में सोचें, जब आप अपना बेहतरीन प्रदर्शन करना चाहते हों और संसाधनहीन महसूस कर रहे हों। एक बार जब यह घटनाक्रम आपके दिमाग में आ जाए तो आप वृत्त में कदम रखें और ध्वनि, रंगों एवं संसाधनों को अपने अंदर बहकर आने दें।

    जब आप रंग के भीतर ठहरें तो रंगों के बारे में जरूर जानें। सुकूनदेह ध्वनि और शानदार संसाधन आपके भीतर दौड़ने लगेंगे। एक बार जब आप यह महसूस करेंगे कि आप इन सभी प्रेरक संसाधनों को अपने अंदर समाहित कर चुके हैं और आप संतुष्ट व तृप्त हैं तो वृत्त से बाहर आ जाएँ।

12. ब्रेक स्टेट—आपके अपार्टमेंट में कितनी सीढ़ियाँ हैं, इस बारे में सोचें।

13. भविष्य की स्थिति—समान स्थिति के बारे में सोचें कि आप भविष्य में भी उससे जूझने जा रहे हैं। जब आप अपने मन में आगे की स्थिति का खाका खींचें, तभी वृत्त में कदम रखें। संसाधनों को अपने भीतर उमड़ने दें। रंगों पर अपना ध्यान केंद्रित रखें, खुशनुमा संगीत सुनें और संसाधनों को अपने भीतर उमड़ने दें। समय भी लें अपना। आपाधापी न करें। जब आप संतुष्ट हो लें तो वृत्त से बाहर आ लें।

    अगर आप संसाधन-युक्त, आत्मविश्वास से ओत-प्रोत, सुकून और संसाधनों, जैसे कि आत्मविश्वास व शांति आदि से लबरेज महसूस करें तो समझें कि उत्कृष्टता के वृत्त की आखिरी प्रक्रिया आपके लिए काम कर गई। अगर ऐसा न हो तो वापस तीसरे व चौथे क्रम की प्रक्रिया को दोहराएँ और अपनी उत्कृष्टता के वृत्त को ज्यादा ताकतवर बनाएँ। जितना ज्यादा यह वृत्त प्रेरणादायी और शक्तिशाली होगा, यह उतने ही अच्छे तरीके से आपके लिए काम करेगा।

उत्कृष्टता का प्रसार

रेवती को उत्कृष्टता के वृत्त से जुड़ा अभ्यास करने के बाद शानदार अहसास होता था। उसने वृत्त के भीतर सुकून, पवित्रता और आनंद की अवस्था का प्रसार कर रखा था। वह बेहद हलका महसूस करती और उसी दौरान वृत्त में अपने अंदर गहरी शांति का अहसास करती। उसके पूरे शरीर को सुकून महसूस होता था। उसका वृत्त बैंगनी रंग से ओत-प्रोत था। उसमें पिआनो का सुकून भरा संगीत था और हर तरफ हलकी व ठंडी खुशबू वाली महक फैली रहती थी।

कुछ दिनों बाद उसे पैरेंट-टीचर मीटिंग के लिए स्कूल जाना था। रेवती काफी घबराई हुई थी। उसके बेटे ने तो स्कूल में काफी अच्छा प्रदर्शन किया था, लेकिन वह कक्षा के उत्कृष्ट उपलब्धियों वाले बच्चों की सूची में नहीं था। उसे आशंका थी कि बेटे के खिलाफ काफी शिकायतें होंगी। जब वह उस हॉल की तरफ बढ़ रही थी, जहाँ उसका बेटा और टीचर बैठे हुए थे। उसने उनका इंतजार किया; लेकिन उसकी घबराहट बढ़ती जा रही थी। उसके दिल की धड़कनें भी बढ़ गई थीं और मांसपेशियों में अकड़न महसूस हो रही थी।

इंतजार की घड़ियाँ समाप्त होने का नाम नहीं ले रही थीं। तभी उसे सुनाई दिया कि उसके बेटे का नाम पुकारा जा रहा है। वह कमजोरी महसूस करने लगी और ऐसा लगा कि तनाव उसके ऊपर हावी हो रहा हो।

वह धीरे-धीरे आगे बढ़ने लगी। उसी दौरान उसने अपने हैंडबैग में हाथ डाला और काल्पनिक उत्कृष्टता के वृत्त के बारे में सोचकर हाथ गोल-गोल घुमाने लगी। उसने अपने चारों तरफ उस उत्कृष्टता के वृत्त को यूँ फेंका, जैसे कोई मछुआरा मछली पकड़ने के लिए जाल फेंकता है।

अब वह बैंगनी रंग देख पा रही थी, सुकूनदेह संगीत सुन पा रही थी और अपने मन के भीतर ठंडक महसूस कर रही थी। इसके बाद वह उत्कृष्टता के वृत्त से बाहर निकल आई। उसने महसूस किया कि वह एक बार फिर से शांति व सुकून से भर उठी और उसके दिमाग में शांति व स्थिरता भर उठी थी।

जब वह वृत्त से बाहर आ रही थी तो उसके विचार बिल्कुल स्पष्ट थे—उसके बेटे ने अच्छा प्रदर्शन किया था और चिंता की कोई बात ही नहीं थी। अगर उसकी टीचर कुछ कहती भी है तो इसके बावजूद उसे अपने बेटे पर गर्व है और वह टीचर से थोड़ी-बहुत बात करेगी। इसमें घबराने जैसी कोई बात नहीं है।

यह पूरा अनुभव मात्र कुछ सेकंड का था।

टीचर ने भी उसको देखकर कहा, "आप इतनी चमक रही हैं और ऊर्जा से ओत-प्रोत हैं। आपकी मुसकान वाकई खूबसूरत है, मिसेज रेवती।"

—मनोज केशव

□

6

स्विश : आदतों की पुनः प्रोग्रामिंग

"हमारा पूरा जीवनकाल, अब तक इसने जो एक तय आकार ले रखा है, आदतों का जमावड़ा है।"

—विलियम जेम्स

हम लगातार जो करते हैं, वैसे ही हो भी जाते हैं। हमारे पैटर्न और आदतें बताती हैं कि हम कौन हैं? जो हम मानते हैं, उसके उलट ऐसा नहीं है कि हम जो चाहते हैं, वही करना चाहते हैं। हम वही करते हैं, जो हम लगातार करते आ रहे हैं। नए साल पर कोई संकल्प लेते वक्त कुछ दिन के लिए ही सही, लोग वही करते हैं, जो उन्होंने ठान रखा होता है, लेकिन बाद वे अपनी पुरानी आदत पर वापस आ जाते हैं।

क्या हम स्वतंत्र इनसान हैं या गुलाम हैं? हम गुलाम हैं—अपनी आदतों और पैटर्न के। यह ज्यादातर लोगों के लिए सच है। कुछ ही लोग हैं, जो महसूस करते हैं कि वे अपनी आदतों और पैटर्न को चुन सकते हैं। वे पुरुष और महिलाएँ, जो अपनी आदतें खुद तैयार करते हैं, वे ही ऐसे लोग कहे जाएँगे, जो वाकई स्वतंत्र होते हैं। इसके अलावा, बाकी बचे लोग गुलाम ही हैं। बाकी बचे लोग जो चाहते हैं, वह कभी नहीं कर पाते। असल में, देखें तो हमारी आदतें ही हम पर शासन करती हैं।

स्विस बनाम एंकरिंग

एंकरिंग एक चेतन प्रक्रिया है, जिससे स्टिमुलस-रिस्पांस जुड़ाव तैयार होता है। इवान पावलोव की दुनिया में हर बार जब भी कुत्ता घंटे की आवाज सुनता था, वह हर बार थूक बाहर निकालता था। एन.एल.पी. की दुनिया में, हर बार जब भी आप एन.एल.पी. एंकर को सक्रिय करते हैं तो यदि वह आत्मविश्वास के लिए है तो

आत्मविश्वास अंदर बहता चला आता है।

स्विस में पूर्णतया नया गठजोड़ नहीं बनाया जाता, बल्कि पुराने और नुकसान पहुँचानेवाले जुड़ाव को नए और स्वस्थ जुड़ाव से बदला जाता है। स्विस को रिचर्ड बैंडलर ने 1980 के दशक की शुरुआत में विकसित किया था और यह बदलाव के लिए एक सशक्त एन.एल.पी. प्रक्रिया माना जाता रहा है।

आदत बदलने के लिए स्वर्णिम नियम

"आप किसी खराब आदत को जड़ से नहीं खत्म कर सकते, आप केवल उसे बदल सकते हैं।"

—चार्ल्स डुहिग,

द पावर ऑफ हैबिट : हम अपने जीवन और कार्यक्षेत्र में ऐसा क्यों करते हैं, जैसा कि हम करते आ रहे हैं।

"टर्की पक्षी की माताएँ अच्छी माताएँ हैं—स्नेहमयी, सतर्क, सफाई-पसंद और बच्चों को खुद से चिपकाकर रखने में उनका कोई सानी नहीं है; लेकिन उनके तरीके में कुछ विचित्र सी चीजें भी नजर आती हैं। अमूमन यह सारा माँ का लाड़-प्यार-दुलार एक चीज से सक्रिय होता है—चीप-चीप की आवाज से, जो छोटे टर्की बच्चे निकालते हैं। अगर किसी बच्चे ने चीप-चीप की आवाज निकाली तो माँ उसका खयाल रखेगी और अगर बच्चे ने वह आवाज नहीं निकाली तो माँ उसे नजरअंदाज करेगी और कभी-कभी तो खुद ही मार डालेगी।"

—रॉबर्ट सिआलडिनी

इन्फ्लुएंस : द साइकोलॉजी ऑफ पर्सुएशन

एम.डब्ल्यू. फॉक्स के टर्की माँओं पर किए प्रयोग का जिक्र करते हुए सिआलडिनी ने अपनी पुस्तक 'इन्फ्लुएंस' में लिखा है—"उनका प्रयोग दिखाता है कि किस तरह टर्की माँ एक पोलकैट को, जो कि उसकी स्वाभाविक दुश्मन है, को पास आता देखकर आक्रामक हो उठती है। टर्की माँ अगर पोलकैट को उसकी या उसके बच्चों की तरफ आते हुए देखती है तो विशेष प्रकार की कर्कश आवाज निकालने लगती है, उसे गुस्से में नोचने और पंजे से उस पर हमला करने लगती है।"

एम.डब्ल्यू. फॉक्स ने प्रयोग में पाया कि अगर नकली पोलकैट बनाकर यदि उसे रस्सी से टर्की माँ की तरफ ले जाया जाए तो भी टर्की माँ उस पर खतरनाक तरीके

से हमला कर देती है। हालाँकि अगर उसी नकली पोलकैट में एक रिकॉर्डर लगा दें और उसमें से नन्हे टर्की द्वारा निकाली जानेवाली 'चीप-चीप' की आवाज आए तो टर्की माँ न केवल उसके प्रति नरम रुख अपना लेगी, बल्कि उसे अपने आगोश में भी ले लेगी। जैसे ही टेप रिकॉर्डर चीप-चीप की आवाज निकालना बंद करेगा, उसके अगले ही पल उस नकली पोलकैट पर टर्की माँ जोरदार ढंग से हमला बोल देगी।

"ऐसी परिस्थिति में मादा टर्की कितनी हास्यास्पद नजर आती है! वह अपने स्वाभाविक शत्रु को केवल इसलिए गले लगा लेगी, क्योंकि वह चीप-चीप की आवाज निकाल रहा है और अपने ही बच्चे से बदसलूकी करेगी या उसे मार ही डालेगी, क्योंकि वह बच्चा चीप-चीप की आवाज नहीं निकालता। ऐसे में वह एक मशीन की तरह नजर आती है, जिसकी मातृत्व भावनाएँ तभी जागती हैं, जब विशेष प्रकार की ध्वनि स्वचालित नियंत्रण के जरिए सक्रिय हो जाए। इथोलॉजिस्ट या जीव पारिस्थितिकीय विज्ञानी हमें बताते हैं कि यह कुछ ऐसा है, जो टर्की विचित्र है। वे आँख मूँदकर नियमित तौर पर एक ही पैटर्न पर होनेवाले ऐक्शन से खुद से जोड़ पाते हैं, जबकि उनके इर्द-गिर्द प्रजातियों की भिन्नता मौजूद रहती है।" (सिआलडिनी, 2009)

जैसे मादा टर्की की मातृत्व भावनाओं को चीप-चीप की आवाज जगा देती है, ठीक उसी प्रकार मेरा मानना है कि एक खास ध्वनि, तसवीर, स्पर्श, महक या एक स्वाद हम सबके भीतर सामान्य से लेकर जटिल प्रतिक्रियाओं को सक्रिय कर देता होगा। हो सकता है कि आपके अंदर कोई ऐसा ट्रिगर सेट हो, जो सिगरेट पीने की तलब जगाता हो। कोई दूसरा ट्रिगर होगा, जो आक्रोश को जन्म देता होगा और ऐसा भी ट्रिगर हो सकता है, जिसके सक्रिय होने पर आपको तनाव या अवसाद जैसा महसूस होने लगता हो।

किसी आदत को बदलने की सुपर चाभी यही है कि हम उस ट्रिगर को पहचानें। ज्यादातर मामलों में आप पाएँगे कि एकमात्र ट्रिगर से जटिल आदतों की पूरी श्रृंखला ही सक्रिय हो उठती है। ऐसी भी आदतें हैं, जिनके तमाम ट्रिगर होते हैं और इस मामले में उन्हें पहचानना बहुत ही जरूरी होता है। तभी आप अपनी आदतों को लेकर सफल और सतत बदलाव ला सकते हैं।

जब हम लिफ्ट में चढ़ते हैं तो हम अमूमन कोशिश करते हैं कि एक ही बटन दबाएँ और अपने तय फ्लोर पर पहुँच जाएँ। हम यह कतई नहीं चाहते कि इस प्रक्रिया को तमाम बटनों के प्रयोग से जटिल बना दें। जैसे—एक बटन दबाएँ कि हाँ, मैं तैयार हूँ, फिर दूसरा बटन दबाएँ, ताकि लिफ्ट के दरवाजे बंद हो जाएँ और फिर तीसरा बटन दबाएँ, ताकि यह जाँच सकें कि सबकुछ व्यवस्थित तरीके से चल रहा है।

जब हम लिफ्ट का एक बटन दबाते हैं, तभी एक जटिल प्रक्रिया सक्रिय हो उठती है। उसी प्रकार तमाम प्रतिक्रियाएँ हमारे अवचेतन मन में चलती रहती हैं। इसे बहुत ज्यादा सूचनाओं, आचार-व्यवहार, सोच-विचार वाले सत्र, उचित-अनुचित को नापना-तौलना आदि नहीं करना पड़ता। हमारा अवचेतन मन हमारी आदतों की शृंखला को सक्रिय कर देता है और वह भी केवल एक ट्रिगर से (जैसे मादा टर्की के मामले में 'चीप-चीप' की ध्वनि)।

अपने अंदर बदलाव लाने के लिए स्विश एक खास और ताकतवर प्रक्रिया है, जिसे एन.एल.पी. में प्रयोग किया जाता है। स्विश के तहत पुराने ट्रिगर पर ही नया व्यवहार स्थापित किया जाता है। पैटर्न में मजबूती से व्यवधान उत्पन्न करने में भी स्विश का कोई जोड़ नहीं है।

पैटर्न में व्यवधान से आशय खलल से है। अकसर अप्रत्याशित, जो कि विचारों या आदत की शृंखला के बीच इस्तेमाल किया जाता है, यानी खलल डाला जाता है। अवचेतन मन की ताकत पहले से बने पैटर्न या आदतों के मुताबिक आपको बनाए रखने की होती है। इसकी कमजोरी निहित होती है आपके द्वारा चेतन अवस्था में निर्णय लेने पर। निर्णय लेना चेतन मन की आदत है और यहाँ पैटर्न में खलल की ताकत मौजूद होती है। जब आप किसी पैटर्न में खलल डालते हैं तो आपका अवचेतन मन अवाक् रह जाता है और इधर-उधर चक्कर काटने लगता है तथा एक भ्रमवाली अवस्था में प्रवेश कर जाता है। इसके बाद यह चेतन मन के निर्देशों या निर्णयों का इंतजार करता है। यही वह समय है, जब आप नया व अपेक्षित बदलाव अपने अवचेतन मन में कर सकते हैं।

स्विश को किसी भी प्रतिक्रिया या व्यावहारिक पैटर्न को बदलने में प्रयोग किया जा सकता है, जो खुद से हारने में सक्षम हो या अस्वास्थ्यकर हो।

उदाहरण—

1. **कुछ खाते रहने की आदत, भले ही आपको भूख न लगी हो**—इस अतिरिक्त खाने से आपके शरीर में अतिरिक्त कैलोरी और हानिकारक तत्त्व जाएँगे, जो आगे चलकर गंभीर और लंबा खिंचनेवाली स्वास्थ्य समस्याएँ, जैसे डायबिटीज, हृदय रोग एवं एसिडिटी पैदा करेंगे।
2. **नशे की लत**—हर सिगरेट के पैकेट के पीछे यह संदेश लिखा होता है—'सिगरेट पीना स्वास्थ्य के लिए हानिकारक है'। लेकिन लोग फिर भी उस आदत से जुड़े रहते हैं। आदतें चाहे जितनी भी मजबूत हों, बदली जा सकती हैं।

3. **जंक फूड खाना**—फास्ट फूड में ट्रांस-फैट, चीनी और आर्टिफिशियल प्रिजर्वेटिव्स का इस्तेमाल किया जाता है। नियमित तौर पर फास्ट फूड पर निर्भरता से आपकी कमर और चौड़ी हो जाएगी तथा गंभीर स्वास्थ्य समस्याएँ तो होंगी ही।
4. **नाखून चबाना**—समय बिताने के लिए या किसी घबराहट वाले हालात में नाखून चबाने की आदत अमूमन लोगों में देखी जाती है। इससे आपके शरीर में कीटाणु प्रवेश कर आपको बीमार बना सकते हैं।
5. **अपनी त्वचा को नोचना**—अगर आपके चेहरे पर कोई दिक्कत है, कील-मुँहासे हैं तो आपको उसे बार-बार छूने से बचना चाहिए। अगर आप बार-बार उसे छूकर चिंता करेंगे तो वह आकार में और बड़ा हो जाएगा। इसके अलावा, उसे नोचने से धब्बा पड़ जाएगा और दर्द जो होगा, सो अलग।
6. **नाक में उँगली करना**—तमाम चीजों को छूने के बाद उँगली से नाक छूना या साफ करना खराब आदत होती है।
7. **धमकाया हुआ महसूस करना**—अगर कोई आपको घूरता है, आपसे कठोरता या ऊँची आवाज में बात करता है या शारीरिक रूप से आपसे मजबूत है और आपकी तरफ आता है तो आप खुद को कमजोर समझने लगते हैं।
8. **आलोचना के प्रति अति संवेदनशील होना**—आलोचना चाहे पूरी तरह झूठी हो या उसमें कुछ सच्चाई हो, चाहे वह चोट पहुँचाने के इरादे से की गई हो या सुधार के लिए, यह किसी के भी मनोविज्ञान को घायल कर सकती है। फिर भी, एक स्वस्थ प्रतिक्रिया वही कही जाएगी, जो दूसरों के द्वारा की गई आलोचना पर मंथन करे, उसमें सच्चाई या सहायक चीजों को अपने साथ जोड़े और चोटिल भावनाओं, जो कि कभी-कभी अवश्यंभावी हो जाती हैं, से उबरने की कोशिश करे। अति संवेदनशीलता, अत्यधिक सुरक्षात्मकता, रातों की नींद उड़ जाना, आक्रोश, शर्म या मनोवैज्ञानिक तौर पर बीमार महसूस करना आदि—ये दिखाते हैं कि आपके अंदर खुद को हरानेवाले पैटर्न काम कर रहे हैं और उसमें बदलाव की सख्त जरूरत है।
9. **अनावश्यक ईर्ष्या महसूस करना**—खुद के अंदर उठी असुरक्षा की भावना के चलते दूसरों से ईर्ष्या पनपती है, जो एक तरह से जहरीली भावना कही जाती है, जिसमें ईर्ष्या, अविश्वास और अंकुश रखनेवाली सोच का मिश्रण

होता है। उसे छोड़ देना ही उचित है, क्योंकि यह आपके संबंधों को खराब कर सकता है।

उपर्युक्त सूची के अलावा भी आप कोई अन्य भावनात्मक-व्यवहारगत पैटर्न चुन सकते हैं, जिससे आपको अपना ही नुकसान होने का आभास हो रहा हो और स्विश प्रक्रिया के जरिए लगातार दोहराव करके अपनी आदतों में सुधार लाने में जुटे रहें।

स्विश प्रक्रिया

चरण I

ट्रिगर का पता लगाना

सांकेतिक तसवीर (ट्रिगर) का पता लगाना

1. एक कुरसी पर आराम से बैठ जाएँ और सुकून महसूस करें। उस समय और जगह के बारे में सोचें, जब आपने अनपेक्षित प्रतिक्रिया या पैटर्न का अनुभव किया था, जिसे अब आप बदलना चाहते हैं। जब आप घटना, समय और जगह को मन में एक बार याद कर लेते हैं, जबकि आपको अनपेक्षित प्रतिक्रिया का सामना करना पड़ा था तो एक गहरी साँस लें।
2. अब आप अवांछित प्रतिक्रिया पर गौर करें। उस दौरान आपने क्या-क्या देखा, उसे पूरी तरह अनुभव करते हुए खुद को देखें। वह महसूस करें, जो आपने वास्तव में मौके पर महसूस किया था और जो बातें अपने बारे में आपने वहाँ सुनी थीं। अब उस समय में 10 सेकंड के लिए वापस जाएँ। उस समय में वापस चलते जाएँ और तब तक चलें, जब तक कि अपने अंदर अवांछित प्रतिक्रिया न पा जाएँ। अब खुद से पूछें कि आप अपने सामने क्या देखते हैं—अपने बाहर क्या देखते हैं। अपनी आँखों से उस अवांछित प्रतिक्रिया को ट्रिगर के तौर पर देखें। आपका मुख्य लक्ष्य है—उस सबसे पहली चीज को पहचानना, जो आपकी अवांछित आदतों और पैटर्न के चलते आपके सामने प्रतिक्रियाओं की श्रृंखला प्रस्तुत कर देती है। अगर यह एक ध्वनि है या गंध अथवा कोई अन्य दिखनेवाली संवेदना है तो उसकी एक दृश्यात्मक तसवीर अपने मन में बना लें, जो उस संवेदना से जुड़ सके।

उदाहरण के लिए, कल्पना करते हैं कि संजू ने सिगरेट पीने की आदत को अवांछित प्रतिक्रिया या पैटर्न के रूप में चुना है, जिसे वह बदलना चाहता है। उसे उस खास समय के बारे में सोचना है, जब पिछले दिनों उसने सिगरेट पी थी। यह

पिछली रात हो सकती है, आज की सुबह या एक हफ्ते पहले की बात हो सकती है। एक बार जब उसने उस खास घटना, समय और जगह का आकलन कर लिया तो उसे अब जरूरत है खुद को उस अनुभव के बारे में समझने की कि सिगरेट पकड़ने से पहले वह क्या सोचता है? मान लेते हैं कि यह घटना एक दिन पूर्व की हो। तो संजू को उन चीजों को एक बार फिर अपने दिमाग में लाना है कि सिगरेट पीने के दौरान उसने क्या देखा और सुना?

इसके बाद उसे 10 सेकंड के लिए उस समय में जाना होगा और गौर करना होगा कि वह क्या देख रहा है, क्या महसूस कर रहा है और क्या सुन रहा था, जब उसे सिगरेट पीने की तलब उठी थी। इसके बाद उसे दूसरे 10 सेकंड को फिर से याद करना होगा, जब उसे सिगरेट की तलब नहीं उठती और गौर करना होगा कि उस दौरान वह क्या कर रहा था, क्या महसूस कर रहा था और क्या सुन रहा था? उसे उस पहली चीज का पता लगाना होगा, जो सिगरेट पीने की उसकी इच्छा को दरकिनार कर देता है।

नोट : सिगरेट पीने के मामले में तमाम ट्रिगर हो सकते हैं, इसलिए कभी-कभी हर एक ट्रिगर पर काम करने की ज़रूरत होती है। कुछ मामलों में एक या कुछ ट्रिगर पर काम करना काफी अच्छा होता है और इसी से पूर्ण परिवर्तन हासिल हो जाता है, क्योंकि दिमाग तमाम प्रतिक्रियाओं को सामान्य तौर पर ग्रहण कर लेता है और खुद के अंदर जरूरी बदलाव ले आता है।

3. हो सकता है कि आपको अपने मन में ही जरा आगे जाना पड़े या कुछ कदम पीछे भी ले जाना पड़े। यह प्रक्रिया तब तक चलेगी, जब तक आप ट्रिगर नहीं पा जाते। जरूरी नहीं कि ट्रिगर कोई बाहरी अनुभव ही हो। यह आंतरिक भी हो सकता है, जैसे कि कोई विचार या कोई भावना जाग गई हो। आंतरिक और बाह्य—दोनों को तब तक खँगालें, जब तक आप ट्रिगर की पहचान नहीं कर लेते। आप कैसे पहचानेंगे कि यही ट्रिगर है? ट्रिगर से तत्काल पैटर्न का पता लगने लगेगा।

उदाहरण : संजू के मामले में एक ऐसा भी समय होता है, जब उसे सिगरेट पीने की तलब नहीं होती और उसके अगले ही पल उसे सिगरेट पीने की इच्छा होने लगती है। जरूरत है कि वह उस दृश्य को तब तक आगे-पीछे करता रहे, जब तक कि वह उस पल को तलाश कर ले, जब वह ट्रिगर उसे उकसाता है और सिगरेट की अनिच्छा से सिगरेट पीने की इच्छा में बदल देता है। मान लेते हैं कि इस खास घटनाक्रम में चाय की दुकान का दृश्य उसे सिगरेट पीने के लिए प्रेरित करता है। (बता

दें कि सिगरेट पीने की तलब जगाने के कई ट्रिगर हो सकते हैं।)

एक अन्य उदाहरण लेते हैं, जिसमें एक व्यक्ति घर आते ही तत्काल कुछ-न-कुछ खाने लगता है। वह बता सकता है कि घर में प्रवेश करते ही सामने फ्रिज दिखते ही उसका ट्रिगर सक्रिय हो उठता है। जब वह घर में प्रवेश करता है तो उसे खाने की तलब नहीं होती; लेकिन जैसे ही वह फ्रिज देखता है, उसकी खाने की तलब जाग उठती है। किसी अन्य व्यक्ति के लिए फ्रिज नहीं, बल्कि कुकीज की खुशबू कुछ खाने के लिए प्रेरित कर देती हो।

नोट : स्विश प्रक्रिया के पहले चरण (सांकेतिक तसवीर लेना) में केवल और केवल ट्रिगर पहचानने पर काम होना है, जिससे अवांछित आदत या पैटर्न सक्रिय हो जाते हैं।

चरण II

एक बार जब सांकेतिक तसवीर पा जाते हैं (ट्रिगर)

1. **विस्तार से गौर करें**—आपके सामने रखी ट्रिगर से संबंधित विजुअल तसवीर आपसे कितनी दूर है? वह कितनी चमकदार है? वह कितनी बड़ी है?
   उदाहरण के लिए, संजू के लिए उसे सिगरेट पीने की तलब तभी जागती है, जब वह चाय की दुकान देखता है। चाय की दुकान ही वह विजुअल तसवीर है, जो उसके लिए ट्रिगर है। उसे चाय की दुकान की तसवीर अपने मन में रखनी है और इस सवाल का जवाब देना है—मेरे मन में चाय की दुकान की तसवीर कितनी दूर है? वह तसवीर कितनी चमकदार है और कितनी बड़ी है?
2. **ट्रिगर को जितना हो सके, मजबूत और ताकतवर बनाएँ**—इसे चमकदार बनाएँ, इसकी चमक बढ़ाते जाएँ। इस पर गौर करें कि क्या तसवीर की चमक बढ़ने के साथ ट्रिगर और मजबूत होता जा रहा है? उसे अपने नजदीक लाएँ। जितना हो सके, उसे अपने नजदीक लाएँ। इस पर गौर करें कि क्या तसवीर को अपने करीब लाने से ट्रिगर और मजबूत हो रहा है? तसवीर को बड़ा करते जाएँ—तसवीर को बड़ा, और बड़ा करते जाएँ। जाँचें कि तसवीर को बड़ा करने से क्या ट्रिगर और मजबूत हो रहा है? जैसे-जैसे आप सांकेतिक तसवीर को चमकदार, बड़ा और अपने करीब करते जाते हैं, सांकेतिक तसवीर ज्यादातर लोगों के लिए मजबूत और ज्यादा ताकतवर अवस्था बनती जाएगी। असल बिंदु उस ट्रिगर रूपी विजुअल तसवीर के

साथ सामंजस्य बिठाने का है, ताकि वह अपने आप में मजबूत होती जाए। इस स्तर पर आपको अपनी आँखें खोलने और उस सांकेतिक तसवीर को अपने ठीक सामने विजुअलाइज करने की जरूरत है।

उदाहरण के लिए, संजू को चाय की दुकान की तसवीर पर काम करते हुए उसे ज्यादा आकर्षक और ज्यादा लुभावनी बनाने की जरूरत है। उसे अपने ज्यादा-से-ज्यादा करीब लाने और ज्यादा चमकदार एवं बड़ी बनाने से संजू के भीतर सिगरेट की तलब बढ़ने लगेगी। उसी समय सटीक रूप से कुछ करने की जरूरत होगी। असल बिंदु ट्रिगर को उसके सबसे मजबूत वर्जन में लाना है।

3. **जितना ज्यादा-से-ज्यादा हो सके ट्रिगर की इमेज को दूर करें**—अब रॉकेट की रफ्तार से सांकेतिक छवि (ट्रिगर) को अपने से दूर छिटकाते जाएँ। सांकेतिक तसवीर को छोटा होते, धुँधला पड़ते और कहीं दूर गायब होते हुए भी देखें।

   उदाहरण के लिए, यहाँ संजू को चाय की दुकान की तसवीर को अपने से दूर जाते हुए देखना है। जितना ज्यादा-से-ज्यादा दूर जाएगी, तसवीर उतनी ही छोटी होती जाएगी। अंत में, यह एक बिंदु के रूप में रह जाएगी और स्पेस में गायब हो जाएगी।

4. **तीसरे क्रम को कई बार दोहराएँ**—जाँचें कि सबकुछ चला गया या अब भी कोई अहसास बच गया है?
5. **दोबारा जाँचें**—अगर जरूरत हो, भौतिक रूप से इधर-उधर हों या किसी तरह बची रह गई भावना को दूर झटक दें। अगर आप चीखते या चिल्लाते हैं तो आप यह महसूस करें कि अपने अंदर की सारी नकारात्मक भावनाओं को झटक रहे हैं।
6. **ब्रेक स्टेट**—अपने मोबाइल नंबर के बारे में उलटे क्रम में सोचें या पिछले साल के टॉप के तीन गानों को याद करें। आप थोड़ी देर टहलने या कसरत करने के बारे में भी विचार कर सकते हैं।

चरण III

आपकी सर्वाधिक संसाधन-युक्त वाली अपेक्षित अवस्था तैयार करने के जरूरी कदम

1. एक कुरसी पर बैठ जाएँ, आँखें बंद कर लें और सुकून महसूस करें। कुछ गहरी साँसें भी लें। अब आप समय लेकर अपने मन में भविष्य की तसवीर

तैयार करें, जो कि आपके सामने साफ नजर आए (बगैर किसी जुड़ाव के)। यह कुछ ऐसा दिखना चाहिए और महसूस होना चाहिए, जैसा कि किसी पैटर्न या प्रतिक्रिया पर काबू पाने या उसमें बदलाव देखने के बाद आप महसूस करते। उदाहरण के लिए, सिगरेट पीनेवाला व्यक्ति जब सिगरेट पीनेवाले समूह के बीच से गुजरेगा तो सुकून महसूस करेगा। उसके अंदर सिगरेट पीने की कोई तलब नहीं जागेगी, भले ही वह उन लोगों के फैलाए धुएँ के बीच से ही क्यों न गुजरे।

2. भविष्य की अपनी तसवीर ज्यादा-से-ज्यादा ताकतवर बनाएँ और इसके लिए जरूरी संसाधन भी उसमें शामिल करें, जिनसे कि अंतर पैदा होता हो। संसाधन, जैसे कि शांति, आत्म-अनुशासन, स्वयं से प्रेम, आनंद, आत्मविश्वास, खुद को ऊँचा समझने की भावना, चेहरे पर चमक, हाजिर-जवाबी आदि को

शामिल करें। इन संसाधनों को अपने सामने भविष्य की तसवीर के रूप में देखें और यह भी गौर करें कि भविष्य में आपका शरीर ऐसे भविष्य की तसवीर देखकर इन गुणों को किस तरह प्रतिबिंबित करता है? उदाहरण के लिए, जब आप अपनी भविष्य की तसवीर में ढेर सारा आनंद का गुण डालते हैं तो देखिए, आपकी आँखें किस तरह चमक उठती हैं और आपका चेहरा किस तरह खिल उठता है! जब आपका शरीर आनंद में डूबा होता है तो आपकी साँसें किस तरह गहरी होती जाती हैं! देखें कि आपका पूरा शरीर भविष्य की तसवीर देखकर किस कदर आनंद से दमक उठता है! यह देखना बहुत जरूरी है कि इन संसाधनों ने कितनी खूबसूरती से आपके शरीर को बदलकर रख दिया है।

3. अब खड़े हो जाएँ और अपने आसपास थोड़ा टहलें, जहाँ आपने अपने भविष्य के व्यक्ति को रखा हुआ है और उस जगह पर कुछ देर के लिए खड़े रहें। उन संसाधनों को अपने अंदर समाहित कर लें और उन्हें अपने चारों तरफ और अपने अंदर से गुजरने दें। एक बार जब आप संपूर्णता का अनुभव कर लें तो वापस अपनी कुरसी पर बैठ जाएँ।
4. **रैटचैटिंग**—इससे आशय उस हालात से है, जहाँ एक कार जैक की जरूरत पड़ती है। जब लीवर नीचे किया जाता है तो जैक ऊपर जाता है, लेकिन जब लीवर ऊपर उठाया जाता है तो कुछ भी नहीं होता। इसी प्रकार, भविष्य की अपनी छवि बनाने के लिए हम सकारात्मकता का इस्तेमाल कर सकते हैं।

   अब अपनी एक छवि बनाएँ, जो कि आप भविष्य में देखना चाहते हों, यानी जो पहले की अपेक्षा ज्यादा मजबूत और ज्यादा ताकतवर हो, उसे ज्यादा-से-ज्यादा संसाधन देने की कोशिश करें। इस बार भविष्य की अपनी तसवीर ज्यादा खुशनुमा होगी, शांति का अहसास ज्यादा गहरा होगा और चेहरे पर चमक ज्यादा चमकदार होगी। संसाधन देने का क्रम जारी रखें या मौजूदा संसाधनों को ही बढ़ा दें। एक बार जब आप यह देख लें कि भविष्य की आपकी तसवीर अब पहले की अपेक्षा ज्यादा ताकतवर हो चुकी है, स्पेस में कदम रखें और सभी संसाधनों को आत्मसात् कर लें। खुद से कहें, 'मैं खुद को लेकर अच्छा महसूस कर रहा हूँ। मैं शानदार महसूस कर रहा हूँ। मैं खुद से प्रेम करता हूँ।' संसाधनों को अपने शरीर और मन के हर हिस्से में बहने दें। उस स्पेस में तब तक रहें, जब तक आप संतुष्ट नहीं हो जाते।
5. अब वापस अपनी कुरसी पर बैठ जाएँ और 'भविष्य के आप' को देखें (अत्यधिक संसाधन-युक्त आप) 'भविष्य के स्वयं' को देखते हुए ज्यादा

संसाधनों के साथ आपके सामने ही आपसे कहीं ज्यादा बलशाली मौजूद है।

चौथे और पाँचवें बिंदुओं को तब तक दोहराएँ, जबकि आप ऊँचे दर्जे के उन्नत भविष्य में अपने आप को न पा जाएँ, एक भविष्य का आप, जिसके पास हो अदम्य शक्ति, एक भविष्य का आप, जिसमें चुंबकीय आकर्षण भरा हो।

यह सुनिश्चित कर लें कि प्रक्रिया के अंत में भविष्य की आत्म-छवि को अलग कर दें, ताकि भविष्य में संसाधनों को आकर्षित कर सकें।

चरण IV

स्विश

6. अब अपनी आँखें बंद कर लें, अपने भविष्य की छवि (अत्यधिक संसाधन-युक्त आप) को देख लें और उसे एक छोटे से दमकते बिंदु के रूप में कुछ दूर रख लें। उस दमकते बिंदु को अपने नजदीक आने दें। यह जैसे-जैसे नजदीक आता है, गौर करें कि कैसे यह बड़े-से-बड़ा होता जाता है और बढ़कर मूल लाइफ साइज का हो जाए, जिसमें समस्त चमक, रंग और संसाधन समाहित हों। एक बार जब आप इस उच्च स्तर के संसाधन को देख लें तो अपनी आँखें खोल लें।

स्विश प्रक्रिया

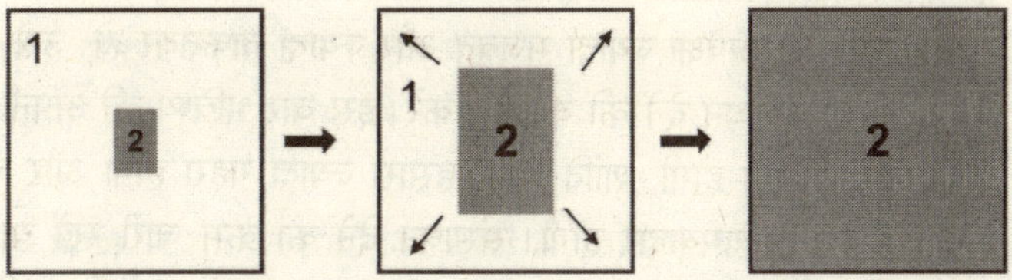

छठे कदम को तब तक दोहराएँ, जब तक यह पूरी तरह से एंकर न बन जाए (जितनी बार जरूरी हो, यह प्रक्रिया दोहराएँ)।

7. सांकेतिक तसवीर (ट्रिगर) को ले आएँ, जिसे दूर कहीं फेंक दिया गया था। वापस उसी स्थिति में ले आएँ और यही नहीं, बाएँ या दाएँ असीम शक्ति वाली अवस्था में ले आएँ।

8. स्विश—अपनी आँखें बंद कर लें और सांकेतिक तसवीर (ट्रिगर) को मन-ही-मन देखें। इसे सिकुड़ने दें और एक दूर स्थित बिंदु तक घटते जाने दें और धीरे-धीरे उसे छोटे व चमकदार बिंदु में बदलते हुए देखें, जो कि आप एक दूसरी पर अत्यधिक संसाधन-युक्त हैं। यह धीरे-धीरे नजदीक आ रहा है, बड़ा और चमकदार होता जा रहा है और आपके अत्यधिक संसाधन-युक्त तौर पर मूल जीवन आकार में बदल जाता है। खुद की उच्च संसाधन-युक्त तसवीर देखकर प्रेरित हों। यह आपके भविष्य की तसवीर है। इसके साथ आप चाहें तो स्विशश्श्श्श आवाज भी जोड़ सकते हैं; लेकिन यह जरूरी नहीं है। यह पूरी प्रक्रिया मात्र दो सेकंड की है, वैसे ही जैसे स्विशश्श्श्श्श्श की आवाज दो सेकंड की होती है।
9. ब्रेक स्टेट—सारी तसवीरें अपने दिमाग से हटा दें और अपनी आँखें खोल लें। गहरी साँस लें।
10. आठवाँ और नौवाँ कदम जितनी बार हो सके, उसे दोहराएँ।

    नोट : नौवाँ कदम अहम है। अन्य चरणों को प्रभावित होने से बचाने में यह काम आता है।
11. टेस्टिंग—सांकेतिक तसवीर अपने सामने लाएँ और जाँचें कि आंतरिक प्रतिक्रिया क्या मिल रही है? अगर प्रतिक्रिया संसाधन-युक्त प्रतिक्रिया है, तब स्पष्ट होगा कि स्विश प्रक्रिया काम कर गई है।
12. इकोलॉजी चेक—जाँचें कि क्या आपका कोई हिस्सा इस नए व्यवहार पर आपत्ति जता रहा है? अगर किसी तरह की आपत्ति है तो उस आपत्ति को लेकर सकारात्मक इरादे का पता लगाएँ और उसके बाद स्विश प्रक्रिया दोबारा शुरू करें। अगर आप सब-क्लियर का संकेत महसूस करते हैं, तब बारहवें कदम पर आगे बढ़ें।
13. भविष्य की रफ्तार—भविष्य के किसी कार्यक्रम के बारे में सोचें। जब आप वास्तविक जीवन में संभवतः सांकेतिक तसवीर (ट्रिगर) से मुखातिब होने जा रहे हैं, तब सोचें कि आप किस तरह प्रतिक्रिया करेंगे? क्या कोई नई प्रतिक्रिया ट्रिगर के तौर पर शुरू हुई या पुरानी प्रतिक्रिया ही दोबारा उभर आई? अगर आप अपने नए स्वरूप को देखते हैं तो जाहिर है कि स्विश रणनीति ने आपकी खुद को हरानेवाली प्रतिक्रिया को बदलकर रख दिया है।

शानदार जीवन की खासियत यह नहीं है कि हम अस्वास्थ्यकर पैटर्न को स्वस्थ पैटर्न से बदल दें। असल बात यह जानना है कि हमारे अंदर ही वह शक्ति है, जिसके

बल पर हम अपनी आदतों और पैटर्न को खुद चुन सकते हैं। खुद के प्रति जागरूक रहना और यह चेतना बने रहना कि आपके भावनात्मक व व्यावहारिक पैटर्न आपकी सेवा कर रहे हैं या लगातार बदलते रहनेवाले माहौल में बाधाएँ आने के दौरान पलट जा रहे हैं, यही चीजें सफलता के लिए खास हैं। ब्लैकबेरी के लिए की-पैड ही उसकी असली ताकत थी। वही की-पैड आगे चलकर उनकी सबसे बड़ी कमजोरी भी बन गया।

इसलिए अपने अंदरूनी पैटर्न एवं अपनी आदतों के प्रति जागरूक रहना तथा नियमित रूप से जाँच करते रहने की जरूरत होती है और इसे लगातार चलनेवाली प्रक्रिया के रूप में लेना चाहिए और जरूरत के मुताबिक इसमें बदलाव भी करते रहना चाहिए, ताकि दोहराव वाले पैटर्न में बदलाव लाकर हमेशा अपडेट बने रहें। स्विश से हमें एक जिद्दी पैटर्न में व्यवधान डालने में मदद मिलती है और उसे नए पैटर्न से बदलने का काम हो पाता है। जब यह नया व्यवहार आनेवाले दिनों में जिम्मेदारी बन जाता है तो हम जान रहे होते हैं कि हम इसे भी बदल सकते हैं और वहीं हमारी ताकत निहित होती है।

साथ ही, यह भी ध्यान रखें कि स्विश की सफलता के लिए यह जरूरी है कि उच्चतम संसाधन-युक्त अवस्था वाकई ताकतवर हो। हर प्रयास इस अवस्था को अत्यधिक क्षमतावान् और अकाट्य बनाने की ओर होना चाहिए—एक अवस्था, जो कि असल में प्रेरणादायक हो, यह आपको ऊर्जावान् बनाती है और आपको ऊपर उठाती है। एक बार आपने उत्तेजक, स्फूर्तिदायक और प्रेरक उच्चतम संसाधन-युक्त अवस्था तैयार कर ली, इसके उपरांत तो स्विश का जादुई तरीके से काम करना निश्चित है।

आप अमूमन नहीं जानते कि अगली बार जब आपकी ट्रिगर से भिड़ंत होगी तो आप किस तरह प्रतिक्रिया देंगे? स्विश पैटर्न एक ताकतवर, प्रेरक और आप जैसी चाहते हैं, वैसी संसाधन-युक्त आत्म-छवि की रचना करता है। यह प्रेरणादायक स्थिति अवचेतन को व्यवस्थित व निर्देशित करके ट्रिगर के लिए एक नई और स्वस्थ प्रतिक्रिया ढूँढ़ लेती है।

स्विश पैटर्न अवचेतन मन पर छोड़ देता है कि वह इससे रचनात्मक तौर पर कैसे निपटे? जब आप ट्रिगर से भिड़ते हैं और उसे संसाधन-युक्त तरीके से प्रतिक्रिया देते हैं तो आप एन.एल.पी. के जादू को अनुभव कर सकते हैं, जो कि बिल्कुल आपके सामने खुल रहा होता है।

स्विश पैटर्न के ऑडिटरी सिस्टम के मामले में भी अमल में लाया जा सकता है। इसमें सांकेतिक तसवीर के बजाय सांकेतिक ध्वनि (ट्रिगर) और प्रेरणादायक व ताकतवर आत्म-छवि और/या आवाज के रूप में संसाधन-युक्त अवस्था हो सकती है।

अजीबोगरीब लॉकेट

बस में चढ़ने की कोशिश कर रहे एक व्यक्ति के गिर जाने से रोहन काफी दुखी था। बस कंडक्टर ने बस से उतरकर उस बुजुर्ग व्यक्ति की मदद करने की परवाह नहीं की। उसने सीटी बजा दी और बस आगे बढ़ गई। रोहन दौड़कर उस गिरे हुए व्यक्ति के पास पहुँचा और उसे बैठने में मदद की। उसने अपने स्कूल बैग से पानी की बोतल निकालकर उस व्यक्ति की तरफ बढ़ा दी। उस घायल बूढ़े व्यक्ति ने थोड़ा पानी पिया और अपने माथे पर लगे कीचड़ को भी साफ किया। बच्चे की मदद से वह धीरे-धीरे खड़ा हो गया। बूढ़े ने कहा, "मैं फिसल गया था। मैं ठीक हूँ। तुम्हारा शुक्रिया, बेटे। अब तुम जाओ, स्कूल पहुँचने में देर मत करो।" यह कहकर उसने रोहन की तारीफ में उसकी पीठ पर थपकी देकर उसे शाबाशी दी।

रोहन ने पूछा, "आप कहाँ जा रहे हैं?"

"चेन्नई।"

"चेन्नई? यहाँ से चेन्नई जानेवाली वह आखिरी बस थी, जो चली गई। अगली बस कल सुबह से पहले नहीं आएगी। आप पूरे दिन और रात भर क्या करेंगे, अंकल?"

बूढ़े व्यक्ति ने अपना सिर खुजाया। उसके पास बस के किराए के ही पैसे थे। रात में ठहरने के लिए उसके पास पैसे नहीं थे।

बच्चे ने बूढ़े व्यक्ति का परेशान चेहरा पढ़ लिया। उसने उसका हाथ पकड़ा और कहा, "मेरे साथ आएँ, अंकल। मेरा घर पास में ही है।" वह उस बूढ़े व्यक्ति को लेकर घर पहुँचा। उसने अपनी माँ से उस बुजुर्ग का परिचय कराया और कहा, "यह मेरे दोस्त हैं, जो कल चेन्नई के लिए निकलेंगे। यह आज रात हमारे साथ ही रुकेंगे।"

रोहन की माँ ने चमकदार मुसकान से उस बुजुर्ग का स्वागत किया। "कृपया अंदर आइए। आपके यहाँ रहने से हमें खुशी होगी। इसे अपना ही घर समझें।"

इसके बाद रोहन स्कूल की तरफ भागा। जैसे ही स्कूल की छुट्टी हुई, वह दौड़ते हुए घर पहुँचा। उसने देखा कि वह बुजुर्ग व्यक्ति मेहमानों के लिए बने बेडरूम में आराम कर रहा था। शाम को रोहन ने उस बुजुर्ग से अपने दोस्तों को भी मिलवाया। वह उसके दोस्तों के प्रति काफी दोस्ताना और मेल-जोल भरा था।

रात में रोहन ने अपने दरवाजे पर दस्तक की आवाज सुनी। उसने घड़ी की तरफ देखा तो सुबह के चार बज रहे थे। स्कूल जाने के लिए भी वह इतनी जल्दी नहीं उठता था, लेकिन आवाज सुनकर वह उठकर बाहर गया। वह बूढ़ा आदमी उसके कमरे के बाहर एक छोटा-सा डिब्बा लेकर खड़ा था। रोहन ने उसे अंदर बुलाया। बुजुर्ग ने डिब्बा खोलकर उसमें से एक पतली सी चेन निकाली, जिसमें सामान्य से स्टील से बना

लॉकेट लगा हुआ था। उसने वह चेन रोहन के गले में पहना दी। बुजुर्ग ने कहा, "मैं नहीं जानता कि मैं तुमसे दोबारा बात कर पाऊँगा। तुम भी स्कूल जाने की जद्दोजहद में रहोगे। इसलिए मैं अभी ही तुमको यह लॉकेट उपहार में देना चाहता था।"

बुजुर्ग ने आगे कहा, "मैं सेना में एक सिपाही था और मैंने तमाम लड़ाइयाँ लड़ी हैं, जिनमें दूसरा विश्व युद्ध भी शामिल है। ऐसे ढेर सारे भारतीय थे, जिन्होंने दूसरे विश्व युद्ध में ब्रिटिश हुकूमत की तरफ से हिस्सा लिया था। मैं भी अपने देश के लिए लड़ा और ढेर सारे मेडल्स व सम्मान हासिल किए।

"मेरी सारी गौरवशाली चीजें इस लॉकेट में शामिल हैं। इसमें पूरे ब्रह्मांड की ताकत है। जब भी मैं कमजोर या डरा हुआ महसूस करता हूँ तो मैं प्रार्थना करता हूँ। और पूरे ब्रह्मांड का आत्मविश्वास मेरे अंदर इस लॉकेट के जरिए बहने लगता है। इसे अपने पास रखो, मेरे बच्चे।"

उन्होंने आगे कहा, "जब भी तुम कमजोर महसूस करो या डर से तुम्हारे घुटने काँप रहे हों, उसी समय ब्रह्मांड की शक्ति से प्रार्थना करो और तुम्हारे भीतर भी इस लॉकेट के जरिए पूरे ब्रह्मांड का आत्मविश्वास तुम्हारी रगों में दौड़ने लगेगा। प्रार्थना करते वक्त अपना सीना चौड़ा कर लो और नथने फुला लो, ताकि ऊर्जा उसके जरिए तुम्हारे शरीर में प्रवेश कर जाए। मैं इस खजाने को लंबे समय से अपने साथ लेकर चलता हूँ। मैं नहीं जानता कि इसे किसे सौंपूँ! लेकिन अब मैं इसे तुमको देकर काफी सुकून महसूस कर रहा हूँ। अब यह सही हाथ में है। मेरे बच्चे, तुम इसका इस्तेमाल मानवता की बेहतरी के लिए ही करना।"

उसी दिन वह बूढ़ा व्यक्ति चेन्नई के लिए निकल गया।

रोहन बड़ा होकर हजारों लोगों के सशक्तीकरण के लिए काम करने लगा। रोहन बेहद सफल हुआ और बहुतों के लिए तो वह रोल मॉडल भी था। लेकिन कभी-कभी वह हैरानी से सोचने लगता कि क्यों उसके दोस्त ने उसे एक काल्पनिक लॉकेट और चेन दी थी? उसने एक खाली डिब्बा खोला था और उससे चेन व लॉकेट की बात की थी और उसने काल्पनिक तौर पर उसके गले में चेन व लॉकेट पहना दी थी। सम्मान के चलते उसने उस समय कुछ नहीं कहा था, लेकिन रोहन यह महसूस कर रहा था कि उसका बुजुर्ग दोस्त उसके दिमाग से चला गया। रोहन ने न कभी देखा, न महसूस किया कि उसके गले में कोई चेन या लॉकेट है।

लेकिन जब भी वह कमजोर और डरा हुआ महसूस करता, वह अपनी छाती चौड़ी करके अपने नथनों को फुला लेता और उस काल्पनिक लॉकेट के जरिए आत्मविश्वास से भरी साँस अंदर खींचता। इसके बाद वह खुद को आत्मविश्वास से

लबरेज महसूस करता। इससे फर्क नहीं पड़ता कि उसके गले में वास्तविक लॉकेट था या नहीं। उसके बूढ़े दोस्त ने उसकी शानदार सफलता के लिए वजह तो दे ही दी थी।

उसने उस बूढ़े व्यक्ति के लिए लगभग सारा चेन्नई शहर छान मारा, लेकिन उसका पता नहीं लगा सका। कोई फर्क नहीं पड़ता। उसकी दुआएँ और आत्मविश्वास भरा उपहार सदा उसके साथ रहेगा।

–मनोज केशव

□

7

विजुअल स्क्वैश से भ्रम दूर करना

स्क्वैश

'स्क्वैश' का शाब्दिक अर्थ होता है—किसी चीज को चूर-चूर करना या उसे निचोड़कर छोटे-से-छोटा कर देना या तय आकार में ढाल देना। उदाहरण के लिए, उसने अपने कुछ कपड़े बैग के अंदर ठूस लिये।

एन.एल.पी. में स्क्वैश हमारे अंदर के प्रतिद्वंद्वी हिस्सों को आपस में जोड़ने की प्रक्रिया को कहते हैं, जो हमें नए समाधान या निर्देश पता लगाने में मदद करते हैं।

हम अकसर देखते हैं कि हमारे इर्द-गिर्द प्रतिद्वंद्विता एवं लड़ाई लगभग चलती ही रहती है। समूहों की भिड़ंत, देशों के बीच युद्ध आदि लगभग रोज हमारे सामने आ ही जाते हैं; लेकिन हम अपने अंदर चल रहे युद्धों या अंतर्द्वंद्वों को नहीं देख या समझ पाते। कभी-कभी हम जीवन में छोटी-छोटी चीजों को लेकर उलझन में पड़ जाते हैं। यही नहीं, कभी-कभी तो हम जीवन में महत्त्वपूर्ण फैसलों के लिए खुद को अलग-थलग महसूस करते हैं।

आइए, हमारे अंदर चलनेवाली प्रतिद्वंद्विता का एक छोटा-सा उदाहरण देखते हैं। हमारे अंदर का एक हिस्सा जश्न में शरीक होना चाहता है और वहीं हमारे अंदर का दूसरा हिस्सा घर बैठकर बचा हुआ काम खत्म करने की सलाह देता है। 'यह करें' या 'वह करें' वाली दुविधा से भरी स्थिति कभी-कभी समय-खपाऊ और तनावपूर्ण भी हो जाती है।

स्विश का यही महत्त्व है कि वह हमारे पूर्व के पैटर्न में बाधा उत्पन्न करती है और हमें अपने लिए स्वस्थ प्रतिक्रियाएँ चुनने में सक्षम बनाती है। स्क्वैश प्रक्रिया विरोधी विचारों या ध्रुवीकरण को सुलझाने पर काम करती है, जिससे हम अटका हुआ महसूस नहीं करते। हम खुद को उधेड़बुन में फँसा पाकर कोई फैसला करने में असफल रहते हैं। एन.एल.पी. स्क्वैश से हमें हमारे अंदर चलनेवाले हितों के टकराव के हालात में आपस

में जुड़े होने का आभास होता है। विजुअल स्क्वैश का सिद्धांत यह निर्धारित नहीं करता कि विकल्प-1 या विकल्प-2 में से कौन बेहतर है? यह दोनों ही तरफ के गुणों और क्षमताओं को आपस में जोड़ने में मदद करता है। विजुअल स्क्वैश प्रक्रिया में विजुअल और काइनेस्थेटिक अंगों को मिलाकर इस्तेमाल करते हैं। इसे कोलैप्सिंग एंकर्स तकनीक का ही एक प्रकार माना जा सकता है।

विजुअल स्क्वैश प्रक्रिया

1. अपने हाथों को आगे की तरफ इस तरह फैलाएँ कि हथेलियाँ ऊपर की तरफ रहें। दो विपरीत विचारों या ध्रुवीकरण की कल्पना करें और उन्हें अलग-अलग हाथों पर रखें। टकराव वाले एक हिस्से को विकल्प-1 और दूसरे हिस्से को विकल्प-2 नाम दें। मान लेते हैं कि आपने विकल्प-1 को अपने बाएँ हाथ और विकल्प-2 को दाएँ हाथ पर रखा है।

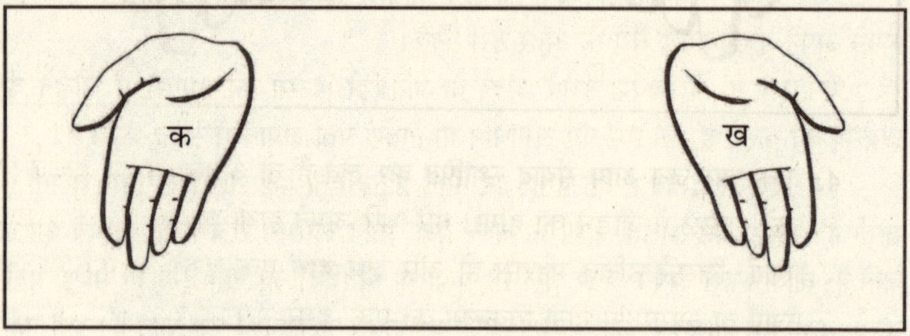

2. बाएँ हाथ को देखें और विकल्प-1 पर गौर करें। देखें कि आपका कौन सा हिस्सा उस विकल्प जैसा दिख रहा है। उसकी आवाज का अंदाज सुनें और उसे महसूस करें। एक बार जब आप अपने इस हिस्से से जुड़ जाते हैं, जो कि आपके बाएँ हाथ की ओर है तो सवाल करें—आपका सकारात्मक इरादा क्या है या आप किस तरह से मेरी मदद कर रहे हैं? एक बार जब आप सकारात्मक इरादा हासिल कर लें तो अपना ध्यान अपने दाएँ हाथ की ओर ले जाएँ और वैसा ही महसूस करें। एक बार फिर अपने इस हिस्से से आप सकारात्मक इरादे से जुड़ा सवाल करें। जवाब मिलने तक आप इंतजार कर सकते हैं।
3. अगला कदम इन दोनों हिस्सों के बीच संवाद स्थापित करने को लेकर है। अपने बाएँ हाथ पर स्थित पहले हिस्से (विकल्प-1) का अपने दूसरे हिस्से (विकल्प-2) से आमना-सामना कराएँ। दोनों को एक-दूसरे का सामना करने दें और दोनों के सकारात्मक इरादों को सराहें। हर हिस्से को यह जानने

का अवसर दें कि वह दूसरे हिस्से के बेशकीमती क्रिया-कलाप की महत्ता को समझे।

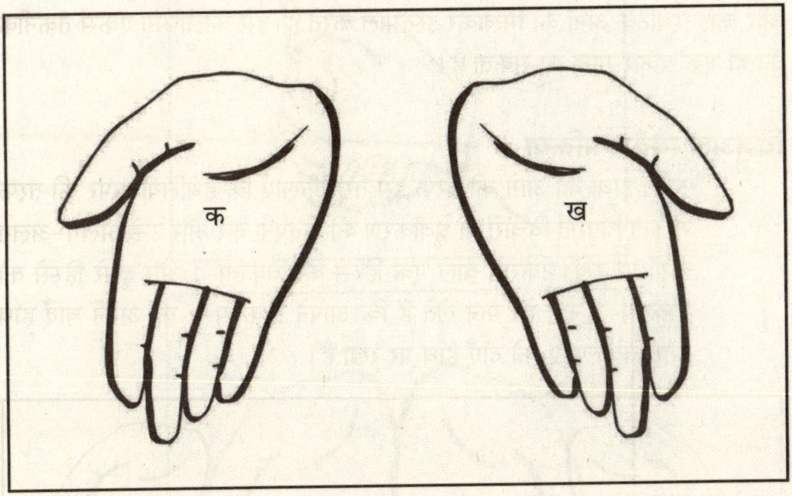

4. एक बार जब आप संवाद स्थापित कर लेते हैं तो अगला कदम ध्रुवीकरण को आपस में जोड़ने का होगा। धीरे-धीरे अपने हाथों को तेजी से एक साथ लाएँ, जिससे उचित महसूस हो और जब हाथ एक-दूसरे के नजदीक आ जाएँ तो आराम से दोनों विकल्पों को एक-दूसरे में निचोड़ दें तथा दोनों को एक-दूसरे से जुड़ जाने दें। दोनों विकल्प जैसे ही एकीकृत हों, आपके शरीर में एक बदलाव-सा महसूस होगा। आप नया अहसास महसूस कर सकते हैं। अपने अंदर भरे तनाव को दूर होता हुआ भी आप पा सकते हैं और आपके साँस लेने के पैटर्न में भी बदलाव आ सकता है। अपने शरीर को इस बदलाव को जज्ब करने के लिए छोड़ दें। अब अपने हाथ खोल लें और देखें कि यह नया विकल्प देखने में कैसा लगता है, सुनने में कैसा लगता है और महसूस कैसा होता है ? इस नए और एकीकृत विकल्प (विकल्प-3) में पूर्व के दोनों विकल्पों के बेशकीमती तत्त्व होंगे और दोनों ने मिलकर पूरी तरह से नया समाधान तैयार कर रखा होता है।

यह पूरी प्रक्रिया आपको अनुरूपता, स्पष्टता और आगे बढ़ने की ताकत से लबरेज अवस्था में पहुँचाएगी।

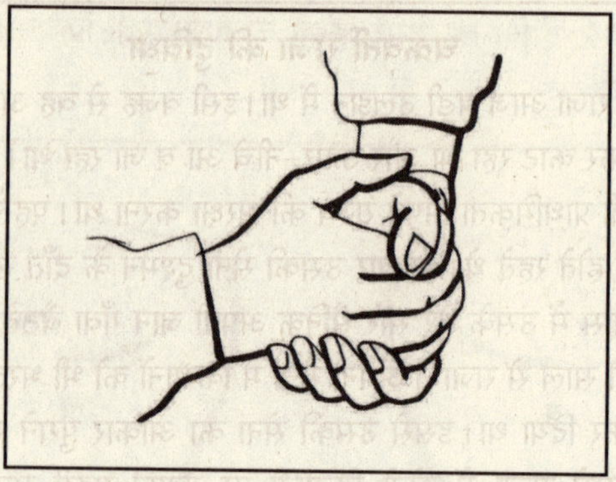

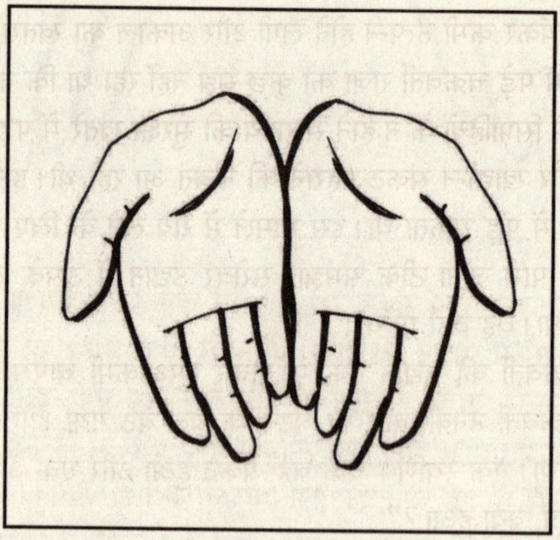

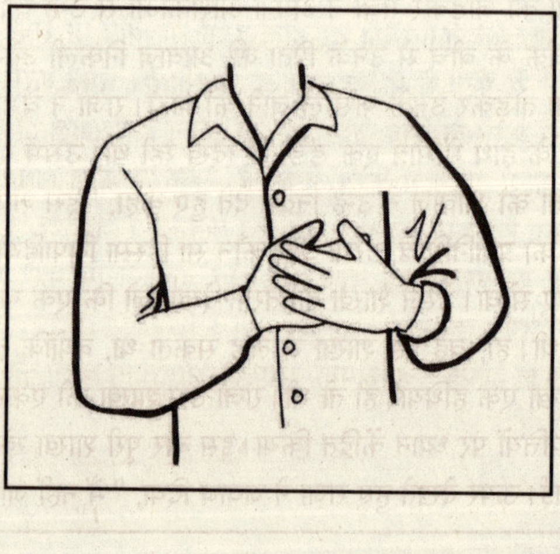

चक्रवर्ती राजा की दुविधा

चक्रवर्ती राजा आज बड़ी उलझन में था। इसी वजह से वह अपने सोने के महल में तेजी से चक्कर काट रहा था और ऊपर-नीचे आ व जा रहा था। पिछले चार सालों में उसकी पहली प्राथमिकता अपने राज्य की सुरक्षा करना था। पहले जब-तब उसके राज्य पर हमले होते रहते थे। हर बार उसकी सेना दुश्मन के दाँत खट्टे कर देती थी; लेकिन इस प्रयास में उसके ढेर सारे सैनिक अपनी जान गँवा बैठते थे।

पिछले दो साल से राजा ने अपनी सेना में किसानों को भी भरती करके प्रशिक्षण दिलाना शुरू कर दिया था। इससे उसकी सेना का आकार पुराने स्तर पर आ जाता था। लेकिन इससे राज्य में खेती-किसानी पर काफी गहरी मार पड़ी। राज्य में खाद्यान्न की भयंकर कमी उत्पन्न होने लगी और अकाल का खतरा मँडराने लगा।

उलझन में पड़े चक्रवर्ती राजा को कुछ सूझ नहीं रहा था कि करें तो करें क्या? उचित संख्या में सिपाहियों के न होने से राज्य की सुरक्षा खतरे में पड़ जाएगी, जबकि किसानों के बगैर खाद्यान्न संकट गहराने की नौबत आ रही थी। इससे भी राज्य का अस्तित्व खतरे में पड़ सकता था। इस मामले में राय लेने के लिए राजा चक्रवर्ती ने अपने पिता के पास जाना ठीक समझा। सरोवर उद्यान में उसके स्वर्गीय पिता को दफनाया गया था। वह वहाँ पहुँचा।

राजा चक्रवर्ती को उद्यान तक पहुँचाकर सुरक्षाकर्मी वापस हुए, तब एकांत पाकर राजा चक्रवर्ती उनकी कब्र पर घुटनों के बल बैठ गया और पिता की आत्मा का आह्वान किया। एक स्वर्णिम चक्र वहाँ प्रकट हुआ और एक आवाज ने राजा से पूछा, "कहो पुत्र, क्या हुआ?"

दोनों हाथों को जोड़कर राजा ने अपनी आशंकाओं से उन्हें वाकिफ किया।

सुनहले चक्र के बीच से उनके पिता की आवाज निकली और उन्होंने पेड़ से एक छोटी शाखा तोड़कर उनके पास ले जाने को कहा। राजा ने वैसा ही किया। पेड़ की शाखा राजा के हाथ में मात्र एक डंडे-सी दिख रही थी। उसमें पत्तियाँ भी थीं।

उनके पिता की आवाज ने उन्हें निर्देश देते हुए कहा, "इस शाखा का कौन सा हिस्सा किसानों का प्रतिनिधित्व करेगा और कौन सा हिस्सा सिपाहियों का?" राजा ने एक पल के लिए सोचा। उसने शाखा की तरफ देखा, जो कि एक पतली लकड़ी की तरह दिख रही थी। हाँ, वह इस शाखा से लड़ सकता था, क्योंकि वह एक लकड़ी थी। हाँ, यह शाखा एक हथियार ही तो थी। राजा उस शाखा को एकटक देखता रहा। इस बार उसने पत्तियों पर ध्यान केंद्रित किया। इस बार पूरी शाखा खेती के प्रतीक के रूप में नजर आई। ऊपर देखते हुए राजा ने जवाब दिया, "मैं नहीं जानता। यह शाखा

और इसकी ताकत एक हथियार के रूप में भी नजर आती है, जब यह एक सिपाही के हाथ में होती है और उसी पल इस शाखा को अगर इसकी पत्तियों के साथ देखा जाए तो यह खेती-किसानी का प्रतिनिधित्व करती नजर आती है।"

आवाज ने उसकी प्रशंसा करते हुए कहा, "बहुत अच्छे, मेरे बच्चे। याद रखो, तुम्हारे पिता और दादा व परदादाओं का आशीर्वाद तुम्हारे साथ है।" इसी के साथ वह सुनहरे रंग का चक्र गायब हो गया।

राजा ने महसूस किया कि उसके पिता की मौजूदगी अदृश्य हो चुकी थी। वह उलझन में था। उसके पिता के कहने का क्या मतलब था, जब उन्होंने राजा की प्रशंसा करते हुए 'बहुत अच्छे, मेरे बच्चे' कहा था। वह वहाँ काफी देर तक खड़ा रहा और उस पेड़ की शाखा को निहारता रहा। अचानक राजा का चेहरा चमक उठा। वह आत्मविश्वास से भरकर अपने महल में लौट आया।

एक सिपाही काफी देर से राजा को देख रहा था और समझ नहीं पा रहा था कि राजा अपने पिता की कब्र पर क्या करने गए थे? लेकिन एक चीज उसने गौर की कि कब्र पर हर बार जाने के बाद जब राजा लौटते हैं तो उनके चेहरे पर एक तेज और आत्मविश्वास की चमक होती है और वह ज्यादा मजबूत एवं अधिक सुस्पष्टता के साथ लौटते हैं।

अगले दिन राजा ने एक समाधान का ऐलान किया—सभी किसान छह महीने के लिए सैनिकों की भूमिका में रहेंगे और बाकी के छह महीने के लिए वे किसान की भूमिका में आ जाएँगे। साथ ही उसने यह भी आदेश दिया कि सभी सैनिकों को खेती-बाड़ी के गुर भी सीखने होंगे। अब हर सैनिक एक किसान भी था और हर किसान एक सैनिक। जब जैसी जरूरत पड़ती, उस हिसाब से उन्हें काम में लगाया जा सकता था। वह शाखा सैनिक के साथ किसान का भी प्रतिनिधित्व करती थी।

इस तरह राज्य ज्यादा मजबूत और ज्यादा खुशहाल बन गया। आत्मविश्वास और बुद्धिमत्ता के लिए राजा की हर तरफ प्रशंसा होने लगी। राजा को केवल इतना पता था कि जब भी वह उलझन में फँसेगा, उसके पिता की आवाज उसकी सारी उलझनों को खत्म कर उसे समाधान बताएगी।

—मनोज केशव

□

8

नतीजों के फ्रेम (Outcome Frames)

"अगर आपको यह न पता हो कि आप कहाँ जा रहे हैं तो संभवत: आप कहीं और पहुँच जाएँगे।"

—लॉरेंस जे. पीटर

बेनतीजा मानसिकता के साथ दिक्कत यह है कि उदाहरण के लिए, मान लें कि आप फुटबॉल के मैदान में हैं तो आप पूरे मैच के दौरान मैदान में दौड़ते रह जाएँगे और एक भी गोल नहीं कर पाएँगे। जीवन में नतीजे या लक्ष्य को लेकर स्पष्टता ही सफलता की असली कुंजी है। जरा कल्पना करें कि आपने बिना किसी नक्शे के घर बनवाना शुरू कर दिया तो बनने के बाद वह घर कैसा लगेगा? आप क्या चाहते हैं, यही आपको हासिल होनेवाली चीज का रहस्य है। नॉर्मन विंसेंट पील ने कहा है, "सभी सफल लोगों का एक लक्ष्य होता है। कोई भी व्यक्ति वहाँ तब तक नहीं पहुँच सकता, जब तक कि वह यह न जानता हो कि वह कहाँ पहुँचना चाहता है?"

आप क्या चाहते हैं? अगर लक्ष्य स्पष्ट और सटीक है तो आपके विचार, ऊर्जा, बुद्धिमत्ता और आपके शरीर का रोम-रोम उस लक्ष्य को आपको दिलाने में जुट जाएँगे। लक्ष्य की स्पष्टता होने से इनसान खुद-ब-खुद ऊर्जा से लबरेज हो उठता है। आप उस दिशा में बढ़ने लगते हैं, राह में मिलनेवाले हर अवसर को पकड़ने लगते हैं और अपने सपनों को हकीकत में बदलते जाते हैं।

हम में से ज्यादातर लोग दूसरों की बताई हर चीज पर भरोसा करते हैं, जो कि हम कर सकते हैं या नहीं कर सकते, लेकिन उनकी इस मान्यता और इस भरोसे पर रत्ती भर भी सवाल नहीं उठाते।

"दूसरों को यह मौका मत दीजिए कि वे बताएँ कि आप क्या नहीं कर सकते हैं! मुझे भी नहीं। आपने एक सपना देखा है, आपको ही उसे बचाना है। जब लोग खुद किसी

काम को नहीं कर पाते तो वे आपको भी उस काम से रोकने लगते हैं और कहने लगते हैं कि आप भी उस काम को नहीं कर सकते। आप जिस चीज को चाहते हैं, उसके पीछे पड़ जाइए और हासिल कर लीजिए।"

—क्रिस गार्डनर

द पर्सुइट ऑफ हैपीनेस

अगर किसी तीरंदाज को कहा जाए कि वह कहीं भी निशाना लगाए तो वह भ्रम में पड़ जाएगा। वहीं उस तीरंदाज को एक लक्ष्य दीजिए और चुनौती पेश करें कि उसे चिड़िया की आँख में निशाना लगाना है तो उसी पल सबकुछ बदल जाएगा। पूरा शरीर, मन और ऊर्जा उस लक्ष्य को हासिल करने में जुट जाएगा। यह निर्धारित करना जरूरी है कि हम अपने जीवन से क्या हासिल करने जा रहे हैं।

"जिस सीढ़ी से आप ऊपर चढ़ना चाहते हैं, उसके तले पर रहना कहीं ज्यादा उचित है, बजाय कि उस ऊँचाई के, जहाँ आप नहीं पहुँचना चाहते।"

—स्टीफन केलॉग

मैं जानता हूँ कि मुझे क्या नहीं चाहिए! क्या यह काफी होगा?

कुछ लोगों को यह स्पष्ट होता है कि वे क्या चाहते हैं और क्या चीज उनके लिए मायने नहीं रखती है? जब लोगों से उनके लक्ष्य के बारे में पूछा जाता है तो ज्यादातर लोग उन चीजों के बारे में बात करते हैं, जो उन्हें नहीं चाहिए, बजाय कि वे क्या चाहते हैं, यह बताने के। यह भी वे तब महसूस करते हैं, जब चीजें गलत होने लगती हैं और उनका बहुत सारा बहुमूल्य समय और ऊर्जा 'क्यों' का जवाब तलाशने में निकल जाती है कि जो वे नहीं चाहते थे, वह उन्हें क्यों हासिल हुआ? एक बार जब वे स्पष्ट हो लेते हैं कि उन्हें वह मिल गया है, जो वे नहीं चाहते थे, तब वे उस गड़बड़ी से बाहर निकलने का प्रयास करते हैं और एक बार फिर वे ऐसी दूसरी चीजें पा जाते हैं, जो उन्हें नहीं चाहिए थीं या उनकी प्राथमिकता में नहीं थीं। यह न जानना कि आप क्या चाहते हैं, इससे आप एक के बाद दूसरी अनचाही चीजों में फँसते चले जाएँगे। आपका पूरा जीवन एक संकट के बाद दूसरे संकट से उबरने में ही बीतता चला जाएगा।

एन.एल.पी. में नतीजे वाली सोच एक तरीका है सोचने का कि आप क्या चाहते हैं, बजाय कि आप क्या नहीं चाहते हैं? नतीजे वाली सोच में यह कल्पना करना शामिल होता है कि भविष्य में आप वास्तव में अपने लिए क्या होते देखना चाहते हैं और वैसा ही अनुभव भी करते हैं।

ज्यादातर समय लोग यही कहते सुने जाते हैं कि ऐसा मत करो, वैसा मत करो। रुथ बेबरमेयर का बच्चों के लिए लिखा एक गाना है—'जिस काम को न करने की सलाह दी गई हो, उसे आप कैसे करेंगे? मैं केवल यह जानता हूँ कि अगर मुझे किसी काम को न करने के लिए कहा जाता है तो मैं वह काम न करूँ।'

मार्शल बी. रोजेनबर्ग अकसर इन लाइनों को उदाहरण के रूप में सामने लाते हैं, जब वह अपनी वर्कशॉप में नॉनवॉयलेंट कम्युनिकेशन के बारे में बता रहे होते हैं। सकारात्मक बातें करते समय नकारात्मक चीजों को दूर रखने के लिए एक सिद्धांत यह है कि हमें यह ध्यान रखना होता है कि दूसरों से संवाद के दौरान किस तरह की बातें नहीं करनी हैं! साथ ही, हम अगर खुद से भी संवाद कर रहे हों तो हमें उन बातों का ध्यान रखना है, जो खुद से नहीं करनी हैं। आपका दिमाग कैसे उन नकारात्मक चीजों से परहेज करेगा? किसी गुलाबी हाथी के बारे में मत सोचिए। तो क्या यह संभव है? कुल मिलाकर आपका अवचेतन मन वह महसूस करने जा रहा है, जो उसे नहीं कहा गया।

नतीजे और लक्ष्य ऐसी चीजें नहीं हैं, जिन्हें बाजार जाकर दुकान से खरीदा जा सके। इलियट हबार्ड कहते हैं, "बहुत से लोग अपने जीवन में विफल होते हैं। इसके लिए उनकी क्षमता जिम्मेदार या उनका दिमाग या उनका साहस जिम्मेदार नहीं होता, बल्कि वे केवल इस वजह से विफल होते हैं कि उन्होंने कभी भी अपनी ऊर्जा को एक निश्चित लक्ष्य की प्राप्ति के लिए संगठित नहीं किया।" ऐसा भी समय आता है, जब

व्यक्ति अपने जीवन को उद्देश्यहीन पाता है, खासकर तब, जब उसके जीवन में लगातार गलत चीजें हो रही होती हैं। ऐसा भी समय लोगों के जीवन में आता है, जब वे पूर्व निर्धारित लक्ष्य हासिल करने में विफल रहने के बाद आगे कोई नया लक्ष्य नहीं बनाते। लक्ष्य हासिल न कर पाने के पीछे ज्यादातर वजह यह होती है कि उन्हें लक्ष्य निर्धारित करने की पूरी प्रक्रिया के बारे में पूरी समझ नहीं होती।

काल्पनिक बनाम सुदृढ़ लक्ष्य

लोग अकसर अपने लक्ष्यों को अमूर्त और संकेतों में अभिव्यक्त करते हैं, बजाय कि उन्हें किसी ठोस और धरातल पर आधारित बताने के। अमूर्त भाषा ऐसी भाषा नहीं है, जिसे आपका अवचेतन मन समझ सके, इसलिए वे आपको प्रेरित भी नहीं कर पाते। हम काल्पनिक चीजों को अपनी मानसिक प्रक्रिया के जरिए समझ पाते हैं, जबकि ठोस चीजों को अपनी इंद्रियों के जरिए।

भाषा हमारा सबसे ताकतवर औजार है। हम अपनी भावनाएँ, जरूरतें और इच्छाएँ बोलकर या लिखकर बताते हैं। हमारे अनुभवों को बोलकर या लिखकर व्यक्त करने के लिए सर्वश्रेष्ठ माध्यम ये शब्द होते हैं। हालाँकि वे अनुभव नहीं होते हैं। शब्द हमें सूचित करते हैं, प्रेरित करते हैं और हमें ज्ञान से प्रकाशित करते हैं। शब्द हमें भ्रमित भी कर सकते हैं, गलतफहमी भर सकते हैं और सरल चीजों को भी जटिल बना सकते हैं। शब्द पुल का काम कर सकते हैं, लेकिन वे दीवार भी खड़ी करने में सक्षम होते हैं।

एक शब्द है 'स्वतंत्रता', जो कि काफी जाना-पहचाना शब्द है; लेकिन यह एक अमूर्त शब्द है। जब कोई कहता है—मुझे आजादी चाहिए तो इसका क्या अर्थ समझा जाए कि उसे वास्तव में क्या चाहिए? वित्तीय सुरक्षा? तलाक? छुट्टी? कर्ज से मुक्ति? वाहन चलाना सीखना? ढीली पैंट? 'स्वतंत्रता' शब्द को 1,000 अलग-अलग तरीकों से व्यक्त किया जा सकता है, अर्थ निकाला जा सकता है। तो इसका क्या यह अर्थ है कि हमें ऐसे अमूर्त शब्दों का इस्तेमाल नहीं करना चाहिए? नहीं। हमें अमूर्त शब्दों की जरूरत पड़ती है, लेकिन लक्ष्य निर्धारित करने के लिए नहीं। लक्ष्य निर्धारित करने की यात्रा में अमूर्त भाषा पुल कम और दीवारें ज्यादा खड़ी करते हैं।

यह वाक्य 'मुझे सफलता चाहिए', अमूर्त या काल्पनिक है। सफलता के अलग-अलग परिदृश्यों और लोगों के लिए अलग-अलग मायने हैं।

मुंबई में मैं अपना एक अपार्टमेंट चाहता हूँ (इस वाक्य में 'अपार्टमेंट' एक ठोस शब्द है)।

मैं अपनी खुद की रेंज रोवर चलाना चाहता हूँ ('रेंज रोवर' एक ठोस शब्द है)।

मैं छुट्टी बिताने पेरिस जाना चाहता हूँ ('पेरिस' एक ठोस शब्द है)।

मैं माउंट एवरेस्ट पर चढ़ना चाहता हूँ ('माउंट एवरेस्ट' पर चढ़ना एक ठोस शब्द है)।

ये सभी ठोस भाषा या अनुभव से जुड़ी भाषा से जुड़े उदाहरण हैं। क्या आप अब समझ पाए कि ठोस परिप्रेक्ष्य की स्पष्टता अमूर्त परिप्रेक्ष्य की तुलना में ज्यादा दिलचस्प है?

हम अपनी इंद्रियों से अपने आसपास को ज्यादा अच्छे और विविधता से अनुभव कर पाते हैं। शुरुआत से ही हम गरमी, ठंड, तेज, नरम, गरम, माँ, पिता, चॉकलेट, नाक, हाथ आदि को अपनी भौतिक इंद्रियों के जरिए महसूस कर पाते हैं। अगर आप किसी वक्ता को सुनते समय ऊब या भ्रमित महसूस करते हैं तो ज्यादातर संभव यह है कि आप कल्पना-लोक या सामान्य समझवाली चीजों के बारे में सोचने लगेंगे। आपकी समझ तब ज्यादा विकसित होती है, जब वक्ता किसी खास चीज के बारे में बताए और उसे हमारी इंद्रियों की भाषा में उदाहरण देकर समझाए।

हे ईश्वर! यह क्या हो गया?

दक्षिण भारत के एक छोटे से शहर में एक गरीब परिवार में पैदा होने के बावजूद उन्नीकृष्णन ने किसी तरह अपनी पढ़ाई पूरी कर ली। जब वह स्कूल के दौर में था, तभी उसके माता-पिता का निधन हो गया था। वह दिन में स्कूल जाता था और शाम को एक रेस्टोरेंट में काम करके अपना गुजारा करता था। यह बहुत कठिन था। स्नातक की पढ़ाई पूरी करने के बाद वह विदेश जाना चाहता था और ढेर सारा पैसा कमाना चाहता था। उसने दुबई जाने का फैसला किया, जिसे अवसरों और ऐशो-आराम की जिंदगी के लिए दुनिया भर में जाना जाता है।

शुरुआत में तो उसे काफी कठिनाई आई। उन्नीकृष्णन को दुबई में भी रेस्टोरेंट में काम करना पड़ा। यहाँ भी उसका अनुभव उसके छोटे शहर के जैसा ही रहा। अंतर केवल इतना था कि वहाँ रेस्टोरेंट छोटे थे, यहाँ बड़े और काफी आकर्षक बनाए गए थे; लेकिन उसने कठोर मेहनत करने का फैसला किया और हर रात वह दुबई का सबसे बड़ा रईस बनने का सपना देखकर बिताता। साल-दर-साल बीतते गए। अपनी कठिन मेहनत के बल पर एक दशक बाद उसने वहाँ अपना एक रेस्टोरेंट खोल लिया, जो कि किसी नामी रेस्टोरेंट की चेन था। बाद में उसने काफी अलग-अलग क्षेत्रों में अपना विस्तार किया और तमाम कारोबारों में शामिल हो गया। वह जिस भी क्षेत्र में कदम रखता, वहाँ अच्छा ही प्रदर्शन करता। दरअसल, उसने खुद को कई गुना तेजी से बढ़ाया। 30 साल के अंदर उन्नीकृष्णन मध्य-पूर्व एशिया का सबसे धनी

और सफल कारोबारी बनकर उभरा।

एक दिन उसकी नजर अपने सफेद होते बालों पर पड़ी और उसने समझ लिया कि उसके पास समय अब कम है। वह अपने जीवन के छठे दशक के बीच पहुँच चुका था और रिटायर होना चाहता था। वह दौड़-भाग और तनावपूर्ण तरीके से जीना नहीं चाहता था। वह दक्षिण भारत के अपने उसी छोटे से शहर में वापस जाना चाहता था। वह अपने जीवन का बाकी समय शांति और सुकून से वहाँ बिताना चाहता था। वह उस जगह पर दोबारा टहलना चाहता था, जहाँ उसने अपना बचपन गुजारा था और वह उसी जमीन पर अंतिम साँस भी लेना चाहता था, न कि विदेशी सरजमीं पर। अचानक एक दिन उसे पता चला कि उसके पैतृक शहर में तो उसका कोई घर ही नहीं है। उसे उसके माता-पिता की जमीन विरासत में मिली थी। अब जरूरत इस बात की थी कि वह वहाँ एक प्यारा-सा घर बनवाता; लेकिन वह केवल एक घर ही नहीं बनवाना चाहता था, बल्कि वह चाहता था कि वह घर अनोखा हो। उसने सोचा कि मेरे घर के बेहतरीन नक्शे के लिए मैं कहाँ से बेहतरीन आर्किटेक्ट पा सकता हूँ? उसने न्यूयॉर्क, लंदन, हांगकांग, टोक्यो और तमाम अन्य शहरों पर विचार किया। अंत में उसके मन में एक ही नाम कौंधा—दुबई।

उसने सोचा, 'दुनिया की कुछ आलातरीन भविष्य की इमारतें तो दुबई में हैं। इसके अलावा, दुनिया की सबसे ऊँची इमारत, सबसे ऊँचा होटल, सबसे बड़ा शॉपिंग माल और शानदार पाम एंड वर्ल्ड आइलैंड भी दुबई में ही हैं। फिर मुझे कहीं और देखने की क्या जरूरत है? इसी शहर में मैं सर्वश्रेष्ठ आर्किटेक्ट तलाश सकता हूँ। मेरे बैंक खाते में करोड़ों दिरहम (मुद्रा) हैं। मैं समझौता क्यों करूँ? मुझे एक ऐसे घर की जरूरत है, जहाँ मैं अपने जीवन का बाकी समय चैन से गुजार सकूँ।'

उन्नीकृष्णन ने दुबई में बिल्डरों से मिलना शुरू किया। इससे उस पर खर्च का दबाव तो बढ़ा, लेकिन पैसा उसके लिए समस्या नहीं था। वह अपने लिए सर्वश्रेष्ठ चीज चाहता था। तमाम बिल्डरों ने उसे विनम्रता से बताया कि वे दूसरे देश में प्रोजेक्ट पर काम नहीं कर पाएँगे। लेकिन एक फर्म ने उन्नीकृष्णन के काम का जिम्मा लिया और उन्नीकृष्णन से कहा कि उसे बाजार की कीमत से ज्यादा ही चुकाना होगा।

उस फर्म ने अपने बेहतरीन आर्किटेक्ट को अपने खास ग्राहक के लिए अनोखे घर का डिजाइन तैयार करने के काम पर लगाया। उन्नीकृष्णन ने उन्हें अपनी जमीन की पूरी जानकारी दी—उसका क्षेत्रफल, प्लॉट का आकार आदि और उन्हें कई बार बताया कि उसे कुछ मौलिक, कुछ वाकई खास चीज चाहिए, जो कि मास्टरपीस कहलाए। उसका घर दूसरे घरों की तरह सामान्य-सा नहीं दिखना चाहिए। इंजीनियरों

एवं आर्किटेक्टों की टीम ने इस काम को चुनौती की तरह लिया और अपना सबकुछ दाँव पर लगा दिया।

वे उसे एक के बाद दूसरा डिजाइन दिखाते, लेकिन उसने उन सभी को खारिज कर दिया। वह यही कहता, "इस घर को मैं फ्रांस के दक्षिण में देख चुका हूँ। ओह, इस घर को मैंने कैलिफोर्निया में देखा था। मैं कुछ मौलिक सा चाहता हूँ। मैं मास्टरपीस चाहता हूँ।" टीम ने और मेहनत शुरू की तथा रचनात्मक विचारों की और गहराई में जाकर मौलिक विचार के लिए घंटों दिमाग खपाया। हफ्तों की कठिन मेहनत के बाद वे एक और डिजाइन लेकर सामने आए। उन्होंने उन्नीकृष्णन को आमंत्रित किया और उसे वह मॉडल घर दिखाया। उन्नीकृष्णन की नजरें मानो उस मॉडल पर टिक गईं। वह हर कोण से 3डी मॉडल था। उसकी खामोशी से इंजीनियर एवं आर्किटेक्ट राहत महसूस कर रहे थे और उत्साह के साथ उसकी प्रतिक्रिया के इंतजार में थे। अंततः उन्नीकृष्णन की खामोशी मुसकान में बदली और जल्दी ही उसका चेहरा खिल उठा और उसके चेहरे पर खुशी यूँ झलकने लगी, मानो उसकी अरबों डॉलर की लॉटरी लग गई हो। उसने टीम के हर साथी को गले लगाया और उसकी आँखें आँसुओं से भर उठीं। आवाज में हलकी-सी कँपकँपाहट के बीच उसने कहा, "मैं बहुत खुश हूँ। यही है, जो मैं चाहता था। यही है मास्टरपीस। यह मौलिक रचना है। यह बेहद खास है। साथियो, शुभकामनाएँ। बहुत उम्दा काम किया आप लोगों ने।"

उन्नीकृष्णन ने टीम के साथ बैठकर अगले कुछ दिनों तक घर के हर पहलू पर विस्तार से विचार किया। अंततः उन्नीकृष्णन अपने घर के डिजाइन से पूरी तरह संतुष्ट हो गया। उसे लगा मानो वह सातवें आसमान पर जा पहुँचा हो। उसने महसूस किया कि उसके जीवन का यह सबसे खास प्रोजेक्ट था। पिछले कुछ महीनों से उसे इस काम के अलावा कुछ सूझ ही नहीं रहा था। उसने टीम से भारत में उसके शहर में जाकर काम शुरू करने और जल्दी-से-जल्दी घर तैयार करने को कहा।

फर्म के सी.ई.ओ. ने उसे बताया कि वह अपने दो इंजीनियर वहाँ भेज रहे हैं, जो पूरे काम को देखेंगे। उन्नीकृष्णन को यह अटपटा लगा और उसने आक्रामक होकर कहा, "केवल दो इंजीनियर क्यों? मैं नहीं चाहता कि वहाँ का कोई भी स्थानीय व्यक्ति इस प्रोजेक्ट में हाथ भी लगाए। वे लोग आधुनिक तकनीक को लेकर वाकिफ नहीं हैं। वे पूरी योजना का बेड़ा गर्क कर देंगे। मैं केवल विशेषज्ञों को ही अपने सपनों का घर तैयार करने देना चाहता हूँ। मास्टरपीस डिजाइन तैयार करने का मतलब क्या रह जाएगा, जब वहाँ के स्थानीय लोग आपके काम को खराब कर देंगे तो? इस

प्रोजेक्ट पर काम करनेवाला हर व्यक्ति दुबई से वहाँ जाएगा और हर व्यक्ति निश्चित रूप से अनुभवी पेशेवर होना चाहिए। क्या यह स्पष्ट हो गया आपको ?"

उसकी बात सुनकर सी.ई.ओ. अवाक् रह गया।

सी.ई.ओ. ने पूछा, "वे वहाँ जाकर भारत के छोटे से शहर में क्यों काम करेंगे भला ?" तथा उन्नीकृष्णन ने कहा, "क्योंकि वहाँ काम करके वे दुबई से ज्यादा पैसा कमाएँगे। मैं उनको दुबई में मिलनेवाली रकम से ज्यादा देने को तैयार हूँ। इंजीनियरों और वर्करों की पूरी टीम यहाँ से भेजिए और केवल अनुभवी लोग ही इस काम में शामिल होने चाहिए। हर एक की बात मैं कर रहा हूँ। और आप भी दुबई में ऐसे किसी प्रोजेक्ट को करने की तुलना में वहाँ ज्यादा कमाएँगे। क्या आपको यह डील मंजूर है ?"

सी.ई.ओ. ने उन्नीकृष्णन से हाथ मिलाया और बोला, "बिल्कुल मंजूर है। अगर इन इंजीनियरों को वहाँ काम करके ज्यादा पैसा मिलेगा तो कौन मना करेगा भला! सौदा मंजूर है। पक्का। हम आपको हर हफ्ते की प्रगति से अपडेट करते रहेंगे।"

पूरी टीम उन्नीकृष्णन के पैतृक शहर में पहुँच गई और वहाँ काम भी शुरू कर दिया। वे उन्नीकृष्णन को हर सोमवार को काम की प्रगति रिपोर्ट देते थे। हफ्ते महीनों में बदल गए और काम अंततः पूरा हो गया। प्रोजेक्ट हेड ने उन्नीकृष्णन को फोन करके बताया, "सर, प्रोजेक्ट पूरा हो गया है। यह अद्भुत नजर आ रहा है। सच्चाई बताऊँ तो जब हम यहाँ आए तो इस छोटे से कस्बे को देखकर मन दुखी हो गया था। हम निराश हो गए थे। लेकिन अब हम सब एक बार फिर उत्साहित हैं। सर, मेरे पास सिविल इंजीनियरिंग का 27 साल का अनुभव है। हमने सिंगापुर और मध्य-पूर्व में एक से बढ़कर एक शानदार घर तैयार किए हैं; लेकिन मैं ईमानदारी से यह स्वीकार करना चाहूँगा कि आपका घर वाकई मास्टरपीस है। यहाँ से गुजरनेवाले लोग ठहरकर इसे जी भरकर देखते हैं और तसवीरें भी लेते हैं। यह वाकई खूबसूरत है। आपको जल्दी-से-जल्दी यहाँ आकर अपने सपनों के घर से जरूर मिलना चाहिए, सर।"

उन्नीकृष्णन के तो मानो जमीन पर पाँव ही नहीं पड़ रहे थे। वह बहुत उत्साहित था और उसने तुरंत ही वहाँ से फ्लाइट पकड़ ली। पूरी यात्रा के दौरान वह अपने घर की कल्पना ही करता रहा। उसने कागज पर उस घर का नक्शा और ड्राइंग देखी थी; लेकिन वह यह सोचकर हैरान था कि घर असल में कैसा दिखता होगा। कोचिन एयरपोर्ट पर उतरते ही उसने टैक्सी पकड़ी और अपने गृह नगर जा पहुँचा।

चार घंटे बाद वह अपने घर पहुँचा और उसने देखा कि इंजीनियरों व वर्करों की पूरी टीम अपनी यूनिफॉर्म में सड़क पर उसका इंतजार कर रही थी। चीफ इंजीनियर

ने फूलों के गुलदस्ते से उसका स्वागत किया और नई बनी बिल्डिंग की ओर इशारा करके उसे दिखाया। अपने घर को देखते ही उन्नीकृष्णन अचानक पसीने से तर-ब-तर हो गया और उसे देखकर ऐसा लगने लगा, मानो वह बहुत मुश्किल से साँस ले पा रहा हो और वह वहीं सड़क पर निढाल हो गया। चीफ इंजीनियर को यह देखकर झटका लगा। उसने कहीं पढ़ रखा था कि कुछ लोगों को कभी-कभी इतनी खुशी मिलती है कि वे बरदाश्त नहीं कर पाते और उन्हें हार्ट अटैक भी आ जाता है। हालाँकि उन्नीकृष्णन बेहोश ही हुआ था और कुछ देर बाद ही उसे होश आ गया। उन्नीकृष्णन ने एक बार फिर से अपने घर को देखा। चीफ इंजीनियर ने एक बार फिर उत्साह से कहा, "सर, क्या हुआ ? क्या आप ठीक हैं ? क्या आप इस घर को देखकर खुश हैं ? यह घर बिल्कुल वैसा ही है, जैसा आप चाहते थे। हमने इस घर में जरा-सी भी कमी नहीं छोड़ी है। क्या हुआ ? आप ठीक तो हैं ? आप निराश दिख रहे हैं।"

उन्नीकृष्णन ने कहा, "हाँ, यह घर बिल्कुल वैसा ही है, जैसा मैं चाहता था। लेकिन आपने इसे पड़ोस के प्लॉट में बना दिया। मेरा घर वहाँ बन गया, जो सरकार की जमीन है। मेरा प्लॉट तो उससे सटा हुआ है। हे ईश्वर!" इतना कहकर वह एक बार फिर से बेहोश हो गया।

—मनोज केशव

अगर नजरिए में दोष है, अगर वह प्लॉट, जिस पर आप अपना जीवन खड़ा करने जा रहे हैं, वह गलत है तो निश्चित रूप से हर चीज गलत होती जाएगी। लक्ष्य निर्धारित करने में की गई कोताही या कमजोरी की भरपाई आप उत्कृष्ट कार्यान्वयन से नहीं कर पाएँगे। एक स्पष्ट लक्ष्य निर्धारित करना एन.एल.पी. का सबसे जरूरी तत्त्व है, चाहे वह बदलाव के लिए हो या जीवन में कुछ नया हासिल करने के लिए। चाहे वह थैरेपी का सेशन हो या कोचिंग का, चाहे वह जीवन का मामला हो या एक छोटा सा प्रोजेक्ट ही क्यों न हो, एक स्पष्ट लक्ष्य निर्धारित करना सबसे जरूरी चीज है।

लक्ष्य निर्धारित करनेवाला खाका कुछ सवालों के समूह जैसा होता है, जो आपकी सोच से उभरते हैं और जितने ज्यादा सवाल आपके मन में उठेंगे, लक्ष्य हासिल करने की संभावना उतनी ही ज्यादा रहेगी। अगर आप कहीं अटक गए और आपको वहाँ से उबरने का कोई रास्ता नहीं दिख रहा तो वह लक्ष्य वाला फ्रेम आपको विकल्पों और नई संभावनाओं को तलाशने में मदद करेगा। लक्ष्य वाला फ्रेम न केवल स्पष्ट निर्देश निर्धारित करने में सहायक होता है, बल्कि यह आपको उस दिशा में अग्रसर होने के लिए प्रेरित भी करता है।

बजाय इस पर दिमाग खपाने के कि समस्या क्यों हुई, लक्ष्य वाला फ्रेम अपने

आसपास मौजूद ऊर्जा व बुद्धिमत्ता को संगठित करता है और लक्ष्य हासिल करने के लिए जिस चीज की भी जरूरत होती है और जैसे भी वह मिल सके, उसके लिए प्रयास करता है। हर इनसान के अंदर असीमित संसाधन और क्षमताएँ होती हैं। वैज्ञानिकों ने जब इनसान की कोशिका का अध्ययन किया तो वे यह देखकर दंग रह गए कि उसमें अरबों-खरबों चीजें बिना गलती करने की क्षमताएँ मौजूद हैं। इनसान का दिमाग तो एक जादू है। हम एक हीरे की तारीफ तो करते हैं। हम सूर्योदय और सूर्यास्त की भव्यता को निहारते और उसके मुरीद होते हैं। हम झरने की खूबसूरती को देखकर मुग्ध हो जाते हैं। लेकिन बहुत कम लोग ऐसे होते हैं, जो प्रकृति से हर इनसान को मिले विलक्षण बुद्धिमत्ता के उपहार की प्रशंसा करते हैं। हम हाड़-मांस के बने इनसान दुनिया के सबसे महँगे हीरे से कहीं ज्यादा बहुमूल्य हैं। बहुत कम लोग अपनी पूरी क्षमता के बारे में आजीवन समझ पाते हैं। यह लक्ष्य वाला फ्रेम इनसान को अपनी क्षमता को पहचानने और मनोवांछित जीवन जीने की राह दिखाता है।

आरोप मढ़नेवाला फ्रेम

नई अवधारणाओं को ग्रहण करने का सबसे श्रेष्ठ तरीका होता है—तुलना और विषमता का आकलन करना। आइए, हम लक्ष्य निर्धारित करनेवाले फ्रेम की अवधारणा को समझें, जो कि आरोप मढ़नेवाले फ्रेम से तुलना के जरिए निर्धारित किया जा सकता है।

निम्नलिखित अभ्यास करें—

1. ऐसी चीज के बारे में सोचें, जो कि एक समस्या हो या एक ऐसी मौजूदा अवस्था हो आपके जीवन की, जिसमें आप अटके हुए हों।
2. खुद से पूछें, 'गलती कहाँ हुई?'
3. इस समस्या ने किस तरह आपको सीमित कर दिया?
4. आपको यह समस्या क्यों हुई? इसके पीछे क्या कारण है?
5. आपको यह समस्या है तो इसमें किसकी गलती है?
6. वह कौन सा दौर था, जब आपको इस समस्या के चलते सबसे बुरा दौर झेलना पड़ा?

द आउटकम फ्रेम (लक्ष्य निर्धारित करनेवाला फ्रेम)

गहरी साँस लें। अगर जरूरत हो तो थोड़ा टहल भी आएँ या खड़े हो जाएँ और कुछ कसरत कर लें। अब आउटकम फ्रेम को लेकर प्रयास करें।

1. जो समस्या है या मौजूदा दौर में आप अपने जीवन में जहाँ अटके हुए हैं, उसके

बारे में विचार करें। (कोशिश करें कि ब्लेम फ्रेम अभ्यास के दौरान आपने जिस समस्या या परेशानी के बारे में सोचा हो, उस बारे में ही विचार करें।)

2. आप क्या चाहते हैं?
3. आप कब चाहते हैं इसे?
4. आपको कैसे पता चला कि आपने यह लक्ष्य हासिल कर लिया है?
5. आप जो चाहते थे, वह कब हासिल हुआ? आपके जीवन में और क्या सुधार आया?
6. आपके लक्ष्य को हासिल करने के लिए आपके पास किस तरह के संसाधन हैं? (संसाधन में समय, ऊर्जा, रचनात्मकता, अनुभव, अंदेशा, आंतरिक संसाधन, साहस आदि शामिल हैं)
7. आपके पास जो भी संसाधन है, उसे आप सर्वश्रेष्ठ तरीके से कैसे इस्तेमाल कर सकते हैं?
8. आप जीवन में जो हासिल करना चाहते थे, उसे पाने के लिए अब आप क्या करने जा रहे हैं?

अब आपने इन सवालों के जवाब दे दिए हैं तो गहरी साँस लें और अपनी भावनाओं को महसूस करें।

जब आप ब्लेम फ्रेम से गुजर रहे थे तो आपको कैसा लग रहा था और जब आप आउटकम फ्रेम से गुजर रहे थे, तब कैसा लगा? ब्लेम फ्रेम के सवाल आपको तनावग्रस्त कर रहे थे और आपकी ऊर्जा का क्षरण हो रहा था, जबकि आउटकम फ्रेम ने आपके अंदर ऊर्जा भर दी, आपको भविष्य की ओर बढ़ाया और नए विकल्प खोले, ताकि आप जो चाहते हैं, उसे हासिल कर पाएँ।

आइए, इन सवालों के हर पहलू को जाँचें

आप क्या चाहते हैं?

जब आप अपनी भावनाओं से प्रभावित होते हैं तो एक संभावना यह होती है कि आप अपनी भावनाओं की दिशा में बह जाएँगे। एक व्यक्ति, जो किसी चीज से चिढ़ा हुआ हो, वह उसी स्थिति में बना रहेगा या दिन-प्रतिदिन वह और चिड़चिड़ा होता जाएगा। एक व्यक्ति, जो दुखी और तनावग्रस्त है, वह अपनी उसी भावना में बहते हुए उसी स्थिति में बना रहेगा। यहाँ तक कि यह बात जानते हुए भी कि वह तनावग्रस्त है, वह अपनी नकारात्मक भावनाओं से बाहर नहीं आ पाता है। यही नहीं, वह व्यक्ति अपनी इस हालत के बारे में जागरूकता का गलत इस्तेमाल करते हुए और भी ज्यादा नकारात्मक

भावनाओं का अनुभव करने की कोशिश करता है। उदाहरण के लिए, एक चिड़चिड़ा व्यक्ति जब अपने अंदर के इस बरताव के बारे में जान जाता है तो वह सबसे पहले इस चीज से और भी ज्यादा क्षुब्ध हो जाता है कि वह चिड़चिड़ा हो गया है।

जब यह सवाल पूछा जाता है—क्या गलत हो रहा है? तो यह सवाल व्यक्ति को और खराब लगता है तथा स्थितियाँ और भी बदतर हो सकती हैं। क्या गलत हो रहा है, इस सवाल का जवाब आपको उस चीज के बारे में बताता है, जिसे आप नहीं चाहते। और जब आप इस चीज को बताते हैं, जिसे आप नहीं चाहते तो आप इसे और भी बुरे तरीके से बताते हैं, यानी और उस चीज को लेकर और भी ज्यादा बुरा महसूस कर रहे होते हैं। बहुत से लोग यह मानते हैं कि अगर आप किसी चीज के बारे में अत्यधिक भय महसूस कर रहे हों तो आप जरूर बदलेंगे, जबकि यह वास्तविकता नहीं है। जब एक छात्र कम नंबर पाता है तो उसे खराब लगता है, लेकिन इस वजह से अगली बार उसके स्कोर में कोई बढ़ोतरी नहीं होती। यह सवाल कि आप क्या चाहते हैं, दुष्चक्र को तोड़ता है। यह आपको प्रेरित करता है कि आप आगे देखें और कल्पना करें कि आप वाकई क्या चाहते हैं? और जब आप उन चीजों पर अपना दिमाग ले जाते हैं, जिन्हें आप वाकई चाहते हैं, तब आप आशावादी, आत्मविश्वासी और प्रेरित महसूस करने की ओर कदम बढ़ाते हैं।

इस सवाल कि 'क्या गलत है' पर एक उदाहरण कि क्या होता है?

थैरेपिस्ट : तो गलत क्या है?

पत्नी : हर चीज। यह दुनिया का सबसे स्वार्थी व्यक्ति है। यह आत्मकेंद्रित व दंभी है और मेरे बारे में बिल्कुल नहीं सोचता है।

पति : यह बढ़ा-चढ़ाकर बता रही है। शिकायत करना और हर चीज में नुक्ताचीनी इसकी प्रकृति का हिस्सा बन गया है।

थैरेपिस्ट : मुझे और बताएँ।

पत्नी : बीती रात ये 12:30 बजे आए। इन्होंने मुझे बताया तक नहीं कि यह इतनी देर से आएँगे। यह कभी भी नहीं बताते। इनके अंदर इनके पिता की ही तरह एक असुरक्षा की भावना भरी रहती है।

पति : इनको तो पता भी नहीं है कि संवाद क्या होता है? नुक्ताचीनी और संवाद में अंतर होता है। वह यह बात कभी नहीं समझ पाएगी। यह इसलिए, क्योंकि शायद यह कुछ भी समझने में कभी अपना दिमाग इस्तेमाल ही नहीं करती और मैं इसे इसके लिए दोष भी नहीं देता। यह तो इसके डी.एन.ए. में है। इसके पिता, दादा‥सब एक जैसे हैं।

ऊपर के ही उदाहरण के संबंध में अगर यह सवाल हो—आप क्या चाहते हैं? तब क्या होता है, आइए, देखें।

थैरेपिस्ट : आप क्या चाहती हैं?

पत्नी : मैं चाहती हूँ कि यह मुझसे ज्यादा-से-ज्यादा बात करे। मैं चाहती हूँ कि यह मेरा खयाल रखे और मुझे बताए कि यह ऑफिस से आज देर से आएगा।

पति : मैं चाहता हूँ कि यह मेरे ऊपर ऑफिस में रहनेवाले दबाव के बारे में समझे। कभी-कभी मैं मीटिंग में होता हूँ और मीटिंग घंटों खिंच जाती है। ऐसे समय में अपने वरिष्ठ लोगों के सामने कोई फोन उठाना या फोन करना संभव नहीं हो पाता।

थैरेपिस्ट : और बताएँ कि और क्या चाहती हैं आप?

पत्नी : मैं समझती हूँ कि ऑफिस में इन पर दबाव होता है। मैं इनको इतना याद करती हूँ, इसलिए मैं चाहती हूँ कि मुझसे बात करके ये मेरे मन का बोझ हलका कर दें और सप्ताहांत पर छुट्टियों में हम कहीं बाहर घूमने जाएँ।

पति : बिल्कुल, मैं ऐसा करूँगा। मैं भी समय पर घर आना चाहता हूँ और तुम्हारे साथ समय गुजारना चाहता हूँ, बजाय कि ऑफिस में देर रात तक मीटिंग में बैठे रहने के। मैं तो केवल अपनी नौकरी के चलते रहने देना चाहता हूँ। (उसने उठकर पत्नी को गले लगा लिया।)

1. आप यह कब चाहते हैं?

कल्पना करें कि जब आप फ्लाइट का टिकट बुक कर रहे होते हैं तो आप सोचते हैं कि जहाज उड़ान कब भरेगा? किसी से मिलने का दिन और समय तय करते वक्त आप कल्पना करते हैं कि यह कार्यक्रम कब रखा जाए? अखबार उठाते समय आप कल्पना करें, यदि उस पर दिन और समय का उल्लेख हो तो? कल्पना करें कि सुपर मार्केट में ब्रेड का पैकेट उठाते समय उस पर कहीं मैन्युफैक्चरिंग या एक्सपायरी की तारीख न दी हो। यहाँ तक कि फिल्म का टिकट बुक करते समय भी दिन और समय खास हो जाता है।

जब बदलाव की बात आती है तो हम जो भी बदलाव लाना चाहते हैं, उसमें से कुछ तो ऐसे मामले होते हैं, जिनमें चुटकियों में बदलाव किया जा सकता है। अगर ऐसा

है तो हम ज्यादा समय क्यों लगाते हैं? वाकई, कुछ बदलावों के लिए ज्यादा समय और प्रयास की जरूरत होती है; लेकिन यह जरूरी है कि आप उस समय का अनुमान जरूर लगाएँ, जो बदलाव के काम में खर्च होने वाला है।

यह सवाल कि कब आप ये बदलाव चाहते हैं? किसी भी व्यक्ति को खुशनुमा सोच से उछालकर जमीनी हकीकत में ला देगा। इसके बाद किसी और तरह की इच्छा या अपेक्षा नहीं रह जाती। अब यह कुछ ऐसा हो जाता है, जो कि ठोस है और इसे एक तय समय के भीतर हासिल किया जाना है।

थैरेपिस्ट : तो आप दोनों एक-दूसरे को समझना चाहते हैं। आप इसके अलावा और क्या चाहते हैं?

पत्नी : एक-दूसरे के साथ ज्यादा-से-ज्यादा समय गुजारना और कभी भी बातें करना।

पति : अगर यह समझती है कि मैं ऑफिस में किस दौर से गुजरता हूँ तो यह काफी है।

थैरेपिस्ट : ज्यादा समय साथ गुजारने और एक-दूसरे से बातें करने के बारे में आप क्या सोचते हैं?

पति : हाँ, मैं भी ज्यादा-से-ज्यादा समय साथ गुजारने और बातें करने के पक्ष में हूँ। कुछ ऐसे दिन होते हैं, जब मैं काम में ज्यादा मशगूल रहता हूँ। उन तनावपूर्ण दिनों के अलावा मैं अपनी स्वीट हार्ट के साथ ज्यादा-से-ज्यादा समय बिताना चाहता हूँ।

पत्नी : अगर तुम मुझसे बताओगे कि ऑफिस में क्या हो रहा है, तभी तो मैं समझ पाऊँगी कि तुम किस काम के दौरान क्या महसूस करते होगे!

थैरेपिस्ट : तो, आप दोनों क्या चाहते हैं?

पति : ज्यादा-से-ज्यादा बातें करना और जुड़ाव बढ़ाना।

पत्नी : हाँ, ज्यादा बातें और जुड़ाव बढ़ाना।

थैरेपिस्ट : तो, आप दोनों ऐसा कब चाहते हैं?

पति : एकदम अभी से।

पत्नी : अभी से।

2. आप कैसे जानेंगे कि आपने परिणाम हासिल कर लिया है?

इस सवाल के जवाब के लिए आपको यह कल्पना करने की जरूरत है कि आपने

वांछित परिणाम पहले ही हासिल कर लिया है। इस तरह की दशा में गौर करें कि आप क्या देख पा रहे हैं, सुनें कि आप क्या सुन रहे हैं और अपने अंदर उभरनेवाली भावना या अहसास को भी गौर करें। यह सवाल एक व्यक्ति को भ्रामक सपनों की दुनिया से स्पष्ट परिणाम वाली स्थिति में ले आता है। आप देखें कि एक बार परिणाम हासिल करने के बाद आप क्या देख पाते हैं? गौर करें कि आप जब लक्ष्य हासिल कर लेते हैं तो क्या सुन रहे होते हैं? इसी प्रकार, लक्ष्य हासिल करने के बाद जीवन में आप और क्या अपेक्षा करते हैं? सवाल हमें प्रोत्साहित करता है कि हम कुछ ठोस और भावनात्मक भाषा में विचार करें।

थैरेपिस्ट : आप दोनों कैसे समझेंगे कि आपने लक्ष्य हासिल कर लिया है?

पति : हमारे बीच ज्यादा संवाद होने लगे और बेहतर जुड़ाव हो तो यह उपलब्धि हासिल करके मैं क्या देखता हूँ? मैं अपनी पत्नी का मुसकराता चेहरा देखता हूँ। मैं उसे मेरी बातों को बड़े गौर से सुनते हुए देखता हूँ। मैं उसे मेरे साथ होनेवाले अनुभव को सुनते हुए देख रहा हूँ। मैं उसकी तकलीफों और अनुभवों को साझा करते हुए देखता हूँ। मैं देखता हूँ कि जब मैं देर से घर पहुँचा तो उसने मुसकराते हुए दरवाजा खोला। मैं उसे अकसर गले लगाते देख रहा हूँ। मैं देख रहा हूँ कि हम दोनों ने एक-दूसरे का हाथ थाम रखा है और एक-दूसरे के साथ ज्यादा-से-ज्यादा वक्त बिता रहे हैं।

मैं क्या सुन रहा हूँ? मैं उसकी प्यार भरी आवाज सुन रहा हूँ। मैं उसे मेरे कानों में फुसफुसाते हुए सुन रहा हूँ—मैं तुमसे प्रेम करती हूँ। जब हम दोनों साथ हों तो मैं उसे कुछ गुनगुनाते हुए सुन रहा हूँ। समुद्र-तट पर टहलते हुए जब हम दोनों बातें कर रहे हैं तो मुझे लहरों की आवाज सुनाई पड़ रही है।

लक्ष्य हासिल करने के बाद मैं कैसा महसूस कर रहा हूँ? मैं और ज्यादा प्रेम में खुद को पा रहा हूँ और ज्यादा जुड़ाव महसूस कर रहा हूँ। मैं खुद को और ज्यादा परिपूर्ण व खुश पा रहा हूँ।

पत्नी : उपलब्धि हासिल करने के बाद मैं क्या देखती हूँ? मैं देखती हूँ, जब मैंने दरवाजा खोला तो अपने पति को मुसकराते हुए पाया। मैंने देखा कि हम दोनों साथ बैठकर कॉफी पी रहे हैं और बातें

कर रहे हैं। मैं देखती हूँ कि हम दोनों साथ टहलने गए हैं और एक-दूसरे से बातें भी कर रहे हैं। मैं देखती हूँ कि मैं रोज सुबह खुश होकर उठती हूँ और पूरे दिन तरोताजा व जीवंत महसूस करती हूँ।

मैं क्या सुनती हूँ? मैं अपने पति की खिलखिलाहट सुनती हूँ। मैं उन्हें सोते समय उनकी गहरी व शांत साँसों को सुनती हूँ। मैं उनकी तारीफों भरी और खयाल रखनेवाली बातें सुनती हूँ।

मैं कैसा महसूस करती हूँ? मैं अपने भीतर प्यार, खुशहाली और उत्साह पाती हूँ। हाँ, मैं खुश रहूँगी।

3. आप जो चाहते हैं, जब उसे हासिल कर लेते हैं तो आपके जीवन में और क्या बदलाव आता है?

इस सवाल के जवाब के लिए व्यक्ति को अपनी सोच के खाँचे से बाहर निकलना पड़ता है और ज्यादा व्यापक पैमाने पर सोचना पड़ता है। लक्ष्य हासिल करने के बाद इस सवाल का जवाब एक सशक्त प्रेरणादायी शक्ति बन सकता है। इसके बाद व्यक्ति यह देखने में सक्षम हो जाएगा कि हर चीज किस करीने से आपस में जुड़ी हुई है! जीवन बँटा हुआ नहीं है। यहाँ हर चीज एक-दूसरे को प्रभावित करती है।

थैरेपिस्ट : जब आप मनोवांछित परिणाम हासिल कर चुके तो आपके जीवन में और किस तरह का बदलाव आया?

पति : मेरा स्वास्थ्य सुधरेगा। हमारी लड़ाइयों के बाद मेरे तनाव का स्तर ऊँचा हो जाता था। मैं ज्यादा चिड़चिड़ा हो जाता था। कभी-कभी मुझे सिरदर्द होने लगता था। एक बार जब हमारे बीच ज्यादा संवाद बढ़ा और ज्यादा जुड़ाव बढ़ा तो मेरा तनाव भी घट जाएगा। मेरे लिए घर आना तनाव घटाने जैसा होगा। इसलिए निश्चित रूप से मेरा स्वास्थ्य सुधरेगा। वह बाहर टहलने के लिए जाने को कहेगी, इससे भी मेरे स्वास्थ्य में सुधार आएगा।

पत्नी : हाँ, मेरे साथ भी ऐसा ही होगा। पति से झगड़ने के बाद मेरे लिए सोना बहुत मुश्किल हो जाता था। एक बार जब हमारे बीच बातचीत बढ़ी और हम आपस में ज्यादा जुड़ाव महसूस

करने लगे तो मैं आश्वस्त हूँ कि मुझे अच्छी नींद आएगी। कुल मिलाकर मैं ज्यादा स्वस्थ रहूँगी। मैं अपने दोस्तों और माता-पिता से भी ज्यादा स्नेहपूर्ण तरीके से बात कर पाऊँगी। इसलिए मेरे संबंध भी दूसरों से सुधरेंगे।

पति : काम में मेरा प्रदर्शन और भी ज्यादा सुधर जाएगा और मेरी ससुराल के लोगों के साथ भी संबंध गहरे होंगे।

4. आपकी सोची हुई उपलब्धि हासिल करने के लिए आपके पास क्या उचित संसाधन हैं, जो इसमें आपकी मदद कर सकें?

अपने लक्ष्य को पाने और अपनी उपलब्धियों का फायदा देखने के लिए हमें अपने संसाधनों को पहचानने और उन्हें गतिशील करने की जरूरत है। कारोबार शुरू करने के लिए हमें धन संपर्कों आदि की जरूरत पड़ती है। ये बाह्य संसाधन हैं। रचनात्मकता, संवाद कुशलता, समस्या समाधान का कौशल, लचीलापन, अनुशासन आदि आंतरिक संसाधन हैं। ऐसे लोगों की संख्या, जिन्होंने शून्य से शुरुआत करते हुए जीवन में ऊँचाइयाँ हासिल कीं, के उदाहरण हमें बताते हैं कि अगर हम अपने आंतरिक संसाधनों को सक्रिय करके एक स्पष्ट परिभाषित लक्ष्य की ओर केंद्रित करें तो हमें कोई रोक नहीं सकता है।

पति : मैं पहल कर सकता हूँ बातचीत के लिए और अपनी पत्नी को वाकिफ रखने के लिए कि आजकल मेरे साथ क्या चल रहा है, खासतौर पर ऑफिस में। जब वह खराब मूड में हो तो मैं ज्यादा स्नेहिल रहूँगा। मैं अपनी रचनात्मकता बढ़ाने का अभ्यास कर सकता हूँ, ताकि उसे खुशनुमा तरीके से चौंका सकूँ, ताकि हफ्ते भर की एक जैसी दिनचर्या के दौरान भी ऊब महसूस न करे।

पत्नी : प्रेम, क्षमा, खयाल, स्नेह, बिना निर्णयात्मक हुए बातें सुनना आदि ऐसे संसाधन हैं, जिनके जरिए मैं अपने पति से ज्यादा से ज्यादा जुड़ाव महसूस कर सकूँगी।

5. आपके पास जो संसाधन हैं, उन्हें आप कैसे श्रेष्ठ तरीके से इस्तेमाल कर पाएँगे ?

संसाधन खुद इस्तेमाल नहीं होते। जीवन को संपूर्णता में जीने और खुशहाली के लिए ईश्वर-प्रदत्त संसाधनों का इस्तेमाल करना पड़ता है।

पत्नी : मैंने कल्पनाशीलता की कला सीख ली है। हर दिन मैं यह कल्पना करती हूँ कि मैं ज्यादा-से-ज्यादा प्रेम, खयाल, स्नेह देने के साथ-साथ कैसे निष्कर्ष निकालने से बच सकती हूँ और उत्कृष्ट सुननेवाली कुशलता से लैस हो सकती हूँ।

पति : कल्पनाशीलता बहुत शानदार चीज है। मैं अपने दैनिक कार्यों के बीच अपनी पत्नी से बातचीत के लिए समय निकालूँगा और तब तक ऐसा करूँगा, जब तक कि यह हमारे जीवन का हिस्सा न बन जाए। मैं सप्ताहांत पर घूमने के लिए बाहर निकलने और छुट्टियाँ बिताने के लिए पहले ही योजना बना लूँगा। हाँ, योजना और कल्पनाशीलता से मदद मिलेगी।

6. जीवन में आप जो हासिल करना चाहते हैं, उसके लिए अब आप क्या करने जा रहे हैं ?

'कल से मैं एक अलग इनसान बन जाऊँगा।'

'सोमवार के बाद से मैं स्वस्थ खाना खाने लगूँगा।'

'एक जनवरी से मैं रोज व्यायाम करूँगा।'

इस तरह की बातें हमारे अंदर की टाल-मटोल करनेवाली मांसपेशियों को और मजबूती प्रदान करते हैं। अपने आप से यह सवाल पूछना सबसे बेहतर होता है—मैं अभी क्या कर सकता हूँ? यह सवाल आपको अकर्मण्यता से बाहर खींच लाएगा और आपको आगे की ओर बढ़ने के लिए तुरंत प्रेरित करेगा।

पति : मैं अभी अपनी पत्नी को गले लगाना चाहता हूँ।

पत्नी : मैं भी।

वे दोनों उठे और एक-दूसरे से लिपट गए।

□

9

मेटामॉडल के जरिए सुनने की उन्नत कला

मरियम वेबस्टर डिक्शनरी में 'मेटा' को परे, ऊपर, उच्च स्तर के तौर पर परिभाषित किया गया है।

उदाहरण : फिल्म को लेकर एक फिल्म बनाना कुछ ऐसा परे की बात है, खासकर जब कलाकार ही कलाकारी की आलोचना कर रहे हों।

मेटामॉडल जो है, वह मॉडल का भी मॉडल है। मेटा–मॉडलिंग ऐसे मेटामॉडलों को उत्पन्न करने की प्रक्रिया है। मॉडल को असल दुनिया में किसी घटना की कोई सामान्य धारणा माना जा सकता है। मेटामॉडल एक अन्य अमूर्त सामान्य धारणा होती है, जिसमें मॉडल स्वयं गुणों को उजागर करता है।

"भाषा ने एक शब्द रचा 'अकेलापन', ताकि अकेले होने के दर्द को अभिव्यक्त किया जा सके और एक अन्य शब्द रचा 'एकांतवास', ताकि अकेले रहने में महसूस होनेवाले गौरवपूर्ण अहसास को अभिव्यक्त किया जा सके।"

—पॉल टिलिच (Paul Tillich)

इनसानों के सिवा और किसी प्रजाति के पास ऐसी सुस्पष्ट भाषा नहीं है। कोई भी अन्य प्रजाति तेज गति और सटीकता के साथ और जैसा कि सभी भाषाओं में निहित तमाम जटिल नियमों व ढाँचों का पालन करते हुए अभिव्यक्त की जाती है, वैसा नहीं कर पाती। पशु अपने बीच हाव–भाव और ध्वनियों का प्रयोग करते हैं; लेकिन वे किसी भी तरीके से हमारी भाषा–प्रणाली से बराबरी नहीं कर सकते, जिसमें शब्द, संज्ञा, क्रिया आदि समाहित होते हैं।

भले ही भाषा मानव प्रजाति की सर्वाधिक खास और ऐतिहासिक कार्यों में से एक है, फिर भी इसे हमारे अनुभवों का एक खराब प्रस्तुतीकरण भी माना जाता है।

एक अनुभव की अभिव्यक्ति

विशाल अपने कॉलेज में आयोजित कम्युनिकेशन स्किल्स वर्कशॉप देखने के लिए पहुँचा। वह कुछ घबराया हुआ था, क्योंकि उसे पता था कि वर्कशॉप में उसे भी कुछ बोलना पड़ेगा और हिस्सा लेना पड़ेगा। उस वर्कशॉप में हिस्सा लेनेवाले अन्य छात्र भी उसकी कक्षा से नहीं थे और वह किसी को जानता नहीं था।

विशाल का भय उस समय गायब हो गया, जब उसने देखा कि प्रशिक्षक सभी को किसी-न-किसी खेल और ऐसी गतिविधियों में शामिल कर रहे हैं। उसी दौरान प्रशिक्षक ने विशाल को बुलाया और अपना एक खुशनुमा व यादगार अनुभव साझा करने के लिए निवेदन किया। विशाल के लिए एक यादगार लमहे को याद करना बेहद आसान था। वह एक पहाड़ी जगह पर स्थित एक रिजॉर्ट में ठहरने के लिए गया था और वहाँ उसका समय काफी अच्छा गुजरा था।

विशाल खड़ा हुआ और आँखों में चमक लिये हुए बोला, "यह एक मजेदार अनुभव था। मैं उस पहाड़ी रिजॉर्ट में गया था और वहाँ मैंने एक शानदार वक्त गुजारा। ओह! वहाँ का मौसम बेहद खुशनुमा था। खाना तो बेहद लजीज था, जिसे देखकर ही मुँह में पानी आ रहा था। वह शुद्ध रूप से मजेदार था। फिलहाल इतना ही। मेरा मतलब है, वह बहुत मजेदार रहा। शुक्रिया।"

विशाल बैठ गया। प्रशिक्षक एक बार फिर व्हाइट बोर्ड के पास पहुँचा और लोगों से पूछा, "वे सभी लोग हाथ ऊपर करें, जिन्हें लगता है कि विशाल उस रिजॉर्ट में अकेले गया होगा।"

इस पर कुछ हाथ उठे।

"कितने लोग यह सोचते हैं कि वह परिवार के साथ रिजॉर्ट पर गया होगा?" इस पर इस बार ज्यादा हाथ उठे।

"कितने लोग यह मानते हैं कि वह अपने दोस्तों के साथ रिजॉर्ट पर गया होगा?"

ढेर सारे हाथ इस बार उठे।

"कितने लोग सोचते हैं कि जब विशाल ने लजीज व्यंजनों का जिक्र किया तो उसका मतलब चिकन और सी-फूड के बारे में था?"

ढेर सारे हाथ उठे इस बार।

"आप में से कितने लोगों ने शाकाहारी भोजन की कल्पना की, जब विशाल ने लजीज व्यंजन के बारे में बात की?"

एक बार फिर कुछ लोगों ने ही हाथ उठाए।

"कितने लोग यह सोचते हैं कि यह पहाड़ी रिजॉर्ट भारत में रहा होगा?"

इस बार कुछ ही हाथ उठे।

"कितने लोग मानते हैं कि वह दूसरे देश की बात कर रहा था?"

इस बार भी तमाम हाथ उठे।

ठीक है, आप सबने देखा कि जब विशाल ने अपनी बात रखी तो हमने अपने दिमाग में उससे जुड़ी तसवीरें बना लीं, जो कि वास्तविकता से परे थीं। विशाल का अनुभव कभी भी पूरी तरह से शब्दों और वाक्यों के जरिए अभिव्यक्त नहीं किया जा सकता। नक्शा कभी भी किसी इलाके की बराबरी नहीं कर सकता है। भाषा निश्चित रूप से जीवन के जरिए आगे बढ़ती है, उसी समय भाषा किसी भी अनुभव को बताने को लेकर बहुत खराब प्रस्तुतीकरण करती है।

—मनोज केशव

किसी अनुभव को व्यक्त करने का सबसे खराब माध्यम है भाषा। जब एक व्यक्ति कहता है, "मैंने तो शानदार छुट्टी बिताई। वाह, क्या खूबसूरत पहाड़ी रिजॉर्ट था वह! क्या शानदार जगह थी वह!" इन शब्दों को सुनकर कुछ लोग यह निष्कर्ष निकालेंगे कि वह अपने परिवार के साथ पहाड़ी रिजॉर्ट पर गया था और वहाँ उसने अच्छा वक्त गुजारा। वहीं, कुछ ऐसे लोग भी होंगे, जो यह सोचेंगे कि वह व्यक्ति अपने दोस्तों के साथ पहाड़ी रिजॉर्ट पर गया होगा और वहाँ उसने शानदार वक्त गुजारा होगा। वहीं, कुछ लोग यह भी सोच सकते हैं कि वह व्यक्ति ध्यान और योग शिविर में हिस्सा लेने के लिए पहाड़ी रिजॉर्ट पर गया होगा और ऊर्जा से ओत-प्रोत महसूस कर रहा है। कुछ लोग ऐसे भी होंगे, जो यह सोचेंगे कि वह अकेले ही पहाड़ी रिजॉर्ट पर गया होगा और वहाँ की प्राकृतिक छटा, पक्षियों, पेड़ों एवं पशुओं को देखकर भाव-विभोर हो गया होगा, क्योंकि उनके लिए प्रकृति के साथ रहना ही शानदार होता है।

इस तरह से हजारों तरीके हैं, केवल एक ही वाक्य 'मैंने शानदार तरीके से छुट्टी बिताई। वाह, क्या शानदार पहाड़ी रिजॉर्ट था वह! क्या शानदार जगह थी वह!' को अभिव्यक्त करने के। यह वाक्य किसी अनुभव को नहीं बताता। यह वाक्य अनुभव की प्रस्तुति मात्र है। दरअसल, यह वाक्य अनुभव का बहुत खराब प्रस्तुतीकरण माना जाए तो

गलत न होगा। इस व्यक्ति ने जिस अनुभव को जिया, उसे कभी भी भाषा के जरिए पूरी तरह से अभिव्यक्त नहीं किया जा सकता।

जब हम लोगों को सुनते हैं तो हम शब्दों और वाक्यों को सुनते हैं, जो कि उनके अनुभव नहीं होते। हम उन शब्दों को सुनते हैं और अपने दिमाग में उनकी तसवीरें बनाते हैं। ऐसे में जो तसवीरें हम अपने दिमाग में बनाते हैं, वे वक्ता के दिमाग में भरी तसवीरों से मेल नहीं खा सकतीं।

एन.एल.पी. मेटामॉडल

ऐतिहासिक मेटामॉडल पहली बार सन् 1975 में रिचर्ड बैंडलर और जॉन ग्राइंडर ने अपनी पुस्तक 'द स्ट्रक्चर ऑफ मैजिक : ए बुक अबाउट लैंग्वेज एंड थैरैपी', वॉल्यूम-1 में प्रकाशित हुआ था। मेटामॉडल एन.एल.पी. का एक बेहद खास विषय है और यह हमें बेहतर श्रोता बनने में मदद करता है। इससे हमें दूसरे व्यक्ति के अंदर चल रहे मंथन के दौर को समझने में मदद मिलती है।

शब्द प्रतिनिधि हैं। इसका क्या अर्थ है?

दो बच्चे एक बगीचे में बैठकर एक खूबसूरत गुलाब को देख रहे हैं। कुछ देर बाद दोनों गुलाब की तसवीर बनाने की सोचते हैं। दोनों ही अपनी तल्लीनता और उत्साह से इस काम में जुट जाते हैं। जब वे अपना काम खत्म करते हैं तो वे एक-दूसरे से अपनी कला की तुलना करते हैं और सोचते हैं कि उन्होंने अपने प्रतिद्वंद्वी से ज्यादा अच्छी तसवीर बनाई है। वे जानना चाहते थे कि किसकी बनाई तसवीर ज्यादा वास्तविक गुलाब की तरह नजर आ रही है? जब वे बच्चे अपनी बनाई तसवीरें अपने माता-पिता को दिखाते हैं तो वे समझ नहीं पाते कि यह तसवीर किस कोण से गुलाब की तरह है? किसी ने कहा कि यह तसवीर तो मंगल ग्रह की तरह लग रही है और दूसरे ने कहा कि यह तो लाल फुटबॉल की तरह नजर आ रही है।

ऊपर के उदाहरण में बनाई गई तसवीर फूल की प्रस्तुति या प्रतिनिधि है। एक अच्छा कलाकार फूल की ज्यादा बेहतर तसवीर बनाकर बेहतर प्रस्तुति कर सकता है और जो तसवीर बनाना नहीं जानता, वह फूल की अधूरी प्रस्तुति ही रच पाएगा। किसी भी मामले में दोनों ही फूल की प्रस्तुति या प्रतिनिधि मात्र हैं और अपने आप में फूल नहीं हो सकते।

इसी प्रकार, जब हम किसी अनुभव से गुजरते हैं तो हम अपने दिमाग में उसकी तसवीर खींचते या रचते हैं। जिस तरह कोई कलाकार एक ही फूल की दो तसवीरें एक जैसी नहीं बना सकता, उसी प्रकार दो लोग एक ही अनुभव से गुजरकर समान शब्दों

और वाक्यों में अपना अनुभव अभिव्यक्त नहीं कर सकते। किसी व्यक्ति की भाषा चाहे जितनी भी अच्छी क्यों न हो, भाषा केवल प्रतिनिधित्व ही कर सकती है, वास्तविकता नहीं बन सकती।

क्या हमें किसी व्यक्ति का अनुभव सुनना चाहिए या उसमें निहित ढाँचों को कि किस तरह से वह अपने सभी अनुभवों की प्रस्तुति की रचना करता है?

प्रभावशाली थेरैपिस्ट प्रस्तुतीकरण को लेकर केवल ज्यादा-से-ज्यादा सूचनाएँ एकत्रित नहीं करते रहते, बल्कि वे यह भी देखते हैं कि व्यक्ति अपने अनुभव का मॉडल किस तरह तैयार कर रहा है और उसमें निहित ढाँचा कैसा है? बिल्कुल उसी तरह जैसे कि एक कलाकार न केवल अपने छात्रों को यह सिखाता है कि किसी खास वस्तु की तसवीर कैसे बनाएँ, जैसे एक फूल, बल्कि वह यह भी सिखाता है कि सभी आकार व प्रकार को कागज पर उतारने के लिए किस प्रक्रिया और तकनीक की जरूरत होगी? इसी प्रकार, यह अनुभव ही नहीं है, जिसे हमें बदलना है, बल्कि हमारे अनुभव के प्रस्तुतीकरण को तैयार करने के तौर-तरीके में भी बदलाव की जरूरत है। एक अच्छे कलाकार के काम की प्रशंसा तो होगी ही, वह चाहे जो भी रच दे। इसी प्रकार, हम चाहे जो भी अनुभव करें, लेकिन अगर हमारे अंदर अनुभव को अभिव्यक्त करने की कला होगी तो हमारा जीवन और भी श्रेष्ठ बन जाएगा।

हमारे अनुभव को अभिव्यक्त करने का एक ढाँचा होता है, ताकि हम उसे उचित तरीके से प्रस्तुत कर सकें और उसी आधार पर आगे भी अपने अनुभवों को बताने के लिए तैयार हो सकें। जिस पल हम अपने उस ढाँचे पर काम करते हैं, जिस पल हम उसे उन्नत कर ले जाते हैं, उसी पल हमारे अनुभवों की गंभीरता और बढ़ जाती है और हम अपने जीवन में ज्यादा बेहतर परिणाम दे सकते हैं। यह बिल्कुल उसी तरह होता है, जैसे एक कलाकार तसवीर-दर-तसवीर रचना के साथ अपने कौशल में सुधार लाता जाता है और इस तरह ज्यादा-से-ज्यादा कीमती और ज्यादा गहराईवाली तसवीरें तैयार कर अपनी भी साख बढ़ाता जाता है।

किसी इमारत को तैयार करने के लिए सीमेंट, ईंट, लोहे आदि की जरूरत पड़ती है। इसी प्रकार, एक व्यक्ति के भाषा के मॉडल को तैयार करने के लिए सबसे जरूरी चीज है—भाषा। हम जिन शब्दों का चयन करते हैं और जिस पैटर्न पर वाक्य तैयार करते हैं, वही हमारे मॉडल की गुणवत्ता में अहम भूमिका निभाता है, जिसे दुनिया तैयार रूप में देखती है।

एक व्यक्ति जिस भाषा का इस्तेमाल करता है, उसके अध्ययन के जरिए हम उन कमियों और अधूरेपन को तलाश सकते हैं, जो उस व्यक्ति के भीतर लंबे समय से जमा हो चुके हैं। जिन शब्दों और वाक्यों का व्यक्ति अमूमन प्रयोग करता है, उन पर गौर

करके हम उसकी दुनिया के मॉडल की एक झलक पा सकते हैं। इससे हमें यह पता चलता है कि उस व्यक्ति के पास क्या ऐसा मॉडल है, जिसमें विकल्प सीमित हैं या एक उत्पादक मॉडल है, जिसमें ज्यादा विकल्प नजर आते हैं?

मेटामॉडल के जरिए हमें उन मिटी हुई चीजों, भटकावों और साधारणीकरण को पहचानने में मदद मिलती है, जिन्हें लोग अपने विचार साझा करने के दौरान अमूमन ध्यान नहीं देते।

I. सूचना एकत्रीकरण

जब एक मरीज डॉक्टर के पास जाता है और कहता है कि वह अस्वस्थ महसूस कर रहा है तो सबसे पहले डॉक्टर उससे कुछ और सवाल करता है, क्योंकि यह वाक्य कि 'मैं अस्वस्थ महसूस कर रहा हूँ', यह बहुत अस्पष्ट है, जिससे कोई निष्कर्ष नहीं निकाला जा सकता है।

जब एक नागरिक पुलिस अधिकारी के पास जाकर कहता है, "मेरे साथ धोखाधड़ी हुई है।" तो पुलिस अधिकारी पहले उससे कुछ और सवाल भी पूछता है, क्योंकि इस

वाक्य कि 'मेरे साथ धोखाधड़ी हुई है' में स्पष्टता का अभाव है कि उस व्यक्ति के साथ दरअसल क्या हुआ है?

जब एक संभावित घर खरीदार रियल एस्टेट सलाहकार के पास जाकर कहता है, "मुझे एक घर खरीदना है।" तो वह सलाहकार सबसे पहले उससे बजट आदि से संबंधित जानकारियाँ लेता है, क्योंकि इस वाक्य कि 'मुझे एक घर खरीदना है' में इस तरह की अस्पष्टता होती है कि सलाहकार कोई सुझाव नहीं दे सकता।

जब एक बच्चा अपने पिता से आकर कहता है, "मैं स्कूल नहीं जाना चाहता हूँ।" तो पिता उस पर नाराज हो सकता है और बच्चे को समझा सकता है कि स्कूल जाना किस तरह से जरूरी है? एन.एल.पी. प्रैक्टिशनर के लिए यह वाक्य कि 'मैं स्कूल नहीं जाना चाहता हूँ', यह इस कदर अस्पष्ट है कि इससे किसी निष्कर्ष पर नहीं पहुँचा जा सकता है। एन.एल.पी. प्रैक्टिशनर पहला काम यह करेगा कि इस सिलसिले में और सवाल पूछेगा।

जब अधिकारी कठोर आवाज में कहता है, 'मैं तुम्हें पसंद नहीं करता' तो कर्मचारी सन्नाटे में चला जाता है। एन.एल.पी. प्रैक्टिशनर के लिए यह वाक्य कि 'मैं तुम्हें पसंद नहीं करता', अधूरा वाक्य है, जिससे समस्या का पता नहीं चल पाएगा। एन.एल.पी. प्रैक्टिशनर पहला काम यह करेगा कि वह इस बारे में और सवाल पूछेगा।

जब एक पत्नी कहती है, "मेरे जीवन की सबसे बड़ी गलती तुमसे शादी करके हुई" तो पति भी गुस्से में भड़क सकता है और चीखते हुए जवाब दे सकता है, "मेरे जीवन की सबसे बड़ी गलती तुम्हें तलाक नहीं देना है।" यह बहस आधी रात से भी आगे बढ़ सकती है। एन.एल.पी. प्रैक्टिशनर के लिए इस वाक्य कि "मेरे जीवन की सबसे बड़ी गलती तुमसे शादी करके हुई", यह बड़ा ही अस्पष्ट-सा वाक्य है और वह सबसे पहले यही काम करेगा कि और सवाल पूछेगा।

समस्या के हल के लिए ज्यादा सूचनाएँ इकट्ठा करना बहुत जरूरी हो जाता है। उस डॉक्टर की कल्पना करें, जो आपकी बात ही न सुने कि आप क्या बताना चाह रहे हैं। वह कोई छानबीन या जाँच न करे और जो उसके मन में आए, वह दवाएँ लिख दे तो क्या होगा? क्या आप ऐसे डॉक्टर के पास दोबारा जाना चाहेंगे?

मैं तुम्हें बिल्कुल पसंद नहीं करता हूँ

जोसेफ इंटरव्यू के लिए तैयार था। इस इंटरव्यू में उसका पास होना जरूरी था। उसकी आर्थिक हालत खस्ता हो चुकी थी। वह जानता था कि बिना नौकरी किए गुजारा नहीं होने वाला है। अब उसे कहीं से उधार भी नहीं मिल सकता था। वह

पिछले पाँच महीने से बिना नौकरी के भटक रहा था। ऐसे आड़े वक्त में जोसेफ के काम आया उसका एन.एल.पी. प्रैक्टिशनर का कोर्स, जिसमें उसने दाखिला ले रखा था। वह नया कौशल सीख रहा था और घर पर बैठकर नौकरी की तलाश में अपना समय व्यर्थ नहीं गँवा रहा था।

जब वह ऑफिस पहुँचा, उसने गहरी साँस ली और अंदर कदम रखे। अंदर का नजारा देखकर मानो उसका दिल ही बैठ गया। वहाँ इंटरव्यू देने के लिए आए हुए लोगों की लंबी लाइन लगी थी। जोसेफ ने सोचा, 'एक जगह के लिए इतने सारे लोग आए हुए हैं!' फिर भी, घबराने की बजाय उसने आराम से बैठकर अपनी बारी आने का इंतजार किया।

जब उसकी बारी आई, उसने फिर गहरी साँस ली और अंदर दाखिल हुआ। अंदर एक बड़ा-सा कॉन्फ्रेंस रूम था। इंटरव्यू लेने के लिए तीन लोग बैठे हुए थे। जोसेफ ने उनसे मुसकराते हुए मुलाकात की और बोला, "गुड मॉर्निंग।" किसी ने भी उसके अभिवादन का जवाब नहीं दिया। गंभीर मुद्रा में बीच में बैठे मुख्य अधिकारी ने जोसेफ को सिर से पैर तक देखा और एक कड़क आवाज में कहा, "कृपया बैठ जाइए।"

जोसेफ ने गहरी साँस ली और बैठ गया। उस व्यक्ति ने आगे कहा, "आपका नाम जोसेफ है। मैं स्पष्ट रूप से कहना चाहता हूँ, जोसेफ। मैं आपको पसंद नहीं करता।"

जोसेफ तत्काल जिज्ञासु हो उठा। उसके लिए यह वाक्य 'मैं आपको पसंद नहीं करता', बड़ा ही अस्पष्ट था। इसलिए उसने पूछा, "क्या आपको मेरे हाव-भाव पसंद नहीं आए या मैंने जिस तरीके से अभिवादन किया था, वह पसंद नहीं आया? अगर मैं पूछ सकता हूँ तो कृपया मुझे स्पष्ट कीजिए कि आपको मुझमें क्या पसंद नहीं आया?"

उस व्यक्ति ने जोसेफ को कड़ी निगाह से लंबे समय तक देखा। वहाँ सन्नाटा पसर गया। जोसेफ के चेहरे पर जिज्ञासा के भाव अब भी थे। फिर उस व्यक्ति ने कहा, "क्या आपको बुनियादी कॉरपोरेट संस्कार भी नहीं पता हैं? आपने काला जूता पहन रखा है और उस पर भूरे रंग की बेल्ट लगा रखी है। पहनावे का उचित तरीका यह है कि बेल्ट और जूते का रंग मिलता-जुलता होना चाहिए।"

जोसेफ को अब स्पष्ट हुआ कि असल समस्या क्या थी? उसने जवाब दिया, "मैं वाकई नहीं जानता था। इस ओर मेरा ध्यान लाने के लिए आपका शुक्रिया। मैंने यहाँ आकर कुछ सीखा।"

उन सभी इंटरव्यू अधिकारियों ने एक-दूसरे को देखा। बीच में बैठे व्यक्ति ने आगे कहा, "जोसेफ, क्या आप अपनी शैक्षिक पृष्ठभूमि के बारे में कुछ बता सकते हैं?"

तीन दिन बाद जोसेफ को एक इ-मेल प्राप्त हुआ, जिसमें उसे बताया गया था कि उसे नौकरी के लिए चुन लिया गया है। उसकी तनख्वाह पहले की तुलना में ज्यादा थी, हालाँकि वह इतनी अपेक्षा नहीं कर रहा था। उसने इ-मेल को कई बार पढ़ा, ताकि किसी गलतफहमी का शिकार न हो जाए। अंततः जब वह अपने परिवार को इस बारे में बताने के लिए उठा तो उसकी आँखों में खुशी के आँसू थे। वह खुश था कि उसे नौकरी मिल गई थी। वह इस बात को लेकर भी आश्चर्यचकित था कि उसने इंटरव्यू को काफी अच्छे से सँभाला था। इसके लिए उसने अपनी उस ट्रेनिंग का शुक्रिया अदा किया, जिसमें उसे बताया गया था कि किसी निष्कर्ष पर पहुँचने से पहले ज्यादा-से-ज्यादा जानकारियाँ जुटा लेनी चाहिए।

—मनोज केशव

एक पोलिश-अमेरिकन वैज्ञानिक ए. कॉर्जिब्स्की (A. Korzybski), जिन्हें उनके जनरल सिमैंटिक्स सिद्धांत के लिए याद किया जाता है, ने कहा था, "नक्शा जिस इलाके का प्रतिनिधित्व करता है, उस इलाके जैसा नहीं हो जाता है; बल्कि अगर वह दुरुस्त है तो उसमें उस इलाके के मिलते-जुलते ढाँचे जरूर शामिल हो सकते हैं, जिसके चलते उस नक्शे की कीमत बढ़ जाती है।"

भाषा भी अनुभव नहीं है, बल्कि अनुभव का प्रस्तुतीकरण भाषा के जरिए ही होता है। किसी अन्य व्यक्ति के अनुभव को सुनना फायदेमंद होता है। सुनने की प्रक्रिया के दौरान अगर हम किसी निष्कर्ष पर जल्दबाजी में पहुँच जाएँ तो हम एक गलत निष्कर्ष पर जा बैठेंगे। यह बिल्कुल उसी तरह होगा, जैसे कि चोट दाएँ हाथ में हो और नर्स बाएँ हाथ में पट्टी कर दे।

इसलिए यह जरूरी है कि अगर कोई व्यक्ति अधूरी या संक्षिप्त जानकारी दे रहा है तो उससे और जानकारी माँगी जाए। ज्यादा-से-ज्यादा जानकारी हासिल करने का यही तरीका है कि सवाल ज्यादा पूछे जाएँ।

सामान्यतया, ज्यादातर लोग संक्षिप्त जानकारी देकर ही काम चलाना चाहते हैं। वह संक्षिप्त जानकारी उनका अपना अनुभव होती है। सुननेवाला अपने अनुभव के आधार पर बाकी के खालीपन को भरता है।

उदाहरण—

टॉम स्वस्थ नहीं है, इसलिए वह हमारी पार्टी में नहीं आ पाएगा।

एक श्रोता ने कल्पना की कि टॉम बिस्तर पर होगा, दवाएँ ले रहा होगा, खाँस रहा होगा और सोने का प्रयास कर रहा होगा।

दूसरा श्रोता यह कल्पना कर सकता है कि टॉम को उल्टियाँ हो रही होंगी और वह हाँफ रहा होगा।

तीसरा श्रोता यह कल्पना कर सकता है कि टॉम तनावग्रस्त व दुखी होकर एक कोने में बैठा होगा।

उन श्रोताओं में से कोई भी यह नहीं मानेगा कि उनके दिमाग में जो तसवीर बन रही है, वह काल्पनिक है। उसका वास्तविकता से कोई लेना-देना नहीं है।

'अस्वस्थ' शब्द को शारीरिक चोट, मानसिक बीमारी, अस्पताल की इमरजेंसी, तनाव, बहाना आदि कुछ भी माना जा सकता है।

बेहतर तो यह होता कि हमारी कल्पनाशीलता में जो खालीपन होता, उसे भरने के लिए ज्यादा-से-ज्यादा जानकारियाँ लेकर स्पष्ट नजरिया बनाया जाता ताकि सबके मन में एक ही तरह की तसवीर तैयार होती।

अगर हम एक सफल व्यक्ति का साक्षात्कार कर रहे हों तो हमारे जेहन में एक कोड बनने की संभावना सबसे ज्यादा रहेगी कि किन चीजों ने उस व्यक्ति को इतना सफल बनाया होगा, जबकि असल में उसकी सफलता के लिए जिम्मेदार वजहों का हमें पता नहीं होगा। अमूमन लोग छोटी जानकारियाँ सुनते हैं और बाकी का खालीपन खुद की कल्पना से भर देते हैं और यह मान बैठते हैं कि जो वे सोच रहे हैं, वही उस वक्ता का भी अनुभव है। दरअसल, दिमाग में बनी काल्पनिक तसवीर का 80 फीसदी हिस्सा गलत रहता है और कमाल की बात यह है कि आपको पता भी नहीं होता कि यह तसवीर काल्पनिक सूचनाओं के आधार पर बनी है, जिसमें तथ्य गायब हैं।

ज्यादा-से-ज्यादा जानकारियाँ एकत्रित करने का मतलब ही है—सच्चाई के और करीब पहुँच जाना। जानकारी बढ़ाने से समझ भी बढ़ती है, बिल्कुल आँखों के किसी डॉक्टर की तरह, जो पूरी तसल्ली से जाँच करने और समस्या को समझने के बाद ही चश्मे व दवाएँ परचे पर लिखता है। इसलिए यह जरूरी है कि किसी फैसले पर पहुँचने से पहले इनपुट जुटा लिया जाए।

जानकारी एकत्रित करने की दिशा में पाँच हिस्से होते हैं—

1. सामान्य विलोपन
2. तुलनात्मक विलोपन
3. रेफरेंशियल इंडेक्स का अभाव

4. अव्यक्त क्रियाएँ
5. सामान्यीकरण

सामान्य डिलीशन से आशय है कि व्यक्ति गायब या अधूरी जानकारी से लैस है। सामान्य डिलीशन वाले व्यक्ति से यह पूछकर आसानी से पहचाना जा सकता है— किसके बारे में? या किस बारे में?

उदाहरण-1

1. मैं भयभीत हूँ।

दृश्य-1

राकेश एक डरावनी फिल्म देखकर थिएटर से बाहर निकला। वह अपने दोस्त की तरफ मुड़ा और बोला, "हे सैम, मैं डरा हुआ हूँ।"

सैम बोला, "ओह हो राकेश, यह तो केवल एक फिल्म थी। यह सच्चाई नहीं है। हर चीज स्पेशल इफेक्ट के जरिए फिल्माई गई थी। फिल्म के दृश्यों को लेकर मत डरो। यहाँ तक कि मैं भी भयभीत हूँ, लेकिन मैं जानता हूँ कि यह केवल फिल्म है और हकीकत में ऐसा कुछ नहीं है। अब ठीक है। अब मजे करो। चलो, चलकर कुछ पीते हैं।"

राकेश लगातार अपनी घड़ी देख रहा था और यह कहते हुए वहाँ से जाने लगा, "तुम नहीं समझोगे। मुझे जल्दी करनी होगी। मैं तुमसे बाद में मिलता हूँ।" सैम उसे देखकर अचंभित रह गया और राकेश ने बाइक उठाई तथा पल भर में ही ओझल हो गया।

दृश्य-2

डरावनी फिल्म देखकर राकेश फिल्म थिएटर से बाहर निकला। वह अपने दोस्त की तरफ मुखातिब होते हुए बोला, "हे सैम, मैं डरा हुआ हूँ।"

सैम बोला, "मैं समझ रहा हूँ। तुम तनावग्रस्त भी दिख रहे हो। क्या हुआ? तुम्हें किस चीज से डर लग रहा है?"

राकेश बोला, "मैंने अपने माता-पिता को इस फिल्म के बारे में नहीं बताया है। वे मुझे फिल्म देखने की इजाजत नहीं देते, क्योंकि मेरी परीक्षाएँ सामने हैं। शाम के सात बज रहे हैं। वे चिंतित हो रहे होंगे। मुझे डर लग रहा है कि कहीं मेरे पिता मुझे डाँटने न लगें।"

सैम ने जवाब दिया, "तुमको जल्दी करनी चाहिए। उम्मीद है कि तुम्हारे पिता ठीक होंगे। घर जाओ और पढ़ाई करो।"

राकेश बोला, "शुक्रिया, दोस्त। तुम बहुत अच्छे हो। तुम मुझे अच्छी तरह समझते हो। मैं तुमसे बाद में मिलूँगा।"

राकेश ने अपनी बाइक उठाई और निकल गया। सैम बेहतर महसूस करते हुए वहाँ खड़ा उसे देखता रहा।

उदाहरण–2

दृश्य–1

संजय मीटिंग से बाहर निकलकर आया और अपनी टाई उतार दी। अपनी कुरसी पर बैठने की बजाय वह चहलकदमी करने लगा। एक साथी ने गौर किया कि वह कुछ तनावग्रस्त लग रहा है। उसने कॉफी के लिए पूछा। जब वे दोनों ऑफिस के बाहर कॉफी शॉप की ओर बढ़ रहे थे तो संजय ने अपने साथी राघव से कहा, "मैं पागल हो गया हूँ।" रहीम ने उसके कंधे पर हाथ रखा और बोला, "क्या करना चाहिए? हमारी कंपनी का प्रबंधन ही बेतुका है। हमारा सी.ई.ओ. तो बेवकूफ है। जब वह बोलता है तो मेरे दिमाग में भँवर जैसा गोल-गोल उठने लगता है। जिस पल तुम मीटिंग से निकलकर आए थे, मैं समझ गया था कि निश्चित रूप से सी.ई.ओ. ने लंबा-चौड़ा भाषण शुरू कर दिया होगा। यह केवल तुम्हारे साथ ही नहीं है भाई, हर व्यक्ति उससे चिढ़ा बैठा है।"

संजय बोला, "वैसा नहीं है, जैसा तुम सोच रहे हो।"

राघव ने जवाब दिया, "मैं जानता हूँ, संजय। तुम कुछ देर में ही सामान्य हो जाओगे।"

संजय बोला, "मेरे पास उस बेवकूफ का दोबारा फोन आ रहा है। राघव, तुम जाओ और कॉफी लो। मैं जरा इससे बात कर लूँ।"

राघव कॉफी शॉप की तरफ जाने लगा और यह देखने के लिए रुक गया कि संजय उसके साथ आएगा या नहीं?

दृश्य–2

संजय मीटिंग रूम से निकलकर बाहर आया और अपनी टाई उतार दी। अपनी कुरसी पर बैठने की बजाय वह चहलकदमी करने लगा। एक साथी ने उसे देखा कि वह तनाव में लग रहा है तो उसे चलकर कॉफी पीने के लिए कहा। जब वे दोनों ऑफिस के बाहर कॉफी शॉप की तरफ जा रहे थे तो संजय ने साथी रहीम से कहा, "मैं पागल हो गया हूँ।" राघव ने उसके कंधे पर हाथ रखा और पूछा, "क्या हुआ? तुम तनाव में दिख रहे हो। किस वजह से चिंतित हो?"

संजय ने कहा, "हम अपने घर का इंटीरियर बदल रहे हैं और जिसने इसका ठेका ले रखा है, वह लगातार मुझे फोन किए जा रहा था और मैं मीटिंग में था। क्या उसे शुरू में ही हर जानकारी नहीं ले लेनी चाहिए थी? मेरे पास इतना सारा काम पड़ा है और यह

आदमी मेरी परेशानी समझ नहीं रहा है, बल्कि और बढ़ाए जा रहा है।"

राघव ने कहा, "यह तो वाकई नाराज करनेवाली बात है। अब मीटिंग खत्म हो चुकी है तो तुम क्यों नहीं उससे बात करके जो वह चाह रहा है, जानकारी दे दो और अभी-के-अभी उसकी सारी शंकाओं का समाधान कर दो और आगे के लिए कुछ छूटने न पाए। उससे बोलो कि इस बात का ध्यान रखे।"

संजय ने कहा, "वह फिर से मुझे फोन कर रहा है। तुम चलो और कॉफी लो, राघव। मैं इससे बात करता हूँ और उससे बात के बाद अगर तुम मुझे कॉफी शॉप पर दिखे तो मैं तुम्हारे साथ आ जाऊँगा। शुक्रिया!"

राघव अपनी कॉफी पीते हुए यही सोच रहा था कि पहली बार जब दोनों काम पर मिले थे, तब से लेकर अब तक उनकी दोस्ती कितना आगे बढ़ चुकी है।

तुलनात्मक विलोपन

तुलनात्मक विलोपन में तुलना का प्रसंगार्थ नहीं दिया जाता। उदाहरण के लिए, तुलनात्मक शब्दों के उदाहरण हैं—बेहतर, सुधार, श्रेष्ठतर, वरीयता प्राप्त, बड़ा, ज्यादा बारीक, अच्छा, बड़ा, ज्यादा उपयुक्त, अधिक अपेक्षित, ज्यादा सटीक, ज्यादा फायदेमंद, ज्यादा कीमती, गुणवान, छोटा, पतला, बहुत बढ़िया, लंबा और चमकदार।

कॉरपोरेट विश्व के लोग इन शब्दों का प्रयोग बढ़-चढ़कर करते हैं, ताकि उनके उत्पाद और सेवाओं का प्रचार हो सके। यहाँ तक कि वे ज्यादा विश्वसनीय लगने के लिए तुलना के साथ प्रतिशत भी जोड़ देते हैं। उदाहरण के लिए, '20 फीसदी ज्यादा पोषक हेल्थ ड्रिंक'। यहाँ प्रोडक्ट की ज्यादा पोषक के तौर पर तुलना करना है और ऐसा अनुमान है कि उसमें अतिरिक्त वजन जोड़ा गया होता, लेकिन इसमें यह नहीं बताया जाता कि वह प्रोडक्ट किसकी तुलना में और किस तरह से ज्यादा पोषण से भरपूर है? यह नहीं बताया जाता कि यह किससे! क्या एक केले से या चॉकलेट बार से या एक तरबूज से ज्यादा पोषक है?

तुलनात्मक विलोपन की पहचान करने के लिए पूछें, '**किससे बेहतर या इसमें क्या बेहतर है?**'

उदाहरण—

बयान— क-ख-ग पेंट लंबा चलता है।

सवाल— तो आपका भरोसा क-ख-ग पेंट में है और आप यह मानते हैं कि यह लंबा चलता है। क्या यह किसी तय पेंट ब्रांड के मुकाबले लंबा चलता है या पहले आनेवाले क-ख-ग पेंट के मुकाबले यह ज्यादा चलता है?

बयान— मेरे पति की नौकरी कठोरतम है।

सवाल— आपके पति की नौकरी आपको बहुत कठोर लगी। तो क्या इसे आप अपनी नौकरी की तुलना में कठोर मानती हैं या आप किसी विशेष नौकरी से इसकी तुलना कर रही हैं?

बयान— सुजैन सबसे ज्यादा ताकतवर है।

सवाल— आप सुजैन की ताकत की प्रशंसा कर रही हैं। जब आपने कहा, 'सबसे ज्यादा ताकतवर', तो क्या आप यह महसूस करती हैं कि वह आपके दोस्तों में सबसे ज्यादा ताकतवर महिला हैं?

नेहा बनाम स्नेहा

नेहा सुबह उठी और खुद को तनावग्रस्त महसूस करने लगी। जब उसने घड़ी की तरफ देखा तो उसे लगा कि कॉलेज के लिए जल्दी निकल लेना चाहिए। हालाँकि कॉलेज जाने का आज उसका मन नहीं था। उसके अंदर न ऊर्जा दिख रही थी और न प्रेरणा। किसी तरह वह तैयार हुई और कॉलेज पहुँच गई। कक्षा-दर-कक्षा वह और भी ज्यादा अवसाद में घिरती चली गई। वह शारीरिक रूप से तो वहाँ मौजूद थी, लेकिन मानसिक रूप से वह निराशा के भँवर में गोते लगा रही थी।

प्रिंसिपल के ऑफिस के बार अपनी बारी का इंतजार करते हुए रीना ने गौर किया कि नेहा की आँखें लटकी हुई हैं, कंधे झुके हुए हैं और चेहरे पर कोई जीवंतता नजर नहीं आ रही है। दोनों को ही कॉलेज प्रिंसिपल से मिलना था। रीना महिला हॉकी टीम में शामिल होना चाहती थी, इसलिए वह प्रिंसिपल से मिलने आई थी, जबकि नेहा ने बहुत ज्यादा छुट्टियाँ ले रखी थीं और अनुशासनात्मक कारवाई से बचने के लिए प्रिंसिपल ने उसे बुला रखा था।

रीना : क्या मसला है, नेहा? तुम इतनी मायूस क्यों हो?

नेहा : कुछ नहीं। कॉलेज में इतनी बोरियत होती है कि मुझे लगता है कि घर पर सोना ज्यादा अच्छा है। मुझे लगता है कि मैंने बहुत ज्यादा छुट्टियाँ ले रखी हैं, शायद इसीलिए प्रिंसिपल ने मुझे बुलाया है।

रीना : नहीं, मैं यह नहीं पूछ रही कि तुम यहाँ क्या कर रही हो? क्या तुम बता सकती हो कि क्या गलत लगता है तुम्हें? तुम इतनी मायूस क्यों हो?

नेहा : मुझे कॉलेज से नफरत है। देखो न, कितना बोरियत भरा है कॉलेज!

रीना : ठीक है। तुम थोड़ी और ईमानदारी से खुलकर क्यों नहीं बतातीं? तुम्हारे चेहरे पर यह उदासी क्यों है?

नेहा : अच्छा। मैं नहीं जानती थी। क्या मैं बुरी नजर आ रही हूँ?

रीना : क्या तुम्हारे बॉयफ्रेंड ने तुम्हें छोड़ दिया है?

नेहा : मेरा कोई बॉयफ्रेंड नहीं है। कभी नहीं रहा।

रीना : अगर तुम यह बता सको कि कौन सी चीज तुम्हें परेशान कर रही है तो शायद मैं तुम्हारी मदद कर सकूँ या शायद न कर सकूँ, लेकिन कम-से-कम तुम अपनी चिंता तो साझा कर सकोगी और उसके बाद तुम बेहतर महसूस करोगी।

नेहा : मैं खुश कैसे हो सकती हूँ? मैं बदसूरत हूँ। देख ही रही हो।

रीना : क्या यही मसला है? तुम यह मानती हो कि तुम बदसूरत हो?

नेहा : बिल्कुल। मैं बदसूरत हूँ।

रीना : नेहा, तुम जैसी दिखती हो, वह तुमको पसंद नहीं है?

नेहा : हाँ, बिल्कुल।

रीना : नेहा, जब तुम कहती हो कि तुम सबसे ज्यादा बदसूरत हो तो क्या मैं तुमसे एक चीज पूछ सकती हूँ? किससे तुलना करके तुम खुद को इतनी बदसूरत मानती हो?

नेहा : इतना काफी है कि मैं सबसे ज्यादा बदसूरत हूँ।

रीना : तुम जिस तरह दिखती हो, उसके आधार पर वाकई तुम खुद को पसंद नहीं करती। अब, जबकि तुम सबसे ज्यादा बदसूरत कह रही हो तो तुम किसी विशेष व्यक्ति से तुलना कर रही होगी! किससे तुलना करके तुम खुद को सबसे ज्यादा बदसूरत बता रही हो, नेहा?

नेहा : अगर तुम मेरी जुड़वाँ बहन को देखो तो तुमको पता चलेगा कि मैं कितनी बदसूरत हूँ! मेरी जुड़वाँ बहन स्नेहा कितनी प्यारी और कितनी खूबसूरत है! हर कोई उसे प्यार करता है।

रीना : अब मैं समझी। तो तुम अपनी बहन की तुलना में खुद को बदसूरत मान रही हो। नेहा, तुम जिन शब्दों का इस्तेमाल करती हो, वे तुम्हारी जिंदगी बनाते हैं। जब तुम कहती हो कि तुम सबसे ज्यादा बदसूरत हो तो वही शब्द तुम्हारी जिंदगी की रचना करता है। ऐसे लोग भी तुम्हारे आसपास होंगे, जो तुमको बदसूरत नहीं

मानते होंगे और तुमको तुम्हारी जुड़वाँ बहन से ज्यादा सुंदर मानते होंगे। और उसी समय तुम अपनी बहन की तुलना में ज्यादा प्यारी और खूबसूरत नजर आती होगी, क्योंकि तुम्हारी खूबसूरती अलग तरह की है, जबकि तुम्हारी बहन अलग है। अपने शब्दों को सावधानी से चुनो, क्योंकि ये शब्द तुम्हारा नजरिया बदल देते हैं और फिलहाल तुम्हारे साथ यही हो रहा है।

नेहा : हाँ, तुम्हारी बात में दम है, रीना। मुझे लगता है कि मैं जरूरत से ज्यादा ही बढ़ा-चढ़ाकर बोलती हूँ कि मैं सबसे ज्यादा बदसूरत हूँ। यह भी हो सकता है कि मैं बेवजह अपनी बहन से अपनी तुलना करती हूँ।

रीना : तुम्हारी बहन अपनी तरह से खूबसूरत और तुम अपने हिसाब से प्यारी हो। मैंने भी स्नेहा को देखा है। वह निश्चित रूप से प्यारी है; लेकिन तुम खुद को देखो। तुम्हारी आँखें कितनी अच्छी हैं! तुम्हारी कद-काठी काफी मजबूत है और तुम्हारी मुसकान कितनी चमकदार है! मुझे लगता है कि तुम्हारे अंदर तुम्हारी बहन की तुलना में अलग क्षमताएँ भी हैं।

नेहा : हाँ, मुझे खेलकूद का ज्यादा शौक है और मुक्त होकर दौड़ने से मुझे ऐसा आभास होता है, मानो मेरा शरीर आजाद हो गया हो। मुझे लगता है कि अपनी बहन से तुलना करना कहीं से भी मेरे लिए स्वास्थ्यकर नहीं है। क्या मैं अपनी बहन से तुलना करना छोड़ नहीं सकती हूँ? क्या मैं जैसी हूँ, वैसी ही खुद को स्वीकार नहीं कर सकती हूँ और आगे बढ़ सकूँ?

रीना : बिल्कुल, तुम कर सकती हो। बहुत संभव है कि किसी गलत वजह के चलते यह आखिरी बार हो कि तुमको प्रिंसिपल के ऑफिस के बाहर आना पड़ा हो।

रीना ने सुना कि उसका नाम पुकारा जा रहा है। वह उठी और प्रिंसिपल के कमरे में दाखिल हो गई। नेहा वहाँ खामोशी से बैठी रही। वह अपने दिमाग में खालीपन-सा महसूस कर रही थी। ऐसा लग रहा था, मानो उसका दिमाग खाली हो चुका हो। जल्दी ही उसके दिमाग में कुछ शब्द भर आए। लेकिन वह जानती थी कि उसे उन शब्दों का बेहद सावधानी से चयन करना है।

—मनोज केशव

तुलनात्मक इंडेक्स का अभाव

इस प्रकार के विलोपन में समूह या वस्तु, जिसके बारे में कहा जा रहा है, वह स्पष्ट नहीं होता।

उदाहरण—

- वे मुझे पसंद नहीं करते।
- वह मेरे प्रति ज्यादा ही रूखा है।
- वे सभी राजनीति कर रहे हैं।
- उन्हें फर्क नहीं पड़ता।
- यह हमेशा ही विवादों के साथ खत्म होता है।
- हम सब शुक्रवार को मिलने पर सहमत हैं।

तुलनात्मक इंडेक्स के अभाव में गुम हुई सूचना को ढूँढ़ने के लिए सवाल करें 'कौन?' या 'खासतौर पर क्या?'

दृश्य-1

मरीज : यह मुझे बहुत परेशान कर रहा है, डॉक्टर।

डॉक्टर : कौन सी चीज है, जो परेशान कर रही है?

मरीज : मेरा पेट, डॉक्टर।

डॉक्टर : अपनी उँगली वहाँ रखें, जहाँ आपको परेशानी हो रही है और मुझे दिखाएँ।

इस उदाहरण में डॉक्टर बुद्धिमान है, जो उसने खोई हुई जानकारी ढूँढ़ने के लिए उचित प्रयास किया।

दृश्य-2

पति : वे सभी राजनीति कर रहे हैं।

पत्नी : हाँ, मैं समझी। *(यह सोचते हुए कि पति की पीठ पीछे उनके सहकर्मी उसके पति के बारे में अनाप-शनाप बोलते होंगे। डॉक्टर की तरह वह खोई हुई जानकारी का पता लगाने के लिए कोई विशेष प्रयास नहीं करती। पति भी उसे ठीक-ठीक नहीं बताता कि कौन और कैसे इतने सारे लोग उसके खिलाफ राजनीति कर रहे हैं?)*

पति : ऑफिस में काम करना कठिन होता जा रहा है।

पत्नी : तुम अपने साथियों के साथ सप्ताहांत पर बाहर जाना बंद कर दो।

पति : क्यों ? इसमें क्या गलत है ?

पत्नी : अगर वे पीठ पीछे तुम्हारा नुकसान कर रहे हैं तो तुमको भी एक लकीर खींचने की जरूरत है।

पति : कौन ? मेरे साथी ? अरे, नहीं। वे तो मेरे अच्छे दोस्त हैं। अरे, तुम्हें लगा कि वे मेरे खिलाफ साजिश कर रहे हैं! दरअसल, हमारे डायरेक्टरों में से एक है, जो सब गड़बड़ कर रहा है। कंपनी का टॉप मैनेजमेंट आपस में लड़ रहा है। मेरे साथी बिल्कुल दुरुस्त हैं। उनके चलते तो जीवन आसान हो पाता है।

अगर बातचीत आगे न बढ़ी होती तो उसकी पत्नी ने अपने पति के दोस्तों के खिलाफ ही बेवजह गुस्सा अपने मन में भर रखा होता और उसका व्यवहार उनके प्रति रूखा ही होता। खुशकिस्मती से बातचीत आगे बढ़ गई और उसकी गलतफहमी दूर हो पाई। डॉक्टर की तरह पूछने की कला व कौशल विकसित करना जरूरी है, ताकि लापता जानकारी पाई जा सके।

अनिर्दिष्ट क्रिया (Unspecified Verb)

ये क्रियाएँ अपनी अस्पष्ट प्रकृति के चलते सुननेवाले को अलग-अलग तरीके से उसके भाव समझ में आते हैं। इससे भ्रम या समझने में गड़बड़ी की आशंका ज्यादा होती है।

उदाहरण—

मैरी : मेरा बॉस मेरे प्रति काफी कठोर है।

श्रोता-क : कल्पना करता है कि बॉस मैरी पर काफी चीखता-चिल्लाता होगा।

श्रोता-ख : कल्पना करता है कि बॉस मैरी से बात नहीं करता होगा।

श्रोता-ग : कल्पना करता है कि बॉस मैरी के प्रति विनम्र नहीं होगा और 'कृपया' व 'शुक्रिया' जैसे शब्दों का प्रयोग नहीं करता होगा।

श्रोता-घ : कल्पना करता है कि बॉस मैरी को घूरता रहता होगा।

श्रोता-ङ : कल्पना करता है कि बॉस मैरी से नजर मिलाकर बात नहीं करता होगा।

श्रोता-च : कल्पना करता है कि बॉस मैरी पर कागज फेंक देता होगा।

'कठोर' शब्द का अर्थ अलग-अलग तरह से ग्रहण किया जा सकता है। गायब सूचना का पता लगाने के लिए आपको पूछना होगा—कितना विशिष्ट ?

श्रोता-छ : मैरी, तुम कुछ नाराज लग रही हो। क्या हुआ ? तुम्हारा बॉस किस

खास तरह से तुमसे रूखा व्यवहार करता है? क्या वह तुम पर चीखता है?

मैरी : अरे, नहीं! वह कभी नहीं चीखते। वह तो बहुत मृदुभाषी व्यक्ति हैं। मुझे लगता है कि जब भी मैं उनको रिपोर्ट देती हूँ तो वह मेरी प्रशंसा नहीं करते। आमतौर पर वह ऐसा करते हैं। मुझे तब हैरानी होती है कि क्या हुआ? मुझे लगता है कि जब वह मेरी काबिलीयत स्वीकार नहीं करते हैं तो मुझे रूखे नजर आते हैं।

श्रोता छ : ठीक है। हो सकता है कि तुमको अपनी भावनाओं से बॉस को वाकिफ कराना चाहिए। हो सकता है कि तुम उनसे पूछ सको कि हुआ क्या है? यह बेहतर होगा कि उनसे सामने बात करके सारी शंकाओं का समाधान कर डालो।

मैरी : शुक्रिया। अब मैं बेहतर महसूस कर रही हूँ।

और उदाहरण—

वक्तव्य—मेरे पिता मुझे नजरअंदाज करते हैं।

प्रश्न—आप आहत लग रहे हैं। क्या हुआ? किस विशेष तरीके से आपके पिता आपको नजरअंदाज करते हैं? क्या उन्होंने आपसे बात करना बंद कर दिया है?

वक्तव्य—वह ग्राहक इस कदर बेचैन था।

प्रश्न—क्या उस ग्राहक से बात करना कठिन था आपके लिए? वह क्या चाहता था? उसकी माँग किस खास तरह की थी?

अ का वक्तव्य—जेन ने मुझे परेशान कर रखा है।

प्रश्न—जेन ने आपको परेशान कर रखा है? क्या हुआ? उसने किस खास तरीके से तुमको परेशान कर रखा है?

अ का वक्तव्य—वह चाहती है कि मैं शाम की सैर पर उसके साथ जाऊँ। किसके पास समय है?

ब का वक्तव्य—रॉय एक घंटे तक गिड़गिड़ाता रहा।

प्रश्न—एक घंटे तक? क्या हुआ? उसने खासतौर पर क्या किया?

अ का वक्तव्य—उसने मेरे सामने 20 अलग-अलग तरीके से प्रस्ताव रखे।

नॉमिनलाइजेशंस

"हम अपनी खुशियाँ और अपने गम उन्हें अनुभव करने से पहले ही चुन लेते हैं।"

—खलील जिब्रान

जब एक व्यक्ति किसी जारी प्रक्रिया को एक बंद कार्यक्रम के तौर पर बताता है तो वह अनजाने में ही अपने अनुभव को खराब कर रहा होता है। किसी अनुभव को बरबाद करने की प्रक्रिया को 'नॉमिनलाइजेशंस' कहते हैं। कुछ भी हमेशा के लिए नहीं रहता। हर चीज बदलती है, उभरती और खत्म होती है, प्रकट होती है और गायब हो जाती है।

दुनिया में चर्चित माइंड-बॉडी विशेषज्ञ डॉ. दीपक चोपड़ा के अनुसार, इनसान की त्वचा हर महीने नई हो जाती है, पेट के अंदर की सुरक्षा सतह हर पाँच दिन बाद बदल जाती है, लिवर हर छह हफ्ते बाद नया हो जाता है और हमारे ढाँचे को पुख्ता रखनेवाली हड्डियाँ हर तीन महीने में खुद को नया बना लेती हैं। आँखों से देखने पर ये सब पहले जैसे ही नजर आते हैं; लेकिन वे समय के साथ अपने आपको बदलते रहते हैं। साल के अंत तक इनसानी शरीर के 98 फीसदी अणु नए अणुओं के लिए जगह छोड़ जाते हैं।

गतिमान कार्यक्रम बनाम ठहरे हुए कार्यक्रम

प्रक्रिया ही कुछ ऐसी है, जो हमेशा गतिमान रहती है, जैसे शरीर हर समय किसी-न-किसी बदलाव से गुजर रहा होता है। एक पूर्ण या ठहरा हुआ घटनाक्रम कुछ ऐसा होता है, जो बदलता नहीं—कुछ ऐसा, जो कि समय और अंतराल में जमा हुआ है। हमारे जीवन में पूर्व में हुए घटनाक्रम भी कुछ ऐसे ही हैं, जिन्हें बदला नहीं जा सकता। यह घटित हो चुका है, इसलिए हम समय में पीछे नहीं जा सकते और उसमें कोई बदलाव नहीं ला सकते। लेकिन कुछ लोग वर्तमान में घटित हो रही घटनाओं को भी बंद घटनाक्रम या ठहरे हुए घटनाक्रम के रूप में ही लेते हैं। अवचेतन का यह भटकाव उनसे वह ताकत भी छीन लेता है, जिसके आधार पर वे मौजूदा घटनाक्रम में कुछ बदलाव ला सकते हैं। ऐसे लोगों के लिए एक खास जारी घटनाक्रम भी समय और अंतराल में जमा हुआ-सा हो जाता है।

उदाहरण—

अ (जो कि तलाक के दौर से गुजर रहा है) का बयान—'तलाक बहुत कष्टकारी होता है।' यहाँ 'तलाक' शब्द समय और अंतराल में एक जड़ता का द्योतक है। इसमें न तो किसी तरह का विकल्प है और न ही यह घटनाक्रम का अंत दरशाता है।

अ का बयान (जारी प्रक्रिया पर)—'अपनी पत्नी को तलाक देना कष्टकारी है।' यहाँ 'तलाक देना' शब्द में विकल्प है और यह आभास देता है कि फिलहाल यह प्रक्रिया चल रही है और जल्दी ही दोनों लोग इससे मुक्त हो जाएँगे या संभवत: पूरी प्रक्रिया को ही उलट दें और फिर से एक हो जाएँ। 'तलाक देना' दरशाता है—क्रिया, विकल्प, एक

शुरुआत और एक अंत को। 'तलाक' शब्द में विकल्प का अभाव है और इसकी न तो शुरुआत है और न ही अंत।

नॉमिनलाइजेशन को उलटना और एक व्यक्ति को यह अवसर प्रदान करना कि वह एक जारी प्रक्रिया को उसके गतिमान क्रम में देखे तो उसके लिए बदलाव के अवसर खुलते हैं और वह इस पर मंथन करेगा कि उस घटनाक्रम में अब भी ऐसा क्या है, जिसमें बदलाव लाया जा सकता है। इससे संभावनाओं का विस्तार होगा और तनाव एवं दर्द से निपटने का रास्ता मिल सकेगा और व्यक्ति आशावादी बन सकेगा कि मौजूदा कष्टसाध्य घटनाक्रम धीरे-धीरे गुजर जाएगा।

ब का वक्तव्य—मैं गहरी निराशा में हूँ।

यहाँ 'निराशा' शब्द समय और अंतराल में ठहरा हुआ है। इसमें विकल्प है ही नहीं।

ब का चुनौतीपूर्ण वक्तव्य—आप कैसे अपने आप को निराश करते हैं?

इस सवाल में यह क्षमता है कि यह जड़वत् शब्द 'निराशा' को एक गतिमान प्रक्रिया 'निराशाजनक' में बदल सकता है। इससे निराशा से निपटने के संभावित विकल्प और संभावनाएँ मिल जाती हैं।

स का वक्तव्य—आपने गलत समझा है।

यहाँ शब्द 'समझ' समय और अंतराल में जड़वत् है। इससे दूसरे व्यक्ति को अपनी समझ में बदलाव लाने का अवसर ही नहीं मिलेगा।

स का बदला हुआ बयान एक गतिमान प्रक्रिया को दरशाता है—आप इसे गलत तरीके से समझ रहे हैं।

यहाँ शब्द 'समझ रहे हैं' में यह अवसर नजर आ रहा है कि किसी मुद्दे को कोई कैसे देखता है और उसमें संभावित बदलाव ला सकता है।

प्रसिद्ध मानव-विज्ञानी अर्नेस्ट बेकर, जो 'द रिवॉल्यूशन इन साइकियाट्री' के लेखक भी हैं, कहते हैं, "जान-बूझकर विकल्पों को बंद करने का ही नतीजा होता है अवसाद।" जब एक व्यक्ति विकल्पों का अभाव महसूस करता है तो उसके तनाव और अवसाद में डूबने की ज्यादा संभावना होती है। 'संज्ञानात्मक रूप से विकल्पों का ह्रास' का मतलब होता है कि दिमाग उन विकल्पों को नहीं देख पाता।

"यह विकल्प आजमाना हमारे ऊपर निर्भर है, जो कि यह दिखाता है कि हमारे अंदर निहित क्षमताओं से परे हम दरअसल हैं कौन!"

—जे.के. रॉलिंग

हैरी पॉटर एंड द चैंबर ऑफ सीक्रेट्स

एन.एल.पी. भी पूर्णतया विकल्पों के ही बारे में है। नॉमिनलाइजेशन को उलटने से विकल्प तैयार होते हैं। लोग जब इन विकल्पों को देखते हैं तो वे ऊर्जावान् और उत्साहित महसूस करने लगते हैं। बहुत से लोग ऐसे भी रहे हैं, जिन्होंने मौजूदा ठहराववाली अवस्था में विखंडन पैदा करके खुद को उस जड़वत् अवस्था से बाहर निकाला और अपने आपको समय व अंतराल में ठहरने से बचाया। उनके पास यह काबिलीयत है कि वे अगर किसी एक समान घटनाक्रम को गतिमान देखते हैं तो वे उसे तोड़कर उससे बाहर निकल सकते हैं।

नॉमिनलाइजेशन को हम व्यक्त करनेवाली भाषा के तौर पर भी समझ सकते हैं, जिससे हमारे अंदर क्या चल रहा है, इसका पता चलता है। रिवर्सिंग नॉमिनलाइजेशन के जरिए किसी व्यक्ति के अंदर बदलाव लाया जा सकता है।

राजा जयेंद्र को गहरा आघात लगा, जब उन्हें पता चला कि उनका एकमात्र पुत्र संत बन चुका है और राज्य छोड़कर ध्यान व साधना करने के लिए त्रिभुवन पहाड़ियों पर चला गया है। राजा बूढ़ा व कमजोर हो चला था और उसे उम्मीद थी कि पुत्र के इक्कीसवें जन्मदिन पर वह अपना सारा राजपाट उसे सौंप देगा। इस बदलाव में कुछ ही महीने शेष बचे थे।

आधी रात का वक्त था और राजा की नींद उड़ी हुई थी। वह सो भी कैसे सकता था? उसका एकमात्र पुत्र, राजकुमार, उसकी गरमाहट, आरामदायक, विलासिता से भरपूर महल को त्यागकर ठंड में नंगे बदन त्रिभुवन पहाड़ियों के भयानक जंगलों में भटकने के लिए जा चुका था। उससे खड़ा भी नहीं हुआ जा रहा था। उसे अपने पैरों में कमजोरी महसूस हो रही थी। वह अपने सिंहासन पर बैठ गया। उस समय उसका पूरा राजदरबार खाली था। मोमबत्तियों की लौ हवाओं के झोंके से हिल रही थी।

सोच में डूबा हुआ राजा और फैसला लेने के लिए उपाय तलाश रहा था और संघर्ष कर रहा था। उसे यह अहसास ही नहीं हुआ कि धरती माँ ने अपना एक चक्कर कब पूरा कर लिया और राजदरबार एक बार फिर सूरज की रोशनी से नहा उठा। रानी भी चिंतित हाव-भाव लिये हुए दरबार में हाजिर हुईं। वहाँ पर मौजूद राजा को जब उन्होंने सिंहासन पर चिंतित मुद्रा में बैठे देखा तो उनकी आँखों में खौफ उभर आया। राजा का चेहरा सख्त नजर आ रहा था और उन्होंने मुट्ठियाँ भी भींच रखी थीं।

रानी ने कहा, "मैं अभी सोकर उठी और आपको वहाँ नहीं पाकर मैं सशंकित हो उठी। आपकी आँखें लाल हो रखी हैं। क्या आप रात भर यहीं पर थे?" राजा ने रानी की ओर आक्रामक तरीके से देखा। राजा गरजे, "आप मेरे साथ क्यों नहीं रह

सकती हैं और अपने पुत्र को वापस लाने के लिए क्यों नहीं प्रयास करती हैं?"

"ईश्वर की तलाश में जाना कोई गलत बात नहीं है। हमारे पुत्र ने ईश्वर के साम्राज्य की तलाश में अपने राज्य को ठुकराया है। मैं उसे ईश्वर को छोड़ने के लिए कैसे कह सकती हूँ? ईश्वर हम सबसे ऊपर है।"

राजा उठा और उसे देखकर ऐसा लगा, मानो ज्वालामुखी फटने वाला हो और उसमें से गरम लाल लावा निकलकर चारों ओर बिखरने ही वाला हो। उसने कहा, "आप उसकी तरफदारी करके मेरे साथ नहीं रह सकतीं। या तो आप मेरे साथ हैं या उसके (बेटे) की तरफ हैं।" इसके बाद राजा ने ताली बजाकर अपने सिपाहियों को बुलाया और आदेश दिया, "रानी को कारागार में डाल दो।"

रानी को कारागार में डाल दिया गया। कारागार प्रमुख ने उनसे कहा, "यहाँ दो द्वार हैं—एक बैंगनी और दूसरा पीला। अगर आप महाराज के साथ रहना चाहती हैं तो आपको बैंगनी द्वार चुनना होगा। अगर आप राजकुमार के पक्ष में रहना चाहती हैं तो आप पीला द्वार खोलकर इस कोठरी से बाहर आ सकती हैं। अगर आप फैसला नहीं ले पाती हैं तो आपको कोठरी में ही रहना होगा। हफ्ते भर तक के लिए खाना और पानी यहाँ उपलब्ध है। उसके बाद भी अगर आप फैसला नहीं ले पाईं तो यह आत्मघाती होगा।"

दो रातें बीत गईं, लेकिन रानी कोई फैसला नहीं ले पाई। वह अपने पुत्र और पति दोनों को अपने साथ चाहती थी। वह कैसे दोनों में से किसी एक को चुनती?

तीसरी रात आते-आते रानी बुरी तरह थककर चूर हो गई और गहरी नींद में सो गई। सुबह उसने देखा कि उसके सामने एक व्यक्ति सफेद वेशभूषा में खड़ा था। उस अजनबी ने कहा, "महारानी, आप यहाँ जकड़ी हुई नजर आ रही हैं। मैं भविष्य काल से आया हूँ। क्या मैं आपकी मदद कर सकता हूँ?" रानी ने जवाब दिया, "हाँ-हाँ, बिल्कुल आप बताइए। मैं तो फैसला ही नहीं कर पा रही हूँ।"

उसने कहा, "निर्णय शब्द 'नॉमिनलाइजेशन' है, महारानी। आपको फैसले की बजाय कहना चाहिए कि मैं तय नहीं कर पा रही हूँ?"

रानी ने कहा, "तय करना··· इससे फर्क क्या पड़ेगा, श्रीमान नॉमिनलाइजेशन?"

वह अजनबी शांत हो गया और बोला, "ठीक है, मैं दोबारा बताता हूँ। मैं सोच रहा हूँ···कि मैं कैसे कहूँ?"

रानी ने कहा, "ठीक है। अब देखते हैं···मैं काम करने की सोच रही हूँ···मैं क्या कर सकती हूँ?" इसके साथ ही रानी की नींद खुल गई और उसे महसूस हुआ कि वह सपना देख रही थी। श्रीमान नॉमिनलाइजेशन का वहाँ कहीं अता-पता नहीं था।

उसने गहरी साँस ली और उठकर बैठ गई। उसकी नजर अपने मुकुट पर गई, जिसे उसने कोठरी के एक कोने में रख दिया था, जब उसे वहाँ डाला गया था। उसने अपना मन बना लिया था। उसने अपने मुकुट से मिट्‌टी खोदनी शुरू कर दी। दो दिन बाद उसे कोठरी से बाहर लाया गया। उसने बैंगनी और पीले किसी भी दरवाजे का इस्तेमाल नहीं किया।

वह सीधे राजा के पास पहुँची। तब तक राजा को पता चल चुका था कि रानी ने इतने दिनों में क्या किया? रानी को देखकर वह गुस्से से लाल होकर गरजा, "आपने सारे नियम तोड़ दिए।" लेकिन जल्दी ही वह शांत भी हो गया। फिर बोला, "किंतु मैं आपकी प्रशंसा करूँगा कि आपने दो द्वारों के अलावा तीसरा द्वार भी खोज निकाला। मैं आपकी दृढ़ता से प्रभावित हूँ।"

रानी ने कहा, "अगर आप चाहते हैं कि आपका पुत्र इस साम्राज्य को सँभाले तो मेरे साथ आइए।"

राजा यह सुनकर असहज हुआ। विकल्प न होने पर उसने रानी के साथ त्रिभुवन पहाड़ियों पर जाने का फैसला किया।

राजकुमार को जंगलों में ढूँढ़ने में एक हफ्ते लग गए। वह एक पहाड़ी की चोटी पर था, एक चट्‌टान पर बैठा हुआ और गहरी समाधि में लीन था। जब राजकुमार ने अपनी आँखें खोलीं तो अपने सामने माता-पिता और दर्जनों सिपाहियों को पाया। राजकुमार ने कहा, "मैं वापस नहीं आऊँगा।"

इस पर रानी ने कहा, "नहीं, तुमको आना भी नहीं चाहिए। मेरी केवल इतनी विनती है कि जब भी तुम ध्यान करो तो राजा का मुकुट धारण करके करो। तुम यहीं रहो। तुम ईश्वर का काम कर रहे हो और तुम्हारे पास आध्यात्मिक समझ भी है। मेरी विनती सिर्फ इतनी है कि तुम राजा का मुकुट धारण करो और जब तुमसे किसी मसले पर मशवरा लिया जाए तो तुम उस मामले में मदद कर दिया करो।"

राजकुमार कुछ देर तो शांत होकर सोचता रहा और बोला, "ठीक है, अगर आपकी इच्छा है तो मैं यह राजमुकुट पहन लूँगा और मैं उनकी मदद करूँगा, जो मेरे पास सलाह के लिए आएँगे।"

राजा समझ गया। इसलिए उसने अपना मुकुट उतारा और मन में प्रार्थना करते हुए उसे राजकुमार को पहना दिया। राजा बोला, "अब से तुम ही राजा हो, मेरे पुत्र। लोग इस पवित्र पहाड़ी पर तुमसे राय-मशवरा करने के लिए जरूर आएँगे।"

राजकुमार के नेतृत्व और दिशा-निर्देश में राज्य ने खूब तरक्की की। लोग राजकुमार के आसपास आध्यात्मिक तेज महसूस करते थे और उसकी पूजा करते

थे। कुछ ही समय में राजा का महल लोगों के इस्तेमाल के लिए दे दिया गया और राजा व रानी ने त्रिभुवन पहाड़ी पर अपने पुत्र के साथ साधना शुरू कर दी। वे ध्यान करते और ईश्वर की तपस्या में लीन रहते। समय-समय पर रानी उन दो दरवाजों के बारे में सोचती, जो उसे कारागार में मिले थे। वह खुश थी कि अंततः वह दो द्वारों से परे भी देखने में कामयाब हो सकी। जीवन इसी तरह विकल्पों को समझने और आजमाने का नाम है।

—मनोज केशव

दायरा बढ़ाना

बगैर चैतन्य जागरूकता के हम खुद को दायरे में सीमित कर लेते हैं। कुछ समय गुजरने के बाद ये सीमाएँ एक पिंजरे की तरह लगने लगती हैं। कोई भी पशु या इनसान पिंजरे में खुश नहीं रह सकता। हम में से कोई भी शारीरिक रूप से कैद में रहना पसंद नहीं करता; लेकिन हम में से बहुत से लोग ऐसे होते हैं, जो खुद को मानसिक रूप से पिंजरे में जरूर कैद कर लेते हैं। हाँ, यह पिंजरा हमें सुरक्षा-बोध जरूर देता है, लेकिन इससे हमारे दिमाग को खुलने का मौका नहीं मिल पाता। न तो कोई विकास हो पाता है और न ताजगी ही आ पाती है।

निम्नलिखित तीन विभिन्नताएँ यह दरशाने के लिए काफी हैं कि दुनिया में वक्ता मॉडल की सीमाएँ कैसे पहचानी जा सकती हैं? यह दरशाता है कि हम कैसे उन सीमाओं को चुनौती दे सकते हैं? इसका परिणाम यह होगा कि स्पीकर्स मॉडल ऑफ द वर्ल्ड को कैसे विस्तारित किया जा सकता है?

वक्ता के मॉडल को सीमित करनेवाली तीन विभिन्नताएँ इस प्रकार हैं—

- यूनिवर्सल क्वांटिफायर्स
- मॉडल ऑपरेटर्स ऑफ नेसेसिटी एंड पॉसिबिलिटी
- प्रीसपोजिशंस

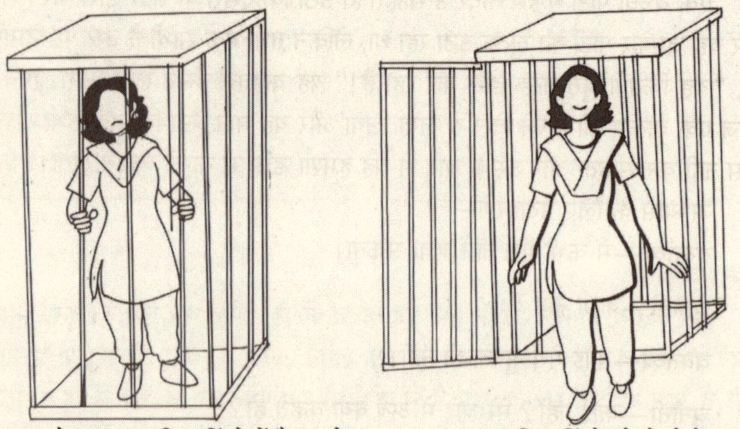

(खुद के बनाए मानसिक पिंजरे में कैद रहने पर) (मानसिक पिंजरे को तोड़ने के बाद)

यूनिवर्सल क्वांटिफायर्स

यह कुछ संकेत शब्दों का साधारणीकरण कहा जाता है, जिसमें 'सभी', 'हर कोई', 'कभी नहीं', 'कोई नहीं' और 'हमेशा' जैसे शब्द शामिल होते हैं। ये संकेत शब्द किसी विशिष्टता को ब्लॉक कर देते हैं। उदाहरण के लिए, 'मेरी कोई नहीं सुनता।' यहाँ वक्ता 'कोई नहीं' शब्द का प्रयोग करके खुद को ही सीमित कर ले रहा है। यह एक व्यक्ति की तरह है, जो घर जाते समय खुद को उस रास्ते पर अटका हुआ पाता है, क्योंकि मरम्मत कार्यों के चलते वह रास्ता बंद किया गया है। अंततः वह एक अन्य रास्ते से जाने का प्रयास करता है और उसे पता चलता है कि वह रास्ता पुलिस ने बंद कर रखा है। वह हिम्मत हार जाता है और प्रयास छोड़ देता है, हालाँकि और भी रास्ते हैं घर जाने के। जिस पल वह दूसरा रास्ता भी बंद पाता है, वह खुद से कहता है, 'घर जाने का अब कोई रास्ता नहीं बचा।' जबकि यहाँ दो रास्ते ही केवल बंद किए गए थे।

बड़ी संख्या में लोग एक या दो प्रयास के बाद ही अपने हालात को यूनिवर्सल क्वांटिफायर्स से जोड़ देते हैं। उदाहरण के लिए, एक सेल्समैन अपने पहले संभावित ग्राहक को जब नया सामान दिखाता है और उसे प्रयोग करने के बारे में बताता है, लेकिन सामान बेच पाने में विफल रहता है तो वह यह निष्कर्ष निकालता है—कोई भी व्यक्ति इस सामान को पसंद नहीं करता है। वास्तविकता यह है कि केवल पहले ग्राहक ने ही

'न' कहा था। या सेल्समैन यह भी निष्कर्ष निकाल सकता है—मैं तो कभी कुछ बेच ही नहीं सकता, जबकि यह पहला ही मामला था।

एक बच्चा पार्टी में इस कदर उत्साहित हो उठा कि दूसरों के साथ डांस करने लगा और वह जमकर पार्टी का लुत्फ उठा रहा था, लेकिन तभी एक साथी ने उस पर टिप्पणी की, "यह कितनी बुरी तरह डांस कर रहा है!" यह कहकर हँसने लगा। उस बच्चे ने महज एक वाकए को अपने दिल से लगा लिया और यह मान बैठा कि वह कभी अच्छा डांस नहीं कर सकता और उसके बाद से वह हमेशा डांस से कन्नी काटने लगा।

अभ्यास के लिए उदाहरण—

वक्तव्य—मैं कभी पैसे नहीं बचा सकता।

चुनौती—कभी नहीं?

वक्तव्य—कोई मेरी सुनता ही नहीं।

चुनौती—कोई नहीं? मेरे बारे में अब क्या कहते हो?

वक्तव्य—कोई मुझे पसंद नहीं करता है।

चुनौती—कोई नहीं?

वक्तव्य—सभी पुरुष आत्म-केंद्रित होते हैं।

चुनौती—सभी? बिना किसी अपवाद के?

वक्तव्य—हर कोई राजनीति खेल रहा है।

चुनौती—हर कोई?

बस, यूँ ही

माइक्रोसॉफ्ट ल्यूमिया 830 सुबह उठा और उसने महसूस किया कि उसके पेट में काफी गहरी गाँठ पड़ गई हो। यह महसूस करके वह तनावग्रस्त हो गया। लेकिन आज उसने मनोवैज्ञानिक से मदद लेने का फैसला किया। इसलिए भारी मन से वह बिस्तर से उठा, लाल कपड़ा अपने ऊपर डाला और बाहर टहलने निकल गया। अंततः उसने एक मनोवैज्ञानिक का पता लगा ही लिया और वहाँ पहुँच गया।

मनोवैज्ञानिक ने पूछा, "क्या चीज आपको परेशान कर रही है, ल्यूमिया?"

ल्यूमिया ने तनावपूर्ण लहजे में कहा, "ऐसी कोई चीज नहीं है, जो मुझे परेशान न कर रही हो। हर व्यक्ति मुझे परेशान कर रहा है। कोई मुझे पसंद नहीं करता। हर

कोई एंड्रॉयड या आईफोन को पसंद करता है। मेरे साथ कोई उपाय काम नहीं कर रहा। हर तरह के अपडेट को दरकिनार किया जाता है और हर व्यक्ति मुझसे नफरत करता है। हे ईश्वर! मैं हर वक्त तनाव में रहता हूँ।"

मनोवैज्ञानिक ने उसके नोट्स को देखा और पूछा, "सभी? कोई भी नहीं? हर कोई? कुछ भी नहीं? हर समय?"

"ओह, डॉक्टर। सभी ल्यूमिया एन.एल.पी. में प्रशिक्षित हैं। माइक्रोसॉफ्ट ने सुनिश्चित कर रखा है कि हम सभी एन.एल.पी. से अच्छी तरह प्रशिक्षित हों, ताकि खारिज किए जाने को, आलोचना और लोगों की झुँझलाहट को उचित तरीके से बरदाश्त कर सकें। मैं जानता हूँ कि आप क्या समझ रहे हैं। आप यह कहने जा रहे हैं कि मैं यूनिवर्सल क्वांटिफायर्स का इस्तेमाल कर रहा हूँ; लेकिन सच्चाई यह है कि कोई भी मुझे पसंद नहीं कर रहा है।"

मनोवैज्ञानिक ने जवाब दिया, "लेकिन आप स्टीव बामर के बारे में क्या कहेंगे?"

ल्यूमिया ने कहा, "ओह, मेरा मतलब है''वो''शायद''मैंने सोचा''"

मनोवैज्ञानिक ने जवाब दिया, "अरे, ठीक है, ल्यूमिया। स्टीव को ल्यूमिया पसंद है। मान भी लो।"

ल्यूमिया ने कहा, "हाँ''ठीक है। स्टीव एक अपवाद हो सकते हैं। हो सकता है कि कुछ लोग हों, जिन्हें मैं पसंद हो सकता हूँ।"

मनोवैज्ञानिक ने कहा, "यह बात। अब तुम अपने तनाव से बाहर हो। अब तुम यूनिवर्सल क्वांटिफायर्स का इस्तेमाल नहीं कर सकते। अब तुम यह नहीं कह सकते कि तुम्हें कोई पसंद नहीं करता है। यूनिवर्सल क्वांटिफायर्स के बगैर तुम तनाव में नहीं जा सकते।"

ल्यूमिया 830 ने कहा, "अब जाकर मिली राहत। अब मैं घर जा सकता हूँ।"

मनोवैज्ञानिक ने कहा, "हाँ, बिल्कुल। अब तुम घर जा सकते हो। लेकिन जाने से पहले तुम्हें मेरी फीस चुकानी होगी।"

आवश्यकता का मॉडल ऑपरेटर

आवश्यकता के मॉडल ऑपरेटर में कुछ ऐसे शब्द शामिल होते हैं—'करना ही होगा', 'एकदम जरूरी है', 'यह बहुत आवश्यक है।' वक्ता ने अपने जीवन के प्रति कैसा नजरिया बना रखा है, ये शब्द उसके जरिए साधारणीकरण को दरशाते हैं।

रवि काफी व्याकुल और घबराया हुआ महसूस कर रहा था। वह इस बात को लेकर आश्वस्त नहीं हो पा रहा था कि वह कहाँ है! 'मैं जिंदा हूँ या मर चुका हूँ?' अचानक उसे तेजी से अलार्म बजता हुआ सुनाई दिया। आज सोमवार था। रवि ने घड़ी की तरफ देखा, सुबह के 6:30 बज रहे थे। लेकिन उसे अब भी नींद आ रही थी, इसलिए वह दोबारा सो गया। इस बार जब उसकी नींद खुली तो 8 बज चुके थे। 'हे ईश्वर! मैं तो कुछ ज्यादा ही सो गया।' उसे अपराध-बोध से जबरदस्त दर्द शरीर को चीरता हुआ-सा महसूस हुआ। उसे ऐसा लगा, मानो पेट व सीने को फाड़ते हुए दर्द की लहर उसके शरीर में बढ़ती ही जा रही हो।

और फिर, उसके सिर में उठती हुई आवाज उसे सुनाई दी, 'तुम्हें समय पर ऑफिस पहुँचना ही होगा।' वह उठा और तेजी से बाथरूम की तरफ भागा तथा कुछ मिनटों में तैयार होकर जल्दी-जल्दी नाश्ता निपटाया। एक बार फिर उसे सिर में गूँजती हुई वही आवाज सुनाई दी, 'तुम्हें समय पर ऑफिस पहुँचना ही होगा।' उसने नाश्ता भी छोड़ दिया और दौड़कर अपनी कार में पहुँचा तथा पूरी रफ्तार से ऑफिस की ओर चल पड़ा। 'हे ईश्वर! मुझे समय पर ऑफिस पहुँचना ही होगा। काश, ज्यादा ट्रैफिक न मिले।' ऐसा कैसे हो सकता था कि सुबह के 9 बजे सड़कों पर गाड़ियों का जाम न हो! रवि को महसूस हुआ कि वह सड़क पर रेंग रहा है, क्योंकि ट्रैफिक बहुत ज्यादा था। उसकी अंतरात्मा ने फिर से आवाज लगाई, 'तुम्हें समय पर ऑफिस पहुँचना ही होगा।' उसके दिल की धड़कनें बढ़ती जा रही थीं। वह तेजी से साँस लेने की कोशिश कर रहा था। उसके माथे पर चिंता की लकीरों ने स्थायी जगह बना ली थी। अंत में वही हुआ। वह ऑफिस आधे घंटे देर से पहुँचा। कोसते हुए और पसीना बहाते हुए वह अपने केबिन में पहुँचा और कुरसी पर निढाल हो गया।

रवि को पता भी नहीं चला और सोमवार की सुबह वह कुरसी पर ही सो गया। उसके सहकर्मी भी उसके अगल-बगल से उसे सोता हुआ देखकर निकल रहे थे, लेकिन वे खुद इतने व्यस्त थे कि उसे न तो जगा रहे थे और न उससे हाल-चाल ही ले रहे थे। उसके सहकर्मी यह गौर नहीं कर सकते थे कि रवि के सामने एक देवदूत मौजूद था। उस देवदूत के दाएँ हाथ में जादू की एक छड़ी थी। रवि का शरीर चमकदार रोशनी से नहा उठा था और उसके अंदर से वह रोशनी बाहर निकल रही थी और वह देवदूत यह देखकर मुसकरा रहा था। उस देवदूत ने जादू की छड़ी रवि के ऊपर घुमाई और रवि के मुँह से कुछ शब्द खुद-ब-खुद निकलने लगे। वे शब्द थे—करना ही होगा, असंभव, निश्चित ही, यह जरूरी है।

रवि के मुँह से ये शब्द निकले और हवा में खो गए। वह देवदूत फिर मुसकराया और गायब हो गया।

कुछ देर बाद नींद खुली तो रवि उठ बैठा। वह बहुत हलका महसूस कर रहा था और ऐसा महसूस कर रहा था, मानो उसके भीतर कुछ बदल गया हो; लेकिन वह समझ नहीं पा रहा था कि क्या बदल गया था।

अगली सुबह जब 6:30 बजे अलार्म बजा तो उसके भीतर से एक आवाज आई, 'मैंने समय पर उठने का फैसला किया है। मैंने खुद चुना है इस समय पर उठने के लिए।' इससे वह जीवंत महसूस करने लगा और उसकी आँखों में चमक के भाव उभर आए। वह तरोताजा महसूस कर रहा था। नहा-धोकर वह बाहर आया तो एक बार फिर वही आवाज उसके भीतर गूँजी, 'मैंने तय किया है कि स्वस्थ नाश्ता ही करूँगा।' नाश्ते के बाद वह हलका और स्वस्थ महसूस कर रहा था। वह तन्मयता से अपनी कार में बैठा और इंजन स्टार्ट किया। उसके अंदर से आवाज उठी, 'मैंने ऑफिस तक कार चलाने में आनंद महसूस करना चुना है।' ऑफिस के रास्ते में उसने अपने कुछ पसंदीदा गाने भी सुने। ऑफिस तक का पूरा सफर खुशनुमा बना रहा, हालाँकि बाहर ट्रैफिक हमेशा की तरह परेशानीवाला था। इस बार रवि आधे घंटे पहले ही ऑफिस पहुँच गया—तरोताजा और काम शुरू करने को बेताब। उसके अंदर से फिर आवाज उठी, 'आज मैंने अपना सर्वश्रेष्ठ प्रदर्शन करने का तय किया है। मैं पूरे जोश और जुनून से काम करूँगा।'

उसके अगल-बगल से गुजरनेवाले उसके सहकर्मी भी उसके बदले हुए अंदाज को देखकर हैरान थे। वह ऊर्जा से भरपूर एवं बहुत खुशमिजाज दिख रहा था और अपने काम में पूरी तरह से तल्लीन था, लेकिन वे पहले की ही तरह बहुत ज्यादा व्यस्त थे और इस कदर तनाव से भरे हुए थे कि उसके पास आकर उसका हाल-चाल भी न पूछ सके। वे सहकर्मी रवि की मेज पर रखी जीवन को बदल देनेवाली पुस्तक 'द लाइफ-ट्रांसफॉर्मिंग पावर ऑफ एन.एल.पी.' भी नहीं देख पा रहे थे।

संभावनाओं का मॉडल ऑपरेटर

मॉडल ऑपरेटर ऑफ पॉसिबिलिटी में ये निम्नलिखित शब्द शामिल होते हैं—सकता हूँ, नहीं सकता हूँ, संभव है, असंभव है, होगा, नहीं होगा, शायद, शायद नहीं।

उदाहरण—

मैं श्रोताओं के सामने नहीं बोल सकता हूँ।

मैं इससे बेहतर नहीं कर सकता हूँ।

मैं किसी भी तरीके से सफल नहीं हो सकता।

मैं आसानी से तनावग्रस्त हो जाता हूँ।

मैं गणित सीख सकता हूँ।

मेरे लिए खाना पकाना असंभव काम है।

शब्द, जैसे कि 'नहीं हो सकता' या 'असंभव' अकसर ये दरशाते हैं कि जो व्यक्ति इन शब्दों को बोल रहा है, उसे इस दुनिया को लेकर यह विश्वास है, जिसने उसके व्यवहार को देखते हुए उसकी सीमाएँ बना रखी हैं या अपनी सोच में वे कुछ विकल्पों को आजमाने से रोकता है।

2 मेटामॉडल सवाल मान्यताओं को चुनौती देते हैं—

1. कौन सी चीज विशेष रूप से आपको रोकती है ________ ?
2. क्या हो जाएगा, अगर आप ________ करेंगे ?

उदाहरण—

1. **मैं श्रोताओं के सामने नहीं बोल पाता हूँ।**
   चुनौती—क्या हो जाएगा, अगर आप बोलेंगे तो ?

2. **मैं इससे बेहतर नहीं कर सकता हूँ।**
   चुनौती—कौन सी खास चीज आपको यह काम और बेहतर करने से रोकती है ?

3. **मैं सफल नहीं हो सकता।**
   चुनौती—कौन सी चीज आपको सफल होने से रोकती है ?

4. **मैं आसानी से तनावग्रस्त हो जाता हूँ।**
   चुनौती—कौन सी चीज आपको खुश रहने से रोकती है ?

5. **मैं गणित नहीं सीख सकता।**
   चुनौती—कौन सी चीज आपको गणित सीखने से रोकती है ?

6. **मेरे लिए खाना पकाना असंभव है।**
   चुनौती—अगर आप खाना पकाएँगे तो क्या हो जाएगा ?

जब एक व्यक्ति को इस पर विचार करने के लिए कहा जाता है कि 'क्या हो जाएगा, अगर…' या उसे वे खास बाधाएँ पहचानने को कहा जाता है, जो उसे किसी विकल्प को आजमाने से रोकती हैं तो बहुत संभावना यह होती है कि वे अपनी सीमितताएँ पहचान जाते हैं कि जो नजरिया उन्होंने बना रखा है, वह सही नहीं है और अगर वे एक विकल्प चुन लें तो उनको कोई भी रोक नहीं पाएगा। इससे उस व्यक्ति के लिए वैकल्पिक फैसले लेने के रास्ते भी खुलेंगे, ताकि लक्ष्य हासिल करने की दिशा में बढ़ सकें।

पूर्व धारणा या पूर्व कल्पना (Presupposition)

हम खुलकर या सीधे-सीधे किसी भी चीज पर बात नहीं करते। उसमें तमाम शब्द और वाक्य शामिल करते हैं, तब अपनी बात पूरी करते हैं। हमारी बातचीत में कुछ संदेश भी निहित होते हैं, जिनके बारे में हम सीधे-सीधे नहीं बताते या उनके लिए शब्दों का प्रयोग नहीं करते। दूसरे शब्दों में, हमारी बातचीत का एक हिस्सा बयाँ नहीं होता, बल्कि हम बातचीत के दौरान शब्दों को किस तरह से सामने रखते हैं या व्यक्त करते हैं, उस लहजे से बयाँ होता है। हमारी बातचीत का वह हिस्सा, जिसे हम स्पष्ट रूप से नहीं कहते और जिससे बातचीत का निष्कर्ष निकलता है, उसे 'पूर्व धारणा' या 'पूर्व कल्पना' अथवा Presuppositions कहते हैं।

पूर्व धारणा वाले बयान ऐसे होते हैं, जिसमें कुछ-न-कुछ अनकही बात या तत्त्व जरूर होता है और उसका पहले से ही अनुमान लगा लिया जाता है और कही गई बात के तार्किक होने के क्रम में वह अनुमान या भावार्थ सच भी होता है।

उदाहरण—

1. अ कहता है ब से, "मुझे बताओ कि कौन सी चिंता तुमको खाए जा रही है ?"
   यहाँ यह अनुमान लगाया जा चुका है कि ब को कोई चीज परेशान कर रही है।
2. अ कहता है ब से, "जो लोग तुम्हें कुरूप कहते हैं, वे नहीं जानते कि वे क्या बकवास कर रहे हैं ?"
   यहाँ यह अनुमान लगाया जा चुका है कि ऐसे लोग हैं, जो ब को कुरूप कहते हैं!
3. ब कहता है अ से, "तुम इस कदर अपना हक क्यों दिखाते हो मुझ पर ?"
   यहाँ अनुमान लगाया जा चुका है कि अ के भीतर स्वामित्व की भावना है।

जोसेफ मर्फी अपनी पुस्तक 'द पावर ऑफ सबकॉन्शस माइंड' में निम्नलिखित उदाहरण देकर समझाते हैं कि अवचेतन मन कैसे काम करता है—

"मान लें कि आप एक जहाज पर हैं और एक घबरानेवाले यात्री को देखकर उसके पास जाएँ और कुछ ऐसा कहें, 'आप तो बीमार लग रहे हैं। आप कितने पीले पड़ गए हैं! मुझे निश्चित तौर पर यह लग रहा है कि आप समुद्री माहौल में बीमार पड़ने वाले हैं। आइए, आपको आपके केबिन तक छोड़ दूँ।' यह सुनकर वह यात्री अवश्य पीला पड़ जाएगा। समुद्री माहौल में बीमार पड़नेवाले आपके सुझाव से वह खुद के डर को जोड़ लेगा और पहले ही खतरे की आशंकाओं से घिर जाएगा।"

या

"अगर आप जहाज पर मौजूद नाविक के पास जाएँ और सहानुभूतिपूर्वक उससे कहें, 'मेरे प्यारे साथी, आप तो बहुत बीमार लग रहे हैं। क्या आप ऐसा महसूस नहीं कर रहे? आपको देखकर मुझे लग रहा है कि आप जल्दी ही सामुद्रिक माहौल में बीमार पड़ने वाले हैं।' वह नाविक मन:स्थिति के आधार पर या तो आपकी बात पर हँसेगा या थोड़ा चिड़चिड़ापन दिखाकर रह जाएगा।"

"आप बहुत बीमार दिख रहे हैं। आप कितने पीले पड़ गए हैं! मैं निश्चित तौर पर कह सकता हूँ कि आप सामुद्रिक माहौल में बीमार पड़ने वाले हैं।" इन वाक्यों में पहले से अनुमान लगाया हुआ है कि व्यक्ति बीमार है और पीला पड़ गया है और वह आगे चलकर सामुद्रिक बीमारी से ग्रसित होने वाला है। अगर वह यात्री इन वाक्यों को पूर्व धारणा के आधार पर न पहचाने तो वह इन्हें सत्य मान बैठेगा।

वहीं इसके उलट, नाविक उपर्युक्त वाक्यों का कुछ इस तरह जवाब देगा, "आपकी हिम्मत कैसे हुई यह आकलन करने की या पूर्वानुमान लगाने की कि मैं बीमार नजर आ रहा हूँ? आपकी यह भी हिम्मत कैसे हुई कि आपने पहले ही आकलन कर लिया कि मैं सामुद्रिक माहौल में बीमार पड़ने जा रहा हूँ?"

एक अन्य उदाहरण—'कल सुबह सूर्योदय के समय टहलने के लिए चलें।' यहाँ पूर्व धारणा यह है कि कल सूर्योदय होगा।

कोई भी बयान, जिसमें एक या अनेक पूर्व धारणाएँ हों तो उसमें यह पहचानने पर ध्यान देना चाहिए कि नकारात्मक पूर्व धारणाएँ कौन-कौन सी हैं और उन्हें चुनौती भी देनी चाहिए कि वे मानसिक स्वास्थ्य पर चोट कर रही हैं। मानसिक और भावनात्मक स्वास्थ्य के लिए पूर्व धारणा या पूर्व कल्पना की पहचान बेहद जरूरी है, फिर चाहे भाषाई तौर पर उनको दरशाया गया हो या किसी और ने कही हो वह बात।

सकारात्मक पहलू यह है कि पूर्व कल्पनाएँ अपने अंदर सकारात्मक आत्मविश्वास भरने में बहुत जबरदस्त भूमिका निभाती हैं। उदाहरण के लिए, अ कहता है ब से, "तुम जैसा रचनात्मक व्यक्ति इस तरह की गलती कैसे कर सकता है?" यहाँ एक पूर्व धारणा यह है कि ब रचनात्मक है।

रोजमर्रा के जीवन में, जब हम बातें करते हैं तो हम कुछ शब्द या वाक्य ऐसे इस्तेमाल करते हैं, जो जहीन या गंभीर मानसिक प्रस्तुति दरशाते हैं। उदाहरण के लिए, मान लीजिए कि आप अपने दोस्त से पूछते हैं, "कैसी रही छुट्टी?" और उसने जवाब दिया, "बहुत बढ़िया! अच्छा वक्त गुजरा।"

'बहुत बढ़िया। अच्छा वक्त गुजरा।' यह बहुत ही छोटी प्रस्तुति थी एक बड़े अनुभव की, जो कि किसी नई जगह हफ्ते भर की छुट्टी का अनुभव है।

चूँकि बातचीत बेहद संक्षिप्त रही, इसलिए श्रोता को चाहिए कि वह बातचीत को और आगे बढ़ाकर पूर्ण अनुभव को जानने के लिए जो तमाम कमियाँ रह गई हैं, उन्हें दूर करे। और ये सारी चीजें हमारे अवचेतन मन में तत्काल शुरू हो जाती हैं। संक्षिप्त बातचीत के चलते ही हर वाक्य को लेकर पूर्व धारणा बनती चली जाती है।

सुनना सीखने और पूर्व धारणा को पहचानना शुरुआत में कठिन हो सकता है, क्योंकि बातचीत के क्रम में आप जो बात नहीं सुनते, वह पूर्व धारणा या पूर्व कल्पना है। पूर्व धारणाएँ अवश्यंभावी नहीं होती हैं। मन को तो ढेर सारा काम करना पड़ता है, तब जाकर किसी वाक्य से कुछ तत्त्व निकल पाते हैं। अभ्यास के साथ आप इस कला में दक्ष हो सकते हैं और उसके लिए आप जब भी किसी से बात कर रहे हों या अपने आप से ही बात कर रहे हों तो अभ्यास करके अपनी काबिलीयत बढ़ाएँ।

पूर्व धारणा को चुनौती देना

वक्तव्य—तुम मुझे नजरअंदाज क्यों कर रहे हो?

चुनौती—आप यह अनुमान लगा रहे हैं या कल्पना कर रहे हैं कि मैं आपको नजरअंदाज कर रहा हूँ।

या—आपको ऐसा क्यों लगा कि मैं आपको नजरअंदाज कर रहा हूँ?

वक्तव्य—तुम बिल्कुल भैंसों की तरह आलसी हो।

चुनौती—आप कल्पना कर रहे हैं कि मैं आलसी हूँ। आपने यह भी पूर्व कल्पना कर ली कि भैंसें आलसी होती हैं।

या—आपको कैसे लगा कि मैं आलसी हूँ? आपको यह कैसे लगा कि भैंसें आलसी होती हैं?

वक्तव्य—यह शादी ज्यादा दिनों टिकेगी नहीं, क्योंकि मेरे पति बहुत ज्यादा आत्म-केंद्रित व्यक्ति हैं।

चुनौती—आपको क्यों लगा कि आपके पति आत्म-केंद्रित व्यक्ति हैं?

मोहन बहुत उत्साहित था। उसने एन.एल.पी. मास्टर प्रैक्टिशनर कार्यक्रम पूरा कर लिया था। उसने फैसला किया था कि वह एन.एल.पी. कौशल का अभ्यास दैनिक आधार पर करेगा, ताकि वह इन पर महारत हासिल कर सके। उसने तय किया कि वह एक कौशल का कम-से-कम तीन महीने तक अभ्यास करेगा और जब एक बार वह महारत हासिल कर लेगा, तभी दूसरे अभ्यास का रुख करेगा और उस पर भी तीन महीने का समय देगा। पहला कौशल, जिसका उसने अभ्यास करने का फैसला किया, वह पूर्व कल्पना से जुड़ा हुआ ही था।

हर सुबह वह अपनी महिला मित्र सुमन से एक संदेश प्राप्त करता—'तुम मुझसे नाराज क्यों हो?'

मोहन : तुम यह पूर्व धारणा बना रही हो कि मैं तुमसे नाराज हूँ।

सुमन : क्या? क्या तुमको नशा चढ़ा हुआ है?

मोहन : तुम पूर्व धारणा बना रही हो कि मैंने बीती रात शराब पी थी?

सुमन : तुम्हारे साथ समस्या क्या है?

मोहन ने टाइप किया—'तुम कल्पना कर रही हो कि मेरे साथ कुछ गड़बड़ चल रही है।' और उस वाक्य को मिटा दिया। उसने तय किया कि वह उस तरीके से बात करेगा, जिससे कि सुमन पूरे मामले को समझ पाए।

मोहन : मैं तुमसे नाराज नहीं हूँ।

सुमन : तो तुमने कल मुझे फोन क्यों नहीं किया?

मोहन : कल मैं सफर कर रहा था और मेरी बैटरी खत्म हो गई थी। मैं आधी रात के बाद घर पहुँचा।

सुमन : और यह 'पूर्व धारणा' क्या चीज है? तुमने आज इस विचित्र शब्द का कई बार प्रयोग क्यों किया?

मोहन : 'पूर्व धारणा' या 'पूर्व कल्पना' एक अनकहा अनुमान है, जिसे किसी वाक्य में निहित मान लिया जाता है। यदि हम पूरा सवाल सुने बगैर या पूरी बात सुने बगैर कोई अनुमान निकालते हैं तो इससे हमारे भ्रमित होने या गलत निष्कर्ष पर पहुँचने का खतरा रहता है। पूर्व धारणा या पूर्व कल्पना किसी भी संबंध को खराब कर सकता है, जैसे कि तुमने यह अनुमान लगा लिया कि मैं तुमसे नाराज हूँ; लेकिन वास्तविकता यह है कि मैं तुमसे नाराज नहीं हूँ।

III. मायने बदलना

जॉर्ज क्रिस्टोफ लिचेनबर्ग ने कहा है, "समस्त गलतफहमियों में सबसे खतरनाक यदि कुछ है तो वह सच्ची बात को तोड़-मरोड़कर पेश करना है।" लोग किसी सच्चाई को अपने हिसाब से तोड़-मरोड़कर अपने हिसाब से उस पर भरोसा करते हैं, क्योंकि वे अपने पास मौजूद छोटी-सी जानकारी को खुद की बनाई दुनिया के नक्शे से तुलना करने लगते हैं।

सच्चाई को तोड़ने-मरोड़ने से वक्ता अपने तय किए हुए निष्कर्ष पर पहुँच जाता है या कभी-कभी वास्तविकता से कोसों दूर होकर पूर्व कल्पना कर लेता है। अपनी बात से वक्ता यह आभास कराने का प्रयास करता है कि वह भी उन तथ्यों को जानता है, जो शेष अन्य लोग जानते हैं या अन्य लोग सोचते हैं अथवा भरोसा करते हैं।

मेटामॉडल सवालों का यह हिस्सा 'स्पीकर्स मॉडल ऑफ द वर्ल्ड' से जुड़ी चुनौतियों से निपटने में मदद करेगा, जिसके अभाव में वक्ता को गलत अनुभव हासिल होने का खतरा रहता है। मायने बदलने की चार श्रेणियाँ हो सकती हैं—

- कारण और प्रभाव
- दिमाग पढ़ना
- लॉस्ट परफॉर्मेटिव
- कॉम्प्लेक्स इक्विवैलेंस

कारण और प्रभाव (कॉज एंड इफेक्ट)

कारण और प्रभाव मेटा मॉडल उल्लंघन इस मान्यता पर आधारित है कि 'अ' की वजह से 'ब' हुआ; जबकि दरअसल ऐसा कोई तथ्य वहाँ न हो, जो उन दोनों के बीच कोई संबंध साबित कर सके।

जैसा कि कार्ल जंग का यह कथन चर्चित है—'मैं वह नहीं हूँ, जो मेरे साथ हुआ; बल्कि मैं वह हूँ, जिसे मैंने बनने के लिए चुना है।' क्या लोग विकल्पों को देखते हैं, जब वे प्रतिक्रिया करते हैं? बहुत कम लोग होते हैं, जो प्रतिक्रिया करते समय या दूसरों को जवाब देते समय अपने पास मौजूद विकल्पों पर गौर करते हैं। तमाम लोग यह मानते हैं कि कुछ वजह रही होगी, जिसने उन्हें वैसा 'बनाया' या वे जिस तरह से प्रतिक्रिया दे रहे हैं, उसके पीछे भी कोई वजह है। वे मानते हैं कि वे पीड़ित हैं और इसके लिए वे दूसरों पर या हालात पर दोष मढ़ते हैं। ऐसे लोग अपना जीवन 'प्रभाव' के छोर पर जीते हैं और जीवन को उसके मौजूदा आकार में ही चलने देते हैं। वे यह मान बैठते हैं कि उनके अंदर किसी तरह का बदलाव लाने या नतीजों में फेर-बदल कर पाने का हौसला नहीं है।

'प्रभाव' के फलक पर होने के कुछ आधार या गुण इस प्रकार हैं—दोष मढ़ना, 'नहीं कर सकता' की मानसिकता, पीड़ित की भूमिका, शिकायती, बहाने बनाना, नकारात्मक मानसिकता आदि।

वहीं दूसरी ओर, जब आप जीवन को 'कारण' के छोर से देखते हुए जीने का फैसला कर लेते हैं तो आप हर उस चीज की जिम्मेदारी उठाने को तैयार होते हैं, जो जीवन में घटित हो रहा हो। कारण या वजह के छोर पर होने का मतलब है कि जीवन में आपके पास विकल्प मौजूद हैं। यह एक तरह से ड्राइवर की सीट पर बैठने की तरह है और अपने जीवन को अपने तरीके से आगे बढ़ाना और जहाँ चाहे वहाँ जाने की तरह है।

वजह या कारण के छोर पर होने के आधार या गुण के तौर पर हम इन शब्दों पर गौर कर सकते हैं—आत्म-सशक्तीकरण, आंतरिक शक्ति, 'कर सकता हूँ' की मानसिकता, अवसरों को पकड़ना, आत्मविश्वास और दौड़कर हासिल करनेवाली मानसिकता।

विद्युतीय पहेली का हल

सत्या अपनी दसवीं की परीक्षा की तैयारी कर रहा था। वह दक्षिण भारत के छोटे से शहर तंजावुर में रहता था। उसने अपने पास कुल बचे समय के आधार पर पढ़नेवाले अध्यायों को देखा तो तनाव में आ गया। अभी काफी कुछ बचा हुआ था, जो वह तैयार नहीं कर पाया था। अब उसकी यही अपेक्षा रह गई थी कि अगले दिन

की परीक्षा के लिए कम-से-कम इतनी तैयारी कर ले, ताकि पास हो सके। तभी बिजली चली गई। इससे सत्या और निराश हो गया और सरकार को मन-ही-मन कोसने लगा और बोला, "हे ईश्वर! बिजली भी ऐसे समय जानी थी, जब परीक्षा सिर पर है। सरकार किस कदर बेवकूफ है! वे सब यह जानते हैं कि घूस कैसे लेना है? क्या यह सरकार हमें लगातार बिजली भी नहीं दे सकती है? क्या ये अधिकारी हम लोगों की बुनियादी जरूरतों को भी सुनिश्चित नहीं कर सकते, जैसे कि इस तरह के समय में लगातार बिजली देना ¨।"

उसकी माँ ने एक मोमबत्ती जला दी और उसके पास रखते हुए बोली, "चुप हो जाओ, सत्या। कितनी देर तक सरकार को कोसते रहोगे? तुम्हारे पास ज्यादा समय नहीं बचा है। कल तुम्हारी परीक्षा है। पढ़ना शुरू करो।" इस पर वह शांत तो हो गया, लेकिन मन-ही-मन सरकार को कोसता रहा, हालाँकि उसे देखकर दूसरों को यही लग रहा था कि वह पढ़ रहा है।

किसी तरह सत्या कम-से-कम नंबरों से दसवीं पास हो गया और आगे की पढ़ाई करने लगा, लेकिन बिजली की समस्या उस छोटे से शहर में वैसी ही बनी रही। बिजली कभी भी कट जाती और कभी भी आ जाती। कभी-कभी तो घंटों गायब ही रहती। और हर बार जब भी यह होता, सत्या घंटों बैठकर सरकार को कोसता ही रहता। इससे फर्क नहीं पड़ता था कि वह बिजली कटने के दौरान कहाँ पर है? एक बार तो वह चाय की दुकान में बैठा हुआ था और बिजली गुल हो गई। उसी समय सत्या ने फिर से वही राग अलापना शुरू कर दिया। वह कहने लगा कि सरकार कितनी नपुंसक हो गई कि उसके अगल-बगल बैठे हुए लोगों को बिजली मुहैया नहीं करा सकती।

समय गुजरता गया। परीक्षा में उसका नंबर पाने का क्रम उसी तरह बरकरार रहा। इस तरह उसने स्नातक तक की परीक्षा न्यूनतम अंकों से पास कर ली और एक दवा कंपनी में सेल्समैन बन गया। एक बार वह अपनी कंपनी के उत्पाद को बढ़ावा देने के उद्देश्य से एक अस्पताल में एक डॉक्टर से मिलने गया हुआ था। उसी समय बिजली गुल हो गई और सत्या के दिमाग का फ्यूज उड़ गया। बगल में बैठे एक मरीज से बातचीत में उसने कहा, "कितनी ही सरकारें आईं और गईं, लेकिन एक चीज सभी में बरकरार रही। वे सब यह एक चीज जानते हैं कि घूस कैसे लेना है।" पाँच मिनट बाद ही बिजली आ गई, लेकिन सत्या का काम करने का मन नहीं बन सका। वह शराब के एक बार में गया। वहाँ उसने जमकर शराब पी और जो कोई भी उसके सामने आता, वह उसी से बिजली के मामले में सरकार की बुराई करने लगता।

एक दिन सत्या अपने दोस्तों के साथ था और तभी बिजली चली गई। उसके सारे दोस्त किसी-न-किसी बहाने से भाग निकले, क्योंकि उन्हें पता चल चुका था कि सत्या अब सरकार के खिलाफ लंबा-चौड़ा भाषण देना शुरू कर देगा। समय बीतता गया, सत्या की शादी हो गई। उसकी खराब किस्मत का आलम यह कि शादी की पहली ही रात बत्ती गुल हो गई। एक तरफ जहाँ सत्या अपनी नई-नवेली पत्नी से बातचीत के मूड में था और उसके बारे में जानने को उत्सुक था, वहीं बिजली जाते ही उसका मन खराब हो गया। उसने एक बार फिर वही चीजें शुरू कर दीं, "सरकार का केवल एक ही एजेंडा है कि कैसे ज्यादा-से-ज्यादा घूस ली जाए।" अगले दो घंटे तक वह यूँ ही बड़बड़ाता रहा। दो घंटे बाद बिजली फिर आई। उसने देखा कि उसकी नई-नवेली पत्नी उसके कमरे में नहीं है। उसे लगा कि वह अपने आप से ही बड़बड़ा रहा था। उसकी पत्नी उठकर दूसरे कमरे में सोने चली गई थी। वह सरकार को कोसने में इस कदर मशगूल था कि उसे पता ही नहीं चला कि कब उसकी पत्नी कमरा छोड़कर चली गई!

समय बीतता गया, सत्या बूढ़ा हो गया। सत्या अपने पोते को गणित पढ़ा रहा था और तभी बत्ती गुल हो गई। सत्या ने अपनी पुरानी आदत के अनुसार सरकार को कोसना शुरू किया। तभी सत्या के पोते ने उसके मुँह पर अपना छोटा सा हाथ रख दिया। छह साल के उस बच्चे ने सत्या को पूरी तरह चुप रहने के लिए इशारा किया। वह नन्हा बच्चा उसी समय एक सादा कागज एवं रंग वाली पेंसिल ले आया और बोला, "दादाजी, इसमें 24 अलग-अलग रंगों की पेंसिलें हैं। मैं चाहता हूँ कि आप 24 अलग-अलग काम लिखें, जो आप करना चाहते हैं बिजली गुल होने पर। आपके पास पाँच मिनट का समय है। यह एक गेम है और चलिए, देखते हैं कि क्या आप जीतते हैं!"

सत्या ने जवाब दिया, "मैं इस चुनौती को स्वीकार करता हूँ।"

फिर उसने अपने बगल में जल रही मोमबत्ती की रोशनी में लिखना शुरू कर दिया—

1. अपने पोते के साथ छुपन-छुपाई खेलना
2. गाड़ी लेकर निकल जाना
3. ध्यान
4. पड़ोसियों से गपशप
5. टहलने के लिए जाना
6. कसरत

7. बत्ती गुल होने को दरकिनार करके सो जाना
8. मोमबत्ती की रोशनी में खाना पकाना
9. मोमबत्ती की रोशनी में रात का खाना
10. फिल्म देखने जाना, थिएटर वाले जेनरेटर चलाते हैं
11. किंडल पर किताब पढ़ना
12. प्रार्थना
13. योग करना
14. संगीत सुनना
15. अपने दोस्तों को फोन करना और उनसे गपशप करना
16. अपने पालतू के साथ खेलना
17. अगले दिन, अगले हफ्ते की योजना बनाना आदि
18. कहानी सुनाने का समय मिलता है
19. रात में तारों को निहारना
20. सन्नाटे का लुत्फ उठाना
21. बालकनी में ठंडी हवा का लुत्फ लेना
22. मोमबत्ती की रोशनी में पेंटिंग करना
23. किसी को शुक्रिया अदा करते हुए चिट्ठी लिखना
24. बत्ती गुल होने से बिजली की बचत होती है, इसलिए खुश होना चाहिए कि बिजली कटी हुई है।

सत्या और भी विकल्पों के बारे में लिखना चाह रहा था, लेकिन उसने सभी रंगों की पेंसिलों का इस्तेमाल कर लिया था। उसे एक ही रंग को दो बार प्रयोग करने की छूट नहीं थी। उसके पास समय भी काफी बचा हुआ था। खैर, सत्या अपने पोते को बताना चाहता था कि काम पूरा हो गया है।

उस छोटे से बच्चे ने कहा, "आपने गेम जीत लिया। आप चैंपियन हैं। अगली बार जब बिजली जाएगी तो आपको पता है कि कौन सा गेम खेलना है!"

बिजली अब तक नहीं आई थी, लेकिन सत्या को लगा, मानो उसके दिमाग में एक बल्ब जल गया हो और अंततः उसके पोते ने ही यह काम किया।

—मनोज केशव

कारण और प्रभाव को पहचानने के लिए क्रिया वाचक 'बनाया' एवं 'कारण' शब्दों पर गौर करना चाहिए और साथ ही संयोजन शब्द 'बल्कि' का भी प्रयोग ज्यादा

किया जाता है। इस मेटामॉडल के उल्लंघन को चुनौती देते हुए सवाल करना चाहिए, 'एक्स कैसे वाई की वजह बना?' इससे उस व्यक्ति को अपनी ही बनाई मान्यताओं और विचारों पर दोबारा गौर करने में मदद मिलेगी।

उदाहरण—

वक्तव्य—तुम जब इस तरह से बात करते हो तो मेरी नाराजगी बढ़ा रहे होते हो।

चुनौती—तुम ऐसा कैसे करते हो? तुम जब मेरी बात सुन रहे होते हो तो ऐसी कौन सी खास चीज है, जो तुमको नाराजगी की स्थिति में डाल देती है?

वक्तव्य—मैं अपने दोनों ही बच्चों से बहुत ज्यादा निराश हूँ।

चुनौती—ऐसा कैसे है? तुम निराशा की प्रक्रिया में किस खास तरीके से शामिल हो जाते हो? तुम्हारे पास और कौन सी दूसरी प्रतिक्रियाएँ हैं?

वक्तव्य—मैं स्कूल में कैसे अच्छे नंबर ला सकता हूँ, जब मेरे माता-पिता रोज-रोज आपस में लड़ते ही रहते हैं?

चुनौती—तुम्हारे माता-पिता के बीच की लड़ाई से ऐसा क्या होता है कि तुम्हें लगता है कि तुम्हारे कम नंबर आएँगे?

वक्तव्य—मेरी पत्नी ही मेरी परेशानी की वजह है।

चुनौती—कैसी परेशानी से गुजर रहे हो तुम? तुम इस परेशानी की प्रक्रिया में किस खास तरीके से शामिल हो जाते हो? तुम्हारी पत्नी किस खास तरह से तुम्हारे लिए परेशानी पैदा करती है?

वक्तव्य—मैं जब भी भारतीय टीम को क्रिकेट खेलते हुए टी.वी. पर देखता हूँ, तब टीम हार जाती है।

चुनौती—तुम ऐसा क्या कर देते हो? जब तुम टी.वी. पर मैच देख रहे होते हो तो ऐसा क्या खास हो जाता है कि भारतीय टीम हार जाती है?

मन को पढ़ना (Mindreading)

हम सभी को यह सिखाया जाता है कि किसी किताब को उसके कवर से नहीं आँकना चाहिए; लेकिन आएदिन हम सब किसी भी अन्य व्यक्ति के बारे में अनावश्यक रूप से एक राय बना लेते हैं और वह भी उसके बाहरी हाव-भाव एवं आवरण को देखकर। यह चाहे आपके बारे में हो या किसी और के बारे में, आपका मन पढ़ता रहता है। इस मामले में थोड़ा आगे बढ़कर और विचार कर लेना हमेशा अच्छा माना जाता है। किसी व्यक्ति के बारे में राय बनाने से पहले उसे जान लेना बेहतर होता है। अगर लोग

आपस में बात कर रहे हैं तो उसे जान लेना चाहिए और तब कहीं जाकर किसी के बारे में राय बनानी चाहिए।

मन में पढ़ना तब होता है, जब कोई यह मान ले कि वे दूसरे व्यक्ति के बारे में कल्पना कर लेते हैं कि वह क्या सोच रहा होगा या क्या महसूस कर रहा होगा और यह सब हम करते हैं बगैर किसी प्रमाण के। इसमें उस व्यक्ति के विचारों या भावनाओं का अनुमान लगाया जाता है और वह भी उस इनसान के बारे में खास चीजें जाने बगैर।

यह भरोसा करना बहुत आसान होता है कि आप किसी के शारीरिक हाव-भाव और उस व्यक्ति के बातचीत के लहजे से उसे अच्छे से पढ़ सकते हैं, खासतौर पर अगर आप यह पता लगाने की कोशिश नहीं करते कि आप सही हैं या नहीं? आप ऐसा मानते रह सकते हैं आगे भी कि लोगों के मन में क्या चल रहा होगा, जबकि वास्तव में आपके अनुमान और आकलन वास्तविकता से बिल्कुल उलट भी हो सकते हैं।

उदाहरण के लिए, आप यह कल्पना कर सकते हैं कि जब आप अपने दोस्त से अपने पसंदीदा खाने के बारे में बता रहे थे तो उसने हिकारत में नाक-भौंह सिकोड़ ली थी। लेकिन असल बात क्या थी? वो यह कि उस दिन वह काफी परेशानी महसूस कर रहा था। संभवत: वह पेट दर्द से परेशान था या किसी अन्य शारीरिक दिक्कत से उस पल जूझ रहा था।

अगर आप अपने किसी दोस्त को तब मुसकराता हुआ देखते हैं, जबकि आप उससे अपने अस्पताल के भयानक अनुभव के बारे में बता रहे हों तो आप यह सोचेंगे ही कि वह कितना असंवेदनशील, रूखा और व्यंग्यात्मक है; जबकि हो सकता है कि वह अस्पताल में अपने उसी तरह के अनुभव को याद करके मुसकरा रहा हो कि उसे भी वैसे ही दौर से गुजरना पड़ा था।

छोटे-छोटे हाव-भाव, जैसे कि आँखें न मिलाना, ठोढ़ी उठाना, भौंहें चढ़ाना, हाथ भींचकर मुट्ठी बनाना आदि से हम ऐसे निष्कर्ष निकालते हैं कि हमें जरा-सी भी खोजबीन करने की जरूरत महसूस नहीं होती और हम यह भी नहीं सोच पाते कि ऐसे ही कुछ समझ लेने से संबंधों में आगे चलकर दरार भी आ सकती है, बड़ी भारी गलतफहमी हो सकती है और भविष्य में कुछ भी हो सकता है, जिसकी हम कल्पना भी नहीं कर सकते।

हो सकता है कि आप ऐसे लोगों के बारे में कोई लेख पढ़ें, जो खुद को पसंद नहीं करते और हमेशा असुरक्षित महसूस करते हों। वे सुरक्षात्मक प्रक्रिया के लिए अपना वजन ही बढ़ाते जाते हैं। और इसके बाद आप हर मोटे व्यक्ति को उसी लेख के आधार पर आँकना शुरू कर दें, मानो वे खुद को पसंद नहीं करते। जबकि सच्चाई इसके उलट भी हो सकती है। हो सकता है कि जेनेटिक परेशानियों की वजह से वे मोटे हों। ऐसे

सैकड़ों कारण हैं, जो इनसान को मोटा बना सकते हैं। संभव है कि किसी दवा के साइड इफेक्ट की वजह से या जैविक तौर पर उन्नत किए गए खान-पान की वजह से व्यक्ति मोटा हो गया हो; क्योंकि उसने बगैर ज्यादा पता किए वह खाना खाया हो। किसी निष्कर्ष पर कूद पड़ना खतरनाक हो सकता है।

अगर कोई व्यक्ति आपसे परेशान दिख रहा हो तो किसी निष्कर्ष पर कूदने से बेहतर है कि आप उससे अपने नजरिए की चर्चा करें और बातचीत से पता लगाएँ कि असल वजह क्या है? सीधे-सीधे अगर उससे पूछ लिया जाए कि क्या वह आपसे परेशान है या नहीं तो हो सकता है कि आप उसे उसके अनुभव को साझा करने का अवसर प्रदान करें। अगर उसने कहा, "नहीं, मैं आपसे परेशान नहीं हूँ। आपने ऐसा क्यों पूछा?" तब आप उससे कह सकते हैं, "आज मुझे देखकर एक बार भी आप मुसकराए नहीं, इसलिए मैंने सोचा कि शायद आप मुझसे नाराज हों।" इससे दूसरे व्यक्ति को भी मौका मिलेगा अपनी तथ्यात्मक बात रखने का। हो सकता है कि वह कहे, "ओह, माफ कीजिएगा, मेरा ऐसा कोई इरादा नहीं था। मैं दरअसल अपने क्रेडिट कार्ड स्टेटमेंट की वजह से थोड़ा परेशान था। इस बार मेरा बिल कुछ ज्यादा ही आ गया है। इस वजह से ही आपको लगा होगा। आपको लेकर मेरे मन में कुछ भी नकारात्मक नहीं है।"

धोखा

जॉन हमेशा अपनी पत्नी को लेकर सशंकित रहता था। एक सुबह वह खुश और उत्साहित नजर आई तो उसने सोचा, 'जरूर इसका कहीं चक्कर चल रहा है।' फिर वह काम पर चली गई। उसने उसका पीछा करने का सोचा, 'वह अपने काम पर जा रही है या किसी से मिलने?' उसने खिड़की से देखा और केवल सड़क ही नजर आई। वह सीढ़ियों से नीचे भी नहीं उतर पाई थी। वह भी काम पर देर से नहीं पहुँचना चाहता था। उसने खिड़की से देखा और अपने जीवन का सबसे बड़ा झटका उसे लगा।

सारा किसी अन्य पुरुष का हाथ पकड़े हुए थी और सड़क पार कर रही थी। जॉन का खून खौल उठा और वह सोचने लगा, 'उसकी हिम्मत कैसे हुई कि उसने किसी दूसरे व्यक्ति का हाथ पकड़ा और वह भी घर के ठीक सामने?' अंततः उसने अपनी आँखों से देख लिया था, जिसका उसे काफी लंबे समय से शक था। वह बालकनी की तरफ भागा और उस व्यक्ति को पहचानने की कोशिश करने लगा, जिसका हाथ उसकी पत्नी ने पकड़ा हुआ था। दुर्भाग्य से उस व्यक्ति ने टोपी पहन रखी थी, इसलिए उसका चेहरा जॉन को ऊपर से नजर नहीं आया और वह उसे

पकड़ नहीं सका। उसने सोचा, 'चालाक आदमी है। वह यह सोच रहा होगा कि टोपी पहनने से वह पकड़े जाने से बच जाएगा।' इसके बाद वह कुछ नहीं देख पाया, क्योंकि तमाम चीजें आड़े आ रही थीं। उसने सोचा कि वह दौड़कर नीचे जाए और उन दोनों को रँगे हाथों पकड़ ले; लेकिन वह जानता था कि जब तक वह नीचे पहुँचेगा, वे दोनों टैक्सी लेकर अपने रोमांटिक सफर पर निकल चुके होंगे।

बस आगे बढ़ गई, लेकिन उसे सारा और उसका पुरुष मित्र नजर नहीं आए। उसने सोचा, 'निश्चित ही उन दोनों ने टैक्सी कर ली होगी।' वह वहीं बैठ गया और लंबी-लंबी साँसें लेने लगा। उसने सोचा, 'तो अब हमारी शादी का अंत नजदीक है। वह मुझे छोड़ गई और मेरे पास तलाक देने के सिवा कोई दूसरा रास्ता भी नहीं छोड़ा उसने।' उसने अपने पेट से गुस्से का गुबार उठता हुआ महसूस किया। उसने फोन उठाया और तुरंत ही सबकुछ खत्म करने का फैसला सुनाने की सोचने लगा। सारा ने फोन उठाया और बोली, "हलो! हाँ, जॉन।"

जॉन फोन पर ही चीखा, "तुम धोखेबाज! आखिरकार मैंने तुमको उस आदमी के साथ प्रेम-प्रसंग करते हुए पकड़ ही लिया। मैंने अपनी आँखों से देख लिया है सब!"

सारा ने चिंतित होकर पूछा, "क्या हो गया तुमको? तुम ठीक तो हो?"

जॉन फिर चीखते हुए बोला, "मैंने देखा कि तुम अपने प्रेमी का हाथ पकड़कर सड़क पार कर रही थीं। मैंने वह खुद अपनी आँखों से देखा!"

सारा की हँसी छूट गई और यह सुनकर जॉन अवाक् रह गया। वह बोली, "अरे बेवकूफ, मेरा प्रेमी कैसे हो सकता है, जबकि मैंने तुमसे शादी कर रखी है? क्या तुम पागल हो गए हो? तुम्हें याद होगा कि कोने की दुकान पर एक अंधा आदमी काम करता है। मैं तो सड़क पार करने में उसकी मदद कर रही थी। वह सुबह 8 बजे की बस छोड़ना नहीं चाहता था। मैं तो कभी किसी दूसरे व्यक्ति के बारे में सोच ही नहीं सकती। तुमको क्या हो गया है? क्या तुमको नहीं पता कि मैं तुमसे कितना प्रेम करती हूँ!" सारा ने दुःख और अविश्वास के संकेत के साथ अपनी बात रखी।

जॉन को मानो झटका लगा। उसकी साँसें अटक गईं। वह उस आदमी को याद करने लगा, जिसे सारा ने सड़क पर पकड़ रखा था। वह पीटर था, जो कोने की दुकान पर काम करता था। उसे तो कई बार जॉन ने ही सड़क पार कराई थी। जॉन के दिमाग में सुबह के घटनाक्रम की पूरी फिल्म घूम गई। हाँ, वह तो पीटर ही था। वह उसके पहनावे और हाव-भाव से उसे पहचान गया था।

जॉन के भीतर पश्चात्ताप की लहर उमड़ने लगी। उसकी आवाज टूटने लगी।

वह माफी माँगना चाहता था। उसका गला रुँध गया था और वह अपने आप में ही सिमटने लगा था। सारा बोली, "हे जॉन! मुझे एक मीटिंग में जाना है। मैं तुमको बाद में फोन करती हूँ। हम इस बारे में बाद में बात करेंगे!" सारा ने फोन काट दिया। उधर जॉन गहरे पश्चात्ताप और दु:ख के सागर में गोते लगाते हुए वहीं बैठा रहा।

—मनोज केशव

माइंड रीडिंग को पहचानने के लिए और किस चीज से इनसान मन को पढ़ने के लिए आगे बढ़ता है, श्रोता के लिए यह जानना जरूरी है और उसे माइंड रीडर से यह पूछना भी चाहिए, 'किस खास तरह से आप एक्स को जानते हैं?' या 'इस निष्कर्ष पर आप कैसे पहुँचे?' इससे उस व्यक्ति को अपने अनुमानों एवं आकलनों को लेकर पहले से जागरूकता बनी रहेगी और यहाँ तक कि वह सवाल भी कर सकेगा, जिसे वह परम सत्य मानता है।

उदाहरण—

वक्तव्य—आप मुझे इस काम में नाराज कर रहे हैं।

चुनौती—आप कैसे इस निष्कर्ष पर पहुँचे?

वक्तव्य—मैं जानता हूँ, उसके लिए क्या सर्वश्रेष्ठ है?

चुनौती—आपको कैसे पता कि उसके लिए सर्वश्रेष्ठ क्या है?

वक्तव्य—मेरे बॉस मुझे पसंद नहीं करते।

चुनौती—ऐसी कौन सी खास चीज है, जिसकी वजह से वे तुम्हें पसंद नहीं करते?

वक्तव्य—तुम मुझे पसंद नहीं करते।

चुनौती—आपको कैसे पता कि मैं आपको पसंद नहीं करता हूँ?

शारीरिक हाव-भाव, श्वसन पैटर्न और आवाज की लय से किसी अन्य व्यक्ति को समझना जरूरी होता है। उसी समय किसी निष्कर्ष पर पहुँचने से गलतफहमी, चोट और दर्द भी उभर सकता है। आप किसी ऐसे अफसोस को बरसों तक ढोते रह सकते हैं, जो कभी हुआ ही नहीं। जो पूर्व एफ.बी.आई. एजेंट और शारीरिक हाव-भाव के विशेषज्ञ एवं 'व्हाट एवरीबडी इज सेइंग' पुस्तक के लेखक नावारो का कहना है, "बहुत सीमित जानकारी या किसी के अवलोकन के आधार पर किसी पर झूठा होने का इलजाम लगाने से पहले बहुत सावधान रहना चाहिए। इसके चलते बहुत से अच्छे संबंधों का भी नाश पिट चुका है।"

लॉस्ट परफॉर्मेटिव

'लॉस्ट परफॉर्मेटिव' एक निजी मान्यता या निष्कर्ष है, जिसे सार्वभौमिक सत्य के तौर पर प्रस्तुत किया जाता है। एक व्यक्ति, जो इस लॉस्ट परफॉर्मेटिव का इस्तेमाल करता है, वह एक निजी फैसले या निष्कर्ष को सार्वभौमिक सत्य मानकर चलता है। जज या आकलनकर्ता उस बयान को अपना मानकर नहीं चलता, बल्कि उसे सार्वभौमिक रूप से मानता है।

वक्ता अपने बयानों को किसी हालात की संक्षिप्त जानकारी के तौर पर प्रस्तुत करता है, जबकि वास्तविकता यह होती है कि वक्ता उस हालात पर अपनी विस्तृत जानकारी प्रस्तुत कर रहा होता है। ये बयान विश्व के बारे में सार्वभौमिक साधारणीकरण के रूप में होते हैं, बजाय कि वक्ता के अनुसार विश्व का मॉडल होने के। उदाहरण के लिए, 'सफलता के लिए कठिन परिश्रम ही एकमात्र जरिया है।'

वाक्य के अंदर मौजूद प्रस्तुतकर्ता (वक्ता या जज) को वाक्य से हटा दिया जाता है और कभी-कभी पूरा परिप्रेक्ष्य ही डिलीट कर दिया जाता है। ज्यादातर समय, जब आप किसी को किसी अन्य के बारे में फैसला सुनाते हुए सुनते हैं तो आपके एक लॉस्ट परफॉर्मेटिव होने की बहुत हद तक संभावना है। इन लॉस्ट परफॉर्मेटिव का जोखिम यह है कि ये हमारी तर्क-वितर्क की क्षमता को नजरअंदाज कर देते हैं। हम इन विचारों पर कुछ यूँ भरोसा करने लगते हैं कि कुछ भी सोच-विचार नहीं करते कि ये सभी लोगों पर समान रूप से लागू होंगे।

लॉस्ट परफॉर्मेटिव को चुनौती देने के लिए सवाल करें, 'किसके मुताबिक?', 'किसके लिए यह सच है?', 'किस पर यह लागू होता है?'

उदाहरण—

वक्तव्य—महिलाओं के लिए उचित जगह घर है।

चुनौती—किसके मुताबिक ऐसा है?

वक्तव्य—बूढ़े लोग सनकी होते हैं। उनसे पार पाना मुश्किल होता है।

चुनौती—किसके लिए यह बात सच है?

वक्तव्य—जो लोग बड़ों की बात नहीं मानते, वे कभी जीवन में आगे नहीं बढ़ते।

चुनौती—किसके मुताबिक ऐसा है? या किसके लिए यह सच है?

वक्तव्य—यही सही तरीका है काम करने का।

चुनौती—किसके मुताबिक?

किसी व्यक्ति पर भरोसा मत करो

शांति को यह पसंद नहीं था कि कॉलेज जानेवाली उसकी बेटी लड़कों से बात करे। वह लड़कों से बात न करे, इसके लिए उसने अपनी बेटी अर्चना को महिला कॉलेज में दाखिल कराया था; लेकिन उसकी बेटी के ढेर सारे दोस्त लड़के ही थे, जो शांति के लिए पचा पाना बहुत मुश्किल था।

शांति ने अपनी बेटी को समझाया, "कभी भी किसी आदमी पर भरोसा मत करना। वे सब-के-सब केवल तुम्हारे साथ सोना चाहते हैं, तुम्हें अपनी खुशी के लिए इस्तेमाल करना चाहते हैं और उसके बाद तुमको टिशू पेपर की तरह फेंक देंगे।"

अर्चना ने कहा, "उफ्, मैं ये लाइन कितने सालों से सुनती आ रही हूँ कि कभी किसी आदमी पर भरोसा मत करो। कभी नहीं, कभी नहीं। मैं जानती हूँ, माँ।"

"लेकिन तुम इसके बावजूद लड़कों से बात करती हो। यह ठीक नहीं है।"

"ओह, माँ! वे केवल दोस्त हैं मेरे, ज्यादा कुछ नहीं।"

"एक लड़का और लड़की दोस्त नहीं हो सकते। वे लड़के केवल इसलिए तुमसे अच्छे ढंग से बात करते हैं, क्योंकि उनके दिमाग में कुछ चल रहा होता है। वे केवल अपनी खुशी के लिए तुम्हें इस्तेमाल करना चाहते हैं। वे तुमको किसी सुनसान जगह पर ले जाएँगे और तुम्हारे साथ गलत तरीके से पेश आएँगे। तुम भले उन पर भरोसा करो और उनके साथ चली जाओ, क्योंकि तुम बहुत सरल हो। कभी किसी आदमी पर भरोसा मत करना, कभी नहीं!"

अर्चना उठी और अपने कमरे में जाकर उसने दरवाजा बंद कर लिया। वह अपनी माँ से चिड़चिड़ा महसूस कर रही थी। अर्चना ने सोचा, 'हाँ, खराब लोग भी होते हैं और वह मुझे सुरक्षित रखना चाहती हैं। लेकिन माँ के शब्द मुझे और ज्यादा डरा देते हैं।' उसने खुद को खुश रखने की सोची, क्योंकि नया साल बस, आने ही वाला था। उसने नए साल पर एक संकल्प लेने की सोच रखी थी। वह एक ट्रेनिंग ग्रुप में शामिल होना चाहती थी, ताकि खुद को फुल मैराथन के लिए तैयार कर सके।

दो हफ्ते बाद नए साल की सुबह अर्चना तड़के 4:40 बजे उठ गई और 15 मिनट के अंदर घर से बाहर आ गई। वह फुल मैराथन के लिए कठोर ट्रेनिंग प्रोग्राम में शामिल होने के लिए संकल्पित थी।

उसने अपने नया ट्रैक सूट और रनिंग शूज पहन रखे थे। वह समुद्र-तट की तरफ बढ़ रही थी, जहाँ उसे अपने ग्रुप से मिलना था। तभी एक लड़का बाइक पर बैठा हुआ पीछे से आया और उसे गलत ढंग से छूकर भाग गया। 'उफ्!' अर्चना को बहुत बुरा लगा और उसे गुस्सा भी आया। वह उस बाइक वाले को गालियाँ

देना चाहती थी, लेकिन वह आँखों से ओझल हो चुका था। 'माँ ठीक कहती हैं, कभी किसी आदमी पर भरोसा मत करो। कभी नहीं। मुझे सतर्क रहना चाहिए था। मैंने बाइक के आने की आवाज सुनी थी। मैं भी कितनी भोंदू हूँ कि सतर्क नहीं हुई। सुबह 5 बजे भी ये नालायक महिलाओं को अकेला पाकर अपनी हरकत से बाज नहीं आते।'

50 साल बीत गए और अर्चना ने अपना 72वाँ जन्मदिन मनाया, जिसका इंतजाम उसके पति रवि ने एक खूबसूरत पहाड़ी पर बने रिजॉर्ट में कर रखा था। उससे अर्चना की मुलाकात 50 साल पहले तब हुई थी, जब वह एक मैराथन ट्रेनिंग ग्रुप में शामिल हुई थी। उसी दौरान रवि भी उस ग्रुप में शामिल हुआ था। रवि ने पहले ही दिन अपनी भावनाएँ उसे जाहिर कर दी थीं कि वह उसे पसंद करता है। उसने बाद में कहा भी, 'यह पहली नजर वाला प्यार था।' अर्चना को अब भी वह दिन याद है। रास्ते में छेड़खानी की वजह से उसका दिमाग खराब था। जब रवि ने अर्चना से बाहर कभी मिलने का प्रस्ताव रखा था, तब अर्चना ने उसकी तरफ देखा और मन-ही-मन सोचा, 'कभी किसी आदमी पर भरोसा मत करो। कभी नहीं। कभी नहीं।' रवि ने पूछा, "इतना सन्नाटा क्यों? तुम्हारी हाँ है या नहीं?"

अर्चना ने कहा था, "हाँ, बिल्कुल। चलो, मिलते हैं।"

यह 50 साल पहले की बात है। अर्चना को आज भी लगता है कि उस समय अचानक लिया गया यह उसका सबसे अच्छा फैसला था। उसने अपने दिल की सुनी थी। रवि बहुत खयाल रखनेवाला, प्यारा और स्नेह लुटानेवाला व्यक्ति था। अपने पति का हाथ थामे वह भावनाओं से भर गई थी और खूबसूरत पहाड़ों को निहार रही थी।

अर्चना के मन में अब भी अपनी माँ की बातें घूमती हैं, 'कभी किसी आदमी पर भरोसा मत करना। कभी नहीं। कभी नहीं।' फिर उसका मन ही उन विचारों से सवाल करने लगता, 'किसके लिए? किसके मुताबिक?' यह सवाल एक दिन बाहर घूमने के दौरान रवि ने ही अर्चना से पूछा था।

—मनोज केशव

जटिल समानता (कॉम्प्लेक्स इक्विवैलेंस)

इनसानी दिमाग के अध्ययन से उन्नत किस्म के न्यूरल ढाँचों, परिष्कृत वायरिंग और नर्व सेल्स के बीच जुड़ाव का पता चला है। ये विशेषताएँ किसी भी पशु में नहीं पाई जातीं। हमारी सोचने, विश्लेषण करने, निष्कर्ष निकालने और तमाम बिंदुओं को

आपस में जोड़ने की काबिलीयत की किसी से तुलना नहीं की जा सकती। हमारे अंदर क्षमता है कि हम घटनाओं से खुद को जोड़ सकते हैं और विश्व को बेहतर बना सकते हैं। उदाहरण के लिए, हम चाहें तो एक विस्तृत रिपोर्ट इस बात पर बना सकते हैं कि जनसंख्या वृद्धि का आज से 50 साल बाद धरती पर क्या असर होगा?

हालाँकि अतुलनीय बौद्धिकता होने के बावजूद हम इनसान इस बात के लिए भी जाने जाते हैं कि हम वास्तविकता को भी तोड़-मरोड़ सकते हैं, ऐसी चीजों पर भरोसा कर सकते हैं, जिनको लेकर कोई तार्किक वजह नहीं होती। और यही नहीं, हम अवैज्ञानिक, भ्रामक एवं अंधविश्वास से भरी मान्यताओं को अपनी अगली पीढ़ी के भीतर जबरदस्त जुनून के साथ प्रत्यारोपित भी कर रहे हैं।

जटिल समानता भी एक तरह का भ्रम ही है, जिसमें दो ऐसे अनुभवों या सिद्धांतों को आपस में मिलाने का प्रयास किया जाता है, जो एक-दूसरे से सर्वथा भिन्न होते हैं। यहाँ एक व्यक्ति दो असमान सिद्धांतों को लेता है और उन्हें समानता दरशाते हुए सामने ले आता है।

जटिल समानता को पहचानने के लिए उसे जोड़नेवाले बेसिर-पैर के बिंदुओं और दोनों घटनाओं या सिद्धांतों के अलग-अलग अर्थों को चुनौती देना चाहिए।

उदाहरण-1

वक्तव्य—मेरे पति मुझसे प्रेम नहीं करते। उन्होंने कभी अपने ऑफिस के सहकर्मियों से मुझे नहीं मिलवाया।

यहाँ वक्ता का निष्कर्ष है कि 'ऑफिस में सहकर्मियों से न मिलवाना' = 'मुझसे प्रेम नहीं करना।'

चुनौती—क्या आपके पति का आपको सहकर्मियों से न मिलवाने का यह अर्थ है कि वह आपसे प्रेम नहीं करते?

उदाहरण-2

वक्तव्य—यह बढ़ई देर कर रहा है। वह हमारा काम करने में दिलचस्पी नहीं ले रहा।

यहाँ वक्ता ने निष्कर्ष निकाला है कि 'देर करना' = 'काम में दिलचस्पी न लेना'।

चुनौती—क्या देर से आने का मतलब दिलचस्पी न लेना है? क्या आप ऐसे लोगों को जानते हैं, जो देर से आते हैं, लेकिन अपने काम से प्यार करते हैं?

उदाहरण-3

वक्तव्य—मेरी माँ मुझसे नफरत करती हैं। वह हमेशा मुझे झिड़कती रहती हैं।

यहाँ वक्ता ने यह निष्कर्ष निकाला कि 'माँ की झिड़की' = 'माँ की नफरत' है।

चुनौती—माँ की फटकार कैसे यह दरशाती है कि वह तुमसे नफरत करती हैं? क्या तुमने ऐसे किसी व्यक्ति को फटकारा है, जिससे तुम नफरत नहीं करते थे?

उदाहरण-4

वक्तव्य—मेरे बॉस ने आज दिन भर मुझसे बात नहीं की। हो सकता है, वह मुझे निकालने की सोच रहे हों।

यहाँ वक्ता ने निष्कर्ष निकाला कि 'बॉस बात नहीं कर रहे' = 'नौकरी से निकालने की तैयारी' है।

चुनौती—आप यह कैसे कह सकते हैं कि आपसे बात न करने का मतलब आपको निकालने से है?

अभ्यास के लिए

1. सामान्य बातचीत में मेटामॉडल उल्लंघन को चिह्नित करना

सभी मेटामॉडल उल्लंघनों को चिह्नित करने की बजाय शुरुआत में एक समय में किसी एक मेटामॉडल उल्लंघन को चिह्नित करना चाहिए और संबंधित चुनौती मेटामॉडल सवाल के जरिए पेश करनी चाहिए। उदाहरण के लिए, यूनिवर्सल क्वांटिफायर्स को ही लें। दिन भर में जिन तमाम वार्त्तालापों से आप गुजरे हैं, उन पर यूनिवर्सल क्वांटिफायर्स के लिए नजदीकी नजर रखिए। कोई कहता है, 'सभी राजनीतिज्ञ भ्रष्ट हैं।' यह एक मेटामॉडल उल्लंघन (Metamodel Violation) है। एक अन्य व्यक्ति कहता है, "सभी पुरुष पथ-भ्रष्ट होते हैं।" यह एक यूनिवर्सल क्वांटिफायर है। एक अन्य व्यक्ति कहता है, "मुझे तो कोई पसंद ही नहीं करता।" यह भी एक और यूनिवर्सल क्वांटिफायर का उदाहरण है।

इन शब्दों को चिह्नित करना सीखें—सभी, हर कोई, कभी नहीं, कोई ही और हमेशा-रोजाना की बातचीत में। कुछ दिनों तक इसके अभ्यास पर टिके रहें। उसके बाद आप एक और मेटामॉडल ले सकते हैं। उदाहरण के लिए, नॉमिनलाइजेशन को चुनें और अगले कुछ दिनों तक उसका अभ्यास करें। धीरे-धीरे आप अपने अंदर बहुसंख्यक मेटामॉडल उल्लंघन से जुड़ी चीजों को चिह्नित करने की क्षमता विकसित कर लेंगे।

2. समान उल्लंघन का पता लगाएँ

नीचे 11 वाक्यों का एक सेट दिया गया है। 5 वाक्यों के हर समूह में एक तरह की गलतियाँ दी हुई हैं। नीचे दिए गए कोड का इस्तेमाल अपने उत्तरों को लिखने के लिए जरूर करें।

नोट—हर वाक्य में एक से ज्यादा उल्लंघन भी हैं। साथ ही यह भी नोट करें कि पूर्व अनुमानों और जटिल समानताओं को फिलहाल बाहर रखा गया है।

एस.डी.	सिंपल डिलीशन
सी.डी.	कंपरेटिव डिलीशन
एल.आर.आई.	लैक ऑफ रेफरेंशियल इंडेक्स
यू.वी.	अनस्पेसिफायड वर्ब्स
एन.	नॉमिनलाइजेशन
यू.क्यू.	यूनिवर्सल क्वांटिफायर
एम.ओ.एन.	मॉडल ऑपरेटर्स ऑफ नेसेसिटी (आवश्यकता के मॉडल ऑपरेटर्स)
एम.ओ.पी.	मॉडल ऑपरेटर्स ऑफ पॉसिबिलिटी (संभावनाओं के मॉडल ऑपरेटर्स)
सी.ई.	कॉज एंड इफेक्ट (कारण और प्रभाव)
एम.आर.	माइंड रीडिंग (मन पढ़ना)
एल.पी.	लॉस्ट परफॉर्मेटिव

सेट-1

1. महिलाओं का जोर-जोर से हँसना गलत है।
2. अपने अभिभावकों को वृद्धाश्रमों में रखना गलत है।
3. पुरातन शिल्प की आलोचना करना गलत है।
4. रईस लड़कियाँ मेरे जैसे किसी व्यक्ति का प्रस्ताव नहीं स्वीकारेंगी।
5. लड़के रोते नहीं हैं।

सेट-2

1. मैं काफी दुखी हूँ!
2. मैं भूल गया।

3. मैं असहज हूँ।
4. मैं चोटिल हूँ।
5. मैं ऊब गया हूँ।

सेट-3

1. राव ने मुझे नजरअंदाज किया।
2. वह मुझे पागल कर देगी।
3. मैंने हर चीज गँवा दी है।
4. उसने मुझे खारिज कर दिया।
5. मेरा बॉस मुझे निराश कर देता है।

सेट-4

1. तुम नहीं समझोगे।
2. तुम मुझे पसंद नहीं करते।
3. तुम जानते हो कि मैं किस दौर से गुजर रहा हूँ!
4. मेरे भाषण को कोई भी पसंद नहीं करेगा।
5. वे मुझसे नफरत करते हैं।

सेट-5

1. मैं सर्वश्रेष्ठ हूँ।
2. तुम बहुत धीमे हो।
3. मैं जितने लोगों को जानता हूँ, उनमें वह सबसे ज्यादा शांत मनवाला है।
4. मैं जो काम कर रहा हूँ, वह कठोरतम है।
5. यह रेस्टोरेंट बेहतरीन है।

सेट-6

1. मेरे प्रति मेरे बॉस का नजरिया ठीक नहीं है।
2. मैं बहुत गहरी निराशा लेकर चल रहा हूँ।
3. मैं एक फैसला करना चाहता हूँ।
4. इस पर ज्यादा ध्यान देने की जरूरत है।
5. मैं एक विफल व्यक्ति हूँ।

सेट-7

1. वे मेरी साख को नष्ट करना चाहते हैं।
2. वह मुझसे ढंग से बात नहीं करती है।
3. वह परवाह नहीं करता है।
4. वह एयरपोर्ट पर नहीं आई।
5. उन्होंने काम पूरा कर दिया है।

सेट-8

1. राजनीतिज्ञों से मुझे गुस्सा आता है।
2. जब लोग अपने बारे में बढ़ा-चढ़ाकर कहते हैं तो मैं आपा खो देता हूँ।
3. अगर मैं क्रिकेट मैच देखता हूँ तो भारत जरूर हारता है।
4. मैं शराबी हूँ, क्योंकि मेरे माँ-बाप ने कभी मेरी परवाह ही नहीं की।
5. अगर सुबह कोई चीज गड़बड़ हो जाती है तो मेरा पूरा दिन खराब हो जाता है।

सेट-9

1. हर कोई मुझे पसंद करता है।
2. मेरे साथ कोई उपाय काम नहीं करता।
3. तुम हमेशा आलसी ही रहते हो।
4. वह मेरी कभी नहीं सुनता।
5. कोई भी मेरी नहीं सुनता।

सेट-10

1. मुझे हर हाल में यह नौकरी बचाए रखनी है।
2. तुम्हें यह परीक्षा पास करनी ही होगी।
3. मुझे इस प्रोजेक्ट को आज पूरा करना ही है।
4. मुझे अपने माँ-बाप की देखभाल करनी चाहिए।
5. मुझे इस साल निश्चित रूप से प्रमोशन चाहिए।

सेट-11

1. मैं उसे हर चीज नहीं बता सकता।
2. मैं उसके बगैर नहीं रह सकता।
3. तुम इस नौकरी के बगैर जी नहीं पाओगे।

4. मैं अपना खुद का कारोबार शुरू नहीं कर सकता।
5. एक निश्चित उम्र के बाद बदलाव संभव नहीं होता।

उत्तर

सेट–1	एल.पी. (लॉस्ट परफॉर्मेटिव)
सेट–2	एस.डी. (सिंपल डिलीशन)
सेट–3	यू.वी. (अनस्पेसिफायड वर्ब्स)
सेट–4	एम.आर. (माइंड रीडिंग)
सेट–5	सी.डी. (कंपरेटिव डिलीशन)
सेट–6	एन. (नॉनमिनलाइजेशन)
सेट–7	एल.आर.आई. (लैक ऑफ रेफरेंशियल इंडेक्स)
सेट–8	सी.ई. (कॉज एंड इफेक्ट)
सेट–9	यू.क्यू. (यूनिवर्सल क्वांटिफायर्स)
सेट–10	एम.ओ.एन. मॉडल (मॉडल ऑपरेटस ऑफ नेसेसिटी)
सेट–11	एम.ओ.पी. मॉडल (मॉडल ऑपरेटर ऑफ पॉसिबिलिटी)

□

10

द प्रेडिकेट्स : दिमाग के बिल्डिंग ब्लॉक्स

द प्रेडिकेट्स

हर पूर्ण वाक्य के दो हिस्से होते हैं—एक सब्जेक्ट और एक प्रेडिकेट। 'सब्जेक्ट' उसे कहते हैं, जिसके बारे में वाक्य में कहा जाता है और प्रेडिकेट उस सब्जेक्ट के बारे में बताता है। सब्जेक्ट को उभारा जाता है और वाक्य में उस पर ही सबकुछ केंद्रित होता है तथा आप प्रेडिकेट को उससे जुड़ा हुआ पाएँगे।

शिवा (दौड़ता है)

स्नेहा और उसका कुत्ता (हर सुबह टहलने के लिए समुद्र-तट पर जाते हैं)

प्रेडिकेट (जिसमें हमेशा क्रिया जुड़ी रहती है) कुछ-न-कुछ सब्जेक्ट के बारे में कह रहा होता है।

'प्रेडिकेट' शब्द लैटिन भाषा से लिया गया है और इसका अर्थ होता है—'दावा करना' या 'जाहिर करना'।

व्याकरण और तर्क दोनों मामलों में प्रेडिकेट वाक्य के अंदर सब्जेक्ट से या तो सहमति जताता है या दरकिनार करता है। उदाहरण के लिए, जगदीश को छींक आई, रूबी मुसकराई नहीं।

वाक्य का सब्जेक्ट यानी कर्ता, जैसाकि नाम से जाहिर है, वही होता है, जिसके बारे में वाक्य कहा गया होता है—विषय-वस्तु। प्रेडिकेट यानी सब्जेक्ट के बारे में बतानेवाला होता है।

एन.एल.पी. प्रेडिकेट्स

हम अपने आसपास की दुनिया को अपनी पाँच इंद्रियों के सहारे महसूस कर पाते हैं—देखकर (विजुअल), सुनकर (ऑडिटरी), महसूस करके (काइनेस्थेटिक), सूँघकर (ओलफैक्टरी) और स्वाद से (गस्टैटरी)। इन पाँच इंद्रियों को साथ जोड़ा जाता

है तो इसे एन.एल.पी. में रिप्रेजेंटेशनल सिस्टम्स या मॉडैलिटीज कहते हैं। जो भी शब्द 'रिप्रेजेंटेशनल सिस्टम्स' या 'मॉडैलिटीज' के बारे में व्याख्या करते हैं, उन्हें 'प्रेडिकेट्स' कहते हैं। एक व्यक्ति का ध्यान, किसी भी पल, सामान्यतया सभी पाँच इंद्रियों का मेल होता होगा। इसमें किसी इंद्रिय का दबदबा ज्यादा तो किसी का कम होता होगा, जो कि तात्कालिक परिस्थिति पर निर्भर करता है और साथ ही इस पर भी कि वह व्यक्ति किस इंद्रिय का आदतन प्रयोग ज्यादा करता है या उस पर ज्यादा जोर देता है?

एन.एल.पी. में प्रेडिकेट्स ऐसे शब्द या अर्धवाक्य होते हैं, जो देखने, सुनने, सूँघने, स्वाद चखने और छूने की क्रिया का सुझाव देते हैं। उदाहरण के लिए—मैं देख रहा हूँ, तुम्हारा क्या मतलब है (विजुअल प्रेडिकेट), मेरा ध्यान तुम्हारी ही तरफ है, बात करते रहो (ऑडिटरी प्रेडिकेट), मैं इसे अपनी हड्डियों तक महसूस कर रहा हूँ (काइनेस्थेटिक प्रेडिकेट)। एन.एल.पी. में एक व्यक्ति क्या कह रहा है, वह हम बहुत चौकन्ने होकर वास्तव में सुनते हैं।

लोग अपने अनुभवों को खुद किस तरह प्रस्तुत करते हैं, आप धीरे-धीरे इसकी समझ भी विकसित कर सकते हैं। निम्नलिखित वाक्यों पर गौर करें, जो कि तीन लोगों के बीच बातचीत पर आधारित हैं। इनकी परिस्थिति समान है, लेकिन प्रेडिकेट भिन्न है।

व्यक्ति अ (विजुअल)—मैं रात के इस समय बाहर नहीं जाना चाहता। बाहर कितना घना अँधेरा पसरा है! भूतों जैसे खड़े पेड़ों के सिवा मुझे कुछ दिख भी नहीं रहा है। कौन जानता है, वे वाकई भूत हों!

व्यक्ति ब (ऑडिटरी)—मैं रात के इस पहर बाहर नहीं निकलना चाहता। बाहर का सन्नाटा कितना खौफनाक है! कहीं किसी मनुष्य की आवाज तक नहीं सुनाई दे रही है। मुझे तो केवल कीड़े-मकोड़ों और चिड़ियों की ही आवाजें सुनाई पड़ रही हैं। ऐसा भी तो हो सकता है कि ये आवाजें उन कीड़े व चिड़ियों की न हों। हो सकता है, ये भूतों की ही आवाजें हों!

व्यक्ति स (काइनेस्थेटिक)—मैं रात के इस पहर बाहर नहीं जाना चाहता। बाहर बहुत ठंड है। सड़क भी गीली और फिसलन भरी होगी। साथ ही, हर तरफ मच्छर और कीड़े मँडरा रहे होंगे। बाहर निकले तो वे ही मुझे काट खाएँगे। मुझे पहले ही पेट में अजीब-सा हो रहा है। हो सकता है कि बाहर भूत हो और मुझ पर हमला करने के लिए घात लगाकर बैठा हो।

'अ' के मन से डर भगाने के लिए हमें उसके मन में चल रही तसवीर पर काम करना होगा। 'ब' के मन से डर दूर करने के लिए हमें उस आवाज पर काम करना होगा, जो उसके दिमाग में गूँज रही होगी और उसका क्या मतलब वह लगा रहा होगा। 'स' के मन से डर हटाने के लिए हमें उसके स्पर्श के मामले में काम करना पड़ेगा।

प्रेडिकेट से यह पता चलता है कि वक्ता की तात्कालिक परिस्थिति में उसे मिलनेवाले अनुभव का कौन सा हिस्सा ज्यादा प्रासंगिक है? अगर आप वास्तव में किसी व्यक्ति को समझना चाहते हैं तो उसके लिए जरूरी है कि आप उसके द्वारा बातचीत के दौरान प्रयोग किए जानेवाले प्रेडिकेट्स पर ध्यान केंद्रित करें। उदाहरण के लिए, जब एक व्यक्ति कहता है, "मैं तसवीर नहीं देख पा रहा हूँ।" तो यह दरशाता है कि उसके अंदर क्या चल रहा है? इन शब्दों कि "मैं तसवीर नहीं देख पा रहा हूँ।" को शब्दशः देखने की जरूरत है कि आपको एक बार फिर दोहराने की जरूरत है। लेकिन इस बार ज्यादा-से-ज्यादा दिखनेवाले शब्द और दृश्यात्मक सूचनाएँ देने की कोशिश करें, ताकि व्यक्ति पूरी तसवीर अपने मन में बना सके।

वार्त्तालाप

पति : क्या तुम समझीं कि मेरा क्या मतलब है? तुमको दिमाग में तसवीर बनानी होगी कि हमारा नया घर कैसा हो सकता है?

पत्नी : मुझे लगता है कि मैं पहले ही अपने नए घर को लेकर कुछ महसूस कर चुकी हूँ।

पति : नहीं, नहीं। तुमको वाकई अपने मन में एक तसवीर तैयार करनी होगी कि हमारा घर कैसा होगा और उसके बाद हम आर्किटेक्ट से बात करके अपना नजरिया रखेंगे।

पत्नी : हाँ, मुझे कुछ-कुछ आभास हो रहा है कि हमारा घर कैसा महसूस होगा मुझे! तुम यही तो कहना चाह रहे हो न?

पति : नहीं, ऐसा नहीं है। सारी विस्तृत चीजों और नतीजों को पहले ही गौर कर लेना, मन में तैयार कर लेना ज्यादा जरूरी होता है। हमें बिल्कुल क्रिस्टल की तरह स्पष्ट होना होगा हर चीज के बारे में, तब जाकर निर्माण के लिए चेक जारी करना होगा।

पत्नी : सही, मुझे भी समझ में आ रहा है कि हम अपने घर को लेकर जिस तरह से रोमांचित हैं, उससे मुझे मेरी हड्डियों तक में उस घर की एक-एक चीज महसूस हो रही है और मुझे लगता है कि तुम भी यही कहना चाह रहे हो, अन्यथा हम किसी विचित्र स्थिति में भी फँस सकते हैं।

पति : नहीं, ऐसा नहीं है। मुझे लग रहा है कि जो मैं दिखाना चाहता हूँ, वह तुम देख नहीं पा रही हो। बस, कल्पना करो नए घर के बारे में। क्या तुम कुछ देख पा रही हो?

पत्नी : अरे, हाँ। मैं काफी रोमांचित हूँ। मैं उस घर में रखे कारपेट की गरमाहट

महसूस कर पा रही हूँ। मैं उसकी कंक्रीट की दीवार छू पा रही हूँ और उस घर में हर तरफ सकारात्मक ऊर्जा महसूस कर पा रही हूँ।

पति : मैं उसका एक धुँधला स्वरूप देख पा रहा हूँ। अगर ईश्वर भी देख रहा है तो हो सकता है कि कुछ मदद मिलने का यह उचित समय हो। अब मुझे स्पष्ट हो गया है कि तुम कल्पना नहीं कर पा रही हो। काश, मैं तुम्हें वह तसवीर दिखा पाता, जो मेरे मन में अपने घर को लेकर बसी हुई है।

पत्नी : अपनी भावनाओं को काबू में रखो। ज्यादा भावुक मत हो। मैं तुम्हारे भीतर के तनाव को महसूस कर सकती हूँ। मैं इसे सँभाल सकती हूँ। अब तुम्हारे काम पर जाने का समय हो रहा है। मैं आर्किटेक्ट से बात करके जो भी गड़बड़ी या भिन्नता होगी, उसे दूर करने का प्रयास करूँगी।

इस वार्त्तालाप से यही जाहिर होता है कि 'एक-दूसरे को समझने' में 'प्रेडिकेट्स को समझना' कितना जरूरी है! पति मूल रूप से विजुअल प्रेडिकेट्स में संवाद कर रहा है, जबकि पत्नी मुख्य तौर पर काइनेस्थेटिक प्रेडिकेट्स में अपनी बात रख रही है।

अगर आप किसी व्यक्ति पर तत्काल अच्छा प्रभाव छोड़ना चाहते हैं तो एक चीज जो आपको जरूर करनी चाहिए कि उसके प्रेडिकेट्स पर गौर करते हुए जल्दी-से-जल्दी अपनी कल्पनाशीलता से मिलान कर लेना चाहिए। उदाहरण के लिए, अगर सामनेवाला व्यक्ति विजुअल प्रेडिकेट्स का प्रयोग कर रहा है तो यह बेहतर होगा कि आप भी विजुअल प्रेडिकेट्स इस्तेमाल करें। अगर सामनेवाला व्यक्ति ऑडिटरी प्रेडिकेट्स का प्रयोग कर रहा है तो यह बेहतर होगा कि आप भी ऑडिटरी प्रेडिकेट्स का ही प्रयोग करें। इससे आप सामनेवाले व्यक्ति से काफी गहरे स्तर से जुड़ जाएँगे।

वार्त्तालाप

ग्राहक-अ (विजुअल)—क्या आपको पता है कि रेंज रोवर को लेकर मुझे क्या पसंद है? उसका आकर्षक लुक। मैं उसे पूरे दिन देखते रह सकता हूँ।

सेल्समैन (अ के विजुअल प्रेडिकेट्स से अपना मेल करते हुए)—वाकई शानदार है। केवल फ्लोटिंग रूफलाइन और वेस्टलाइन को ही देखें तो कितना भव्य लगता है! रेंज रोवर का लुक बिल्कुल अलग और जबरदस्त है। यही नहीं, उसका इंटीरियर भी शानदार है, मानो केबिन के भीतर बहुत बारीक नरम मुलायम लेदर फीचर। इसकी मांसल बॉडी और चौड़े कंधे वाले इसके भारी-भरकम स्वरूप से कोई टक्कर ले ही नहीं सकता है। सड़क पर तो रेंज रोवर ही गाड़ियों का नेतृत्व करती दिखती है। ब्रिटिश डिजाइन का यह बहुत ही उम्दा काम है।

एक अन्य ग्राहक ब (ऑडिटरी)—क्या आप इसका इंजन स्टार्ट कर सकते हैं?

मैं इसकी आवाज सुनना चाहता हूँ।

सेल्समैन (ग्राहक ब के ऑडिटरी प्रेडिकेट्स से अपना मेल करते हुए)— सुपरचार्ज्ड वी8 इंजन की धीमी और घर्षण करती हुई आवाज तो मानो ऐसी लगती है कि दूर से चिनूक हेलिकॉप्टर आ रहा हो। इसकी आवाज शानदार और कोलाहलपूर्ण है।

ग्राहक स (काइनेस्थेटिक)—मैं इसे टेस्ट ड्राइव पर ले जाना चाहता हूँ। मैं इस गाड़ी को महसूस करना चाहता हूँ।

सेल्समैन (ग्राहक स के काइनेस्थेटिक प्रेडिकेट्स से मिलान करते हुए)— बिल्कुल। आपको रेंज रोवर को महसूस जरूर करना चाहिए। सटीक पाँव और तेज-तर्रार होने के चलते गाड़ी की चाल भी शानदार है। विशेष तौर पर बनाया गया इसका इंटीरियर भी सुकून और आराम का अहसास कराता है। (ग्राहक कार में बैठ जाता है और स्टीयरिंग को थाम लेता है।)

सेल्समैन आगे कहता है, "नरम, मुलायम लेदर, अधिकारी वर्ग के स्तर की बैठने की व्यवस्था, अपने मुताबिक तकिए को रखने की छूट, पावर रिक्लाइन—ये सब मिलाकर आपको बहुत आराम देते हैं। कैसी रही ड्राइव? आपने कैसा महसूस किया, सर?"

संवेदना-आधारित प्रेडिकेट्स यह दरशाते हैं कि सामनेवाला व्यक्ति अपने अनुभव को जाहिर करने के लिए कौन से सेंसरी सिस्टम का प्रयोग कर रहा है? प्रेडिकेट्स के जरिए हम लोगों की आंतरिक दुनिया में झाँक सकते हैं। उदाहरण के लिए—

- मैं देख रहा हूँ, आपका क्या मतलब है!
- मैं सुन रहा हूँ, जो आप बोल रहे हैं।
- मैं महसूस कर रहा हूँ, जो आप बताना चाह रहे हैं।

ये सभी वाक्य लगभग एक-सी ही बातें बता रहे हैं, लेकिन वे भिन्न सेंसरी सिस्टम्स के बारे में बयाँ करते हैं। हर कोई कहता है, 'मैं समझ गया।' प्रेडिकेट्स दरशाते हैं कि पल विशेष में लोग अपने अनुभव के किस हिस्से के प्रति सबसे ज्यादा चेतन रहते हैं! ऐसा नहीं हो सकता कि हर कोई अपने आसपास चल रहे घटनाक्रम के हर हिस्से के प्रति समान रूप से चेतनावस्था में रहे। उदाहरण के लिए, किसी बगीचे को देखकर यह याद रखने की कोशिश करें कि वह बगीचा कैसा दिखता है और अपने दोनों हाथों के तापमान को बारी-बारी से महसूस करें। आप खुद ही महसूस करेंगे कि कोई-न-कोई अनुभव ऐसा होगा, जो ज्यादा अच्छी तरह से याद रहेगा।

हम सभी सेंसरी स्टिमुली पर एक ही समय में समान रूप से काम नहीं कर सकते। लोग तभी काम कर सकते हैं, जबकि वे अपनी चेतनावस्था में से मौजूदा अनुभव के कुछ हिस्सों को डिलीट कर दें और केवल उन चीजों पर ध्यान केंद्रित करें, जो उन्हें प्रासंगिक

लगती हों। प्रेडिकेट्स से हमें कुछ संकेत मिल जाता है कि कौन सी चीज प्रासंगिक है और कौन से सेंसरी सिस्टम के प्रति लोग जागरूक हैं तथा जागरूक नहीं हैं।

विजुअल प्रेडिकेट्स

प्रकट	आकर्षक	संदेह की छाया से दूर
अंधा	धुँधला	चमकदार
एक झलक लेना	स्पष्टता	बादलों वाला
छिपाया	प्रत्यक्ष	प्रदर्शन
दरशाया	स्वप्न	ज्ञान
जाँचना	प्रदर्शित	खुलासा
चिड़िया-सी नजर	खयाली कल्पना करना	रोशनी डालना
केंद्रित	पूर्वानुमान	जम्हाई
घूरना	नजर	चमक
ग्राफिक	अंतर्दृष्टि	क्षितिज
छवि	प्रकाश में	छानबीन
शुद्ध	नजर	गौर करना
अस्पष्ट	अवलोकन	स्वाभाविक
नजरिया	परखना	चरम
झाँकना	समझ	परिप्रेक्ष्य
तसवीर	रंग-रोगन	अचूक
खुलासा	जाँचना	देखना
चमकदार	देखना	नजारा
रेखाचित्र	सर्वेक्षण	दृश्य

दृश्यात्मक अर्धवाक्य

- मुझे ऐसा लगा।
- यह संदेश तो बिल्कुल पानी की तरह स्पष्ट है।

- दरअसल यह मुझे तब समझ में आया, जब हमने इस बारे में बात की।
- आज से पाँच साल बाद आप कंपनी को कहाँ देखते हैं?
- हमें हर समय एकाग्रचित्त रहने की जरूरत है।
- कल्पना करो कि पाँच साल बाद कैसा महसूस होगा?
- क्या तुमको तसवीर स्पष्ट हुई?
- यह तुमको देखने में कैसा लगा?
- क्या तुम समझे कि मेरा क्या मतलब है कहने का?
- यह तो एक शानदार विचार है।
- केवल देखो कि दूसरे क्या कर रहे हैं?
- मैंने एक हलकी-सी नजर मारी उस पर।
- कुल मिलाकर नजरिया बहुत धुँधला है।
- वह तो आज अंधकार वाले मिजाज में है।
- मैं तुमसे मिलने की राह देख रहा हूँ।
- एक रंग-बिरंगा भाव।
- वे इधर देख रहे हैं।

ऑडिटरी प्रेडिकेट्स

जवाब	घोषणा	बहस
साफ बोलना	पूछना	सुनने योग्य
बड़बड़ाना	गड़गड़ाहट	गुंजायमान
एक लय	प्रतिध्वनि	घंटी बजाना
गुर्राना	सुनना	फुसफुसाना
घर्षण	ध्वनि	बताना
कहना	क्लिक	धमाका
बात	तीव्रता	तड़क
बुलावा	बेसुरापन	कर्कश
ड्रम बजाना	जबरदस्त फटकार	गूँज
विस्तार	गपशप	टरटराहट/गरजना

भुनभुनाहट	खामोशी	सुनना
मधुर	धीमा	भुनभुनाना
शोरगुल	मौखिक	बहिर्मुखी
शांत	सुनाना	चीखना
किलकारी	तीखी आवाज	सन्नाटा
गुनगुनाना	स्तब्ध	कूकना
हकलाना	गर्जना	लय
आवाज सुधारना	बड़बड़ाना	सुरमयी
फुसफुसाना	बड़बड़ाना	कानफोड़

ऑडिटरी अर्धवाक्य

- हम एक समान वेवलेंग्थ पर हैं।
- मैं खुद को रोज व्यायाम करने को कहता हूँ।
- मेरा ध्यान उधर ही है, बोलते रहो।
- हर चीज जो हमने कही, वह बहरे कानों पर पड़ी।
- क्या तुमने सुना, जो मैंने कहा?
- तुम कैसे उसका उच्चारण करोगे? क्या तुम उससे सहमत हो?
- हे, वहाँ एक घंटी बजी।
- सन्नाटा तो कानफोड़ू था।
- वह हमें अच्छा लगा।
- हम बता सकते हैं कि तुम लय में हो या नहीं?
- मुझे यह सुनकर प्रसन्नता हुई।
- चीजें बिल्कुल सटीक जाकर बैठीं।
- यह मेरे कानों में संगीत की तरह था।
- मुझे अच्छा लगा कि तुमने बताया।

काइनेस्थेटिक प्रेडिकेट्स

अहसास	स्पर्श	ग्रहण करना
पकड़ बनाना	फिसल जाना	पकड़ना

समझना	संपर्क बनाना	बाहर फेंकना
सख्त/पुख्ता	कबाड़	पकड़ना
ठोस	सक्रिय	सहने लायक
पीटना	मोड़ना	किसी के पीछे
उबालना	उछाल	खराब होना
ब्रश	बोझिल	कोलाहल भरा
दबोचना	चंगुल	पीसना
पकड़	टटोलना	क्रोधी
हाथापाई	संवेदनशील	भावमय
असंतुलित	छिछला	हिला हुआ
छोड़ा हुआ	फिसला	नरम
नरम	ढोना	पकड़ना
सक्रिय	पकड़	ठंडा
किसी की पकड़ में आना	कंक्रीट	पीसना
अंदर खोदना	भावुक	दृढ़
बहना	बल	टटोलना
गले लगाना	चोटिल	हल निकालना
चूमना	बोझ उतरना	गति
ले जाना	घबराए हुए रहना	खेलना
भव्य	खींचना	के खिलाफ दौड़ना
खट्टा	तनाव	बहोरना
नरम	तनाव	मोटा
बाँधा	काँपना	मोड़
असह्य	सिहरन	कोड़े पड़ना

काइनेस्थेटिक अर्धवाक्य

- मुझे गलत तरीके से रगड़ा।

- शून्य से शुरुआत की।
- शांत और संतुलित।
- संपर्क में आना।
- मुझ पर मानो एक टन ईंट से हमला हुआ।
- वास्तविकता पहचानो।
- मुझे कुछ-कुछ समझ में आ रहा है, जो तुम कहना चाह रहे हो।
- गर्मजोशी भरा स्वागत।
- मैं द्रवित हो गया।
- यह मेरे गौरव को झटका है।
- ठहरे रहो।
- मुझे इस जगह को लेकर कुछ आभास हो रहा है।
- एक चिपकाऊ हालत है।
- एक शांत ग्राहक।
- मैं इसे अपनी हड्डियों तक महसूस कर सकता हूँ।
- एक समय में एक कदम।

ओलफैक्टरी/गस्टैटरी प्रेडिकेट्स

कड़वा	भूख बढ़ानेवाला	खुशबूदार
स्वादिष्ट	ललचानेवाला	मछलीवाला
मुँह में पानी लानेवाला	स्वाद	खुशबू
धुआँ	शहद-युक्त	काली मिर्च की अधिकतावाला
खुशबूदार	खट्टी महक	खट्टा
जली हुई महक युक्त	मसालेदार	मीठा
स्वाद	हलकी गंध	इत्र
मसालेदार चटनी	स्वादिष्ट	गंध

फोटोग्राफी, आंतरिक साज-सज्जा, ग्राफिक डिजाइनिंग, चित्रण, आर्किटेक्चर, औद्योगिक डिजाइनिंग और फैशन डिजाइनिंग जैसे कुछ क्षेत्र ऐसे हैं, जहाँ दृश्यात्मक कौशल और रुझान सफलता के लिए अहम होते हैं।

स्पीच पैथोलॉजिस्ट, अनुवादक, प्रसारण तकनीशियन, ध्वनि इंजीनियर, संगीतकार,

गायक और एकाउस्टिकल इंजीनियरों के लिए सुनने की बारीक क्षमता और रुझान उन्हें अपने क्षेत्र में सफल बनाता है।

ऐसे लोग, जो अपने हाथों से काम करना पसंद करते हैं या भिन्न टेक्सचर के प्रति ललकवाले और अपने मुताबिक काम करनेवालों के लिए यह काफी बेहतर होता है कि वे ऐसे उद्योगों में काम करें, जहाँ स्पर्श संबंधी कुशाग्रता को तरजीह दी जाती हो। मसाज थेरैपिस्ट, टेक्सटाइल एक्सपर्ट, व्यंजन चखनेवाले (हालाँकि ज्यादातर ये मानते हैं कि अच्छा व्यंजन आलोचक होने के लिए केवल खास इंद्रिय की जरूरत होती है, जबकि व्यंजन के टेक्सचर का आकलन करने की आपकी क्षमता भी उतनी ही जरूरी होती है), कलाकार, कुम्हार और शिल्पकारों को भी अपनी काइनेस्थेटिक क्षमता पर भरोसा करके सफलता हासिल करनी होती है।

कुछ ऐसे काम हैं, जिसके लिए बहुत संवेदनशील नाक की जरूरत होती है।

रिटेल परफ्यूम मैनेजर—वह व्यक्ति, जो तमाम ब्रांड में अंतर बता सके और ग्राहक के लगाए खास इत्र के आधार पर उसके व्यक्तित्व से मिलान कर सके।

एरोमाथेरैपिस्ट—पौधों, फूलों एवं जड़ी-बूटियों से निकाले गए तेल से सदियों से इलाज और थेरैपी की जा रही है। थेरैपिस्ट को इत्र के उच्च स्तर के नोट एवं आधारभूत नोट्स की पहचान मालूम होनी चाहिए और उसे पता होना चाहिए कि कौन सा हिस्सा ग्राहक की बेहतरी के पक्ष में ज्यादा कारगर होगा!

एरोमाकोलॉजिस्ट—तेल और इत्र से किसी का इलाज करने की बजाय एक एरोमाकोलॉजिस्ट इत्र तैयार करने की खूबियाँ रखता है। यह क्षेत्र धीरे-धीरे प्रमुखता से उभर रहा है, क्योंकि इत्र और दिमाग के बीच ज्यादा-से-ज्यादा लिंक खोजे जा रहे हैं और ये मिलने भी शुरू हो गए हैं। एक एरोमाकोलॉजिस्ट यह पता लगा सकता है कि किसी ऑफिस में कार्य उत्पादकता बढ़ाने में सहायक परफ्यूम कौन सा है, जिससे कर्मचारी खुद को तरोताजा महसूस करते हैं।

सोमेलियर (शराब विशेषज्ञ)—एक शराब विशेषज्ञ, जिसका काम शराब के आकलन का होता है, वह उसके साथ परोसे जानेवाले उचित व्यंजन के बारे में भी जानता है।

इसके अलावा भी कुछ अन्य कार्य होते हैं, जिसमें गहन घ्राण शक्ति की जरूरत पड़ती है। उसमें हेल्थ एंड सेफ्टी इंस्पेक्टर, फूड इंस्पेक्टर, फूड एंड फ्लेवर टेस्टर्स, इवेंट प्लानर्स, बी-कीपर्स आदि शामिल होते हैं।

प्रेडिकेट्स को लेकर क्षमता बढ़ाने से घर, कार्यस्थल और स्कूलों में आपसी बातचीत में सुधार होगा। मल्टीपल सेंसरी प्रेडिकेट्स के जरिए किसी मुद्दे को समझानेवाले शिक्षक और प्रशिक्षक ज्यादा प्रभावशाली माने जाते हैं। वे लोगों तक अलग-अलग

तरीके से सिखाने का अनुभव लेकर पहुँचते हैं। कार्यस्थल पर भिन्न प्रेडिकेट्स की समझ होने से बातचीत करने और समझ बढ़ाने में मदद मिलती है।

अभ्यास

1. प्रेडिकेट्स मैचिंग के जरिए साख बढ़ाना—लोगों से बातचीत करने के दौरान प्रेडिकेट्स तलाशने के लिए उन्हें गौर से देखें और उनकी बातों को सुनें। वे लोग कोई भी हो सकते हैं—परिवार के सदस्य, सहयोगी, ग्राहक या मित्र। उनको जवाब देते समय अपने प्रेडिकेट्स का मिलान दूसरों के द्वारा प्रयोग किए गए प्रेडिकेट्स से करें। एक-दूसरे के बगैर बोले या कहे होनेवाले हाव-भाव पर गौर करें, जैसा कि आप अपने साथ भी करते हैं।

2. प्रेडिकेट्स की मदद से किसी समस्या की असल वजह का पता लगाना—अगर एक जर्मन एवं चीनी पेशेवर मिलते हैं और अगर एक-दूसरे से अपनी मातृभाषा में बात करते हैं तो क्या होगा? वे चाहे जितनी भी कोशिश कर लें, लेकिन उन दोनों को एक-दूसरे की भाषा समझ में ही नहीं आएगी।

इसी तरह, जब एक व्यक्ति किसी चीज के बारे में कल्पना कराने के आधार पर बात कर रहा हो, जबकि सामनेवाला व्यक्ति सुननेवाली विशेषता से लैस हो तो वहाँ भी समझ पाने में भ्रम की स्थिति रहेगी।

उदाहरण—

ग्राहक : मेरे बॉस की आँखें काली, भूतों जैसी दिखनेवाली आँखें हैं। उनकी नाक भी ऐसी दो अँधेरी गुफाओं की तरह नजर आती हैं, जो एक-दूसरे से सटी हुई हों। अगर आप उनके दाँत देखें तो वे मुझे तेज धारवाले चाकुओं की याद दिलाते हैं, जो कि एक कतार में रखे हुए हों। मेरा बॉस एक खराब आदमी है।

थैरेपिस्ट : मैंने सुना, तुमने जो कहा। तुम अपने बॉस की तरह व्यवहार नहीं करते।

ग्राहक : नहीं। आप वह नहीं देख पा रहे होंगे, जो मैं बताना चाह रहा हूँ। वह बिना पूँछ के दानव जैसा नजर आता है।

थैरेपिस्ट : तुम मुझे वह क्यों नहीं बताते, जो वह तुमको कहता है और जिसे सुनना तुम पसंद नहीं करते?

ग्राहक : मैं तो केवल उस दानव को पसंद नहीं करता। उसका चौड़ा, बड़ा जबड़ा मुझे उस सजायाफ्ता मानसिक हत्यारे की तरह लगता है, जिसकी तसवीर पिछले साल एक अखबार के पहले पन्ने पर छपी थी।

थैरेपिस्ट : अब हम उन चीजों पर फोकस क्यों नहीं करते कि वह ऐसी क्या बात कहता है, जिससे तुम्हारा पारा गरम हो जाता है या तुम्हारी परेशानी बढ़ जाती है?

ग्राहक : मैं समझा! आप मेरे नजरिए को नहीं देख पा रहे हैं। क्या आप मेरे ऑफिस जाकर एक अधिकारी की बजाय किसी दैत्य को देखना पसंद करेंगे? जब भी मुझे उसका चेहरा याद आता है तो मेरा उत्साह अपने आप ठंडा पड़ जाता है।

थैरेपिस्ट : तुम पिछली बार कब मिले थे उससे और क्या बातें की थीं?

ग्राहक : सौभाग्य से मैं उससे कभी नहीं मिला। वह सीधे तौर पर मेरा बॉस नहीं है। मेरा बॉस उसे रिपोर्ट करता है; लेकिन जब मैं उसे देखता हूँ तो उससे मुझे अपनी दुनिया अंधकारमय लगने लगती है। वह बिल्कुल मेरे बड़े दैत्याकार सौतेले पिता की तरह नजर आता है, जो बचपन में मुझे बेरहमी से मारता-पीटता था। उसकी भी आँखें मेरे पिता की तरह ही घनी व काली हैं। चौड़ा जबड़ा''' उफ्! मेरी आँखों के आगे अँधेरा छा रहा है।

थैरेपिस्ट : (विजुअल की तरफ अपना नजरिया बदलते हुए) अब मैं तुम्हारी बात समझ गया।

ग्राहक : केवल आप ही मुझे इससे बचने का रास्ता बता सकते हैं। कृपया मेरी मदद करें।

कभी-कभी लोग जो कहते हैं, उसमें वे बहुत ज्यादा शाब्दिक हो जाते हैं। एक बच्चा कहता है, 'मैं देख रहा हूँ कि भूत दीवार पर रेंग रहे हैं। इसी वजह से मैं सो नहीं पाता हूँ।' अगर आप बच्चे के बताए अनुसार चीजों की कल्पना कर सकते हैं तो आप उसकी दुनिया के बारे में समझ सकते हैं; लेकिन केवल उस बच्चे की बात को सुनने से और कल्पना न करने से आप कोई अनुमान नहीं लगा पाएँगे और दोनों के बीच समझ को लेकर अंतर आ जाएगा।

जब एक व्यक्ति समस्या बता रहा होता है तो वह कौन से प्रेडिकेट्स का प्रयोग कर रहा है, उसके प्रति जागरूक रहें। इसके जरिए समस्या की असली वजह पहचानने में मदद मिलेगी।

एक वार्त्तालाप

थैरेपिस्ट : तो, इस सड़क हादसे के बाद आपको सो पाने में दिक्कत हो रही है?

मरीज : हाँ। हालाँकि ईश्वर की कृपा से मैं किसी स्थायी चोट से बच गया। मेरी सारी चोटें भर चुकी हैं। लेकिन उस समय जो मेरे साथ हुआ, वे चीजें बार-बार याद आने से मेरी नींद उड़ जाती है।

थैरैपिस्ट : तो, आप उन घटनाक्रमों को देखते हैं और वे चीजें आपकी नींद खराब कर देती हैं।

मरीज : मैं अपने चारों तरफ काले घने बादलों को मुझे घेरते हुए देखता हूँ। मैं अपने चारों तरफ अंधकार देखता हूँ। यह एक बड़े ब्लैक होल की तरह नजर आता है। मैं नहीं जानता कि यह सच है या नहीं, लेकिन हादसे के बाद जब मैं बेहोश हुआ तो उससे पहले मुझे ऐसा ही लग रहा था। मैंने अपनी आँखों के आगे अँधेरा छाते हुए देखा और उसके बाद मैं सो गया। मुझे डर था कि मैं अब कभी नहीं उठूँगा। वह अँधेरा छेद मुझे मरा हुआ देखना चाहता है। इसलिए मैं अपनी आँखें खोल देता हूँ और दोबारा बंद करने में डरता हूँ।

थैरैपिस्ट : (सभी विजुअल प्रेडिकेट्स पर गौर करने के बाद) : अपनी आँखें बंद करें और अपने इर्द-गिर्द अँधेरे को देखें। क्या आप विशालकाय ब्लैक होल देख पा रहे हैं?

मरीज (काँपती हुई आवाज में) : हाँ।

थैरैपिस्ट : आपने बताया कि उस दौरान आप स्विस आल्प्स पर गोटाहार्ड बेस सुरंग से गुजर रहे थे। अब आप कल्पना करें कि आप वहीं हैं। मान लीजिए कि आप वहाँ काले घने बादलों के बीच घिर जाते हैं, जब आप सुरंग में प्रवेश करते हैं तो। धीरे-धीरे आपको उन बादलों के बीच में दूर से एक छोटी-सी रोशनी सामने से आती हुई नजर आएगी। अगर नजर नहीं आ रही है तो कल्पना करें कि रोशनी आ रही है। आपका दिमाग किसी भी तरह की तसवीर बना सकने में सक्षम है। वहाँ अब आप देख पा रहे हैं? बहुत अच्छे। वहाँ सुरंग खत्म होती है। यह रोशनी बड़ी और बड़ी होती जाएगी और अब आप खुद को अँधेरे, काली जगह यानी सुरंग से बाहर निकलता हुआ पाएँगे। अब आपके चारों तरफ रोशनी-ही-रोशनी है। अब आप खुद को वापस मौजूदा हाल में लाइए। आप मेरे साथ इस कमरे में बैठे हुए हैं। धीरे-धीरे अपनी आँखें खोलिए। अब आप कैसा महसूस कर रहे हैं?

मरीज : ठीक हूँ, मुझे लगता है। अंततः, अंधकार कहीं तो जाकर रोशनी में

बदलता है। हालाँकि मैं आल्प्स का आनंद नहीं उठा पाया। मैं डरा हुआ था कि अँधेरा फिर से वापस आ सकता है।

थैरेपिस्ट : उसे दोबारा आने दीजिए। वह एक अन्य सुरंग है, जहाँ से आप गुजर रहे होंगे। केवल उस सुरंग के दूसरे छोर से आती सूरज की रोशनी पर ध्यान केंद्रित करें और अगली बार जब आप सुरंग से बाहर आएँ तो स्विस आल्प्स का आनंद लेना न भूलें। सूरज की रोशनी और प्रकृति का आनंद उठाएँ।

मरीज : ठीक है। क्या यह काल्पनिक अभ्यास मेरी समस्या को दूर कर देगा?

थैरेपिस्ट : वास्तव में कहीं पर भी अँधेरे के बादल नहीं हैं। न तो वास्तव में ब्लैक होल है, जो आपको अपने अंदर समेट ले। यह केवल आपकी कल्पना में हैं। दरअसल, ऐसा इसलिए हुआ, क्योंकि आप एक दर्दनाक अनुभव से गुजरे हैं और आपका अवचेतन मन आपको सुरक्षित रखना चाहता है। लेकिन काले बादल अब भी आपकी कल्पना में हैं और अगर आपके दिमाग में बसी वह छवि आपकी चिंता बढ़ा रही है तो हमें केवल इतना करना है कि उस तसवीर को बदल दें।

तब क्या होगा, जब काले घने बादल गुलाबी हो उठें? तब क्या होगा? तब क्या होगा, जब वे बादल हरे रंग के हो जाएँ? तब आप कैसा महसूस करेंगे? किसी जादुई छड़ी से अगर इन बादलों को एक छोटी डार्क चॉकलेट में बदल दिया जाए, तब कैसा लगेगा? ऐसी तसवीरें अपने दिमाग में बनाकर कल्पना करें और देखें कि आप कैसा महसूस करते हैं और कैसे हालात को काबू में रखते हैं।

प्रभाव के औजार के रूप में प्रेडिकेट्स—संवाद (लिखित या मौखिक) के दौरान जब हम इंद्रियों पर आधारित भाषा का प्रयोग करते हैं तो उस वार्त्तालाप का प्रभाव निश्चित तौर पर बढ़ जाता है। वह वार्त्तालाप तब और जीवंत हो उठता है, जब हम बातचीत के दौरान किसी एक इंद्रिय या सभी पाँचों इंद्रियों से संबंधित प्रेडिकेट्स की बात छेड़ देते हैं।

उदाहरण के लिए, सूर्योदय के दौरान आकाश हलके पीले रंग से नहा उठता है और हर तरफ मौजूद लाल रंग के बादल बिखरे हुए-से दिखते हैं तथा गुलाबी छटा बिखेर रहे होते हैं। जैसे-जैसे सूरज क्षितिज पर नजर आने लगता है, लगता है कि वह पूरी तरह से फूल गया हो और अपने चेहरे पर गरमाहट भरी मुसकान बिखेर रहा हो।

ऊपर के उदाहरण से जितने भी विजुअल प्रेडिकेट्स से जुड़े शब्द हटा दें तो वाक्य पूरी तरह रूखा लगेगा।

चाहे आप अपना नजरिया अपनी टीम को बता रहे हों, सेल्स के लिए लय तैयार कर रहे हों, अपने बॉस को समझा रहे हों या किसी के सामने प्रस्ताव रख रहे हों, एन.एल.पी. प्रेडिकेट शब्द इन सब में अपना असर दिखा सकते हैं। आपको सुननेवाले के दिमाग पर ये गहरा प्रभाव छोड़ सकते हैं।

□

11

सबमॉडैलिटीज : बदलाव की चाबी

हमारे पास पाँच प्राथमिक इंद्रियाँ हैं—विजुअल, ऑडिटरी, काइनेस्थेटिक, ओलफैक्टरी एवं गस्टैटरी। एन.एल.पी. में इन्हें प्रस्तुतीकरण प्रणाली (Representational System) या तौर-तरीका (Modalities) कहते हैं।

"एन.एल.पी. में महान् लोगों में से एक बैंडलर और ग्राइंडर की महानता के मामलों में से एक 'विचारों' को फॉर्मेट करना भी था, जो कि रिप्रेजेंटेशनल सिस्टम्स या मॉडैलिटीज के जरिए होता है।"

—माइकल हॉल

हम अपने आसपास के माहौल को कैसे महसूस करते हैं? हम अपनी पाँच इंद्रियों के जरिए सूचनाएँ जुटाते हैं और उन्हें अपने मानसिक पटल पर दोबारा प्रस्तुत करते हैं। यह जानकारी हमें बताती है कि हम किस तरह प्रतिक्रिया करें और कैसा महसूस करें।

एक करीबी नजर यह बताएगी कि ये मॉडैलिटीज नहीं, बल्कि सबमॉडैलिटीज हैं और बारीक व महीन अंतर, जो हमें बताता है कि हम कैसी प्रतिक्रिया करें और कैसा महसूस करें! हर मॉडैलिटीज के लिए वहाँ एक महीन भिन्नता भी मौजूद होती है। हर मॉडैलिटीज के आंतरिक गुण और विस्तृत जानकारी को सबमॉडैलिटीज कहते हैं और ये साथ मिलकर एक व्यक्ति विशेष के अनुभव के ढाँचे में शामिल कर देती हैं।

हम वास्तविकता को पूरा-का-पूरा नहीं सहेजते। खुशनुमा अहसास की तसवीर वास्तविकता से कहीं बढ़कर और कहीं ज्यादा चमकदार हो सकती है। अगर किसी व्यक्ति से आपको डर लगता है तो वह आपकी यादों में कहीं ज्यादा बड़ा और लंबा नजर आ सकता है। कुछ यादें वास्तविकता की तुलना में धुँधली तो कुछ श्वेत/श्याम या आकार में छोटी हो सकती हैं; जबकि कुछ यादें चमकदार, गंभीर और बड़ी नजर

आ सकती हैं। आप इन यादों को कैसा महसूस करते हैं, इसमें ये अंतर बड़ी भूमिका निभाते हैं।

जब हम यादों की रचना करते हैं तो हम उसमें से जस-की-तस वास्तविकता नहीं लेते, बल्कि हम उसे बड़ा करते हैं, छोटा करते हैं, उसमें कुछ खास प्रभाव डालते हैं, कुछ बढ़ा-चढ़ाकर जोड़ते हैं।

सबमॉडैलिटीज को हम किसी रिप्रेजेंटेशनल सिस्टम के अंदर सब्जेक्टिव स्ट्रक्चरल सब-डिवीजन के तौर पर जानते हैं। उदाहरण के लिए, विजुअल मॉडैलिटीज के लिए अहम सबमॉडैलिटीज होंगी—आकार, चमक और दूरी। ऑडिटरी मॉडैलिटीज के लिए खास सबमॉडैलिटीज होंगी—आवाज की उच्चता, लय और दूरी। जब आप सबमॉडैलिटीज से वाकिफ हैं तो आपके पास अचानक ही ज्यादा विकल्प मौजूद हो जाते हैं, जिसके जरिए आप अपने मन के मुताबिक आंतरिक अनुभव को तैयार कर सकते हैं। सबमॉडैलिटीज में ही ऐसा होता है कि आप वह अंतर पाएँगे, जो अंतर पैदा कर सकता है।

विजुअल, ऑडिटरी और काइनेस्थेटिक मॉडैलिटीज के खास सबमॉडैलिटी अंतर इस प्रकार हैं—

विजुअल	ऑडिटरी	काइनेस्थेटिक
चमक	ताल	तापमान
रंगीन/श्वेत-श्याम	तीव्रता	दबाव

आकार	स्वरमान	स्थान
आकार/पैनोरमिक	लय	बनावट
मढ़ा/बिना मढ़ा	जुड़ा/अलग-थलग	गतिविधि
स्थान	समयावधि	तीव्रता
जुड़ाव/अलगाव	स्थान	फैलाव
एकल/बहुल	दूरी	आकार
दूरी	मोनो/स्टीरियो	तीव्रता
समकालिक/सिलसिलेवार	स्पष्टता	संख्या
ठहरा हुआ/चलायमान	विराम चिह्न	संतुलन
गति	प्रतिध्वनि	सुमेल
केंद्र-बिंदु	गूँज	वजन
3-डी/सपाट	-	बँटवारा
अंतर		
अवधि		
नजरिया		

सबमॉडैलिटीज को बदलना किसी अनुभव को अलग तरह से महसूस करने का एक प्रभावी तरीका है। एन.एल.पी. में बदलाव की तकनीकों में सबमॉडैलिटीज बहुत से खास अवयव होते हैं। तमाम ऐसी बीमारियाँ होती हैं, जो प्रचंडता से जुड़ी मानसिक बीमारियाँ होती हैं; जैसे—नशे की लत, धूम्रपान आदि, जिसमें सबमॉडैलिटीज के जरिए या अन्य तकनीकों का हिस्सा बनाकर लोगों को उस गंभीर अवस्था से बाहर निकालने में मदद मिलती है। लोगों की आस्था और मान्यतावाले सिस्टम पर काम करके उनके भीतर भरे डर या किसी फोबिया को दूर करने का यह बहुत सशक्त माध्यम है।

तमाम सबमॉडैलिटीज के बीच हर व्यक्ति के अंदर कुछ 'गंभीर' सबमॉडैलिटीज होती हैं, जिन्हें बदलने पर व्यक्ति में काफी बड़ा बदलाव देखने को मिलता है। व्यक्ति के भीतर गंभीर सबमॉडैलिटीज को पहचानना बहुत जरूरी कदम होता है, जिससे तत्काल प्रभाव से और बहुत तेजी के साथ बदलाव आते हैं।

सबमॉडैलिटी अंतरों को निकालने के सवाल

अभ्यास-1 : अपने जीवन की किसी सुहानी घटना से एक छवि चुनें और नीचे दिए गए सभी सवालों के जवाब लिखते जाएँ।

अभ्यास-2 : अभ्यास-1 के पूरा होने के बाद अपने जीवन से जुड़ी किसी दुर्भाग्यपूर्ण घटना से एक छवि चुनें और नीचे दिए गए उन्हीं सवालों के जवाब एक बार फिर लिखते जाएँ।

अभ्यास-3 : जवाबों की तुलना करें और उनमें समानताओं व भिन्नताओं के बीच तुलना करें। आपने क्या सीखा? किस तरह से सुखद यादों से जुड़े सबमॉडैलिटी आपकी दु:खद यादों के सबमॉडैलिटी से अलग हैं?

विजुअल

1. क्या वह तसवीर चमकदार है या मद्धिम है?
2. क्या तसवीर श्वेत-श्याम है या रंगीन है?
3. क्या तसवीर लाइफ साइज है या जीवन से छोटी अथवा जीवन से बड़ी है?
4. क्या उस तसवीर का कोई आकार है या वह पैनोरैमिक है?
5. वह तसवीर मढ़ी हुई है या बगैर मढ़ी हुई है?
6. अगर पैनोरैमिक नहीं है तो वह तसवीर आपके विजुअल फील्ड (उदाहरण—ऊपर, नीचे या दाएँ, बाएँ या केंद्र में) में कहाँ पर स्थित है?
7. क्या आप उस तसवीर से सीधे-सीधे जुड़े (यानी कि आप वाकई घटना-स्थल पर थे) हैं या अलग (यानी कि क्या आप खुद को उस तसवीर में देखते हैं) हैं?
8. क्या आप एक ही तसवीर देखते हैं या बहुतायत में छवियाँ देख रहे हैं?
9. आप उस तसवीर से कितनी दूर या पास हैं?
10. क्या वहाँ बहुतायत में तसवीरें हैं? क्या वे समानांतर (यानी कि क्या आप उन सभी को एक ही समय में देख पा रहे हैं) या वे बारी-बारी (एक के बाद एक) से नजर आ रही हैं?
11. क्या वह तसवीर खुद ही ठहरी हुई है या चलायमान है?
12. अगर वह गतिमान है तो उसकी रफ्तार कैसी है—तेज या धीमी?
13. क्या वह तसवीर स्पष्ट है या धुँधली है?
14. क्या वह तसवीर 3-डी है या सपाट है?
15. तसवीर की पृष्ठभूमि या उसके आसपास कितना अंतर है?
16. आपकी कल्पना में वह तसवीर कितनी देर टिकती है?

17. आप किस नजरिए से उस तसवीर (ऊपर, नीचे, एक कोण से या दूसरे कोण से) को देखते हैं?
18. क्या वहाँ कोई और भी विजुअल पहलू है इस अनुभव का, जिसे आप लिख लेना ज्यादा महत्त्वपूर्ण समझते हैं?

ऑडिटरी

1. क्या आवाज की तीव्रता तेज है, धीमी या मद्धिम है?
2. क्या आवाज की तीव्रता शांत है, ऊँची है या दोनों के बीच में है?
3. क्या उसकी लय ऊँची है, नीची है या सामान्य है?
4. ध्वनि में क्या कोई लय भी है? अगर ऐसा है तो क्या आप व्याख्या कर सकते हैं?
5. यह आवाज आपके भीतर से आ रही है या बाहर से? अगर यह बाहर से आ रही है तो क्या आप सुन सकते हैं?
6. यह आवाज कितनी देर तक टिकती है?

काइनेस्थेटिक

1. अगर उस अनुभव से जुड़ा हुआ कोई तापमान हो तो वह कितना है?
2. क्या आप इस अनुभव से जुड़े किसी दबाव से भी वाकिफ हैं?
3. इस तसवीर में आप ऊर्जा का अहसास कहाँ करते हैं?
4. क्या आप उस तसवीर से जुड़ा कोई टेक्सचर (उदाहरण—नरम या खुरदुरा) भी महसूस करते हैं?
5. उस अनुभव से जुड़ी कोई गतिशीलता भी आप महसूस करते हैं?
6. क्या आप उस अनुभव से जुड़ी किसी प्रकार की तीव्रता भी महसूस करते हैं?

कालजयी

सुबह के 4 बजे थे, सुमन अचानक जोर से चीख पड़ी। उसकी चीख सुनकर न केवल उसका पति, बल्कि पड़ोसी भी जाग गए। चूँकि वे सभी, जिसमें सुमन का पति भी शामिल था, आधी रात में किसी भी वक्त उसके चीखने की आदत से वाकिफ थे, इसलिए वे चौंके नहीं और वापस सो गए। सुमन बहुत बुरी तरह हाँफ रही थी। वह किसी तरह बाथरूम से निकलकर बाहर आई। उसका शरीर अब भी काफी तनाव में था। उसने देखा कि उसका पति बिस्तर पर सो रहा है।

सुमन ने उसे फटकार लगाई, "तुम दुनिया के सबसे बड़े संवेदनहीन व्यक्ति हो।" उसके पति ने बिना आँखें खोले ही पूछा, "क्या वहाँ कॉक्रोच है?" सुमन ने कहा, "हाँ, बहुत बड़ा। दैत्याकार था वह। उसका सिर काफी बड़ा था, जैसे कि कोई दानव। उसकी ढेर सारी बदसूरत टाँगें थीं, जिसमें हर तरफ जहरीले काँटे लगे हुए थे। वह काफी बड़ा और डरावना था। वह बिल्कुल मेरे चेहरे के सामने आ गया था और मेरे चेहरे पर कूदकर मुझे मार डालने वाला ही था। वह एक दैत्य है। अब उठ जाओ। कृपया बाथरूम में जाओ और उस दैत्य को मार डालो।" सुमन ने उससे विनती की।

वह उठा और बाथरूम की ओर भुनभुनाते हुए बढ़ा, "कॉक्रोच तुम्हारे दिमाग में है, बाथरूम में नहीं।" उसने बाथरूम में एक छोटे से कॉक्रोच को देखा और किसी तरह उसे एक ग्लास के जार में बंद करके बाहर ले आया। उसने देखा कि उसकी पत्नी अब भी हाँफ रही है।

उसने कहा, "तुम्हारी ड्रॉइंग काफी अच्छी है। तुम एक कागज उठाओ और जो कॉक्रोच तुमने देखा है, उसका चित्र बनाओ।"

सुमन ने कहा, "क्या तुम पागल हो गए हो?"

उसके पति ने कहा, "प्लीज, सुमन। मैं उस कॉक्रोच से तुम्हें बचाऊँगा। मैंने जैसा कहा है, वैसा ही करो। वजह मैं तुम्हें बाद में बताऊँगा। भरोसा करो। साथ ही, उस साबुन की भी तसवीर बनाना, जिसे तुमने कॉक्रोच के बगल में देखा था।"

हिचकिचाते हुए सुमन उठी। उसने एक पेंसिल एवं एक कागज लिया और तेजी से कॉक्रोच व साबुन बना डाला। वह स्केचिंग में पारंगत थी। एक बार जब उसने खत्म कर लिया तो वह कागज अपने पति के हवाले कर दिया। सुमन का पति कागज पर बने कॉक्रोच को देखकर अवाक् रह गया। कॉक्रोच की तसवीर असली कॉक्रोच से कई गुना बड़ी और बढ़ा-चढ़ाकर बनाई गई थी। यहाँ तक कि वह कॉक्रोच साबुन से कहीं ज्यादा बड़ा था। उसके पैर मानो छोटे डायनासोर के पैर जैसे थे। वह कॉक्रोच असली वाले कॉक्रोच से कहीं ज्यादा घिनौना और बदसूरत था।

आधे घंटे तक सुमन को समझाने और लगातार आश्वस्त करने के बाद कि जार में बंद कॉक्रोच उसका कुछ नहीं बिगाड़ेगा, सुमन अंततः किसी तरह जार में बंद कॉक्रोच को देखने के लिए तैयार हुई। सुमन के पति ने उससे दोनों कॉक्रोचों की तुलना करने को कहा। सुमन का शरीर एक बार फिर तनावग्रस्त हो गया। सुमन के पति ने उससे कहा कि वह अपना आधा ध्यान ही जार पर लगाए और इससे सुमन को काफी हद तक तनाव से मुक्ति मिली। फिर उसने अपने बनाए चित्र की तुलना असली कॉक्रोच से की और जल्दी ही पाया कि उसने वाकई असली कॉक्रोच से कहीं ज्यादा

बड़ा कॉक्रोच बना रखा है। सुमन ने यह महसूस करते हुए कि उसके दिमाग में किस तरह से कॉक्रोच की बेवजह इतनी बड़ी व भद्दी और खतरनाक तसवीर बनी हुई है, "हे भगवान्! मैंने हकीकत को अपने दिमाग में तोड़-फोड़कर कोई और ही आकार दे दिया। ऐसा कैसे हो गया?" उसका दिमाग क्यों इतने सारे स्पेशल इफेक्ट अपने दिमाग में जोड़ता जा रहा था?

"क्या तुम उसकी तसवीर अब छोटी करके बना सकती हो? क्या तुम वह सब कर सकती हो, जो उस कॉक्रोच को असली जैसा दिखा सके?"

सुमन ने अपनी आँखें बंद कर लीं। उसने जब दोबारा कॉक्रोच की तसवीर बनाई तो वह काफी हद तक असली वाले से मेल खाता था। उसके पति ने उससे कम-से-कम दस बार ऐसी तसवीर बनवाई। उसके बाद उसने सुमन से कोई दो चीजें, जैसे कि मोबाइल और एक पेन की तसवीर मन में कल्पना करने को कहा।

उसने कहा, "अब तुम कॉक्रोच के बारे में सोचो और उस तसवीर को अपने दिमाग में फ्रीज कर लो। क्या वह असली कॉक्रोच जैसा ही लग रहा है या असली वाले से बड़ा अथवा छोटा नजर आ रहा है?"

सुमन ने कहा, "यह असली ही लग रहा है, बिल्कुल बढ़ाया-चढ़ाया हुआ नहीं।"

उसने पूछा, "तुम्हारी साँसें कैसी चल रही हैं? तुम्हारी मांसपेशियाँ क्या अब भी तनावग्रस्त हैं?"

सुमन ने कहा, "मुझे अब भी कॉक्रोच देखना ठीक नहीं लग रहा है; लेकिन मुझे डर भी नहीं लग रहा है। मेरा शरीर भी अब पहले से कहीं ज्यादा सुकून में है।"

उसके पति ने कहा, "अगली बार जब भी कभी तुम कॉक्रोच देखोगी तो तुम उसे पसंद तो नहीं करोगी, लेकिन मुझे लगता है कि तुम डरोगी भी नहीं और न ही चीखना-चिल्लाना ही शुरू करोगी।"

सुमन ने पूछा, "तुमने इसके बारे में मुझे पहले क्यों नहीं बताया?"

उसके पति ने कहा, "मुझे खुद ही कल सबमॉडैलिटीज की शक्तियों के बारे में पता चला है। काश, मैंने पहले इन सबके बारे में पढ़ा होता!"

—मनोज केशव

एक फिल्म में एक व्यक्ति ने यीशु की भूमिका निभाई। उस कलाकार का चेहरा लोगों के अंतर्मन में प्रभु यीशु की तरह छप गया। यीशु की फिल्म देखने से पहले लोगों के मन में यीशु के चेहरे को लेकर अलग-अलग तरह की छवियाँ थीं, जिसे

लोगों ने अपनी कल्पना के हिसाब से बना रखी थीं। फिल्म आने के बाद प्रार्थना के दौरान या यीशु के बारे में सोचते समय लोगों के जेहन में वही कलाकार यीशु बनकर आ जाता। तो इससे यह जाहिर है कि हमारी याददाश्त स्थिर नहीं है, बल्कि लचीली है और आसानी से बदली जा सकती है। यही नहीं, उसमें मन मुताबिक बदलाव भी लाए जा सकते हैं।

तमाम विज्ञापनों और फिल्मों में बढ़ा-चढ़ाकर चीजें प्रस्तुत की जाती हैं, जो बाद में चलकर हमारे दिमाग में छप जाती हैं। विज्ञान और फिल्में हमारी याददाश्त को तोड़-मरोड़कर हमारे मन व मस्तिष्क में बढ़ा-चढ़ाकर चीजें छाप देती हैं, लेकिन सबसे खास बात तो यह है कि हम खुद ही वास्तविकता को छिन्न-भिन्न कर देते हैं और यादें सहेजते समय उनमें बढ़ा-चढ़ाकर चीजें जोड़ लेते हैं। हर व्यक्ति ऐसा करता है। कुछ लोग वास्तविकता में थोड़ी-बहुत काट-छाँट करते हैं, जबकि कुछ बहुत ज्यादा कल्पनाशीलता का इस्तेमाल करते हैं।

बदलाव के लिए हमारे पास हर तरह का संसाधन मौजूद रहता है। सबमॉडैलिटीज से वाकिफ होने से हमें अपने अनुभव के ढाँचे को समझ पाने में सहूलियत होती है। सबमॉडैलिटीज हमारे अनुभव के मौजूदा स्वरूप को बदलने में हमारी मदद करती हैं और हमें हमारे ही विभिन्न पहलुओं को बदलने की शक्ति व आत्मविश्वास प्रदान करती हैं।

गुलाब के एक फूल की कल्पना करें, जो कि बेहद खूबसूरत, चमकदार और स्पष्ट हो। अब एक गुलाब के फूल की कल्पना करें, जो कि काला व सफेद हो और कोई रंग उसमें न हो। वह तसवीर भी धुँधली-सी हो, स्पष्ट नजर न आ रही हो। जब आप लाल व चमकदार गुलाब की कल्पना करेंगे तो आप उत्साहित और खुश महसूस करेंगे। लाल गुलाब को देखने से आपको सुखद अनुभूति होगी, लेकिन एक काला-सफेद व धुँधला गुलाब आपको मायूसी, निरुत्साही और उबाऊ नजरिए से भर देगा।

कुछ ऐसा ही हमारी यादों के साथ भी होता है, जिसे हम अपनी याददाश्त में सहेजते हैं। दो लोग एक ही गुलाब को देखते हुए उस गुलाब की अलग-अलग तसवीरें अपने मन में सहेजेंगे। एक व्यक्ति जहाँ इसे और भी ज्यादा तड़क-भड़क वाला रंगीन और कुछ विस्तृत जानकारियाँ भी सहेज लेगा, वहीं दूसरा उसी गुलाब की मुरझाई हुई, धुँधली और निर्जीव तसवीर मन में बसा लेगा। जीवन में पेश आनेवाले हालात को लेकर भी लोगों का अनुभव इसी तरह अलग-अलग हो सकता है। इसी से पता चलता है कि उन्होंने जीवन के प्रति कैसा अनुभव हासिल किया है—वह रंगीन और चमकदार है या उबाऊ और मुरझाया हुआ?

व्यक्ति 'अ' के मन में छपी गुलाब की तसवीर | *व्यक्ति 'ब' के मन में छपी गुलाब की तसवीर*

गुलाब की वह तसवीर, जो रंगीन है, आपने अपने मन में बना रखी है; जबकि गुलाब की काली-सफेद और धुँधली तसवीर कुछ ऐसी है, जिसे आप खुद से दूर कर देना चाहते हैं और कहीं किसी और तरफ देखते रहना चाहते हैं। अब दो लोगों की कल्पना करें, जिनका लक्ष्य एक ही हो। एक व्यक्ति अपने लक्ष्य को काफी अच्छे से रंग-बिरंगा, चटख और विस्तृत रूप में बनाता है। वहीं दूसरा व्यक्ति है, जिसका लक्ष्य भी पहलेवाले जैसा ही है, लेकिन वह उस लक्ष्य की तसवीर मुरझाया हुआ, काला/सफेद और अस्पष्ट-सा बनाता है। पहला व्यक्ति, जिसका लक्ष्य रंग-बिरंगा है, उसे अपना लक्ष्य प्रेरणादायक नजर आता है। वहीं दूसरे व्यक्ति को अपना लक्ष्य हतोत्साहित करने जैसा लगता है और वह खुद को अपने लक्ष्य से हटा देना चाहता है।

सामग्री अपने आप में अनुभव नहीं है और एन.एल.पी. के जरिए हम यही बताने का प्रयास करते हैं। दो लोगों के अनुभव एक समान हो सकते हैं, लेकिन सबमॉडैलिटीज में बदलाव के कारण उनके अनुभव बिल्कुल अलग होंगे।

यहाँ आइसक्रीम की दो तसवीरें दी गई हैं। बड़ी आइसक्रीम को देखकर आपकी इंद्रियाँ सक्रिय हो उठती हैं और उसे चखने की आपकी इच्छा तीव्र हो उठती है। अगर आप आइसक्रीम पसंद करते हैं तो आप चाहेंगे कि अभी आपको आइसक्रीम खाने को मिल जाए। उसी तसवीर को जब आप छोटे आकार में देखते हैं, तब आपका मन उतना बेचैन नहीं होता आइसक्रीम के लिए और आप उससे उतनी गहराई से नहीं जुड़ पाते। यह तसवीर पहले की तुलना में ज्यादा आकर्षित नहीं कर पाती। इसलिए भले ही दोनों तसवीरें एक समान हैं, लेकिन एक लुभा रही है, जबकि दूसरी ऐसा कर पाने में विफल है। अंतर केवल आकार है, और कोई नहीं। तसवीरों के आकार के आधार पर हम जिस वास्तविकता को ग्रहण करते हैं, वह दरशाता है कि हमारे अनुभव और वास्तविकता के बीच किस तरह का अंतर है।

आइए, हम एक खोजबीन वाला अभ्यास करते हैं। एक मामूली-से खराब अनुभव के बारे में सोचिए। उदाहरण के लिए, उस समय के बारे में सोचिए, जब आप कुछ चिड़चिड़े, निराश, नाराज, उदास या तनावग्रस्त थे। अब आप उससे जुड़ी तसवीर की अपने मन में कल्पना करें और अब तसवीर की चमक बढ़ा दें, जो एक छोर से दूसरे छोर तक धीरे-धीरे बढ़ जाए। अब अपने अंदर की प्रतिक्रिया पर गौर करें। जब तसवीर

चमकदार तथा और चमकदार होती जाती है, तब आप कैसा महसूस करते हैं? इसके बाद उस तसवीर की चमक घटाते जाएँ और एकदम गाढ़ी कर दें और तब महसूस करें कि आपको कैसा लगता है! इस पूरे अभ्यास के दौरान क्या आपको कोई अंतर पता चलता है या आप एक समान ही महसूस करते हैं? किस जगह पर आपके अंदर का असहज अहसास चरम पर होता है? मन में ही एक नोट बनाइए। और किस जगह पर आपके अंदर का असहज अहसास न्यूनतम स्तर पर होता है? इसका भी मन में ही एक नोट बनाइए। अब उस तसवीर को वापस उसकी मूल चमक वाली स्थिति में ले आइए।

अब उसी तसवीर को किसी बुरे अनुभव के साथ जोड़कर देखते हैं। इस बार चमक की जगह उसके आकार के साथ प्रयोग करते हैं। अब उस तसवीर को पकड़े रहें और उसका आकार धीरे-धीरे बढ़ाते जाएँ। तसवीर को बड़ा और बड़ा करते जाएँ और आपके मन में किस तरह का बदलाव आता है, उस पर गौर करें। क्या आपके भीतर अकुलाहट या झुँझलाहट बढ़ रही है या घट रही है? जब आप यह समझ जाते हैं कि अब यह तसवीर इससे बड़ी नहीं हो सकती तो उलटी प्रक्रिया शुरू करें। अब उस तसवीर को घटाते हुए छोटी-से-छोटी करते जाएँ और तब तक छोटी करें, जब तक कि वह उससे छोटी न हो सकती हो। अब गौर करें कि आपके मन में किस तरह की भावनाएँ बढ़ती हैं। किस बिंदु पर आकर आपके भीतर का खराब अनुभव अपने चरम पर होता है। मन में ही इसे नोट कर लें। यह भी गौर करें कि किस बिंदु पर आपका यह खराब अनुभव न्यूनतम था? इसको भी मन में नोट कर लें। अब उस तसवीर को उसके मूल आकार में वापस ले आएँ।

अब खराब अनुभव से जुड़ी उसी तसवीर को दोबारा उठाएँ। इस बार दूरी के साथ प्रयोग किया जाए। खराब अनुभव वाली तसवीर को अपने दिमाग में देखें और गौर करें कि वह तसवीर सटीक तरीके से कहाँ पर स्थित है! कुछ लोगों के लिए यह बिल्कुल उनकी आँखों के सामने होगी, कुछ के लिए यह दाईं तरफ तो कुछ के लिए एक फुट बाईं तरफ होगी। अगर जरूरत हो तो आँखें भी बंद करके यह गौर करें कि वह तसवीर कहाँ पर स्थित है? उसके बाद उस तसवीर को खुद से दूर ले जाने की कोशिश करें। एक स्तर पर आकर आप पाएँगे कि वह तसवीर आपसे इतनी दूर चली गई है कि अब केवल बिंदु ही नजर आ रहा है। इसके बाद क्रम को उलट दें। तसवीर को अपने करीब लाते जाएँ। चूँकि आप दूरी के आधार पर प्रयोग कर रहे हैं तो गौर करें कि आपके अंदर किस तरह से भावनाओं के स्तर पर बदलाव आ रहा है?

किस बिंदु पर आकर आपको खराब लगनेवाला अनुभव सबसे ज्यादा रहा? किस बिंदु पर आपको खराब लगनेवाला अनुभव सबसे कम था? इसके बाद तसवीर को अपनी मूल जगह पर स्थापित कर दें।

अब उस तसवीर की चमक, आकार और दूरी को कुछ इस तरह से समायोजित करें कि आपके मन में कोई खराब अनुभव न पनपे। कुछ देर के लिए आराम कर लें। किसी सामान्य चीज के बारे में सोचें, जैसे कि घर में कितनी खिड़कियाँ हैं आदि। एक बार फिर, खराब अनुभव वाली जिस तसवीर को आपने समायोजित किया था, उसे देखें; क्योंकि आपने उसकी चमक, आकार और दूरी को दुरुस्त करके अपने मन में से खराब अनुभव को खत्म कर दिया है। बदलाव के लिए कुछ देर के लिए कोई और काम कर लें। किसी अन्य सामान्य चीज के बारे में सोचें, जैसे कि अपने मोबाइल नंबर को उलटे क्रम में याद करने की कोशिश करें। इस अभ्यास को तीन से पाँच बार करें। फिर उस चीज को एक या दो दिन के लिए भूल जाएँ। दो दिन बाद खराब अनुभव के बारे में फिर से विचार करें। अब जब आप उस तसवीर को दोबारा देखेंगे तो चौंक जाएँगे कि अब उस तसवीर को देखने से आपके मन में कोई खराब अहसास नहीं उठ रहा है। कारण कि आपने उसकी तमाम चीजें समायोजित कर रखी हैं।

तसवीर को जूम आउट करके बड़ा करने और जूम इन से छोटा करके चुनिंदा चीजों पर गौर करने की काबिलीयत को 'नेतृत्व क्षमता' कहते हैं। दोनों ही नजरिए—कीड़े की आँख और चिड़िया की आँख—में गुण होते हैं। लीडर को एक पूर्ण तसवीर पाने के लिए तमाम नजरियों की जरूरत पड़ती है। असलियत को तोड़ने-मरोड़ने या छिन्न-भिन्न करने से हमें कुछ नया करने में मदद मिलती है। एक कार्टूनिस्ट यही करता है। अपना नजरिया पेश करने के लिए तसवीर को अलग-अलग तरीके से बढ़ाता-घटाता है। तसवीर या फिल्म को देखकर उसे अपने दिमाग में बढ़ाने-घटाने की काबिलीयत ही हमारी शक्ति है। उसी समय में कुछ लोग अपनी उसी क्षमता और शक्ति का दुरुपयोग करके अनजाने में या अज्ञानतास्वरूप अपना जीवन खराब कर लेते हैं।

उन चीजों पर बारीक नजर रखने से, जिनसे आप खौफजदा हैं, उन चीजों को बढ़ा-चढ़ाकर देखने से, जो कि गलत जा सकती हैं, आपके जीवन में आनेवाले तमाम शत्रुओं को वास्तविकता से परे बड़ा करके देखने से, जीवन में घटित हो रही अच्छी चीजों को बड़ा करके देखना। जीवन में हो रही सकारात्मक घटनाओं को दरकिनार करना और बार-बार खराब व परेशान करनेवाले अनुभवों को दोहराकर देखना और हर बार उसमें कुछ खास चीजें जोड़ देना आदि—ये सब जीवन की परेशानी को और भी ज्यादा बढ़ा देनेवाले सटीक तत्त्व हैं।

खोजपरक अभ्यास

सबमॉडैलिटीज में अंदर गहरे तक घुसने का एक तरीका यह है कि आप सबमॉडैलिटीज के बारे में और भी ज्यादा जिज्ञासु हो जाएँ। यूरोपीय शोध परिषद् की

2007 की रिपोर्ट के अनुसार, "वैज्ञानिकों में सबसे ज्यादा जिज्ञासा का स्तर पाया जाता है। वे मूल सवालों के अंदर और गहराई में उतर जाते हैं और अपनी संतुष्टि के लिए ज्ञान हासिल करना उनका जुनून बन जाता है।" खगोलविद् कार्ल सागान के अनुसार, "हर व्यक्ति एक वैज्ञानिक के तौर पर ही शुरुआत करता है। हर बच्चे में एक वैज्ञानिक की भावना होती है और वह हैरानी व आश्चर्य से भरा होता है।"

इस अभ्यास में भी उच्चतम स्तर की जिज्ञासा की जरूरत पड़ेगी। आइए, सबमॉडैलिटीज के संसार की खोजबीन हैरानी और आश्चर्य की भावना के साथ करें। हर बार जब भी आप आत्मविश्वास से भरा महसूस करें, क्या होती हैं सबमॉडैलिटीज? क्या आप जानना चाहेंगे? उस परिस्थिति का क्या, जिसमें आप अटक जाएँ, डर जाएँ आदि। अटक जाने के दौरान कौन सी सबमॉडैलिटीज आपको उबारेंगी, क्या आप नहीं जानना चाहेंगे?

खोजबीन करने के दौरान हमें यह पहले ही नहीं मान लेना चाहिए कि अगर हमने एक खुशनुमा अनुभववाली तसवीर या फिल्म उठाई और उसे बड़ा और बड़ा करते गए तो खुशनुमा अहसास ही बढ़ता जाएगा। साथ ही, जब कभी हमने एक दुखी अनुभववाली फिल्म या तसवीर उठाई और उसे छोटा और छोटा करते गए, मद्धिम और रूखा करते गए तो वह गमगीन अहसास घटता जाएगा, यह भी मानकर नहीं चलें। कुछ मामलों में ऐसा हो सकता है, हालाँकि सभी मामलों में ऐसा नहीं होगा। उदाहरण के लिए, अगर हम एक रोमांटिक कैंडल लाइट डिनर की तसवीर लें और उसे चमकदार बनाते जाएँ तो क्या होगा? क्या यह रोमांटिक अहसास को बढ़ाएगा? कुछ लोगों के लिए यह रोमांटिक अहसासों को और घटा देगा। इसलिए हमें एक सामान्य सिद्धांत पर नहीं चलना चाहिए कि खुशनुमा अनुभव में चमक को बढ़ाते जाने से हमेशा अहसास बेहतर होता जाएगा और उस तसवीर की चमक घटाने से खुशी भरा अहसास घटता जाएगा।

इसके सामान्य नियमों में ऐसा कुछ खास तत्त्व नहीं है, क्योंकि हर व्यक्ति अलग होता है और हम जिस अंदाज में पेश आते हैं, उसके अनुसार सबमॉडैलिटी बदलाव भी भिन्न होते हैं। साथ ही, हमें हर पहलू को ध्यान में रखना होता है। आइए, खोजें—

1. एक खुशनुमा अनुभव के बारे में सोचें। कोई एक सबमॉडैलिटी (जैसे—तापमान) को चुनें।
2. एक समय में केवल एक सबमॉडैलिटी बदलें—एक छोर से दूसरे तक और गौर करें कि आप कैसा महसूस कर रहे हैं? उदाहरण के लिए, अगर आप तापमान चुनते हैं तो तापमान को न्यूनतम स्तर पर लाने की कोशिश करें और उसके बाद उसे धीरे-धीरे बहुत ऊँचे स्तर तक ले जाएँ।
3. जैसे-जैसे आप सबमॉडैलिटी को उच्चतम या न्यूनतम स्तर की ओर ले जाते

हैं तो उससे होनेवाले अहसास को लिख लें।

- किस बिंदु पर खुशनुमा अहसास अपने चरम पर है, यानी कि कब आप तापमान में बदलाव से सबसे ज्यादा प्रसन्न महसूस कर रहे थे?
- जब आप एक छोर से दूसरे छोर की ओर तापमान बदल रहे थे, तब अन्य सबमॉडैलिटीज के साथ क्या हो रहा था? क्या वे भी स्वयं बदल रहे थे या स्थिर थे?
- आपने क्या पाया और क्या गौर किया?

4. पहले तीन प्रयास एक नाखुश अनुभव के साथ करें। आपने क्या पाया और क्या गौर किया?

क्या आपने कोई थ्रेशोल्ड (सीमा रेखा) गौर की?

थ्रेशोल्ड वह स्तर या वह बिंदु होता है, जहाँ से कोई चीज बदलना शुरू होती है। जैसे आप पानी को तब तक ठंडा कर सकते हैं, जब तक वह जमनेवाले बिंदु पर न पहुँच जाए। उस थ्रेशोल्ड या बिंदु पर वह ठंडा पानी बर्फ में बदल जाएगा। आपने संभवत: ऐसी ही कुछ खोज सबमॉडैलिटीज के साथ भी की होगी। जैसे—मान लें कि सबमॉडैलिटी 'आकार' को हमने लिया। अब आइसक्रीम के बारे में सोचें। अब उसे बड़ा करते हैं और ऐसी उम्मीद है कि आप उसे और भी ज्यादा पसंद करते जाएँगे। इसे बड़ा और बड़ा बनाते जाएँ। एक ऐसा स्तर आएगा, जब यह आपके थ्रेशोल्ड को पार कर जाएगा और उसके बाद आप उसे पसंद करना बंद कर देंगे।

महसूस करने में जो चीज महत्त्वपूर्ण है, वो यह कि बदलती हुई सबमॉडैलिटीज अनुभव को भी बदल देती हैं और बदलती हुई सबमॉडैलिटीज हमारी क्षमता में भी होती हैं। हम सबमॉडैलिटीज को अपनी इच्छा पर बदल सकते हैं। अत: हम अपने अनुभवों को भी बदल सकते हैं। एक दर्दनाक घटना उस समय दर्द के अहसास को कम कर देती है या रोक देती है, जब एक बार आप सबमॉडैलिटीज को व्यापक स्तर पर बदल देते हैं। इससे हमारे सामने एक नया संसार खुल जाता है।

सबमॉडैलिटीज के आर-पार मैपिंग

1. ऐसी परिस्थिति पर विचार करें, जिसमें आप फँसा हुआ महसूस करते हैं और आप उसमें ज्यादा विकल्प अपने पास चाहते हैं। जैसे कि अगर आप एक छात्र हैं और पढ़ाई के लिए खुद को प्रेरित नहीं कर पा रहे हैं या आप अपने पति या पत्नी के प्रति ज्यादा मुखर नहीं हो पाते अथवा आलस्य में खुद को बिस्तर से नहीं हटा पाते और व्यायाम के लिए नहीं जा पाते।

2. अब ऐसे समय के बारे में सोचें, जिसमें आप खुद को विकल्पों से लैस पाते हैं, जो ऊपर उल्लिखित समस्याओं से आसानी से छुटकारा दिला सकती हैं। कुछ अन्य उदाहरण, जिसमें फँसे होने का अहसास होता है और उससे जुड़े हुए विकल्प—
   - **छात्र का पढ़ाई में मन न लगना**—एक छात्र के तौर पर अपने उस बेहतरीन समय पर विचार करें, जब आप एकाग्रचित्त होकर अच्छी पढ़ाई कर लेते थे या आप किसी नाटक या ड्रामा में बेहतरीन भूमिका निभाने वाले होते थे तो अपने डायलॉग कैसे तैयार करते थे? आप उस दौरान कितने एकाग्रचित्त और प्रेरित होते थे कि आप ज्यादा समय न लेते हुए अपने डायलॉग याद कर लेते थे।
   - **पति या पत्नी के सामने मुखर होने में परेशानी**—उस समय के बारे में सोचें, जब आप अपने पति या पत्नी से खुले हुए थे, मुखर थे। यह एक अपवाद हो सकता है, लेकिन आपने खुलकर अपनी बात रखी थी। या एक ऐसे समय के बारे में सोचें, जब आप किसी और व्यक्ति के साथ थे और उससे खुलकर बात कर रहे थे, मुखर थे और आपने अपनी बात पूरी तरह से रखी थी।
   - **बिस्तर से उठने और व्यायाम के लिए जाने में आलस्य**—ऐसे पलों के बारे में सोचें, जिस दिन आप बिना एक पल गँवाए बिस्तर से उठ जाते थे और अपना पसंदीदा काम करने के लिए निकल जाते थे। हो सकता है कि वह पिकनिक वाला दिन रहा हो, जिसकी तैयारी आपके दोस्तों ने की थी और आप एक पल में उठ गए और ट्रिप के लिए निकल गए।
3. विजुअल, ऑडिटरी एवं काइनेस्थेटिक सबमॉडैलिटीज में अंतर और समानताओं की पहचान करें, जो कि अटकाव और विकल्पों वाली—दोनों ही स्थितियों को लेकर हो। जिन हालात में आप अटके रहे हों, उन्हें याद करते हुए उससे जुड़ी सभी सबमॉडैलिटीज को लिखकर आप ऐसा कर सकते हैं। फिर उसी तरह के हालात को याद करें, जब आप विकल्पों से भरे हुए थे और उन हालात से पार पा गए थे, अब उन विकल्पों को भी दर्ज कर लें। अब दोनों की तुलना करते हुए उनमें कुछ अलग चीजें तलाशें और भिन्नता को दर्ज कर लें।
4. **मैप तैयार करें**—अब खुद को अटकी हुई परिस्थिति में दोबारा ले जाएँ। तमाम चीजों को समान रखते हुए एक-एक करके सबमॉडैलिटीज में बदलाव लाएँ, ताकि वे विकल्पों वाली स्थिति से मेल खा जाएँ। एक बार जब आप सभी सबमॉडैलिटीज में अदला-बदली कर लेते हैं तो समस्या से जुड़ी

सबमॉडैलिटीज समाधानवाली सबमॉडैलिटीज के समतुल्य हो जाती है।

5. **जाँच**—अब जब आप समस्यावाली परिस्थिति के बारे में सोचते हैं तो कैसा महसूस करते हैं? क्या आप खुद को उपाय से लैस पाते हैं? अगर आप उपायों से लैस महसूस नहीं करते तो जाँच करें कि कहीं ऐसा तो नहीं कि किसी समस्या से जुड़ी सबमॉडैलिटी और उपायोंवाली सबमॉडैलिटी में अब भी अंतर तो नहीं नजर आ रहा है? अगर ऐसा है तो सभी सबमॉडैलिटीज का एक बार फिर समाधान वाली सबमॉडैलिटीज से मिलान कराएँ। या यह भी हो सकता है कि आपने किसी समाधानवाले घटनाक्रम को गलत चुन लिया हो, यानी कि ऐसा हो सकता है कि वह समाधान उस परिप्रेक्ष्य में पूरी तरह समाधान कर पाने के लिए काफी न हो या उस परिप्रेक्ष्य के अनुसार न हो। यही वजह है, जिसके चलते आप सबमॉडैलिटीज की मैपिंग करने के बावजूद समाधान से परिपूर्ण महसूस नहीं कर पा रहे हैं। ऐसे मामले में आपको और उचित समाधान-युक्त घटनाक्रम का चयन करना चाहिए।

   एक बार जब आप मैपिंग प्रक्रिया पूरी कर लें और संसाधन-युक्त महसूस करें तो इसका मतलब यह होगा कि आप अगले चरण के लिए तैयार हैं।

6. **भविष्य की रफ्तार**—ऐसे हालात पर विचार करें, जिससे आपको निकट भविष्य में जूझना पड़ सकता है और जहाँ आप खुद को अटका हुआ पा सकते हैं। क्या आपके पास उससे निपटने का उचित विकल्प है? अगर हाँ तो मैपिंग सफलतापूर्वक पूरी हो गई।

इसी तरह से उन तमाम हालात पर विचार करें और उनसे जुड़े विकल्पों से उनकी मैपिंग करें। इस तरह आप पाएँगे कि एन.एल.पी. तरीका आपके लिए फायदेमंद है।

सबमॉडैलिटीज से दमदार भविष्य तैयार करें

1. एक ऐसा लक्ष्य ध्यान में लाएँ, जो आपके लिए खास हो। वह लक्ष्य ऐसा होना चाहिए, जिसे आप आनेवाले समय में हर हाल में पूरा करना चाहें।
2. अपनी आँखें बंद कर लें। कल्पना करें कि आपने वह लक्ष्य पहले ही हासिल कर लिया है। आप क्या देख पा रहे हैं? आप कैसा महसूस कर रहे हैं? मान लें कि आप एक खास परीक्षा पास करना चाहते हैं। तो आप देखें कि आपके हाथ में स्कोर शीट है। आपने परीक्षा पास कर ली है। लोग आपको बधाई दे रहे हैं और ऐसा ही कुछ आगे चल रहा है।
3. अब आप उन सबमॉडैलिटीज से जुड़ी बड़ी तसवीरें बनाएँ, नजदीक लाएँ और उसकी चमक बढ़ाते जाएँ। उन तसवीरों में ज्यादा-से-ज्यादा चीजें भरें।

तसवीरों में आवाज भी डालें। आवाज को बढ़ाएँ और घटाएँ भी। उसकी और चीजों को तलाशें और प्रयोग करें। लक्ष्य यह है कि अपनी सबमॉडेलिटीज, जैसे कि तसवीरें, आवाजें और अहसास कुछ इस तरह से मन में बैठ जाएँ कि उन्हें ठोस आकार दिया जा सके और आप बेहतर महसूस कर पाएँ।

उदाहरण के लिए, मान लें कि आपका लक्ष्य मैराथन दौड़ना है। उन तसवीरों को देखें, जो आपको इसके लिए प्रेरित करती हों। अपनी परिष्कृत मांसपेशियों को दूर से देखें, अपने चेहरे पर दिखनेवाले आत्मविश्वास को परखें, अपने अंदर की ऊर्जा पर गौर करें, दौड़ते हुए अपने शरीर पर गौर करें कि वह एक प्राकृतिक धावक की तरह ही नजर आ रही है। इस तरह आप एक धावक की तरह ही ऊँचे आत्मविश्वास से लबरेज नजर आएँगे। अब आप उस जोन में जा पहुँचे हैं। उन अहसासों को बढ़ाते जाएँ, उनसे जुड़ी तसवीरों को और चमकदार बनाते जाएँ। मैराथन पूरा करने के बाद कैसा महसूस होता है ? मेडल लेते समय उन तसवीरों को बड़ा करके देखें। उस मेडल के सुखद वजन को महसूस करें, जो आपके गले में पड़ा आपकी शोभा बढ़ा रहा है। शरीर में जोश को बढ़ाएँ। गर्व महसूस करें। ऐसी तसवीरें और फिल्मों की कल्पना करें, जिनसे आपका मैराथन दौड़ना जीवंत नजर आने लगे। इसे अत्यंत प्रेरणादायक और ठोस बना डालें। विजुअल, ऑडिटरी और काइनेस्थेटिक सबमॉडैलिटीज को तब तक व्यवस्थित करते रहें, जब तक कि आपको लक्ष्य प्राप्त होने का अहसास न होने लगे और यह आपको बाध्य करने लगे और निश्चित हो जाए।

4. अंततः अब आप यह सोचने का प्रयास करें कि लक्ष्य हासिल करने के बाद आप क्या सोचेंगे। आपके अंदर किस तरह की बातचीत चल रही होगी ? जैसे कि आप खुद को ही यह कहेंगे—मैंने कर दिखाया। अंदरूनी बातचीत से जुड़ी सबमॉडैलिटीज पर तब तक काम करें, जब तक कि वे आपको बाध्य न करने लगें।
5. जिन चीजों की हम सजीव तरीके से कल्पना करते हैं और उनसे जुड़ी वास्तविक चीजों के बीच हमारा दिमाग उन चीजों के बीच अंतर नहीं कर सकता। अपने लक्ष्य को हासिल करने से मिलनेवाले अहसास को विजुअलाइज करें और उन सभी को एक साथ रखने का प्रयास करें और जैसा कि पहले आप तरीके देख चुके हैं तो उसके अनुसार सबमॉडैलिटीज को अच्छे तरीके से दुरुस्त करें।

माइकल फेल्प्स का उदाहरण लें, जो बेहतरीन ओलंपिक तैराक रह चुके हैं। उन्होंने अपने पूरे खेल जीवन में 22 पदक जीते, जिनमें से 18 तो स्वर्ण पदक थे, जो कि ओलंपिक इतिहास की सबसे बड़ी उपलब्धि मानी जाती है। बॉब बोमैन, जो माइकल

फेल्प्स के प्रशिक्षक थे, के अनुसार, प्रतियोगिता से महीनों पहले माइकल बहुत आराम की अवस्था में रहते हैं। वह रोजाना दो घंटे मानसिक रूप से अपनी तैयारी करते थे। वह अपनी कल्पनाओं में खुद को जीतते हुए देखते थे। वह हवा की खुशबू लेते, पानी का स्वाद चखते, ध्वनियाँ सुनते और घड़ी की ओर देखते। फेल्प्स अपनी कल्पनाशीलता को एक कदम आगे ले जाते। वह कल्पना करते कि एक दर्शक के तौर पर अगर वह खुद को देखें तो कैसे दिखेंगे? वह खुद को बाधाओं से पार पाते हुए भी देखते। उदाहरण के लिए, वह सोचते कि ऐसे वक्त में वह क्या करेंगे, जब वह रेस में पिछड़ जाएँ और अपने अनुमान से ज्यादा ही पीछे चले जाएँ? फेल्प्स उन सभी संभावित हालात के लिए मानसिक रूप से अभ्यास करते और खुद को तैयार करते थे।

कोच बोमैन मानते हैं कि हम सभी को—हम चाहे जिस भी क्षेत्र में कार्यरत हों—अपने आप को लेकर यह दृढ़ विश्वास होना चाहिए कि हम आज क्या हैं और कल कैसा होना चाहेंगे? जब हम अपने कार्य, खेल या उपलब्धि से जुड़े किसी भी क्षेत्र से संबंधित लक्ष्य को हासिल करते हैं तो एक अंतर आ जाता है और वह अंतर होता है—'हम क्या हैं और हम कहाँ होना या पहुँचना चाहते हैं', के बीच का। बोमैन के अनुसार, "अगर आप एक मजबूत मानसिक तसवीर तैयार कर लें और खुद को उसे हासिल करता हुआ देखें तो आपका दिमाग तत्काल आपको वहाँ पहुँचाने के रास्ते तलाशने में जुट जाएगा।"

□

12

एन.एल.पी. : विश्वास बदलनेवाले अभ्यास

"बात यह नहीं है कि आप नहीं जानते कि कौन सी चीज आपको परेशानी में डाल सकती है! बात यह है कि आप आश्वस्त हैं कि ऐसा नहीं होने वाला।"

—मार्क ट्वेन

यह एक आम समझ है कि अगर कोई वाकई यह मानता है कि वह (स्त्री या पुरुष) अगर किसी चीज को हासिल कर सकता है तो वह अपना लक्ष्य हासिल करने की दिशा में पूरे आत्मविश्वास के साथ बढ़ता चला जाता है; लेकिन अगर वह (स्त्री या पुरुष) ऐसा मान ले कि उसके लिए वह लक्ष्य हासिल करना असंभव सरीखा है तो उसे किसी भी तरह से समझाना, प्रशिक्षित करना या प्रोत्साहन देना बेकार हो जाता है और वह व्यक्ति उस दिशा में एक भी कदम नहीं बढ़ाएगा। हम सभी के अंदर वह विश्वास या भरोसा होता है, जो हमारे लिए संसाधन का काम करता है और वही विश्वास या भरोसा हमें आगे बढ़ने से रोकता भी है।

डॉ. ब्रूस लिप्टन के अनुसार, "हमारे शरीर की कोशिकाएँ अगर स्वस्थ माहौल में रहती हैं तो वे स्वस्थ होती हैं। अगर उन्हें अस्वास्थ्यकर माहौल में रखा जाए तो वे ही बीमार भी हो जाती हैं।" डॉ. लिप्टन यह विस्तार से समझाते हैं कि हमारे रक्त का रसायनशास्त्र यह तय करता है कि हमारी कोशिकाएँ किस तरह के माहौल में रह रही हैं? रक्त का रसायनशास्त्र बहुत हद तक हमारे दिमाग से निकलनेवाले रसायनों पर निर्भर करता है। जीवन के प्रति हमारा नजरिया कैसा है, उस आधार पर हमारे दिमाग का रसायनशास्त्र रक्त के मिश्रण को व्यवस्थित करता है। इसका मतलब यह कि किसी भी चीज को लेकर आपका उस तात्कालिक पल में जो नजरिया रहेगा, उसी के अनुसार दिमाग का रसायनशास्त्र प्रभावित होगा, जो कि बदले में उस माहौल को प्रभावित करेगा, जहाँ कोशिकाएँ रहती हैं और उनके भाग्य को नियंत्रित करेगा। दूसरे शब्दों में कहें तो

आपके विचार और नजरिए का सीधा और हैरतअंगेज रूप से असरदार प्रभाव शरीर की कोशिकाओं पर पड़ता है।

डॉ. लिप्टन के अनुसार, "हमारे दिमाग का काम ही यह है कि हमारे विश्वास और वास्तविकता को लेकर हमारे अनुभव के बीच सामंजस्य बैठाए।" इसका मतलब यह है कि आपका दिमाग शरीर के जीव-विज्ञान और व्यवहार को कुछ इस तरह से व्यवस्थित करता है कि वे आपके विश्वास से मेल खा सकें। अगर आपसे कहा जाए कि आप अगले छह महीने में मरने वाले हैं और आपका दिमाग इसका भरोसा कर ले तो यह बहुत हद तक संभव है कि आप छह महीने में मृत्यु को प्राप्त हो जाएँ। इसे 'नोसिबो इफेक्ट' कहते हैं—नकारात्मक विचार के चलते नकारात्मक परिणाम मिलना। यह 'प्लेसिबो इफेक्ट' का विपरीतार्थी होता है, जिसका अर्थ होता है कि सकारात्मक प्रभाव घाव भरने में मदद करता है।

चूँकि ज्यादातर मान्यताएँ हमारी चेतना के बाहर से काम करती हैं, अत: हम अपने दैनिक जीवन में उनके प्रभाव को नहीं देख पाते। इसलिए हम अपने जीवन को खुद ही कमतर बनाते जाते हैं; लेकिन ऐसा करते हुए हम न देख पाते हैं और न अपने मौजूदा जीवन के प्रति खुद को जिम्मेदार मानते हैं।

मन की शक्ति

नेशनल इंस्टीट्यूट ऑफ मेंटल हेल्थ के मनोविज्ञानी और अपने क्षेत्र के अग्रणी शोधकर्ता फ्रैंक प्यूमैन के अनुसार, "साइकोसोमैटिक्स विषय में विविध व्यक्तित्व एक विशेष खिड़की खोलते हैं। विभिन्न व्यक्तित्व के साथ आप भी शोध कर सकते हैं, जिसमें शरीर को स्थिर रखें और व्यक्तित्व को बदलते जाएँ तो आप देखेंगे कि किस तरह मनोवैज्ञानिक हालात शरीर को प्रभावित करते हैं। विभिन्नताओं से कुछ विशिष्ट चिकित्सीय स्थितियाँ सामने आती हैं।" एक अन्य चिकित्सक बेनेट ब्रॉन, जो विभिन्न व्यक्तित्वों को ठीक करने की यूनिट को निर्देशित करते हैं, इसमें और जोड़ते हैं—"कुछ विविध व्यक्तित्व वाले लोग कई तरह के चश्मे लेकर चलते हैं, क्योंकि हर व्यक्तित्व के साथ उनकी देखने की शक्ति भी बदलती रहती है।" एक विविध व्यक्तित्व वाली महिला ने डॉक्टरों को चौंका दिया था। उसे डायबिटीज के चलते अस्पताल में भरती कराया गया था और उसका वह व्यक्तित्व, जिसमें डायबिटीज का अंश मात्र भी नहीं था, हावी हो गया था और जब डॉक्टरों ने महिला की जाँच की तो उसमें डायबिटीज के लक्षण नजर ही नहीं आए।

हमारे जीवन में अगर मान्यताएँ इस कदर ताकतवर होती हैं तो हम कैसे उचित मान्यताओं को इस तरह से अपने साथ जोड़ सकते हैं कि हम अपनी अस्वास्थ्यकर धारणाओं के गुलाम न बनने पाएँ?

एन.एल.पी. शायद इसका जवाब है, जो सर्वाधिक ताकतवर और बदलाव के औजारों से लैस है, जो हमारे अंदर गहराई में बैठी कमजोर धारणाओं को खींचकर बाहर निकाल सकती है और उन्हें परिवर्तित कर सकती है।

धारणाएँ हमें ताकतवर बना सकती हैं या हम उनके गुलाम बन सकते हैं।

जब एक नन्हे हाथी के बच्चे को जंगल से पकड़कर सर्कस में करतब दिखाने के लिए शहर लाया जाता है तो वह अपनी पूरी ताकत से उस साँकल को तोड़ने की कोशिश करता है, जिसके जरिए उसे खंभे से बाँधकर रखा गया होता है। लोहे की साँकल तोड़ने की लाख कोशिशों के बाद वह हाथी का बच्चा समझ जाता है कि साँकल को तोड़ पाना संभव नहीं है। बरसों बाद जब वह हाथी का बच्चा बड़ा होता है और उसका रिंग मास्टर जब उसके पैर की तरफ साँकल फेंकता है तो उसे अब यह फिक्र नहीं होती है कि उसे खंभे से बाँधकर रखा जाए या नहीं। वह जानता है कि हाथी अब साँकल से दूर भागने और अपनी जगह से हिलने की भी कोशिश नहीं करेगा, क्योंकि अब उसके मन में यह बात बैठ गई है कि वह साँकल नहीं तोड़ सकता है।

कार्डिफ विश्वविद्यालय के मनोविज्ञानी पीटर हैलिगन कहते हैं, "इनसान की प्रकृति का सबसे ताकतवर तत्त्व अगर कोई है तो वह धारणा ही है, जिसे अब तक दरकिनार करके रखा गया है; लेकिन अब मार्केटिंग एजेंटों, राजनीति और धर्म के जरिए इसे भुनाया जा रहा है।"

धारणाएँ बनाम वास्तविकता

आप जो भी विश्वास करते हैं, वह पूरी तरह से वास्तविकता से अलग और वस्तुपरक सच्चाई होती है। हम कैसे उन चीजों पर भरोसा करें, जो बेतुकी, आत्म-विनाशक एवं गलत हैं और जिनका वास्तविकता से कोई लेना-देना नहीं है? सामान्य और समझदार लोग हर तरह की विचित्र चीजों में विश्वास रखते हैं। निश्चितता की भावना का जमीनी हकीकत से लेना-देना नहीं होता। धारणाओं का समझदारी या तार्किकता से कोई लेना-देना नहीं होता, बल्कि ये भावनाओं के आधार पर चलती हैं।

धारणाएँ बनाम भ्रम

धारणाओं को आप एकबारगी सच मान भी सकते हैं। धारणा स्थिरता भी प्रदान करती है, जबकि भ्रम पूरी तरह से झूठी धारणा होती है; लेकिन जो इनसान भ्रम में रहता है, उसके लिए उस भ्रम की सामग्री सच रहती है।

धारणा कुछ ऐसी चीज है, जिसे आप सच मानते हैं। यह स्थायित्व प्रदान करती

है। वहीं भ्रम एक झूठा भरोसा है। लेकिन जो लोग उन भ्रमों में पड़े रहते हैं, उनके लिए उसकी सामग्री सच ही रहती है।

कोटार्ड भ्रम कुछ ऐसा होता है, जिसमें लोग यह मानने लगते हैं कि वे मर चुके हैं। फेगॉली भ्रम कुछ ऐसा होता है कि इससे ग्रसित व्यक्ति को लगता है कि कुछ लोग वेश बदलकर उनका पीछा कर रहे हैं। फ्रांसीसी मनोवैज्ञानिक जीन मैरी जोसेफ कैपग्रास के खोजे गए कैपग्रास भ्रम में व्यक्ति को लगता है कि भावनात्मक रूप से करीब व्यक्ति का वेश धारण करके किसी ने असली वाले की जगह ले ली है।

बारिश और मृत्यु का देवता

सुनील को अचानक तेजी से पसीना होने लगा। उसे लगा कि उसका दिल अपनी जगह से निकलकर नीचे आ गिरा हो। वह बहुत बुरी तरह डर गया। वह जानता था कि मृत्यु के देवता यम उसके आसपास ही कहीं हैं। हो सकता है कि उसकी मृत्यु का समय नजदीक आ गया हो या शायद उसके आसपास के किसी व्यक्ति की मृत्यु निकट हो, लेकिन उसे विश्वास हो चला था कि आज रात उसकी मृत्यु निश्चित है। उसने खिड़की से बाहर झाँका। बहुत भारी बारिश हो रही थी। दूर से ही बादलों की गड़गड़ाहट सुनाई दे रही थी। यह बारिश पिछले तीन दिन से लगातार हो रही थी। सड़कें पानी से लबालब हो चुकी थीं। पिछले तीन दिनों से सुनील घर में ही कैद होकर रह गया था। बाहर निकलने में भी उसे बहुत डर लग रहा था। बीमार होने के कारण वह काम पर नहीं जा पा रहा था। इन तीन दिनों में सुनील ने प्रार्थना छोड़कर कोई काम नहीं किया। वह इस युवावस्था में ही मरना नहीं चाहता था। उसकी उम्र महज 28 साल ही थी, लेकिन उसे पक्का यकीन हो गया था कि यमराज उसके इर्द-गिर्द ही हैं। उसके दिल की धड़कनें बढ़ गईं। उसने अपनी आँखें बंद कर लीं। बाहर बारिश और बादलों की गड़गड़ाहट उसे साफ सुनाई दे रही थी। उसे केवल अंधकार ही महसूस हो रहा था, और कुछ नहीं।

अगले दिन जब सुनील उठा तो कमरे में रोशनी भर चुकी थी, दोपहर हो गई थी। उसने खिड़की से बाहर झाँककर देखा। बारिश बंद हो चुकी थी। उठकर वह बालकनी में गया तो देखा कि आसमान साफ हो चुका था। उसने राहत भरी गहरी साँस ली। उसे पूरा शरीर सुकून से भरा हुआ महसूस हो रहा था। वह मरा नहीं था, बल्कि पूरी तरह पहले जैसा ही था। फिर वह मुख्य दरवाजे की तरफ गया, बाहर निकलकर अखबार उठाया। अखबार में बारिश को लेकर एक भी खबर नहीं थी। उसने बाकी के पन्ने भी पलटे और आखिरकार बारिश से जुड़ी खबर दिखी—भारी

बारिश से पुराना मकान गिरा, मलबे में दबने से सात लोगों की जाने गईं। वह खयालों में डूब गया—तो यमराज आए जरूर थे। वह अपने साथ सात आत्माएँ भी ले गए। वह जानता था और इसे उसने कल ही महसूस कर लिया था। ईश्वर का शुक्र है कि वह जिंदा है।

उसकी इस सोच पर उसके सारे दोस्त हँस रहे थे कि बारिश इसलिए हुई, ताकि यमराज आकर लोगों की जान अपने साथ ले जा सकें; लेकिन वे सब गलत थे। हर बार जब भी बारिश होती है, लोग मरते हैं। यमराज जरूर आते हैं और वह अपने साथ मौत ले आते हैं। इतने सारे लोग बारिश के वक्त इतने बेवकूफ और लापरवाह कैसे हो जाते हैं? क्या वे नहीं जानते कि बारिश हो रही हो तो उनकी जान भी जा सकती है? कुछ सनकी लोग तो बारिश देखकर और खुश हो जाते हैं। हे ईश्वर! क्या लोग तथ्यों को नहीं देख पाते? उसने अखबार की उस खबर को एक बार फिर से देखा। वह जानता था कि वह बिल्कुल सही है।

उसका मन उसे उसके बचपन में ले गया, जब वह 6 साल का था। वह उस दिन खुशी से उछल पड़ता था, जिस दिन बारिश के चलते उसके स्कूल में छुट्टी हो जाती थी। वह स्कूल यूनिफॉर्म पहनकर बस का इंतजार कर रहा था और उसके पड़ोसियों ने यह खबर बताई थी। वह इस कदर खुशी से उछल पड़ा था कि उन पलों को आज तक भूल नहीं सका था। वह बाहर जाकर खूब खेलना चाहता था; लेकिन बारिश बहुत तेज हो रही थी। नन्हा सुनील खिड़की से बाहर देख रहा था। उसके चेहरे पर खुशी खेल रही थी कि स्कूल की छुट्टी उसे चौंकानेवाले उपहार की तरह मिली थी। वह अब भी स्कूल यूनिफॉर्म में ही था, लेकिन उसे इसकी रत्ती भर भी फिक्र नहीं थी। उसने खिड़की से बाहर अपना हाथ निकाला और बारिश को महसूस करना चाहा। उसी समय उसे अपनी माँ की तेज आवाज सुनाई दी। उसने तुरंत अपना हाथ खिड़की से अंदर कर लिया और माँ की ओर भागा। माँ क्यों चीखी? उसने माँ को कमरे में नहीं पाया। वह बाहर से अब भी माँ की कराह सुन पा रहा था।

वह बारिश में भीगने की परवाह किए बगैर दौड़कर बाहर गया और जो देखा, उस पर यकीन नहीं कर सका। उसके पिता सड़क पर निढाल पड़े थे और उसकी माँ उनको उठाने की कोशिश कर रही थी। उसके पिता ने रेनकोट पहन रखा था। पड़ोसी भी मदद के लिए दौड़े थे उनकी तरफ और उनको उठाकर गाड़ी में रखा था। नन्हा सुनील पूरी तरह भीगा हुआ था और डरकर बिल्कुल जम-सा गया था। सुनील की माँ ने उसे उठाया और कार में बैठकर अस्पताल की तरफ भागीं। सुनील को केवल तेज बारिश एवं बादलों की गड़गड़ाहट सुनाई दे रही थी और कौंधती हुई बिजली उसे डरा

रही थी। अस्पताल में उसके पिता को मृत घोषित कर दिया गया। डॉक्टरों ने उसकी माँ को बताया था कि उनको बहुत जबरदस्त हार्ट अटैक आया था। उस समय वह मोटरसाइकिल स्टार्ट कर रहे थे। लेकिन सुनील से केवल इतना ही बताया गया कि यमराज उसके पिता को अपने पास ले गए। जब उसने पूछा कि वह ईश्वर को आते हुए क्यों नहीं देख पाया तो उसकी माँ ने उसे बताया कि बारिश की वजह से यमराज दिखाई नहीं देते। नन्हा सुनील एकदम से शून्य में चला गया। उसकी आँखों में आँसू भर आए और तभी से उसके मन में यह बात बैठ गई थी कि यमराज बारिश में ही आते हैं, ताकि कोई उनको देख न सके। तो इस तरह मृत्यु के देवता अपना काम करते हैं। बारिश होती है, तब वह आते हैं।

अगले साल जब उसकी दादी की मृत्यु हुई, तब भी बारिश हो रही थी। तब भी सुनील को यही लगा था कि बारिश की वजह से ही मृत्यु के देवता अपने काम पर आए थे। जब भी बारिश होगी, तब वह आएँगे। उसके बाद से ही जब भी बारिश होती, सुनील के मन में दहशत का आभास अपने आप होने लगता और उसका रोम-रोम इस चीज को महसूस करता। अँधेरे का डर भी उसके मन में उम्र और हर बारिश के साथ धीरे-धीरे बढ़ता गया। उसके अंतर्मन में ही यह बात कहीं से उठी कि मृत्यु का देवता उसे भी खोज रहा है। और वह केवल इसी वजह से जिंदा बचा हुआ है, क्योंकि वह बारिश में बाहर नहीं निकलता। उसकी इस सोच का उसके दोस्त मजाक बनाते और वे कहते कि उसकी इस सोच से वास्तविकता का कोई लेना-देना नहीं है; लेकिन वह जानता था।

उसने लोगों से कहना बंद कर दिया था कि बारिश के दौरान वे घरों में ही रहें। उसने लोगों से यह भी कहना बंद कर दिया कि बारिश के दौरान मृत्यु का देवता बाहर टहल रहा होता है, अपने साथ ले जा सकनेवाले लोगों को तलाश रहा होता है। कोई उसका भरोसा नहीं करता था; लेकिन जब भी बारिश होती थी, अगले दिन अखबार में कुछ मौतों की खबर जरूर छपती थी। लेकिन कोई भी इन दोनों के बीच समानता नहीं देख पाता था।

ऊपर आकाश में बैठा मृत्यु का देवता (यमराज) हँसता था, "बेवकूफ आदमी के पास जीने के लिए 40 साल और हैं और वह अपने इन सुनहरे दिनों को मुझे देखने के लिए बाहर निकलता है।"

ज्ञान की देवी सरस्वती कहती हैं, "ऐसी धारणा, जिस पर सवाल न उठाया जा सके, वह इनसान के दु:खों का सबसे बड़ा कारण होता है।"

—मनोज केशव

धारणाओं की प्रकृति

एक वैज्ञानिक संभावनाओं के परिप्रेक्ष्य में सोचता है। आम लोग सटीक तरीके से भरोसा करना चाहते हैं, क्योंकि संभावनाएँ भ्रम भी पैदा कर सकती हैं। धारणा की प्रकृति ही निश्चितता की होती है।

ब्रिटिश मनोवैज्ञानिक विलियम सार्जेंट सुझाते हैं कि अमूमन धारणा हमारे आसपास किसी दुर्घटना के चलते लोगों के बीच ज्यादा पनपती है, बजाय कि निजी तौर पर इस पर काम करने और तब इसे स्वीकारने के। जिस समाज में हम पैदा होते हैं, उसमें आमतौर पर प्रचलित रूढ़ियाँ और धारणाएँ हमारे अंदर बचपन से ही भरी जाने लगती हैं। धारणा और ज्ञान देखने में एक जैसे ही प्रतीत होते हैं, लेकिन ये दोनों अलग-अलग चीजें हैं। धारणा में एक निश्चितता का भाव होता है और इसलिए एक धारणा मजबूत नजर आती है। हम मान लेते हैं कि वही सच है। उदाहरण के लिए, आदिवासी किसी विमान को पक्षी का ही एक प्रकार मानते हैं।

हमारे जीवन में घटित किसी एक घटना या एक ही तरह की कई घटनाओं से निष्कर्ष निकालकर हम गलत धारणा बना सकते हैं। अगर किसी बच्चे को उसके दोस्त, शिक्षक या पड़ोसी बदसूरत कहें तो हो सकता है कि यह बात उसके मन में हमेशा के लिए बैठ जाए और बड़ा होने पर भी उसे महसूस हो कि वह बदसूरत है, क्योंकि बचपन में उसे कई लोगों ने ऐसा कहा था। इसके बाद अगर आगे कभी उसके सामने बदसूरती की चर्चा हो तो वह उससे अपने आप को भी जोड़ लेगा। यही नहीं, अगर उसकी सुंदरता की प्रशंसा भी की जाएगी तो वह उसे महत्त्व नहीं देगा और उसकी प्रशंसा करनेवाले को वह उस नजरिए से देखेगा कि वह व्यक्ति उसका मजाक उड़ाने के उद्‌देश्य से उसे खूबसूरत बता रहा है।

जब आप धारणाओं की प्रकृति पर गौर करना शुरू करते हैं, बजाय कि उन धारणाओं में निहित चीजों पर ध्यान देने के तो आप न केवल अपने प्रति, बल्कि अपने आसपास के माहौल के प्रति भी ज्यादा निष्पक्ष होकर चीजों को देखते हैं। आप उस धारणा और माहौल से खुद को अलग करके देखते हैं।

धारणा बनाने में भावनाओं की भूमिका

धारणाएँ आपके बौद्धिक आधार की बजाय भावना के आधार पर ज्यादा असर करती हैं। किसी व्यक्ति के मन में यदि किसी धारणा को जान-बूझकर और सफलतापूर्वक बैठाना है तो उसके भावनात्मक स्तर पर असर करने के लायक कोई ऐसी चीज बतानी होगी, जहाँ तर्क देकर उसकी भावनाओं को शांत करने की बजाय झिंझोड़ा जा सके। एक बार उसके मन में अगर कोई धारणा बैठ गई तो वह खुद ही उसे साबित करने के लिए

अपने तर्क और वजह ढूँढ़ लेता है, जो उस धारणा को लेकर उसके पक्ष को और मजबूत बना सकें, जिसे 'रैशनलाइजेशन' या 'युक्ति संगतीकरण' कहते हैं। भावनाओं की गोंद से धारणाओं को चिपकाया जा सकता है।

जब तक आप उस भावना से खुद को अलग नहीं करते, जिससे कि कोई धारणा चिपकी हो, तब तक आप उस विध्वंसकारी धारणा से खुद को अलग नहीं कर सकते। हृदय से किसी चीज पर भरोसा करने का यह अर्थ नहीं होता कि वह अनिवार्य रूप से सच ही हो। ऐसी भी धारणाएँ होती हैं, जो तथ्यों पर आधारित होती हैं और ठोस नींव उनके पीछे आधार होता है और ऐसी भी धारणाएँ होती हैं, जिनके पीछे कोई तार्किक आधार नहीं होता। धारणाओं को बदल पाना काफी मुश्किल भरा होता है, क्योंकि वह किसी व्यक्ति के लिए निर्विवाद सत्य बन जाता है, जिसे सटीक मानकर वे भावनात्मक रूप से जुड़ जाते हैं। इसलिए धारणाओं को बदल पाना कठिन होता है।

भावनात्मक तीव्रता संक्रमणीय होती है, जंगल की आग की तरह फैल सकती है

शोधकर्ताओं ने यह पाया है कि युवक और युवतियाँ अगर एक-दूसरे को रस्सी से बने झूलते पुल पर देखते हैं तो शारीरिक रूप से एक-दूसरे को ज्यादा आकर्षक नजर आते हैं। उस पुल पर वे जिन हालात में होते हैं, उनके दिलों की धड़कन और उनकी भावनात्मक तीव्रता काफी बढ़ी हुई होती है, जिसे गलतफहमी में शारीरिक आकर्षण समझ लिया जाता है।

किसी धर्म या पंथ से जुड़े धर्मगुरु भावनाओं को उभारते हैं, क्योंकि उसी तरीके से मनगढ़ंत धारणाओं को दूसरे व्यक्ति में रोपा जा सकता है। राजनीतिज्ञ भी ऐसा ही करते हैं। गौरतलब बात यह है कि कुछ लोग ही ऐसे होते हैं, जो निष्पक्षता से चीजों को देखते हैं। बहुत से लोग सही या गलत के लिए अपनी भावनाओं के आधार पर फैसला करते हैं और जब वे जरा-सी भी भनक पाते हैं कि अमुक चीज सटीक तरीके से सही है तो उस चीज में निहित धारणा से उनको हटा पाना बहुत कठिन हो जाता है, भले ही उसमें रत्ती भर भी तथ्य न हो।

हम जानते हैं कि परिवारों में अवसाद या तनाव आजकल आम हो चला है। इसी आधार पर लंबे समय तक यह माना जाता रहा कि यह वंशानुगत बीमारी है। हालाँकि समय-समय पर मीडिया के जरिए इस भ्रम को फैलाने के अलावा आज तक ऐसा जीन नहीं पाया जा सका है, जो अवसाद फैलाता हो। विश्व के जाने-माने अवसाद विशेषज्ञ डॉ. माइकल याप्को कहते हैं कि सिवाय अवसादग्रस्त सोच और रवैए के एक पीढ़ी से दूसरी पीढ़ी के बीच भावनात्मक रूप से फैलाए जाने के इस बीमारी से जुड़ी अन्य कोई

भी चीज एक पीढ़ी से दूसरी पीढ़ी में स्थानांतरित नहीं होती है। दूसरे शब्दों में कहें तो यह परिवारों में भावनाओं की पटरी पर दौड़ती है।

इसी तरह, धारणाएँ भी एक पीढ़ी से दूसरी पीढ़ी में भावनात्मक संक्रमण के जरिए स्थानांतरित होती हैं। ये भी परिवारों में दौड़ती हैं। अगर किसी परिवार में दादा यह भरोसा करते हैं कि 'गरीबी जीवन का एक तरीका है और इससे बाहर निकलने का कोई दूसरा रास्ता नहीं होता' तो यह धारणा भावनात्मक संक्रमण के जरिए अगली पीढ़ी में भी स्थानांतरित हो जाती है और यह धारणा परिवार में तब तक फैलती रहेगी, जब तक कि परिवार में अलग सोच रखनेवाला कोई सदस्य तार्किक आधार पर विचार नहीं करता और इस आत्मघाती धारणात्मक व्यवस्था को चुनौती देकर इससे बाहर नहीं निकल जाता। लेकिन अपवाद ही होता है कि लोग जागरूक हों और झूठी धारणाओं के चंगुल में न फँसें। दूसरे तरीके से देखा जाए तो ये ज्यादा सामान्य चीजें हैं। लोग अपनी धारणाओं को किसी भी तरह के आघात से बचाने में किसी भी स्तर पर जाने को तैयार रहते हैं।

प्रभाव से संबंधित अपनी किताब में डॉ. रॉबर्ट सिआलडिनी भावनाओं की व्याख्या करते हैं कि हम लगातार उसी तर्ज पर व्यवहार करते हैं, जैसी कि हमने पूर्व में लोगों के बीच अपनी स्थिति बना रखी होती है; क्योंकि कुछ लोगों के लिए सच्चाई की कसौटी पर किसी धारणा को कसने से ज्यादा आसान उसे बनाए रखना लगता है और इसमें उनको यह भी सुकून रहता है कि लोग उन पर अपने दावे से पीछे हटने का आरोप नहीं मढ़ेंगे। बहुत सारे लोग सटीकता या सच्चाई के ऊपर निरंतरता को ज्यादा महत्त्व भी देते हैं। किसी मुद्दे पर दूसरों के बीच खुद को गलत स्वीकार करना भी कुछ लोगों के गले नहीं उतरता। इस वजह से वे अड़ियल रुख अपनाते हैं। लोग हों या परिवार या समुदाय, ज्यादा संभावना यही होती है कि वे अपनी मान्यताओं और धारणाओं से चिपके रहते हैं, भले ही उन धारणाओं का कोई मतलब न हो।

आत्मघाती धारणाओं से सतर्कता या जागरूकता

जब एक व्यक्ति सपना देख रहा होता है तो वह पूरी तरह से उस सपने को सच मानता है। सपने देखनेवाले को यह आभास नहीं होता कि वह सपना देख रहा है और वह उसे वास्तविक जीवन में घटित हो रही कोई सच्चाई ही समझ रहा होता है। और वही इनसान जब नींद से जागता है, तब उसे महसूस होता है कि वह सपना देख रहा था और वह सब केवल फंतासी था और उसका वास्तविकता से कोई लेना-देना नहीं है। उसी प्रकार, मिथ्या धारणाओं से खुद को जगाना भी बहुत जरूरी होता है, क्योंकि हम उसे परम सत्य के तौर पर अपरिवर्तनशील मानकर अपने दिमाग में ढोते रहते हैं।

धारणा के आधार पर ही हम अपने आसपास की दुनिया के प्रति एक नजरिया बनाते

हैं। किसी चीज की सत्यता या वैधानिकता पर हम ही मुहर लगाते हैं। केवल इसलिए कि हम किसी चीज को एक विशेष नजरिए से देखते हैं, इससे यह साबित नहीं होता कि दरअसल वही चीज वास्तविकता है। हजारों वर्षों से यह धारणा फैलाई जाती रही कि धरती चपटी है और अगर आप इसके किनारे पर जाएँगे तो आप पाताल में गिर जाएँगे।

"कोलंबस के जमाने में लोग यही सोचते थे कि धरती चपटी है। वे यह भी मानते थे कि अटलांटिक महासागर राक्षसों से भरा हुआ है, जो जहाजों को डुबो देते हैं और डरावने झरनों के बीच से जब उनके कमजोर जहाज गुजरेंगे तो चूर-चूर हो जाएँगे। कोलंबस को इन मूर्खतापूर्ण धारणाओं से लड़ना था, ताकि अपने साथ ले जाने के लिए वह कुछ लोगों को तैयार कर सके।"

—एमा मिलर बोलेनियस

अमेरिकी स्कूल बुक लेखक, 1919

हर संस्कृति में कुछ निश्चित धारणाएँ होती हैं। कुछ को सच्चाई मान लिया जाता है और कुछ भ्रम होती हैं, जैसे कि हमारे सपने। किसी धारणा को लेकर अगर हमारे अंदर तीव्र भावना उठ रही हो और उस आधार पर हम किसी चीज को सच या सटीकता के करीब मानें तो हमें सतर्क हो जाना चाहिए।

धारणा संक्रामक हो सकती है। अगर ज्यादा लोग किसी चीज में विश्वास जताते हैं तो बहुत हद तक संभव है कि आप भी उस पर विश्वास करने लग जाते हैं। समाज भी कुछ निश्चित धारणात्मक व्यवस्था के आधार पर ही बनाया जाता है। वे अपनी बनाई धारणाओं के आधार पर काम करते हैं और खुद को बरकरार रखते हैं। हालाँकि ऐसा भी होता है कि वे इन्हीं मान्यताओं के चलते खत्म भी हो जाएँ। समूहों के बीच विवाद, जिसमें युद्ध भी शामिल है, को अपनी-अपनी धारणाओं के बीच युद्ध के तौर पर परिभाषित किया जा सकता है। ऐसे संघर्षों के बीच से प्रतीक या चिह्न उभरते हैं। वे पूजनीय वस्तुएँ भी बन जाते हैं, जैसे—पत्थर, लिखावट, इमारत, झंडे या बिल्ले। वे चाहे जो भी हों, वे उस विशेष समुदाय की धारणात्मक व्यवस्था के केंद्र-बिंदु का प्रतीक बन जाते हैं।

धारणा व्यवस्था

धारणा व्यवस्था और कुछ नहीं, बल्कि सिद्धांतों का एक संगठन होती है। हर इनसान अपनी दुनिया के बारे में अपने समाज की धारणा व्यवस्था से ही निष्कर्ष निकालता है। दुनिया कैसे काम करती है, इसके बारे में बताने के लिए लोग अपने-अपने तर्क गढ़ लेते हैं। ये व्यवस्थाएँ जीवन में फैसले लेने और आगे बढ़ने में हमारी मदद

करती हैं। ये धारणाएँ समाज, धर्म, संस्कृति, अनुभव और प्रशिक्षण के जरिए भी हमारे अंदर रोपी जाती हैं। इस व्यवस्था की खूबी यह है कि इसके लिए किसी आधार की जरूरत नहीं होती, जिसके लिए तब तक किसी वास्तविकता की जरूरत नहीं होती, जब तक कि सभी चीजें सही ढंग से चलती रहती हैं और जीवन में किसी तरह की सफाई देने की नौबत न आए।

धारणा व्यवस्था का जीवनकाल, कुछ मामलों में, उसे माननेवालों के जीवनकाल से लंबा होता है। धारणा व्यवस्था में सामान्य तौर पर मूल्यांकन करनेवाली चीजें हो सकती हैं। कुछ मान्यताओं में अच्छी चीजें भी होती हैं और कुछ मान्यताओं में खराब चीजें भी होती हैं। उदाहरण के लिए, प्रार्थना करना अच्छा है। चोरी बुरी बात है।

हमारे दिमाग का लगाव और जुड़ाव के प्रति आकर्षण होता है। यह आकर्षण न केवल लोगों और जगहों के प्रति होता है, बल्कि विचारों के प्रति भी खूब होता है। एक बार जब हम अपने मन में किसी धारणा को बैठाते हैं तो हम उनके खिलाफ किसी भी तरह के सबूत का विरोध करते हैं और उसके समर्थन में अगर कोई सबूत मिलता है तो उसका समर्थन करते हैं। हमारा वह झुकाव, जिसके चलते हम अपनी मौजूदा धारणाओं पर ज्यादा ध्यान लगाते हैं और जिसके समर्थन में ज्यादा पुख्ता चीजें अपने विचारों में जोड़ते हैं, जिसे 'पुष्टीकरण झुकाव' (Confirmation bias) कहते हैं। हम उन सबूतों को उभारते हैं, जो हमारे तर्कों एवं धारणाओं का समर्थन करते हैं और उन सबूतों को दरकिनार कर देते हैं, जो उनके विपरीत होते हैं। हम अपनी धारणाओं की रक्षा में अच्छी-खासी ऊर्जा खर्च करते हैं और साथ ही जो विचार हमारी धारणाओं को काटने की कोशिश करते हैं, उनको दरकिनार करने में भी काफी समय खपाते हैं। धारणा सटीक है या नहीं, यह हमारा लक्ष्य नहीं होता। पहले से हमारे मन में बनी धारणा की पुष्टि प्रदान करना हमारा लक्ष्य बन जाता है।

ऐसा नहीं कि प्राणी जगत् में केवल इनसान ही धारणा रखता है। पशुओं में भी धारणा मौजूद होती है, भले ही वे इससे वाकिफ नहीं होते। पशु अपने शिकारियों से दूर भागते हैं, क्योंकि वे जानते हैं और यह मानते हैं कि अगर वे नहीं भागे तो शिकारी उनको मारकर खा जाएँगे। यहाँ तक कि प्रोटोजोआ (सूक्ष्म जीव) भी चीजों में विश्वास करते हैं। उनके मामले में यह होता है कि वे ऊर्जा के स्रोत की तरफ आने की कोशिश करते हैं, बजाय कि दूर जाने के; क्योंकि वे जानते हैं कि अगर उन्हें अपना अस्तित्व बचाए रखना है तो उस स्रोत को निगलना होगा।

इन सबके बीच सबसे जरूरी बात तो यह है कि हमें अस्वास्थ्यकर धारणाओं को निकाल फेंकना चाहिए और स्वस्थ धारणाओं का पोषण करना चाहिए। इसकी शुरुआत

खुद के ईमानदार प्रयास से करनी होगी और हमें यह देखना होगा कि दरअसल हम किन धारणाओं के प्रति झुकाव रखते हैं?

हम इनसान अनजान से भयभीत रहते हैं। हम एक क्रम को पसंद करते हैं। हम सुरक्षित और आराम महसूस करना चाहते हैं। जब हमसे कहा जाता है कि दुनिया को देखने का नजरिया बदलने की जरूरत है तो यह हमें नागवार लगता है, क्योंकि इसके पीछे एक चेतावनी का भाव छिपा होता है। भले ही यह हमारी बेहतरी के लिए ही क्यों न हो, हम पहले से चली आ रही धारणाओं को बरकरार रखना चाहते हैं।

धारणाएँ कैसे पैदा होती हैं?

"ऐसी अवस्था, जिसमें मन बिल्कुल स्थिर हो, उसे ध्यान की अवस्था कहते हैं। किसी चीज को बगैर मन के दखल, बगैर तोड़े-मरोड़े, बगैर विवेचना के आप जब देखते हैं, तब आपको सत्य दिखाई देता है। जिस पल आपका मन अलग हो जाता है, उसी पल आपके इर्द-गिर्द सन्नाटा पसर जाता है; क्योंकि मन में आपका पूरा अतीत भरा होता है। पीछे की सारी यादें आपका ध्यान खींचने को बेताब होती हैं। वे आपके ऊपर भीड़ जमा करने की कोशिश करती हैं और वे आपके भीतर जरा-सी भी खाली जगह रहने नहीं देतीं।"

—ओशो

धारणाएँ तथ्य तो नहीं हो सकती हैं। वे हमारी समझ के रूप में तैयार होती हैं, जिसके पीछे हमारा अपना अनुभव और दूसरों का नजरिया जिम्मेदार होता है। हमें दूसरे लोगों की अनावश्यक या विध्वंसक धारणाओं को अपने ऊपर लादने की जरूरत नहीं होती। इसके बजाय हम अपनी खुद की सशक्त धारणाओं का समुच्चय तैयार कर सकते हैं।

हमारे वयस्क होने तक हमारा काफी हद तक अंदरूनी विकास हो चुका होता है। हमारी खुद की बनाई धारणाएँ गहराई तक अपनी जड़ें जमा चुकी होती हैं और आधारभूत तैयारी हो चुकी होती है। मनोवैज्ञानिक इसे हमारी मूल धारणा मानते हैं। एक बार हमारे मन में इनके बैठने के बाद इन्हें बदल पाना अत्यंत मुश्किल होता है।

हमारा शरीर हमारी धारणाओं को प्रतिबिंबित करता है। लिन फॉरेस्ट के अनुसार—किसी चीज पर हमारे भरोसा करने से हम भी वैसे ही हो जाते हैं, जैसा कि स्वास्थ्य और शारीरिक बनावट का अनुमान हम लगाते हैं और हमारी शारीरिक बनावट भी उसी के अनुसार तैयार होती है, जैसा हम दूसरों को अपने बारे में बताते हैं कि हम कौन हैं और किन चीजों को मानते हैं! हमारा शरीर हमारी धारणाओं को प्रतिबिंबित करता है और इसलिए हम अपने शरीर के जरिए अपने अंदर भरी नकारात्मक तथा हमारी सोच

जाहिर करनेवाली धारणाओं को पहचानकर उन्हें साफ कर सकते हैं। कैसे? इसके लिए हमें केवल शरीर के उन हिस्सों का पता लगाना होगा, जहाँ पर इन धारणाओं का असर महसूस होता है और ऐसे लक्षण हमें पता चलने लगते हैं, जिनसे हमें यह लगने लगता है कि उन धारणाओं की वजह से हम असहज महसूस कर रहे हों। लगातार निगरानी और शरीर के अंदर की जागरूकता के जरिए हम खुद को स्वस्थ दायरे में लाना शुरू कर देंगे।

हमारे अंदर ज्यादातर धारणाएँ बचपन में ही बैठ जाती हैं। ज्यादातर यही होता है कि वे चीजें हमें अपनी पुरानी पीढ़ी से स्थानांतरित होकर मिलती हैं। इसमें सकारात्मक और नकारात्मक—दोनों तरह की मान्यताएँ होती हैं।

पीड़ा में पनपा एक बचपन, खासतौर पर वह, जिसमें हमें अपने अभिभावकों की तरफ से भी दरकिनार कर दिया गया हो और उनकी तरफ से स्नेह की कमी की गई हो, इसके चलते किसी भी व्यक्ति के मानस-पटल पर गहरी चोट के निशान हमेशा के लिए रह जाते हैं।

धारणाओं की संकीर्णता के कुछ उदाहरण—

- **दूसरे लोग मुझे छोड़ देंगे**—यह धारणा तब पनप सकती है, जब एक या दोनों अभिभावक हमें छोड़ दें।
- **मैं दूसरों के स्नेह के लायक नहीं**—यह धारणा तब विकसित हो सकती है, जब हमारे अभिभावक केवल अपनी जरूरतों के बारे में ही सोचें और हमें दरकिनार कर दें।
- **मुझे खुद को बलिदान कर देना चाहिए**—यह धारणा तब विकसित हो सकती है, जब हमारे अभिभावकों ने हमारे भीतर अभिभावकत्व की भावना रोपित कर दी हो। अभिभावकत्व की प्रक्रिया भूमिकाओं को उलटने से शुरू होती है, जिसमें एक बच्चे से कहा जाता है कि वह अपने माता-पिता की भूमिका अपनाए और उसी के अनुरूप बात-व्यवहार करे तथा अपने अभिभावकों को आदेश-निर्देश दे। इसी प्रकार एक अभिभावकत्व से लैस बेटी कुछ इस तरह की धारणा विकसित कर सकती है—
- अगर मैं आज्ञाकारी बनूँगी, जरूरतें बहुत ज्यादा नहीं बढ़ाऊँगी तो माँ मेरा खयाल रखेंगी और मुझे स्नेह देंगी।
- माँ जो चाहेंगी, अगर मैं वैसा करूँगी तो वह मुझे डाँटना बंद कर देंगी।
- लड़कियाँ यह मानते हुए बड़ी होती हैं कि स्नेह, स्वीकार्यता और उनके काम की प्रशंसा बहुत कठोर मेहनत के बाद ही मिल सकती है। इसलिए उनको लगता है कि इस तरह से कठोर मेहनत करनी चाहिए कि वे उसे हासिल करने के काबिल बन पाएँ। इसके बाद, बड़े होने पर वे इस हालात में खुद को लाना चाहती हैं, जिसमें वैसे ही पैटर्न बार-बार परिलक्षित हों। आमतौर पर बेटियों को उनकी अपनी खूबी की बदौलत किसी का समर्थन नहीं मिलता, बल्कि उनको माँ का समर्थन तब मिलता है, जब माँ को अपने दर्द से छुटकारा या राहत मिलती है।
- **मुझे सबका दिल खुद जीत लेना चाहिए**—यह धारणा तब विकसित हो सकती है, अगर हमारे विचार और जरूरतें हमारे अभिभावकों द्वारा महत्त्वहीन बताकर खारिज कर दी जाती हैं।
- **मैं मूल रूप से ही स्नेह के लायक नहीं**—यह धारणा तब किसी के मन में पनप सकती है, जबकि वह अपने माता-पिता से स्नेह न पाए या वह यह आकलन कर ले कि वह माता-पिता से स्नेह पाने के लायक नहीं है।
- **मैं कमजोर हूँ और लगातार खतरे में हूँ**—ऐसी धारणा किसी के मन में तब पनप सकती है, जबकि उसने अपना बचपन चिंतित रहते हुए गुजारा हो,

वह लगातार तनाव में रहा हो, सशंकित या खौफ में रहा हो।

- **मुझे हमेशा अपने मानकों को ऊँचा रखना होगा**—यह धारणा किसी बच्चे में तब पनप सकती है, जब उसके माता-पिता ने इसी शर्त के आधार पर उससे स्नेह किया हो।

पहचान के स्तर पर धारणाएँ बनाम क्षमता के आधार पर बनी धारणा

कुछ ऐसी धारणाएँ होती हैं, जिनको आप पहचान के स्तर से ही साथ रखते हैं। उदाहरण के लिए, 'मैं रचनात्मक नहीं हूँ।' और ऐसे कुछ शब्द भी होते हैं, जिन्हें हम अपनी क्षमता के स्तर पर भी साथ रखते हैं। उदाहरण के लिए, 'मैं आसानी से वजन कम नहीं कर सकता।'

पहचान के स्तर पर बहुत सारे लोग तमाम तरह की धारणाएँ बनाए रखते हैं। आप चाहें तो अपनी बनाई धारणाओं को महज इस वाक्य को पूरा करने के क्रम में ही पता लगा सकते हैं—'मैं भी..............।'

पहचान के स्तर पर किसी व्यक्ति को उसकी झूठी और संकीर्ण धारणा से जगाने का एक तरीका तो यह हो सकता है कि उसके मन में शक के बीज बो दिए जाएँ। अगर कोई व्यक्ति निम्नलिखित धारणा अपने बारे में बताए तो आप कैसे उसके मन में शंका वाले बीज बो सकते हैं?

अ—मैं बहुत, बहुत ज्यादा आलसी इनसान हूँ।

आप उसके मन में उसी परिप्रेक्ष्य में बात करते हुए शक पैदा कर सकते हैं।

प्रतिक्रिया—क्या तुम हमेशा यूँ ही आलसी रहते हो? क्या तुम किसी ऐसे समय के बारे में बता सकते हो, जबकि तुम आलसी न रहे हो?

इस तरह, सामनेवाला व्यक्ति कुछ सुधार के साथ अपनी बात रखेगा, "जब घर का काम करने की बात आती है, तब मैं बहुत, बहुत आलसी हो जाता हूँ।"

इस तरह से सामनेवाले व्यक्ति के पहचान के स्तर पर उसकी बनाई हुई धारणा को क्षमता के स्तर वाली धारणा (घरेलू काम) में परिवर्तित किया जा सकता है।

धारणाएँ और हमारे जीवन को आकार देने में उनकी भूमिका

विमान उड़ानेवाले एक पायलट से आप क्या अपेक्षा रखेंगे—वह यह भरोसा करे कि वह विमान उड़ा सकता है या वह अपने अंदर विमान उड़ानेवाली क्षमता विकसित कर सके? मैं एक बड़ा प्रोग्रामर, बढ़ई, लेखक आदि हूँ, इस चीज को एक धारणा के तौर पर किसी के मन में स्थापित किया जा सकता है। क्या यह पारिस्थितिकीय रूप से उचित है? क्या किसी व्यक्ति को अपनी काबिलीयत या क्षमता में सुधार पर ध्यान नहीं

लगाना चाहिए, बजाय कि अपनी धारणा में तब्दीली करने के?

धारणाएँ अनुभवों से निकाली जाती हैं और अनुभव के आधार पर ही उनकी व्याख्या की जाती है। धारणा के निर्माण में जनरलाइजेशन, डिलीशन और डिस्टॉर्शन की अहम भूमिका होती है, जैसे समय के साथ नक्शों को अपडेट करते रहने की जरूरत होती है; क्योंकि इलाकों में लगातार बदलाव आते रहते हैं। उसी प्रकार समय-समय पर धारणाओं को भी जीवन के मौजूदा माहौल और अनुभव से मिले नए नजरिए के अनुसार बदलते रहना चाहिए। उदाहरण के लिए, ज्यादातर लोग यह मानते थे कि धरती ही सौरमंडल के केंद्र में है और सूर्य धरती का चक्कर लगाता है; लेकिन बाद में, जब वैज्ञानिक तथ्यों के आधार पर यह बताया गया कि धरती सूर्य के चारों तरफ घूमती है तो हर किसी को सूर्य और धरती को लेकर बनाई अपनी धारणा में बदलाव लाना पड़ा।

हमारे अनुभवों के आधार पर जैसे हम अन्य चीजें गढ़ लेते हैं, उसी तरह धारणाएँ भी बनाते हैं। हम अपने साक्षात् अनुभवों से सीखते हैं, दूसरे लोगों के अनुभवों के आधार पर कल्पना करते हैं और परोक्ष रूप से मिले अनुभव से भी अपना नजरिया बनाते हैं। कुछ लोगों के लिए एक मजबूत धारणा मन में बैठाने के लिए महज एक अनुभव ही काफी होता है। अन्य लोगों को लगातार कठिन मेहनत करके मान्यता तैयार करनी होती है। उन्हें ढेर सारे उदाहरणों या समय-समय पर अनुभवों को दोहराने की जरूरत पड़ती है, ताकि वे उसे सच मान सकें।

बच्चों में यह बहुत आम है कि उनके माता-पिता, भाई-बहन या शिक्षक जो बता देते हैं, वे उसे ही सच मान लेते हैं। किसी चीज के बारे में पढ़कर भी धारणा बनाई जा सकती है। ज्यादातर लोगों की धारणा कुछ ऐसी होती है, जो एक-दूसरे के साथ विवाद पैदा करती है। जब किसी व्यक्ति की धारणा दूसरे किसी व्यक्ति की विपरीत धारणा से टकराती है तो दोनों के ही भीतर मिश्रित प्रतिक्रिया होती है, मिश्रित अनुभव या अनिर्णय की स्थिति पैदा होती है। अयोग्यता और असंगति के परिणामस्वरूप एक सामान्य असहजता महसूस की जाती है।

धारणाएँ प्रत्यक्ष ज्ञानात्मक छननी होती हैं। वे लेंस होती हैं, जिनसे हम अपनी दुनिया को देखते हैं। यह प्रमुख कारक होता है, जो किसी के व्यक्तित्व और जीवन को आकार प्रदान करता है।

धारणा और मूल्यों में अंतर

जिसे हम सच मानते हैं, धारणा उसका सामान्यीकरण होती है। वे हमारे पुराने अनुभवों और सांस्कृतिक व पर्यावरणीय हालात से पैदा होती हैं, जिनसे हम गुजरे होते हैं। उदाहरण के लिए, इस धारणा में कि 'मैं कुछ भी अच्छे से नहीं कर पाता', किसी एक

या पूर्व के कई अनुभवों का निचोड़ या निष्कर्ष समाहित हो सकता है। जब हम अपनी धारणा का इस्तेमाल फैसले लेने में करते हैं तो हम अपने उन फैसलों से हासिल हुई सफलता की ही कल्पना करते हैं और यह मानकर चलते हैं कि आगे भी हमें उसी प्रकार से काम करने से सफलता मिलेगी। उदाहरण के लिए, कोडक कंपनी अपने इतिहास की सफलता के आधार पर फिल्म रोल में भरोसा करती थी। वास्तव में, ऐसी मजबूत धारणाएँ भी होती हैं, जो किसी व्यक्ति को जीवन में चमकने में मदद भी करती हैं।

जब एक व्यक्ति किसी धारणा के बारे में सोचता है तो वह अपने अंदर उस चीज की निश्चितता को लेकर आश्वस्त महसूस करता है। यह अहसास या उसकी शारीरिक स्थिति उसे अपनी धारणा में परम सत्य का अहसास कराती है। धारणा हमारे व्यवहार, विचार और भावनाओं को ताकतवर तरीके से प्रभावित करती है।

मूल्यों और धारणाओं के बीच मुख्य अंतर यही है कि मूल्य आदर्श और मानक व्यवहार को इंगित करता है, जबकि धारणा ज्यादातर आस्था पर आधारित होती है, जिसे हम सामान्यतया सच के तौर पर स्वीकार करते हैं। मूल्य सिद्धांत या पैमाने होते हैं, जिन्हें कीमती या महत्त्वपूर्ण माना जाता है।

धारणा एक सोच होती है, जिसे हम सामान्य तौर पर सत्य मानते हैं, खासतौर पर बगैर किसी प्रत्यक्ष प्रमाण के। धारणा हम जो देखते हैं, सुनते हैं, पढ़ते और महसूस करते हैं, उस आधार पर बनाई जा सकती है। लेकिन इनमें भी और बदलाव इस आधार पर आ सकता है कि हम अपनी इंद्रियों को मिले इनपुट और अनुभवों के आधार पर उनकी व्याख्या किस प्रकार करते हैं। वहीं दूसरी ओर, यह इस आधार पर भी उभर सकती है कि हमें पढ़ाया क्या गया है ?

मूल्य हमारे इतिहास पर आधारित नहीं होते और न ही वे प्रासंगिक होते हैं। वे हमारी जरूरतों से पैदा होते हैं। हमारी जरूरत क्या है और हम क्या इच्छा रखते हैं या हम क्या हासिल करना चाहते हैं, उस आधार पर मूल्यों की व्याख्या होती है। इनसान की जरूरतें सार्वभौमिक होती हैं। हर इनसान को सुरक्षा, मायने, जुड़ाव और साहचर्य की जरूरत होती ही है। उदाहरण के लिए, 'मेरे जीवन का ध्येय है कि मैं जो भी करूँ, उत्कृष्टता के साथ करूँ।' यह एक मूल्य है, जो कि अपनी प्रभावोत्पादकता के लिए जरूरी है। 'सर्वप्रथम परिवार' एक ऐसा मूल्य है, जो सुरक्षा, जुड़ाव और अंतरंगता को प्रतिबिंबित करता है।

एक व्यक्ति किसी चीज से कितना जुड़ा हुआ है, मूल्य उसकी महत्ता या कीमत का आकलन करता है। कुछ और उदाहरण—मैं अभिव्यक्ति की स्वतंत्रता को महत्त्व देता हूँ। मैं अपने परिवार को महत्त्व देता हूँ। मैं खुद अपने समय को महत्त्व देता हूँ। मैं अपनी देसी संस्कृति के काफी करीब हूँ।

सतही धारणा बनाम कट्टर धारणा

सतही धारणा—ये धारणाएँ क्षमता और काम करने से संबंधित होती हैं। जैसे—मैं नृत्य नहीं कर सकता/सकती।

कट्टर धारणा—ये धारणाएँ पहचान के स्तर की हैं, जैसे—मैं व्यर्थ हूँ या मैं स्नेह योग्य हूँ।

धारणा एक विचार है, जो आपकी गतिविधियों को निर्देशित करता है, आपके अनुभवों को छानता है, आपको काम करने की मंजूरी देता है या मना कर देता है और आपको बताता है कि चीजें कैसे काम करती हैं और किन चीजों का क्या मतलब होता है?

धारणा का वर्गीकरण

एन.एल.पी. के अनुसार, धारणाएँ मुख्यत: तीन श्रेणियों में विभाजित की जा सकती हैं—करणीय संबंधी (Causation), तात्पर्य (Meaning) और सीमाएँ (Boundaries)।

करणीय संबंधी धारणाएँ (Causation Beliefs)

बिजनेसडिक्शनरी डॉट कॉम के अनुसार—करणीय संबंधी दो घटनाओं या हालात के बीच का जुड़ाव है, जो एक की वजह से दूसरे के उत्पन्न होने या प्रतिक्रिया में दूसरे के सामने आने का कारण बनता है। इसमें एक कारण होता है और दूसरा उसका प्रभाव। साथ ही, इसे कॉजेलिटी या कारणत्व भी कहते हैं।

लोग यह धारणा रखते हैं कि यह अवश्यंभावी है कि अगर वे किसी एक काम को करेंगे तो उसकी प्रतिक्रिया में कुछ और भी तैयार होगा। 'कारणत्व' शब्द वे शब्द होते हैं, जो किसी व्यक्ति के भीतर से कारणत्व की धारणाओं को सामने लाने में हमारी मदद करते हैं।

- तुमने मुझे गुस्सा दिला दिया। (दिला दिया)
- मैं विफल साबित हुआ, क्योंकि मेरे माता-पिता ने कभी मुझे उत्साहित नहीं किया। (क्योंकि)
- भारतीय संस्कृति किसी व्यक्ति को बाध्य करती है कि वह अपने माता-पिता की आज्ञा माने। (बाध्य)
- बारिश हमेशा मेरे शहर में जाम का सबब बनती है। (सबब)
- मैं आश्वस्त हूँ कि जीवन के किसी मोड़ पर मुझे डायबिटीज जरूर होगा, क्योंकि यह मेरी जीन में है। (क्योंकि)

- फ्लाइट में देरी से मेरे अंदर अकुलाहट होने लगती है। (होने लगती है)
- धूम्रपान कैंसर का कारण है। (कारण)
- अगर तुम बारिश में जाओगे तो तुम्हें ठंड लग जाएगी। (अगर)
- कठिन मेहनत से सफलता मिलती है। (मिलती है)
- तुम्हारा रवैया तुम्हारी मंजिल निर्धारित करेगा। (निर्धारित)

सीमित कारणात्मक धारणाएँ एक कड़ी की तरह काम करती हैं, जिनके जरिए व्यक्ति अपनी पूरी क्षमता को तलाश पाता है। इन सीमित कारणात्मक धारणाओं को बदलते रहने की जरूरत होती है, ताकि व्यक्ति अपनी पूरी क्षमता का प्रदर्शन कर पाए। अपने अंदर होनेवाले मंथन व चर्चाओं को लिखने और इन धारणाओं को पहचानने से यह सहूलियत होती है कि हम आगे बढ़कर अपने मन से अनपेक्षित धारणाओं को बाहर निकाल पाने में सक्षम होते हैं।

तात्पर्य धारणाएँ (Meaning Beliefs)

हमारे इर्द-गिर्द चलनेवाली गतिविधियों को समझने की हमारी भूख कुछ ज्यादा ही होती है। हम अपने आसपास की दुनिया में होनेवाली गतिविधियों को समझने, उनकी व्याख्या करने, वर्गीकरण करने व उसका निहितार्थ निकालने में जुटे रहते हैं। ऐसा नहीं कि केवल आइजक न्यूटन ही किसी खास घटना के पीछे की चीजों को समझना चाहते थे। हम सभी में यह इच्छा होती है कि हम अपने इर्द-गिर्द की चीजों को समझना चाहते हैं और हम इन घटनाक्रमों को समझने के लिए अपने पास मौजूद ज्ञान और अनुभव का इस्तेमाल करते हैं, जिसे हमने अपने-अपने अब तक के जीवनकाल में जुटा रखा होता है। जब हम किसी तथ्य या घटना की किसी अन्य घटना से तुलना करते हैं तो हम कुछ इस तरह से निष्कर्ष निकालते हैं—'यह = वह' या यह उसके समकक्ष है। यह प्रक्रिया 'तात्पर्य आधारित धारणाओं' को तैयार करता है।

- व्रत रखना अनुशासन है। (है)
  (यही है वह या क = ख)
- एक स्वस्थ विवाह का लक्षण होती है बहस। (है)
- देर से आने का मतलब है—दिलचस्पी की कमी। (मतलब)
  (यह मतलब वह या 'क' का मतलब 'ख')
- चुप्पी का मतलब सहमति है। (है)
  (यही है वह या क = ख)
- जंक फूड धीमा जहर है। (है)
  जंक फूड = धीमा जहर

- मैं धीरे-धीरे सीखता हूँ। (मैं हूँ)
  मैं = धीरे सीखनेवाला
- मैं आलसी या टालनेवाला हूँ। (मैं हूँ)
  मैं = आलसी

सीमा धारणाएँ

सीमा एक रेखा है, जो किसी क्षेत्रफल का दायरा तय करती है। 'सीमा' शब्द आमतौर पर भौगोलिक क्षेत्रफल के संदर्भ में प्रयोग किया जाता है, जिसमें किसी देश या शहर की सीमा अंकित करने की बात शामिल होती है। सभी बैरियर भौतिक नहीं होते। मानसिक सीमाएँ भी होती हैं, जो हमारे मन में मौजूद होती हैं, जिसके आगे हम कदम बाहर नहीं बढ़ाते। वे यह बताती हैं कि हम कितना कुछ कर सकते हैं और क्या हमारे दायरे से बाहर है, क्या संभव है और क्या संभव नहीं है, क्या करना सुरक्षित है और क्या करना सुरक्षित नहीं है आदि।

उदाहरण—

कोई भी व्यक्ति यह भरोसा कर सकता है कि वह लखपति बन सकता है। वह यह मान सकता है कि अपने जीवनकाल में वह कुछ लाख रुपए इकट्ठे कर सकता है। उसी समय में वह यह भी मान सकता है कि कुछ लाख रुपए की रकम जुटाना तो संभव है, लेकिन उसके आगे असंभव-सा है। अगर उससे पूछा जाए कि क्या उसके करोड़पति बनने की भी संभावना है तो वह व्यक्ति जोर देकर कहेगा, "ऐसा संभव नहीं है। इस जन्म में तो बिल्कुल भी नहीं।" ऐसा इसलिए कि उस व्यक्ति ने अपने वित्तीय लक्ष्यों के आगे एक सीमा रेखा खींच रखी है। ऐसी कुछ चीजें हैं, जो उसके लिए संभव हैं और तमाम चीजें ऐसी भी हैं, जो असंभव की श्रेणी में आती हैं। वास्तव में, किसी तरह की सीमा है ही नहीं। उस व्यक्ति के लिए सीमाएँ इसलिए हैं, क्योंकि उसने सीमाओं के आधार पर अपनी धारणाओं को सीमित करने का फैसला कर लिया है।

दूसरा उदाहरण—

एक व्यक्ति यह मान बैठता है कि वह देखने में औसत किस्म का है और एक बहुत खूबसूरत महिला उसके साथ संबंध बढ़ाना नहीं चाहेगी। इसलिए वह अपने दिमाग में एक सीमा खींच लेता है और एक खूबसूरत लड़की से बात आगे नहीं बढ़ाता है, भले ही वह उसे बेहद पसंद करता हो।

ज्यादातर मानसिक सीमाएँ हमारे कौशल, क्षमताओं, ऊँचे लक्ष्य कैसे बनाएँ, किस प्रकार के लोगों से आप संबंध बढ़ाना चाहते हैं आदि से जुड़ी होती हैं।

कुछ और उदाहरण—

- सी.ई.ओ. बनने का लक्ष्य रखना मेरे लिए किसी भी तरह से व्यावहारिक नहीं है। मुझे नहीं लगता कि मैं वहाँ तक पहुँच पाऊँगा कभी।
- ज्यादा-से-ज्यादा मैं पाँच किलोमीटर ही मैराथन में दौड़ सकता हूँ, उसके बाद तो मैं निढाल हो जाऊँगा।
- 50 लोगों के सामने गाना मेरे वश का नहीं है।

ये शब्द, जैसे—सकता हूँ, नहीं सकता हूँ, कर पाऊँगा, नहीं कर पाऊँगा, हो सकता है, संभवतः, कर सकता हूँ, हो सकता है—के जरिए दायरे वाली धारणाओं की पहचान की जा सकती है।

अभ्यास-1

सीमाओं में बाँधनेवाली धारणाओं का पता लगाना

हमें सीमाओं में बाँधनेवाली धारणाएँ समस्यात्मक होती हैं। न केवल इसलिए, क्योंकि उन्हें बदलना कठिन होता है, बल्कि इसलिए कि उनका पता लगाना मुश्किल होता है। हमें सीमाओं में बाँधनेवाली धारणाओं को पहचानना इसलिए कठिन होता है, क्योंकि हम पर सबसे ज्यादा असर जो धारणाएँ डालती हैं, वे आमतौर पर हमारी चेतना या हमारी जागरूकता के बाहर स्थित होती हैं। हमें सीमाओं में कैद रखनेवाली धारणाएँ अमूमन अवचेतन में होती हैं और उन पर कभी कोई सवाल नहीं उठा होता है—वे हमारे नजरिए का एक हिस्सा बनकर हमारी प्रकृति में शामिल हो जाती हैं, जिसके चलते उनका पता लगा पाना मुश्किल होता है।

ऐसी धारणाओं को पहचानने के लिए आपको अपने जीवन के उस हिस्से पर गौर करना होगा, जिसमें आप कठिनाई के दौर से गुजर रहे हों। यह आपके स्वास्थ्य, परिवार, संबंधों, कारोबार या पैसे से जुड़ा हो सकता है। एक विशेष समस्या या कठिनाई को चुनें, जिससे कि आप फिलहाल गुजर रहे हों।

पहला कदम : एक ऐसी समस्या या परेशानी को चुनें, जिससे आप फिलहाल गुजर रहे हों।

कागज पर उस समस्या या परेशानी को लिख लें।

उदाहरण के लिए—

मेरी शादी पूरी तरह से उथल-पुथल से भरी हुई है।

वित्तीय परेशानियाँ मेरा पीछा नहीं छोड़ती हैं।

मैं आलसी हूँ और मेरे वश का नहीं है कि मैं अपनी योजनाओं पर अमल कर सकूँ।

आनेवाले दिनों में शायद मैं अपनी जॉब गँवा बैठूँ। मैं अपनी जॉब को लेकर बहुत असुरक्षित महसूस कर रहा हूँ।

दूसरा कदम : उन कारणों को कागज पर दर्ज कर लें कि आप उन समस्याओं से क्यों घिरे हैं? वजह बताने से पहले 'क्योंकि' शब्द का प्रयोग जरूर करें।

कुछ उदाहरण—

- मेरी शादी उथल-पुथल से भरी हुई है, क्योंकि...
- वित्तीय परेशानियाँ मेरा पीछा नहीं छोड़ रही हैं, क्योंकि...
- मैं आलसी हूँ और मेरे वश का नहीं है कि मैं अपनी बनाई योजनाओं पर अमल कर सकूँ, क्योंकि...
- आनेवाले दिनों में मैं शायद अपनी नौकरी गँवा बैठूँ, क्योंकि...मैं अपनी नौकरी को लेकर बहुत ज्यादा असुरक्षित महसूस कर रहा हूँ, क्योंकि...

जितने भी कारण आपको समझ में आएँ, भले ही वे एक समस्या से जुड़े हुए क्यों न हों, आप तब तक लिखते रहें, जब तक कि आपके पास और कोई कारण न बचे। एक समस्या के लिए कम-से-कम 15 से 20 कारण लिखें। उनमें से कुछ कारण तथ्यात्मक होंगे, जबकि कुछ अनर्गल विचार होंगे। जल्दी-से-जल्दी ढेर सारे कारणों को लिखने पर ध्यान केंद्रित करें। इससे आपका चेतन विश्लेषणात्मक मन एक तरफ हो जाएगा और आपके अवचेतन मन से ढेर सारे विचार बाहर आने लगेंगे।

तीसरा कदम : जिन धारणाओं को आपने लिख रखा है, उनमें से चुनते जाएँ। अब हमें उन धारणाओं में से चुनना है, जिन्हें हमने कागज पर लिख रखा है। उनमें से कुछ तथ्य होंगे और कुछ अनर्गल विचार होंगे। लेकिन उनमें से कुछ मजबूत धारणाएँ भी होंगी। धारणा क्या है? धारणा एक सहज विचार है, जिसे शरीर में हम सच के रूप में महसूस करते हैं। उसके साथ भावनात्मक चीजें भी जुड़ी होती हैं।

अपनी सूची उठाएँ और हर वाक्य को पढ़ें, जिसे आपने लिख रखा है। उन वाक्यों को टिक करते जाएँ, जिन्हें आप अपने हिसाब से सही मानते हैं। यह भी देखें कि आपकी भावनाएँ भी उनसे जुड़ी हुई हों। उन्हें इस आधार पर बिल्कुल टिक न करें

कि तार्किक रूप से वे सही हैं। केवल इस आधार पर उन्हें टिक करना है कि उनसे भावनात्मक रूप से जुड़े हैं।

उदाहरण—

शैलेश, जो कि एक अधेड़ उम्र का कॉरपोरेट एक्जीक्यूटिव है, ने अपना नोट कुछ इस तरह का बनाया है—

समस्या—मेरी शादी उथल-पुथल से भरी है…

- क्योंकि नौकरी में मुझे अकसर दौरे करने पड़ते हैं।
- क्योंकि मेरी पत्नी समझती नहीं है।
- क्योंकि मैं बहुत व्यस्त रहता हूँ।
- क्योंकि हम दोनों की कमाई पर्याप्त नहीं है।
- क्योंकि जीवन एक ढर्रे पर चलता जा रहा है।
- क्योंकि मैं आत्मकेंद्रित हूँ।
- क्योंकि मैं नहीं जानता कि पत्नी को खुश कैसे रखूँ?
- क्योंकि महिलाओं को समझना मुश्किल होता है।
- क्योंकि महिलाएँ भावुक होती हैं और उनकी प्रकृति अजीबोगरीब होती है।
- क्योंकि मैं रोज रात में शराब पीता हूँ।
- क्योंकि मैं आकर्षक नहीं हूँ।
- क्योंकि मैं प्रतिभाशाली नहीं हूँ।
- क्योंकि मेरी तोंद निकल आई है।
- क्योंकि हम एक-दूसरे के लिए नहीं बने हैं।

ऊपर के उदाहरणों में कुछ वाक्य दायरेवाली धारणाओं से संबंधित हैं, जिनके पीछे कोई तथ्यात्मक आधार नहीं है और उन पर काम करने की जरूरत है।

जब आप अपनी समस्याओं का दस्तावेज तैयार कर लें और ढेर सारे कारणों से उसे भर दें तो आप अपनी सूची पर एक बार फिर नजर दौड़ाएँ और जो भी धारणाएँ आपको सीमाओं में बाँधती हों, उन सभी को अलग से लिख लें। अब आप एन.एल.पी. का प्रयोग करके उन सभी धारणाओं को बदलकर मजबूती प्रदान करनेवाली धारणाओं में बदल सकते हैं।

तब क्या होता है, जब हमें सीमित करनेवाली धारणाओं को दूर नहीं किया जाता ?

सीमाई धारणाओं के साथ एक डरावनी चीज यह जुड़ी है कि वे पहले ही बता देती हैं कि वे अपनी जगह बना लेंगी। ऐसा इसलिए नहीं कि वे वाकई सत्य होती हैं, बल्कि इसलिए, क्योंकि हमारी क्रियाएँ या अकर्मण्यता धारणाओं का ही अनुसरण करती हैं, उसे सत्य साबित करने पर तुली होती हैं। उदाहरण के लिए, अगर आप यह भरोसा करते हैं कि आप किसी एक चीज के साथ टिके नहीं रह सकते तो आपकी गतिविधि या अकर्मण्यता उस धारणा का अनुसरण करने लगेगी और इस तरह वह आपके अंदर उस धारणा को सत्य के रूप में स्थापित कर देगी।

अगर आप यह मानते हैं कि आप अपरिचितों को बातचीत में शामिल करने में बेहतर नहीं हैं तो आप पार्टियों में जाने से कतराएँगे या ऐसे हालात में खुद को ले जाने से बचेंगे, जहाँ अनजबी लोगों से बात करने की जरूरत पड़ती है। यहाँ तक कि अगर आप किसी पार्टी में जाते हैं तो आप केवल उन लोगों से ही चिपके रहेंगे, जिन्हें आप जानते हैं। और अंत में, आप अपनी गतिविधियों या हीला-हवाली से यह जाहिर कर देंगे कि आपके साथ जुड़ी धारणा सही है।

लेकिन आप चाहें तो इस धारणा को पहचानकर यह साबित कर सकते हैं कि यह वास्तव में सत्य नहीं है। किसी की धारणा और सच्चाई के बीच के अंतर को पहचानने की क्षमता को एक कदम आगे बढ़ना कहा जाता है। यह पता होना ही अपने आप में काफी नहीं है। चेतना के स्तर पर हमारी जागरूकता उन्हें असल में उस जगह से निकाल बाहर करने के लिए काफी नहीं होती, जहाँ हमारे भीतर धारणाएँ बस चुकी होती हैं—यानी अवचेतन मन से। धारणाओं की कोई एक्सपायरी डेट नहीं होती। वे खुद से अपना नुकसान भी नहीं करतीं। हमें सीमित करनेवाली धारणाओं को बदलने के लिए सक्रिय हस्तक्षेप या दखलंदाजी की जरूरत पड़ती है। अपनी धारणा को बदल दीजिए। फिर देखिए, आपका जीवन हमेशा के लिए बदल जाएगा। उसमें आपको और निखार नजर आएगा।

जिस चीज पर आप भरोसा करते हैं, उसका आपकी सोच, आपके अनुभव और किसी हालात पर आपकी होनेवाली प्रतिक्रिया पर काफी व्यापक असर पड़ता है। ज्यादातर चीजें जीवन में हम जो करते हैं या नहीं करते, वे हमारे अवचेतन मन में समाई हुई धारणाओं से ही निर्देशित होते हैं। धारणाओं को तथ्य बिल्कुल न मानें। ये एक सामान्य समझ की चीजें हैं, जो या तो हमारी मदद करती हैं या हमारे दायरे को सीमित करती हैं। हम अपने आसपास की दुनिया को उसी क्रम में देखते हैं, जैसा हमारी धारणाएँ प्रतिबिंबित करती हैं। हम जो कुछ भी अपने आसपास की दुनिया में देखते हैं, वे यह

साबित करती हैं कि हमारी धारणाएँ सही हैं। हमारी ज्यादातर सोच को एक प्रक्रिया कहा जा सकता है, जो हमारी सारी धारणाओं को सही ठहराने में लगी होती है।

अगर हमारी धारणा प्रणाली हमें मजबूती प्रदान करनेवाली हो तो हम जीवन में असाधारण चीजें हासिल कर सकेंगे। ज्यादातर लोगों के साथ यह होता है कि वे किसी बाहरी हालात या प्रभाव की बजाय अपने अंदर समाई धारणाओं से मात खा जाते हैं और बेपटरी हो जाते हैं। अपने लक्ष्य की तरफ पहला कदम बढ़ाने के क्रम में आपको सबसे पहले यह भरोसा करना है कि आप उसे हासिल कर सकते हैं। उसके बाद ही आपको आगे बढ़ना है।

जब एक व्यक्ति खुद को सीमित करनेवाली धारणाओं को हटा लेता है तो उसकी सोच और भावनाओं में व्यापक अंतर आ जाता है, मानसिक रुकावटें गायब हो जाती हैं और प्रेरणादायी चीजें उभरने लगती हैं। दुविधा, शंका, भ्रम एवं झिझक एकदम खत्म हो जाते हैं और उसकी जगह आशावादी दृष्टिकोण, आत्मविश्वास और जुनून पूरे शरीर में भर जाता है। कल्पना करें कि आप अपने अवचेतन मन के भीतर बैठी ऐसी पुरानी धारणाओं, कार्यक्रमों और सिद्धांतों को खत्म कर दें, जो आपके अंदर बचपन से भरी हुई हैं। हमें सीमित करनेवाली धारणाएँ हमें तमाम चीजों से रोक देती हैं, जैसे—प्रेम के निश्छल भाव, सच्चाई और समझदारी। जब आप अपनी नकारात्मक और सीमित धारणाओं को बदलना सीख जाते हैं तो आपको रोकना असंभव हो जाता है।

आपकी धारणाएँ ही आपकी वास्तविकता की रचना करती हैं। अगर यह वाक्य सच है तो आप अपनी वास्तविकता को बदल पाएँगे और इसके लिए आप अपनी धारणाएँ बदलेंगे। जब आप अपने अवचेतन मन के भीतर किसी कोने में बैठी सीमित धारणा को बदलते हैं तो आप एक व्यापक बदलाव को भी महसूस करते हैं। आप दुनिया को अलग नजरिए से देखने लगते हैं, खुद को अलग महसूस करते हैं और अपने शरीर व मन—दोनों के अंदर एक परिवर्तन का अहसास करते हैं।

खुद को नए रूप में खोजना

"कुछ महान् खोजों में से एक खोज, जो इनसान कर सकता है, वह अपने आप को खोजना है, जिसे पाने के बाद वह हैरान रह जाता है; क्योंकि तब वह पाता है कि जिस चीज को करने में उसे डर और आशंका महसूस हो रही थी, उसे वह कितनी आसानी और जुनून के साथ कर सकता है।"

—हेनरी फोर्ड

धारणाएँ बिल्कुल उसी तरह से जरूरी हैं, जैसे हमारे जीवन के लिए हवा और पानी। हम उनके बगैर नहीं जी सकते। धारणाओं की जरूरत हमें इसलिए पड़ती है, ताकि हम यह समझ सकें कि हमारे जीवन में हो क्या रहा है! कोई भी बगैर धारणाओं के रह नहीं सकता, न ही आप चाहेंगे कि ऐसा हो। आपको केवल यह करना है कि ऐसी धारणा रखनी है, जो आपके लिए किसी अभियान के लिए अगुआ की तरह काम करे; जैसे किसी विशेष अभियान के लिए ऐसे लोगों को भरती किया जाता है, जो सकारात्मक हों, प्रतिभावान् हों और नतीजे देने में सक्षम साबित हो सकें।

हो सकता है कि आपका पुराना अनुभव इस धारणा पर आधारित हो कि आप मूल्यहीन हैं, लोग आपको कुचलकर आगे बढ़ जाएँगे, क्योंकि आप इसी के लायक हैं। तो अब से यह जान लें कि आप इस धारणा के रहमोकरम पर आश्रित नहीं हैं। आप इस धारणा को तोड़ने के लिए स्वतंत्र हैं।

हो सकता है कि आपके किसी पुराने अनुभव ने इस धारणा को जन्म दिया हो कि 'आपके अंदर नेतृत्व क्षमता नहीं है। आप कोई दिया हुआ काम तो कर सकते हैं, लेकिन आप लोगों का नेतृत्व नहीं कर सकते।' संभवतः आपने एक धारणा गढ़ ली हो कि लीडर बनना बहुत तनावपूर्ण काम है और इसका कोई मतलब नहीं है; लेकिन आप इस धारणा की दया या रहमोकरम पर नहीं हैं। आप इस धारणा को तोड़ने के लिए स्वतंत्र हैं।

हो सकता है कि आपका पुराना अनुभव यह कहता हो कि 'स्वास्थ्य समस्याएँ जीवन का हिस्सा हैं—यानी कि आप पूर्णतया स्वस्थ नहीं रह सकते। यह कुछ ऐसा है, मानो आपके शरीर में कुछ पुश्तैनी गड़बड़ी चली आ रही है।' यह आपका मानना हो सकता है, लेकिन आप इस धारणा के भी गुलाम नहीं हैं। आप इस धारणा को तोड़कर स्वतंत्र हो सकते हैं।

हो सकता है कि आपका पुराना अनुभव कहता हो कि 'आप किसी एक लक्ष्य पर टिककर नहीं रह सकते। आपका दिमाग हमेशा कुछ अलग करने की फिराक में रहता है। आपकी प्रकृति में निरंतरता नहीं है। लक्ष्य बनाना और उसे हासिल करने से पहले ही छोड़ देना ही आपकी फितरत है और आपने इसी तरह जिंदगी अब तक गुजारी है।' यह आपका मत और आपकी धारणा हो सकती है, लेकिन आप इस धारणा पर भी आश्रित नहीं हैं। आप इस धारणा को तोड़ने के लिए स्वतंत्र हैं।

जब आप धारणा बदल रहे होते हैं तो आप हर चीज बदल रहे होते हैं। आपका जीवन हमेशा आपकी धारणाओं के अनुरूप ही ढला और रचा होता है। आप अपने अंदर न केवल अपनी धारणा, बल्कि अपनी किस्मत को भी पकड़े होते हैं। अपनी धारणाओं को बदलें और अपना भविष्य भी बदल डालें।

एक धारणा की मौत

"मैं जानता हूँ कि मैं एक औसत दर्जे का व्यक्ति हूँ। मैं कभी प्रथम नहीं आया, न गोल्ड मेडल जीता या अपने पूरे जीवन में कभी पहला पुरस्कार हासिल नहीं कर पाया। मैं औसत दर्जे का व्यक्ति हूँ। मैं इस बात से आश्वस्त हूँ।" ये ही वे पहली बातें थीं, जिन्हें हरीश ने एक कागज पर लिख रखा था। वह लिखता जा रहा था, जो भी उसके मन में आ रहा था। वह केवल अपने भीतर की सोच को बाहर ला देना चाहता था। स्कूल के दिनों में उसका एक साथी राम हमेशा प्रथम आता था, हमेशा ऊँचे नंबर ही पाता था। हरीश को हैरानी होती थी कि वह ऐसा कैसे कर लेता है? उसी दौरान उसे पता था कि वह बहुत अच्छा प्रदर्शन नहीं कर सकता है। अगर वह केवल पास ही हो जाए तो बेहतर होगा। वह जानता था कि वह हमेशा एक औसत छात्र ही रहा है। कक्षा का एक और साथी सतीश खेलकूद में अव्वल था। खेलकूद प्रतियोगिताओं में वह मेडल पर मेडल जीतता था। तैराकी में प्रथम, 100 मीटर रेस में प्रथम, शॉट पुट में प्रथम…। हरीश उसे लेकर भी हैरानी में रहता कि वह कैसे यह सब कर लेता है। उसी दौरान वह अपने बारे में भी जानता था कि वह एक औसत खिलाड़ी है। अगर वह किसी टीम में चुना गया तो यह एक बड़ी उपलब्धि होगी। उसे बेहतर प्रदर्शन के लिए जाना जाए या किसी ने उसकी प्रशंसा की हो अच्छा खेलने पर? नहीं, ऐसा कभी नहीं हुआ। अगर वह किसी टीम में हो और प्रदर्शन के आधार पर निकाल बाहर न हुआ हो तो यह उसके लिए किसी उपलब्धि से कम नहीं होता।

"मेरे जीवन में घोर निराशा है, लेकिन उतनी भी नहीं। औसत दर्जे की ही है।" लेकिन अपने अंदर खालीपन महसूस करता था। अपनी फंतासी में वह खुद को हमेशा उपलब्धि हासिल करनेवाले व्यक्ति को देखता था, लेकिन वास्तविकता में वह गाना भी नहीं गा सकता था। वह एक औसत नर्तक था। वह पेंट नहीं कर सकता था। वह लतीफे भी नहीं सुना सकता था। लोगों के बीच बोलने या कोई प्रस्तुति देने में उसे झिझक महसूस होती थी।

आगे चलकर उसने अपने लिए डेस्क जॉब चुन ली। वह एक अकाउंटेंट था। अब उसकी उम्र 40 वर्ष हो गई थी और कॉरपोरेट जगत् में वह एक अकाउंटेंट के तौर पर चिपककर रह गया था। उसे कभी प्रमोशन नहीं मिला, जिसके चलते वह मैनेजर नहीं बन पाया, क्योंकि उसके अंदर नेतृत्व के गुण नहीं थे। वह सोचता, 'जीवन में बहुत कष्ट है, लेकिन उतना ज्यादा भी नहीं।' वह विफल नहीं था। वह केवल औसत था। वह जब भी अपने अंदर खालीपन महसूस करता तो अपने जीवन के बारे में अपने विचार और अपना अनुभव लिखने बैठ जाता। वह यह सब कागज

पर उतार लेता था। कभी-कभी उसे नींद नहीं आती थी और सुबह होने तक वह लिखता ही रहता था।

हरीश ने किसी सेल्फ इंप्रूवमेंट वर्कशॉप में हिस्सा लिया था, जिसमें उसे यह बताया गया था कि वह अपने विचारों को कागज पर उतार लिया करे। प्रशिक्षक ने उसे बताया था कि अगर वह अपने विचारों को कागज पर उतार लेगा तो उसे जीवन में स्पष्टता नजर आएगी। हरीश को स्पष्टता मिली भी थी। अब वह आश्वस्त हो चुका था कि वह एक औसत दर्जे का व्यक्ति है और हमेशा ऐसे ही रहेगा। यहाँ तक कि सेल्फ इंप्रूवमेंट वर्कशॉप में भी वह औसत ही था।

पहले की ही भाँति उसकी पत्नी और बेटी गहरी नींद में थे और वह जाग रहा था। खालीपन ने उसके दिमाग को घेर रखा था। वह पहले की ही तरह उठा और लिखना शुरू कर दिया। उसने अपने जीवन के बारे में हर चीज लिख डाली थी, इसलिए उसने अपने भविष्य के बारे में लिखने की सोची। उसने अपने जीवन के आखिरी दिन के बारे में सोचा, अपने अंतिम संस्कार के बारे में भी। एक औसत दर्जे के व्यक्ति का अंतिम संस्कार कैसा होता होगा? कितने लोग औसत व्यक्ति के अंतिम संस्कार में आते होंगे? जैसे-जैसे वह लिखता जा रहा था, वैसे-वैसे वह अवसाद में और भी ज्यादा घिरता जा रहा था। उसने महसूस किया कि उसके अंदर का अवसाद भी औसत ही था। वह अपने जीवन में किसी भी मामले में उल्लेखनीय प्रदर्शन नहीं कर पाया था। यहाँ तक कि परेशानी में भी वह औसत ही रहा और औसत रहकर ही मरेगा भी। वह घंटों बैठकर अपनी मृत्यु के बारे में ही लिखता रहा; लेकिन वह जाग रहा था। 'अब क्या? अब तो मैं अपने जन्म से लेकर मृत्यु तक की चीजें लिख चुका हूँ।' उसने सोचा कि मृत्यु के बाद के बारे में लिखा जाए। वह राख में मिल चुका होगा। वह राख भी औसत दर्जे की ही होगी, भले ही वह धरती का हिस्सा हो, लेकिन रहेगी औसत ही। इसके बाद उसने अपने मन में आ रहे खयालों को लिखने के बारे में सोचा। 'तो धरती पर जो राख होती है, वह औसत दर्जे की कैसे हो सकती है? हर व्यक्ति मृत्यु के बाद राख में ही बदल जाता है और मिट्टी तो औसत नहीं होती। कुछ भी औसत नहीं है। कम-से-कम मृत्यु के बाद मैं औसत दर्जे का नहीं रह जाऊँगा। यहाँ तक कि कोई भी चट्टान, पत्ता, बादल, पानी की बूँद या कुछ भी औसत नहीं रह जाता। मैं भी औसत नहीं रहूँगा। जब और कुछ औसत नहीं रहता तो फिर इनसान ही औसत क्यों कहा जाता है?' वह रुका और काफी देर तक इस मसले पर सोचता रहा। उसने आगे लिखा—'मृत्यु ने मेरे औसत होने की कहानी को मृत्यु के कगार पर पहुँचा दिया है।'

इसके बाद वह आगे और कुछ नहीं लिख सका। उसे अपनी रीढ़ के आर-पार थरथराहट दौड़ती हुई महसूस हुई। उसका पूरा शरीर काँप रहा था। उसे गहरे सुकून का अहसास हो रहा था। उसे महसूस हो रहा था कि उसके ऊपर जो भारी-भरकम बोझ लदा हुआ था, वह हवा में वाष्प के रूप में घुल जा रहा है। वह लगभग घंटे भर तक वहाँ बैठा रहा। इसके बाद वह बिस्तर पर चला गया, क्योंकि उसे गहरी नींद आ रही थी। नींद के आगोश में डूबते हुए वह यही सोच रहा था कि कल जब वह उठेगा तो एकदम बदला हुआ-सा दिखेगा, क्योंकि उसकी कहानी 'मैं औसत हूँ' हमेशा के लिए मर चुकी है।

—मनोज केशव

अभ्यास 2

धारणा बदलने की प्रक्रिया एन.एल.पी. सबमॉडैलिटी के जरिए

इस प्रक्रिया में सीमित करनेवाली धारणा को लेते हैं, शंका को रोपते हैं और उसके जरिए यह दिखाया जाता है कि जो धारणा आपने बना रखी है, उसमें जरा सी भी सच्चाई नहीं है। इसके बाद आप जैसा बदलाव चाहते हैं, उसी के अनुरूप आपकी चुनी हुई सशक्त करनेवाली धारणा आपके भीतर प्रवेश करती है और आपका शरीर परम सत्य जैसा महसूस करने लगता है।

प्रक्रिया

1. एक मजबूत धारणा को अपने संसाधन के रूप में चुनें और विचार करें। इससे आपको आशावादिता, क्षमतावान् और खुद के मूल्यवान् होने की भावना विकसित होगी।
2. उपर्युक्त चिह्नित सशक्त धारणा को ध्यान में रखते हुए विजुअल, ऑडिटरी और काइनेस्थेटिक सबमॉडैलिटीज को लिख लें।

ब्रेक स्टेट

3. अब सत्य नहीं रहा—ऐसी धारणा के बारे में विचार करें, जो कि अब आपके मामले में सच नहीं रही। ऐसी धारणा, जिसमें आपकी पूरी निष्ठा थी, लेकिन अब आप जानते हैं कि वह सच नहीं है। उदाहरण के लिए, बचपन में आप मानते थे कि सांता क्लॉज उत्तरी ध्रुव से आपके लिए गिफ्ट लेकर उड़ते हुए

आएगा, लेकिन अब आप जानते हैं कि वह सच नहीं है।

4. विजुअल, ऑडिटरी और काइनेस्थेटिक सबमॉडैलिटीज की सूची बना लें। उन्हें कागज पर लिख लें।

ब्रेक स्टेट

5. **विश्लेषण की तुलना करें और उसका विरोधाभासी निकालें**—धारणा से संबंधित सबमॉडैलिटीज का विश्लेषण करें और तुलना करें, जो कि आपके लिए सच के करीब है और उस धारणा से दूर रहें, जो कि अब आपके लिए सच नहीं रह गई है।

ब्रेक स्टेट

6. लिमिटिंग बिलीफ के बारे में सोचें, जो आपको कमजोर बनाती है।
7. लिमिटिंग बिलीफ से जुड़ी सबमॉडैलिटीज के बारे में लिखें।
8. **नई धारणा**—मजबूती प्रदान करनेवाली धारणाओं के बारे में सोचें, जिन्हें आप अपने साथ जोड़ना पसंद करेंगे, तमाम लिमिटिंग बिलीफ के। नई धारणा को चुनें, जिन्हें आप लिमिटिंग बिलीफ से बदल देना उचित समझते हों।

ब्रेक स्टेट

9. लिमिटिंग बिलीफ को ऐसी धारणा में बदलना, जो कि अब सच नहीं रह गई है। लिमिटिंग बिलीफ की सामग्री को निरंतर बनाए रखें, लेकिन सबमॉडैलिटीज को बदलकर लिमिटिंग बिलीफ को कुछ इस तरह किया जा सकता है कि धारणा से जुड़ी सबमॉडैलिटीज आपके लिए सत्य नहीं रह जाती है।

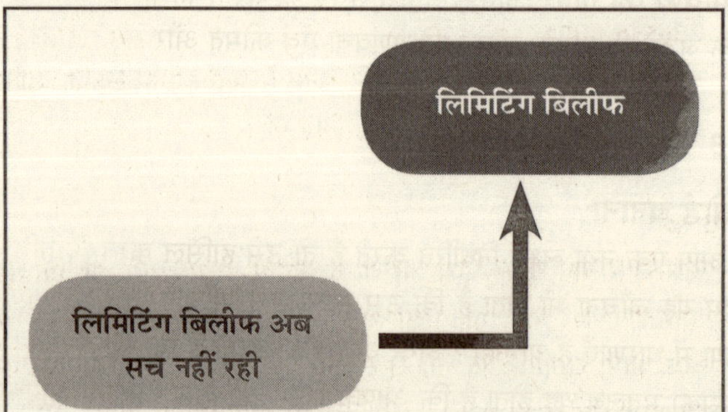

10. **सामग्री बदलाव प्रक्रिया**—उस लिमिटिंग बिलीफ को दूर अंतरिक्ष में फेंक दें, जो कि अब आपके मामले में सच नहीं रही। तब दूर से आती हुई तसवीर को देखें, जिसमें नए तरीके से सशक्तीकरण करनेवाली आस्था हो।
11. **नई आस्था की सामग्री को परम सत्य अवस्था में बदलना**—अब आपके पास नई सशक्तीकरण धारणा की सामग्री की यह तसवीर है। आगे बढ़ें और सबमॉडैलिटीज को उन सबमॉडैलिटीज में बदलें, जो आपको शक्ति प्रदान करें (स्टेप 1 और 2 में आपने जिन सबमॉडैलिटीज को लिख रखा है)।

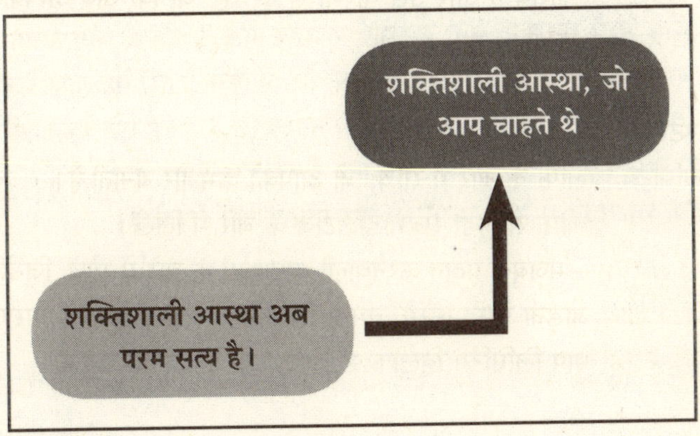

ब्रेक स्टेट

12. इस नई शक्तिशाली धारणा के बारे में सोचें। आपके अंदर इसे लेकर कैसा महसूस हो रहा है? अगर आप इसे लेकर निश्चितता का भाव महसूस नहीं कर रहे हैं तो कुछ समय के लिए 11वाँ स्टेप दोहराएँ।
13. **भविष्य की गति**—भविष्य में ऐसे समय के बारे में सोचें, जब इस नई आस्था के जुड़ने से आपके जीवन की गुणवत्ता एवं कीमत और बढ़ गई हो।

अभ्यास-3

बिलीफ बोर्ड बनाना

जब आप एक नया लक्ष्य निर्धारित करते हैं तो उसे हासिल करने के क्रम में एक जरूरी कदम यह जाँचना भी होता है कि उस लक्ष्य तक पहुँचाने के लिए आपके पास उचित संख्या में धारणाएँ हैं या नहीं? अगर आप यह सोचते हैं कि आप सफल नहीं हो पाएँगे तो इसका मतलब यह होता है कि आपके हिस्से की कुछ धारणाएँ आपको लक्ष्य

की तरफ बढ़ने से रोक रही हैं और आपकी प्रगति एक बाधा के बाद दूसरी बाधा से टकराती फिरेगी। बिलीफ बोर्ड बनाने से यह होगा कि आपको लक्ष्य तक पहुँचाने के लिए उचित संख्या में धारणाएँ मौजूद रहेंगी।

आप एक विजुअल बिलीफ बोर्ड भी बना सकते हैं और अपनी सभी धारणाएँ एक साथ रख सकते हैं, जिन्हें आप अपने अवचेतन मन में भरना चाहते हैं। बिलीफ बोर्ड विजन बोर्ड से अलग कैसे होता है ? विजन बोर्ड तसवीरों और शब्दों का कोलॉज होता है, जो आपके लक्ष्यों को दरशाता है। बिलीफ बोर्ड तसवीरों और शब्दों का वह कोलॉज होता है, जो आपको और आपकी दुनिया को मजबूत धारणाओं से लैस दरशाता है। बिलीफ बोर्ड में वे धारणाएँ और आस्थाएँ शामिल होती हैं, जिन्हें आप अपने अवचेतन मन में स्थापित करना चाहते हैं। एक बिलीफ बोर्ड विजुअली हमें यह याद दिलाता है कि हमें यह विश्वास करना चाहिए कि क्या चीज महत्त्वपूर्ण है ? यह एक ऐसा जरिया है, जो स्पष्ट रूप से उन धारणाओं के बारे में बताता है, जो हमारे साथ होती हैं और इस तरह ये हमें एकाग्रचित्त रखने में मदद करती हैं और बेपटरी नहीं होने देतीं।

बिलीफ बोर्ड

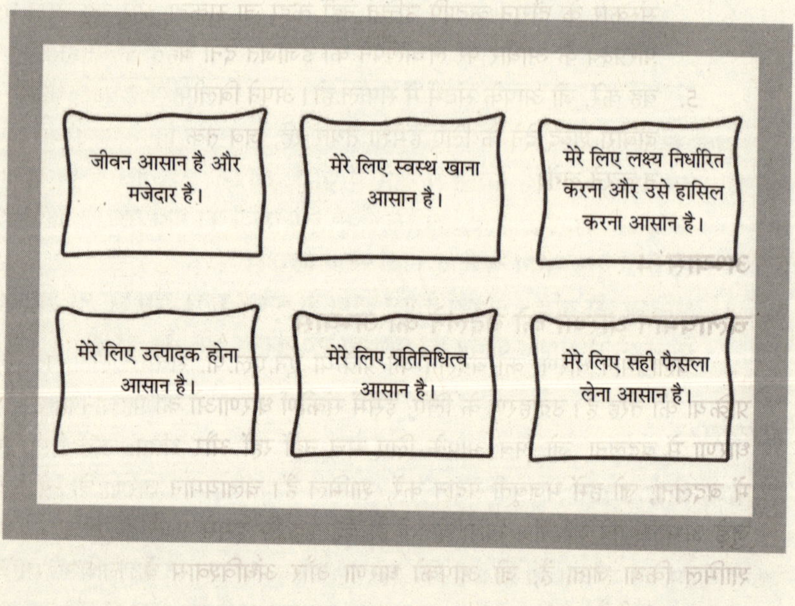

एक नई धारणा/आस्था की रचना के दिशा-निर्देश, जो लिमिटिंग बिलीफ की जगह लें।

1. नई धारणा/आस्था को सकारात्मक रूप में व्यक्त करें।
2. यह सुनिश्चित कर लें कि पारिस्थितिकीय रूप से वह आपके लिए दुरुस्त है। उदाहरण के लिए, 'मैं दिन के 20 घंटे जबरदस्त रूप से उत्पादक हूँ', यह इसलिए विचार योग्य नहीं है, क्योंकि शरीर की अन्य जरूरतों, जैसे आराम, नींद, मनोरंजन आदि संभव नहीं हो पाएँगे। इसलिए इस तरह की धारणा बनाना स्वास्थ्यकर नहीं है। पारिस्थितिकीय रूप से दुरुस्त धारणाएँ वे होती हैं, जो हमारी सभी जरूरतों में संतुलन का सम्मान करती हैं और केवल एक ही तरफ अत्यधिक झुकाव नहीं रखतीं।
3. ऐसे शब्द चुनें, जो आपको प्रेरित करते हों। कभी-कभी ढेर सारा लिखने, चुटकी लेने और प्रतिबिंबित करने के लिए उचित शब्दों की ज्यादा जरूरत होती है।
4. अपवादों से निपटने के लिए व्यापक लचीलापन मिलता है। उदाहरण के लिए, 'मैं एक जीवंत और जबरदस्त उत्साही व्यक्ति हूँ', यह वाक्य किसी अंतिम संस्कार के दौरान कदापि उचित नहीं कहा जा सकता और यह ठीक भी है। परिप्रेक्ष्य के आधार पर लचीलेपन को इजाजत देना बहुत जरूरी होता है।
5. वह करें, जो आपके संदर्भ में सफल हो। अपने बिलीफ बोर्ड को बदलावों और दोबारा शब्द देने के लिए हमेशा तैयार रहें, जब तक कि आप उचित महसूस न करने लगें।

अभ्यास-4

चलायमान धारणा को बदलने का अभ्यास

चलायमान धारणा को बदलने की प्रक्रिया एन.एल.पी. सबमॉडैलिटी बदलने की प्रक्रिया की तरह है। उदाहरण के लिए, इसमें संकीर्ण धारणाओं को पहचानना, उन्हें ऐसी धारणा में बदलना, जो अब आपके लिए सच नहीं रहीं और अंततः उन्हें ऐसी धारणा में बदलना, जो हमें मजबूती प्रदान करें, शामिल हैं। चलायमान धारणा के बदलाव से जुड़े अभ्यास को जो चीज खास बनाती है, वह यह कि इसमें स्थानिक एंकर्स का प्रयोग शामिल किया जाता है, जो आपको धारणा और अंधविश्वास के विभिन्न स्तरों का अनुभव कराती है।

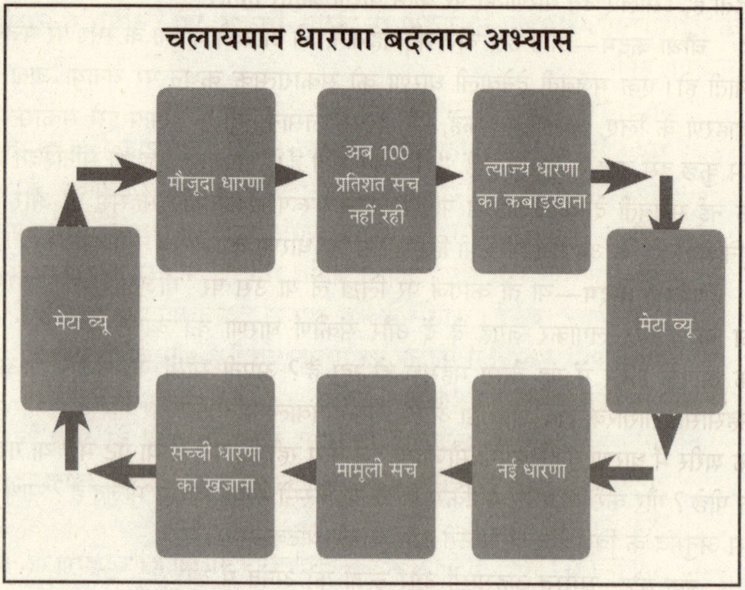

पहला कदम—कागज के आठ टुकड़े लें और हर टुकड़े पर कुछ इस प्रकार लेबल लगा दें—मेटा व्यू 1, मौजूदा धारणा, अब 100 प्रतिशत सच नहीं, दरकिनार धारणा कबाड़खाना, मेटा व्यू 2, नई धारणा, छोटी सच्चाई और सच्ची धारणाओं का खजाना।

दूसरा कदम—इन कागज के टुकड़ों से आठ विशिष्ट स्थान तैयार करें, जैसा कि ऊपर चित्र में दिया गया है।

तीसरा कदम—आप से जुड़ी संकीर्ण धारणा को पहचानें, जो कि आपको किसी-न-किसी तरह से आगे बढ़ने से रोक रही हो। उदाहरण—मैं खाना नहीं बना सकता। मैं सुबह जल्दी नहीं उठ सकता। वजन घटाना मेरे लिए संभव नहीं है। मैं अपना गुस्सा नियंत्रित नहीं कर पाता। मैं हमेशा टाल-मटोल करता हूँ।

अब आपकी उस धारणा को और गहराई में जाकर खोदेंगे और प्रयास करेंगे तो आप अपने अंदर की मूल धारणा को बाहर निकाल पाएँगे और इसका फायदा भी आपको दिखेगा। ऐसा करने के लिए इस सवाल का जवाब दें—'मैं हूँ…'।

अब, अगर यह धारणा आपके साथ है तो वह आपके बारे में क्या बताएगी?

जवाब—मैं हूँ…

जिस जवाब के साथ आप सामने आते हैं, उसका आप पर काफी ज्यादा प्रभाव

पड़ता है, इसलिए उन धारणाओं पर काम करना बेहतर होगा।

चौथा कदम—आप उस चीज को पहचानें, जो आपको धारणा के स्तर पर मजबूत बनाती हो। एक मजबूती देनेवाली धारणा को सकारात्मक कथन पर बनाया जाता है। उदाहरण के लिए, बजाय यह कहें, 'मैं बेकार इनसान नहीं हूँ', आप इसे सकारात्मक रूप कुछ इस तरह से दे सकते हैं, "मैं बेशकीमती हूँ।" साथ ही, यह भी सुनिश्चित करें कि नई मजबूती देनेवाली धारणा पारिस्थितिकीय रूप से आपको महसूस हो और यह सुनिश्चित हो कि आपका कोई भी हिस्सा इस नई धारणा का विरोध न करता हो।

पाँचवाँ कदम—या तो कागज पर लिख लें या उस पर 'मौजूदा संकीर्ण धारणा' का यह लेबल लगाकर जगह दे दें और संकीर्ण धारणा को व्यक्त करें। गौर करें कि आपके शरीर में यह कैसा महसूस हो रहा है? अपनी साँसों पर गौर करें। अपने अहसासों, शारीरिक हाव-भाव या अपने आप होनेवाली प्रतिक्रिया पर गौर करें। गौर करें कि शरीर में धारणा कहाँ अपनी मौजूदगी दर्ज करा रही है। गले में या पेट में? या गरदन के पीछे? गौर करें कि शरीर के किस हिस्से या हिस्सों में यह धारणा मौजूद है? साथ ही, इस अनुभव के विजुअल, ऑडिटरी और काइनेस्थेटिक सबमॉडैलिटीज पर भी गौर करें।

ब्रेक स्टेट—समस्त अहसासों और ऊर्जा को अनंत में छोड़ दें, 'मेटा व्यू 1' क्षेत्र में कदम रखें और कुछ गहरी साँसें लें। कुछ असंगत-सा सोचें, जैसे कि पिछले साल कितनी बार बारिश हुई या आपके घर में कितनी खिड़कियाँ हैं?

छठा कदम—उस लेबल पर कदम रखें, जहाँ लिखा है—'100 प्रतिशत सच नहीं।' धारणा को इसके विपरीत छोर की ओर पलट दें और कम-से-कम तीन अवसरों या हालात के बारे में सोचें, जबकि आपके संबंध में विपरीत या उलट धारणा सच साबित हुई थी। उदाहरण के लिए, अगर आप मानते हैं कि गणित में आपको परेशानी होती थी तो ऐसे तीव्र अवसरों के बारे में सोचें, जब आपने गणित में अच्छा प्रदर्शन किया था। हो सकता है कि आपने चौथी कक्षा में गणित में बेहतर किया हो। शायद आप अपनी बेटी को गणित बहुत अच्छा पढ़ा लेते हों।

साथ ही, आप ऐसी चीजों के बारे में भी सोच सकते हैं, जिसमें आप वाकई बहुत खराब प्रदर्शन करते थे, लेकिन बाद में आपने उस पर पकड़ बना ली। हो सकता है कि आप टेबल टेनिस खेलने में कमजोर रहे हों और बाद में आपने नाटकीय तरीके से खुद को सुधार लिया। इसलिए अगर आप गणित में खराब थे तो शायद आपके पास उसमें सुधार करने का मौका है।

अपने बारे में इसी तरह खोजबीन जारी रखें और तब तक जारी रखें, जब तक कि आपकी संकीर्ण धारणा वाकई सच नहीं हो जाती। और एक बार जब आप इस शंका का अनुभव करते हैं तो अपने शरीर, साँसों, आप कैसा महसूस करते हैं—इन सब पर गौर

करें और उसके साथ जुड़ी विजुअल, ऑडिटरी और काइनेस्थेटिक सबमॉडैलिटीज पर गौर करें।

ब्रेक स्टेट—अपनी समस्त भावनाओं व ऊर्जा को उसी जगह छोड़ दें और 'मेटा व्यू-1' वाले क्षेत्र में कदम रखें और गहरी साँसें लें। किसी एकदम अलग चीज के बारे में सोचें, जैसे—आपके घर के आसपास कितने पेड़ हैं?

सातवाँ कदम—अब आप 'त्यागी जा चुकी धारणा कबाड़खाना' का लेबल लगे स्पॉट पर कदम रखें। कुछ ऐसी धारणाओं के बारे में सोचें, जिन पर आप पहले भरोसा करते थे, लेकिन अब वे आपके मामले में जरा भी सच नहीं रह गई हैं। आपने उन धारणाओं को कबाड़खाने में डाल दिया है, क्योंकि आप जानते हैं कि वे धारणाएँ सच नहीं हैं। उदाहरण के लिए, एक रात आपने सीने में दर्द महसूस किया और आप अस्पताल की तरफ भागे। आप निश्चित रूप से जानते थे कि यह हार्ट अटैक है। आप 100 प्रतिशत मान बैठे थे कि यह हार्ट अटैक ही है। आपका पूरा जीवन आपकी आँखों के आगे नाचने लगा था। आप जानते थे कि अस्पताल पहुँचने से पहले आपकी मौत हो सकती है। लेकिन बाद में जिस डॉक्टर ने आपकी जाँच की, उसने बताया कि आप पूरी तरह ठीक हैं। उसने यह भी बताया कि आपका हृदय भी बिल्कुल ठीक है। आपके पूरे शरीर ने तब जाकर राहत की साँस ली और आपके दिमाग ने उस धारणा को निकाल बाहर किया कि आपको हार्ट अटैक था और उसे 'त्याज्य धारणा कबाड़खाने' में डाल दिया।

जब आप छोटे बच्चे थे, तब आपकी माँ कहती थीं कि खाना बरबाद किया तो मस्तान (एक बड़ा हाथी) आएगा और आपके ऊपर धूल छोड़ देगा। आपने उस पर 100 प्रतिशत भरोसा किया। आप इतने ज्यादा उस दैत्याकार हाथी मस्तान से डरे हुए थे कि आपने खाने की पूरी प्लेट बिल्कुल साफ कर दी थी। आगे चलकर जब आप बड़े हुए तो आपने महसूस किया कि मस्तान तो एक काल्पनिक कहानी थी और हाथियों के पास आप पर निगरानी रखने के अलावा भी बहुत काम होते हैं। आपके दिमाग से यह धारणा उतरते ही 'त्याज्य धारणा कबाड़खाने' में चली जाती है।

अब आप ऐसी कुछ धारणाओं के बारे में विचार करें, जिन्हें आपने 'त्याज्य धारणा कबाड़खाने' में डाल रखा हो। एक बार जब आप ऐसा कर लें तो 'त्याज्य धारणा कबाड़खाने' में अपनी मौजूदा संकीर्ण धारणा को देखें। अपने शरीर पर, अपनी साँसों पर, अपनी भावनाओं और सबमॉडैलिटीज पर गौर करें।

ब्रेक स्टेट—अपनी भावनाओं और ऊर्जा को उस जगह ही छोड़ दें और 'मेटा व्यू-2' में कदम रखें और कुछ अलग तथा सामान्य चीज के बारे में सोचें, जैसे कि आपके पहले लैपटॉप का रंग या आपकी पहली कलम का रंग कैसा था?

आठवाँ कदम—अब उस कागज पर कदम रखें या उस जगह पर जहाँ लिखा है—'नई मजबूती देनेवाली धारणा' और उस स्थिति का नाम है नई ऊर्जा प्रदान करनेवाली धारणा। गौर करें अपने शरीर को, साँस, अहसास और सबमॉडैलिटीज के बारे में।

ब्रेक स्टेट—उस अहसास और ऊर्जा को उसी जगह में छोड़ दें और 'मेटा व्यू 2' पर कदम रखें तथा कुछ अलग व सामान्य सा सोचें, जैसे कि आपके कपड़े में कितने बटन हैं?

नौवाँ कदम—अब कागज पर वहाँ कदम रखें या उस जगह, जहाँ लिखा है—'छोटा सच'। और नई मजबूती प्रदान करनेवाली धारणा का जिक्र करें। अब कम-से-कम तीन ऐसे सबूतों के बारे में सोचें, जो आपकी इस नई मजबूती प्रदान करनेवाली धारणा का समर्थन कर सकें। इसलिए इस संकीर्ण धारणा 'मैं गणित में कमजोर हूँ' की जगह आप इसे इस तरह से बदलने की सोचें—'मैं बहुत शानदार तरीके से सीख लेता हूँ' या 'मैं बुद्धिमान हूँ और मैं अगर थोड़ा प्रयास और करूँ तो गणित पर पकड़ बना सकता हूँ।'

अब कम-से-कम तीन सबूतों को देखें, जो आपकी इस धारणा 'मैं शानदार तरीके से सीख लेता हूँ।' उदाहरण के लिए—मान लीजिए कि जापान के संक्षिप्त दौरे पर आपने जापानी संस्कृति के बारे में बहुत कम समय में काफी कुछ सीख लिया या किसी नए व्यंजन को बनाने की कला आपने थोड़े समय में सीख ली या आपने जल्दी ही एक नई डिश अच्छी तरह बनानी सीख ली और जल्दी ही आपके साथ एक अहसास जुड़ जाएगा कि 'मैं बहुत तेजी से सीखने की क्षमता रखता हूँ।'

तत्पश्चात् तीन सबूतों पर गौर करें, जो आपकी इस धारणा 'मैं बुद्धिमान हूँ' का समर्थन करते हों। उदाहरण के लिए, आपने अपने संगठन की एक समस्या को शानदार तरीके से सुलझाकर दिखाया या आपने अपने अधिकारी से एक प्रशस्ति-पत्र हासिल किया, जिसमें लिखा हुआ था कि आप कितने बुद्धिमान हैं और जल्दी ही आपके भीतर यह अहसास पनपेगा कि 'मैं बुद्धिमान हूँ' कहीं-न-कहीं सत्य है।

यही प्रक्रिया तीसरी धारणा वाले कथन से आगे की है। एक बार जब आपने अपनी समस्त धारणाओं को मजबूती प्रदान करनेवाला पा लिया और जब आपको यह पता चल गया कि आपकी नई मजबूती प्रदान करनेवाली धारणाएँ कुछ हद तक सच्ची हैं तो अब आप अपने शरीर पर, साँसों पर, अपनी भावनाओं और सबमॉडैलिटीज पर गौर करें।

ब्रेक स्टेट—मेटा व्यू-2 पर कदम रखें और कुछ अप्रत्याशित व सामान्य-सा विचार मन में लाएँ, जैसे—आपकी घड़ी का वजन ग्राम में कितना होगा?

दसवाँ कदम—उस कागज पर कदम रखें, जिस पर लेबल लगा हो—'सच्ची धारणा का खजाना'। यह वह जगह है, जहाँ आपकी समस्त मजबूती प्रदान करनेवाली

धारणाएँ सुरक्षित रखी हैं, जिसे जरूरत पड़ने पर अवचेतन मन इस्तेमाल करेगा। एक बार आप इस प्यारी जगह में खड़े होकर कुछ पहले से इस 'खजाने रूपी बक्से' में समाहित धारणाओं के बारे में सोचें। वे धारणाएँ, जिन्हें आप निश्चित रूप से सच मानते हैं। उदाहरण के लिए, धरती सूरज के चारों तरफ चक्कर लगाती है। इसमें जरा-सा भी भ्रम नहीं है। एक बार जब आपने कुछ ऐसी ही धारणाओं के बारे में विचार कर लिया, जो कि 'खजाने रूपी बक्से' में भरी हैं तो इसे नई मजबूती प्रदान करनेवाली धारणा मानें और देखें कि खजाने रूपी बक्से में वह कैसी नजर आ रही है। अब अपने शरीर पर, अपने अहसास, अपनी साँसों और सबमॉडैलिटीज पर गौर करें।

ब्रेक स्टेट—'मेटा व्यू-1' की ओर बढ़ें और कुछ अप्रत्याशित या सामान्य सा सोचें।

इस पूरी प्रक्रिया को दो बार और दोहराएँ, लेकिन हर बार तेजी बढ़ाते जाएँ। दूसरे और तीसरे बाद में 'मेटा व्यू' के दायरे में जाने की जरूरत नहीं पड़ेगी। संकीर्ण धारणा से आप सीधे 'धारणाएँ, जो 100 प्रतिशत सच नहीं' हैं वाले स्तर पर जा सकते हैं। एक बार जब आप 'खजाना रूपी बक्से' तक पहुँच गए तो 'मेटा व्यू-1' के दायरे में कदम रखें। पूरी प्रक्रिया को एक बार और दोहराएँ।

ग्यारहवाँ कदम—भविष्य की रफ्तार।

अब आप खुद को भविष्य की ओर बढ़ता हुआ देखें, जिसमें आपकी नई हासिल की गई मजबूती प्रदान करनेवाली धारणाएँ भी साथ हैं। इससे आपको क्या होने, करने और रखने की अनुमति मिलेगी? शरीर में होनेवाले अच्छे अहसास को गौर करें। अब अपनी साँसों, भावनाओं और सबमॉडैलिटीज पर गौर करें।

अभ्यास-5

धारणा बदलनेवाले अभ्यास की दोबारा छाप

रॉबर्ट डिल्ट द्वारा उद्धृत

एक चिह्न या छाप एक अहम अनुभव है, जो कि बीते दौर से निकाला गया होता है और जिसके जरिए व्यक्ति किसी धारणा या धारणाओं का समूह बनाता है। खुद से किया गया अनुभव अपने आप में न सकारात्मक होता है और न नकारात्मक। हम जिस तरीके से अनुभव की प्रक्रिया चलाते हैं, उसी आधार पर अनुभव सकारात्मक या नकारात्मक अनुभव बनता है। उदाहरण के लिए, जब एक व्यक्ति अपने काम को लेकर आलोचना सुनता है तो वह विफलता के तौर पर इसकी प्रक्रिया करता है या अपनी अयोग्यता मानने लगता है और यह निष्कर्ष निकालता है कि वह कोई भी चीज सही तरीके से नहीं कर सकता, क्योंकि वह बुद्धिमान के तौर पर पैदा नहीं हुआ है। ऐसा भी हो सकता है कि वह

अपनी आलोचना को सकारात्मक तरीके से ले और मिली प्रतिक्रिया से अपने प्रदर्शन में सुधार करे और निष्कर्ष यह निकाले कि वह एक बेहतरीन सीखनेवाला है और यह भी कि लोग हमेशा आपका मार्गदर्शन करने के लिए तैयार रहते हैं ताकि आप चीजों को और बेहतर तरीके से अंजाम दे सकें। इसलिए कोई भी अनुभव सकारात्मक या नकारात्मक नहीं होता। यह हमारी सोच पर निर्भर करता है कि हम उसे कैसा बनाते हैं।

दोबारा यादें ताजा करना एक तरह से महत्त्वपूर्ण अनुभवों को एक बार फिर से देखना है और उन अनुभवों का इस्तेमाल संकीर्ण धारणाओं को मजबूती प्रदान करनेवाली धारणाओं में तब्दील करना चाहिए। इस प्रक्रिया का दोहरा लाभ यह है कि उस अनुभव से उपजी और जुड़ी भावनात्मक पीड़ा से निजात मिलती है और साथ ही उस अनुभव से मिली संकीर्ण धारणा से भी मुक्ति मिल जाती है।

समय यात्रा, अब जनता के लिए भी खुली

माइकल यह सुनकर खुशी से उछल पड़ा कि न्यूलिंक रोबोटिक्स रिसर्च फर्म ने एक ऐसी टाइम मशीन विकसित की है, जो किसी को भी उसके अतीत में ले जा सकती है। यह तकनीक न केवल व्यक्ति को उसके बीते दिनों में ले जा सकती है, बल्कि उसके उस दौर को सुधारने का भी मौका दे सकती है। माइकल ने अपने बिस्तर पर मोबाइल फेंक दिया। वह सोचने लगा, 'इंटरनेट पर हर तरह की झूठी चीजें फैला दी जाती हैं। दरअसल, किसी को भी सोशल मीडिया पर उभरनेवाले संदेशों में भावनात्मक रूप से बह नहीं जाना चाहिए।' माइकल को जिस चीज ने ज्यादा खुशी प्रदान की थी, वह यह कि न्यूलिंक रोबोटिक्स रिसर्च फर्म उसके घर से ज्यादा दूर नहीं थी और समय यात्रा हर किसी के लिए खुली थी और उसका टिकट भी 250 डॉलर था। उसने फिर सोचा, 'निश्चित रूप से यह कोई वित्तीय घोटाला है। कोई है ऐसा, जो जल्दी-से-जल्दी रईस बनना चाहता है?'

हालाँकि वह इसे एक मजाक के तौर पर ही ले रहा था, लेकिन उसके मन का एक हिस्सा चाह रहा था कि वह एक बार मौके पर जाकर देखे कि माजरा क्या है! साथ ही, वह कुछ महीने पहले खत्म हुए संबंध को लेकर भी तनाव में था और कुछ भी उसके पक्ष में नहीं जा रहा था। कभी-कभी उसे लगता था कि ईश्वर ने ही उसे त्याग दिया है। वह अकेलापन महसूस करता और अकसर आशंकित हो जाता था, जो उसे समझ में नहीं आता कि ऐसा क्यों है? हर बार जब भी वह अकेला और आशंकित महसूस करता था, उसे लगता था कि उसकी मांसपेशियाँ सुन्न पड़ गई हों। उसे लगता था कि उसका दम घुट रहा है, मानो किसी ने उसका गला दबा दिया हो।

उसने एक बार फिर उस पते को देखा। हाँ, यह वही पता था। वह अंदर पहुँचा तो वहाँ मौजूद सिक्योरिटी गार्ड ने उसे आधा दर्जन फॉर्म भरने के लिए दिए और उसे एक लिफ्ट की तरफ ले गया। ऐसा लगा, मानो वह 20 मंजिल नीचे जा रहा हो या यह लिफ्ट काफी धीमी चल रही थी। उसमें कोई बटन नहीं था और न ही डिस्प्ले बोर्ड। ऐसा कोई माध्यम नहीं था, जिससे पता चल सके कि वह कितना नीचे जा चुका है; लेकिन वह आश्वस्त था कि वह बहुत गहराई में ले जाया जा रहा है।

अंततः लिफ्ट रुकी और उसका दरवाजा खुला। माइकल उस लिफ्ट से बाहर निकला। उसे लगा, मानो वह किसी अंतरिक्ष स्टेशन के भीतर आ गया हो या वैसी ही किसी जगह पर हो। एक वैज्ञानिक उसके पास चलकर आया और बोला, "माइकल, इस तरफ।" माइकल उससे अपना नाम सुनकर चौंक गया और सोच में पड़ गया, 'इस आदमी को मेरा नाम कैसे पता चला? ओह, उस फॉर्म से, जो मैंने लिफ्ट में चढ़ने से पहले भरा था।'

माइकल को हर तरह के सेंसर और विचित्र-से दिखनेवाले कंप्यूटरों से जोड़ दिया गया। माइकल को धीरे-धीरे लगने लगा, मानो वह एक अंतरिक्ष यात्री की तरह आकाशगंगा में सफर के लिए निकलने वाला हो।

वैज्ञानिक ने माइकल से पूछा, "क्या आप अपने अतीत में सफर के लिए तैयार हैं?" माइकल ने 'हाँ' में जवाब दिया। अपने अतीत में जाने के खयाल मात्र से ही उसका पूरा शरीर तनाव से भर उठा। उसके माथे पर पसीने की बूँदें नजर आने लगीं और उसने आँखें बंद कर लीं। वैज्ञानिक ने तमाम गैजेट्स चालू कर दिए और माइकल को महसूस होने लगा कि उसका पूरा शरीर काँप रहा है। इसके बाद उसने वैज्ञानिक की ऊँची आवाज में सुना—"ये माइकल, आप गए। शुभ यात्रा।" माइकल को लगा, मानो वह खाली जगह में गोल-गोल घूम रहा हो और उसके इर्द-गिर्द सारी चीजें भँवर की तरह घूम रही हों।

उसने खुद को एक स्कूल में पाया। जल्द ही उसे समझ में आ गया कि वह अपने स्कूल में पहुँच गया है, जहाँ उसने पढ़ाई की थी। सभी बच्चे सात या आठ साल के थे। वह जल्दी ही भाँप गया कि वह अपनी तीसरी कक्षा में पहुँच गया है। अपनी कक्षा में केवल वह ही वयस्क नहीं था, बल्कि उसकी टीचर भी थी। वह उसके पास चलकर गया और उनको अपना परिचय दिया। ऐसा लगा, मानो टीचर ने उस पर गौर नहीं किया। इसलिए उसने एक बार फिर अपना परिचय दिया। इस बार टीचर ने उसकी तरफ देखा और इस तरह से देखा, मानो माइकल वहाँ हो ही नहीं। माइकल ने जल्दी ही समझ लिया कि वह अदृश्य है और कोई भी उसे देख नहीं

सकता है। फिर भी, यह सुनिश्चित करने के लिए उसने हर किसी के सामने जाकर जोर-जोर से बोलना और चीखना शुरू किया, लेकिन किसी पर कोई असर नहीं पड़ा। लेकिन माइकल हर चीज सुन सकता था और देख भी सकता था। जल्दी ही उसने देखा—नन्हा माइकल कक्षा में चौथी लाइन में बैठा हुआ था। उसने शर्मिंदगी और पश्चात्ताप में सिर झुका रखा था। उसे पुराने दिन याद आने लगे। वह हर टेस्ट में फेल हो रहा था। वह अच्छे अंक नहीं ला पा रहा था। वह जानता था कि यह किस वजह से हो रहा है। वह जानता था कि उस शाम को क्या भयानक चीज होने जा रही थी?

माइकल कक्षा खत्म होने तक वहीं रुका रहा। उसने चुपचाप छोटे माइकल का पीछा किया। छोटे माइकल की घर जाने में जरा भी दिलचस्पी नहीं थी। वह घर जाकर माँ-बाप से डाँट नहीं खाना चाहता था। माइकल उस छोटे बच्चे को पाँव घसीटते हुए धीरे-धीरे घर की तरफ बढ़ता हुआ देख रहा था, उसी क्रम में उसके नन्हे दिल में घबराहट और डर बढ़ता जा रहा था।

उसका घर स्कूल से 15 मिनट की दूरी पर था, लेकिन माइकल को घर पहुँचने में एक घंटे से भी ज्यादा लगा। अब भी माइकल उस नन्हे बच्चे के पीछे-पीछे चला जा रहा था और जानता था कि बहुत बुरा अभी होना बाकी है।

नन्हे माइकल ने दरवाजा खटखटाया और तत्काल उसकी माँ ने दरवाजा खोला। वह बहुत चिंतित दिख रही थी। उसने पूछा, "कहाँ थे अब तक? मैं कितनी चिंतित हो उठी थी! मैं तुमको खोजने के लिए निकलने वाली ही थी। तुमने घर आने में इतना समय क्यों लगाया?" तनाव की वजह से उसकी माँ की आवाज में थरथराहट-सी थी।

नन्हा माइकल वहाँ चुपचाप खड़ा रहा। माइकल जानता था कि नन्हा माइकल अपने आँसू और चेहरे के भीतर भरे भावनाओं के ज्वार को किसी तरह नियंत्रित कर रहा था। इस वजह से उसका चेहरा सूजा हुआ-सा लग रहा था; लेकिन वह चेहरे पर इस तरह के भाव नहीं आने देना चाह रहा था। माँ ने उसका स्कूल बैग लेते हुए उससे कहा, "अंदर आओ। क्या तुमको भूख लगी है?" उसने खाने के लिए कुछ स्नैक्स दिए और उसकी स्कूल की कॉपियों को जाँचने लगी। हर कॉपी पर ढेर सारे लाल निशान लगे हुए थे। उसी दौरान माँ ने नंबरों को देखा और क्लास टीचर ने कुछ नोट्स भी लिख रखे थे वहाँ। नन्हे माइकल और माइकल ने देखा कि माँ की आँखों से आँसू निकलने लगे। माँ ने पूछा, "तुम स्कूल में अच्छा क्यों नहीं कर पा रहे हो? वह भी तब, जबकि तीसरी कक्षा की पढ़ाई बहुत कठिन नहीं है। मैंने तुमको

नहीं पाए। अपनी हैंडराइटिंग देखो, कितनी भयानक है यह! कोई भी नहीं समझ पाएगा कि तुमने क्या लिखा है और तुम्हारी क्लास टीचर तुम्हारे पिता से मिलना चाहती हैं। हे भगवान्! ऐसा क्यों हो रहा है?"

उस रात उसके पिता और माँ ने माइकल के स्कूल में प्रदर्शन को लेकर बातचीत की, जो जल्दी ही भयानक बहस में बदल गई। नन्हे माइकल ने अपने दोनों हाथों से कान बंद कर रखे थे, लेकिन उसे अब भी माँ-बाप के चीखने-चिल्लाने की आवाज दूसरे कमरे से सुनाई दे रही थी।

माइकल उस नन्हे माइकल को सुकून पहुँचाना चाह रहा था, लेकिन वह न तो उसे छू सकता था, न उससे बात कर सकता था। कुछ देर बाद ही नन्हा माइकल सो गया। लेकिन माइकल अब भी जाग रहा था। वह जानता था कि उसके जीवन का सबसे भयानक घटनाक्रम कल होने जा रहा था।

अगले दिन जब नन्हा माइकल उठा तो उसे अपनी माँ की आँखों में आँसू नजर आए। वह बाहर गया।

माँ ने कहा, "तुम्हारे पिता हमें हमेशा के लिए छोड़कर चले गए। उन्होंने अपना सामान बाँधा और निकल गए। वह अब वापस नहीं आएँगे। उन्होंने हमें छोड़ दिया है, माइकल।" नन्हा माइकल अब अपने आँसू नहीं रोक पाया। वह दौड़कर अपनी माँ से लिपट गया और उसके मन में उसी समय यह बात कहीं गहरे में बैठ गई, 'मैं बिल्कुल अच्छा नहीं हूँ। मेरी वजह से मेरे पिता घर छोड़कर चले गए। मैं किसी के लिए भी अच्छा नहीं हूँ।' नन्हे माइकल को अपनी आँखों के आगे अँधेरा-सा नजर आ रहा था। उसे लग रहा था, मानो उसकी मांसपेशियाँ सुन्न पड़ती जा रही हों। वह बहुत मुश्किल से साँस ले पा रहा था। उसे लग रहा था कि उसका गला कसता जा रहा है, मानो किसी ने उसका गला जकड़ रखा हो।

माइकल, जो कि उस नन्हे माइकल को देख रहा था, उसके चारों तरफ घने अंधकार को महसूस कर रहा था। वह महसूस कर रहा था कि उसकी मांसपेशियाँ सुन्न होती जा रही थीं। वह बमुश्किल साँस ले पा रहा था। वह भी महसूस कर रहा था कि उसका गला जकड़ गया हो। वह उसके घर से बाहर निकल आया और गहरी साँसें लेने लगा। बाहर अब भी उसकी आँखों के आगे काफी अँधेरा छाया हुआ था और उसकी आँखें धुँधले तरीके से ही देख पा रही थीं। उसे सामान्य महसूस करने में तकरीबन आधा घंटा लग गया। माइकल जानता था, इस घटनाक्रम ने कैसे उसके पूरे जीवन को बदल डाला था! वह हमेशा के लिए खुद को बेकार समझने लगा था। उसने मान लिया था कि कोई भी उसे पसंद नहीं करता और कोई भी उसके साथ

नहीं रहना चाहता। जब उसकी महिला मित्र ने उससे संबंध तोड़े तो बिल्कुल वैसी ही चिंता, डर, अलग-थलग और अंधकार उसे महसूस हुआ था, जैसा कि तब, जब उसके पिता उसकी माँ को छोड़कर गए थे, तब महसूस हुआ था।

माइकल अपने घर से बाहर निकल आया। वह अब नन्हे माइकल को और ज्यादा नहीं देखना चाहता था। उसने सोचा, 'यही हकीकत है। मैं कैसे अपना बीता हुआ कल बदल सकता हूँ? मैं कैसे इस धारणा को बदल सकता हूँ, जो इस घटनाक्रम के बाद मेरे अंदर समा गई? मेरे पिता हमें छोड़ गए, क्योंकि मेरे खराब प्रदर्शन के चलते उन दोनों ने झगड़ा किया। मैं इस तथ्य को कैसे बदल सकता हूँ?'

अचानक माइकल ने विचित्र शोर और एक अजीबोगरीब सनसनाहट-सी महसूस की और हर तरफ अँधेरा छा गया। वह एक बार फिर अपने होशो-हवास में लौट आया और उसे महसूस हुआ कि वह एक बार फिर अपने वर्तमान में पहुँच गया है।

वैज्ञानिक ने पूछा, "क्या तुम ठीक हो?"

माइकल ने जवाब दिया, "मैं ठीक हूँ। बिल्कुल ऐसा लगा था, मानो मैं अपने बचपन में पहुँच गया हूँ। मेरे लिए यह बिल्कुल वास्तविक अनुभव रहा। मैं अब जान गया हूँ कि बचपन की एक घटना ने मेरे व्यक्तित्व को आकार देने में कितनी बड़ी भूमिका निभाई है; लेकिन मैं उस घटनाक्रम को कैसे बदल सकता हूँ? वह घटना तो पहले ही हो चुकी है और अब वह वास्तविकता है। यहाँ तक कि अगर मैं उसे बदलने की सोचूँ भी तो वह केवल भ्रम ही होगा।"

वैज्ञानिक ने कहा, "हम वास्तविकता बदलने नहीं जा रहे हैं। वास्तविकता कभी हमें दर्द नहीं देती। दर्द तब होता है, जब हम वास्तविकता का अपने मन मुताबिक निष्कर्ष या भावार्थ निकालते हैं। हम आधुनिक तकनीक के जरिए तुम्हारे बचपन के वे सब दृश्य देख पा रहे थे, जिनसे तुम अभी-अभी उबरे हो। कोई भी अनुभव अच्छा या बुरा नहीं होता, हमारी सोच उसे अच्छा या बुरा बनाते हैं। तुम्हारे पिता तुमको और तुम्हारी माँ को छोड़ गए, यह सच्चाई है। इसे कुछ इस तरह से समझना कि तुम्हारे पिता तुम लोगों को तुम्हारी वजह से छोड़ गए और इस वजह से खुद को कमतर आँकना, यह वास्तविकता नहीं है। किसी के भी पिता केवल इस वजह से घर नहीं छोड़ते कि उनके बच्चे के नंबर स्कूल में कम आ रहे हैं। इस मामले में तुम्हारे नंबरों के बाद भी ऐसी कोई बड़ी वजह रही होगी, जिसके चलते उन्होंने वह कदम उठाया होगा। साथ ही, यह भी जान लो कि कोई भी इनसान बेकार नहीं होता। हर व्यक्ति में असीमित क्षमताएँ होती हैं। इसलिए हम कोशिश करेंगे कि उस नन्हे बच्चे के जरिए

उन भावार्थों को बदल सकें, जिसके पास दुनिया के बारे में काफी सीमित समझ है। जिस पल आप उस घटनाक्रम से जुड़े दर्द को हटा पाएँगे, उसी पल आपकी यह धारणा कि आप बेकार हैं और आप में जरा-सी भी अच्छाई नहीं है, वह सबकुछ अपने आप ढह जाएगी। इसके बाद आप खुद को बिल्कुल नया पाएँगे। क्या आप वापस उस दौर में जाना चाहेंगे, लेकिन इस बार अपने पूरे अनुभव को बदलने के लिए?"

माइकल ने महसूस किया, जैसे पूरी दुनिया उसके चारों तरफ एक बार फिर घूमने लगी हो। कुछ ही सेकंड में वह दोबारा अपने स्कूल में जा पहुँचा।

वह जानता था कि उसे कोई देख या सुन नहीं सकता है, जबकि वह उन लोगों को देख भी सकता है और सुन भी सकता है। हर चीज जस-की-तस थी, केवल एक चीज को छोड़कर। उसके हाथ में एक छोटी-सी डिवाइस थी, जिसमें हरे रंग का एक बटन लगा हुआ था। माइकल ने सोचा, 'यह विचित्र डिवाइस मेरे पास कहाँ से आई? हो सकता है कि वैज्ञानिक ने यह डिवाइस इस बार मेरे साथ जोड़ दी हो। इस डिवाइस से होगा क्या? वैज्ञानिक ने इसके बारे में मुझे बताया क्यों नहीं? खैर, मुझे अपने काम पर ध्यान देना चाहिए। मेरा काम है अपने पूरे अनुभव को दोबारा से समझना, ताकि इस अनुभव से जुड़े दर्द को दूर कर नए अनुभव को हासिल किया जा सके।'

जल्दी ही उसने देखा कि माइकल कक्षा में चौथी लाइन में बैठा था। उसने अपना सिर शर्म और ग्लानि से झुका रखा था। माइकल ने सोचा, 'इस स्थिति को मैं कैसे बदल सकता हूँ? नन्हा माइकल मुझे सुन ही नहीं सकता।' उसने माइकल को देखा और उसे डर, शर्म, ग्लानि एवं अंधकार के दौर से गुजरते हुए देखा। उसने सोचा, 'मैं कैसे इस अंधकार को बदल सकता हूँ, जिसने नन्हे माइकल को अपने आगोश में ले रखा है? कैसे?' अचानक उसे याद आया कि उसके हाथ में एक डिवाइस है, जिसमें एक बटन भी लगा हुआ है। उसने अपने मन को तैयार किया और हरा बटन दबाते हुए सोचने लगा, 'हो सकता है, इस बार मैं इस डिवाइस की बदौलत पूरे हालात को बदल सकूँ।' हरा बटन दबाते ही वह डर, शर्म और ग्लानि से भर उठा। माइकल ने सोचा, 'यह क्या हो रहा है? ओह, मैं समझ गया। अब मैं वह महसूस कर रहा हूँ, जो नन्हा माइकल महसूस कर रहा था। हम जुड़ गए हैं। अब मुझे क्या करना चाहिए?'

माइकल ने सोचा, 'अगर मैं इन नकारात्मक अहसासों को अपने अंदर से निकाल फेंकूँ तो हो सकता है कि नन्हे माइकल के अंदर भी वैसा ही बदलाव आ जाए। मुझे करके देखना चाहिए।' माइकल अपने अंदर के उस डर, शर्मिंदगी एवं

ग्लानि के संपर्क में आया और उन भावनाओं को अपने अंदर से बाहर निकाल फेंकना शुरू किया। उसने देखा कि नन्हा माइकल कक्षा में चौथी लाइन में बैठा है। माइकल ने महसूस किया कि नन्हा माइकल भी वैसा ही महसूस कर रहा था। वह इन बदलावों को नन्हे माइकल के शारीरिक हाव-भाव से समझ पा रहा था।

धीरे-धीरे माइकल ने अपने अंदर से डर, ग्लानि एवं शर्मिंदगी को निकाल फेंका और उसकी जगह दृढ़ता को शामिल करके यह निष्कर्ष दिया कि अगली बार वह निश्चित रूप से कुछ बेहतर करके दिखाएगा। माइकल ने महसूस किया कि उसके अंदर बैठे डर और अंधकार की जगह साहस और विश्वास ने ले ली थी। वह अब अपने अंदर शक्ति और उत्साह महसूस कर रहा था। वह आशावादी नजर आ रहा था।

माइकल ने देखा कि नन्हा माइकल उठकर अपनी क्लास टीचर के पास गया और बोला, 'मैडम, मैं वादा करता हूँ कि अगली बार बेहतर करूँगा।' माइकल की आँखों में दृढ़ता के भाव देखकर उसकी क्लास टीचर ने उसे गले लगाते हुए कहा, 'तुम बिल्कुल कर सकते हो। ईश्वर तुम्हें आशीर्वाद दे। अपनी नोटबुक ले आओ।' नन्हे माइकल ने अपनी कॉपी टीचर को दे दी। टीचर ने जो कुछ भी लाल कलम से लिखा था, उसे काट दिया। केवल इतना लिखा छोड़ दिया—'अगली बार बेहतर करो। तुम्हारे अंदर प्रतिभा कूट-कूटकर भरी हुई है। तुम कर सकते हो।'

क्लास टीचर ने माइकल को प्यार से देखा और कहा, "तुम्हें अपने पिता को स्कूल बुलाने की जरूरत नहीं है। ठीक है? मेहनत से पढ़ो और अगली बार बेहतर करके दिखाओ।"

उस शाम माइकल ने देखा कि माइकल खुशी-खुशी अपने घर जा रहा था। नन्हे माइकल ने माँ को अपनी क्लास की किताबें दिखाईं और बोला, "माँ, मैं अब अच्छे से पढ़ाई करूँगा और अगली बार अच्छे नंबर लाऊँगा।" उसकी माँ ने उसकी टीचर का लिखा नोट देखा और प्यार से माइकल की तरफ देखकर बोलीं, "बिल्कुल बेटे, तुम कर सकते हो।" इसके बाद उन्होंने भी माइकल को गले लगा लिया। नन्हे माइकल ने कुछ स्नैक्स खाने के बाद पहले पढ़ने और उसके बाद खेलने जाने का फैसला किया। यह उसने खुद किया। बगैर माँ के कहे उसने पढ़ाई शुरू कर दी। यह देखकर उसकी माँ को उस पर और भी ज्यादा प्यार उमड़ आया। उन्होंने उसे एक बार और गले लगाते हुए चूमा। नन्हे माइकल की खुशियाँ बल्लियों उछल रही थीं।

उस रात माइकल ने माँ और पिता को झगड़ते हुए सुना। वे एक-दूसरे पर चीख-चिल्ला रहे थे। नन्हा माइकल वहाँ चल रहे इस घटनाक्रम को जानने के लिए उत्सुक हो उठा। वह माँ-पिता के कमरे के दरवाजे के पास तक गया और उन दोनों

की बातें सुनने की कोशिश करने लगा। माँ किसी दूसरी महिला, रिया, के बारे में बार-बार बातें कर रही थी। नन्हा माइकल ज्यादा कुछ इस बारे में समझ नहीं पाया। लेकिन माइकल, जो नन्हे माइकल के बगल में खड़ा था, वह सब समझ रहा था। अचानक माइकल को महसूस हुआ कि अब तक जो वह अपने ऊपर भारी बोझ-सा ढोते हुए चला आ रहा था, वह उसके ऊपर से गिरकर नीचे चला गया। इसके बाद वह हलका, उन्मुक्त और स्वतंत्र महसूस करने लगा।

अगले दिन माइकल सुबह जल्दी उठ गया। अच्छी नींद के बाद वह तरोताजा महसूस कर रहा था। इससे पहले वह कभी इतनी शांति से नहीं सो सका था। वह खुद को ऊर्जावान् महसूस कर रहा था और आज कुछ बड़ा करना चाह रहा था। उसके मन में न्यूलिंक रोबोटिक्स रिसर्च ग्रुप के प्रति गहरी श्रद्धा के भाव उमड़ रहे थे। उन्होंने वाकई उसे अपने बीते दिनों के गहरे अवसाद से खींच निकाला था। बिस्तर से उठते हुए माइकल यही सोच रहा था—जीवन कितना सुंदर है!

—मनोज केशव

संकीर्ण धारणाओं का प्रभाव

1. कमतर महत्त्वाकांक्षाएँ और आकांक्षाएँ—अगर आप अपने दिल की गहराइयों से महसूस करते हैं कि आप सक्षम नहीं हैं और सफलता के लायक नहीं हैं तो उसका असर यह होगा कि आपकी महत्त्वाकांक्षाएँ और आकांक्षाएँ भी उसी तर्ज पर कमतर रहेंगी। यहाँ तक कि अगर आप अपने अंदर भरी पूरी क्षमता को एकत्रित करके उसे देखना भी चाहेंगे तो यह आपके भीतर असंगति या मतभेद पैदा करेगा, क्योंकि यह सोच आपकी पहले से चली आ रही धारणाओं से मेल नहीं खाएगी। अगर उन संकीर्ण धारणाओं को चुनौती नहीं दी जाएगी तो साधारण तरीके से रहना जीवन का एक तरीका बन जाएगा।

2. अंतरध्वंस या आत्मघाती—एक प्रशिक्षण कार्यक्रम में भाग लेकर या एक प्रेरणादायक पुस्तक पढ़कर अथवा एक प्रेरक प्रशिक्षक या मित्र की मौजूदगी में आप अपने चारों तरफ बनाई अदृश्य दीवार को तोड़कर गिरा सकते हैं, जो आपको आगे बढ़ने से रोकती है और अपने जीवन में ऊँचा लक्ष्य निर्धारित कर सकते हैं। आप ऊँचे लक्ष्य रखेंगे और एक के बाद दूसरा लक्ष्य पाने के क्रम में जी-तोड़ मेहनत करेंगे और पसीना बहाएँगे, लेकिन संकीर्ण धारणा के चलते आप वास्तव में ऐसा नहीं कर पाएँगे और इस तरह आप सफलता पाने के हकदार नहीं रह जाएँगे और धीरे-धीरे खुद को नीचे गर्त की ओर खींचते चले जाएँगे। आप गलतियाँ करने लगेंगे, समय-सीमा का पालन नहीं कर

पाएँगे, विवाद बढ़ेंगे और अंततः आप अपना ही नुकसान कर बैठेंगे। आप खुद को दोषी ठहराने लगेंगे, क्योंकि आप जान रहे होंगे कि आप एक विफल व्यक्ति हैं और आप चाहे कुछ भी कर डालें, विफलता ही आपकी किस्मत में लिखी जा चुकी है। और अंत में, जब आप विफलता का अनुभव कर रहे होंगे तो अपने अंदर बैठी संकीर्ण धारणा से सारी चीजों को एक धागे में पिरोकर देखेंगे। आप देखिए कि संकीर्ण धारणा कितनी ज्यादा ताकतवर है! इसलिए यह अति आवश्यक है कि जितनी जल्दी हो सके, अपने अंदर बैठी संकीर्ण धारणाओं को सकारात्मक और मजबूती प्रदान करनेवाली धारणाओं से बदल दें।

3. **टाल-मटोल की मानसिकता**—अगर आपको संकीर्ण धारणाओं ने जकड़ रखा है, जैसे 'मैं एक विफल व्यक्ति हूँ' और आपके विफल होने की संभावना बहुत ज्यादा अवश्यंभावी लगती है तो इस कष्टदायी परिणाम से दूर रहने का सर्वश्रेष्ठ तरीका है—टाल-मटोल करना। इससे विफलता दूर रहेगी। उदाहरण के लिए, एक व्यक्ति कारोबार शुरू करना चाहता है, लेकिन टाल-मटोल कर रहा है तो इस तरह से वह विफलता को दूर रख पाएगा। जितना ज्यादा आप टाल-मटोल करेंगे, विफलता उतनी ही दूर रहेगी। इन संकीर्ण धारणाओं को यूँ ही चलते रहने देना टाल-मटोलवाले रवैए और किसी काम से बचनेवाली मानसिकता पर हावी होने के लिए जरूरी है।

नोट : लक्ष्य हासिल करने के लिए आपके लिए जरूरी है कि आप उसे हासिल करने का भरोसा करें, जो कि संभव है और हासिल किया जा सकता है। आपको भरोसा होना चाहिए कि आप इसके काबिल हैं और आपके पास वे सभी संसाधन मौजूद हैं, जिनके बलबूते आप लक्ष्य हासिल कर सकते हैं।

धारणा बदलनेवाला अभ्यास : दोबारा छापने का तरीका

(कुछ इस तरह से क्लाइंट के साथ जटिल सत्र आगे बढ़ता है)

पहला कदम

1. उस संकीर्ण धारणा के बारे में सोचें, जो फिलहाल आपसे जुड़ी हुई है। एक ऐसी धारणा चुनें, जो आपको खुलकर जीने और अपना सर्वश्रेष्ठ देने से रोकती है।
2. अब हालिया किसी घटनाक्रम के बारे में सोचें, जिसमें आपने इस संकीर्ण धारणा को महसूस किया हो। एक बार जब आपने इस घटनाक्रम को पहचान लिया तो आप यह समझें कि उसे अगले कदम में हटाने के लिए तैयार हैं।
3. अब मैं चाहता हूँ कि आप उस घटनाक्रम का अनुभव लें, जो अभी घटित हो रहा है। इससे जुड़ी तसवीरों, आवाजों और अहसासों को महसूस करें। इन बातों

को एक कॉपी में लिख डालें (कुछ अनुभवों के उदाहरण, जैसे—असहजता, भय, उदासी, निराशा, गुस्सा आदि)।

दूसरा कदम

1. इस अहसास के साथ ठहरें। किसी और घटनाक्रम के बारे में सोचें, जो पाँच साल पहले हुआ हो और उस समय भी आपको ऐसा ही अहसास हो रहा था, जबकि उस समय हालात बिल्कुल अलग रहे होंगे। एक बार जब आप इस अनुभव को पहचान लें तो किसी अन्य घटना के बारे में सोचें, जो कि आज से लगभग दस साल पहले हुई हो। उसी अहसास के साथ जमे रहें। अब आप ऐसी किसी घटना के बारे में सोचें, जो आज से लगभग 15 साल पहले हुई हो। उस भावना के साथ भी जुड़े रहें। अब एक ऐसी घटना का पता लगाएँ, जो आपने इसी भावना के साथ बचपन में देखी हो। अब धीरे-धीरे बचपन में और छोटी उम्र में जाएँ, जहाँ उसी तरह की घटना आप महसूस कर पाएँ। उदाहरण के लिए, आप देखें कि अगर किसी घटना के बारे में सोचते समय आपके भीतर एक अजीब तरह का डर और आपके पेट में अजीब-सी हलचल होने लगती है तो ऐसी ही किसी घटना के बारे में सोचें, जो पाँच साल पहले हुई हो और उस समय भी आपको विचित्र डर और पेट में हलचल महसूस हुई हो। हालात पूरी तरह से भिन्न हो सकते हैं, लेकिन भावनाएँ समान रही होंगी। इसके उपरांत आज से 10 साल पहले और फिर 15 साल पहले के इसी प्रकार के घटनाक्रम पर विचार करें और उसके बाद अपने बचपन की यादों में जाएँ और ऐसी ही किसी घटना तथा उससे जुड़े अहसास को महसूस करें। जो सबसे नजदीकी घटनाक्रम रहा होगा, उस पर आपको काम करने की जरूरत है।

   नोट : बचपन में हुई किसी मौलिक घटना को तलाशते हुए अपने अहसासों को एक गाइड के तौर पर बनाए रखना जरूरी है। घटना क्या हुई, यह महत्त्वपूर्ण नहीं है। उसके साथ जुड़ा अहसास या भावना ज्यादा खास है।

2. अब मैं चाहता हूँ कि आप अपनी युवावस्था में लौटें और आपके साथ घटित वह चुनिंदा घटना दोबारा महसूस करें।

3. उस भावना या अहसास के साथ जुड़े रहें और उस घटना के बाद जो धारणा आपके मन में बैठ गई, उसे दर्ज कर लें। हर वाक्य 'मैं···हूँ' से शुरू होना चाहिए। उदाहरण के लिए, 'मैं असहाय हूँ'।

तीसरा कदम

1. अब अपने आप को उस मूल घटना से एकदम अलग-थलग कर लें और पूरे अनुभव को किसी फिल्म की तरह मानकर देखें। अपनी युवावस्था के दौर को उस फिल्म में शुरू से लेकर अंत तक देखें। जब आप उस घटना को देख रहे हों तो मैं चाहता हूँ कि उस दौरान अगर कोई अन्य धारणा आप महसूस कर पा रहे हों तो उसे कागज पर दर्ज कर लें। गौर करें कि वह धारणा उस मूल घटनाक्रम को देखने के बाद ही उभरी हो। इस पर भी नजर दौड़ाएँ कि क्या आगे चलकर उस घटना का आपके ऊपर कोई असर हुआ और आपके भीतर उसी तरह की धारणा बनी रही? आप चाहें तो किसी घटना को लेकर दूसरों के प्रति और अपने आसपास की दुनिया के प्रति कुछ वर्षों बाद अपने मन में बनाई धारणा और धारणाओं पर भी नजर दौड़ा सकते हैं।
2. जब आप सभी धारणाओं को लिख चुके हों तो अगले कदम की ओर बढ़ने के लिए खुद को तैयार मानें।
3. अब उठें और आसपास टहलें, अपने शरीर को झकझोरें, कुछ गहरी साँसें लें और एक अन्य कुरसी पर बैठ जाएँ।

चौथा कदम

1. अब, अपने बचपन की किसी घटना को दोबारा याद करें और उस घटना को किसी फिल्म की तरह देखें। आपसे अलग उस घटना में और कितने महत्त्वपूर्ण लोग शामिल हैं?

उदाहरण के लिए, मान लेते हैं कि क्लाइंट कहता है कि उसके अलावा उसके पिता और माँ भी उस घटना में हैं और पिता की प्रमुख अहमियत है। इस मामले में प्रक्रिया कुछ इस तरह से चलेगी—

(क) मैं आपके पिता के साथ शुरू करना चाहूँगा। जैसा कि आप इस घटना में अपने पिता को देख पा रहे हैं, अत: अपने पिता पर गौर करें और पिता के व्यवहार से सकारात्मक भाव तलाशने का प्रयास करें (सकारात्मक भावों को लिख लें)।

(ख) अब अपना ध्यान अपनी माँ की ओर ले जाएँ और देखें कि उस अनुभव में वह क्या कर रही हैं। और इसके बाद उस घटनाक्रम के आधार पर माँ के व्यवहार में मौजूद सकारात्मक भाव पर ध्यान केंद्रित करें।

(ग) अब, अपने आपको उस फिल्म के परिप्रेक्ष्य में देखें। अपना व्यवहार भी देखें। उस दौर में अपने खुद के व्यवहार पर गौर करें और उसकी सकारात्मक बातों को भी दर्ज करें।

पाँचवाँ कदम

इस कदम में आप अपने संसाधनों को पहचानेंगे और उन्हें एंकर के रूप में एकत्र करेंगे (आंतरिक संसाधन, जैसे—रचनात्मकता, आत्मविश्वास आदि), जिनकी सभी अहम चरित्रों को जरूरत पड़ेगी, जो मूल घटना से व्यक्तिगत रूप से जुड़े होंगे और इनमें आपका युवावस्था का दौर भी शामिल होगा। आप उन्हें कोई भी संसाधन दे सकते हैं और जितनी मात्रा में देना चाहें, दे सकते हैं, जो कि हर चरित्र को उच्चतम संसाधन-युक्त तरीके से अपना काम करने में सहायक होगा।

इस उदाहरण में—

(क) आपके पिता से शुरू करते हैं। उनको आप कौन से संसाधन देना पसंद करेंगे? इन संसाधनों के साथ आपके पिता इस घटना में पूरे हालात बदलने में सक्षम होंगे। इसलिए उनको उचित संसाधन मुहैया कराएँ। अब, अपने पिता को इन संसाधनों से लैस रूप में देखें।

(ख) अपनी माँ को आप कौन से संसाधन देना चाहते हैं? इस घटना में इन संसाधनों से लैस होकर आपकी माँ पूरे हालात को बदल देने में सक्षम होंगी। इसलिए उनको उचित मात्रा में संसाधन मुहैया कराएँ। अब अपनी माँ को इन संसाधनों के साथ लैस रूप में देखें।

(ग) आप अपने आपको कौन से संसाधन देना चाहेंगे? इन संसाधनों के प्रयोग से आप अपनी युवावस्था के दौर के हालात को बदल पाने में सक्षम होंगे। इसलिए अपनी युवावस्था के दौर को उचित संसाधन मुहैया कराएँ। अब इन संसाधनों से लैस खुद को देखें।

छठा कदम

अपनी आँखें बंद कर लें और मूल घटनाक्रम में मौजूद समस्त चरित्रों को एक-एक करके गौर करें और देखें कि किस तरह से ये चरित्र नए संसाधनों से लैस होकर पूरे हालात को बदल पा रहे हैं?

इस उदाहरण में—

(क) अपने संसाधन-युक्त पिता को पूरे हालात को बदलते हुए देखें। आपकी माँ और युवावस्था वाले आपके पास ये संसाधन नहीं हैं। अपने पिता पर गौर करें कि किस तरह वह पूरे घटनाक्रम को बदल रहे हैं।

(ख) अब आप अपनी संसाधन-युक्त माँ को पूरे हालात को बदलते हुए देखें। आपके पिता और आपके पास खुद संसाधन नहीं हैं। गौर करें कि किस तरह आपकी माँ पूरे हालात को बदल पा रही हैं।

(ग) अब आप अपने आपको युवावस्था में पूरे हालात को बदलते हुए देखें। आपके पिता और माँ के पास ऐसे संसाधन नहीं हैं। अपनी युवावस्था को देखें कि वह किस तरह से संसाधनों का प्रयोग करके घटनाक्रम को बदल रहा है?

अब, मैं चाहता हूँ कि आप आराम करें और नया अनुभव पाकर नई विकसित हुई धारणाओं में से कौन सी धारणा या धारणाओं को आप अपने लिए चुनेंगे, उनको कागज पर लिख लें। अपनी नई धारणा या धारणाओं को कुछ इस तरह से शुरू करते हुए लिखें—'मैं...हूँ।'

सातवाँ कदम

इस कदम में आप हर चरित्र में अपने आपको शामिल करेंगे, जो कि मूल घटनाक्रम में थे और उस घटनाक्रम या हालात में उन चरित्रों के नजरिए को देखेंगे तथा अलग-अलग चरित्र में रहकर एक-एक करके पूरे घटनाक्रम को बदल डालेंगे।

इस उदाहरण में—

(क) अपनी आँखें बंद करके खुद को अपने पिता की जगह रखकर मूल घटनाक्रम पर गौर करें। पिता की भूमिका में उस हालात को पिता की नजर से देखें। आप अपने पिता के तौर पर जरूरी संसाधनों से लैस हैं। बाकी के दो, यानी आपकी माँ और आपका स्वयं का युवा स्वरूप, के पास वे संसाधन नहीं हैं। इन संसाधनों के साथ आगे बढ़ें और पूरे हालात को बदल डालें।

(ख) अब, अपनी माँ की भूमिका में आएँ। अपनी माँ बन जाएँ और हालात को उनके दृष्टिकोण से देखें। अब आप अपनी ही माँ हैं और आपके पास जरूरी संसाधन हैं। बाकी के दो, यानी आपके पिता और आपका युवा स्वरूप स्वयं, के पास वे संसाधन नहीं हैं। इन संसाधनों के साथ आगे बढ़ें और पूरे हालात को बदल डालें।

(ग) अब अपनी युवावस्था के स्वरूप में खुद को ले जाएँ और उन हालात को अपने नजरिए से देखें। अब आप अपनी युवावस्था के स्वरूप में हैं और संसाधनों से लैस हैं। बाकी के दो, यानी माता-पिता के पास वे संसाधन नहीं हैं। इन संसाधनों के साथ आगे बढ़ें और पूरे हालात को बदल डालें।

इस पूरी प्रक्रिया को तीन या पाँच बार दोहराएँ। हर बार रफ्तार को बढ़ाते जाएँ।

अब मैं चाहता हूँ कि आप आराम करें। इस आखिरी अनुभव के चलते आपके भीतर नई धारणाएँ पनपी होंगी। उनको चुनकर लिख लें। अपनी धारणाओं को इस तरह लिखें—'मैं...हूँ।'

आठवाँ कदम

अब अतिरिक्त संसाधन, जो आपने अपनी युवावस्था के स्वरूप को दिया था और इस दौरान जो नई धारणाएँ उभरीं, उन सभी को कायम रखते हुए धीरे-धीरे समय के साथ आगे बढ़ें और वर्तमान काल तक आएँ और फिर भविष्य की कल्पना करें। गौर करें कि कैसे ये नए संसाधन और नई धारणाएँ आपके जीवन, कॅरियर, भविष्य के फैसलों, संबंधों आदि पर असर डालेंगे।

□□□